HILKE SELLNICK

Danzig

TAGE DES AUFBRUCHS

ROMAN

PENGUIN VERLAG

FSC www.fsc.org MIX Papier | Fördert gute Waldnutzung FSC® C014496

Klimaneutral* Druckprodukt ClimatePartner.com/14044-1912-1001

Penguin Random House Verlagsgruppe FSC® N001967

1. Auflage 2023

in der Penguin Random House Verlagsgruppe GmbH,
Neumarkter Straße 28, 81673 München
Redaktion: Dr. Ulrike Strerath-Bolz
Karten: Peter Palm
Umschlaggestaltung: Favoritbüro
Umschlagmotiv: ©Arcangel Images / Abilgail Miles;
©Bridgeman Images / United Archives / Carl Simon;
©Shutterstock / Evannovostro
Gesamtherstellung: GGP Media GmbH, Pößneck
Printed in Germany
ISBN 978-3-328-10872-6
www.penguin-verlag.de

Johanna

Oktober 1860

Sie ist von ihrem Sitz aufgesprungen, um besser aus dem Zugfenster schauen zu können. Zuerst sieht sie nur eine flache graue Linie am Horizont, aus der die Kirchtürme wie Stacheln hervorstehen. Aber bald lässt die Herbstsonne die Farben aufleuchten: dunkelroter Backstein, weiße Fassaden und das schimmernde Blau der Mottlau, die die Speicherinsel umarmt. Ach, die Marienkirche mit dem dicken, kantigen Turm, der keine Spitze hat. Und gleich daneben das zierliche, schlank aufragende Türmchen des Rathauses …

»Nun nehmen Sie man wieder Platz, Fräulein Berend! So schön ist das alte Danzig auch wieder nicht, dass Sie die ganze Zeit am Fenster stehen müssen!«

Lachend wendet sie sich zu ihrem Mitreisenden, mit dem sie schon seit dem Umsteigen in Dirschau in eifrigem Gespräch ist. Ein wohlbeleibter älterer Mann mit gutmütigen Zügen, der sich ihr als Berthold Forster, Besitzer einer Schiffbauwerkstatt, vorgestellt hat.

»Danzig ist die schönste Stadt der Welt, Herr Forster!«, ruft sie aus. »Ich kann mich gar nicht sattsehen an all den lieben alten Häusern, den Kirchtürmen, dem Gespinst der Masten und Segel auf der Mottlau und den grünen Gärten und Wäldern rings um die Stadt.«

Sie muss sich rasch festhalten, weil der Zug ruckelt. Die Lokomotive pfeift schrill, graue Rauchschwaden ziehen für einen Moment am Fenster vorüber. Schon wieder ein Fuhrwerk, das gemächlich und ohne Rücksicht auf die nahende Eisenbahn über die Gleise rumpelt!

»Die schönste Stadt der Welt«, meint Herr Forster und wiegt zweifelnd den Kopf. »Das wundert mich, dass Sie das sagen, Fräulein Berend. Wo Sie doch so viele berühmte Orte und Länder gesehen haben.«

Sie hat ihm erzählt, dass sie ganz Europa bereist hat. Was ja der Wahrheit entspricht. Die näheren Umstände dieser Reisen hat sie allerdings etwas abgewandelt: Angeblich war sie mit einer lieben Freundin und deren Eltern zu einer Bildungsreise unterwegs. Ihre Begleiter sind auf der Hauptstrecke weiter nach Königsberg gefahren, da sie aber in Danzig zu Hause ist, musste sie in Dirschau umsteigen und legt nun das letzte Stück der Reise allein zurück. Das hat er ihr ohne Weiteres geglaubt, und weil es ungewöhnlich ist, dass ein junges Mädchen ganz allein unterwegs ist, hat er ein wenig die Vaterrolle übernommen. Es hat ihr leidgetan, ihn anzuschwindeln, weil er ein liebenswerter, offener Mensch ist und sie gleich Vertrauen zu ihm gefasst hat. Aber gerade deshalb kann sie ihm auf keinen Fall die Wahrheit sagen.

»Ach, es liegt sicher daran, dass ich nach so langer Zeit endlich wieder nach Hause komme«, meint sie lächelnd.

»Das verstehe ich gut«, sagt er und nickt ihr zu. »In der Heimat ist es doch immer am schönsten, nicht wahr? Man sagt doch auch: Ost oder West – Heimat am best.«

»Genauso ist es«, gibt sie zurück und setzt sich nun doch wieder auf ihren Platz. Nach Hause kommen. In das alte Patrizierhaus in der Langen Gasse, aus dem sie vor einem halben Jahr heimlich im Morgengrauen davongeschlichen ist. Ausgerissen ist sie! Auf und davon. Gegen den Willen der Familie einfach weggelaufen. Freilich, sie hat einen Brief an Papachen hinterlassen und alles erklärt. Aber dennoch …

Auf einmal ist ihre Begeisterung dahin, und die Bedenken gewinnen wieder die Oberhand. Wie wird man sie daheim empfangen? Oh, sie wird sich einiges anhören müssen. Papachen ist streng, er wird zornig auf sie sein, laut werden, Strafen verhängen. Aber schließlich, wenn sein Zorn verraucht ist, wird er sie in seine Arme schließen. Weil sie ja sein Lieblingskind ist. Sein kleines Mädchen. Seine Johanna. Das Hannchen.

Man hört das gellende Pfeifen der Lokomotive, die nun die Fahrt verlangsamt, um in den Danziger Bahnhof einzufahren. Es ruckelt wieder stark, sodass sie beinahe auf ihren Mitreisenden geschleudert wird. Vorn im Wagen kreischt eine Dame:

»Mein Hut! Meine Frisur!«

»Nun reg dir nich uff, Liebling. Hier ist dein Hut, heil und janz«, antwortet eine männliche Stimme.

»Heil und janz? Vollkommen hin ist der! Det is doch ein Teufelswerk, die Eisenbahn!«, stöhnt die Dame und zupft den zerdrückten Hut zurecht. »Allein schon det Tempo, da wird einem janz schwindelig, wenn man aus dem Fenster kiekt. Und der Gestank nach Dreck und Rauch. Det muss doch unjesund für die Lunge sein.«

»Dafür legen wir mehr als sechzig Kilometer in der Stunde zurück, mein Engel. Det soll uns ne Postkutsche erst mal nachmachen.«

Johanna hört zerstreut zu und fasst den Griff ihrer Reisetasche. Die kommen bestimmt aus Berlin, wahrscheinlich ist er ein preußischer Beamter, der eine Stelle in Danzig antritt. Die Stadt steht ja leider unter preußischer Oberhoheit und beherbergt jede Menge preußischer Beamten, Offiziere und Soldaten. Papachen hat oft darüber geschimpft. »Wo sind die Danziger?«, hat er gefragt. »Man sieht nur noch Fremde in den Straßen.«

Als der Zug jetzt in den Danziger Bahnhof einfährt und das ohrenbetäubende Kreischen der Bremsen alle anderen Geräusche übertönt, bekommt sie plötzlich heftiges Herzklopfen. Dort drüben auf dem Bahnsteig hat sie im Morgengrauen gestanden und auf Andrzej gewartet. Fast vergangen ist sie vor Angst, er könnte vielleicht gar nicht kommen, hätte sie belogen, sich über sie lustig gemacht. Wenige Minuten bevor der Zug abfuhr, ist er dann endlich erschienen, in einem grau karierten Reisemantel und grauem Zylinder, zwei Hoteldiener mit mehreren Koffern im Gefolge. Sie ist ihm entgegengeflogen, ganz atemlos vor Glück, aber er hat sie nur für einen Moment in die Arme genommen und sich dann um das Verladen seiner Koffer gekümmert. Weil da seine Noten drin waren. Und auch das »Reiseklavier«, das Tasten wie ein Klavier hat, aber keine Töne macht. Warum hat sie nicht schon da gemerkt, was er für einer ist? Ach, wie dumm sie gewesen ist!

Sie wartet, bis die übrigen Reisenden ausgestiegen sind. Es sind wenige, weil der Zug nur zwei Waggons für Passagiere angehängt hat, die anderen sind Güterwagen. Am Bahnsteig stehen schon die Kaufleute und ihre Angestellten mit ihren Handwagen, um die Waren abzutransportieren; drüben auf der anderen Seite warten ihre Fuhrwerke.

Als sie den weiten Rock vorn zusammennimmt, um leichter aussteigen zu können, reicht der freundliche Herr Forster ihr die Hand. »Darf ich Sie ein Stück begleiten, Fräulein Berend?«, bietet er sich an. »Ich wohne oben in der Paradiesgasse beim Jakobstor, da haben wir den gleichen Weg.«

Sie lehnt dankend ab. Das letzte Stück bis nach Hause will sie allein gehen. Es ist kein leichter Gang, und sie muss darüber nachdenken, was sie sagen wird. Das hat sie während der langen Reise zwar schon unzählige Male durchgespielt, aber jetzt, da sie die altbekannten Häuser und Straßen wiedersieht und den Geruch der Stadt atmet, kann sie sich plötzlich an keines der so klug ausgedachten Worte erinnern. Sie verabschiedet sich eilig und wartet, bis Forster davongegangen ist. Dann läuft sie am neuen Zeughaus vorbei und am Fluss entlang, um ihm nicht noch einmal zu begegnen. Es ist jede Menge Volks unterwegs, Fischer, Seeleute, Arbeiter und Dienstmägde kreuzen ihren Weg, längs der Häuser haben kleine Händler ihre Stände aufgebaut und bieten alle möglichen Waren und Lebensmittel an. Dazwischen hocken Bettler und Krüppel und halten den Vorübergehenden die schrundigen Hände entgegen. Johanna achtet nicht auf sie.

»Da bin ich wieder, Papachen«, murmelt sie vor sich hin. »Es war eine große Dummheit, aber du sagst doch immer: Aus Erfahrung wird man klug. Nun bin ich klug geworden, und ich schwöre bei allem, was mir heilig ist, dass ich von nun an …«

Nein, denkt sie und bleibt stehen. Es ist besser, ich schweige und lasse ihn reden. Schwören kann ich dann immer noch. Sie schaut in den Fluss, der jetzt nicht mehr blau im Sonnenlicht glitzert, sondern schmutzig und träge dahinfließt. Kreischende Möwen streichen über das Wasser, streiten sich um ein paar Happen, die ein Fischer aus dem Boot wirft. Die Gebäude drüben auf der Speicherinsel kommen ihr noch hässlicher und verfallener vor als früher. Kleine Küstensegler und Fischerboote liegen am Kai – die großen Handelsschiffe meiden Danzig, die Mottlau versandet immer mehr, was für die Schifffahrt und den Handel schlimm ist. Sie fasst den Griff der Reisetasche fester und schreitet entschlossen voran. Wenn sie es nur schon hinter sich hätte.

Ach, es ist gut, dass Mama das nicht mehr erleben muss, sie hätte sich die Augen aus dem Kopf geweint. Und der Rest der Familie? Theodor, der ältere Bruder, wird wohl ewig wütend auf sie sein, er ist ein engstirniger, kleinkarierter Mensch, mit dem sie sich nie verstanden hat. Aber Ernst, ihr Herzensbruder, der immer auf ihrer Seite ist, der wird ihr vergeben und zu ihr halten.

Am Buttermarkt geht sie in die Altstadt hinein und merkt sofort, dass sie angestarrt wird. Ist das nicht Friederike Blott, mit der sie zur Schule gegangen ist? Johanna lächelt ihr zu, doch die blonde junge Frau wendet sich rasch ab und geht ihres Weges. War sie es doch nicht? Oder wollte sie sie nicht erkennen? Johanna hilft sich mit Zorn über die Beklommenheit hinweg. Was bildet die sich ein? Immerhin ist sie eine Berend, also nicht irgendwer. Auch wenn sie eine Dummheit gemacht hat – sie gehört einer der angesehensten Familien in Danzig an, man hat sie zu respektieren.

Da ist der Lange Markt mit dem ehrwürdigen Rathaus, dem Artushof und den hohen, fünfstöckigen Patrizierhäusern, die vom Reichtum der Stadt zu Zeiten der Hanse erzählen. Alles ist so geblieben, wie es immer gewesen ist, nur dass an den Linden, die die breite Straße schmücken, schon ein paar gelbe Blätter zu sehen sind. Noch ein paar Schritte in die Lange Gasse hinein, an den Beischlägen vorbei, den niedrigen Vorbauten der Häuser, wo man am Abend so angenehm sitzen und die Vorübergehenden grüßen kann. Dann ist sie am Ziel.

Das Berend'sche Haus ist zur Straße hin nicht breiter als die übrigen Gebäude; rechts und links der Eingangstür gibt es je ein Fenster. Dafür ist es von oben bis unten mit Figuren und Medaillons aus weißem Stuck überzogen, und der Beischlag, zu dem fünf Stufen hinaufführen, ist von einem kunstvoll geschmiedeten Geländer umgeben.

Sie holt noch einmal tief Luft, um das Herzklopfen zu dämpfen, das sich jetzt zu einem wahren Trommelwirbel gesteigert hat. Nur Mut, sagt sie sich. In zwei, drei Tagen ist es überstanden, dann sieht die Welt wieder anders aus.

Der schwere Türklopfer aus Messing erzeugt einen dumpf dröhnenden Klang, der ihr heute besonders laut erscheint.

Danuta öffnet die Tür zunächst nur einen Schlitz breit und schaut hindurch. Johanna kann die ungläubig blickenden Augen des polnischen Hausmädchens sehen, den vor Verblüffung halb offenen Mund. Dann hört sie den leisen Aufschrei: »Jesus Maria!«

»Stell dich nicht so an, Danuta«, sagt sie. »Mach auf. Ich bin wieder da.«

Danuta zieht die schwere Haustür weiter auf und tritt zurück. Ihr Gesicht drückt immer noch Erschrecken aus, in das sich jetzt ein Quäntchen Mitleid mischt. Danuta ist ein liebes Mädchen, sie ist jung und nimmt am Geschehen des Hauses Berend Anteil, als wäre es ihre eigene Familie.

»Gnädiges Fräulein«, sagt sie. »Ich bin ganz durcheinander. So plötzlich. Geben Sie mir die Reisetasche ... Müde sehen Sie aus. Ich sage gleich Frau Döppel, dass sie einen Imbiss richten soll ...«

Frau Döppel ist die Wirtschafterin, die nach Mamas Tod eingestellt worden ist. Johanna mag sie nicht, weil die klein gewachsene, kräftige Person so ungewöhnlich herrisch auftritt. Die ist also immer noch da.

»Lass nur, Danuta. Da – nimm das Schultertuch. Sei vorsichtig damit, es ist in Paris gekauft. Die Tasche stellst du in mein Zimmer, ich packe sie selber aus. Ist Papachen im Kontor? Du musst mich nicht anmelden, ich gehe so hinein.«

Doch anstatt mit Schultertuch und Tasche die Treppe zu den Wohnräumen der Familie hinaufzusteigen, bleibt Danuta ratlos am Treppenfuß stehen. Die Diele des alten Hauses ist hoch und eindrucksvoll, ein Schachbrettmuster aus Marmorstein bedeckt den Boden, an der Decke schaut ein Ölgemälde, von kunstvoll geschnitzten Holzornamenten umgeben, auf den Besucher herab. Ach, der große alte Schrank, den der Ahnherr einst erworben hat – er ist Johanna so vertraut, als kleines Mädchen ist sie daruntergekrochen, um sich vor der Erzieherin zu verstecken. Die Geschäftsräume befinden sich im Erdgeschoss. Dort hinter der dicken Eichentür sitzt Papachen an dem schweren geschnitzten Schreibtisch und ahnt nicht, dass sein Hannchen ihm gleich in die Arme fliegen wird.

»Ihr Bruder Theodor ist im Kontor, gnädiges Fräulein«, sagt Danuta leise. »Und ich glaube, es ist doch besser, wenn ich Sie anmelde.«

»Theodor?«, sagt sie unwillig. »Nein, bei dem brauchst du mich nicht anzumelden. Ist Papachen unterwegs? Dann gehe ich hinauf zu Ernst.«

Danuta beißt sich auf die Lippen. Die Rückkehr der »verlorenen Tochter« scheint sie vollkommen ratlos zu machen.

»Ihr Bruder Ernst ist nicht hier, gnädiges Fräulein. Er ist in Königsberg, um zu studieren.«

Eigentlich eine gute Nachricht, da hat Papachen wohl endlich nachgegeben und ihrem Bruder Ernst ein Studium erlaubt. Trotzdem ist es schade, dass er fort ist. Gerade jetzt wäre sie sehr froh gewesen, ihn zu sehen.

Danuta ist inzwischen zu einem eigenmächtigen Entschluss gekommen. Sie dreht sich um, öffnet die Tür zu den Geschäftsräumen und verschwindet in dem langen, dämmrigen Flur, von dem mehrere Räume abgehen.

»Wo willst du hin, Danuta?«, ruft Johanna ihr unwillig nach.

Sie erhält keine Antwort. Ärgerlich steigt sie die Treppe zu den Wohnräumen hinauf, schaut unschlüssig durch das Fenster in den Innenhof hinab, wo sich Knöterich und wilder Wein emporranken. Vielleicht ist Papachen ja drüben im Nebenhaus, in dem die Waren gelagert werden und das sich bis zur Jopengasse erstreckt. Ja, gewiss. Danuta ist zu ihm gelaufen, um ihm die gute Nachricht zu überbringen.

Unten im Kontor wird eine Tür zugeworfen. Gleich darauf vernimmt sie die Stimme ihres Bruders Theodor, die hart und schneidend durch das Haus hallt.

»Johanna?«

Es hilft nichts, sie muss hinunter, es wäre albern, sich vor ihm zu verstecken. Soll er doch ruhig seinen Ärger über sie ausschütten, zu sagen hat er nichts, Papachen wird gleich hier sein, Danuta holt ihn herbei.

Theodor ist schwarz gekleidet, was sein Gesicht noch blasser erscheinen lässt. Die kräftige Nase tritt hervor, die Augen sind von buschigen dunkelblonden Brauen überwölbt. Er bleibt einen Moment stehen und schaut sie schweigend an. Nichts in seinen Zügen zeigt eine innere Bewegung – Johanna kennt das an ihrem älteren Bruder, man weiß nie, woran man mit Theodor ist.

»Guten Tag«, sagt Johanna so unbefangen, wie es ihr möglich ist. »Da bin ich wieder.«

»Das sehe ich. Komm ins Kontor.«

»Ich warte lieber auf Papachen.«

Er starrt sie an. Jetzt verrät er sich doch, denn sie sieht, wie sich sein Unterkiefer bewegt. Er beißt die Zähne zusammen, ihr zorniger Bruder.

»Ins Kontor, Johanna«, befiehlt er. »Ich habe dir etwas mitzuteilen.«

Er wartet nicht auf sie, sondern geht voraus und verschwindet hinter der Eichentür. Widerwillig entschließt sie sich, ihm zu folgen. Ach, wie ärgerlich. Nun wird Bruder Theodor ihr gleich zu Anfang eine Predigt halten. Sie hat sich ihre Heimkehr anders vorgestellt.

Das Handelskontor ist geräumig, es geht auf den Innenhof hinaus, an den hohen, mit vielen Glasscheiben versehenen Fenstern ranken sich grünende Zweige. Trotzdem wirkt der Raum düster, was an der aufwendigen Wandvertäfelung aus dunklem Eichenholz und an den reich verzierten, schweren Möbeln liegt. Theodor hat am Schreibtisch des Vaters gearbeitet, dort liegen mehrere aufgeklappte Geschäftsbücher, in die er verschiedene Posten eingetragen hat. Wieso darf er das? Hat Papachen ihm etwa gestattet, seinen Schreibtisch zu benutzen?

»Falls du beabsichtigst, mir Vorhaltungen zu machen«, sagt sie keck. »Ich werde nur Papachen Rede und Antwort stehen.«

»Das wird nicht möglich sein«, sagt er mit eisiger Ruhe. »Unser Vater ist vor drei Monaten verstorben.«

Johanna ist nicht in der Lage, den Sinn dieser Worte zu erfassen. Die Wucht der Nachricht trifft sie hart. Verstorben? Papachen? Das ist doch ganz und gar unmöglich! Väter sterben doch nicht so einfach. Sie leben ewig. Papachen kann gar nicht verstorben sein.

»Die näheren Umstände seines Ablebens soll dir Luise schildern«, fährt Theodor fort. »Wir haben unseren Vater unter großer Anteilnahme aller Menschen, die ihm nahestanden, auf dem Hagelsberg im Berend'schen Familiengrab beigesetzt. Seitdem führe ich die Geschäfte.«

Ihr Kopf ist dumpf, sie muss sich an einem der vollbeladenen Aktenschränke festhalten. Es ist wahr. Sie hat ihren Vater verloren. Ihren strengen, gütigen, liebevollen Vater, an den sie während der vergangenen Monate so oft und voller Sehnsucht gedacht hat. Verzweifelte Reue steigt in ihr auf. Sie war nicht bei ihm, als er die Augen geschlossen hat. Nie wird er erfahren, dass sie zurückgekommen ist, nie mehr kann sie ihn um Verzeihung bitten. Und niemals wieder wird er sie in seine Arme nehmen.

Ihr Bruder beobachtet die Wirkung seiner Worte mit kalter Befriedigung. Er schreitet zum Fenster und schließt den offen stehenden Fensterflügel, bleibt dort stehen und kreuzt die Arme vor der Brust.

»Unser Vater starb an einem Herzleiden, das ihm schon seit einiger Zeit zu schaffen machte. Deine unbedachte Flucht, die unserer Familie gegenüber eine unfassbare Rücksichtslosigkeit darstellte, hat seine Krankheit verschlimmert. Um nicht zu sagen: Sie hat ihm den Rest gegeben und seinen verfrühten Tod verursacht!«

Den letzten Satz spricht er mit erhobener Stimme, dann dreht er sich zur Seite und nimmt auf dem Schreibtischsessel Platz.

Papachens Sessel, der nun ihm gehört. Johanna ist so am Boden zerstört, dass sie nicht antworten kann. Es ist ihre Schuld! Papachen ist vor Kummer gestorben, weil sie weggelaufen ist.

»Nachdem du die Familie zum Gespött der ganzen Stadt gemacht hast, bist du nun also zurückgekommen, um im Hause Berend unterzuschlupfen«, fährt Theodor unbeeindruckt fort. »Nun – es wird uns wohl nichts anderes übrig bleiben, als dich aufzunehmen.«

Plötzlich wird ihr klar, dass sie ihm ausgeliefert ist. Papachen ist nicht mehr da, Theodor ist als ältester Sohn an seine Stelle getreten. Sie ist mit ihren zweiundzwanzig Jahren noch nicht volljährig, ihr Bruder ist ihr Vormund, sie hat sich seinem Diktat zu fügen.

»Ich … ich werde dir ganz sicher nicht lange zur Last fallen«, sagt sie trotzig. »Früher oder später werde ich heiraten, dann seid ihr mich los.«

Er lässt die Bemerkung unkommentiert, aber um seinen Mund ist ein spöttischer Zug zu sehen. Glaubt er nicht, dass sie einen Ehemann finden wird? Sie ist hübsch und außerdem eine Berend, es hat schon einige Anfragen aus befreundeten Familien gegeben, die Papachen jedoch alle abgelehnt hat. Der Mann, der sein Hannchen einmal heiraten durfte, musste etwas ganz Besonderes sein. Zumal sie eine beträchtliche Mitgift mit in die Ehe bringt.

»Kommen wir zu den geschäftlichen Dingen«, fordert Theodor. »Du hattest die Unverschämtheit, bei deiner nächtlichen Flucht die Summe von fünfzig Talern aus der Kasse zu entwenden.«

Das ist leider wahr. Schließlich wollte sie nicht ganz und gar von Andrzej abhängig sein, ein wenig Geld im Portemonnaie war ihr vernünftig erschienen.

»Das Geld habe ich mir geliehen und werde es zurückzahlen«, sagt sie hastig. »Das stand auf dem Zettel, den ich in die Kasse gelegt habe.«

»In der Tat«, sagt er und nimmt ein zusammengefaltetes Blatt zur Hand, entfaltet es und überfliegt die wenigen, rasch hingeworfenen Zeilen.

»Die Zinsen, die eigentlich fällig wären, will ich dir erlassen«, sagt er. »Wann gedenkst du, das Geld zurückzuzahlen?«

Sie hat noch eine kleine Reserve von knapp zehn Talern zurückbehalten. Andrzej hat sich großzügig gezeigt, er hat alles bezahlt, ihr Geschenke gemacht und ihr auch das Geld für die Heimreise gegeben. Er kann es sich leisten, da er grandiose Honorare für seine Auftritte erhält.

»In den kommenden Wochen«, behauptet sie kühn.

Ihr Bruder nimmt sie beim Wort und macht eine Notiz im Kassenbuch. Wie pingelig er ist! Papachen war auch genau, wenn es um Geschäfte ging, aber in familiären Dingen ist er großzügig gewesen.

»Du wirst jetzt auf dein Zimmer gehen«, sagt er und klappt das Kassenbuch zu. »Danuta wird dir die Mahlzeiten dort servieren. In den kommenden Wochen wirst du dich ausschließlich im Haus aufhalten und meinen Anweisungen folgen.«

»Ich möchte auf den Friedhof zu Papachens Grab gehen«, sagt sie beklommen. »Das kannst du mir nicht verwehren.«

»Später. Wenn es sich ergibt.«

Damit wendet er sich wieder seiner Arbeit zu und achtet nicht mehr auf sie. Unschlüssig steht sie da und sieht ihm zu, wie er Geschäftsbücher öffnet und wieder zuklappt, Eintragungen macht, Dokumente zurate zieht und dabei Papachens Federhalter und sein Tintenfass aus gelbem Bernstein benutzt. Sie ist zu niedergeschmettert, um mit ihm zu streiten. Stumm geht sie zur Tür und verlässt das Kontor, steigt die Treppe hinauf, ohne recht zu wissen, was sie nun anfangen soll. Warum kommt ihr dieses Haus, nach dem sie solch schreckliches Heimweh gehabt hat, auf einmal so düster vor? Ach, es ist wohl die dunkle Wandvertäfelung, die alles

Licht schluckt. Die schweren Vorhänge vor den kleinen Fenstern. Das Knarren der alten Holzdielen unter ihren Füßen.

Im Flur des ersten Stockwerks bleibt sie stehen, weil Danutas Stimme aus dem Wohnzimmer zu vernehmen ist. Wie es scheint, erzählt sie der Schwägerin Luise die große Neuigkeit, dass Johanna zurückgekehrt ist. Johanna erinnert sich, dass Luise schwanger war, als sie Danzig verließ, da müsste das Kind wohl inzwischen geboren sein. Sie entschließt sich, leise an die Tür zu klopfen und Luise zu begrüßen. Vermutlich ist sie noch von der Geburt geschwächt, sie ist ja nicht die Kräftigste, deshalb hat sie während der beginnenden Schwangerschaft oft zu Bett liegen müssen.

»Herein!«

Wie erwartet klingt Luises Stimme schwach, es ist fast nur ein Flüstern. Danuta ist herbeigelaufen, um die Tür zu öffnen, sie bleibt daneben stehen und behält den Türknauf in der Hand.

Luise liegt auf dem Sofa, ein Kissen im Rücken, eine Decke über sich gebreitet. Man sieht von ihr nur das blasse Gesicht, das durch die weiße Spitzenhaube noch fahler erscheint, die schmalen Schultern und die bläulichen Hände. Die großen hellblauen Augen sind beinahe angstvoll auf Johanna gerichtet.

»Guten Tag, Luise«, sagt Johanna eingeschüchtert. »Ich hoffe, es geht dir gut. War die Geburt sehr anstrengend?«

Luise schließt für einen Moment die Augen, und Johanna begreift, dass sie etwas Ungeschicktes gesagt hat. Ach herrje! Luise hat in den vergangenen Jahren zwei Fehlgeburten gehabt. Am Ende ist es dieses Mal wieder schiefgegangen.

»Ich erhole mich langsam«, sagt Luise. »Wie kommt es, dass du so unvermittelt nach Danzig zurückkehrst?«

»Ich … Ich habe eingesehen, dass es eine große Dummheit war«, erklärt Johanna kurz und knapp.

»Eine Dummheit … soso …«, flüstert Luise mit einem Anflug

von Spott. »Nun – es geht mir heute nicht gut, lass mich bitte allein.«

»Natürlich … Gute Besserung.«

Auf dem Weg in den zweiten Stock, wo sich ihr Zimmer befindet, ist Johanna von widersprüchlichen Gefühlen geplagt. Also hat Luise wieder eine Fehlgeburt gehabt. Das ist schlimm und scheint sie arg mitgenommen zu haben, vor allem weil Theodor auf einen Stammhalter hofft. Aber deshalb braucht sie nicht so unfreundlich zu sein und sie gleich wegzuschicken. Schließlich ist es nicht ihre Schuld, dass die Schwägerin keine Kinder in die Welt setzen kann.

Sie findet ihr Zimmer abgeschlossen, der Schlüssel steckt im Schloss, es knirscht, als sie ihn bewegt, und sie hat Mühe, ihn zu drehen. Ein muffiger Geruch schlägt ihr aus dem kleinen Raum entgegen – kein Wunder, hier ist vermutlich ein halbes Jahr lang nicht mehr gelüftet worden. Rasch geht sie zum Fenster, reißt die Vorhänge zurück und öffnet die Fensterflügel. Auch das gelingt erst nach einigen Versuchen, denn beim Fensterbrett ist Regenwasser eingedrungen und hat das Holz aufquellen lassen. Aufatmend lehnt sie sich hinaus und schaut in den Innenhof hinunter, wo die Spatzen fröhlich im Weinlaub herumhüpfen und sich um die kleinen schwarzen Beeren streiten. Sie sind die Einzigen, die dort unten lärmen; im Nebenhaus, wo die Handelswaren gelagert sind, scheint sich nichts zu tun.

Es klopft an der Tür. Danuta bringt Tuch und Reisetasche, dann geht sie hinaus und kehrt mit einem Tablett zurück. Darauf stehen ein Becher mit Kaffee und ein Teller, auf dem eine Scheibe Brot, etwas Butter und zwei Stückchen Mettwurst liegen.

»Bitte sehr!«, sagt sie und knickst. »Wasser zum Waschen bringe ich gleich.«

Das alte Himmelbett ist frisch bezogen, aber auf Vertiko und Schrank liegt eine dicke Staubschicht, und in den Vorhängen des

Betthimmels hat sich eine fleißige Spinne eingenistet. Johanna setzt sich auf den geschnitzten Stuhl und spürt, wie der Schmerz in ihr wächst und sie ganz und gar vereinnahmen will. Papachen lebt nicht mehr. Niemand wird sie in die Arme nehmen und trösten. Das Elternhaus hat seine Seele verloren. Papachen, ihr geliebtes Papachen, liegt auf dem Hagelsberg in der kalten Erde begraben.

Auguste

Im Haus des preußischen Rittmeisters von Kleiwitz scheint die Morgensonne heute nur zögerlich in die Fenster des Speisezimmers. Wolken ziehen am Himmel in rascher Folge vorüber, ein kühler Wind kündigt den Herbst an. Das Hausmädchen bringt den Kaffee auf einem silbernen Tablett und stellt die Kanne auf das Stövchen aus Meißner Porzellan. Dann zieht sie sich leise zurück, da die Herrschaften ins Gespräch vertieft sind.

»Woher weißt du das?«

»Anton hat es mir erzählt, mein Herz. Er hat es heute früh am Brunnen von dem Hausmädchen der Blotts erfahren.«

Auguste von Kleiwitz ist über die unerwartete Neuigkeit so erschrocken, dass sie die Kaffeekanne, aus der sie ihrem Ehemann gerade einschenken wollte, wieder auf das Stövchen setzt. Die junge Ehefrau ist eine lebhafte Person, immer in Bewegung, stets auf dem Sprung, und nur selten fehlen ihr die Worte. Diese Nachricht lässt sie allerdings für einige Sekunden verstummen.

»Du weißt ja, mein Herz, dass die Domestiken am Brunnen stets die neuesten Nachrichten über ihre Herrschaft austauschen«, fügt Klaus von Kleiwitz hinzu.

Auguste hat die Schreckensstarre inzwischen überwunden. Während sie den Kaffee eingießt, stellt sie nun eine Frage nach der anderen, die ihr Ehemann ernsthaft und nach bestem Wissen beantwortet. Das Ergebnis ist jedoch mehr als lückenhaft und lässt beide in größter Besorgnis zurück.

»Mein liebes, armes Hannchen«, stöhnt Auguste und fährt sich mit der Hand über die Stirn. »Ich bin vor allem glücklich, dass sie heil und gesund wieder zurück ist. Das ist das Wichtigste, Klaus. Alles andere wird sich fügen. Mein Gott, ich werde noch heute zu ihr gehen, um ihr zu versichern, dass ich ihr nichts nachtrage. Das arme Mädchen! Sie hat gewiss nichts vom Tod ihres Vaters gewusst. Sie wird am Boden zerstört sein. Und dazu ist sie jetzt diesem unangenehmen Menschen, diesem geizigen Kleinkrämer ausgeliefert. Habe ich dir erzählt, dass Theodor Berend keinen Pfennig für das Waisenhaus gespendet hat, obgleich ich die liebe Luise seinerzeit herzlich darum gebeten habe, auf ihren Ehemann einzuwirken?«

Klaus von Kleiwitz widmet sich lächelnd seinem Frühstücksei, ohne den Redefluss seiner Eheliebsten zu unterbrechen. Er mag es, wenn sie mit rosig glühenden Wangen und leuchtenden Augen vor ihm sitzt und sich für eine Sache begeistert. So hat er sie damals im Hause ihrer Eltern auf dem Gutshof in Brandenburg zum ersten Mal gesehen und sich auf der Stelle in dieses blonde, ein wenig mollige Energiebündel verliebt. Er selbst ist in allem das Gegenteil seiner hübschen Auguste – ein hochgewachsener, überschlanker Mensch, pflichtbewusster Offizier und von ernsthafter Gemütsart. Man hat ihn dazu erzogen, Gefühlsdinge nicht zum Gegenstand eines Gesprächs zu machen, sondern sich an Tatsachen zu halten, die knapp und sachlich abgehandelt werden sollten. Diese Eigenschaft paart sich ausgezeichnet mit Augustes Überschwang, den er von Zeit zu Zeit durch freundlich gehaltene Bemerkungen in die rechte Richtung zu lenken weiß.

»Nun – du solltest nichts übereilen. Du weißt ja, in welche Verlegenheit uns deine Freundin Johanna Berend vor einem halben Jahr gebracht hat«, wirft er ein, als Auguste für einen Moment innehält, um in ihr Brötchen zu beißen.

»Ach, dieser haltlose, gewissenlose Mensch«, ruft sie und muss einen Schluck Kaffee nehmen, weil sie sich verschluckt hat. »Ich wünschte wirklich, ich hätte ihn niemals zu meinem Salon eingeladen. Aber natürlich – alle meine Freundinnen waren ganz verrückt danach, den weltberühmten Pianisten Andrzej Zalewski zu hören und vor allen Dingen: ihn zu sehen. Was bedeutet, ihm zu Füßen zu liegen, ihn anzuschmachten und dabei in Ohnmacht zu fallen. Oh, wenn ich geahnt hätte, was für ein Unglück dieser abscheuliche Kerl über mein liebes Hannchen bringen würde – ich hätte ihm niemals unser Haus geöffnet!«

»Das konntest du nicht ahnen, Liebes«, wirft ihr Ehemann ein. »Umso ärgerlicher war es für uns, als bekannt wurde, dass Johanna Berend diesen Herrn ausgerechnet in deinem Salon kennengelernt hat.«

Tatsächlich hat es sogar Gerüchte gegeben, dass sich Auguste von Kleiwitz bei dieser Geschichte als Kupplerin betätigt hätte, indem sie den beiden heimliche Treffen ermöglichte. Was keineswegs der Wahrheit entsprach, aber Ernst von Kleiwitz ein ernsthaftes Gespräch mit seinem vorgesetzten Offizier eingetragen hat.

»Was soll's?«, geht sie leichtherzig über seinen Einwand hinweg. »Es ist nun einmal geschehen und nicht mehr zu ändern. Oh, wie sie über das arme Ding hergezogen sind, diese ach so wohlmeinenden Freundinnen und frömmelnden Dämchen. Vor allem die hässlichen, die sie sowieso stets beneidet haben. Nun konnten sie sich die Mäuler über die lasterhafte Johanna zerreißen und dabei die eigene Sittsamkeit hervorheben, die doch nur dadurch bedingt ist, dass sich kein einziger Mann je für sie interessiert hat …«

Klaus von Kleiwitz schaut auf die Kaminuhr und wischt sich mit der weißen Stoffserviette einen Rest Marmelade aus dem Mundwinkel. Es ist Zeit für ihn, der Dienst wartet nicht. Pünktlichkeit ist eine der wichtigsten Tugenden des preußischen Offiziers.

»Falls du heute hinüber zu Berends gehen willst, mein Schatz …«, sagt er, während er aufsteht und den Stuhl wieder an seinen Platz schiebt. »Dann kündige dich besser bei Luise Berend zu einem Besuch an, denn ich fürchte, man wird dich nicht zu Johanna vorlassen.«

Darauf ist Auguste in ihrer Aufregung noch gar nicht gekommen. Natürlich – das wäre diesem Theodor Berend zuzutrauen!

Sie steht auf, um ihren Gatten zu verabschieden. »Wenn ich dich nicht hätte, mein kluger Mann. Richtig – ich wollte die unglückliche Luise ohnehin aufsuchen und sie ermutigen, nächste Woche zu meinem Salon zu erscheinen. So schlage ich zwei Fliegen mit einer Klappe, nicht wahr? Nimm den Mantel, Liebster, es weht ein kalter Wind von Nordost. Und denk daran, dass wir heute Abend Gäste haben, ich habe Herrn und Frau Ostertag mit den beiden Töchtern eingeladen. Du weißt doch, dass Elias Ostertag plant, eine literarische Zeitschrift herauszugeben?«

Er küsst sie zärtlich auf Wangen und Stirn, verspricht, zeitig zurück zu sein und sich nicht aufhalten zu lassen, dann geht er die Treppen hinunter in den Eingangsflur, wo der Hausdiener Anton schon mit Mantel und Tschako bereitsteht.

Auguste gönnt sich noch eine Tasse Kaffee, nimmt reichlich von der guten Erdbeerkonfitüre und sinnt darüber nach, wie sie Luise dazu bringen wird, ihr ein kurzes Gespräch mit Johanna zu gestatten. Natürlich werden sie das arme Ding vorerst unter Verschluss halten, sie ist ein Schandfleck für die Familie, vermutlich wäre es ihnen lieber gewesen, sie wäre nie zurückgekehrt und irgendwo in der Ferne jämmerlich in bitterer Armut verstorben. Oh, sie sind hochnäsig und eingebildet, die Berends, glauben etwas Besseres zu sein, weil sie ein alteingesessenes Patriziergeschlecht sind und ein Haus in der Langen Gasse gleich beim Langen Markt besitzen. Dabei weiß doch die ganze Stadt, dass es mit den großen Handelshäusern bergab geht. Auch Friedrich Berend, der vor drei Monaten zu Grabe getragen wurde, hatte zuletzt heftig zu kämpfen, und wie sein Sohn Theodor nun zurechtkommen wird, das steht in den Sternen. Immerhin war der alte Herr ein umgänglicher Mensch und in der Stadt beliebt, was man von seinem älteren Sohn Theodor nun wirklich nicht sagen kann. Der jüngere Sohn, Ernst, schlägt zum Glück dem Vater nach und ist ein ausgesprochen liebenswerter junger Mann, der ihren Salon schon durch literarische Vorträge verschiedenster Art bereichert hat. Aber leider weilt er nun in Königsberg zum Studium an der Albertus-Universität.

Sie läutet dem Mädchen, dass sie den Frühstückstisch abräumen kann, und begibt sich in ein Nebengemach, wo ihr zierlicher Damenschreibtisch steht. Bevor sie sich zu Berend aufmacht, will sie noch einige Briefe verfassen. Das ist eine Aufgabe, die sie täglich erfüllen muss, denn sie unterhält Briefwechsel mit verschiedenen guten Freundinnen, älteren Tanten und vor allem jungen Künstlern, die sie unterstützt. Wenn ihr Eheliebster manchmal den Kopf über ihre ausgedehnte Korrespondenz schüttelt und vorsichtig auf die Kosten verweist, meint sie stets unbefangen: »Diese begabten jungen Menschen werden eines Tages berühmte Schriftsteller sein, mein Engel. Dann werden diese Briefe großen Wert haben.«

Gegen elf Uhr begibt sie sich in ihr Umkleidezimmer, um sich ausgehfertig zu machen, wählt sorgfältig Hut und Handschuhe und ordnet die blonden Locken.

»Greta, ich gehe aus, und du begleitest mich. Nimm die Briefe mit, wir gehen bei der Poststelle vorbei!«

Greta zeigt sich erfreut, sie geht gern mit ihrer Herrin aus. Sie nimmt ein wollenes Tuch um die Schultern und legt die Post in ihren Henkelkorb, dann beeilt sie sich, ihrer Herrin die Haustür zu öffnen.

»Hu – was für ein unangenehmer Wind!«, seufzt Auguste. »Ach, Greta, der Sommer ist vorüber. Wie mich das traurig stimmt. Schau, dort fliegen schon die ersten Herbstblätter durch die Gasse!«

»Ja, gnädige Frau. Nun werden wir heizen müssen.«

Wie prosaisch dieses Mädchen ist, denkt Auguste. Ich sinniere über den Verlust des Sommers, und sie denkt nur daran, dass sie bald jeden Morgen Kohleneimer schleppen und die Öfen anheizen muss. Dabei nutzt sie jede Gelegenheit, diese Arbeit dem armen Anton aufzuhalsen.

Auguste wählt den Weg über den Kohlenmarkt an ihrem geliebten Theater vorbei, das von den Danzigern ein wenig abfällig »Kaffeemühle« genannt wird. Sie sind überhaupt der Kunst recht wenig zugetan, die Danziger. Ein gutes Essen und ein voller Beutel sind ihnen allemal wichtiger, als sich den Musen zu ergeben. Als die jungvermählte Auguste von Kleiwitz vor einigen Jahren in das Haus in der Heiligen-Geist-Gasse eingezogen ist, hat sie zunächst geglaubt, in eine kulturelle Wüste verschlagen worden zu sein. Aber gottlob hat sie nach und nach einen Kreis Gleichgesinnter aufbauen können, und inzwischen ist ihr »Salon«, der einmal monatlich stattfindet, ein viel beachteter Treffpunkt für Dichter, Komponisten und andere Musensöhne und -töchter. Darauf ist Auguste von Kleiwitz sehr stolz. Auch jetzt muss sie auf ihrem Weg immer wieder stehen bleiben, um mit einer lieben Bekannten oder einem Freund des Hauses ein kurzes Gespräch zu führen, wobei sie darauf hinweist, dass man sich doch ganz gewiss übermorgen zur gewohnten Stunde im Hause von Kleiwitz sehen wird. Zwei junge Geiger vom Theaterorchester werden einige Stücke zum Besten geben, außerdem wird der allseits bekannte Dichter Dr. Arthur Hempel aus seinen Werken lesen …

Bevor sie ihre Schritte zum Haus Berend lenkt, geht sie noch rasch in eines der Geschäfte, die Süßwaren und Spezialitäten anbieten, und erwirbt eine hübsche Schachtel mit Marzipankonfekt. Die arme Luise kann sich solche Naschereien ja erlauben, sie ist nur ein Strich in der Landschaft und sollte unbedingt ein paar

Pfündchen zulegen. Von ihrer Schneiderin weißt Auguste, dass Luise Berend sich zwei Kleider hat enger nähen lassen.

Im Hause Berend wird ihnen wie üblich von Danuta geöffnet, die höflich knickst und die Besucherin in den ersten Stock bittet, wo sie in einem kleinen Vorzimmer warten muss, bis Danuta sie bei ihrer Herrin angemeldet hat. Auguste kann hören, wie hinter der Tür geflüstert wird.

»Ach Gott! Wartet sie drüben?«

»Ja, gnädige Frau.«

»Dann führ sie halt herein.«

Große Freude scheint ihr Besuch ja nicht gerade auszulösen. Aber nun ja – Auguste kann die Vorbehalte in der augenblicklichen Situation durchaus ein wenig verstehen.

»Bitte treten Sie ein, gnädige Frau«, sagt Danuta und hält ihr die Tür auf.

Im Wohnzimmer bietet sich ihr ein groteskes Bild. Luise sitzt zurückgelehnt in einem hohen Sessel, ein Kissen stützt ihren Rücken, die Füße stehen in einer Schüssel mit warmem Wasser. Sie schaut wirklich leidend aus, die Ärmste. Die Haube hat sie abgelegt, sodass ihr dünnes blondes Haar zu sehen ist, das zu einem Zopf geflochten herunterhängt. Vermutlich hat sie Kopfschmerzen, denn als Auguste eintritt, nimmt sie gerade ein feuchtes Tuch von der Stirn, mit dem sie ihre Schläfen gekühlt hat. Im Raum riecht es intensiv nach Kamille und Eukalyptusöl.

»Mein liebste Luise! In was für einem schlimmen Zustand du bist«, ruft Auguste mitleidig aus. »Da komme ich doch recht unpassend, nicht wahr? Aber ich wollte dich unbedingt besuchen und dir ein kleines Geschenk bringen, weil wir uns so lange nicht gesehen haben …«

Luise ringt sich ein Lächeln ab und meint, es sei nichts weiter Ernstes, nur die Migräne, die sie von Zeit zu Zeit plagt.

»Dann will ich dich auf keinen Fall zu lange mit meiner Anwesenheit belästigen, meine liebste Freundin. Ich weiß selbst, wie unangenehm solche Anfälle sind. Zum Glück ereilt es mich nur selten, aber wenn es mich erwischt, dann muss ich den ganzen Tag im dunklen Zimmer verbringen, weil das Licht meine Nerven strapaziert.«

»Oh, ich freue mich sehr über deinen Besuch, meine Liebe«, sagt Luise matt. »Für ein kleines Gespräch muss trotz solcher Malaisen Zeit sein, nicht wahr?«

Sie legt das Geschenk achtlos auf den Tisch neben das Gefäß, das vermutlich Kamillentee enthält.

Auguste erzählt von dem scheußlichen Wind, der durch die Stadt fegt und der ohne Zweifel für Luises Migräne verantwortlich ist, dass sie sich auf die beginnende Theatersaison freut und hofft, die gewohnte Loge wieder mieten zu können, um möglichst weit entfernt von den Plätzen zu sein, wo sich heutzutage leider Kreti und Pleti tummeln. Dann geht sie zu ihrem Salon über, zu dem sie Luise herzlich einlädt.

»Eine kleine Abwechslung wird dir gewiss guttun und dich auf andere Gedanken bringen …«

»Ich kann es nicht versprechen«, meint Luise zögerlich. »Aber bis übermorgen, denke ich, wird es mir besser gehen. Wie lieb von dir, dass du an mich gedacht hast, Auguste!«

»Natürlich, liebste Freundin. Ich weiß ja, dass du eine Aufmunterung nötig hast, da sich nun eine weitere Sorge zu den übrigen gesellt hat …«

Luise, die sich gerade das feuchte Tuch wieder auf die Stirn legen will, hält in der Bewegung inne. »Eine weitere Sorge? Was meinst du damit, Auguste?«

»Nun – mir kam zu Ohren, dass Johanna zurück ist«, gibt Auguste in harmlosem Ton zurück. »Wenn es wahr sein sollte, dann würde ich mich unendlich darüber freuen. Du weißt ja, dass ich Johanna in mein Herz geschlossen habe.«

Wie schon erwartet, zeigt sich Luise wenig erfreut. Das Thema »Johanna« ist zwischen ihnen aus bekannten Gründen lange nicht berührt worden.

»Sie ist seit gestern wieder im Haus«, gibt Luise dennoch zu. »Mich wundert, dass du schon darüber informiert wurdest.«

»Solche Dinge sprechen sich nun einmal schnell herum, meine Liebe. Du kennst mich ja – ich bin ein offener, ehrlicher Mensch, der einer Freundin die Dinge lieber ins Gesicht sagt, als hinter ihrem Rücken über sie zu reden. Du kannst mir glauben, dass ich an Johannas weiterem Schicksal allergrößten Anteil nehme und jederzeit bereit bin, das Meinige zu tun, um ihr behilflich zu sein, wieder in Danzig Fuß zu fassen.«

Luise legt sich das Tuch auf die Stirn und nimmt einen tiefen Atemzug. »Damit hat es noch gute Weile«, sagt sie. »Vorerst hat Theodor bestimmt, dass meine Schwägerin das Haus nicht verlässt. Dies geschieht nicht nur um des Ansehens der Familie Berend willen, sondern auch zu ihrem eigenen Schutz.«

»Natürlich«, beeilt sich Auguste zu versichern. »In solch einem Fall muss man behutsam vorgehen und darf sich auf keinen Fall übereilen. Ich würde sehr gern ein paar Worte mit Johanna wechseln, liebe Luise …«

»Das ist leider nicht möglich, Auguste«, kommt die prompte Antwort. »Theodor möchte nicht, dass Johanna Kontakte pflegt. Dies ist nötig, damit sie sich ihrer Lage bewusst wird und nichts Unbedachtes unternimmt. Du weißt ja, wie leicht sich schlimme Gerüchte in der Stadt verbreiten, liebe Auguste.«

»Gerade in diesem Sinne wollte ich auf Johanna einwirken«, versucht es Auguste noch einmal. »Schließlich sind wir eng befreundet, und ich habe einen gewissen Einfluss auf sie.«

»Später vielleicht«, sagt Luise und tastet mit der linken Hand nach der Glocke für das Hausmädchen. »Vorerst darf ich dich leider nicht zu ihr lassen.«

Auf das Klingeln eilt Danuta herbei.

»Gieß warmes Wasser nach«, befiehlt ihre Herrin und deutet auf die Schüssel, in der sie ihre Füße badet. »Und bring mir noch ein Kopfwehpulver. Beeil dich!«

Auguste begreift, dass ihr Besuch nun beendet ist. Wie ärgerlich – Klaus hat nur allzu recht gehabt, sie sperren das arme Mädchen ein und lassen niemanden zu ihr. Gewiss ist Diskretion am Platz – aber deshalb könnte sie doch eine Freundin empfangen! Doch wie es aussieht, wäre es diesen hochnäsigen Patriziern wohl am liebsten, wenn sie das Mädchen ganz verschwinden lassen könnten. Nur keinen Flecken auf der sauberen Weste!

»Ich wünsche dir gute Genesung, liebe Luise«, säuselt sie. »Bis übermorgen wirst du gewiss wieder auf dem Damm sein.«

»Das hoffe ich auch, liebe Auguste. Und lieben Dank für deinen Besuch und das bezaubernde Geschenk.«

»Lass es dir schmecken, liebe Freundin«, gibt Auguste zurück, während sie den unfrommen Wunsch hegt, das Marzipan möge Luise im Halse stecken bleiben.

Da Danuta beschäftigt ist, geht Auguste allein in den Flur hinaus. Fast ist sie versucht, rasch die Stiege hinaufzueilen, um Johanna kurz einmal tröstend in den Arm zu nehmen. Aber leider kommt ihr jetzt Theodor Berends hagere Gestalt entgegen, und sie muss ihn freundlich grüßen und berichten, dass sie seiner lieben Frau einen Besuch abgestattet hat.

»Sehr aufmerksam von Ihnen«, sagt er kurz angebunden, verneigt sich höflich und wartet im Flur, bis sie die Treppe hinunter in die Halle gegangen ist. Solch ein hinterhältiger Mensch! Er hat ihr Vorhaben erraten und kaltblütig vereitelt. Wenn er doch an seinem eigenen Dünkel ersticken würde, dieser trockene Stecken!

Zornig steht sie in der düsterem Halle und ruft nach Greta, die nicht mit hinaufgegangen, sondern unten in den Wirtschaftsräumen geblieben ist. Wo steckt sie nur? Schwatzt sie hinten im

Innenhof mit der Köchin? Auguste entschließt sich, frech durch die Geschäftsräume im Erdgeschoss in den Innenhof zu gehen, um nach dem Mädchen zu sehen. Mit leiser hämischer Befriedigung stellt sie fest, dass sich im Berend'schen Kontor wenig tut. Man hört eine Feder kratzen, das ist der Kontorschreiber, jetzt hustet er und spuckt aus – wie ekelhaft! Sie findet den Ausgang zum Innenhof und atmet tief durch. Wie angenehm, aus diesen muffigen Räumen hinaus in die frische Luft zu gelangen! Hat sie es sich doch gedacht: Da steht ihr Mädchen Greta im Hof und tut einem rothaarigen jungen Burschen schön, der recht verlegen ausschaut und seine Mütze in den Händen dreht.

»Greta! Wo bleibst du denn?«, ruft sie ungeduldig. »Wir müssen noch zur Poststelle!«

Da tut sich plötzlich oben im zweiten Stock ein Fenster auf, und sie erblickt – Johanna. Hübsch schaut sie aus, wie sie sich mit rosigen Wangen und offenem honigblonden Haar über den Fenstersims neigt und ihr zuwinkt.

»Auguste! Wie schön, dich zu sehen!«, ruft sie hinunter. »Ich habe so oft an dich gedacht. Komm doch herauf zu mir, ich muss dir schrecklich viel erzählen …«

Was für ein elendes Dilemma! Oben steht der düstere Wächter, sie hat keine Möglichkeit, zu ihrer Freundin zu gelangen.

»Später, liebstes Hannchen«, ruft sie hinauf. »Ich bin leider in Eile, weil die Poststelle gleich schließen wird!«

»Oh, wie schade!«, kommt es bekümmert von oben. »Dann schaue ich gleich morgen bei dir vorbei. Du bist am Vormittag doch zu Hause?«

»Zu Hause … ja, gewiss …«, stottert Auguste. »Ich freue mich … Ich denke an dich. Ich werde dir schreiben, Hannchen.«

»Du musst mir doch nicht schreiben, wenn ich schon morgen bei dir bin!«, kommt es fröhlich von oben. »À demain, ma chérie! Tausend Grüße an deinen Ehemann!«

»Tausend Grüße zurück, liebes Hannchen. Bis bald. So bald wie möglich! Ich bin und bleibe deine Freundin! Das darfst du nie vergessen! Adieu, adieu …«

Oben verschwindet Johannas Kopf, und das Fenster wird zugeschlagen. Auguste mag sich nur ungern vorstellen, was sich jetzt in Johannas Zimmer abspielt, aber höchstwahrscheinlich ist ihr Bruder hinaufgeeilt, um sie in ihre Schranken zu weisen.

Ach Gott! Das arme Ding! Wie naiv Johanna doch ist, wie ahnungslos. Auguste kommen die Tränen, wenn sie daran denkt, was ihre Freundin in den kommenden Monaten durchmachen wird. Wenn sie ihr nur helfen könnte! Ach, sie wird das alles mit Klaus besprechen, er hat stets einen klaren Blick und weiß ihr klug zu raten.

»Hast du mich nicht rufen gehört, Greta?«, sagt sie ärgerlich zu ihrem Mädchen. »Lass uns schleunigst gehen. Wenn ich länger hierbleibe, bekomme ich meine Migräne!«

Johanna

Er ist stärker als sie. Das ist schon immer so gewesen; auch als sie noch Kinder waren, hatte sie keine Chance gegen Theodor. Später hat sie sich mit dem jüngeren Bruder Ernst zusammengetan, aber auch zu zweit haben sie Theodor nicht besiegen können. Jetzt ist er gerade in ihr Zimmer geprescht und hat sie bei den Schultern gefasst, vom Fenster weggerissen und auf das Bett geschleudert. Groß steht er vor ihr, übermächtig, kalte Wut blitzt in seinen Augen.

»Du hast wohl nicht recht verstanden, Johanna!«, zischt er sie an. »Kontakte jeglicher Art sind dir verboten, sagte ich. Du wirst dich in deinem Zimmer aufhalten und es nicht verlassen, bis ich weitere Anordnungen treffe!«

Sie liegt wie betäubt in den Kissen und weiß kaum, was mit ihr geschehen ist. Hat er es tatsächlich gewagt, sie anzugreifen, ihr beinahe die Schulter auszurenken? Sie starrt in sein unbewegliches Gesicht und erschrickt vor dem Hass, der ihr entgegenschlägt.

»Das kannst du nicht tun!«, begehrt sie auf. »Ich bin deine Schwester und nicht deine Sklavin!«

»Zwing mich nicht, ernste Maßnahmen zu ergreifen!«, warnt er sie.

Sie setzt sich auf und streicht sich das offene lange Haar aus dem Gesicht. Nein, so darf er nicht mit ihr umgehen!

»Dazu hast du kein Recht!«, ruft sie zornig. »Oh, wenn Papachen noch leben würde, dann hätte er dich jetzt zurechtgewiesen! Aber weil er tot ist, glaubst du, schalten und walten zu können, wie du willst!«

Sie beginnt zu schluchzen, weil der Gedanke an ihren Vater ihr die Tränen in die Augen treibt. Ach, wie dumm, dass sie weinen muss, nun wird er triumphieren. Aber sie kann es nicht ändern, der Schmerz um den verlorenen Vater sitzt zu tief.

»Papa hat dich in seinem Testament enterbt«, sagt er kühl. »Du besitzt nichts und bist auf meine Güte angewiesen, so hat er es bestimmt. Falls du aber Sperenzien machen willst, kann ich dich auch mittellos vor die Tür setzen!«

Damit dreht er sich um und geht hinaus. Johanna bleibt fassungslos zurück, das Zimmer dreht sich um sie, für einen Moment wird ihr schwarz vor Augen. Wenn das ein böser Traum ist, dann will sie jetzt sofort daraus erwachen! Alles soll wieder wie früher sein, als sie mit Mama und Papachen im großen Salon saßen und fröhliche Feste gefeiert haben. Sie will wieder mit Ernst unten im Beischlag hocken und die Vorübergehenden mit Kastanien bewerfen …

Mitten in die schönen Fantasien platzt noch einmal ihr Bruder Theodor. Ohne anzuklopfen, kommt er in ihr Zimmer, stellt einen hölzernen Werkzeugkasten auf den Boden und beginnt, das Fenster zuzunageln.

»Was tust du da? Soll ich nicht einmal mehr lüften können?«

Er treibt die Nägel in das Holz, ohne auf ihren Einwand zu achten, betrachtet dann zufrieden sein Werk, rüttelt probeweise am Fenstergriff und packt schließlich das Werkzeug zusammen.

»Das hast du dir selbst zuzuschreiben!«

Er geht aus dem Zimmer, und sie hört, wie er draußen den Schlüssel umdreht. Er wagt es, sie einzuschließen wie ein ungezogenes Kind, dem man Zimmerarrest gibt! Niemals ist ihr so etwas angetan worden. Nicht einmal die strenge Kinderfrau, die sich früher um sie gekümmert hat, hätte solch eine Maßnahme ergriffen. Das hätte Mama auch verboten. Und Papachen hätte die Kinderfrau dafür aus dem Haus gejagt. Sie rafft sich auf, reißt zornig am Türknauf, und weil sich die Tür nicht öffnen lässt, hämmert sie mit den Fäusten dagegen.

»Aufmachen! Macht sofort die Tür auf! Ihr habt kein Recht, mich einzuschließen!«

Doch niemand kommt ihr zu Hilfe. Sie ruft nach Luise. Befiehlt Danuta, den Schlüssel herumzudrehen. Sie läuft verzweifelt im Zimmer umher, ringt nach Luft, rüttelt am Fenster, kehrt zur Tür zurück und tritt mit den Füßen gegen das Holz. Aber die alte Tür ist aus dicker, stabiler Eiche, sie kann schlagen und treten, soviel sie will – es rührt sich nichts. Schließlich sitzt sie mit blutenden Händen und wunden Füßen am Boden und schluchzt in heller Verzweiflung. Warum ist sie bloß nach Hause zurückgekehrt? Hätte sie geahnt, in welche Hölle sie hier gerät, sie wäre besser bei Andrzej geblieben. Ach, er war flatterhaft, das ist wahr. Aber er hat sie geliebt, er war sanft und zärtlich, nur wenn ein wichtiger Auftritt bevorstand, hat er sich launisch gezeigt. Er hat sie angelogen – nun ja, das ist eben seine Art, die Wahrheit zu verschweigen, um keinen Ärger zu bekommen. Er konnte es nicht leiden, wenn sie ihm eine eifersüchtige Szene machte, aber am Ende haben sie sich immer wieder versöhnt. Fast immer. Am Schluss hat sie die Versöhnung verweigert und ihm erklärt, dass sie genug von ihm hat. Aber selbst da hat er sich großmütig gezeigt, hat ihr die Heimreise bezahlt und ihr für die schöne Zeit gedankt, die sie ihm geschenkt hat. Andrzej ist eben ein lauterer Charakter, ein Gemütsmensch – niemals wäre er auf die Idee gekommen, sie schlecht zu behandeln. Wie konnte es ihr einfallen, ihn zu verlassen, um sich zu Hause von ihrem Bruder schlagen und einsperren zu lassen? Ach, sie hat geglaubt, zu Papachen zurückzukehren, der ihr alles verzeihen würde. Wie bitter hat sie sich doch getäuscht.

Mühsam steht sie auf und gießt Wasser in die Waschschüssel, um die verletzten Hände zu reinigen. Die Risse in den Handballen brennen bei der Berührung mit dem Wasser, sie trocknet sie mit dem Handtuch ab, Blutflecken bleiben auf dem weißen Leinenstoff zurück. Was hat Theodor gesagt? Papachen hätte sie enterbt? Das kann nur gelogen sein, so etwas hätte ihr Vater niemals getan. Das Elternhaus der Mutter in der Frauengasse ist für ihre Mitgift bestimmt, das hat die Mutter so gewollt, und Papachen hat es beim Notar festgelegt. Daran kann auch Theodor nichts ändern. Was für ein Lügner er doch ist! Aber sie durchschaut ihn. Er will sie einschüchtern, damit sie tut, was er von ihr verlangt. Oh, er hat sie immer schon gehasst, weil sie Papachens Lieblingskind gewesen ist, sein Augenstern, sein kleines Goldköpfchen, sein Hannchen …

Wieder steigen die Tränen auf, in den Kummer mischt sich der Zorn über die ungerechte Behandlung, die gemeine Freiheitsberaubung, die boshaften Lügen. Aber damit kommt er nicht durch, sie ist härter, als er glaubt, sie wird ihm die Stirn bieten und schließlich doch tun, was sie will.

Erschöpft trinkt sie Wasser aus dem Krug und macht sich daran, die Reisetasche auszupacken, die noch unberührt auf der Kommode steht. Viel ist es nicht, was sie von den langen Reisen mitgebracht hat. Ein seidenes Nachtgewand, das Andrzej ihr in Rom gekauft hat, zwei bunte Tücher aus zartem Baumwollstoff, die stammen aus Amsterdam, den kleinen Hund aus braunem Plüsch hat er für sie in London auf einem Markt erworben. Alles andere, die Kleider, die Wäsche, Schuhe und Hüte, hat sie zurückgelassen, nur die rote Schachtel mit dem goldenen Anhänger hat sie schließlich doch eingesteckt. Er hat ihr den Schmuck zum Abschied geschenkt, zum ewigen Angedenken, wie er theatralisch behauptet hat. Ein goldenes Herz mit einem kleinen Diamanten darin und den eingravierten Worten »mon amour«! Sie ist wütend gewesen und hat ihm die Schachtel vor die Füße geworfen. Was für ein billiges Geschenk! Ganz sicher hat ihm eine seiner zahlreichen Anbeterinnen diese Liebesgabe überreicht. Aber schließlich hat sie die Schachtel vom Boden aufgehoben und in die Reisetasche gesteckt. Immerhin ist es Gold, sie kommt aus einem Handelsgeschlecht, da wirft man solche Dinge nicht weg, sondern macht sie zu Geld. Ach ja – Geld. Da ist auch ihre lederne Börse, die er ihr in Florenz auf dem Ponte Vecchio gekauft hat. Neun Taler, zwei Silbergroschen und acht Pfennige sind noch darin, außerdem verschiedene ausländische Münzen, deren Wert ihr nicht geläufig ist. Auf jeden Fall nur Kleingeld, aber vielleicht findet sie auf dem Markt ja einen Händler, der die fremden Münzen annimmt.

Falls sie in absehbarer Zeit die Möglichkeit hat, auf einen der Märkte in Danzig zu gehen. Nun – Theodor kann sie schließlich nicht ewig hier einsperren, irgendwann wird er die Tür wieder öffnen müssen. Vorsichtshalber versteckt sie ihre Geldbörse unter dem losen Dielenbrett, wo sie schon als Kind ihre Schätze verborgen hat. Dann geht sie zum Fenster und schaut durch die kleinen Glasscheiben nach draußen. Viel kann sie nicht mehr sehen, in den Innenhof kann sie nur hinunterblicken, wenn sie sich hinausbeugt. Was ihr bleibt, ist die Wand des Nachbarhauses, in der es mehrere schmale Fensterchen gibt; darüber steht ein Stück Himmel. Dort ziehen dunkelgraue Wolkengespinste vorüber, der Wind bläst von Nordost, das Licht, das in ihr Zimmer fällt, ist fahl und unstet.

Bei diesem Wetter wollte ich sowieso nicht ausgehen, denkt sie trotzig und legt sich fröstelnd auf ihr Bett.

Eine Weile liegt sie still und lauscht auf die Geräusche des alten Haues. Der Wind rüttelt an den Dachschindeln, irgendwo klappert ein Fensterladen, eine Ranke vom wilden Wein schlägt gegen die Hauswand. Manchmal kann sie Schritte im Treppenhaus vernehmen. Danutas Holzschuhe sind leicht zu erkennen, auch das grobe Trampeln der Haushälterin, die in der Küche und in den

Wirtschaftsräumen wirkt. Theodor trägt feste Stiefel, sein Schritt ist leise und gleichmäßig. Sie erkennt auch die abgelaufenen Schuhe des Kontorschreibers Stefan Korbitz, der seit fast zwanzig Jahren im Berend'schen Kontor beschäftigt ist. Die Bewegungen spielen sich im Erdgeschoss und ersten Stock ab, zu ihr in den zweiten Stock steigt niemand hinauf, nicht einmal Danuta. Manchmal hört man die helle Stimme des Hausmädchens, dann sagt sie: »Jawohl, gnädige Frau.« – »Sofort, gnädige Frau.« Also ist sie mit Luise beschäftigt, die ständig etwas braucht, weil sie so kränkelt. Johanna ertappt sich bei dem boshaften Gedanken, dass der Himmel gerecht ist, wenn er Theodor den erhofften Sohn und Erben versagt. Nein, pfui – das ist gemein. Die arme Luise leidet schrecklich darunter, und wenn sie auch nicht gerade freundlich zu Johanna gewesen ist, so kann sie doch letztlich nichts für die Machenschaften ihres Ehemannes.

Mittag ist lange vorüber, und sie hat außer einigen Schlucken Wasser bisher nichts zu sich genommen. Will man sie verhungern lassen? Außerdem plagt sie ein menschliches Bedürfnis, aber da sie den Abort nicht aufsuchen kann, muss sie den Nachttopf benutzen. Ausleeren kann sie ihn nicht. Was für eine widerliche Gemeinheit, so mit ihr umzuspringen! Wann kommt endlich Danuta, um das Zimmer zu reinigen, den Topf auszuleeren und ihr etwas zu essen zu bringen?

Die Stunden ziehen sich träge dahin. Bei jedem Geräusch auf der Treppe fährt sie hoch, hofft, dass man sie endlich aus der Gefangenschaft erlöst – doch nichts geschieht. Das Licht wird schwächer, der Tag neigt sich dem Abend entgegen, die Dämmerung geht in nächtliche Dunkelheit über. Sie zündet die Öllampe an und geht wie ein gefangenes Tier im Zimmer umher, hält das Ohr an die Tür, ist versucht, nach Danuta zu rufen, und tut es doch nicht. Nein, den Triumph gönnt sie ihm nicht, sie wird nicht bitten oder betteln, dazu ist sie zu stolz. Die Gedanken kreisen in ihrem Kopf, Augustes seltsame Antworten heute früh im Hof fallen ihr wieder ein.

»Ich bleibe deine Freundin … ich werde dir schreiben …«

Also hat sie gewusst, was man ihr antun würde. Warum hat sie sie nicht gewarnt? Sie will ihr schreiben? Wie soll das gehen, da doch alle Briefe bei Theodor im Handelskontor landen? Und wie kommt Auguste überhaupt auf die Idee, ihr schreiben zu wollen? Bedeutet das, man wird sie vielleicht gar monatelang im Haus einsperren? Aber was hat sie denn getan? Sie ist doch keine Verbrecherin, hat nicht gestohlen und niemanden zu Tode gebracht. Sie will ja auch nicht gleich morgen hocherhobenen Hauptes durch die Stadt laufen und alle ihre Bekannten aufsuchen, um von ihrer Reise zu erzählen. Nein, sie weiß selbst, dass sie sich eine Weile unauffällig verhalten sollte und nur diejenigen ihrer Freundinnen besuchen darf, von denen sie weiß, dass sie ihr auch jetzt noch wohlgesinnt sind. So wie Auguste, die würde sie ganz sicher freundlich empfangen.

Vielleicht ist ja alles nur ein unglückseliges Missverständnis, denkt sie, als sie schließlich müde und erschöpft in ihrem Bett liegt. Ich werde mit Theodor reden, und wir werden uns einigen. Auch wenn er mich hasst und ich ihn nicht ausstehen kann – es wird sich eine vernünftige Lösung finden lassen. Das hätte auch Papachen so gewollt.

Sie schläft unruhig in dieser Nacht, hört den Wind um das alte Haus streichen, die Dielen und hölzernen Wandverkleidungen knarren, später schlagen Regentropfen gegen das Fenster. Einmal glaubt sie, das Knirschen eines Schlüssels zu vernehmen, doch es ist dunkel im Zimmer, weil die Lampe ausgebrannt ist, und da sie weiter kein Geräusch hört, schläft sie wieder ein.

Als das bläuliche Morgenlicht sie weckt, entdeckt sie ein Tablett mit Brot, Wurst und einem Becher Milch auf der Kommode. Auch der Nachttopf ist geleert, die Waschschüssel gesäubert, und ein Krug mit frischem Wasser steht bereit. Also war Danuta zu nachtschlafener Zeit in ihrem Zimmer, um diese Dinge zu erledigen. Wie lächerlich! Glaubt Theodor vielleicht, sie würde wie eine Wilde davonrennen, sobald die Tür aufgeschlossen wird? Das karge Frühstück ist trotz allem verlockend, sie hat seit vorgestern Abend nichts mehr zu essen bekommen, und ihr Magen knurrt fürchterlich. Hungrig schlingt sie Brot und Wurst hinunter, die Milch lässt sie stehen, weil sie keine Milch mag. Was gäbe sie jetzt um eine Tasse Kaffee! Dann hat sie das Bedürfnis, sich zu waschen und frische Wäsche anzuziehen. Sie benutzt den Nachttopf und gießt Wasser in die Waschschüssel, will gerade das lange Nachthemd abstreifen, da hört sie Schritte. Man kommt zu ihr in den zweiten Stock hinauf. Das sind Danuta und Theodor. Dazu eine unbekannte Person mit schweren Schuhen und festem Tritt.

Ihre erste Reaktion ist Erleichterung. Sie wird verhandeln, sich vernünftig zeigen, auf einige seiner Forderungen eingehen, aber auch ihre Rechte wahren. Dann vernimmt sie eine weibliche Stimme.

»Sind Sie sicher, dass sie kein Theater machen wird?«

»Sie wird ganz ruhig sein, Frau Göttler. Wir haben ihr ein Mittel in die Milch gegeben.«

Die Hebamme. Sie kennt diesen Namen, weil eine Frau Göttler Luise nach ihren Fehlgeburten versorgt hat. Eine kräftige, resolute Person um die Fünfzig, die keinen Widerspruch duldet und nicht mit sich handeln lässt. Was will sie hier? Und was für ein Mittel wollte man ihr verabreichen?

Der Schlüssel wird umgedreht, Theodor betritt als Erster das Zimmer. Als er sie im Nachtgewand beim Vertiko stehen sieht, verzieht er ärgerlich das Gesicht.

»Hast du nicht gefrühstückt?«, fragt er ohne einen Morgengruß. »Nun – ich habe Frau Göttler gebeten, dich zu untersuchen.«

»Warum?«, stammelt sie entsetzt. »Ich bin nicht krank.«

»Aber möglicherweise schwanger. Falls es so ist, habe ich das Recht, darüber Bescheid zu wissen. Also leg dich aufs Bett, Frau Göttler versteht ihr Handwerk, es dauert nicht lange.«

»Ich denke nicht daran!«, schreit sie wütend. »Ich bin nicht schwanger. Und selbst wenn ich es wäre, geht es dich nichts an!«

Er wechselt einen Blick mit der Hebamme, die eine bedenkliche Miene zieht. Dann geht er auf Johanna zu und fasst sie beim Arm.

»Aufs Bett!«, befiehlt er und zerrt sie hinüber. »Hinlegen!«

Dieses Mal wehrt sie sich aus Leibeskräften. Tritt mit den Füßen, packt sein Ohr und reißt es fast ab, spuckt ihn an. Aber sein Griff ist eisern, er stößt sie aufs Bett, und weil sie nicht liegen bleiben will, schlägt er sie mit der flachen Hand ins Gesicht.

»Fangen Sie an!«, befiehlt er der Hebamme. »Keine Sorge – ich halte sie fest.«

Die Hebamme schaut mit kühlem Blick auf Johanna, die sich unter dem Griff ihres Bruders verzweifelt windet und schrille Schreie ausstößt.

»Jemand muss ihre Beine festhalten«, sagt Frau Göttler sachkundig.

»Danuta!«

Das Mädchen ist bei der Tür stehen geblieben. Als sie den Befehl hört, wehrt sie mit beiden Armen erschrocken ab. »Das kann ich nicht tun, gnädiger Herr. Ich flehe Sie an …«

»Du hast zu gehorchen.«

Danuta nähert sich zögernd, sie ist totenbleich, aber sie weiß, dass sie jederzeit auf die Straße gesetzt werden kann, wenn sie sich der Anordnung ihres Herrn verweigert.

»Heilige Muttergottes – verzeih mir diese Sünde«, flüstert sie.

»Halt das rechte Bein«, ordnet die Hebamme an. »Fest! So ist es gut.«

Johanna begreift, dass es keine Rettung gibt. Die Hebamme

streift ihr das Nachthemd hoch bis zur Brust, drückt auf ihrem nackten Bauch herum und fährt mit hartem Finger in ihr Geschlecht. Es tut weh, aber Johanna gibt keinen Laut mehr von sich. Sie liegt wie betäubt, eine eisige Starre ist über sie gekommen, eine Gleichgültigkeit, als habe sie ihren Körper verlassen und befände sich nicht mehr hier in diesem Zimmer. Wie im Traum sieht sie die weiße Haube der Hebamme, die Schweißperlen, die sich auf ihrer Stirn gebildet haben, und Danutas starre, entsetzte Augen. Man zieht ihr das Nachtgewand wieder herab, dann vernimmt sie Theodors Frage.

»Nun?«

»Sie ist keine Jungfrau mehr.«

»Das wissen wir. Und weiter?«

»Schwanger ist sie nicht. Sie hat ihre Menses.«

»Und sonst?«

»Keine Anzeichen für die französische Krankheit.«

»Sicher?«

»Wenn ich es sage!«, gibt die Hebamme unwillig zurück. »Das macht drei Taler und fünf Silbergroschen.«

»Danuta bringt Sie hinunter ins Kontor.«

Johanna liegt leblos wie eine Tote; auch als Theodor sie nun loslässt, bewegt sie sich nicht. Er bleibt einen Moment an ihrem Bett stehen und betrachtet sie verdrossen.

»Du hättest dir viel ersparen können, wenn du mir gehorcht hättest!«, sagt er.

Sie schweigt. Etwas ist in ihr zerrissen. Für immer entzweigegangen. Ein Vorhang ist gefallen, und die Welt dahinter zeigt ihr wahres, grausames Gesicht.

»Du hast dich selbst zur Hure gemacht«, hört sie ihren Bruder reden. »Wundere dich also nicht, wenn du wie eine solche behandelt wirst. Du bleibst hier eingeschlossen, bis du versprichst, dich meinen Anordnungen zu fügen!«

Er geht zur Tür, tritt in den Flur hinaus, und gleich darauf vernimmt sie das Knirschen des Schlüssels im Schloss. Dann seine eiligen Schritte die Treppen hinab ins Kontor.

Die Erstarrung hält an. Sie liegt unbeweglich auf dem Rücken, hört, wie die losgerissene Weinranke gegen das Fenster schlägt, in ihrem Kopf ist es dumpf und leer. Dann spürt sie die Kälte, die ihr in die Glieder kriecht, sie kauert sich zusammen, umfasst die Knie mit den Armen und beginnt zu zittern. Ihr ganzer Körper bebt, sie kann nichts dagegen tun, das Herz rast, ihre Zähne schlagen aufeinander, die Finger sind taub und kalt wie Eiszapfen. Erst nach einer Weile lässt der Anfall nach, sie kann sich aufsetzen, das wirre Haar zurückstreichen, die kalten Hände und Füße reiben. Mühsam steht sie auf und beginnt sich zu waschen, zieht Hemd und Korsett an, trifft Vorkehrungen zur Versorgung ihrer Monatsblutung, steigt in die lange Unterhose, die innen geknöpft wird, und bindet die Unterröcke in der Taille fest. Jede ihrer Bewegungen geschieht routinemäßig, mit jedem Kleidungsstück, das sie anlegt, gewinnt sie einen Teil von sich selbst zurück. Sie wählt eines der alten Hauskleider, die sich im Schrank finden, zieht Strümpfe und Schuhe an, nimmt ein warmes Tuch um die Schultern.

Am Fenster stehend schaut sie in die dunklen Wolkenfetzen, die am grauen Himmel vorübertreiben. Wie ein Rudel schwarzer Wölfe auf der Jagd nach einem Wild ziehen sie vorbei, ein düsteres Schattenspiel, erbarmungslos und tödlich.

Sie dreht sich um und starrt auf das zerwühlte Bett. In ihr steigt etwas auf, was sie bisher nicht an sich gekannt hat. Härte, die eher bricht als nachgibt. Es gibt keine Einigung, keine Versöhnung. Es gibt nur den Kampf, und sie wird ihn mit dem einzigen Mittel führen, das ihr zu Gebote steht. Unerbittlich und ohne Rücksicht auf sich selbst.

Sie gießt die Milch in den Nachttopf und wirft die letzten Brotbrocken dazu. Jetzt wird sich zeigen, wer den längeren Atem hat.

Ernst

Ernst Berend setzt sich im Bett auf und hält sich stöhnend den Kopf. Verdammt – das Löbenichter Bier! Schon gestern Abend nach dem Treffen der Burschenschaft hat er einen Teil der fünf Humpen wieder von sich gegeben. Natürlich zur allgemeinen Gaudi seiner Kameraden von der Germania Königsberg, die ihm spöttisch geraten haben, niemals eine ungerade Zahl an Humpen zu trinken, weil das dem Magen nicht bekömmlich sei. Den guten Rat, noch einen weiteren Humpen folgen zu lassen, um auf eine gerade Zahl zu kommen, hat er glücklicherweise nicht befolgt – ihm war auch so schon speiübel. Mit Mühe hat er sich in seine Studentenbude in den vierten Stock geschleppt und ist dort ins Bett gefallen, nicht einmal die Schuhe hat er von den Füßen gezogen.

Er rafft sich auf und trinkt einige Schlucke Wasser aus dem Krug, dann stellt er fest, dass das weiße Bettzeug schwer unter den dreckigen Schuhen und schlammverspritzten Hosenbeinen gelitten hat. Ach herrje! Da wird sich die Hauswirtin wieder fürchterlich aufregen und für das Waschen zwei Silbergroschen extra fordern. Die Kabbert, die alte Fuchtel, kann den Hals ja nicht vollkriegen. Das Essen, das sie ihm täglich zubereitet, lässt auch sehr zu wünschen übrig: kaum einmal ein Stückchen Fleisch, dafür jede Menge Kartoffeln, Kohl und Zwiebeln.

Es hilft nichts, er muss aufstehen und vor allem die feuchten Schuhe und nassen Socken ausziehen. Auch die Beinkleider sollte er wechseln, aber daraus wird nichts werden, weil keine Alternative zur Verfügung steht: Eine seiner drei Hosen ist beim Schneider, die andere in der Wäsche, und die dritte trägt er auf dem Leib. Es ist schon ein Elend, dass Theodor solch ein Kleinkrämer ist und er jeden Pfennig, den er ausgibt, notieren muss. Für die fünf Humpen Bier gestern muss er sich noch etwas einfallen lassen, die kann er nicht wahrheitsgemäß in die Liste seiner Ausgaben eintragen, sonst wird Theodor ihm die monatliche Zahlung kürzen.

Während er Wasser in die Schüssel gießt und Kinn und Wangen einschäumt, um sich die schwarzen Bartstoppeln zu rasieren, denkt er neidisch an die Geldbörsen einiger Kommilitonen, die so gut gefüllt sind, dass sie sich Jacken aus feinem englischen Tuch, Reitunterricht, Tanzunterricht oder hübsche Freundinnen leisten können. Von alldem kann er nur träumen – er muss froh sein, dass Papa ihm seinerzeit überhaupt die Erlaubnis zu einem Studium erteilt hat. Leider nicht im Fach Philosophie, wie er es sich so sehr gewünscht hat, sondern an der juristischen Fakultät. Weil die Philosophie nur eine überflüssige Spinnerei sei, ein Jurist aber dem Handelshaus Berend nützlich sein könne.

Er wischt sich die Seifenschaumreste mit dem Handtuch aus dem Gesicht, putzt die Zähne und verspürt Appetit. Na also – so ein paar Humpen hauen ihn nicht um, nur die Kopfschmerzen wird er noch ein Weilchen ertragen müssen, aber das vergeht. Er läuft barfuß zur Tür und schaut nach, ob sein Frühstück schon da ist – richtig, sie hat es draußen auf die wackelige Kommode gestellt. Der Kaffee ist allerdings kalt und die Brotscheiben angetrocknet. Wie spät ist es denn? Zu dumm, dass er seine goldene Taschenuhr versetzen musste, um eine Schuld zu begleichen – jetzt muss er sich immer aus dem Fenster beugen, um die Zeit von der Kirchturmuhr abzulesen …

»Herr Berend?«, tönt es von unten. »Ich habe das Frühstück auf die Kommode gestellt, weil ich Sie im Zimmer schnarchen hörte, da wollte ich Sie nicht wecken.«

Die Kabbert'sche! Sie muss dehnbare Ohren haben, weil sie alles hört, was sich im Treppenhaus abspielt.

»Vielen Dank!«, ruft er hinunter. »Können Sie mir sagen, wie spät es ist, Frau Kabbert?«

»Schon elf durch, Herr Berend. Ist gestern ja spät geworden, nicht wahr?«

Elf Uhr – verfluchtes Elend. Um zehn hätte er pünktlich bei Schallermann sitzen müssen, schließlich hat er für die Vorlesungen bezahlt. Jetzt noch hinzulaufen, lohnt sich natürlich nicht mehr. Zumal Schallermann ihn auf dem Kieker hat.

»Ach – der Herr von und zu Berend ist auch schon da!«, hat er neulich spöttisch bemerkt, als Ernst wieder einmal eine Viertelstunde zu spät gekommen ist.

»Gestern?«, ruft er hinunter. »Ja, das war ein wenig spät. Ich hoffe, ich habe Sie nicht gestört, Frau Kabbert. Hätten Sie die Güte, mir einen Krug Most zu bringen? Ich komme um vor Durst.«

»Most? Da muss ich schauen, ob noch was da ist. Dünnbier kann ich bringen …«

»Meinetwegen«, knurrt er, obgleich der Gedanke an Bier ihm momentan nicht angenehm ist. Aber das Brunnenwasser hier ist die reine Pest, es schmeckt faulig.

Er nimmt Becher und Teller mit in seine Stube, stellt die Sachen zwischen den Manuskripten auf dem kleinen Tisch ab und schaut zum Fenster. Es regnet schon wieder! Da wäre er sowieso klatschnass geworden und hätte in der Vorlesung zwischen den dampfenden Kommilitonen gesessen, was kein Spaß ist, wenn man eine empfindliche Nase hat. Besser, er setzt sich gemütlich auf das Sofa und denkt über seine Abhandlung über die *Antigone* von Sophokles nach. Das Drama um die Diskrepanz zwischen Staatsraison und göttlichem Gesetz, die er in Beziehung zu der aktuellen politischen Situation in Preußen setzen will. Immer wieder werden die Forderungen der Ständevertreter nach Mitspracherecht vom preußischen König Friedrich Wilhelm IV. harsch abgewiesen; eine freiheitliche Verfassung ist in weiter Ferne.

Als er gerade eine treffende Formulierung notieren will, klopft die Wirtsfrau an die Tür, und er springt auf, um schnell die Bettdecke über das verdreckte Laken zu ziehen.

»Herein!«

Sie bringt einen Krug zweifelhaften Inhalts, und er muss auf dem Tisch Platz schaffen, damit sie ihre Last abstellen kann

»Die Herren Studenten!«, seufzt sie. »Immer so viele Bücher! Wenn Sie sich nur keine schlechten Augen einhandeln, Herr Berend. Ihr Vorgänger, der Julius Krähfuß, der war blind wie ein Maulwurf und musste dicke Augengläser tragen …«

»Keine Sorge, Frau Kabbert«, meint er. »Meine Augen sind ausgezeichnet. Danke für den Most … oder was ist es?«

»Apfelmost, Herr Berend. Wir hatten noch Fallobst, das musste weg, weil es schon angefault war.«

Sie nimmt den Teller mit, den Becher lässt sie ihm für den Most stehen, dann schaut sie sich in der Stube um. Sie ist winzig klein und hat auf der einen Seite eine Schrägwand, aus der eine Dachgaube hervorsteht. Den meisten Platz nimmt das Bett ein, das mit einst farbig gemusterten, inzwischen aber ausgebleichten Vorhängen verhängt ist. Dazu gibt es ein altersschwaches Sofa, an dem schon Generationen von Motten gefressen haben, Tisch und Stuhl, ein wackliges Bücherbord, das kleine Kanonenöfchen und einen schmalen Kleiderschrank, dem die Tür fehlt.

Ernst hält die Luft an, als ihr Blick über das Bett gleitet, doch sie bemerkt nichts, sondern richtet ihre Aufmerksamkeit auf die schmutzstarrenden Schuhe neben der Tür.

»Die sehen ja schlimm aus, Herr Berend. Ich werde sie mitnehmen und putzen.«

Er lässt es geschehen, obgleich sie garantiert einige Pfennige für diese fürsorgliche Aktion verlangen wird. Als er gerade nach einem Eimer Kohlen für den Ofen fragen will, weil er die Socken und den Mantel trocknen muss, zieht sie einen zerknitterten Brief aus der Schürzentasche.

»Das hätte ich beinahe vergessen«, meint sie und verzieht den Mund zu einem anzüglichen Lächeln. Es sieht nicht hübsch aus, weil sie schiefe Zähne hat. »Von einer gewissen Auguste von Kleiwitz aus Danzig. Das ist gewiss das Fräulein Braut, nicht wahr?«

Er streckt die Hand nach dem Schreiben aus und freut sich. Auguste hat sich bereit erklärt, zwei seiner Aufsätze einem guten Bekannten weiterzugeben, einem gewissen Elias Ostertag, der eine literarische Zeitschrift herausgeben will.

»Meine Braut?«, lacht er. »Aber nein. Frau Rittmeister von Kleiwitz ist eine liebe Freundin der Familie.«

»Ja so«, meint sie enttäuscht. »Ich dachte nur – weil sie so oft an Sie schreibt.«

»Das tut sie allerdings«, bestätigt er und ärgert sich über sich selbst, weil er ihr Rede und Antwort steht, obgleich diese Dinge sie gar nichts angehen. Er ist froh, dass sie endlich mit Schuhen und Teller hinausgeht; erst als sie schon die Treppe hinunter ist, fällt ihm ein, dass er sie um Kohlen bitten wollte. Nun ja – dann wird er eben später nachfragen.

Neugierig bricht er das Siegel des Schreibens und entfaltet den Brief. Auguste hat die Seite bis unten hin vollgeschrieben, sodass kaum Platz für die Unterschrift geblieben ist. Der Name »von Kleiwitz« läuft trotzdem mit einem schwungvollen Kringel am »z« aus.

Mein lieber junger Freund,
noch ganz unter dem Eindruck des gestrigen Salontreffens in unserem Hause greife ich zur Feder, um Ihnen davon zu berichten. Wir hatten zwei großartige Interpreten der edlen Frau Musica zu Gast, die uns mit den

unvergleichlichen Klängen des großen Johann Sebastian Bach erfreuten. Dazu den jungen Pianisten Sebastian Sonntag, der Beethovens »Appassionata« auf ganz wundervolle, emotional mitreißende Weise zu Gehör brachte. Er war genötigt, mehrere Zugaben zu geben, weil die Damen ihn sonst vermutlich gesteinigt hätten …

Ernst nimmt einen Schluck Most. Bäh – das Zeug ist genauso süß wie die überzuckerten Elogen, mit denen Auguste ihre Gäste ausschmückt. Er war oft genug bei ihr eingeladen, um zu wissen, dass man von ihren emphatischen Lobeshymnen mindestens achtzig Prozent abziehen muss, um auf den wahren Kern der Dinge zu stoßen. Und außerdem sind ihm Pianisten, die junge Damen in Ekstase versetzen, mehr als suspekt. Dafür hat er seine persönlichen Gründe. Weiter geht's mit dem Brief.

… Auch die literarischen Darbietungen waren von seltener Schönheit und Eloquenz. Dr. Arthur Hempel trug uns einige seiner romantischen Verse vor, die großen Beifall fanden, dann las uns Elias Ostertag den zweiten Akt seines religiösen Dramas »Christus auf dem Galgenberge« vor, was vor allem die Damen zu Tränen anrührte und uns alle veranlasste, den Autor um eine weitere Lesung dieses eindrucksvollen Werkes im kommenden Monat zu bitten. Das Stück hat fünf Akte!

Großer Gott! Dann wird er sich frühestens im Februar wieder auf einem ihrer Salons blicken lassen. Gefühlstriefende religiöse Dramen sind nicht seine Sache.

… In Bezug auf Ihre ganz hervorragenden Aufsätze kann ich Ihnen berichten, dass Elias Ostertag sie mit großer Freude gelesen hat und Ihnen für Ihren klaren, griffigen Stil höchste Anerkennung zollt. Eine Veröffentlichung in der noch zu gründenden literarischen Zeitschrift erscheint ihm jedoch aufgrund des politischen Inhalts nicht empfehlenswert, da sein

Blatt allein der schönen Literatur gewidmet ist und sich jeder politischen Stellungnahme enthalten wird.

Ernst wirft den Brief ärgerlich auf den Schreibtisch, von dem er mangels sicherer Auflage zu Boden segelt, sodass er neben dem Ofen liegen bleibt. Auch gut. Da kann er ihn gleich zusammenrollen und als Fidibus zum Anzünden verwenden. Der fromme Herr Ostertag mag keine politischen Artikel veröffentlichen! Was für ein feiger, angepasster Armleuchter! Nun ja – was will man auch von einem Kerl erwarten, der langatmige religiöse Dramen verfasst? Er steht auf, um zornig das Fenster aufzureißen, lässt sich den Regen ins Gesicht peitschen und versucht, die enttäuschte Hoffnung zu verwinden. Er hat seine Aufsätze schon an mehrere Zeitschriften geschickt, sich aber bisher nur Absagen eingehandelt.

Leider entsprechen die eingesandten Texte nicht der Ausrichtung unseres Blattes … Zu politisch … Zu wenig literarisch … Zu hart formuliert … Schicken Sie ein schönes Gedicht oder eine historische Abhandlung …

Es ist zum Auswachsen! Wenn er nur Geld hätte, dann würde er selbst eine Zeitschrift gründen. Ein fortschrittliches Blatt, das guter Literatur nicht abgeneigt ist, aber auch Texte druckt, die sich für Freiheit und Bürgerrechte einsetzen. Geld, immer nur Geld! Er besitzt keinen Pfennig, ist vollständig von seinem Bruder Theodor abhängig, der der alleinige Erbe des Berend'schen Nachlasses ist.

Wütend schlägt er das Fenster zu und trocknet sich Gesicht und Haar mit dem Handtuch ab. Er nimmt noch einen Schluck von dem süßen Most, spuckt das Zeug zornig wieder aus und setzt sich auf das Sofa, um weiterzuschreiben. Doch die enttäuschte Hoffnung hat ihm den Schwung genommen. Er liest die bereits geschriebenen Sätze durch und findet alles grottenschlecht, streicht aus, formuliert neu, kommt vom Hölzchen aufs Stöckchen, ohne das eigentliche Anliegen seines Werkes weiter voranzutreiben. Schließlich kippt auch noch das Tintenfass um, das er neben sich auf das Sofa gestellt hat. Er kann gerade noch einen Rest der Tinte retten, das meiste ist in den alten Samtstoff eingesickert und hat einen unförmigen schwarzen Fleck erzeugt. Was für ein Unglückstag! Am besten legt er sich wieder ins Bett und bleibt dort bis morgen früh, denn alles, was er heute noch unternimmt, kann nur danebengehen.

Seine kluge Vorsichtsmaßnahme wird durch ein Klopfen an der Tür verhindert. Kommilitone Alfred Riechert steht draußen, einen regennassen Umhang um die Schultern, die triefende Mütze in der Hand.

»Alfred, alter Kumpan!«, ruft Ernst erfreut. »Sag bloß, du hast heute auch den Schallermann geschwänzt!«

»Was soll's?«, meint Alfred schulterzuckend. »Der Julius Schammes trägt mich in die Anwesenheitsliste ein, und später gehe ich sowieso zu Kugelmann, um alles zu repetieren. Und was ist mit dir, altes Haus? Keine Lust, wie? Kann ich gut verstehen. Das eintönige Paragrafengelaber raubt einem ja den letzten Nerv.«

Alfred schiebt seinen langen, dürren Körper in die Stube. Bei der Tür muss er den Kopf einziehen, am Fenster bei der Dachschräge müsste er in die Knie gehen. Nur in der Mitte des Zimmerchens ist es ihm möglich, aufrecht zu stehen.

»Gib mir den Umhang und setz dich aufs Sofa, Kamerad. Die Mütze kannst du aufs Fensterbrett legen …«

Aber Alfred ist nicht bereit, sich von seinem Umhang zu trennen, er behauptet, es sei schweinekalt in der Stube, und wieso Ernst den Ofen nicht anzünden würde.

»Die Wirtin muss mir erst Kohlen bringen, dann heize ich uns ein«, verspricht Ernst.

Alfred lässt sich auf dem Tintenfleck nieder und stöhnt über das elende Sauwetter, den Küstennebel und das Straßenpflaster in der Altstadt, das trotz der neuen Kanalisation immer noch von Abwässern und Unrat überschwemmt ist.

»Wie steht's um dein Projekt, eine Zeitschrift zu gründen?«, fragt er grinsend, weil Ernst seine großartige Idee schon überall herumerzählt hat.

»Wenn du mir einen Geldgeber beschaffen kannst – sofort!«

»Vielleicht kann ich ja meinem alten Herrn mal in die Taschen langen«, scherzt Alfred, der wohlhabende Eltern hat. »Aber ich fürchte, er will sein Geld lieber in seine Gewehrfabrik investieren.«

Riecherts Gewehrfabrik ist in der Nähe von Danzig angesiedelt, und das Geschäft läuft hervorragend. Ernsts Vater hat einmal sarkastisch gesagt: »Gewehrmacher und Totengräber werden immer gebraucht.«

Man vernimmt die schweren Schritte der Wirtin auf der Stiege, und Ernst ist froh, dass der schwarze Fleck auf dem Sofa verdeckt ist.

»Das Mittagessen, Herr Berend!«

Sie bringt einen Teller mit dem üblichen zusammengekochten Kram, heute ist Wirsing dabei, dazu Karotten, Kartoffeln und eine Menge Zwiebeln. Das Fleisch hat sie vermutlich herausgenommen und für die eigene Familie zurückbehalten.

»Lassen Sie es sich schmecken, Herr Berend«, sagt sie gönnerhaft. »Darf ich dem jungen Herrn ein Glas Apfelmost bringen?« Dabei schaut sie Alfred mit auffordernder Geste an.

Doch der winkt ab. »Ein Eimer Kohlen wäre recht, gute Frau!«, fordert er. »Man holt sich ja eine Lungenentzündung in dieser feuchtkalten Bude!«

Ernst ist immer verblüfft, wie bereitwillig seine sonst so geizige Wirtin auf Alfreds Forderungen eingeht. Wahrscheinlich liegt's an dem lässigen Befehlston seines Freundes, der ihm selbst völlig abgeht.

»Kohlen! Aber gern doch«, ruft Frau Kabbert übereifrig aus. »Ich sagte schon heute früh zu Herrn Berend, dass die Stube unbedingt geheizt werden sollte …«

Damit läuft sie davon, um den Auftrag zu erledigen.

Alfred nimmt währenddessen den gefüllten Teller in Augenschein, bewegt wohlwollend die Nüstern und fragt, ob Ernst sehr hungrig sei.

»Überhaupt nicht. Wenn du den Fraß magst, kannst du ihn haben.«

»Bevor ich mich schlagen lasse …«, meint der Freund und nimmt Teller und Löffel. »Hausmannskost. Aber nicht zu verachten. Füllt den Magen, mein Lieber.«

Alfred hat ohne Zweifel schon auf seiner Stube zu Mittag gegessen, aber sein langer, dürrer Körper verbraucht die Nahrung in solcher Windeseile, dass er stets für Nachschub sorgen muss. Auch in den Vorlesungen erscheint er meist mit einer Bäckertüte, aus der er sich immer wieder Backwerk in den Mund schiebt. Nicht zur Freude der Herren Dozenten, die ihn schon des Öfteren ermahnt haben, das Knistern und die Kaugeräusche zu unterlassen.

»Wie kommt es eigentlich«, nuschelt er mit vollem Mund, »dass du so gar nicht flüssig bist? Hat dir dein alter Herr denn nichts hinterlassen?«

Ernst kniet vor dem Ofen und veranstaltet eine graue Wolke bei dem Versuch, die Asche der letzten Feuerung herauszukehren. Zu Hause in Danzig hat so etwas immer Danuta gemacht, hier muss er sich selbst damit herumquälen.

»Das hat mich bei der Testamentseröffnung auch gewundert«, sagt er und hustet kräftig. »Zumal ich eigentlich der Meinung war, er hätte so etwas Ähnliches diktiert, als das Testament aufgesetzt wurde.«

»Ach ja?«, sagt Alfred und nimmt einen Schluck Most, um den Wirsing herunterzuspülen. »Er hat es diktiert? Und wer hat es aufgeschrieben?«

»Mein Bruder Theodor …«

Die Wirtin erscheint mit einem hölzernen Eimer voller Kohlen und einer Schippe mit Glut. Entsetzt jammert sie über den Ruß, den Ernst aufgewirbelt hat.

»Ach, die jungen Herren!«, stöhnt sie und kniet sich vor den Ofen. »Mit dem Öfchen muss man sanft umgehen, Herr Berend. Auf keinen Fall so heftig darin herumkratzen, das Rohr ist schon ein wenig rostig, da kann es leicht undicht werden …«

»Ein Kommilitone, der Johannes Meyer, ist vor drei Monaten an einer Rauchvergiftung erstickt«, bemerkt Alfred. »Man hat seine Hauswirtin dafür belangt, weil der Ofen undicht gewesen ist.«

»Heilige Muttergottes«, flüstert Frau Kabbert mit ängstlicher Miene. »Vielleicht werde ich den Ofen doch richten lassen.«

»Tun Sie das, gute Frau!«, versetzt Alfred in aller Ruhe und kreuzt die Arme im Genick, während er sich auf dem Sofa zurücklehnt.

»So geht man mit ihresgleichen um, mein Lieber«, bemerkt er zu Ernst hinüber, als die Wirtin gegangen ist. »Du bist eben zu weich und lässt dir alles bieten. Aber zurück zu dem Testament. Du sagtest, dein Bruder hat den Willen deines Vaters aufgeschrieben? Konnte dein alter Herr da schon nicht mehr die Feder halten?«

»Nein, er war zu schwach, und außerdem litt er scheußliche Schmerzen.«

Ernst erinnert sich nur mit Grauen an die letzten Tage seines Vaters. Man hat ihm einen Boten nach Königsberg geschickt, er möge sofort nach Hause kommen, der Vater läge im Sterben. Es traf ihn wie ein Keulenschlag – nie hätte er für möglich gehalten, dass der Vater, der ihm noch vor ein paar Wochen gesund und tatkräftig erschienen war, nun mit dem Tode rang. Hals über Kopf war er mit der Postkutsche nach Danzig gefahren und fand seinen Vater bleich und abgezehrt in den Kissen liegend. Er musste sich überwinden, an das Bett zu treten und die väterliche Hand zu nehmen, doch er erinnert sich, dass der Vater ihn anlächelte und bedauernd meinte, nun habe er seinetwegen das Studium unterbrechen müssen. Schon am gleichen Abend erschien auch Theodor im Sterbezimmer und bat den Vater, seinen letzten Willen zu diktieren. Ernst fand dieses Ansinnen pietätlos angesichts des Leidens und der Schmerzen, die der Vater zu ertragen hatte, aber der Vater willigte ein. Er diktierte sogar flüssig und mit gut verständlichen Worten, so als habe er alle diese Verfügungen schon lange in seinem Herzen bewegt.

»Wer war außerdem im Zimmer anwesend?«, will Alfred wissen.

»Meine Schwägerin Luise. Sie hat dem Kranken Tee eingeflößt und ihm Umschläge gemacht«, erinnert sich Ernst.

»Und sonst?«

»Niemand. Das heißt – Danuta ist ab und zu hereingekommen, um frisches Wasser zu bringen oder den Topf auszuleeren.«

»Das Hausmädchen?«

»Ja. Sie ist eine Polin und schon mehrere Jahre bei uns in Diensten.«

Alfred zieht die Augenbrauen in die Höhe und senkt die Lider ein wenig – so schaut er immer, wenn er einer spannenden Sache auf der Spur ist. Im Grunde ist er mit Leib und Seele Jurist, interessiert sich für komplizierte Fälle und weiß mit spitzfindigen Lösungen aufzuwarten. Die sture Paragrafenlernerei ist allerdings nicht seine Sache, er benutzt die Gesetzessammlung nur dann, wenn er an einem konkreten Fall knobelt.

»Und du bist der Ansicht, dein Bruder könnte verschiedene Passi im Testament – sagen wir einmal – vergessen haben zu notieren?«

Ernst hat sich bisher verboten, über solche Dinge nachzudenken. Er mag seinen Bruder nicht besonders – aber er hält ihn nicht für einen Betrüger. Unter Alfreds herausforderndem Blick kommen ihm nun allerdings gewisse Details wieder ins Gedächtnis.

»Zumindest kam es mir so vor. Ich meine gehört zu haben, dass ich zwei Grundstücke bei Neufahrwasser bekommen soll. Und ja – mein Vater hat auch etwas in Bezug auf meine Schwester gesagt, wegen ihrer Mitgift …«

»Und das fand sich ebenfalls nicht im Testament?«

Ernst schüttelt den Kopf. Langsam dämmert es ihm, dass Theodor tatsächlich nicht alles mitgeschrieben hat, was der Vater gesagt hat. Er hat nur das notiert, was ihm nützlich war. Unfassbar! Sein Bruder hat ihn und Johanna schlichtweg übers Ohr gehauen, und er hat es nicht einmal bemerkt. Er hat im Zimmer gesessen und in wilder Verzweiflung auf den sterbenden Mann gestarrt, alles in ihm war aufgewühlt, zeitweise ist er vor Trauer und Mitleid den Tränen nahe gewesen.

»Und dein Vater hat das Testament nicht noch einmal geprüft, bevor er es unterschrieb?«, forscht Alfred gnadenlos.

»Nein. Dazu war er zu erschöpft.«

»Lass mich raten: Du hast anschließend brav als Zeuge unterschrieben, ohne alles noch einmal zu lesen«, sagt sein Gegenüber mit spöttischer Miene.

»Wir haben beide sofort unterschrieben, Luise und ich«, gesteht Ernst. »Wir haben Theodor vertraut.«

»Dumme Sache!«, meint Alfred und wirft den nassen, dampfenden Mantel von sich. In der Stube ist es inzwischen so warm, dass Ernst der Schweiß auf der Stirn steht.

»Du hast eine Chance, das Testament anzufechten, wenn deine Schwägerin für dich aussagt«, erklärt ihm der Freund. »Vielleicht auch das Hausmädchen, aber die zählt vor Gericht nur wenig. Gib mal ein Stück Papier und einen Stift – dann notiere ich dir Namen und Adresse eines guten Königsberger Advokaten. Einen aus Danzig darfst du nicht nehmen, der könnte mit deinem Bruder im Bunde sein.«

Ernst nimmt Tintenfass und Feder und schaut sich nach Papier um. Da liegt noch Augustes Brief auf dem Boden, auf der Rückseite ist Platz genug für eine Notiz.

»Es verspricht, ein spannender Fall zu werden, alter Freund«, lässt sich Alfred vernehmen. »Halte mich auf dem Laufenden.«

Ernst dankt seinem Kommilitonen für seine Bemühungen und ist froh, dass dieser aufsteht, um seine Mütze vom Fensterbrett zu nehmen.

»Ich verlasse dich nun, mein Guter«, sagt Alfred leutselig. »Habe noch eine Verabredung. Gehab dich wohl. Mit viel Glück kannst du bald ein wohlhabender Mann sein.«

Als er draußen ist, legt Ernst ein paar Kohlen nach und setzt sich nachdenklich aufs Sofa. Das Ganze ist doch nur eine Illusion! Wie er Luise kennt, wird sie auf keinen Fall gegen ihren Ehemann aussagen.

Während er unschlüssig das Blatt mit der Adresse des Advokaten in den Händen dreht, fällt ihm auf, dass er Augustes Brief nicht zu Ende gelesen hat. Was schreibt sie denn noch?

Da ist eine delikate Angelegenheit, in der ich auf Ihre brüderliche Liebe und christliche Gesinnung baue. Zu meiner ungeheuren Freude ist Ihre Schwester Johanna vor einigen Tagen nach Danzig zurückgekehrt, sie befindet sich in ihrem Elternhaus und benötigt ganz sicher die Hilfe eines ihr wohlgesinnten Menschen, da sie sehr unglücklich ist. Leider hat Ihr Bruder mir den Kontakt zu ihr verwehrt, darum bitte ich Sie ganz herzlich, nach Danzig zu reisen und sich ihrer anzunehmen …

Er muss den Absatz zweimal lesen, um sicher zu sein, sich nicht geirrt zu haben. Johanna ist zurück! Er ist zunächst einmal erleichtert, sie ist nicht »unter die Räder gekommen«, wie Theodor es prophezeit hat, sondern hat den Weg zurück nach Danzig gefunden. Dann allerdings steigt wieder der Zorn in ihm auf, die Enttäuschung, dass sie ihn nicht in ihre Pläne eingeweiht hat. Die Eifersucht auf diesen Hallodri, mit dem sie Hals über Kopf durchgebrannt ist. Sie ist unglücklich und braucht Unterstützung? Nun ja – Theodor wird sie vermutlich recht unfreundlich empfangen haben. Aber auch er wird jetzt nicht alles fallen lassen, um zu seiner Schwester zu eilen. Sie soll ruhig spüren, wie weh sie ihm getan hat!

Theodor

»Es ist heute schon der fünfzehnte Tag, Theodor!«

Luise liegt blass und ermattet auf dem Sofa, die Schwangerschaft nimmt sie sehr mit. Theodor hadert mit dem Schicksal, das ihm eine Ehefrau beschert hat, die sich mit dem Kinderkriegen so schwertut. Andere Frauen bekommen einen Sohn nach dem anderen, das Haus ist erfüllt vom Geschrei der heranwachsenden Brut – nur hier im Berend'schen Anwesen herrscht Grabesstille. Aber gut – er will auf Gott vertrauen, der ihm schon früher oder später den Erben schenken wird.

»Sie kann Wasser trinken«, meint er. »Zwei Wochen ohne Nahrung werden sie nicht umbringen. Fromme Mönche fasten wesentlich länger, ohne dass sie dabei nennbare körperliche Schäden erleiden.«

Luise seufzt und richtet sich ein wenig auf, um einen Schluck Tee aus der Tasse zu schlürfen. Den Teller mit Kuchen hat sie nicht angerührt. Die Schwangerschaften schlagen ihr auf den Magen: Kaum hat sie etwas gegessen, muss sie speien. Er kann nur hoffen, dass das Kind, das sie trägt, genügend Nahrung bekommt, um sich normal zu entwickeln.

»Johanna ist hartnäckig, Theodor«, bemerkt Luise. »Sie wird nicht so schnell aufgeben.«

Er macht eine ungeduldige Bewegung. Auch er kennt seine Schwester, und er ist sich sicher, dass sie es bis zum Äußersten treiben wird. Aber er lässt sich nicht erpressen.

»Irgendwann wird sie schon wieder essen«, behauptet er kurz angebunden und wendet sich zum Gehen.

»Willst du nicht noch etwas bei mir bleiben?«, fragt sie leise. »Ich bin recht einsam, weil ich keine Besuche mehr bekomme.«

»Heute Abend, Luise. Jetzt habe ich im Kontor zu tun. Aber ich schicke dir Danuta.«

Er kehrt um und küsst sie auf die Stirn, die kalt und schweißbedeckt ist. Es kostet ihn Überwindung, aber sie ist seine Ehefrau, er braucht sie und liebt sie auf seine Weise. Körperliche Leidenschaft hat es zwischen ihnen allerdings nie gegeben. Wenn er mit ihr schläft, liegt sie starr wie eine Tote unter ihm, gibt keinen Laut von sich und lässt den Beischlaf als eine Art christliche Prüfung über sich ergehen. Nun – sie ist calvinistisch erzogen, was auch wieder Vorteile mit sich bringt. Zudem stammt sie aus einer wohlhabenden Danziger Familie, und ihre Mitgift hat das Handelshaus über schwere Zeiten gerettet.

»Bis später, meine Liebe!«

Ihre Antwort hört er nicht mehr, weil er schon auf der Treppe ist. Dort kommt ihm Danuta mit einem Tablett entgegen, darauf steht eine Schale mit Hafergrütze, das Einzige, was Luise momentan zu sich nehmen kann.

»Meine Frau benötigt Gesellschaft, Danuta«, sagt er und bleibt auf der Treppe stehen. »Setz dich ein wenig zu ihr.«

»Gern, gnädiger Herr. Ich muss allerdings noch das Wohnzimmer wischen und die Teppiche klopfen. Soll ich Ihnen die Mittagsmahlzeit ins Kontor hinunterbringen?«

Er hat sich angewöhnt, unten im Kontor zu essen, weil ihm Luises ständiges Würgen bei den Mahlzeiten auf den Appetit schlägt.

»Tu das«, sagt er und bleibt stehen, während sie an ihm vorbei die Treppe hinaufsteigt. Sie ist erhitzt, und er nimmt den Geruch ihrer Kleidung und ihres warmen Körpers wahr. Er ist angenehm und lässt Wünsche aufkommen, die er sich nicht zugestehen mag. Um sich davon abzulenken, gibt er sich streng.

»Danuta?«

»Ja, gnädiger Herr«, sagt sie und bleibt auf der obersten Stufe stehen.

»Du schwatzt doch nicht etwa mit anderen Bediensteten, wenn du zum Einkaufen oder Wasserholen gehst?«

»Niemals, gnädiger Herr!«, versichert sie eifrig. »Kein Wort kommt über meine Lippen, das schwöre ich bei der Heiligen Jungfrau Maria.«

Danuta ist Polin und katholisch. Die Heilige Jungfrau ruft sie häufig an.

»Gut«, gibt er kühl zurück. »Du weißt, dass ich andernfalls Maßnahmen ergreifen muss.«

»Ja, gnädiger Herr.«

»Du kannst jetzt gehen.«

Es laufen allerlei Gerüchte über seine Schwester in Danzig herum, die ihm wenig gefallen. Natürlich hat ihre geschwätzige Freundin Auguste von Kleiwitz daran großen Anteil. Diese Person ist ihm in tiefster Seele zuwider, aber leider kann er wenig gegen sie ausrichten, denn Rittmeister Klaus von Kleiwitz hat gute Verbindungen in Danzig, und es wäre unklug, sich mit den preußischen Behörden und Offizieren anzulegen. Nun – dass sich Johanna nicht in der Öffentlichkeit zeigt, kann jeder einsehen, nur das lästige Gerede über »grausame Maßnahmen« und »mangelnde christliche Nächstenliebe« stört ihn gewaltig. So kursiert in frommen Kreisen sogar die Ansicht, dass man der armen Sünderin vergeben solle, weil ja auch Jesus Christus die Ehebrecherin geschützt hat. »Wer unter euch ohne Sünde ist, der werfe den ersten Stein auf sie.«

Theodor ist wütend gewesen, als Luise ihm ganz harmlos davon berichtet hat. »Habe ich vielleicht die Absicht bekundet, sie zu steinigen?«, hat er sie zornig angefahren.

»Aber nein, Theodor. Es ist vollkommen gerechtfertigt, was du tust, das habe ich Anna Ernestine auch erklärt. Der Ungehorsam und vor allem die Lasterhaftigkeit haben Strafe verdient, keine Frage. Johanna muss in sich gehen und wahrhaft bereuen, erst dann kann ihr vergeben werden. Nur …«

»Nur?«, hat er in drohendem Ton geforscht.

»Ach, nichts …«, bricht sie ab und seufzt.

Von da an hat er dafür gesorgt, dass auch Luise keine Besuche mehr erhält. Seine Frau ist zu einfältig, lässt sich durch jedes frömmelnde Geschwätz beeindrucken. Ausgehen tut sie unter der Woche sowieso nicht, weil sie zu schwach ist und sich ständig übergeben muss. Am Sonntag gehen sie gemeinsam zur Messe – das muss genügen. Da bleibt er in ihrer Nähe und kann sie von neugierigen Freundinnen abschirmen. Diese sensationsgierigen Dämchen stürzen sich auf jede unbedachte Äußerung, um sie zu verdrehen. Sogar von einer erzwungenen Abtreibung soll geredet worden sein, weil irgendjemand die Anwesenheit der Hebamme im Haus bemerkt und Johannas Schreie gehört haben muss. Es kann eigentlich nur Danuta gewesen sein, er glaubt ihren Schwüren nicht. Es sei denn, Oskar, der neue Lagergehilfe, hätte Johannas Geschrei gehört und die Hebamme gesehen. Der Bursche ist ansonsten anstellig, ein rothaariger, sommersprossiger Kerl, der mit seinen sechzehn Jahren recht kräftig ist und schwere Kisten mit Leichtigkeit umherschleppt. Er wird ihn sich noch einmal vorknöpfen. Auf den langjährigen Kontorschreiber Stefan Korbitz kann er sich verlassen, der plaudert ganz sicher nicht, weil er Eltern, Ehefrau und zwei Söhne hat und ohne seine Anstellung im Handelshaus Berend übel dran wäre.

Unten im Kontor erwartet ihn lästiger Schriftverkehr. Er hat einen Advokaten beauftragen müssen, um ausstehende Zahlungen einzutreiben, die nach Ansicht des Schuldners – ein holländisches Handelshaus – strittig sind. Er wird nicht nachgeben, denn er hat das Holz in der vertraglich ausgemachten Menge verladen und verschifft, das ist in den Papieren nachzulesen. Dass der Holländer behauptet, weniger erhalten zu haben, und deshalb nicht den vollen Preis zahlen will, ist nicht zu akzeptieren. Leider gestaltet sich der Rechtsstreit mit dem holländischen Käufer schwierig, der Advokat wird ihn ebenfalls eine Menge Geld kosten, dennoch ist er nicht bereit, auf seine Ansprüche zu verzichten.

Sein Schreiber Korbitz packt eilig sein Butterbrot ein, als er eintritt, wischt sich mit dem Sacktuch das Fett von den Händen und beugt sich über die Reinschrift der Geschäftsschreiben, die noch heute hinausgehen sollen.

»Ich habe Ihnen hundertmal gesagt, dass Sie Ihre Mittagsmahlzeit nicht am Schreibpult einnehmen sollen«, fährt er ihn an. »Gehen Sie hinaus in den Hof, wenn sie zu Mittag essen, und waschen Sie sich anschließend die Hände!«

Korbitz krümmt sich zusammen und klappert nervös mit den Augendeckeln. Er hat Glubschaugen wie ein Fisch und strähniges Haar, das ihm beständig in die Stirn hängt, weil er es nicht schneiden lässt.

»Ich bitte um Verzeihung, Herr Berend«, sagt er heiser. »Ich bin etwas erkältet, und es regnet leider schon wieder.«

Der Einwand ist lächerlich, schließlich kann er sich unter die Hangelstube stellen, die man in den Hof hineingebaut hat, um das Wohnzimmer zu erweitern.

»Hat jemand in meiner Abwesenheit nach mir gefragt?«, erkundigt sich Theodor, ohne auf Korbitz' Gejammer einzugehen.

»Herr Gropius will nachher vorbeischauen, um wegen einer Bestellung vorzusprechen.«

Hans Gropius hat einen kleinen Laden in der Hintergasse, wo er Ketten, Armbänder und hübsche Kästchen aus Bernstein herstellt und an Reisende verkauft. Vermutlich will er neue Rohware bestellen, aber da hat er Pech. Das Handelshaus Berend ist aus dem Bernsteingeschäft ausgestiegen, es lohnt nicht mehr, die großen Zeiten in Bezug auf das »Gold des Meeres« sind vorbei. Inzwischen haben Forscher herausgefunden, dass Bernstein kein Edelstein, sondern nur ein versteinertes Harz ist, das mindert seinen Wert beträchtlich. Adelige und Fürsten statten ihre Paläste jetzt mit anderen Materialien aus, Maler und Stuckateure haben gut zu tun, die Bernsteinschleifer haben das Nachsehen. Gropius ist einer von den vielen Händlern, die in Danzig ihre Erzeugnisse an Reisende und Besucher verkaufen, doch die kleinen Mengen, die er benötigt, bringen dem Handelshaus zu wenig ein.

Theodor lässt sich an seinem Schreibtisch nieder und versenkt sich in die Aufstellung für den Advokaten, der er eine genaue Beschreibung der Umstände des Verladens und der dabei anwesenden Personen beifügen muss, die die Richtigkeit der Ladung bezeugen können. Es ist lästig, aber er kann es sich nicht leisten, auf seine Ansprüche zu verzichten. Um das Handelshaus Berend steht es nicht zum Besten. Genau wie alle anderen Geschäftsleute in Danzig haben sie immer noch unter den bitteren Jahren des Niedergangs zu leiden, die auf die Übernahme der Stadt durch Preußen im Jahr 1793 und schließlich durch die verheerenden napoleonischen Kriege folgten. Da hat das stolze Danzig, das einst unter den polnischen Königen so reich und mächtig gewesen ist, heftig bluten müssen. Inzwischen geht es wieder aufwärts, doch andere Städte wie Elbing und Königsberg sind schneller gewesen und an Danzig vorbeigezogen.

Aber immerhin – einige der ehemals so bedeutenden Danziger Handelshäuser haben wieder Fuß gefasst und sind auf einem guten Weg. Nicht so das alte Kaufmannsgeschlecht der Berends. Theodors Vater hat sich zwar bemüht, aber leider hat es einige Misserfolge gegeben, und so sind die großen Geschäfte mit Steinkohle und Getreide anderen Patrizierfamilien vorbehalten gewesen, und auch die Verschiffung von russischem Holz nach Holland und England macht Schwierigkeiten. Man hat sich auf andere Waren verlegt, darunter Salz, Wein und Kolonialwaren, die aber allesamt hohen Zöllen unterliegen. Während seiner Krankheit hat sich der Vater sogar ganz von den Geschäften zurückgezogen, was sich fatal auf die Situation des Hauses ausgewirkt hat.

Theodor ist fest davon überzeugt, dass die momentane missliche Lage des Handelshauses vor allem Johannas Schuld ist. Ihre Flucht und der damit verbundene Skandal haben den Vater völlig niedergeworfen. Er, Theodor, hat sich damals verzweifelt bemüht, die Geschäfte weiterzuführen, aber er hat keine Vollmachten erhalten und untätig zusehen müssen, wie alles daniederging.

Immer noch steigt in ihm die Wut auf, wenn er daran denkt, mit welcher Affenliebe der Vater an Johanna gehangen hat. Sein Hannchen! Sein Augenstern! Sein kleines Mädelchen! Während er, der älteste Sohn und Erbe, sich das Leben lang vergeblich bemüht hat, dem Vater zu gefallen, brauchte sie nur ein Lächeln, einen unschuldigen Augenaufschlag, und Papachen nahm sie in seine Arme. Und wie hat sie dem Vater diese Liebe gedankt? Die verwöhnte Göre ist heimlich auf und davon, hat vorher noch einen Griff in die Geschäftskasse getan und dann fröhlich an der Seite ihres polnischen Pianisten Europa bereist. Dass sie den Vater mit dieser herzlosen, selbstsüchtigen Flucht in den Tod getrieben hat, ist ihr nicht zu Bewusstsein gekommen. Stattdessen erscheint sie ganz harmlos wieder in Danzig und bildet sich ein, alles so vorzufinden, wie sie es verlassen hat. Aber die Zeiten, in denen sich seine kleine Schwester solche Spielchen erlauben konnte, sind vorbei! Er, Theodor, ist derjenige, der die Scherben auflesen muss. Darum wird das verwöhnte »Hannchen« von nun an nach seiner Pfeife tanzen. Soll sie hungern, bis sie vor Schwäche nicht mehr stehen kann – er wird ihren Hochmut brechen.

Danuta erscheint mit dem Mittagessen, er kommt jedoch nicht

dazu, seine Mahlzeit einzunehmen, weil jetzt Hans Gropius an die Tür klopft.

»Ist es erlaubt?«, fragt er mit scheinheiliger Untertänigkeit.

»Bitte!«

Gropius ist um die Vierzig; mit seinem gedrungenen Körper und den langen, dürren Extremitäten erinnert er an einen langbeinigen Käfer. Theodor macht sich nicht die Mühe, aufzustehen, um den Kunden zu begrüßen, er nickt ihm nur zu und deutet mit der Hand auf den Stuhl vor seinem Schreibtisch.

»Ergebensten Dank«, sagt Gropius, klopft den nassen Hut aus und setzt sich. »Ein scheußliches Wetter. Schlägt aufs Gemüt, wie? Da muss man sich warme Gedanken machen, sonst geht man ein …«

Theodor verzieht keine Miene. Leute, die sich auf diese plumpe Weise anbiedern wollen, sind ihm lästig.

»Sie kommen vermutlich wegen des Bernsteins«, sagt er. »Da muss ich Sie leider enttäuschen. Mein Lager ist erschöpft, und neue Einkäufe werde ich nicht tätigen.«

Gropius ist längst nicht so enttäuscht, wie er erwartet hat. Er tut einen theatralischen Seufzer und erklärt, er habe dies schon befürchtet, aber trotzdem zur Sicherheit und auch wegen der langjährigen Geschäftsbeziehungen noch einmal nachfragen wollen.

»Da werde ich mich anderweitig umsehen müssen«, erklärt er mit bedauernder Geste. »Das Weihnachtsgeschäft steht an, da kauft so mancher ein hübsches Kästchen für die liebe Ehefrau oder ein Kettchen für das Fräulein Tochter. Auch Brieföffner, Schreibtischgarnituren und kleine Schnitzfigürchen gehen ausgezeichnet …«

»Das freut mich«, unterbricht Theodor. »Kann ich sonst noch etwas für Sie tun?«

Sein Gast ist weit davon entfernt, den Wink zu verstehen; er bleibt sitzen und lässt sich über die allgemeine Lage aus, die lästigen Kontrollen durch die preußischen Beamten, die hohen Zölle, die Herbststürme, die den Überseehandel behindern und hoffentlich keine Überschwemmung bringen werden …

»Die Zeiten sind nicht einfach, Herr Berend. Wir müssen alle schauen, wo wir bleiben. Die großen Handelshäuser und die kleinen Läden – wir sitzen im gleichen Boot. Und wenn dann gar noch eine Familientragödie das Haus belastet, dann ist alles gleich doppelt so schwer, nicht wahr?«

Er blinzelt ihn vertrauensselig an, doch obgleich Theodor innerlich kocht, trägt er die übliche gleichmütige Miene zur Schau. Wenn Gropius jetzt eine Frage in der Art von »Was meinen Sie damit?« erwartet hat, dann hat er sich geschnitten.

Der Besucher lässt sich von Theodors Schweigen nicht beeindrucken, er rutscht ein wenig auf dem Stuhl herum und rückt dann mit seinem Anliegen heraus.

»Nehmen Sie es mir nicht übel, Herr Berend, wenn ich diese Dinge anspreche. Ich tue es nur, weil wir uns schon lange kennen und ich so viele Jahre mit dem Haus Berend verbunden bin. Vor allem Ihr Herr Vater ist mir stets ein lieber und aufrichtiger Freund und Gönner gewesen, ein Mann, der die Kunst der Bernsteinverarbeitung zu schätzen wusste und mich immer wie einen guten Freund …«

»Machen Sie es kurz, Herr Gropius«, unterbricht Theodor ärgerlich. »Meine Zeit ist knapp bemessen.«

Gropius wird ein wenig verlegen, er lächelt und reibt sich den Schnurrbart, kommt aber dann schließlich zur Sache.

»Nun gut, ich will freiheraus sprechen«, sagt er. »Mir ist zu Ohren gekommen, dass Ihr Fräulein Schwester sich wieder in Danzig aufhält. Gewiss, sie hat eine schwere Verfehlung begangen, und wie man hört, büßt sie mehr als angemessen dafür …«

Schon wieder diese Gerüchte! Verflucht – er wird ernsthaft mit Danuta reden müssen.

»Ich weiß nicht, wovon Sie reden, Herr Gropius. Drücken Sie sich bitte klarer aus«, erwidert er.

Gropius verbirgt seine Unruhe hinter einem untertänigen Lächeln.

»Die Sache ist die: Wie Sie vielleicht bemerkt haben, hege ich schon lange eine große Verehrung für Ihr Fräulein Schwester, eine ehrbare Affektion, die sich trotz der traurigen Geschehnisse nicht gemindert, sondern aufs Schönste erhalten hat ... Nun, kurz und gut: Ich wäre bereit, ungeachtet aller Misshelligkeiten eine Ehe mit Ihrem Fräulein Schwester einzugehen ...«

Dieses Mal fällt es Theodor schwer, Haltung zu bewahren. Was für eine unglaubliche Frechheit! Da bildet sich dieser Kerl ein, dieser jämmerliche Bernsteinkratzer, dieser Habenichts, dieser alte Lüstling, eine Berend heiraten zu können. Wobei er großmütig darüber hinwegsehen würde, dass die Braut nicht mehr jungfräulich ist. Sozusagen ein Gelegenheitsschnäppchen. Verbilligte Ware wegen leichter Beschädigung.

»Es ist Ihnen vermutlich nicht bekannt, dass meine Schwester enterbt wurde und keinerlei Mitgift zu erwarten ist?«, fragt er in bemüht ruhigem Tonfall.

Er hat das Richtige getroffen, denn das erwartungsvolle Lächeln seines Gegenübers erlischt, der Schnurrbart sinkt herab.

»Keine Mitgift?«, staunt er. »Eine Berend? Das kann ich gar nicht glauben.«

»Weder Geld noch Liegenschaften noch andere Besitztümer. So hat es mein Vater bestimmt, und ich habe vor, mich daran zu halten, Herr Gropius.«

»Das ist recht hart«, meint Gropius bekümmert. »Das arme Mädchen. So wird sie nie unter die Haube kommen.«

»Sie hat es sich selbst zuzuschreiben«, versetzt Theodor und taucht die Feder ins Tintenfass, um weiterzuarbeiten. »Ich denke, Ihr Anliegen wäre damit vom Tisch.«

Gropius erhebt sich umständlich, man sieht ihm die Enttäuschung deutlich an. Bei der Tür setzt er den Hut auf und macht einen angedeuteten Kratzfuß.

»Habe die Ehre, Herr Berend. Wünsche dem Haus frohes Gedeihen und Ihnen eine glückliche Hand!«

»Ebenso, Herr Gropius. Adieu!«

Nachdem sich die Tür hinter dem Besucher geschlossen hat, schaut Theodor mit scharfem Blick zu seinem Kontorschreiber hinüber, der alles mitgehört hat.

»Was für eine Dreistigkeit, Herr Berend«, sagt Korbitz mit pflichtschuldiger Empörung. »Man hätte diesen Menschen hochkant hinauswerfen sollen!«

»Wischen Sie die Pfütze dort auf, Korbitz«, befiehlt Theodor und weist auf eine Lache vor seinem Schreibtisch, die von Gropius' nassen Schuhen stammt. Dann geht er in die Nebenkammer, um sein Mittagessen einzunehmen, das inzwischen kalt geworden ist. Der kleine Raum ist von einer dicken, eisenbeschlagenen Tür geschützt, da sich hier der Kassenschrank befindet. Ein winziges vergittertes Fensterchen lässt im Sommer ein wenig Licht herein, bei diesem trüben Wetter muss er allerdings die Öllampe anzünden, um etwas sehen zu können. Er setzt sich an den schmalen Tisch, über dem die Kassenbücher in einem Wandbord aufgereiht sind, und löffelt die Mahlzeit in sich hinein.

Im Grunde wäre er froh, Johanna durch eine Heirat loszuwerden, aber da er nicht bereit ist, ihr eine Mitgift zu geben, wird daraus wohl nichts werden. Dass sein Vater es auf dem Sterbebett anders bestimmt hat, weiß er recht gut, doch er hat diesen Passus wie auch andere verschwinden lassen. Es ist seine Aufgabe, das traditionsreiche Haus Berend zu erhalten und wieder hochzubringen, dazu benötigt er alle Besitztümer, die ihnen noch geblieben sind. Gibt er Johanna das Erbe, das der Vater für sie vorgesehen hat, dann wird es mit ihrer Heirat davongehen. Ebenso steht es mit den beiden Grundstücken, die für seinen verschwendungssüchtigen kleinen Bruder bestimmt waren – sie wären ohne Zweifel in kürzester Zeit verkauft und verloren. Er hat keinen Grund, auf die gefühlsseligen Anwandlungen seines alten Herrn Rücksicht zu nehmen. Das Testament ist unterschrieben und beim Notar ordnungsgemäß eröffnet – weder Johanna noch Ernst können irgendwelche Ansprüche geltend machen.

Er vervollständigt die Aufstellungen für den Advokaten, kontrolliert die Abschriften seines Schreibers und setzt seine Unterschrift darunter. Morgen wird er zur Bank gehen, um Wechsel einzulösen und Rechnungen zu zahlen, außerdem muss er hinaus nach Neufahrwasser, um sich nach einem überfälligen Schiff zu erkundigen, das verschiedene Kolonialwaren bringt, die er gekauft hat. Am Binnenhafen müssten zwei Küstenschiffe festgemacht haben, die Salz und Wein geladen haben, da wird er Oskar mitnehmen und einen weiteren Mann anheuern, um die Kisten im Lagerschuppen zu verstauen. Trotz des schlechten Wetters ist er froh, den Tag morgen außer Haus zu verbringen – so kann er die familiären Probleme für eine Weile vergessen.

Am Abend wird diese schöne Hoffnung zunichte. Als Korbitz seinen Dienst beendet hat und Theodor die Geschäftsräume verschließt, kommt Danuta in Begleitung von Dr. Sternberg in die Diele hinunter. Sternberg ist schon seit Jahren der Hausarzt der Familie, er hat die Mutter und den Vater behandelt, später die Totenscheine ausgestellt, er wird auch stets gerufen, wenn Luise leidend ist. Was häufig geschieht.

»Auf ein Wort, Herr Berend«, sagt Sternberg. »Ich wurde zu Ihrer Frau Gemahlin gerufen …«

Theodor schließt das Kontor wieder auf, will den Arzt hineinbitten, um ihn zu bezahlen. Doch Sternberg winkt ab.

»Es lohnt nicht, Herr Berend. Ich werde morgen ohnehin wieder vorsprechen. Ihre Frau Gemahlin hatte leider eine Blutung und benötigt absolute Ruhe. Eine Aufregung oder seelische Belastung kann bei ihrer zarten Konstitution schlimme Folgen für die Schwangerschaft haben. Sie verstehen, was ich meine?«

Also doch! Theodor durchfährt die Angst, dass seine Hoffnung wieder vergeblich sein könnte. Warum muss gerade ihm das widerfahren? Womit hat er dieses Unglück verdient?

»Hatte sie … einen Abortus?«, fragt er beklommen.

»Nein, nein«, versichert der Arzt. »Aber es könnte leicht dazu kommen, wenn sie sich stark erregt. Ihre Frau Gemahlin hat ein sensibles, mitfühlendes Wesen, und wie mir scheint, gibt es etwas, das schwer auf ihrer Seele liegt … Nun, das wollte ich Ihnen mit auf den Weg geben, lieber Herr Berend. Gehaben Sie sich wohl, ich bin in Eile, ein Herzanfall und zwei starke Erkältungen, die sich auf die Lunge legen wollen … Wir sehen uns morgen zur gleichen Stunde …«

Theodor steht einen Moment wie betäubt. Was ist geschehen? Was kann ihr auf der Seele liegen? Doch nicht etwa …

»Danuta!«

Das Mädchen hat den Arzt über den Innenhof zur Haustür begleitet, er hört ihre hastigen Schritte und das Keuchen ihres Atems, als sie nun zu ihm die Stiege hinaufeilt.

»Gnädiger Herr?«

»Was ist heute Nachmittag vorgefallen?«

Sie hat rote Wangen und atmet heftig, ihre Brust unter dem Mieder hebt und senkt sich rasch. »Ich bitte um Vergebung, gnädiger Herr. Aber ich konnte es nicht verhindern …«

»Was, zum Teufel?«

»Die gnädige Frau ist hinaufgegangen und hat die Tür geöffnet …«

Er kann es nicht fassen. Luise ist bei Johanna gewesen!

»Warum hast du mich nicht gerufen?«, fährt er das Mädchen an.

Danuta ist vor Reue und Verzweiflung den Tränen nahe.

»Das konnte ich nicht, gnädiger Herr. Sie war schon auf der Treppe, als ich es bemerkte, und ich musste sie stützen, sonst wäre sie hinuntergefallen …«

»Sie hätte sich auf die Treppe setzen können. Dann hättest du hinunterlaufen und mich holen können!«

Danuta nickt, die Angst vor ihrem Dienstherrn schnürt ihr die Kehle zu.

»Was ist oben geschehen?«, will er wissen.

»Ihre … Ihre Schwester … Sie hat auf dem Bett gelegen … ganz bleich … wie eine Tote. Es war eine furchtbare Luft im Zimmer, wir sind beinahe erstickt … Und dann hat … Dann hat sich die gnädige Frau auf das Bett gesetzt und …«

»Und?«, fragt er mit bösen Ahnungen.

»Ich weiß nicht, gnädiger Herr. Sie haben geflüstert. Danach habe ich die gnädige Frau wieder ganz langsam hinunterbegleitet …«

Wie es scheint, war Luise völlig außer sich. Sie lag eine Weile auf dem Sofa, verlangte erst, Danuta solle ihren Ehemann herbeirufen, dann hielt sie sie zurück und befahl ihr, eine Mahlzeit zu Johanna hinaufzubringen, dazu Wein und stärkende Mittel. Kaum hatte Danuta diesen Auftrag erfüllt, da rief Luise nach dem Arzt.

»Ich flehe Sie an, gnädiger Herr …«, jammert Danuta unglücklich. »Was sollte ich denn machen? Ich konnte ihr doch nicht Gewalt antun!«

Er lässt sie stehen und läuft die Treppe hinauf, nimmt zwei Stufen auf einmal, um schneller oben zu sein, und öffnet die Tür des Wohnzimmers. Luise sitzt in einem Sessel, ihre Wangen sind unnatürlich gerötet, unter der Haube sehen blonde, flusige Strähnen hervor.

»Theodor!«, ruft sie ihm entgegen und streckt die Arme nach ihm aus. »Ich habe Entsetzliches gesehen. Ich flehe dich an …«

Er eilt zu ihr, beugt sich über sie und fasst ihre Hände. Sie glühen, als hätte sie Fieber.

»Beruhige dich, Luise. Es gibt keinen Grund, sich aufzuregen. Sie spielt Theater, das ist alles.«

»O nein!«, stöhnt sie. »Sie liegt im Sterben, Theodor. Ich weiß, was ich gesehen habe. Diese Sünde wird ewig auf unserem Gewissen lasten!«

Sie lässt sich nicht zur Ruhe bringen; je mehr er auf sie einredet, desto aufgeregter wird sie. Er muss das Schlimmste befürchten und verflucht innerlich seine Schwester, die dieses neue Unglück heraufbeschworen hat.

»Seit still, Luise. Sie wird nicht sterben. Ich gehe hinauf und versöhne mich mit ihr«, verspricht er schließlich zähneknirschend.

Johanna

Am Anfang hat Johanna geglaubt, es sei ganz einfach. Sie hat die Mahlzeiten, die Danuta um die Mittagszeit bringt, unberührt stehen lassen und nur etwas Wasser getrunken. Aber das Brunnenwasser ist gefährlich, das weiß man inzwischen, man bekommt Durchfall davon oder gar die Cholera. Also hat sie nach einer Weile lieber den Tee getrunken, den Danuta in einer Kanne herbeiträgt. Mehr nicht.

»Sie werden verhungern, gnädiges Fräulein«, sagt Danuta bekümmert, wenn sie die Tür aufschließt und den unberührten Teller sieht.

»Wahrscheinlich«, gibt Johanna schulterzuckend zurück.

»Sie sind noch so jung. Warum wollen Sie sterben?«

»Mein Bruder will es so, Danuta!«

Daraufhin schüttelt Danuta seufzend den Kopf und trägt den Nachttopf hinaus. Sie schließt sorgfältig hinter sich ab, bevor sie die Treppe hinuntergeht, dann kommt sie wieder zurück, stellt den geleerten Topf ins Zimmer, setzt einen gefüllten Teller auf der Kommode ab und nimmt die unberührte Mahlzeit von gestern mit hinunter. Niemals vergisst sie, den Schlüssel herumzudrehen, bevor sie geht. Am dritten Tag scheint sie eine neue Anweisung erhalten zu haben, denn sie lässt die Mahlzeit, die Johanna nicht gegessen hat, einfach stehen, ohne etwas anderes zu bringen. Johanna wirft ein Tuch darüber, weil sich die Fliegen daraufsetzen. Die Luft ist zum Schneiden in dem kleinen Raum, sie hat Kopfschmerzen und fühlt sich erschöpft. Wenn sie Danuta die Treppe hinaufsteigen hört, legt sie sich auf ihr Bett und bewegt sich nicht, während das Hausmädchen ihre Hantierungen vollzieht. Sie soll ruhig glauben, es ginge ihr schlecht, und es Theodor melden. Soll er sich Gedanken machen, ob er sie verschmachten lassen will. Sie wird jedenfalls nicht nachgeben.

Am sechsten Tag geht es ihr dann wirklich schlecht. Es ist nicht der Hunger, der sie plagt, sondern der Ekel vor dem widerlichen Zeug, das unter dem Tuch vor sich hin schimmelt. Schlimmer noch sind die Magenkrämpfe und die Kälte. Sie friert entsetzlich, hockt nur noch im Bett und wickelt sich in das Federbett, trotzdem will ihr Körper nicht warm werden. Wenn sie aufsteht, um etwas Tee zu trinken, wird ihr schwarz vor Augen, und sie muss sich wieder setzen; erst beim zweiten Versuch gelingt es ihr, einige Schritte zu tun. Aber sie fühlt sich unsicher, das Zimmer scheint zu schwanken, und sie ist froh, wenn sie wieder in ihrem Bett liegt.

Es ist die schlechte Luft, denkt sie. Er hat mir die Fenster zugenagelt – wenn es so weitergeht, werde ich noch ersticken. Sie liegt zusammengekauert und lauscht auf die Geräusche, die gedämpft zu ihr hinaufdringen. Danutas Holzschuhe auf der Treppe, die eifrig hinauf- und hinunterklappern. Die Stimmen im Hof, wenn Kisten ankommen und ins Nebenhaus getragen werden oder wenn ein Kunde Waren abholen lässt. Theodors knappe Kommandos, die kurzen Sätze der Kaufleute, die ihre Angestellten anweisen: »Obacht! Fass vorn mit an! Nimm das zuerst! Nicht so, du Strohkopf. Andersherum …«

Die meisten Stimmen kennt sie, es sind kleine Händler, die Wein, Kolonialwaren, Salz oder Rübenzucker einkaufen. Eine Stimme, die immer wieder zu hören ist, gehört einem jungen Mann, der offensichtlich als Lagergehilfe neu eingestellt wurde. Sie klingt frisch und kräftig und macht sie neugierig. Aber sie ist zu schwach, um zum Fenster zu gehen, und außerdem könnte sie selbst dann nicht hinunter in den Hof schauen.

Sie schläft viel. Auch tagsüber, wenn sie im Bett vor sich hin dämmert, gleitet sie immer wieder in einen unruhigen Schlummer, der von Träumen durchzogen ist. Oft sieht sie sich als Kind gemeinsam mit dem jüngeren Bruder Ernst im Haus herumtoben, sie untersuchen den Dachboden, öffnen verstaubte Kisten, sitzen beieinander und essen Krautsalat, den sie in der Küche gemopst haben. Dann wieder hockt sie auf einem Schemel bei Papachen im Kontor und hört zu, wie er mit Geschäftsleuten verhandelt, um den Preis feilscht und das Geschäft schließlich mit Handschlag besiegelt.

Manchmal träumt sie auch von Andrzej, sieht ihn in einem großen Festsaal am Flügel sitzen, schlank, dunkel gekleidet, das schwarze, schulterlange Haar glänzt im Schein der Lampen. Sie hört die Musik, spürt seine zärtlichen Berührungen auf ihrer Haut, seine ungeduldige Leidenschaft, die Nächte in Hotelzimmern und privaten Häusern, wenn sie sich endlich zurückziehen dürfen und miteinander allein sind.

Wenn sie aufwacht, ist ihr schlecht. Sie atmet die stickige Luft, spürt, wie ihr Magen sich zusammenkrampft, und quält sich aus dem Bett, um etwas Tee zu trinken. Sie macht für jeden Tag, der vergangen ist, einen Strich mit dem Bleistift an die Tapete, um nicht aus der Zeit zu fallen. Einmal – es ist der achte Tag – vernimmt sie Theodors Schritte auf der Treppe, und ihr Herz beginnt so heftig zu jagen, dass sie am ganzen Körper erzittert. Er schließt auf und bleibt an der Tür stehen.

»Hast du mir etwas mitzuteilen?«, fragt er.

Sie hätte gern das Kopfkissen nach ihm geworfen, aber sie ist zu schwach dazu.

»Nein!«

Sie hört, wie er die Tür wieder verschließt und hinuntergeht. Er gibt nicht nach – die zweite Runde beginnt. Wenn sie durchhalten will, muss sie etwas unternehmen, um frische Luft in die Kammer zu bekommen. Mühsam quält sie sich aus dem Bett, jede Bewegung ist eine Kraftanstrengung, es flimmert ihr vor den Augen. Aber sie findet eine kleine Schere in der Kommode bei ihrem Nähzeug und macht sich damit so leise wie möglich am Fenster zu schaffen. Jeder Fensterflügel besteht aus sechs kleinen Scheiben, die mit Kitt in den Rahmen befestigt sind, aber davor sind hölzerne Leisten genagelt, die sie zuerst entfernen muss. Viel einfacher wäre es, eine der Scheiben zu zerschlagen, aber das würde man von außen sehen, und wie sie ihren Bruder kennt, wird er unverzüglich erscheinen, um ein Brett davorzunageln.

Sie braucht lange, um die Leisten zu lockern. Ihr kommt zugute, dass einige Nägel schon durchgerostet sind und brechen, die anderen lassen sich jedoch umso schwerer herausziehen. Erschöpft schleppt sie sich danach wieder in ihr Bett, doch sie schläft nicht. Sie liegt auf dem Rücken und wartet, bis es dunkel ist. Erst dann kann sie vorsichtig darangehen, den Kitt herauszukratzen und – wenn möglich – eine der kleinen Scheiben herauszunehmen. Leise wie ein Mäuschen muss sie diese Arbeit verrichten, denn Luise und ihr Bruder schlafen ebenfalls in diesem Stockwerk. Die Beleuchtung ist kläglich: Die Lampe hat kein Öl mehr, der Mond spendet nur diffuses Licht, weil er von Wolken verhangen ist. Dennoch kommt sie voran, der Fensterkitt ist alt und bröckelt, die Scheibe lässt sich mit der Spitze der Schere heraussprengen. Schon nach kurzer Zeit dringt frische, kühle Nachtluft in ihr Zimmerchen, sie atmet sie in tiefen Zügen ein und spürt die belebende Wirkung. Vorerst ist sie gerettet, sie wird noch eine Weile durchhalten. Sie rückt den Stuhl zum Fenster und bleibt dort sitzen, atmet den Geruch der nächtlichen Stadt und des Flusses, den salzig fahlen Duft des Meeres, der von der Küste herüberweht. Eine verwegene Idee taucht in ihrem Kopf auf. Wäre es nicht möglich, eine Nachricht auf einen Zettel zu schreiben und sie dem Nachtwind zu überlassen? Es ist riskant, weil der Zettel leicht in den Innenhof geraten kann, wo Theodor ihn finden wird. Auch regnet es häufig, was dem Papier schlecht bekommen würde. Trotzdem muss sie es versuchen. Sie ist nicht bereit, still und leise in diesem Zimmer zu verschmachten, wie es sich Theodor wohl erhofft. Sie wehrt sich. Die ganze Stadt soll erfahren, wie ihr eigener Bruder mit ihr umspringt.

Nur Gott ist mein Richter. Nicht mein Bruder, der mich mit Gefangenschaft und Folter straft. Helft mir, Freunde und Christenmenschen, bevor ich Hungers sterbe oder in Verzweiflung verschmachte!
Die unglückliche Johanna Berend

Sie schreibt diesen Text drei Mal, faltet die Blätter zusammen und wartet auf eine Windböe, die ihre Hilferufe über die Dächer der Altstadt in die Nacht hinausträgt. So – mehr kann sie im Augenblick nicht tun. Bevor sie sich ins Bett verkriecht, setzt sie die Fensterscheibe wieder an Ort und Stelle und drückt die Leisten fest. Nun wird man sehen, was geschieht.

An den folgenden Tagen geht es ihr besser. Die Kopfschmerzen lassen nach, nur ein wenig schwindelig ist ihr noch, wenn sie im Zimmer umhergeht, und ihre Hände sind zittrig. In den Nächten vertraut sie dem Wind ihre schriftlichen Hilferufe an, tagsüber lauscht sie auf die Geräusche im Hof. Doch sie vernimmt nur die bereits bekannten Stimmen. Ihre Freundin Auguste von Kleiwitz, auf deren Hilfe sie gehofft hat, ist nicht zu hören, auch keine andere ihrer Freundinnen. Hat denn niemand ihre fliegende Post gelesen? Wenn Danutas Holzschuhe sich auf der Treppe nähern, legt sie sich eilig auf ihr Bett, zieht die Decke hoch und tut so, als sei sie schon dem Tode nahe.

»Gnädiges Fräulein?«, sagt Danuta leise. »Was ist mit Ihnen, gnädiges Fräulein?«

Sie gibt keine Antwort. Danuta bleibt unschlüssig an der Tür stehen, aber sie wagt nicht, sich dem Bett zu nähern, um sie zu berühren. Stattdessen verrichtet sie die Dinge, die man ihr aufgetragen hat, seufzt tief und schließt das Zimmer wieder ab. Manchmal sind Theodors Schritte im ersten Stock zu hören, dann fürchtet sie, er könnte zu ihr hinaufkommen, weil er einen ihrer Zettel gefunden hat. Doch nichts geschieht. Warten, immer nur warten. Durchhalten und hoffen. Träumen, vor sich hin dämmern, Striche an die Tapete machen. Es sind schon vierzehn. Zwei Wochen. Wie lange noch?

Dann kommt es ganz plötzlich. Stimmen auf der Treppe – das ist Luise. Danuta ist bei ihr. Sie streiten, Luise weint, Danuta scheint verzweifelt. Johanna hat gerade noch Zeit, ins Bett zu schlüpfen, bevor der Schlüssel herumgedreht wird.

»Johanna? Heilige Muttergottes! Johanna!«

Luise sitzt auf ihrer Bettkante, betastet ihre Stirn, fasst ihr Handgelenk, um den Puls zu fühlen. Johannas Herz hämmert vor Aufregung, sie bewegt sich nicht, gibt nur flüsternd auf Luises Fragen Antwort.

»Wie geht es dir? Wie bleich du bist! Sprich mit mir, ich bitte dich!«

»Bist du es, Mama?«, stammelt Johanna. Luise soll ruhig denken, dass sie fantasiert.

»Ich bin es. Luise …«

»Luise?«, flüstert sie. »Ich habe von Mama geträumt … Sie hat bei mir gesessen und mir die Stirn gekühlt …«

»Gnädige Frau«, mischt sich Danuta ein. »Sie müssen wieder hinuntergehen. Sie sind nicht wohl. Der gnädige Herr wird mich schelten, dass ich Sie nicht zurückgehalten habe …«

Dann sind sie beide wieder fort, und Danuta vergisst nicht, die Tür wieder abzuschließen. Johanna sitzt aufrecht im Bett, die Aufregung nimmt ihr fast den Atem. Es hat sich etwas getan! Luise war die Letzte, auf deren Hilfe sie gerechnet hätte, aber dass die Schwägerin gegen Theodors Willen zu ihr hinaufgestiegen ist, kann nur ein gutes Zeichen sein! Er spürt Widerstand im eigenen Haus. Wird er endlich nachgeben? Oder wird er seiner Frau weitere Besuche bei Johanna verbieten und hart bleiben?

Auf die Antwort muss sie bis zum Abend warten. Als sie schon daran denkt, die Scheibe herauszunehmen, weil sie sich nach frischer Luft sehnt, hört sie, wie unten die Tür des roten Salons zugeschlagen wird und Theodor die Treppe zu ihr hinaufsteigt. Hastig legt sie sich hin und zieht die Decke hoch. Sie ist auf alles gefasst, auch darauf, dass er außer sich vor Wut über sie herfällt und sie schlägt.

Er dreht den Schlüssel herum, die Tür öffnet sich knarrend. Sie blinzelt in die Lampe, die er in der Hand hält und deren Schein auf ihr Bett fällt.

»Du kannst dir dein Theater sparen«, sagt er.

Sie schweigt. Wartet, was noch kommt. Sie kann hören, wie er mit den Zähnen knirscht.

»Ich gestatte dir, dich frei im Haus zu bewegen. Mehr nicht. Keine Kontakte. Keine Besuche. Kein Ausgang!«

»Nein!«, zischt sie.

Er atmet hörbar. Sie kann seine Wut deutlich spüren.

»Luise geht es schlecht«, sagt er. »Sie ist wieder schwanger und benötigt deine Hilfe.«

Aha. Deshalb ist er gekommen. Er hat Angst um das Kind, das Luise trägt. Jetzt heißt es verhandeln.

»Ich will meine Freundin Auguste empfangen, zur Kirche und auf den Friedhof gehen und Besuche machen!«

»Zur Kirche und auf den Friedhof in meiner Begleitung!«, gibt er nach.

»Und meine Freundin Auguste empfangen«, fordert sie. »Sonst bleibe ich hier oben!«

Oh, sie hat das Feilschen und Handeln von Papachen gelernt. Da macht er ihr nichts vor.

Er schweigt. Ringt mit sich. Die Lampe in seiner Hand zittert, er platzt fast vor Zorn.

»Auguste von Kleiwitz – gut«, sagt er schließlich. »Aber sonst keinen Menschen. Und du verlässt das Haus nur in meiner Begleitung.«

Sie zögert. Soll sie mehr fordern? Aber besser den Spatz in der Hand als die Taube auf dem Dach. Wenn sie erst einmal frei im Haus umhergehen kann, wird sie auch den Hof, das Nebengebäude und den Beischlag vor dem Hauseingang betreten. Das ist ebenso gut, als würde sie über die Lange Gasse gehen.

»Versprich es mir in die Hand!«, fordert sie.

Doch er verschmäht ihre ausgestreckte Hand, dreht sich um und steigt wieder hinunter. Die Tür lässt er offen, die Lampe nimmt er mit, sie bleibt in völliger Dunkelheit.

Ist das die Freiheit, die sie sich so mühsam erkämpft hat? Ein kleiner Zipfel davon, immerhin. Sie steht auf und geht langsam zur Tür, steigt über die Schwelle und tastet nach der Öllampe, die immer auf der Flurkommode steht. Feuerstahl und Schwamm liegen daneben, sie schlägt einen Funken, nährt ihn mit dem Feuerschwamm und entzündet die Lampe. Neben der Lampe findet sie ein Tablett, das Danuta irgendwann dort abgestellt haben muss, darauf sind ein Teller mit Wursteintopf und ein Glas Rotwein. Sie isst zwei Löffelchen, nippt von dem Wein und nimmt die Lampe in die Hand, um langsam und vorsichtig die Treppe hinunterzusteigen. Wie wackelig sie ist!

Als sie den Fuß auf die unterste Stufe setzt, kommt ihr Danuta entgegengelaufen. »Gnädiges Fräulein!«, sagt sie aufgeregt. »Kommen Sie rasch. Die gnädige Frau will sich nicht beruhigen lassen. Wir haben Dr. Sternberg holen müssen. Es steht nicht gut um sie …«

»Ich komme schon«, knurrt Johanna.

Eigentlich geht es ihr selbst denkbar schlecht, nun soll sie für Luise die Krankenpflegerin spielen. Aber gut – alles ist besser, als einsam und von allen Menschen abgeschirmt dort oben eingeschlossen zu sitzen. Sie nimmt sich zusammen und geht ins Wohnzimmer, das im Schein mehrerer Öllampen liegt. Die dunkelroten Tapeten und goldgerahmten Gemälde an den Wänden verbreiten eine reiche, warme Atmosphäre, die ihr von frühster Jugend an vertraut ist. Sie haben den Kachelofen geheizt – natürlich. Die arme Luise braucht es warm, sie ist ja so schwächlich und außerdem schwanger.

»Guten Abend, Luise«, sagt sie. »Es geht dir nicht gut, wie man mir sagt. Ich hoffe, ich kann dich ein wenig aufheitern.«

Luise hat ihr mit starrem Blick entgegengeschaut. Was hat sie? Dachte sie, die Schwägerin sei oben in ihrem Zimmer schon verhungert?

»Ich sehe, dass du dich recht wohl befindest«, sagt Luise. »Vorhin, als ich bei dir war, hätte man glauben können, dein letztes Stündlein habe geschlagen.«

»Ich war tatsächlich sehr matt. Aber der Wein, den Danuta mir hinstellte, hat mich etwas belebt.«

»Hast du gegessen?«, fragt Luise streng.

»Ein wenig.«

Luise winkt Johanna herbei und weist auf den Sessel neben sich. Es hat etwas von der Geste der Hausherrin einer armen Verwandten gegenüber. Johanna ärgert sich, aber weil ihr beim langen Stehen schwarz vor Augen wird, nimmt sie das Angebot an.

»Ich bin trotz allem sehr erleichtert, dich hier zu sehen«, sagt Luise. »Und ich hoffe, dass du nun deinen Eigensinn begraben und in dich gehen wirst. Du hast schwere Sünden auf dich geladen, Johanna, aber ich bin zuversichtlich, dass du durch einen reinen Lebenswandel Vergebung erlangen kannst. Gottes Gnade und das Blut unseres Herrn Jesus Christus werden auch deine arme Seele retten, dessen bin ich gewiss.«

»Theodor versprach, mit mir auf den Friedhof zu gehen, ich möchte Papachens Grab besuchen«, erwidert Johanna ausweichend.

»Das ist ein guter Vorsatz«, findet Luise. »Du hast deinem armen Vater vieles abzubitten. Wenn Gott dir die Gnade erweist, wird deine Reue die schwere Schuld, die du auf dich geladen hast, vermindern …«

Johanna windet sich innerlich. Ja, sie fühlt sich schuldig. Vor allem dem Vater gegenüber, den sie nicht mehr um Verzeihung bitten kann. Sie hat lange und oft geweint, und sie wird am Friedhof für ihn beten. Aber tief in ihrem Inneren spürt sie, dass der Vater ihr vergeben hat. Er hat sie geliebt, und diese Liebe ist stärker als die Schuld, stärker als der Hass, der ihr hier im Haus entgegenschlägt, stärker selbst als der Tod. Daran glaubt sie fest, und das gibt ihr die Kraft, allen Widrigkeiten zum Trotz weiterzuleben.

»Ruh dich nun aus, damit du wieder zu Kräften kommst«, rät ihr die Schwägerin. »Morgen gehen wir gemeinsam mit Theodor zur Kirche.«

Auguste

»Ich bekomme einen hysterischen Anfall!«

Es ist Sonntagabend. Klaus von Kleiwitz hat gerade den Salon betreten, jetzt eilt er auf seine Ehefrau zu, um sie in seine Arme zu nehmen.

»Ruhig, mein Engel«, tröstet er und streichelt ihren Rücken. »Die Sache ist es nicht wert, dass du deine Gesundheit ruinierst.«

»Wenn du wüsstest, wie man mich dort empfangen hat!«, stöhnt Auguste an seiner Brust. »Es ist beschämend. Ich bin immer noch fassungslos. Dieser Dünkel! Nicht einmal einen vernünftigen Stuhl haben sie mir angeboten!«

»Das ist ein starkes Stück«, meint er. »Ich fürchte, es wäre klüger gewesen, dieses Haus zu meiden.«

»Aber das kann ich nicht!«, schluchzt sie. »Die arme Johanna braucht meine Unterstützung, sonst ist sie verloren. Ach, Liebster, wenn du wüsstest, wie blass und abgemagert die Ärmste ist …«

Er führt sie zu einem Sessel, stellt ihr den Fußschemel zurecht und läutet dem Mädchen. »Bring uns von dem Burgunder, Greta!«

»Sehr gern, gnädiger Herr. Soll ich hier servieren? Ich frage nur, weil das Abendessen schon bereitsteht.«

»Hier in den Salon, Greta. Wir begeben uns dann später ins Speisezimmer.«

»Sehr wohl, gnädiger Herr.«

Auguste lässt sich die liebevolle Fürsorge ihres Gatten gern gefallen. Während er dem Mädchen Anweisungen gibt, hält sie seine Hand fest, die andere Hand hat sie auf ihre Stirn gelegt. Natürlich hat sie Kopfschmerzen bekommen, kein Wunder nach dieser Aufregung.

Er rückt sich einen Sessel herbei und will nun wissen, was sich am Nachmittag im Hause Berend zugetragen hat.

»Unglaubliches, Liebster!«, beginnt sie aufseufzend. »Du weißt ja, dass Danuta mir die Nachricht gebracht hat, meine liebe Johanna erwarte meinen Besuch. Also bin ich in Gretas Begleitung dorthin gegangen, steige die Treppe hinauf, und Greta betätigt den Türklopfer. Denkst du, man hätte uns geöffnet? Dreimal hat sie klopfen müssen, bis schließlich die Wirtschafterin erschien. Stell dir vor, sie hat uns angeschaut, als wären wir Fremde. Dann hat sie gefragt, was wir wünschen. So als hätte sie uns noch nie gesehen. Ich bitte dich, Klaus! Seit Jahren gehe ich dort ein und aus, der alte Herr Berend und seinerzeit auch seine Ehefrau haben mich stets mit größter Freundlichkeit empfangen, sich nach meinem Befinden erkundigt und herzliche Grüße an dich ausrichten lassen. Auch Luise habe ich häufig besucht und natürlich meine liebe Johanna …«

»Sehr ungewöhnlich«, äußert er und streichelt ihre Hand. »Um nicht zu sagen: unverschämt.«

»Nie in meinem ganzen Leben hat man mich so behandelt. Aber seitdem Theodor Berend Herr im Hause ist, gehen die Uhren dort anders. Ein düsteres Gefängnis ist aus diesem Haus geworden, ein Ort eisigen Schweigens, eine Folterkammer für jeden sensiblen Menschen …«

»Du hast nach diesem Affront selbstverständlich auf dem Absatz kehrtgemacht und bist wieder gegangen, nicht wahr?«, forscht er.

Das hat sie natürlich nicht getan. Schon deshalb nicht, weil sie Johanna unbedingt wiedersehen wollte, aber auch, weil sie dem

Herrn des Hauses nicht den Gefallen tun wollte, gleich an der Schwelle schon aufzugeben. Nein, sie hat sich anmelden lassen.

»Eine geschlagene halbe Stunde haben sie uns unten in der Halle warten lassen«, schimpft sie zornig. »Eisig kalt war es dort, weil sie den Ofen aus Geiz nicht anheizen. Nun – wir hatten reichlich Gelegenheit, die hölzernen Statuen verschiedener griechischer Götter zu studieren, die dort aufgestellt sind und an denen die Holzwürmer fressen. Auch der gewaltige Schrank aus Eichenholz, dieses hässliche Trumm aus vergangenen Zeiten, dient keineswegs der Verschönerung der Halle …«

»Ich bewundere deine Geduld, Liebes«, unterbricht er. »Was geschah nun aber, nachdem du schließlich vorgelassen wurdest?«

Sie schnaubt wütend. Jetzt, da ihr all diese Frechheiten wieder vor Augen stehen, steigt der Zorn doppelt so heftig in ihr hoch.

»Vorgelassen?«, ruft sie aus und stößt den Fußschemel mit einem Tritt von sich. »Ins Vorzimmer hat sie mich geführt, dort durfte ich noch einmal warten. Nicht einmal ein Stuhl war vorhanden, ich bin sicher, sie haben alle Stühle fortgeräumt, als sie uns unten vor der Haustür bemerkten!«

Danuta hat sie schließlich ins Wohnzimmer gebeten, wo sie jedoch keineswegs mit Johanna allein war, sondern auch von Theodor Berend und seiner Ehefrau Luise erwartet wurde. Um der Wahrheit die Ehre zu geben: Hier bot man ihr einen Sessel an und bewirtete sie mit Kaffee.

»Eine dünne Plempe!«, regt sie sich auf. »Ich hatte das Gefühl, reines Brunnenwasser zu trinken. Ach, meine arme Johanna! Kaum war ich eingetreten, da fiel sie mir um den Hals, drückte mich an sich und flüsterte mir zu, wie froh sie sei, mich wiederzusehen. Zu Tränen gerührt war ich – aber schon war dieser widerliche Mensch, dieser Theodor Berend, bei uns, drängte sich dazwischen und begrüßte mich mit Handschlag. Dann schwatzte seine fade Ehefrau allerlei frommes Zeug, und ich war gezwungen, ihr Antwort zu geben. Und so ging es fort. Kaum richtete ich das Wort an Johanna, da wurde ich schon mit irgendeiner albernen Floskel unterbrochen, kaum wandte sich das arme Ding mir zu, da schnitt ihr der Bruder, dieses Ekel, das Wort ab. Erkundigte sich scheinheilig nach deiner Gesundheit, deinem Fortkommen und ließ sogar Grüße an dich ausrichten.«

»Ergebensten Dank«, sagt Klaus von Kleiwitz zornig. »Ich werde seine Grüße bei passender Gelegenheit angemessen zu erwidern wissen.«

»Ich saß wie auf heißen Kohlen und wünschte Berend und seine frömmelnde Luise dorthin, wo der Pfeffer wächst«, fährt sie aufgeregt fort. »Aber sie hockten wie an ihren Sesseln festgeklebt und passten auf wie die Schießhunde, dass ich ja nicht mit Johanna in ein intimes Gespräch kommen sollte. Oh, es ist mir dennoch gelungen, sie meiner unverbrüchlichen Freundschaft zu versichern, das kannst du dir vorstellen, mein Lieber. Auch wenn mir die zärtlichen Freundschaftsworte, die mir auf der Zunge lagen, verboten wurden, so weiß ich doch durch Gesten und Blicke zu sprechen, und ich bin sicher, dass sie mich verstanden hat.«

Er erklärt, dass die unwürdige Behandlung, die sie im Hause Berend erfahren musste, auch ihn in seiner Offiziersehre beleidigt. »Ich werde sehen, was ich in dieser Angelegenheit tun kann, mein Engel«, sagt er. »Lass uns nun das Abendessen einnehmen, sonst werden die Speisen kalt.«

»Ja, gehen wir, mein Lieber. Es gibt Rinderbrühe mit Eierstich, die du so sehr liebst. Ich für meinen Teil werde wohl kaum ein Löffelchen hinunterbringen und nur dabeisitzen, um dir Gesellschaft zu leisten …«

Doch weil er sie gar so herzlich bittet, doch wenigstens einmal von der Brühe zu kosten, lässt sie sich überreden und leert schließlich doch den Teller, nimmt auch von den übrigen Speisen und beschließt das Mahl mit dem süßen Grießpudding, der mit eingelegtem Obst serviert wird. Ihr Ehemann freut sich, dass ihr Appetit zurückgekehrt ist, und nimmt die Gelegenheit wahr, seine Ansichten zu dem soeben Gehörten kundzutun.

»Wie ich dich kenne, mein Herz, wirst du dich trotz allem nicht von weiteren Besuchen abhalten lassen«, fragt er mit leichter Sorge.

»Selbstverständlich nicht!«, ruft sie empört aus. »Du kennst mich, mein Bester. Für mich hat das Wort ›Freundschaft‹ noch eine Bedeutung. Wenn ich jemanden lieb gewonnen habe, dann halte ich zu dieser Person durch dick und dünn!«

»Bravo, mein Engel«, sagt er. »Das liebe ich an dir. Immer bereit, mutig gegen den Feind anzustürmen. Nebenbei bemerkt: Du hättest einen ausgezeichneten Offizier abgegeben.«

Sie lächelt und fühlt sich verstanden. Hebt das Glas, um ihm zuzutrinken, und erkennt zugleich, dass ihm der Schalk im Nacken sitzt.

»Oh, ich mische mich keineswegs in Kriegsangelegenheiten oder ähnliche Männersachen«, meint sie. »Aber für eine liebe Freundin setze ich mich mit allem, was ich habe, ein. Du glaubst ja gar nicht, wie unglücklich das arme Mädchen ist. Und wie jämmerlich sie gekleidet war. Das alte Hauskleid sah ich an ihr schon vor vier Jahren, und da war es bereits nicht mehr schön. Ich vermute fast, sie haben all die hübschen Kleider, die ihr Vater für sie hat nähen lassen, verkauft und ihr nur dieses alte Zeug gelassen. Damit kann sie sich freilich nicht auf der Straße sehen lassen …«

»Das sollte sie momentan ohnehin nicht, mein Engel«, hakt er ein. »Du weißt, dass ich deine Freundin Johanna sehr schätze und ihr – wenn nötig – auch mein Haus öffnen würde. Aber nach allem, was geschehen ist, sollte sie sich in der kommenden Zeit besser zu Hause aufhalten, bis Gras über die Sache gewachsen ist.«

Das weiß Auguste auch, aber es gefällt ihr nicht. Sie hasst diese steifen Konventionen im bürgerlichen Danzig. Daheim auf dem Gutshof in Brandenburg war man auch streng – aber man war menschlich. Fehler wurden verziehen und schwarze Schafe letztlich doch liebevoll wieder in den Schoß der Familie aufgenommen.

»Sie wird dort eingehen wie eine Blume ohne Sonne«, seufzt sie. »Stell dir vor: Den ganzen Tag über hat sie nur Luise zur Gesellschaft. Ich bekomme ja schon nach einer halben Stunde Kopfschmerzen, wenn ich bei dieser Frau sitze. Und erst ihr Bruder, der sie ständig mit seinen kalten Augen anstarrt, als wollte er sie aufspießen. Nein, ich werde sie dort herausholen und zu meinem Salon einladen …«

Sie bemerkt sofort, dass ihm dieser Einfall missfällt. »Deinen Mut in allen Ehren, meine Liebe«, meint er lächelnd. »Aber ich bin mir nicht sicher, ob du deiner Freundin damit einen Gefallen tust. Glaubst du wirklich, dass die Damen, die deinen Salon besuchen, so ganz unbefangen und offen mit ihr plaudern werden?«

Natürlich werden sie das nicht. Augustes Salon ist zwar bekannt für einen gewissen liberalen Geist, doch die meisten der kunstbegeisterten Damen sind recht konservativ und halten auf strenge Sitten.

»Nun – wenn sie nicht wollen, dann sollen sie es eben lassen«, entgegnet sie trotzig. »Es wird sich schon jemand finden, der sich mit ihr unterhält.«

Er wiegt zweifelnd den Kopf und bemerkt, dass es gewisse junge Herren gibt, die die Anwesenheit von Johanna möglicherweise auf falsche Weise deuten könnten. Zumal Johanna den Pianisten Andrzej Zalewski, der sie später verführte, an diesem Ort kennengelernt hat.

»Oh, das sollte einer nur wagen«, regt sich Auguste auf. »Ich würde ihn umgehend hinauswerfen.«

»Nun – ich bin sicher, dass dein Salon an diesem Abend sehr

frequentiert sein wird«, bemerkt er ruhig und nimmt einen Schluck Wein. »Auf die Dauer jedoch fürchte ich, dass Johannas Anwesenheit viele deiner Freundinnen davon abschrecken wird, die Treffen weiterhin zu besuchen.«

Sie muss leider zugeben, dass er nicht unrecht hat. Es gibt eine Fraktion eifriger protestantischer Christinnen, die ihren Salon besuchen und die vermutlich aus sittlicher Entrüstung fortbleiben werden. Auch Elias Ostertag, der Dichter des Dramas *Christus am Galgenberge,* würde die Lesungen einstellen. Wobei dies kein großer Verlust, sondern eher ein Gewinn wäre, da sich die Mehrheit der Zuhörerinnen bei seinen Vorträgen zu Tode langweilt. Aber Ostertag schreibt regelmäßig Kritiken in einigen Danziger Postillen, deshalb muss sie süß mit ihm flöten …

»Weißt du was?«, ruft sie, einer plötzlichen Eingebung folgend. »Ich sollte sie verheiraten. Dann ist sie diesen lästigen Bruder los, besitzt einen eigenen Hausstand und das Ansehen einer verheirateten Ehefrau dazu!«

»Eine ausgezeichnete Idee, meine Liebe«, sagt er und betupft den Mund mit der gestärkten Stoffserviette. »Nur fürchte ich, dass es nicht einfach werden wird, einen passenden Ehemann zu finden. Wie man hört, wird sie keinerlei Mitgift erhalten.«

»Wieder so eine Bosheit ihres Bruders«, schimpft Auguste. »Aber mach dir keine Sorgen, Liebster, ich werde schon den Richtigen finden. Johanna ist hübsch und ausgesprochen anziehend – ich habe bereits einige junge Herren im Auge, die sie auch ohne Mitgift nehmen würden.«

Er versetzt lächelnd, dass ihm ihre Leidenschaft für Heiratsvermittlungen durchaus bekannt sei, sie dürfe jedoch nicht vergessen, dass Theodor Berend als Vormund seiner Schwester eine Heirat gestatten muss.

»Warum sollte er es nicht erlauben?«, fragt sie erstaunt. »Dann ist er sie los und hat seine Ruhe.«

»Vielleicht will er sie aber gar nicht loswerden, mein Schatz«, sagt Klaus und zieht bedenklich die Augenbrauen in die Höhe. »Eine unverheiratete Verwandte ist schließlich eine billige Arbeitskraft, die im Haus gut zu gebrauchen ist.«

Entsetzt schaut sie ihn an und muss einen Schluck Rotwein nehmen, bevor sie weiterspricht. »Umso wichtiger ist es, dass ich mich darum kümmere!«, stellt sie dann fest und trinkt den Rest aus dem Glas in einem Zug.

Den restlichen Abend verbringt sie in schönster Eintracht mit ihrem Ehemann und berichtet im Plauderton, dass es ihr gelungen ist, die gewohnte Loge im Theater für die anstehende Wintersaison wieder zu abonnieren. Er hört ihr lächelnd zu und betrachtet ihre lebhaften Gesten mit verliebtem Blick. Gegen neun Uhr kommen sie gemeinsam zu dem Schluss, dass es Zeit ist, sich ins Schlafzimmer zu begeben. Was sich hinter geschlossenen Türen im ehelichen Himmelbett abspielt, ist jenseits aller Vorstellungen ihrer frommen Freundinnen, aber – wie Klaus stets mit zufriedenem Schmunzeln behauptet – nichts weiter als die Erfüllung ihrer ehelichen Pflichten, die auf die Erzeugung eines Nachkommen ausgerichtet sind. Was zu ihrer beider Kummer bisher nicht geglückt ist.

Am folgenden Morgen nach dem gemeinsamen Frühstück verfasst sie zunächst mehrere Briefe, mit denen sie den Hausdiener Anton zur Poststelle schickt. Danach macht sie sich für den anstehenden Besuch im Hause Berend zurecht und folgt dem Rat ihres Hausmädchens, die meint, sie solle besser den pelzbesetzten Umhang nehmen, denn am frühen Morgen seien Dächer und Simse mit einer weißlichen Frostschicht bedeckt gewesen.

»Ach, der Winter naht, der uns zierliche Eisblumen an die Scheiben malt«, schwärmt sie. »Ob in diesem Jahr wohl die Mottlau zufriert?«

»Hoffentlich nicht, gnädige Frau. Dann wird es auf dem Fischmarkt nichts zu kaufen geben.«

»Dann essen wir eben einen guten Rinderbraten, Greta. Ich kann den ewigen Fisch schon nicht mehr sehen!«

Sie überqueren den Holzmarkt, wo die polnischen Pferdehändler ihre hübschen kleinen Tiere anbieten und eine Reihe von Droschken auf Fahrgäste wartet. Es ist tatsächlich ein recht kalter Tag, den Fuhrleuten, die ihre Tiere antreiben, weht weißer Atemhauch um die Gesichter, und mehrere Herren tragen Stiefel und Mäntel mit Biberpelz an den Aufschlägen. In der langen Gasse haben die Straßenhändler wie üblich ihre Tische aufgestellt, man kann Kräuterliköre, Magenbrot, kleine Lebkuchen oder allerlei unnützen Tand erwerben, aber auch Wintergemüse und Zwiebeln sind im Angebot. Einige der Patrizierhäuser haben die altmodischen Beischläge, die früher der Familie als abendlicher Sitzplatz dienten, zu Läden umgebaut, in denen hinter Glasfenstern Wein, Zuckerwerk oder auch hübscher Bernsteinschmuck angeboten werden und die von den Danziger Bürgersfrauen häufig und gern besucht werden. Auguste hat nur einen müden Blick für die ausgestellten Ketten und Armbänder – da hat Klaus ihr doch schönere und vor allem wertvollere Dinge geschenkt als dieses armselige Zeug aus Bernstein. Sie kauft zwei Flaschen guten Rotwein und eine Tüte Magenbrot, das Klaus so gern zum Wein nascht, dann richtet sie ihre Schritte zum Haus Berend, vor dem eine der neuen Gaslaternen steht, die seit zwei Jahren die ölbetriebenen Straßenlaternen ersetzen und den netten alten Laternenanzünder brotlos gemacht haben.

Zuerst wird ihr der Blick auf den Berend'schen Beischlag durch die breite Gestalt einer Passantin verwehrt, die einen unverschämt ausladenden Reifrock trägt, mit dem sie das Straßenpflaster fegt. Dann aber erkennt sie Johannas schlanke Gestalt am Geländer des Beischlags, und sie bleibt verunsichert stehen. Ihre Freundin trägt eines ihrer alten Hauskleider, hat ein wollenes Tuch um die Schultern gelegt, das üppige Blondhaar hat sie geflochten und am Hinterkopf aufgesteckt.

»Das ist doch das Fräulein Berend, nicht wahr, gnädige Frau?«, fragt Greta, die ebenfalls stehen geblieben ist.

»Gewiss, das ist sie. Wie es scheint, schnappt sie ein wenig frische Luft.«

»Ich meine, sie hätte nach jemandem gerufen, gnädige Frau. Sehen Sie, wie sie sich über das Geländer beugt?«

Tatsächlich scheint Johanna jemandem einen Gruß zugerufen zu haben, denn Auguste sieht einen älteren Herrn, der höflich den Hut lüftet, während er eilig seines Weges geht. Ach herrje! Hat das naive Mädchen vielleicht geglaubt, sie müsse sich nur auf den Beischlag stellen, um freudig von allen Freunden und Bekannten begrüßt zu werden?

»Das ist ja wirklich dreist«, sagt Greta neben ihr mit Empörung.

»Halt den Mund!«, befiehlt Auguste ihrem Mädchen.

»Ich bitte um Verzeihung, gnädige Frau. Es ist mir so herausgerutscht.«

Nun – sehr klug findet Auguste Johannas Verhalten auch nicht. Wie kann sie sich nach allem, was geschehen ist, und dazu in diesem Aufzug, öffentlich zur Schau stellen? Da wäre ernsthaft zu überlegen, ob man den geplanten Besuch nicht besser auf einen anderen Tag verschiebt, denn jetzt dort die Treppe hinaufzusteigen und von Johanna vor allen Leuten freudig umarmt zu werden – das hat doch etwas Peinliches. Klaus zumindest würde es gar nicht gefallen. Auf der anderen Seite tut ihr die Freundin schrecklich leid, wie sie so einsam und unglücklich dort oben steht und vergeblich hofft, mit einer lieben Bekannten einige Worte wechseln zu können. Hat Klaus nicht ihren Mut und ihre Entschlossenheit gelobt? Sie wird die Treppenstufen zum Beischlag hinaufgehen, Johanna bei der Hand nehmen und unverzüglich mit ihr ins Haus gehen. Dort kann sie sie schließlich immer noch umarmen.

»Liebste Auguste!«, vernimmt sie da hinter sich eine bekannte Stimme. »Geh um Gottes willen keinen Schritt weiter.«

Es ist Friederike Albertus, geborene Blott – eine eifrige Besucherin ihres Salons. Sie wird von ihrer Freundin Anna Ernestine Becker begleitet, einer schmalen Person, deren blasses Gesicht von einem altmodischen Kapotthütchen beschattet wird.

»Guten Tag, wie schön, euch beide hier zu treffen«, versetzt Auguste heiter. »Warum sollte ich nicht weitergehen? Wartet dort drüben vielleicht ein Ungeheuer, das mich verschlingen will?«

»Ich bitte dich – Auguste!«, stöhnt Friederike, die sich auf den Arm ihrer Freundin stützen muss. »Ich bin beinahe vor Scham in den Erdboden versunken, als sie plötzlich meinen Namen gerufen hat.«

»Wen meinst du, liebe Freundin?«, tut Auguste ahnungslos.

»Wen schon? Diese unverschämte Person dort auf dem Beischlag meine ich natürlich. Solch eine Schamlosigkeit ist mir noch nie zuvor begegnet. Ich habe geglaubt, auf der Stelle sterben zu müssen …«

»Über die ganze Straße hinweg hat man es hören können«, bestätigt Anna Ernestine und nickt dabei so heftig, dass das Kapotthütchen ihr gewiss auf die Nase herabgerutscht wäre, hätte sie es nicht mit schwarzen Samtbändern unter dem Kinn verknotet.

»Was denkt sich diese Person? Eine unbescholtene Bürgerin und Ehefrau derart in Verruf zu bringen«, stöhnte Friederike. »Wenn das mein Ehemann erfährt, wird er vor Zorn toben. Diese Schande! Als ob ich mit so einer etwas zu tun haben wollte!«

»Aber liebste Friederike«, meint Auguste besänftigend. »Warst du nicht seinerzeit recht eng mit Johanna befreundet?«

»Aber nie im Leben!«, regt sich Friederike auf. »Mag sein, dass wir einander hie und da gesehen haben – aber ich habe schon früher immer gesagt, dass ich sie nicht recht leiden mag, nicht wahr, Anna Ernestine?«

»Gewiss«, nickt die Freundin. »Was für ein Glück, dass Kaplan Sanftleben gerade vorbeigegangen ist und uns seinen Arm geboten hat, damit wir diesen Ort des Lasters heil und sicher verlassen können.«

»Mir hat er seinen Arm geboten, liebste Anna Ernestine«, stellt Friederike richtig. »Du warst ja von dieser Beleidigung nicht betroffen.«

»O doch«, ruft Anna Ernestine aus. »Da ich ja in deiner Gesellschaft bin, fällt auch auf mich der Verdacht, ich könnte zu solch einer sittenlosen Person eine enge Freundschaft hegen.«

Friederike wühlt in ihrem Beutel nach dem Riechfläschchen, um einem aufkommenden Ohnmachtsanfall vorzubeugen.

»Nun – wir haben dich gewarnt, liebste Auguste«, seufzt sie. »Stell dir vor, sie hat auch die arme Maria Gebauer und Annemarie Jonkers angesprochen. Es empfiehlt sich also, besser nicht am Berend'schen Haus vorbeizugehen, wenn man Wert darauf legt, seinen guten Ruf zu wahren.«

Damit verabschiedet sich Friederike, weil sie nach Hause gehen und sich von dem Schrecken erholen muss. Anna Ernestine begleitet sie in treuer Freundschaft.

Auguste fühlt sich plötzlich schwach. Der Magen – sie hätte noch ein Gabelfrühstück einnehmen sollen, bevor sie aufgebrochen ist. Tatsächlich rumort es recht kräftig in ihrem Bauch, auch stellen sich urplötzlich ziehende Kopfschmerzen ein, die nichts Gutes ankündigen.

»Gehen wir nach Hause«, sagt sie zu Greta, die den Korb auf dem Straßenpflaster abgesetzt hat, während ihre Herrin sich mit den beiden Damen unterhielt.

»Gern, gnädige Frau.«

Auch eine aufrichtige Freundschaft hat Grenzen. Sie ist nicht für Johannas Kaprizen verantwortlich, schließlich ist sie Frau Rittmeisterin von Kleiwitz und hat einen Ruf zu wahren.

Sie wird Johanna vielleicht morgen besuchen. Oder übermorgen, da passt es ihr besser …

Johanna

Freunde in der Not gehen tausend auf ein Lot.

Hat Papachen das nicht immer gesagt? Nun hat sie den Beweis für die Wahrheit dieses Satzes am eigenen Leib erfahren. Keine ihrer ehemaligen Freundinnen will etwas mit ihr zu tun haben. Einzig Auguste hält zu ihr, aber auch deren seltene Besuche zerren an ihren Nerven. Zwar hat Theodor zum Glück eingesehen, dass er nicht ständig bei diesen Besuchen anwesend sein kann – schließlich hat er geschäftlich zu tun –, und Luise ist inzwischen ans Bett gefesselt, weil sie in Gefahr ist, das ungeborene Kind zu verlieren, wenn sie sich nicht schont. Aber was die liebe Auguste ihr unter vier Augen so eindringlich ans Herz legt, ist nicht nach Johannas Geschmack. Sie soll heiraten, das sei die einzige Möglichkeit, ihrer bedrückenden Lage zu entkommen. Du liebe Güte – nach einer Ehe sehnt sie sich überhaupt nicht. Schon gar nicht mit den Heiratskandidaten, die Auguste ihr mit großem Redeaufwand schmackhaft machen will. Peter Langlau, der eine Buchhandlung in der Hintergasse führt und keine Ehefrau findet, weil er lispelt und einen Klumpfuß hat. Oder Dr. Johannes Mager aus der Brotbankengasse, ein verträumter Gelehrter, Professor am Königlichen Gymnasium, dickbäuchig und stark kurzsichtig. »Ein ehrenwerter, angesehener Mann, der eine gute Pension zu erwarten hat. Denk daran, meine Liebe, dass du nicht wählerisch sein kannst, da du keine Mitgift zu bieten hast.«

Die Mitgift! Das Elternhaus der Mutter in der Frauengasse, das die Eltern schon bei ihrer Geburt zu ihrer Mitgift bestimmt hatten. Dass Papachen sie kaltherzig enterbt haben soll und dieses schöne Haus nun Theodor gehört, mag sie gar nicht glauben. Sie hat Theodor zur Rede gestellt, wollte das Testament mit eigenen Augen sehen, und zu ihrer Überraschung hat er sich nicht geweigert, sondern ihr das Dokument vorgelegt.

»Das ist nicht Papachens Handschrift!«

»Er konnte die Feder nicht mehr führen, daher habe ich nach seinem Diktat geschrieben«, erklärt er ungerührt. »Dort ist seine Unterschrift. Luise und Ernst waren Zeugen und haben ebenfalls signiert.«

Papachens Unterschrift schaut fremd aus, ganz krakelig, man kann sie kaum lesen. Wer weiß, ob er überhaupt noch Herr seiner Sinne war, als er dieses Testament diktiert hat! Vielleicht hat Theodor einfach geschrieben, was für ihn vorteilhaft ist, und es Papa zur Unterschrift hingelegt? Aber Luise und Ernst müssen es ja gelesen haben, denn sie haben den Inhalt als Zeugen bestätigt. Nun ja – Luise ist eine gehorsame Ehefrau. Aber Ernst? Auch er ist in diesem Testament nicht bedacht worden. Wieso hat er es unterschrieben? Ach, dieser Tagträumer! Wenn er doch endlich einmal nach Danzig käme, damit sie ihm die Leviten lesen kann!

Das tägliche Leben im Haus Berend ist für Johanna mit ständigen Schikanen verbunden. Luise liegt meist zu Bett und lässt sie jeden Morgen zu sich rufen, um ihr Anweisungen zu geben, wie der Haushalt zu führen sei.

»Ich benötige Danuta zu meiner Bedienung, daher ist es nötig, dass du einige ihrer Aufgaben im Haus übernimmst.«

Johanna soll nach Anweisung der Wirtschafterin Frau Döppel die Zimmer reinigen, sich um die Wäsche kümmern und in der Küche helfen.

»Von diesen Dingen verstehe ich nichts«, hat sie sich gewehrt.

»Frau Döppel wird dich darin unterrichten. Wir müssen dich

ernähren und kleiden und haben noch die Schande zu ertragen, die du über uns alle gebracht hast.«

Ihre fromme Schwägerin spielt sich als Hausherrin auf. Eine unverheiratete Schwester ist ein lästiges Anhängsel, nicht viel mehr wert als eine Angestellte, sie hat zu gehorchen.

Johanna ist wütend. Wenn Luise glaubt, dass sie auf dem Boden herumrutscht, um die Fliesen zu scheuern, hat sie sich geirrt. Und die Küche betritt sie sowieso nicht; die Wirtschafterin, die auch das Essen zubereitet, soll ihr Zeug nur selber schnippeln, sie ist kein Küchenmädchen. Einmal in der Woche kommt die Waschfrau ins Haus, dann muss Johanna die Wäsche auf dem Trockenboden aufhängen und anschließend zum Bügeln heruntertragen. Das Plätteisen wird mit heißer Kohleglut gefüllt, es ist bleischwer und versengt die Wäsche, wenn man nicht aufpasst. Luise hat ein fürchterliches Theater um ein angebranntes Nachtgewand gemacht, aber Johanna hat ihr seelenruhig erklärt, dass eine Anfängerin nun einmal Lehrgeld zahlen muss.

»Wie kann sich eine nur so dumm anstellen«, hat sich Frau Döppel eingemischt. »Wenn sich die arme gnädige Frau so aufregen muss, wird es dem Ungeborenen schaden!«

»Kümmern Sie sich um Ihre Kochtöpfe!«, hat Johanna wütend zurückgegeben.

Aber die Wirtschafterin hat Rückendeckung von Luise und nimmt jede Gelegenheit wahr, Johanna zu demütigen. Auch Danuta hat sich verändert. Sagte sie früher »gnädiges Fräulein« und knickste vor ihr, so geht sie jetzt grußlos an ihr vorbei, und wenn sie sie anredet, nennt sie sie »Fräulein Johanna«.

Einen Lichtblick in dem trostlosen Dasein gibt es allerdings. Es ist Oskar, der neu eingestellte Kontorgehilfe, dessen Stimme sie schon im Hof vernommen hat, als sie oben in ihrem Zimmer eingeschlossen war. Schon am zweiten Tag, als Theodor zu Geschäften unterwegs war, ist sie hinunter in den Innenhof gegangen, wo das herbstrote Laub des wilden Weins vom Wind umhergetrieben wurde. Da stand der junge Bursche mit einem Besen und hatte die undankbare Aufgabe, die Blätter zusammenzukehren. Er hat ihr gefallen, dieser Rotschopf mit den vielen Sommersprossen auf Gesicht und Armen, deshalb hat sie ihn freundlich angelächelt und gemeint, das Laubkehren bei diesem Wind sei ebenso gut, als wolle man einen Sack Flöhe hüten.

»Kaum ist einer im Korb, da hüpfen zehne wieder heraus«, hat sie ihn geneckt.

»Ich fange sie schon ein«, hat er gemeint und sie dabei schüchtern angelächelt. »Die roten und auch die weißen Blätter.«

»Die … die weißen Blätter?«

Da hat er ihr gestanden, dass er jeden Morgen in aller Frühe ihre fliegenden Hilferufe im Hof eingesammelt hat.

»Manchmal hatten sie sich oben in den Weinranken festgehängt, da musste ich die Leiter holen, um sie zu erwischen.«

»Warum hast du das getan?«

Er schaut sie treuherzig an. Seine Augen sind meerblau und haben kurze rotblonde Wimpern.

»Weil es nicht gut gewesen wäre, wenn Ihr Herr Bruder diese Zettel gelesen hätte.«

»Aber du hast sie gelesen?«

Er nickt. Es ist ihr peinlich, dass ihre verzweifelten Traktate ausgerechnet bei diesem netten Burschen gelandet sind. Was mag er von ihr denken? Auf der anderen Seite war es sehr anständig von ihm, diese Zettel nicht ihrem Bruder auszuhändigen.

»Und was hast du dann damit gemacht?«, forscht sie weiter.

»Ich habe sie im Ofen verbrannt«, gesteht er.

Sie schweigt einen Moment. Eine Windbö fängt sich im Innenhof und wirbelt das Weinlaub auf, die gezackten Blätter umflattern sie beide wie ein Schwarm roter Vögel.

»Sind Sie jetzt böse auf mich?«, fragt er unsicher.

»Aber nein«, meint sie lächelnd. »Ich muss mich bei dir bedanken, Oskar. Aber bitte vergiss den Unsinn, den ich geschrieben habe, ja? Du hast es doch niemandem erzählt?«

»Nein, gnädiges Fräulein. Ich habe es für mich behalten, und das werde ich auch weiterhin tun.«

Es klingt rührend, beinahe wie ein Liebesgeständnis. Plötzlich wird ihr bewusst, dass sie jung und hübsch ist, und es macht sie froh. Ach, sie hat das Leben doch noch vor sich – irgendwann wird der Himmel ihr wieder gewogen sein. Der Himmel, wo Papachen jetzt wohnt und liebevoll auf sie herunterschaut.

Die schönen Hoffnungen vergehen jedoch bald im tristen Alltag. In den folgenden Wochen zieht der Winter ein, Nebel liegen auf der Stadt, durchziehen die Gassen mit grauem Dunst, schon am Morgen muss man die Öllampe anzünden, in den Fluren und Zimmern des alten Hauses herrscht permanente Dämmerung. Anfang Dezember wird es so kalt, dass die Wäsche auf dem Trockenboden bretthart gefriert. Ihre Hände sind rissig, ihr Rücken schmerzt, schlimmer noch ist die Kälte im Haus, die ihr durch Mark und Bein dringt. Man spart mit Heizmaterial, nur im Kontor und im Wohnzimmer, wo Luise jetzt auf dem Sofa liegt, werden die Öfen angeheizt, in den anderen Räumen wachsen Eisblumen an den Fenstern. Manchmal steht sie, in ein wollenes Tuch gewickelt, auf dem Beischlag, um dem bunten Treiben auf der Langen Gasse zuzuschauen, wo jetzt der Weihnachtsmarkt aufgebaut wird. Es hat zu schneien begonnen, auf den Dächern und Fenstersimsen liegt eine weiße, wattige Schicht, die Händlerinnen haben sich dick eingemummelt, hie und da steigt Dampf von einem Kessel oder Rauch von einem Rost auf – leckere Gerüche, die an die Kindheit erinnern, erfüllen die Gasse. Ach, wie gern würde sie zwischen den Ständen umhergehen, eine Tüte mit süßen Zuckermandeln oder eine gebratene Wurst kaufen, wie sie es früher getan hat. Aber sie scheut sich vor den abfälligen Blicken der Bürgerfrauen und den boshaften Rufen der Gassenkinder, die unbefangen nachplappern, was in der Stadt über sie geredet wird.

Dann entdeckt sie plötzlich unter den Marktbesuchern einen jungen Mann mit einer Studentenmütze, unter der das blonde Haar unordentlich hervorquillt. Er bleibt an einem Stand stehen, besieht die weihnachtlichen Lebkuchen, wählt einen davon aus und zählt der Händlerin die Pfennige auf die Hand. Gleich darauf schaut er herüber zum Berend'schen Haus.

Das ist Ernst! Ihr kleiner Bruder! Endlich ist er nach Danzig gekommen. Nun ist ihr alles gleich, sie winkt ihm aufgeregt, und er eilt im Sturmschritt die Stufen des Beischlags hinauf.

»Herrje – wie dünn du geworden bist, Schwesterchen!«, sagt er, als sie einander umarmen. »Eigentlich wollte ich gar nicht kommen, weil ich mich über dich geärgert habe. Aber jetzt ist es wieder gut. Da – den hab ich für dich gekauft.«

Er drückt ihr den Lebkuchen in die Hand, ein kleines Herz, das mit drei Mandeln geschmückt ist.

»Jetzt heul doch nicht gleich«, schimpft er, weil ihr vor Glück die Tränen kommen. »Gehen wir hinein – es ist schweinekalt, meine Ohren brechen gleich ab. Wie geht's Luischen? Und dem alten Tintenkleckser Korbitz? Nun sag doch was, Hannchen. Bist doch sonst nicht auf den Mund gefallen …«

»Ich freue mich so, dass du jetzt hier bist, Ernst«, flüstert sie. »Es ist so, als ob jemand in dunkler Nacht ein Licht angezündet hätte.«

»So dramatisch?«, scherzt er. »Na ja – Auguste hat mir schon einiges geschrieben. Theodor ist wohl nicht gerade nett zu dir, wie?«

Im Laufe des Nachmittags vergeht ihm freilich die Lust zum Scherzen. Johanna sieht ihn erst am Abend wieder, da hat er mehrere Stunden bei Theodor im Kontor verbracht, und wie es scheint, war es keine angenehme Zeit. Beim Abendbrot sitzen sie zu dritt im Speisezimmer am langen Tisch, der flackernde Kerzenschein wirft bewegliche Schatten, die Stimmung ist ebenso kühl wie die Temperatur in dem ungeheizten Raum. Theodor schweigt düster vor sich hin, Ernst kaut bedächtig Brot und Wurst und wechselt hin und wieder einen stummen Blick mit Johanna, die trotz des wollenen Tuchs vor Kälte zittert.

»Ich beabsichtige, morgen Vaters Grab zu besuchen«, lässt sich Ernst schließlich vernehmen. »Da werde ich Johanna mitnehmen.«

»Johanna geht nicht aus!«

»Es ist für sie eine Christenpflicht«, versetzt Ernst unverdrossen. »Ich habe mit Luise gesprochen, sie ist der gleichen Ansicht.«

Johanna staunt – mitunter kann ihr Bruder »Guckinsland« doch recht listig sein.

Theodor zeigt mit keiner Miene, dass er sich über den Schachzug seines Bruders ärgert. »Eine Stunde«, gibt er nach. »Du weißt, dass ich dich im Kontor benötige.«

Am folgenden Tag muss sie bis Mittag warten, dann endlich wird ihnen der Gang zum Friedhof gestattet. Es ist das erste Mal, dass Johanna das Haus außer zum Kirchgang verlässt, sie ist glücklich und besorgt zugleich, denn sie weiß, dass man sie beide anstarren wird.

»Kümmere dich nicht darum«, sagt Ernst. »Ich bin ja bei dir. Was hast du für einen scheußlichen Umhang, damit siehst du aus wie eine Nachteule!«

»Er gehört Luise.«

»So sieht er auch aus. Wieso musst du Staub wischen und Wäsche bügeln?«

»Ich bin das Hausmädchen der Familie.«

Sie gehen über den Weihnachtsmarkt, und sie hakt sich bei ihm ein. Die Blicke, die ihnen folgen, stören sie plötzlich nicht mehr. Ernst, ihr lieber Bruder Ernst, ist an ihrer Seite. Die Kutschen fahren in gemäßigtem Tempo an ihnen vorüber, die Pferde haben es schwer auf dem vereisten Pflaster; wenn eine Equipage einem anderen Gefährt ausweichen muss, hört man die Kutscher fluchen. Ernst grüßt Bekannte im Vorübergehen, man nickt höflich zurück, einer seiner Schulfreunde bleibt stehen und fragt, wie es denn drüben in Königsberg so zuginge.

»Ganz lustig«, gibt Ernst grinsend zurück.

An einem Stand kaufen sie sich gebratene Wurst, die Johanna bezahlt, denn sie hat zwei Taler von ihrer versteckten Barschaft mitgenommen.

»Wozu braucht dich Theodor im Kontor?«, will sie wissen.

»Er lässt mich Listen schreiben und Papiere abheften«, knurrt er und wischt sich mit dem Ärmel das Fett vom Mund. »Ich bin der dumme Esel fürs Kontor.«

»Da passen wir beide ja gut zusammen!«

Sie kann wieder lachen. Die letzten Schneeflocken sind verweht, die Wolken über ihnen reißen auf, und man sieht ein Stück Himmel. Sie erwerben einen geflochtenen Kranz aus Trockenblumen und verlassen die Stadt durch das Hohe Tor am Kohlenmarkt, wo der gewaltige, kantige Stockturm alle anderen Gebäude überragt. Nun geht es über den Graben und an verschneiten Gärten entlang, die Wintersonne im Rücken, der Schnee glitzert so stark, dass sie blinzeln müssen. Auf der Radaunebrücke bleiben sie stehen und schauen in den zugefrorenen Kanal, hören, wie es unter dem Eis braust und gurgelt.

»Er hat uns betrogen, Hannchen«, sagt Ernst. »Du hättest das Haus in der Frauenstraße bekommen sollen und ich zwei Grundstücke bei Neufahrwasser. Das hat Papa diktiert, aber Theodor hat es nicht aufgeschrieben.«

»Ich dachte es mir. Warum hast du das Testament unterschrieben?«

»Weil ich ein Idiot bin. Ich habe ihm vertraut.«

»Man liest doch durch, was man unterschreibt!«

»Ich war nicht bei mir. Den Vater sterben zu sehen, war so schrecklich …«

»Ich verstehe …«, sagt sie beklommen und drückt seinen Arm.

Er erzählt, dass er einen Freund hat, der ihm einen guten Advokaten in Königsberg genannt habe. Aber um das Testament anzufechten, brauchte man erstens Geld und zweitens eine Aussage von Luise.

»Beides ist nicht einfach zu erlangen«, meint er seufzend.

Sie gehen am Wall entlang bis zum Hagelsberg, an dessen Fuß sich der Garnisonsfriedhof erstreckt. Gräber und Wege sind vom Schnee zugedeckt, die steinernen Engel und trauernden Marienfiguren haben weiße Umhänge und glitzernde Kopfbedeckungen, an die kahlen Äste der alten Bäume schmiegt sich das kalte Weiß. Nur wenige Besucher sind zwischen den Gräbern unterwegs, meist ältere Frauen, die schwarz gekleidet und vornübergebeugt durch die Wege schleichen. Das Familiengrab der Berends liegt am Ende der Anlage, noch im alten »Heiligen Leichnam Friedhof«, den man vor einigen Jahren erweitert hat. Das Grab ist von einem hohen Monument aus dunklem Marmor geschmückt, es bildet einen geschwungenen Torbogen, unter dem ein geflügelter Engel kniet. Schweigend stehen sie davor, halten einander an den Händen und lesen die Inschrift, die Theodor unter den Namen der verstorbenen Mutter hat einmeißeln lassen.

JOHANN FRIEDRICH BEREND 1794–1860

Ich habe euch nicht verlassen – ich bin euch nur ein Stück vorausgegangen

»Wenn er uns sehen könnte, er würde mit uns weinen«, sagt Johanna bekümmert. Sie wischt den Schnee beiseite und legt den kleinen Kranz neben den betenden Engel.

»Vielleicht sieht er uns ja«, meint Ernst.

»Du hast recht. Ich bin sogar ganz sicher, dass er jetzt bei uns ist und uns mit seiner Liebe umfängt.«

»Du mit deinen romantischen Anwandlungen!«, spottet er schon wieder. »Lass uns besser gehen, bevor du mir noch erzählst, du hättest ihn dort drüben auf der Bank sitzen sehen.«

Die Bank ist mit weichen Schneepolstern bedeckt, früher hat sie dort mit Papachen gesessen, wenn sie das Grab der Mutter besucht haben. Ach, die dummen Erinnerungen, die das Herz so schwer machen! Es ist gut, dass Ernst, dieser ewige Spötter, bei ihr ist, sonst hätte der Kummer sie jetzt übermannt. Er nimmt sie bei der Hand, und sie sprechen ein kurzes Gebet, dann gehen sie gemeinsam durch den stillen Friedhof wieder zurück in Richtung Stadt.

An dem Flüsschen Radaune bleibt Ernst stehen, klappt den Kragen der Jacke hoch und drückt die Mütze fester auf das blonde Haar.

»Ob das Eis schon trägt?«

Es ist nicht ganz ungefährlich, auf der zugefrorenen Radaune zu schlittern, aber natürlich tut man es trotzdem. Zur Stadt hin sieht man schon ein paar Schulbuben, die auf dem Eis herumrutschen, vorsichtig mit Stöcken klopfen, ob das Eis fest ist, und sich gegenseitig schubsen. Früher, als sie beide Kinder waren, haben sie oft mitgetan.

»Du bist zu schwer!«, lacht sie ihn aus, als er sich jetzt vorsichtig auf das Eis wagt. Er gleitet auf den glatten Ledersohlen aus, rudert mit den Armen und kann sich gerade noch fangen. Das Eis knackt nicht – es scheint tragfähig zu sein.

»Warte, ich komme …«, ruft sie und steigt zu ihm hinterher.

Auf einmal sind sie wieder Kinder, rutschen auf dem Eis herum, halten sich kichernd aneinander fest und spüren den prickelnden Reiz der Gefahr. Nur eine dünne, milchig schlierige Schicht trennt sie von dem brodelnden Wasser, das unter ihnen dahinströmt.

»Los«, kommandiert sie übermütig. »Bis zur Brücke. Ich voraus, du hinterher!«

»Das denkst du nur, Schwesterlein. Ich bin vorn und du hintendran!«

Auf Schlittschuhen wäre es einfacher, aber auch so kann man wunderbar schlittern, allerdings auch prächtig ausgleiten und auf die Nase fallen. Er ist schneller, weil sie mit dem langen Rock und dem geschnürten Mieder unbeweglicher ist, dafür weicht er den aus dem Eis ragenden Steinen und Ästen immer wieder zu spät aus und verliert das Gleichgewicht, sodass sie an ihm vorbeirutschen kann. Bei der niedrigen Brücke müssen sie sich bücken, Johanna schafft es gerade noch, unter den hölzernen Balken hindurchzugleiten, dann prallt sie auf einen im Eis eingefrorenen Ast, verliert den Halt und fällt seitlich auf das verschneite Ufer.

»Um Gottes willen!«, ruft jemand oben auf der Brücke. »Fräulein Berend! Haben Sie sich verletzt?«

Sie vernimmt den Ruf nur mit halbem Ohr, weil ihr Bruder Ernst im gleichen Moment neben ihr aufschlägt. Da spürt sie, wie jemand ihre Hand fasst und behutsam den Arm um ihre Taille legt, um ihr aufzuhelfen. Ein Mann kniet neben ihr im Schnee, sein breites Gesicht ist von der Kälte gerötet, weißer Atemhauch schwebt vor seinem Mund.

»Herr … Forster?«, stottert sie erschrocken. Ach herrje, wie peinlich! Das ist doch der nette, gutmütige Mensch, den sie bei ihrer Heimreise im Zug kennengelernt hat und dem sie – wie dumm von ihr! – das Blaue vom Himmel heruntergelogen hat.

»Das freut mich aber, dass Sie sich meinen Namen gemerkt haben«, sagt er. »Probieren Sie einmal, ob Sie sich bewegen können, Fräulein Berend. Ganz vorsichtig. Ich helfe Ihnen. Hoffentlich ist nichts gebrochen …«

»Vielen Dank. Es … Es geht schon …«

Neben ihr hebt Ernst die Nase aus dem Schnee, prustet, schüttelt sich und schaut verblüfft auf den freundlichen Helfer, der Johanna beim Aufstehen stützt.

»Schönen guten Tag«, sagt er unfreundlich. »Nett, dass Sie sich um meine Schwester bemühen.«

»Ach, der Herr Bruder ... Warten Sie, ich helfe Ihnen gleich ... Wenn Sie gestatten ... Berthold Forster mein Name. Meine Werkstatt liegt drüben in der Paradiesgasse ...«

»Besten Dank, Herr Forster«, knurrt Ernst und schaut sich nach seiner Mütze um, die er bei dem Sturz verloren hat.

Johanna fühlt sich unbehaglich bei der freundlichen Fürsorge. Forster ist stämmig, seine Hände sind hart wie die eines Arbeiters, in seinen Armen ist Kraft. Ein Handwerker eben. Aber in seinen Zügen sind so viel Gutmütigkeit und Zuneigung – wie ist das möglich? Sind die Gerüchte noch nicht bis zu ihm gedrungen? Sie steht jetzt neben ihm auf dem Weg, klopft sich den Schnee vom Rock und überlegt, was sie tun soll. Nein, es wäre schändlich, ihn weiter zu belügen.

»Ich habe Ihnen im Zug nicht die Wahrheit gesagt, Herr Forster«, beginnt sie zögernd. »Das tut mir sehr leid, aber ich ...«

»Das weiß ich doch längst, Fräulein Berend«, unterbricht er. »Na ja – das ist nun einmal eine delikate Angelegenheit, die erzählt man einem Fremden nicht gern. Ich trag's Ihnen nicht nach. Schauen Sie – ich bin ein gestandener Mann und hab so manches in meinem Leben gesehen.«

Er lächelt sie an, beobachtet, wie sie jetzt das wollene Tuch, das sie ums Haar geschlungen hatte, herunternimmt und kräftig ausschüttelt. Dann begrüßt er Ernst, der inzwischen seine Mütze gefunden hat und zu ihnen hinaufsteigt.

»Nichts für ungut, Herr Berend. Ihr Fräulein Schwester ist ja solch ein zartes Geschöpf, da konnte ich nicht anders, als herbeizulaufen, um ihr zu helfen.«

»Zart ist sie schon, aber auch zäh«, meint Ernst ungerührt und stülpt sich die Mütze auf. »Ich hoffe, wir haben Sie nicht allzu lange aufgehalten, Herr Forster.«

»Aber nein«, erklärt Forster, ohne den Blick von Johanna zu wenden. »Es war mir ein Vergnügen.«

Er macht eine angedeutete Verbeugung, die allein ihr gilt.

»Vielleicht ergibt es sich ja einmal wieder …«, sagt er gedehnt. »Ich habe ab und an mit dem Hause Berend geschäftlich zu tun. Weil ich ja Holz für meine Werkstatt benötige.«

»Sehr gern, Herr Forster. Ich freue mich«, gibt Johanna höflich zurück.

Man verabschiedet sich, er will hinüber zum Hagelsberg, nach dem Grab seiner Frau sehen. Johanna und Ernst setzen den Weg nun brav auf dem Pfad fort, der am Graben entlang zum Hohen Tor führt.

»Dem hast du ja mächtig den Kopf verdreht, Hannchen«, sagt Ernst vorwurfsvoll, als sie ein Stück gegangen sind.

»Ich mag ihn gern«, meint sie nachdenklich. »Weißt du was? Er erinnert mich an Papachen.«

Johanna

Drei Tage vor Weihnachten, als Johanna gerade den Staubwedel am Fenster ausschüttelt, hört sie, wie unten im Innenhof ihr Name gerufen wird.

»Einen schönen guten Morgen, Fräulein Berend!«

Da steht Berthold Forster in dunkler Schifferjacke, hat die Mütze abgenommen und winkt zu ihr hinauf. Sie versteckt rasch das scheußliche Gerät aus Hühnerfedern, das eigentlich nur die Hausmädchen führen, neigt sich hinunter und winkt zurück.

»Ich hoffe, es geht Ihnen gut«, sagt er. »Das Wetter ist ja recht kalt geworden.«

»Oh, danke der Nachfrage, Herr Forster. Ja, der Winter zeigt sich von seiner unfreundlichen Seite. Sind Sie in Geschäften hier?«

»Jaja«, nickt er und lächelt zu ihr hinauf. »Aber Ihr Herr Bruder, der ältere, ist leider unterwegs. Da bin ich wohl umsonst gekommen.«

Da er den Blick noch immer nach oben richtet, scheint er auf etwas zu warten. Oder zu hoffen.

»Wenn ich Ihnen vielleicht weiterhelfen könnte …«, fragt sie impulsiv.

»Das können Sie bestimmt, Fräulein Berend!«

Sie überlegt nicht lange, nimmt eilig ein Tuch um und läuft die Treppen hinunter in den Innenhof. Im Nebenhaus stapelt Oskar Kisten und schaut misstrauisch auf den biederen Schiffsbauer, der jetzt Johanna die Hand zur Begrüßung reicht. Auch durch die

Fenster des Kontors werden sie beobachtet, Johanna kann Ernsts blonden Haarschopf hinter den Scheiben erkennen.

»Ich hoffe, von dem Sturz neulich ist nichts zurückgeblieben«, sagt Forster und hält ihre Hand fest.

»Ein paar blaue Flecken schon«, sagt sie und lacht. »Aber das war der Spaß mir wert.«

Er spürt die Blicke, die auf sie gerichtet sind, räuspert sich verlegen und zieht ein schmales, bunt verpacktes Päckchen aus der Jackentasche.

»Ich habe mir erlaubt«, sagt er umständlich. »Zur Genesung … Und weil ich mich gefreut habe, Sie wiederzusehen, Fräulein Berend …«

»Das ist … sehr freundlich von Ihnen«, stottert sie überrascht. »Ganz herzlichen Dank! Sie beschämen mich ja, Herr Forster. Erst leisten Sie Nothilfe, und dann beschenken Sie mich auch noch.«

»Nun – es ist ja bald Weihnachten, nicht wahr? Da macht es mir Freude, Geschenke zu geben, vor allem wenn es eine so liebenswerte junge Person ist. Schauen Sie, ich bin ganz allein und weiß nicht, wen ich sonst beschenken könnte. Meine liebe Frau ist vor fünf Jahren von mir gegangen, und der Sohn ist in England, weil er da den Schiffsbau lernt.«

»Das tut mir leid«, meint sie und nimmt das schmale Päckchen aus seiner Hand. »Ich meine, das mit Ihrer verstorbenen Ehefrau. Ihr Sohn wird ja gewiss eines Tages nach Danzig zurückkehren, oder?«

»Das hat er versprochen«, nickt Forster. »Aber er lässt sich Zeit damit.«

Sie stellt sich vor, wie er am Weihnachtstag ganz allein in seiner Wohnung sitzen wird, und es tut ihr leid, weil er solch ein lieber Mensch ist. Drüben im Nebenhaus fällt krachend eine Kiste um. Auch im Kontor regt sich etwas. Ernst bemüht sich, das Fenster zu öffnen, aber das klemmt, weil das Holz aufgequollen ist.

»Dann will ich Sie nicht länger aufhalten«, meint Forster und setzt die Mütze wieder auf. »Wenn Sie erlauben – ich komme morgen gegen elf Uhr wieder vorbei. Vielleicht könnten wir dann ein Gespräch miteinander führen.«

»Wenn es sich ergibt – sehr gern«, meint sie verdutzt. »Morgen wird mein Bruder Theodor wohl hier sein, dann kommen Sie nicht umsonst.«

»Das hoffe ich sehr, Fräulein Berend, dass es nicht umsonst geschieht. Das hoffe ich wirklich sehr.«

Er geht zur Nebentür, die von den Geschäftsräumen in den Innenhof führt, und trifft dort mit Ernst zusammen. Die Begrüßung ist kurz, sie wechseln nur wenige Worte, dann verabschiedet sich Forster.

»Was hat er von dir gewollt, Hannchen?«, erkundigt sich Ernst besorgt. »Du hast doch wohl keine Geschenke von ihm angenommen?«

»Warum nicht? Es ist bald Weihnachten …«

»Heilige Einfalt«, stöhnt er und verdreht die Augen. »Merkst du denn nicht, dass der Kerl gewisse Absichten verfolgt? Dem fallen doch die Augen aus dem Kopf, wenn er dich anstarrt.«

»Was soll er denn für Absichten verfolgen?«, fragt sie ärgerlich.

»Der ist nichts für dich, Schwesterlein. Ich habe mich erkundigt. Der ist ein Polenfreund. Seine Frau war die Tochter eines dieser adeligen polnischen Gutsbesitzer, die nach den napoleonischen Kriegen alles verloren haben.«

Der polnische Adel und die katholische Kirche haben über drei Jahrhunderte lang eine nicht unbedeutende Rolle in Danzig gespielt; seitdem die Stadt jedoch preußisch geworden ist, wurde ihr Einfluss mehr und mehr zurückgedrängt. Ehen zwischen Deutschen und Polen sind nicht gern gesehen, werden jedoch geduldet.

»Na und?«, versetzt sie trotzig. »Ich denke, du setzt dich für Freiheit und ein Mitspracherecht aller Bürger ein? Oder sind das alles nur Sprüche?«

»Das ist etwas ganz anderes, Hannchen. Die Polen sind sture Nationalisten, die wollen die russische Herrschaft abschütteln und träumen von einem Königreich Polen auf preußischem Boden.«

»Aber doch nicht hier in Danzig!«

»Wo denn sonst?«

Sie muss hineingehen, weil oben schon die Wirtschafterin den Kopf aus dem Fenster steckt und nach ihr ruft.

»Die gnädige Frau wünscht nicht, dass Sie im Hof mit fremden Herren sprechen!«, bekommt sie im Treppenhaus gesagt.

Sie gibt keine Antwort. Es hat Zeiten gegeben, da war sie es, die nach den Angestellten rief, die Anweisungen gab und Gehorsam erwartete. Jetzt ist es umgekehrt. Aber so tief gesunken, dass sie sich vor Frau Döppel rechtfertigt, ist sie noch nicht. Weder vor ihr noch vor Luise. Und schon gar nicht vor Theodor. Ärgerlich genug, dass jetzt auch noch Ernst an ihr herumnörgelt.

Sie trägt das Päckchen in ihr Schlafzimmer und versteckt es unter dem Kopfkissen. Dann geht sie hinunter ins Wohnzimmer, wo Luise auf dem Sofa liegt und den anstehenden Weihnachtsputz dirigiert. Teppiche aufrollen und zum Klopfen hinuntertragen, Gardinen abnehmen, Böden wischen, die Möbel einwachsen, Tapeten und Gemälde von Spinnweben befreien. Johanna fragt sich, wozu das alles gut sein soll – es werden keine Gäste zum Weihnachtsfest erwartet.

»Da ist sie ja!«, sagt die Wirtschafterin boshaft. »Wir haben schon geglaubt, das Fräulein hätte Besseres zu tun, als uns bei der Arbeit zu helfen.«

Am Nachmittag kehrt Theodor zurück und nimmt Ernst in Beschlag; auch nach dem Abendessen muss ihr Lieblingsbruder unten im Kontor arbeiten, es bleibt ihnen kaum Zeit, ein paar Worte zu wechseln. Wenn es so weitergeht, denkt sie bekümmert, dann wird Ernst gleich nach dem Weihnachtsfest nach Königsberg fahren, um dem Regiment des älteren Bruders zu entkommen. Wie einfach ist das Leben, wenn man ein Mann ist. Ihr selbst bleibt nur die Wahl zwischen endloser Demütigung und der Aussicht, mittellos auf die Straße gesetzt zu werden.

Sie hat sich schon in dem kalten Bett um die kupferne Wärmflasche zusammengekauert und will gerade das Licht löschen, als sie das Päckchen unter dem Kopfkissen bemerkt. Sie zieht es hervor und freut sich an dem hübschen bunten Papier, löst das grüne Band, das darumgeschlungen ist, und findet eine Schachtel Konfekt. Dazu eine Karte, auf der einige Zeilen mit steiler, ein wenig ungelenker Schrift geschrieben sind.

Hochverehrtes Fräulein Berend,
ich bin kein Mann der schönen Worte und romantischen Verzierungen. Aber ich bin Besitzer einer Bootswerkstatt, verstehe mein Handwerk und muss mich vor niemandem bücken. Darum frage ich Sie auf diesem Wege rundheraus:
Könnten Sie sich entschließen, meine Ehefrau zu werden?
Ich bin kein Mitgiftjäger. Ich habe, was ich brauche, und gedenke nicht, meinen Besitz durch eine Heirat zu mehren. Dafür verspreche ich, Sie als meine Ehefrau zu lieben und zu ehren, solange ich das Leben habe.
Auf eine günstige Antwort hoffend, verbleibe ich bis morgen
Ihr ergebener
Berthold Forster

Er will sie tatsächlich heiraten! Aber was für eine seltsame Art, einen Antrag zu machen! Kurz und knapp mit schwarzer Tinte auf weißem Karton. Keine der üblichen Floskeln wie: *Wären Sie geneigt, mir am gottgeheiligten Traualtar Ihre liebenswerte Hand zur ehe-*

lichen Verbindung zu reichen? Oder: … *mir an meiner Seite durch dieses Leben eine zärtliche Gattin und Lebensgefährtin zu werden?*

Sie ist wenig erbaut von dieser ungeschickten Brautwerbung, der nicht einmal ein persönliches Gespräch vorausgegangen ist. Papachen hätte sich darüber wohl geärgert und einen solchen Heiratskandidaten zur Tür hinausgeworfen. Auf der anderen Seite: Wie soll Forster es anstellen, im Hause Berend als Freund der Familie ein und aus zu gehen, wie es für einen künftigen Bräutigam üblich ist? Wenn es wahr ist, was Ernst gesagt hat, dann will auch Theodor mit einem Polenfreund nichts zu tun haben. Papachen hat oft über die Mischehen geschimpft, weil deren Kinder katholisch getauft werden, was für einen protestantischen Christen eine schlimme Sache ist. Mit solchen Leuten hat er nur ungern Geschäfte gemacht.

Dann hat Forster ja geschwindelt, überlegt sie. Er ist gar nicht »in Geschäften« gekommen, wie er erzählt hat, und er war auch nicht im Kontor, denn Danuta hätte ihm gleich an der Haustür gesagt, dass Herr Berend nicht da ist, und ihn fortgeschickt. Er muss durch den Wareneingang gekommen sein, der sich links unter dem Beischlag befindet. Wie schlau! Ach, das hat er meinetwegen getan. Weil er um mich werben wollte, hat er sich frech in die »Höhle des Löwen« gewagt.

Es gefällt ihr. Eigentlich sitzen Berthold Forster und sie im gleichen Boot. Sie sind beide Außenseiter, die hochnäsigen Danziger Bürgersleute rümpfen über sie die Nasen und lassen sie links liegen. Ihr Trotz regt sich. Warum soll sie ihn nicht heiraten? Er ist ein anständiger, gutherziger Mensch, er muss seine Ehefrau sehr geliebt haben, wenn er ihr Grab besucht. Zählt das nicht viel mehr als der Status eines Professors am königlichen Gymnasium oder der eines lispelnden Buchhändlers in der Hintergasse? Nein, wenn sie schon nur durch eine Heirat aus dieser Misere entkommen kann, dann will sie Berthold Forster zum Ehemann.

Allerdings wird sich ihr Bruder Theodor mit dieser Ehe nicht einverstanden erklären, denn er scheint momentan eher geneigt, sie als billige Arbeitskraft im Haus zu behalten. Aber das kann ihr gleich sein, denn sie ist entschlossen, die Ehe auch gegen seinen Willen einzugehen. Dass sie dabei laut Gesetz jegliche Erbansprüche an ihre Familie verliert, fällt nicht schwer ins Gewicht – sie hat ja ohnehin nichts zu erwarten.

Mit klopfendem Herzen schiebt sie Konfekt und Karte wieder unter ihr Kopfkissen. Sie wird in dieser Nacht sicher kein Auge schließen. Genauso, wie sie damals wach gelegen hat, als sie den Entschluss gefasst hatte, mit Andrzej aus Danzig fortzulaufen. Was sich später leider als eine gewaltige Dummheit herausgestellt hat. Ist sie inzwischen klüger geworden? Hat sie die Folgen ihres Vorhabens gründlich bedacht? Oder stürzt sie vielleicht gar vom Regen in die Traufe? Ach was, denkt sie, setzt sich auf und bläst das Licht aus. Alles ist besser, als hier in diesem Haus zu verkümmern, bis ich eine alte Jungfer bin und mich keiner mehr haben will. Sie schiebt die Hand unter das Kopfkissen, hält die Karte mit dem Heiratsantrag fest, und zu ihrer eigenen Überraschung gleitet sie rasch und ohne Umwege in das Land der Träume.

Am Morgen erwacht sie wie immer von dem Kratzen und Rumpeln, das Danuta veranstaltet, wenn sie den gekachelten Ofen im Wohnzimmer auskehrt. Bald darauf ist die kreischende Stimme der Wirtschafterin zu vernehmen, die nach Holz für den Küchenofen schreit. Dann ruft Luise nebenan im Schlafzimmer nach Danuta, und man hört Theodor knurren, sie solle sich gedulden, das Mädchen habe unten zu tun. Johanna steigt gemächlich aus dem Bett und beginnt sich zu waschen. Gleich wird Luise nach ihr rufen, aber sie lässt sich von der Schwägerin nicht herumhetzen. Soll Theodor seiner lieben Ehefrau doch beim Ankleiden helfen und sie die Treppe hinunter ins Wohnzimmer geleiten. Das wird er von nun an häufiger tun müssen, da kann er sich gleich daran gewöhnen.

Als sie mit gleichmütiger Miene zum Frühstück erscheint, findet sie ihren älteren Bruder allein im großen Speisezimmer – Ernst scheint wenig Lust auf das frühe Aufstehen zu haben.

»Luise hat dich benötigt!«, sagt er statt des Morgengrußes. »Wieso bist du nicht gekommen? Ein Frühstück erhältst du von heute an nur, wenn du dich willig und gehorsam zeigst.«

»Einen schönen guten Morgen, lieber Bruder! Ich hoffe, du hattest einen sanften Schlaf.«

»Deinen Hohn kannst du dir sparen!«

Auch Ernst, der zehn Minuten später im Speisezimmer erscheint, bekommt zu hören, dass Pünktlichkeit und Fleiß im Hause Berend für jedes Familienmitglied unabdingbar seien.

»Selbstverständlich, lieber Theodor«, redet sich Ernst geschmeidig heraus. »Stell dir vor – ich war schon auf der Treppe, als mir einfiel, dass ich vergessen hatte, meine Weste anzulegen. Da bin ich zurückgelaufen, um das gute Stück zu holen, habe die ganze Kammer auf den Kopf gestellt, um mich endlich daran zu erinnern, dass Danuta die Weste zum Schneider gebracht hat …«

»Zum Schneider – warum?«

»Nun – es ist Papas Weste, die ich auftrage. Sie ist mir zu weit«, behauptet Ernst mit unschuldigem Lächeln.

»Dann hoffe ich, dass du den Schneider bezahlen kannst. Für solche Extraausgaben ist unser Budget nicht ausgelegt.«

»Natürlich«, meint Ernst, der vermutlich keinen Pfennig in der Tasche hat. »Ich habe übrigens vor, am Tag nach Weihnachten zurück nach Königsberg zu fahren. Dazu benötige ich Reisegeld.«

»Dann erwarte ich, dass du dein Studium so bald als möglich erfolgreich beendest und unserem Handelshaus mit deinen Kenntnissen zur Verfügung stehst!«

»Keine Sorge, lieber Theodor. Es wird sich alles zu deiner Zufriedenheit fügen.«

An Theodors Miene ist nicht zu erkennen, was er von dieser Versicherung hält. Während sie das Frühstück fortsetzen, wird nur wenig gesprochen. Ernst erkundigt sich bei Johanna, ob sie gut geschlafen habe, was sie mit »Danke ja« beantwortet, Theodor hüllt sich in Schweigen. Johanna sitzt auf heißen Kohlen. Wird Forster sich wieder durch den Wareneingang in den Innenhof schleichen? Oder wird er frech durch die Halle ins Haus treten? Ach, wenn sie das doch nur wüsste! Am Ende kommt er gar nicht, weil er es sich anders überlegt hat. Aber nein, so einer ist er nicht. Berthold Forster ist ein Mann, der zu seinem Wort steht.

Luise ist heute besonders unleidlich. Es hängt Wäsche auf dem Trockenboden, die muss noch vor Weihnachten abgenommen, gebügelt und in die Schränke geräumt werden, denn zwischen den Jahren soll man keine Wäsche waschen.

»Das ist ein heidnischer Aberglaube, Luise, und eines Christenmenschen unwürdig!«

»Das ist eine Volksweisheit, Johanna. Geh hinauf und schau nach, ob die Sachen trocken sind, dann machst du dich ans Bügeln. Unten im Eingang muss vor Weihnachten gewischt werden, der Schrank eingewachst, der Kronleuchter muss entstaubt und mit neuen Kerzen versehen werden. Die Eingangshalle ist das Aushängeschild des Handelshauses. Wo bleibt denn Danuta? Ich brauche meine Tropfen und kühlende Umschläge, meine Schläfen brennen …«

»Ich sage ihr Bescheid …«

Dass sie den großen Schrank unten in der Halle mit Wachs behandeln soll, ist gar nicht so schlecht, denn so kann sie sowohl auf den Beischlag laufen, als auch durch die Geschäftsräume auf den Innenhof gelangen, um Berthold Forster abzufangen und ihm ihre Entscheidung mitzuteilen. Leider kommen gerade heute allerlei Kunden und Boten ins Kontor, die kleine Weihnachtsgeschenke abgeben und von Theodor – je nach Wichtigkeit – mit einem Likör oder nur mit einem Kopfnicken abgefertigt werden. Draußen auf der Langen Gasse machen die Händler gute Geschäfte, es werden die letzten Weihnachtsgaben erstanden, Spielzeug für die Kinder, ein Kettchen oder ein Ring für die Ehefrau, auch geräucherte Schinken, Käse aus Holland, fremde Gewürze, kleine rote Winteräpfel oder anderes mehr, was den Festtag verschönern kann.

Forster nähert sich heute vom Holzmarkt her. Pünktlich mit dem letzten Schlag der Kirchturmuhr schreitet er durch die Lange Gasse auf das Berend'sche Haus zu, bleibt vor einem Marktstand stehen und hält Ausschau. Hat er gehofft, dass sie ihn auf dem Beischlag erwartet? Vermutlich, denn kaum hat er sie erblickt, drängt er sich eilig durch die Marktbesucher und steigt ohne Umschweife zu ihr hinauf.

»Einen schönen guten Tag«, grüßt sie ihn. »Sie haben Glück, mein Bruder ist im Kontor – Ihren Geschäften mit dem Hause Berend steht nichts im Wege.«

»Das kommt darauf an …«, sagt er gedehnt.

Unsicher schaut er sie an und weiß nicht, ob sie scherzt oder im Ernst redet.

»Worauf käme es an, Herr Forster?«

Er tritt sich den Schnee von den Schuhen, dann schiebt er die Mütze aus der Stirn, und sie ist gerührt, weil er vor Aufregung nicht weiß, wo er seine Hände lassen soll.

»Auf die Antwort, die ich erhalte, kommt es an, Fräulein Berend. Spannen Sie mich alten Kerl nicht auf die Folter, ich bitte Sie. Ich nehm's Ihnen nicht übel, wenn Sie mir einen Korb geben. Das hat einer verdient, der mit über fünfzig noch ein junges Mädel freit …«

Das Spiel gefällt ihr, sie hätte ihn gern noch ein wenig weiter geneckt, wenn sie nicht die schlurfenden Tritte der Wirtschafterin im Eingang hinter sich vernommen hätte.

»Die Antwort ist leicht gegeben, Herr Forster«, sagt sie und tritt dicht zu ihm heran. »Sie heißt Ja.«

Sie sieht die Freude über sein Gesicht zucken, dann nimmt er einen tiefen Atemzug, als sei er von einer großen Last befreit.

»Wenn das so ist, Fräulein Berend …«, sagt er und muss sich die Augenwinkel wischen. »Dann bin ich der glücklichste Mensch der Welt. Ich weiß gar nicht, wie ich …«

»Fräulein Johanna!«, keift da hinter ihnen Frau Döppel, die Wirtschafterin. »Die gnädige Frau hat verboten, dass Sie mit fremden Herren schwatzen. Gehen Sie hinein und tun Sie Ihre Arbeit!«

Johanna kommt nicht dazu, eine Antwort zu geben, denn Berthold Forster schiebt sie sacht beiseite und nimmt die Wirtschafterin ins Visier.

»Recht haben Sie, gute Frau«, sagt er mit tiefer, kräftiger Stimme, dass sich die Leute auf dem Weihnachtsmarkt neugierig zu ihnen umdrehen. »Eine wichtige Arbeit darf man nicht verschieben, das Eisen muss geschmiedet werden, solange es heiß ist!«

Die Döppel'sche ist so verblüfft, dass es ihr die Sprache verschlägt. Ängstlich weicht sie zurück, als er an ihr vorüber in die Halle geht.

»Eine Anmeldung brauche ich nicht«, sagt er und steuert auf die Tür zu den Geschäftsräumen zu. »Ich kenne den Weg.«

»Was hat das zu bedeuten, Fräulein Johanna?«, flüstert die Wirtschafterin ängstlich. »Was will dieser grobe Kerl im Kontor?«

»Ein wichtiger Kunde, Frau Döppel. Besser, Sie gehen in die Küche, um ein Gabelfrühstück zu richten.«

»Ein Gabelfrühstück? Für den?«

»Tun Sie, was Sie wollen«, meint Johanna und hebt die Schultern, als wolle sie hinzufügen: »Wenn Sie Ärger bekommen, ist es nicht meine Schuld.«

Darauf verzieht sich die Wirtschafterin vorsichtshalber in die Küche, und Johanna läuft eilig zu der Tür, die hinter Forster zugefallen ist. So leise wie möglich öffnet sie sie, schiebt sich durch den Türschlitz und tritt in den dämmrigen Flur. Sie braucht nicht weiterzugehen, denn das Gespräch im Kontor ist auch von hier aus zu hören.

»… sehr überraschend …«, sagt Theodor in kühlem Ton. »Ich habe nicht die Absicht, meine Schwester zu verheiraten. Zumal sie keinerlei Mitgift zu erwarten hat …«

»Das ist mir bekannt«, antwortet Forsters tiefer Bass. »Ich bin mit Ihrer Schwester einig und halte um ihre Hand an.«

»Bedaure …«

Papiere knistern, man hört eine Feder eifrig kratzen. Vermutlich hat der Kontorschreiber Korbitz neugierig zugehört und stürzt sich auf einen zornigen Blick seines Brotgebers hin hastig wieder in die Arbeit.

»Nun«, hört man Forster gedehnt sagen. »Es ist Ihnen bekannt, dass eine Heirat auch ohne Ihre Einwilligung möglich ist …«

»Sie wollen mir drohen?«

»Aber nein, Herr Berend. Schauen Sie, es ist mir wichtig, keinen Streit zu entfachen. Schon gar nicht mit einer so angesehenen Familie wie der Ihren. Einigen wir uns gütlich …«

»Ich sehe keine Möglichkeit, Herr Forster. Meine Schwester ist mir im Haus unentbehrlich.«

»Und mir ist sie als Ehefrau unentbehrlich, Herr Berend. Machen wir ein Geschäft miteinander, damit wir beide zufrieden auseinandergehen können.«

»Ich wüsste nicht …«

»Hören Sie mir erst einmal zu, dann können Sie immer noch zusagen oder ablehnen«, unterbricht Forster. »Ich komme ja nicht mit leeren Händen zu Ihnen, Herr Berend.«

Unglaublich! Johanna platzt beinahe vor Zorn. Er verzichtet

nicht nur auf eine Mitgift, er macht sogar noch Angebote. Dabei ist das völlig sinnlos – was immer er Theodor bietet, er wird es ihm nicht danken. Als sie jetzt weiter lauscht, wird ihr beinahe schwarz vor Augen.

»Wie Ihnen bekannt ist«, beginnt Forster in seiner langsamen Art, »besitze ich ein Grundstück bei Neufahrwasser, das Ihr Herr Vater selig mir gern hat abkaufen wollen. Nun – damals hat es mir damit nicht pressiert.«

Johanna kennt dieses Grundstück. Es liegt genau zwischen den beiden Wiesen, die der Vater eigentlich Ernst zugedacht hat und die Theodor betrügerisch an sich gebracht hat. Wenn Forster dieses Land sozusagen als Morgengabe dreingibt, dann besitzt Theodor damit beträchtlichen Grund und Boden, auf dem er Lagerhallen und sogar eine Anlegestelle errichten kann.

»Und jetzt wäre es Ihnen feil?«, fragt Theodor mit plötzlichem Interesse.

»Für einen angemessenen Preis würde ich es meinem Schwager abtreten.«

»Darüber lässt sich reden. Ich verlange allerdings, dass die Hochzeit im Stillen geschlossen wird. Meinetwegen im kommenden Sommer, nach Ablauf des Trauerjahres.«

»Damit bin ich einverstanden. Ich meinerseits verlange, dass ich meine Braut besuchen kann, sooft es mir beliebt, und sie ebenso in die Stadt ausführen und ihr ihren zukünftigen Wirkungskreis zeigen darf.«

»Soweit es die guten Sitten zulassen, sei Ihnen dies gestattet.«

»Der Verkauf des Grundstücks wird gültig mit dem Tag der Eheschließung, Herr Berend.«

»Warum erst dann? Misstrauen Sie mir?«

»Wir machen ein Geschäft miteinander, Herr Berend. Wenn wir den Hochzeitstermin vorziehen, vielleicht auf den Februar, wäre uns beiden geholfen.«

»In diesem Fall verlange ich, dass die Nachkommen, die Sie mit meiner Schwester haben werden, vom Berend'schen Erbe ausgeschlossen werden.«

»Ich habe nichts dagegen, Herr Berend, und werde es umgekehrt ebenso halten. Falls mir etwas zustoßen sollte, geht mein Erbe an meine Ehefrau und an meine Kinder.«

»Gut. Den Vertrag werde ich aufsetzen und Ihnen zukommen lassen, Herr Forster.«

»Nicht nötig, Herr Berend. Ich habe bereits ein Schriftstück vorbereitet, das ich Ihnen zur Prüfung dalasse.«

»Meinetwegen. Sie hören von mir, Herr Forster.«

»Ich spreche übermorgen um die gleiche Stunde wieder vor, Herr Berend.«

»Sie haben es eilig, wie?«

Johanna hört Forster laut und gutmütig lachen. »In meinem Alter muss man sich ranhalten, Herr Berend. Wir sehen uns übermorgen. Bis dahin wünsche ich gute Geschäfte.«

»Besten Dank!«

Die Kontortür fliegt auf, und Berthold Forster kommt ihr entgegen. Er ist nicht sonderlich überrascht, sie hier im Flur zu finden, bleibt bei ihr stehen und blickt sie mit zufriedenem Schmunzeln an.

»Das dürfen Sie nicht tun!«, flüstert sie aufgeregt. »Sie geben ein gutes Grundstück und erhalten nichts dafür.«

Er schüttelt den Kopf. »Was ich dafür erhalte, ist Ihre Hand, Fräulein Berend. Und dieses Glück ist nicht mit allem Gold der Welt aufzuwiegen …«

Weil er nun so glücklich dreinschaut, kann sie nicht anders, als ihm impulsiv um den Hals zu fallen. Ach, sie will ihm eine gute und treue Ehefrau sein. Das hat er verdient, denn er liebt sie und führt sie aus dem Elend in die Freiheit.

»Nun, nun«, sagt er überrascht und hält sie umschlungen. »Gar so stürmisch? Sie müssen ein wenig langsam tun, ich bin kein junger Spund mehr …«

Er küsst sie zärtlich auf Wangen und Stirn, streicht ihr über das Haar und schiebt sie dann sacht von sich.

»Bis übermorgen, meine kleine Braut.«

Luise

Das Weihnachtsfest ist in diesem Jahr im Hause Berend sehr still begangen worden. Man hat die Kirche besucht und kleine Geschenke ausgetauscht, auch hat die Wirtschafterin am Weihnachtstag einen fetten Gänsebraten zubereitet, von dem Luise nur wenig zu sich genommen hat. Damit waren die Festtage auch schon beendet, und der graue Alltag ist wieder eingekehrt. Ein eisiger Winter hält die Stadt im Griff, die Mottlau ist zugefroren, Schnee liegt auf dem Pflaster der Gassen, und an den Dächern der Häuser und Kirchen hängen starre Eiszapfen, die in der Sonne glitzern.

»Heiraten?«

Luise sitzt in ihrem gewohnten Sessel im Wohnzimmer und hat gerade eine Tasse heißen Tee ausgetrunken. Es geht ihr besser – gottlob. Die scheußlichen Magenprobleme haben sich gegeben, sie kann wieder essen, zwar in Maßen und beileibe nichts Fettes oder Salziges – aber immerhin. Es geht aufwärts: Wenn Gott will, dann wird sie dieses Mal ein gesundes Kind zur Welt bringen.

»Du hast recht gehört, Luise. Johanna wird im Februar Berthold Forster heiraten. Ich hoffe, du billigst diese meine Entscheidung.«

Theodor hat sich wie jeden Abend für eine kleine Weile zu seiner Ehefrau gesellt, um nach ihrem Befinden zu fragen und sie über neue Entwicklungen des Hauses in Kenntnis zu setzen.

»Selbstverständlich bin ich mit deiner Entscheidung einverstanden, Theodor«, beeilt sie sich zu versichern. »Berthold Forster? Wer ist das? Sollte man ihn kennen?«

»Kaum«, meint Theodor und schiebt das bestickte Sofakissen zur Seite, da es ihn beim Sitzen stört. Das Kissen hat Johanna vor Jahren bestickt und Papa zu Weihnachten geschenkt – es wird Zeit, dass der Plunder aus dem Haus kommt.

»Gewiss ist es eine Mesalliance«, fährt er fort. »Aber was können wir anderes erwarten, nach allem, was meine Schwester der Familie angetan hat. Forster besitzt eine kleine Werkstatt, wo er Fischerboote herstellt. Meine verwöhnte Schwester wird sich auf ein anderes, weniger bequemes Leben umstellen müssen. Ich halte dies für ausgleichende Gerechtigkeit.«

Luise nickt beipflichtend. Natürlich – nach allem, was geschehen ist, kann Johanna nicht erwarten, weiterhin die Privilegien einer Berend zu genießen. Eine Heirat unter ihrem Stand war unumgänglich, zumal sie keine Mitgift erhält. Was Luise daran befremdet, ist allerdings der frühe Zeitpunkt dieser Eheschließung. Schon im Februar! Du liebe Zeit. Das ist noch vor Ablauf des Trauerjahrs.

»Wir werden weder die Verlobung noch die Hochzeit an die große Glocke hängen«, erklärt Theodor. »Alles wird im Stillen geschehen. Ich werde ihr gestatten, einige persönliche Dinge mitzunehmen, auch etwas Tischwäsche und Bettzeug. Um diese Dinge wirst du dich kümmern müssen, Luise. Wähle einfache Tücher, die zu einem Handwerkerhaushalt passen. Es soll niemand behaupten können, ich hätte meine Schwester wie eine Armenhäuslerin in die Ehe gegeben. Du weißt ja, wie die Leute reden …«

»Ich weiß, Theodor. Es ist schändlich, aber Gott wird diese Lästermäuler strafen, das weiß ich gewiss.«

Er nimmt ihre Worte mit der gewohnt unbeweglichen Miene auf, bei der sie niemals weiß, ob er ihren Reden Glauben schenkt oder sie nur einfach so stehen lässt, weil er es nicht für der Mühe wert hält, zu widersprechen. Die Aussteuer, die Johanna im Laufe der Jahre von Eltern und Paten zum Geschenk erhalten hat, ist auf Theodors Anordnung hin bereits dem eigenen, Berend'schen Haushalt beigefügt worden. Das ist Luise gelegen gekommen, da verschiedene Stücke im Haushalt schadhaft geworden waren und ersetzt werden mussten. Vor allem die teure Tischdecke aus Damast mit dem eingestickten Familienwappen, zu der es an die fünfzig passende Servietten aus feinem Leinen gibt. Auch die Bettwäsche aus gutem Leinen benötigt man selbst, und die geschäftliche Lage des Handelshauses erlaubt momentan keine größeren Anschaffungen. Aber es gibt einige schadhafte Stücke, da kann Johanna die zerschlissenen Stellen herausschneiden und die guten Teile aneinandernähen. Für die Ehefrau eines Handwerkers ist das immer noch fürstlich, schließlich waren die Laken einmal sehr teuer. Allerdings gefällt Luise der Gedanke wenig, dass Johanna so bald das Haus verlassen wird.

»Wenn es denn so beschlossen ist«, sagt sie zu ihrem Ehemann, der sich von Danuta einen Becher Tee mit Kandis und einem Schuss Rum servieren lässt. »Dann will ich nichts weiter dagegen vorbringen. Ich weiß ja, dass du, mein Lieber, deine Entschlüsse stets sorgfältig überlegst …«

»Wenn du dir Sorgen um den Haushalt machst«, fällt er ihr ins Wort. »Ich denke, dass wir sie leicht entbehren können, da du nun wieder genesen bist und deine Aufgaben als Hausfrau wahrnehmen kannst.«

»Das will ich auch mit Freuden tun, und ich danke Gott dafür, dass er mir wieder die Kraft dazu gegeben hat!«

Sie wartet einen Moment, weil er geräuschvoll seinen Tee schlürft und die Tasse dann auf der Untertasse abstellt.

»Ich sorge mich eher um das Seelenheil deiner Schwester«, fährt sie fort. »Sie scheint mir immer noch nicht recht begriffen zu haben, welch schwere Sünde sie auf sich geladen hat. Darum hielt ich es für nötig, sie beständig zur Buße zu mahnen, denn nur so kann sie auf Vergebung hoffen.«

Sie hört ihren Ehemann höhnisch lachen. Es klingt hart, wie das Knattern von Gewehrschüssen.

»Darüber brauchst du dir nicht den Kopf zu zerbrechen, Luise. Die Ehe wird sie schon Demut und Gehorsam lehren. Schließlich ist dieser Berthold Forster nichts als ein primitiver Handwerker, ungebildet und grobschlächtig. In solch einem Haus gehen die Uhren anders, meine Liebe!«

Luise pflichtet ihm bei und wendet sich einer Näharbeit zu, während Theodor die Öllampe näher zu sich heranrückt, um das Danziger Anzeigenblatt zu lesen. Schweigen kehrt ein, man hört die alte Standuhr ticken, hie und da sind Danutas Holzschuhe auf der Treppe zu vernehmen, sie trägt die kupfernen Wärmeflaschen, die mit heißem Wasser gefüllt sind, in die Betten der Herrschaft. Luise denkt über die Worte ihres Ehegatten nach. Gewiss hat er nicht unrecht. Die Ehe ist eine Prüfung Gottes, die erduldet und erlitten werden muss. Johanna wird mit diesem Handwerker das Ehebett teilen müssen – allein das ist schon Strafe genug.

Nur mit Schaudern denkt Luise an ihre eigene Hochzeitsnacht zurück, die alles überstieg, was sie sich an Grauen und Schamlosigkeit je hat vorstellen können. Sie ist recht froh, dass ihr Ehemann sie momentan in Ruhe lässt, weil er fürchtet, dem Kind zu schaden, wenn er sich ihr nähert.

Schon am übernächsten Tag hat sie Gelegenheit, den Zukünftigen ihrer Schwägerin näher in Augenschein zu nehmen, denn Berthold Forster lässt es sich angelegen sein, der Familie seiner Braut einen Antrittsbesuch abzustatten.

»Muss das denn sein?«, hat sie Theodor unwillig gefragt, als er ihr den Besuch ankündigte.

»Wir machen die Sache unten im Kontor ab«, gibt er zurück. »Wenn du willst, entschuldige ich dich wegen deines Zustands.«

»Nein, nein«, sagt sie rasch. »Ich komme herunter. Schließlich will ich nicht, dass man uns etwas nachsagt.«

Er zuckt mit den Schultern und geht – sie soll nachkommen, sobald sie so weit ist.

Natürlich ist es eine Beleidigung für Berthold Forster, dass man ihn nicht in die Wohnräume der Familie bittet – aber schließlich ist er ein einfacher Handwerker, der dort nichts zu suchen hat. Trotz allem ist Luise neugierig auf diesen Mann, den sie nur vom Hörensagen kennt und der nun – Gott sei's geklagt – ihr Schwager werden wird. Schon deshalb, weil sie hofft, einen plumpen, hässlichen Menschen mit breiten Händen und niedrigem Verstand vorzufinden, denn einen solchen Ehemann hat Johanna ihrer Ansicht nach verdient.

Sie gibt sich keine Mühe mit ihrer äußeren Erscheinung – das Hauskleid und die alte Haube müssen genügen.

»Bring mir das wollene Tuch, Danuta! Nicht das gute – das alte. Geh mir voraus auf der Stiege.«

Sie spürt die Kindsbewegungen in ihrem Leib, während sie die Treppe hinuntergeht, und eine unerwartete Welle von Wärme und Glück steigt in ihr auf. Es lebt, es wächst, und wenn Gott der Herr gnädig ist, wird es ein Junge sein.

Danuta klopft an die Tür des Kontors und kündigt die Herrin an, dann öffnet sie Luise die Tür. Berthold Forster ist ein kräftiger Mann fortgeschrittenen Alters, er hat das breite Gesicht eines Menschen norddeutscher Herkunft, die Augen von buschigen Brauen überwölbt, die Nase dick und von der Kälte gerötet, die Lippen schmal. Er hat mit dem Kontorgehilfen geredet, jetzt wendet er sich der Eintretenden zu und lächelt sie an. Das breite, unbeholfene Lächeln eines primitiven Handwerkers, denkt Luise.

»Guten Morgen«, grüßt sie und nickt hoheitsvoll. »Angenehm, Sie kennenzulernen, Herr Forster.«

»Ganz meinerseits, Frau Berend«, sagt er mit kräftiger, tiefer Stimme, die gewohnt ist, den Arbeitslärm eines Handwerksbetriebs zu übertönen. »Da wir ja nun familiäre Bande knüpfen werden, freue ich mich, meine zukünftige Schwägerin zu begrüßen. Ich habe Ihnen ein kleines Geschenk mitgebracht …«

Er zieht ein flaches Päckchen aus der Rocktasche und überreicht es ihr. Sie nimmt es mit spitzen Fingern, weil ihr die alte Schifferjacke, die er trägt, recht widerwärtig ist.

»Ganz reizend von Ihnen … Vielen Dank …«

»Lassen Sie es sich schmecken, Frau Berend! Es ist feinste Milchschokolade, das Beste für eine werdende Mutter!«

Er spielt auf ihre Schwangerschaft an. Unglaublich, wie vertraulich dieser Mensch mit ihr redet! Dabei schaut er sie so harmlos und freundlich an, als wäre sie seinesgleichen. Luise sieht Hilfe suchend zu ihrem Ehemann hinüber, der an seinem Schreibtisch sitzt und eine eisige Miene zur Schau trägt.

»Was stehen Sie herum, Korbitz«, fährt er jetzt seinen Angestellten an. »Bringen Sie meiner Frau einen Stuhl!«

Korbitz zuckt heftig zusammen und stürzt davon, um einen Sessel für Luise zu besorgen. Berthold Forster hat man nicht einmal einen Schemel angeboten, was sogar Luise etwas unhöflich findet.

»Wie ich sehe, ist man fleißig«, sagt Forster in Theodors Richtung. »Das ist recht so und gefällt mir. Da will ich nicht weiter stören. Wenn Sie so freundlich sind, Herr Berend – schicken Sie meine junge Braut zu mir herunter, denn ich will mit ihr einen kleinen Gang durch die Stadt unternehmen.«

Luise glaubt, nicht recht gehört zu haben. Er will mit Johanna durch die Stadt gehen? Sich mit ihr vor allen Leuten zeigen? Nein, das kann Theodor auf keinen Fall gestatten.

»Gern«, sagt ihr Ehemann zu ihrer größten Verblüffung. Dann fährt er fort und spricht von geschäftlichen Dingen, die sie nicht versteht.

»Da wäre noch diese kleine Formalität zu erledigen, Herr Forster. Ich habe den Vertrag geprüft und nur einige unwesentliche Passi verändert. Hier ist Platz für Ihre Unterschrift.«

Berthold Forster begibt sich zu dem reich geschnitzten Schreibtisch und zieht eine Brille aus der oberen Jackentasche.

»Dann zeigen Sie mal her«, meint er jovial und nimmt das Blatt hoch. Während er liest, bewegt er langsam die Lippen wie einer, der das Lesen nicht recht gewohnt ist.

»Sie können sich das Duplikat ja mitnehmen und später zu Hause lesen«, sagt Theodor und reicht ihm auffordernd die eingetunkte Feder. »Meine Schwester wartet gewiss schon ungeduldig.«

Aber Forster lässt sich nicht aus der Ruhe bringen und setzt die Lektüre fort. Für einen schlichten Handwerker ist er recht selbstbewusst, findet Luise. Oder sollte man vielmehr sagen: Er ist stur und unbelehrbar.

»Nein, lieber Berend – so geht das nicht«, erklärt er schließlich und wirft das Blatt auf den Schreibtisch. »Da müssen wir noch mal drüber reden. So kann ich das nicht unterschreiben.«

»Dann wird aus dem Spaziergang nichts werden«, gibt Theodor kühl zurück.

»Das täte mir leid, weil sich Ihre Schwester doch schon so sehr darauf freut.«

»Sie wird sich gedulden müssen, Herr Forster. Erst wenn dieser Vertrag unterschrieben …«

Luise fährt erschrocken zusammen, weil in diesem Moment die Tür aufgerissen wird und der Kontorgehilfe, der davorgestanden hat, einen kräftigen Schlag in den Rücken erhält.

»Guten Morgen, lieber Herr Forster«, ruft Johanna in den

Raum hinein. »Ich bin fertig zum Ausgehen – darf ich um Ihren Arm bitten?«

Sie hat an der Tür gelauscht, diese hinterlistige Person, sonst wäre sie nicht ausgerechnet in diesem Moment wie auf ein Stichwort hin ins Kontor geplatzt. Luise ist außer sich und schaut gespannt zu ihrem Ehemann hin, der jetzt ganz sicher ein energisches Verbot aussprechen wird.

Theodor macht tatsächlich einen Ansatz dazu, doch Berthold Forsters tiefe Stimme übertönt ihn. »Mit dem größten Vergnügen, meine liebe Braut«, ruft er und geht mit festen Schritten zu Johanna hinüber, ohne sich um Luises Entsetzen zu kümmern.

»Frau Berend – ich empfehle mich!«, sagt er, freundlich zu Luise gewandt. »Mein lieber Berend – ich schaue morgen vorbei, dann bringen wir diese leidige Sache zu einem guten Ende.«

»Mir scheint, Sie haben nicht recht verstanden …«, ruft Theodor zornig.

Doch Forster nimmt in aller Ruhe seine Schiffermütze vom Arbeitspult des Kontorgehilfen, wo er sie abgelegt hat, und setzt sie im Hinausgehen auf.

»Es weht ein verflucht kalter Nordwind, meine Liebe«, hört Luise ihn zu Johanna sagen. »Da wird dieses Mäntelchen Sie kaum wärmen. Aber keine Sorge. Bevor meine hübsche Braut zu Eis erstarrt, will ich gern ein paar Taler springen lassen …«

Sein Lachen dröhnt so laut in der Halle, dass man um den Stuck an der Decke fürchten muss. Ein fröhliches Lachen, das Luisa aus irgendeinem Grund bis ins Innerste erzittern lässt. Hat er eben gesagt, dass er Johanna einen Umhang nähen lassen will? Einen Pelz vielleicht sogar? Das wäre … Das wäre ja ungeheuerlich! Wie kann er sich so etwas herausnehmen? Nicht einmal Luises eigener Ehemann hat ihr jemals einen Mantel nähen lassen, sie trägt den pelzgefütterten Umhang ihrer Mutter, den der Kürschner seinerzeit für sie abgeändert hat.

»Du kannst jetzt wieder hinaufgehen, Luise«, sagt Theodor kurz angebunden. »Leider hat sich dieser Besuch recht unerfreulich entwickelt – du wärst besser oben geblieben.«

Unsicher erhebt sie sich und bemerkt erst jetzt, wie kalt es im Kontor ist. Der Ofen wird nur sparsam geheizt – ein Wunder, dass der Kontorgehilfe Korbitz in dieser Kälte die Finger bewegen kann.

»Geht es um einen Ehevertrag?«, erkundigt sie sich.

»Gewiss«, sagt er unwirsch. »Man wird sich einigen. Kümmere dich nicht darum.«

Gehorsam nickt sie und geht durch die Tür, die Korbitz für sie aufhält. Doch anstatt hinauf ins warme Wohnzimmer zu steigen, kann sie es sich nicht verkneifen, durch die Halle auf den Beischlag hinauszutreten. Es schneit schon wieder, die Vorübergehenden haben sich in warme Mäntel und Jacken eingehüllt, im frischen Schnee liegen dampfende Pferdeäpfel, die ein Fuhrwerk hinterlassen hat. Sie zieht das Tuch enger um sich und reckt den Hals. Tatsächlich, dort gehen die beiden, sie hängt an seinem Arm und schwatzt fröhlich wie ein kleines Mädchen. Und er dreht immer wieder den Kopf zu ihr und gibt lächelnd Antwort. Was für ein merkwürdiges Paar. Mein Gott – wie peinlich das ist! Sie werden Freunde und Bekannte der Familie Berend treffen und die schlimmsten Gerüchte in die Welt setzen … Ob er ihr wirklich einen Mantel nähen lässt? Vielleicht kauft er ihr ja nur ein warmes Tuch. Gewiss keinen Pelz, das kann sich solch ein armer Handwerker gar nicht leisten. Nun – Johanna wird es nicht ablehnen, sie ist es ja gewohnt, sich aushalten zu lassen und Geschenke anzunehmen.

Als Luise zurück in die Halle geht, steht dort Danuta und hat schon den Pelz der Herrin über dem Arm.

»Gerade wollte ich Ihnen den warmen Mantel bringen, gnädige Frau«, sagt sie und schaut sie mit erschrockenen Augen an. »Sie dürfen sich auf keinen Fall erkälten bei diesem eisigen Wind.«

»Danke, Danuta«, gibt Luise zurück. »Das ist für dich, weil du so umsichtig bist.«

Mit einem tiefen Knicks nimmt Danuta das schmale Päckchen aus der Hand der Herrin entgegen. Schokolade ist ein seltener Genuss für das Mädchen, sie wird sich das Täfelchen in kleine Portionen einteilen und jeden Tag ein Stückchen essen, damit sie länger etwas davon hat.

Die folgenden Wochen bringen eine Menge Unruhe und Ärger ins Haus. Wie es scheint, ist Johanna die bevorstehende Heirat zu Kopf gestiegen; sie gibt der Wirtschafterin freche Antworten und weigert sich energisch, die Dielen im Wohnzimmer zu schrubben.

»Das ist nicht meine Aufgabe«, erklärt sie kurzerhand. »Ich bin verlobt, und mein künftiger Ehemann möchte nicht, dass ich Dienstbotenarbeiten verrichte.«

Für verlobt hält sie sich! Dabei hat es gar keine offizielle Verlobung gegeben, was wegen des Trauerjahres auch nicht passend gewesen wäre. Geschenke allerdings erhält sie reichlich von ihrem Zukünftigen, man kann nur staunen, wie dieser verliebte Gockel sie mit Gaben überhäuft. Ein goldenes Armband und einen Ring mit einem Rubin trägt sie stolz zur Schau, Schuhe und Kleid für den Hochzeitstag hat er in Auftrag gegeben, und ein Mantel aus gutem englischen Tuch mit Pelzkragen wird auch für sie genäht. Luise muss daran denken, dass sie selbst seinerzeit ganz und gar von ihren Eltern für die Hochzeit ausgestattet wurde, dazu noch Silberzeug, Tuche und Wäsche ins Haus gebracht hat – von den Grundstücken, der Lagerhalle am Hafen und der Geldsumme, die zu ihrer Mitgift gehörten, gar nicht erst zu reden. Zur Hochzeit erhielt sie von Theodor einen schmalen Goldreif aus dem Besitz der Schwiegermutter. Das war alles. Nun – sie hat sich nicht beklagt, auch haben die Schwiegereltern sie liebevoll aufgenommen. Jetzt allerdings, da Theodor Friedrich Berend und seine Frau

Marie Sophie nicht mehr leben und ihr nur Theodor geblieben ist, hat sie oft das Gefühl, recht einsam zu sein. Ihr Ehemann führt sie niemals durch die Stadt oder unternimmt mit ihr einen Ausflug aufs Land, wie es andere Familien tun. Wieso aber duldet er dann, dass Forster mehrmals in der Woche erscheint, um Johanna zur Schneiderin zu begleiten, Einkäufe zu tätigen und mit ihr spazieren zu gehen? Anstatt ihre Sünden zu bereuen und in Demut und Gehorsam Buße zu tun, zeigt sich Johanna frech mit ihrem Verlobten in der Öffentlichkeit, kümmert sich nicht um die indignierten Blicke und das Geflüster der Bekannten.

Der Hochmut kommt vor dem Fall, tröstet sich Luise schließlich. Wenn sie erst verheiratet ist, wird sie merken, wie tief sie gesunken ist. Kein Jammern und Klagen wird ihr dann helfen, sie muss die Strafe ertragen, die sie verdient hat. Es zeugt nur von Theodors christlicher Gesinnung, dass er Milde walten lässt und ihr noch ein paar helle Tage gönnt. Ich werde es ebenso halten, denn ihr Schicksal ist beklagenswert.

Die gute Absicht trägt Früchte, wobei Luise zugeben muss, dass Johanna es ihr leicht macht. Zwar verhält sie sich Theodor gegenüber nach wie vor feindselig und lässt auch die Wirtschafterin spüren, dass sie nicht gewillt ist, nach ihrer Pfeife zu tanzen – aber zu Luise ist Johanna zunehmend freundlicher, besucht sie sogar hin und wieder im Wohnzimmer und fragt, wie es ihr geht.

»Du hast wieder rosige Wangen bekommen, Luise«, sagt sie zu ihr. »Ich glaube, dass das Kind ein Knabe werden wird, weil deine Beine geschwollen sind. Mama hat immer gesagt, dass man einen Jungen erwartet, wenn die Beine dick werden …«

Sie schafft es mitunter, Luise zum Lächeln zu bringen. Zwar gleiten die wohlgemeinten Ermahnungen, sich ihrer Sünden bewusst zu werden und Vergebung zu suchen, ungehört an der Schwägerin ab, aber dafür fügt sie sich erstaunlich willig in die Anordnungen, die Theodor bezüglich ihrer Aussteuer verhängt hat.

»Es ist schade um das Silber und die schöne Wäsche, die die Eltern für mich bestimmt hatten«, meint sie gefasst, als Luise ihr die Sachen zeigt, die sie für die Hochzeit zurechtgelegt hat. »Aber ich weiß, dass es nicht deine Schuld ist, Luise. Theodor hat es mir genommen, und ich will nicht darum feilschen. Zumal Bertholds Haushalt noch von seiner ersten Ehefrau komplett ist und ich die Sachen nicht notwendig brauche.«

Die Laken und Tischdecken, die Luise für sie zusammengestellt hat, will sie nicht haben. »Das könnt ihr behalten«, meint sie naserümpfend. »Ich würde mich schämen, mit solch zerschlissenen Tüchern zu meinem Ehemann zu gehen. Was soll er denn von uns denken?«

Luise sucht nach einer Antwort, doch es fällt ihr schwer, denn im Grunde ihres Herzens muss sie Johanna recht geben. Theodor hätte die Aussteuer seiner Schwester nicht an sich nehmen dürfen, sie gehört nicht zu ihrem Erbe, sondern diese Dinge wurden ihr von den Eltern, Freunden und Verwandten mit Hinblick auf ihre spätere Hochzeit geschenkt. Aber Theodor hat es so verfügt, und sie hat ihm gehorcht. Wobei zu diesem Zeitpunkt ja nicht zu erwarten war, dass Johanna jemals nach Danzig zurückkehren würde.

»Dann nimm wenigstens diese Tischdecke als ein Geschenk von mir«, meint sie in einer Aufwallung von Mitgefühl. »Die hat deine Mutter für dich mit feinem Hohlstich gesäumt und in die Mitte einen weißen Stern mit Seidenfaden eingestickt.«

»Ach, Luise!«, ruft Johanna gerührt und nimmt sie impulsiv in die Arme. »Wie lieb von dir! Ich danke dir tausend Mal! Ich werde immer an dich und an meine liebe Mutter denken, wenn ich diese Decke auflege.«

Luise ist diese Umarmung recht unangenehm, denn sie macht Johanna dieses Geschenk hinter Theodors Rücken. Beklommen sieht sie zu, wie Johanna die Decke aus weißem Leinen sorgsam zusammenfaltet und wie einen Schatz an sich presst.

»Fast tut es mir leid, dich nicht mitnehmen zu können«, sagt Johanna mit zärtlichem Lächeln. »Ich weiß doch, dass auch du Mama und Papachen ganz schrecklich vermisst. Als sie noch hier im Hause lebten, da war es warm und hell in diesen Räumen, da gab es Herzlichkeit und Liebe unter uns. Aber seit mein Bruder hier das Zepter schwingt, ist es damit vorbei, und darum bereue ich es keine Sekunde, dieses Haus zu verlassen. Gott schütze dich, liebe Luise.«

Das ist zu viel. Luise wendet sich empört ab und rät Johanna, sich nicht zu versündigen. »Vergiss nicht, dass du selbst den Tod deines armen Vaters herbeigeführt hast!«, sagt sie zornig. »Es stünde dir besser an, die eigene Schuld zu bereuen, als schlecht über deinen Bruder zu reden!«

Befriedigt stellt sie fest, dass Johanna nun blass wird und schweigend den Raum verlässt. Wie schlau dieses Mädchen doch die Dinge zu verdrehen weiß. Nein – sie selbst hat sich nichts vorzuwerfen, sie hat den Willen ihres Ehemannes erfüllt, wozu sie als treue Ehefrau verpflichtet ist. Es gibt keinen Grund, ein schlechtes Gewissen zu haben.

In der Nacht liegt sie schlaflos neben Theodor, der wie immer spät ins Eheschlafzimmer gekommen ist und sich leise ins Bett legt, um sie nicht zu wecken. Es sind nur noch wenige Tage bis zur Hochzeit. Ach, wenn sie doch nur schon vorbei wäre! Gewiss, es wird leiser werden, stiller, einsamer, denn Johannas Lachen, ihre helle Stimme, ihre raschen Schritte werden nicht mehr zu hören sein. Aber darauf kann sie verzichten. Nur das Gerede der Leute, das ist unerträglich. Wie es scheint, haben Freunde und Bekannte jetzt im Winter nichts Besseres zu tun, als miteinander Tee zu trinken und Klatsch zu verbreiten. Die Hochzeit, die eigentlich in aller Stille in der Katharinenkirche vollzogen werden sollte, scheint das große Stadtgespräch zu sein. Die einen zerreißen sich die Mäuler darüber, dass man der armen Johanna sogar die Aussteuer verweigert habe, die anderen erzählen, sie sei von ihrem polnischen Pianisten schwanger, und Theodor hätte Berthold Forster eine hohe Summe Geldes gezahlt, um die Schwester noch rasch unter die Haube zu bringen. Wieder andere behaupten, es habe einen Kuhhandel gegeben – Theodor Berend hätte seine Schwester um ein Grundstück bei Neufahrwasser verhökert. Oh, diese Lügner und Lästermäuler! Wie gut, dass es mit Rücksicht auf das Trauerjahr keine Hochzeitsfeier geben wird. Luise seufzt leise.

Nein, sie muss alle diese Unbilden mit Geduld ertragen, das ist ihre Pflicht als treue Gefährtin ihres Ehemannes. Erschöpft dreht sie sich auf die Seite und fährt sacht mit der Hand über ihren vorgewölbten Bauch. Wie seltsam, dass sich das Kind nicht bewegt. Schon seit einigen Tagen vermisst sie die leichten Stöße und Verschiebungen in ihrem Leib. Ach, es wird schlafen. Schließlich ist es mitten in der Nacht.

Johanna

Diese letzte Demütigung hat er ihr noch antun müssen! Am Morgen ihres Hochzeitstages trägt Johanna gemeinsam mit Danuta einen Koffer mit ihren Habseligkeiten die Stiegen hinunter in die Eingangshalle, da Forster ihre Sachen abholen lassen will. Aber in der Halle steht ihr Bruder Theodor, steif und düster wie ein Feldwächter, und verlangt, dass sie den Koffer öffnet.

»Wozu? Willst du meine Unterröcke und Hemden zählen?«

»Ich will sehen, ob du dich an meine Anordnungen gehalten hast und nichts mitnimmst, was dir nicht gehört.«

Er ist unerbittlich, sie muss den Koffer öffnen und zusehen, wie er den Inhalt durchforstet. Er ist sich nicht zu schade, ihre Wäsche aufzufalten, die Nachtgewänder wie die Unterröcke aus weißer Baumwolle, auch die Strümpfe und Socken untersucht er, die Hauben, die Taschentücher, die langen Unterhosen. Als der junge Bursche, den Forster geschickt hat, an der Tür läutet, muss Danuta hinausgehen und ihm erklären, dass er zu warten hat.

»Was ist das?«, fragt Theodor und hält Johanna die Tischdecke entgegen, die Luise ihr zum Geschenk gemacht hat.

»Die hat Mama für mich gesäumt und bestickt!«

»Den Anspruch auf diese Dinge hast du verwirkt«, bekommt sie zu hören. »Das ist dir bekannt, aber ich wusste wohl, dass du mich hintergehen würdest.«

Johanna schweigt und wünscht ihm in Gedanken Tod und Teufel an den Hals. Nein, sie wird Luise nicht verraten, die Schwägerin ist zwar boshaft zu ihr gewesen, aber im Grunde tut sie Johanna unendlich leid. Mit einem solchen Ehemann leben zu müssen ist die Hölle auf Erden.

»Bist du nun fertig? Der junge Bursche muss draußen in der Kälte stehen«, drängt sie zornig.

»Er soll sich gedulden. Zeig deinen Handbeutel.«

Der kleine Beutel aus Seidenstoff enthält ihre Geldbörse mit drei Talern und fünfzehn Silbergroschen, das Riechfläschchen, ein Taschentuch mit gesticktem Rand und den kleinen Plüschhund von Andrzej. Theodor schüttet alles auf der Sitzfläche eines Stuhls aus, befühlt den Plüschhund, ob ein Schmuckstück oder Münzen darin eingenäht sind, und nimmt das Geld aus der Börse.

»Du weißt, dass du Schulden bei mir hast, die noch lange nicht abgetragen sind«, meint er und streicht die Münzen ein. »Ich werde diese kleine Abzahlung verbuchen – den Rest fordere ich von deinem Ehemann ein.«

Sie kann es nicht verhindern, weil er einen Schuldschein ausgestellt hat, den sie unterschreiben musste. Oh, wie sie ihn hasst, diesen geizigen Pfennigfuchser! Nun wird er mit dem heutigen Tag auch das Grundstück erhalten, das ihm von solch großem Nutzen sein wird. Allerdings bekommt er es nicht umsonst – Berthold Forster hat auf einer angemessenen Kaufsumme bestanden.

»Oben sind nur noch mein Mantel und die neuen Schuhe, beides hat mein Bräutigam bezahlt«, sagt sie mit eisiger Miene. »Du kannst gern nachschauen.«

Er sieht an ihr herunter. Sie trägt bereits das Kleid, das Forster ihr für diesen Tag hat nähen lassen. Es ist aus hellblauem Seidenstoff, der bodenlange Rock gebauscht, aber nicht zu üppig, das Mieder vorn spitz zulaufend, die Ärmel locker in drei Volants herabfallend und mit einer Spitzenborte verziert. Es scheint ihm wenig zu gefallen, denn er runzelt spöttisch die Stirn. Für einen Augenblick fürchtet sie, er könnte bemerken, dass sie unter dem

Kleid den goldenen Anhänger trägt, den Andrzej ihr geschenkt hat. Das Armband und den Ring von ihrem Bräutigam kann er nicht von ihr fordern, so gern er es auch täte.

»Du kannst zusammenpacken.«

Wütend steckt sie die verbliebenen Besitztümer zurück in den Beutel, schließt den Koffer und ruft Danuta zu, dass Forsters Angestellter nun eintreten darf. Der junge Bursche hat draußen auf der Gasse mit Oskar zusammengestanden. Als er in die Halle tritt, nimmt er die Mütze ab, und man sieht, dass seine Ohren von der Kälte stark gerötet sind.

»Das ist alles?«, fragt er und schaut verwundert auf den Koffer. »Dafür hätten wir kein Fuhrwerk zu mieten brauchen.«

Mit leichtem Schwung hebt er Johannas gesamten Besitz auf die Schulter und trägt ihn die Stufen des Beischlags herunter, um die Last draußen auf den Pferdewagen zu laden. Er hat gerade das Pferdchen mit ein paar Schnalzern angetrieben, da muss er es schon wieder zügeln, weil ein junger Mann dicht an der Pferdeschnauze vorbei zum Berend'schen Haus hinüberschlittert.

»Obacht!«, ruft er und muss das erschrockene Pferd zur Ruhe bringen.

»Kann nichts dafür«, sagt Ernst lachend. »Die Gasse ist die reinste Eisbahn. Nur auf der Mottlau kann man besser schlittern.«

»Das ist wohl wahr, Herr!«

»Dann nichts für ungut!«

»Schon recht …«

Johanna ist auf den Beischlag hinausgelaufen, um ihren Lieblingsbruder zu begrüßen. Sie ist froh und erleichtert, dass er rechtzeitig aus Königsberg eingetroffen ist, denn er wird ihr Trauzeuge sein. Das Geld für die Reise hat sie ihm schicken müssen, weil er wieder einmal blank ist und Mühe hat, seine Wirtin zu beschwichtigen, der er eine Monatsmiete schuldig ist.

»Schwesterherz, du untreues Wesen! Wie prächtig du daherkommst!«, begrüßt er sie und nimmt sie in die Arme. »Habe ich es doch gewusst, dass der alte Knabe sich in dich verguckt hat. Aber musst du ihn deshalb gleich heiraten? Du hättest mich wenigstens um meine Meinung fragen können. Aber nein, du entscheidest einfach, wie es dir passt! Respektlos ist das, Hannchen. Wenn ich nicht solch ein gutmütiger Mensch wäre, dann würde ich heute nicht deinetwegen meine Vorlesung ausfallen lassen ...«

»Ach, Ernst«, sagt sie und schmiegt sich an ihn. »Du weißt recht gut, weshalb ich es mit einer Hochzeit so eilig hatte. Berthold Forster ist ein liebenswerter Mensch, er wird dir gefallen.«

»Ich kenne ihn ja noch von unserer Rutschpartie auf der Radaune«, knurrt er und winkt ab. »Gehen wir rein, Schwesterlein. Ich muss mich noch fein machen, um einen anständigen Trauzeugen abzugeben. Puh – hast du zum Himmel gesehen? Da braut sich etwas über uns zusammen. Könnte sein, wir bekommen einen ordentlichen Sturm.«

Tatsächlich ist schon seit gestern von einem nahenden Unwetter die Rede. Im Haus ist es noch finsterer als gewöhnlich, da Theodor befohlen hat, die Fensterläden geschlossen zu halten und mit Riegeln abzusichern. Johanna ist nicht böse darüber – in dieser düsteren, unheimlichen Stimmung fällt es ihr leichter, dieses Haus, das so viele Erinnerungen birgt, für immer zu verlassen.

Ernst eilt in seine Kammer hinauf, um sich umzukleiden, und erscheint in hellen Hosen und einer Redingote, die schon einige Jahre alt sind, aber zum Glück noch passen. Darüber zieht er seine Studentenjacke – den Mantel besitzt er nicht mehr, da er ihn versetzt hat. Theodor hat verfügt, dass er gleich nach der Zeremonie zum Bahnhof eilen und nach Königsberg zurückfahren muss, um keine weiteren Vorlesungen zu verpassen.

Johanna geht noch einmal ins Wohnzimmer, um Luise Lebewohl zu sagen. Die Schwägerin sitzt im Schein der Lampe mit angezogenen Knien auf dem Sofa und blickt sorgenvoll drein. Als Johanna eintritt, schaut sie zerstreut zu ihr hoch und zieht die wollene Decke enger um sich.

»Ich wünsche dir Gottes Segen für diese Ehe«, sagt sie. »Du wirst verstehen, dass ich nicht in die Kirche kommen werde. Zumal bei diesem Wetter.«

»Natürlich … Ich wünsche auch dir viel Glück und den Segen des Herrn«, gibt Johanna steif zurück.

»Danke!«

Theodor hat sich ins Kontor zurückgezogen, und Johanna hat nicht die Absicht, ihn dort aufzusuchen. Auch die Wirtschafterin lässt sich nicht blicken, doch als Johanna in die Halle tritt, um ihr Elternhaus für immer zu verlassen, warten dort Danuta und Oskar auf sie.

»Ich kann es gar nicht glauben, dass Sie nun von uns gehen, Fräulein Berend«, schluchzt Danuta. »Seien Sie gnädig und vergeben Sie mir, ich bitte Sie!«

Johanna ist gerührt, nimmt ihre Hand und streicht sanft darüber.

»Ich hab dir nichts zu vergeben, Danuta«, sagt sie freundlich. »Ich weiß doch, dass du vieles nicht freiwillig getan hast. Gott schütze dich, liebes Mädchen.«

Danuta weint jedoch immer heftiger und schüttelt ganz verzweifelt den Kopf, sodass Johanna nicht recht weiß, was sie noch tun soll. Oskar steht daneben, auch ihm laufen Tränen über das Gesicht, hilflos dreht er seine Mütze in den Händen und bringt kein einziges Wort heraus.

»Gehen wir«, meint Ernst und nimmt Johanna beim Arm. »Bevor es hier noch zu einer Überschwemmung kommt.«

Draußen sieht man jetzt kaum mehr die Hand vor Augen. Ein Schneesturm fegt über die Stadt und bläst die eisigen Flocken in dichten Wolken durch die Gassen. Man hört Kübel umstürzen,

Eiszapfen brechen von den Dächern und schießen wie spitze Geschosse herab, Mensch und Tier flüchten ängstlich in den Schutz der Häuser, um nicht davongeblasen oder aufgespießt zu werden.

»Ich wusste immer, dass eine Hochzeit eine gefährliche Angelegenheit ist«, stöhnt Ernst und greift nach seiner Mütze, die der Sturm ihm vom Kopf reißen will. »Halte dich an mir fest, Hannchen, sonst fliegen wir davon wie der kleine Häwelmann in der Geschichte von Theodor Storm.«

Johanna kann nicht antworten, weil sie einer Kiste ausweichen muss, die von einem Fuhrwerk gefallen ist und eigenständig durch die Gasse poltert. Hand in Hand erreichen die Geschwister mit flatternden Gewändern den Kohlenmarkt, wo sie inmitten der wirbelnden Flocken stehen bleiben, um sich zu orientieren.

»Hierher!«, ruft eine kräftige Stimme, die Johanna wohlbekannt ist.

Eine Droschke wartet am Ausgang der Langen Gasse, das Pferdchen weiß bepudert, der Kutscher hat sich in seinen Mantel gewickelt und den hohen Hut weit in die Stirn gezogen. Als sich der Kutschenschlag öffnet, erblicken sie die breite Gestalt von Berthold Forster, der sie zu sich heranwinkt.

»Was für ein Wetter!«, sagt er. »Steigen Sie ein. Der Herr Bruder, der jüngere, nicht wahr? Seien Sie herzlichst gegrüßt. Der Himmel bestreut uns zu unserem Ehrentag mit zahllosen weißen Sternen.«

»Sehr poetisch, Herr Forster!«, murmelt Ernst, während Johanna an der Hand ihres Bräutigams in die Droschke klettert. »Goldene Sterne wären mir, ehrlich gesagt, lieber gewesen, vor allem in Dukatenform. Aber man ist ja nicht wählerisch.«

In der Droschke sitzt eine alte Frau mit dürrer Nase und dunklen Augen, die Johanna an eine wachsame alte Krähe erinnert. Forster stellt sie ihnen kurz als »meine treue Barbara« vor, die heute seine Trauzeugin sein wird.

»Ich dachte mir, dass Sie den Weg über den Kohlenmarkt nehmen«, fährt er fort. »Da hab ich rasch eine Droschke gemietet, damit meine hübsche Braut und ihr Bruder nicht vom Sturm über die Weichsel geweht werden.«

Er lacht dröhnend, was in dem engen Raum heftig auf die Ohren schlägt. Langsam setzt sich die Droschke in Bewegung, die Räder rutschen gefährlich auf dem schneebedeckten Kopfsteinpflaster, auch die eisenbeschlagenen Pferdehufe finden nicht den rechten Halt. Kaum ein Gebäude ist in den wirbelnden Flocken zu erkennen, nur das alte Zeughaus ragt wie ein düsterer Schemen gewaltig neben ihnen auf. Einige Händler haben sich mit ihren Warentischen unter seine Torbögen geflüchtet in der Hoffnung, der Sturm würde bald vorüberziehen. Hin und wieder schwanken eine Droschke oder ein Fuhrwerk an ihnen vorüber, die ebenfalls mit dem widrigen Wetter kämpfen. Besonders schlimm wird es, als sie durch den Altstädtischen Graben und die enge Mühlengasse zur Katharinenkirche kutschieren und ihnen ein Karren entgegenschlingert, der sich irgendwo losgerissen haben muss. Das erschrockene Pferdchen macht einen Satz, die Insassen der Droschke fallen durcheinander, und der Kutscher hat alle Hände voll zu tun, sein Pferd wieder zur Ruhe zu bringen.

»Das war ja eine Höllenfahrt«, stöhnt Ernst, der bei dem Zusammenstoß auf die alte Barbara geschleudert wurde und zwei Knöpfe an seiner Jacke eingebüßt hat.

»Dafür sind Sie nach der Trauung in die Paradiesgasse eingeladen, lieber Schwager«, meint Forster unverdrossen. »Dort steht nämlich mein Haus.«

»In der Paradiesgasse? Wie sinnig!«, gibt Ernst zurück und zieht die Mütze tief über die Ohren, bevor er aus der Droschke steigt.

In der Kirche ist es stockdunkel, nur die Kerzen vorn am Altar werfen einen flackernden Schein auf das Triptychon, das der Maler Anton Müller vor langer Zeit so lebendig und farbenprächtig geschaffen hat. Jesu Kreuzigung zur Linken, das letzte Abendmahl in der Mitte, zur Rechten das Jüngste Gericht. Pfarrer Blech erwartet sie gleich am Eingang. Er ist bleich und schaut mit verschreckten Augen auf das Toben der Elemente vor der Kirchentür, die der Küster eilig wieder schließt, kaum dass sie eingetreten sind. Langsam gehen sie durch den Mittelgang zum Altar, und als sich ihre Augen an die schwache Beleuchtung gewöhnt haben, erkennen sie, dass einige Plätze in den vorderen Reihen besetzt sind. Auguste, die treue Freundin, sitzt in ihren russischen Pelz gehüllt neben ihrem Ehemann, hinter ihnen fröstelt Grete im wollenen Umhängetuch vor sich hin. Auf der anderen Seite haben drei Männer Platz genommen; einer davon ist der junge Bursche, der Johannas Koffer abgeholt hat, die anderen beiden sind Johanna unbekannt.

»Leider hat unser Kantor niemanden bewegen können, die Orgel zu melken«, erklärt Pfarrer Blech. »Darum müssen wir die Choräle a capella singen.«

»Das macht nichts«, sagt Forster. »Gott der Herr wird uns auch ohne Orgel hören. Fangen wir an.«

Während sie den ersten Choral »Ein feste Burg ist unser Gott« nach besten Kräften intonieren, rüttelt der Sturm an dem alten Kirchengebäude. Die bleiverglasten Scheiben knirschen, losgerissene Dachschindeln stürzen vom Kirchendach herab und zerschellen klirrend an Mauervorsprüngen.

»Ganz schön laut für eine Trauung, die in aller Stille ablaufen sollte«, hört Johanna ihren Bruder Ernst murmeln.

Ach, sie ist so froh, dass er bei ihr ist und selbst in dieser trostlosen Situation seinen trockenen Humor nicht verloren hat. Gewiss ist ihr klar gewesen, dass es keine glanzvolle Hochzeit sein würde, aber auf diese jämmerliche Zeremonie in der düsteren, leeren Kirche war sie nicht gefasst. Wie einschüchternd dunkel es doch in diesem großen Raum ist, wie belanglos und hastig dahingeworfen die Worte des Pfarrers klingen, während ihnen allen die Grabeskälte vom blanken Steinboden in die Glieder kriecht. Sie fragt sich beklommen, ob das Brüllen und Toben des Sturms nicht ein Zeichen des Himmels sein könnte, der diese Ehe nicht segnen will.

Schneller als befürchtet findet die Zeremonie ihr Ende. Mit ihrem Jawort ist sie nun die Ehefrau des Berthold Forster geworden, der Pfarrer wird ihren neuen Stand ins Kirchenbuch eintragen und eine Abschrift an die preußischen Behörden schicken. Der Geistliche hat es eilig, die kleine Hochzeitsgesellschaft loszuwerden, wünscht dem »jungen Paar« noch »Glück in der Ehe und Gottes Segen« und empfiehlt sich dann, um hinüber ins warme Pfarrhaus zu flüchten. Der Küster, dem es überlassen wurde, die Kirchentüren abzuschließen, muss sich gedulden, denn Auguste und Klaus von Kleiwitz lassen es sich nicht nehmen, den Brautleuten herzlich zu gratulieren.

»Was für eine grauenhafte Hochzeit«, stöhnt Auguste, während sie Johanna zärtlich umhalst und ihr die Wangen küsst. »Ich bin trotz Pelz und warmen Stiefeln beinahe erfroren. Wenn sich Klaus nur nicht den Tod geholt hat, der Offiziersmantel ist ja nicht einmal gefüttert. Ach, meine liebste Freundin – ich wünsche dir von ganzem Herzen, dass du diese Wahl nicht bereuen wirst …«

»Das werde ich ganz sicher nicht, Auguste. Wie lieb von euch, dass ihr gekommen seid! Ich weiß gar nicht, wie ich euch danken soll …«

Klaus von Kleiwitz schüttelt die Hände des frischgebackenen Ehepaares mit ernster Miene, dann zieht er die Handschuhe wieder an und bemerkt, es sei nun Zeit für ihn.

»So warte doch, Liebster. Wir haben ja noch nicht einmal unser Hochzeitsgeschenk überreicht«, regt sich Auguste auf.

Das Geschenk wurde in Gretas Obhut gegeben, es ist in weißes Papier verpackt und hat etwa die Größe einer Tischlampe.

»Pack es aus, Johanna!«, drängt Auguste ungeduldig, während ihr Ehemann schon vor die Kirche gelaufen ist, um nachzusehen, ob die bestellte Droschke erschienen ist.

Mit klammen Fingern öffnet Johanna die Verpackung und stößt einen entzückten Ruf aus. Ein Schiff! Eine altmodische Kogge aus der Zeit der Hanse, voll unter Segeln und ganz aus Bernstein gearbeitet. Auch Berthold Forster zeigt sich von diesem kostbaren Geschenk begeistert, er drückt Auguste so kräftig die Hände, dass Johanna Angst bekommt, er könnte sie zerquetschen.

»Was für ein gutes Omen!«, ruft er aus und legt den Arm um Johanna. »Es sagt, dass sowohl die junge Ehe als auch mein Handwerk blühen und gedeihen werden.«

»So war es auch von uns gedacht«, antwortet Klaus von Kleiwitz lächelnd, der sich wieder zu ihnen gesellt hat. »Nun aber entschuldigen Sie uns – die Droschke wartet.«

Draußen hat sich der Sturm etwas gelegt, was jedoch noch lange nicht bedeutet, dass das Unwetter vorbei ist. Es wird vermutlich noch die ganze Nacht andauern. Ernst macht eine vorsichtige Bemerkung, dass er die Gesellschaft eigentlich jetzt verlassen muss, aber er lässt sich dann doch von Berthold Forster überzeugen, dass die Eisenbahn bei diesem Wetter sowieso nicht fahren wird und er die Nacht besser in Forsters Haus verbringt.

»Es ist nicht weit«, versichert Forster. »Nur über die Radaune, dann sind wir schon an Ort und Stelle.«

Auf der schmalen Radaunebrücke fasst der Sturm noch einmal unerbittlich zu. Die Männer nehmen Johanna und die alte Barbara in ihre Mitte, um sie mit ihren Körpern gegen den Ansturm des Schneegestöbers zu schützen. Vor dem Eingang des Hauses haben sich hohe Schneewehen aufgetürmt, die zur Seite gekehrt werden müssen, bevor man die Tür öffnen kann.

»Willkommen in meinem bescheidenen Haus, meine liebe Frau«, sagt Forster und reicht ihr die Hand, um sie über die Schwelle zu führen.

Wärme strömt ihr entgegen, es riecht nach Holz und Leim, ein zottiger weißer Hund erhebt sich aus den Sägespänen beim Ofen und starrt die Eintretenden misstrauisch an. Auf den Werkbänken liegen halb bearbeitete Hölzer, einige sind geleimt und mit Zwingen befestigt. Das Werkzeug ist ordentlich an den Wänden aufgereiht.

»Dies ist die Werkstatt«, bekommt sie erklärt. »Hinten befindet sich die Küche, daneben die Vorratsräume. Aber das ist Frauenkram, da wird dich meine treue Barbara einführen. Dein Reich ist vor allem oben, meine süße Johanna. Es ist nicht so prächtig, wie du es gewohnt bist, aber es wird dir schon gefallen …«

Die Stiege ist schmal, die Stufen aus grobem Holz, die Wände nur gekalkt und an einigen Stellen schadhaft. Forster, der eine Laterne trägt, steigt voraus, die alte Barbara folgt ihnen. Ernst, dem Johanna das Bernsteinschiff anvertraut hat, macht das Schlusslicht. Oben erreichen sie einen dunklen Flur, von dem drei Türen abgehen. Eine weitere, noch schmalere Treppe führt auf den Dachboden.

Das Wohnzimmer ist geräumig, es besitzt Fenster zu beiden Gassen hinaus und einen gekachelten Ofen, die Wände sind frisch gekalkt, auch die Dielen des Fußbodens scheinen erneuert worden zu sein. Die Einrichtung ist einfach, es gibt Tisch und Stühle aus dunklem Holz, da der Raum auch als Speisezimmer genutzt wird. Dazu einen gewaltigen, altmodischen Schrank und eine Kommode gleichen Stils, über der ein Kruzifix hängt. Ein durchgesessenes Sofa mit Samtbezug und zwei kleine Sessel vervollständigen die Ausstattung. Alles in allem ist Johanna erleichtert – sie hatte es sich schlimmer vorgestellt.

Barbara beeilt sich, die Glut im Ofen zu entfachen und Kohlen aufzulegen. Die Wärme ist wohltuend, langsam spürt Johanna ihre Beine wieder, die in der Kirche beinahe abgefroren waren, und auch Ernst tut einen wohligen Seufzer und meint wohlwollend zu Forster, dies sei ein sehr hübsches Zimmer.

Man kommt überein, Augustes Hochzeitsgeschenk auf die Kommode unter das Kruzifix zu stellen, wo es im Schein der Lampe verheißungsvoll leuchtet. Das nebenliegende Zimmer ist der Schlafraum. Dort befinden sich außer dem nicht allzu breiten Ehebett nur ein Kleiderschrank und zwei Schemel, dafür gibt es dunkelgrüne Vorhänge am Fenster und eine Zeichnung des letzten Abendmahls, dessen Rahmen mit goldfarbenen Ornamenten geschmückt ist. Der dritte Raum enthält nur eine Chaiselongue, die mit einer Decke bedeckt ist, und eine verschnörkelte Kommode, auf der allerhand billiger Nippes steht, dazu einen kleinen eisernen Ofen, neben dem man ihren Koffer abgestellt hat.

»Dies ist dein Zimmer, meine liebe Johanna«, erklärt Forster stolz. »Du sollst es ganz nach deinen Wünschen einrichten, damit du dich dort wohlfühlen kannst.«

Sie hat ein eigenes Zimmer! Nicht einmal Mama besaß einen Raum für sich allein, und auch Luise kann über kein solches Refugium verfügen. Wie liebevoll Forster für sie gesorgt hat! Ach, sie hat doch die rechte Wahl getroffen, ihr Ehemann ist zwar ein einfacher Handwerker, aber er besitzt Herzensgüte, er liebt und schätzt sie und tut alles, was in seiner Macht steht, um sie glücklich zu machen. Ist das nicht wichtiger als Reichtum und Ansehen?

Forster hat sie während des Rundgangs besorgt beobachtet, und wie es scheint, ist er nun erleichtert, dass sie an seinem Haus Gefallen findet. Ein Tischtuch wird aufgelegt, Teller und Bestecke aus dem Schrank genommen, es gibt nur drei Weingläser, aber die alte Barbara versichert, niemals Wein, sondern nur Wasser zu trinken. Das Hochzeitsmahl, das sie nun heraufträgt, besteht aus einem Rinderbraten, der so lange im Ofen war, dass er schon beinahe zerfällt, dazu gibt es Kraut und Kartoffeln. Johanna ziert sich nicht lange, sie ist hungrig, da sie seit dem gestrigen Abend kaum etwas zu sich genommen hat, und auch Ernst haut ordentlich rein, wobei er berichtet, dass seine Wirtin in Königsberg ihm in letzter Zeit nur Rüben mit gestampften Kartoffeln serviert.

»Eine Gemeinheit, schließlich wird sie dafür bezahlt«, schimpft er.

»Wer arbeitet, der muss auch essen«, stimmt Forster zu. »Auch das Denken und Lernen ist eine Arbeit, die nicht mit leerem Magen getan werden kann.«

Während Ernst in seiner unbefangenen Art das Wort führt, sieht sich Johanna beständig von der alten Barbara beobachtet. Was sie auch tut, ob sie redet oder schweigt – immer sind die kleinen, wachsamen Augen der Alten auf sie gerichtet. Misstrauen und Feindseligkeit liegen in diesem Blick, es ist überdeutlich, dass Barbara die zweite Ehefrau ihres Dienstherrn missbilligt und es lieber gesehen hätte, wenn Forster im Stand des Witwers geblieben wäre.

Vermutlich ist sie auch eine Polin, überlegt Johanna. Dann ist sie gewiss katholisch, deshalb hat sie die Choräle in der Kirche nicht mitgesungen.

Nachdem die Mahlzeit beendet ist, deckt Barbara den Tisch ab und trägt das Geschirr hinunter. Ernst hat rote Wangen von dem genossenen Wein, den ihm Forster reichlich eingeschenkt hat, und blinzelt schläfrig vor sich hin. Draußen rüttelt der Sturm an den Fensterläden.

»Meine liebe Frau …«, sagt Forster und nimmt ihre Hand.

Ihr wird plötzlich bang zumute. Es ist Abend geworden, wird er nun verlangen, dass sie sich mit ihm hinüber ins Eheschlafzimmer begibt, um die Hochzeitsnacht zu vollziehen? Sie ist keine Jungfrau mehr und weiß recht gut, was sie erwartet. Nur klafft zwischen den Liebesnächten mit dem schlanken, zärtlichen Andrzej Zalewski und einem ehelichen Beilager mit Berthold Forster ein gewaltiger Abgrund, der ihr Angst einjagt. Doch zu ihrer großen

Erleichterung hat er anderes im Sinn, als ihre ehelichen Pflichten einzufordern.

»Ich will jetzt für ein Weilchen hinuntergehen«, sagt er verlegen und erhebt sich von seinem Stuhl. »Die Lehrbuben und der Geselle haben ihr Essen bekommen, jetzt warten sie auf den Schnaps, der zur Feier des heutigen Tages fällig ist. Den will ich ihnen nicht versagen. Du kannst dich ja inzwischen noch ein wenig mit deinem lieben Bruder unterhalten – ich werde euch nicht allzu lange allein lassen.«

Er will allein hinuntergehen. Warum? Ist sie nicht seine Ehefrau und Herrin des Hauses? Glaubt er vielleicht, sie würde hier oben sitzen wie eine Prinzessin und sich bedienen lassen, nur weil sie eine Berend ist? O nein – da hat er sich in ihr getäuscht.

»Ich komme mit hinunter«, entscheidet sie.

Das hat er nicht erwartet. Es verwirrt ihn, und er sucht Einwände.

»Es sind einfache Burschen, liebe Johanna. Sie werden lärmen und sich nicht benehmen können, wenn sie getrunken haben …«

»Das stört mich nicht.«

»Nun – es ist schön von dir«, meint er schließlich. »Sie werden sich gewiss freuen und stolz darauf sein, von dir so begrüßt zu werden.«

Auch Ernst erklärt halbherzig, mit hinuntergehen zu wollen, obgleich Johanna ihm ansieht, dass er viel lieber ein gutes Schläfchen auf dem Sofa getan hätte. Forster nimmt die Wodkaflasche aus dem Schrank, dann steigt man zu dritt die Stiege hinab in die Werkstatt.

Die drei jungen Männer haben neben dem Ofen beieinandergesessen und ungeduldig auf den versprochenen Umtrunk gewartet. Jetzt springen sie rasch auf die Füße und starren die junge Ehefrau an, die in diesem schönen Kleid zu ihnen gekommen ist und sie ohne Umschweife mit Handschlag begrüßt.

»Ich freue mich, euch alle kennenzulernen«, sagt Johanna leutselig. »Und zum Dank, dass ihr bei diesem schlimmen Sturm in der Kirche ausgeharrt habt, will ich euch einschenken. Wo sind die Becher? Wer hilft mir, diese Flasche zu entkorken?«

Ihre fröhliche Stimme und ihr Lachen lösen die Erstarrung, die Gesichter entspannen sich, die Zungen lösen sich. Rasch ist der Wodka entsiegelt und geöffnet, Barbara trägt Becher herbei, und Johanna gießt großzügig ein. Auch Ernst und ihren Ehemann vergisst sie nicht, dann verlangt sie zwei weitere Becher. Einen für sich und einen für die alte Barbara.

Forster bringt den ersten Trinkspruch aus.

»Auf das Wohl unserer geliebten Stadt Danzig! Dass Gott unsere Heimat schützen möge und ihr Frieden und Wohlstand bringt!«

Man trinkt die ersten Schlucke bedachtsam. Johanna, die noch niemals Wodka getrunken hat, muss sich zusammennehmen, um nicht zu husten. Himmel, ist das Zeug scharf!

»Auf unseren Meister und die junge Meisterin!«, ruft dann der älteste der Burschen. »Sie sollen hundert Jahre leben!«

Gelächter und Zustimmung folgen dem Trinkspruch. Johanna spürt, wie Forster voller Stolz den Arm um sie legt, und sie nimmt einen weiteren vorsichtigen Schluck von dem Wässerchen, das man aus Kartoffeln macht und das so eilig zu Kopf steigt.

Weitere Trinksprüche folgen, für die neu eingeschenkt werden muss. Ernst trinkt auf »Alles, was wir lieben und verehren«, Johanna ruft einen Trinkspruch für das Gedeihen der Werkstatt aus, und Forster lässt es sich nicht nehmen, zum Abschluss seine Braut hochleben zu lassen. Nun erfährt Johanna auch die Namen der drei Burschen, denn Forster lässt sie einzeln vortreten und bedenkt jeden mit lobenden und tadelnden Worten.

»Das ist der Nowak Karl Anton, der ist schon Geselle und macht sich recht gut. Nur hat er manchmal seinen eigenen Kopf und meint, er wisse es besser als der Meister, das muss ich ihm austreiben …«

Karl Anton Nowak ist hochgewachsen und hager, er hat dunkles, lockiges Haar und große Ohren. Zu Forsters Worten grinst er gutmütig und meint, er wisse wohl, dass er einen besseren Meister in ganz Danzig und Umgebung nicht finden könne.

Die beiden anderen sind die Gebrüder Wrobel, fünfzehn und siebzehn Jahre alt. Stefan ist im zweiten Lehrjahr, Marek im dritten. Sie sehen einander sehr ähnlich, sodass man sie leicht verwechseln kann, denn beide sind hellblond, haben runde Gesichter und blaugraue Augen. Forster lobt Marek für seinen Fleiß, bemängelt aber, dass er oft zu übereilt sei, sein Bruder Stefan gehe gemächlicher ans Werk, habe es jedoch nicht so mit der Ordnung, die in der Werkstatt notwendig ist.

»Nun weiß ich genau über jeden von euch Bescheid«, freut sich Johanna. »Und was mich betrifft, so werde ich mich bemühen, euch eine gute Meisterin abzugeben. Ob es mir gelingt, wird sich erweisen!«

Damit verabschiedet sie sich und wünscht eine gute Nacht. Die drei sind vom Wodka ermutigt, sie zwinkern ihrem Meister zu und überschlagen sich in wohlgemeinten Wünschen und heiteren Anspielungen, sodass Forster sie schließlich ermahnt, keinen Lärm zu machen und sich schlafen zu legen.

Oben findet Johanna ihren Bruder Ernst schnarchend auf dem Sofa. Er hat sich frühzeitig aus der Werkstatt zurückgezogen, um der Ruhe zu pflegen. Forster deckt ihn fürsorglich mit einer Wolldecke zu, dann wendet er sich an Johanna.

»Geh du ruhig schon hinein, meine Liebe. Ich warte, bis du fertig bist.«

Nun also ist es so weit, sie kann nicht ausweichen oder sich gar krank stellen – aber sie will es auch nicht. Mit beklommenem Herzen trägt sie die Lampe in das enge Schlafzimmer, öffnet ihren

Koffer und macht sich nachtfertig. Das Ehelager ist nicht so weich wie die Betten, die sie von zu Hause gewohnt ist, dafür ist das Federbett bleischwer, und sie denkt mit leisem Abscheu daran, dass auch ihre Vorgängerin mit Forster daruntergelegen hat. Aber es ist kalt, draußen saust der Wind ums Haus, und das Nachtgewand wärmt nur wenig – also schlüpft sie unter die Decke, zieht die Beine hoch und reibt die kalten Füße. Es wird keine angenehme Nacht werden, aber sie will sich als treue und willige Ehefrau erweisen, denn Berthold Forster hat sie aus einer bitteren Notlage befreit. Dafür schuldet sie ihm Dank.

Sie lässt die Lampe brennen und sieht zu, wie er ins Schlafzimmer tritt, Schuhe und Jacke auszieht und dann das Licht löscht. Das alte Bettgestell knirscht, als er sich auf den Rand setzt, das Federbett anhebt und sich langsam und vorsichtig neben sie legt. Mit klopfendem Herzen wartet sie. Was wird er tun? Wird er grob sein? Sich über sie werfen, ihr das Nachtgewand hochstreifen und tun, was ein Mann mit einer Frau tut? Sie wird wohl keine Lust dabei empfinden, wie es bei Andrzej gewesen ist. Aber wenigstens ist sie nicht ahnungslos, wie es ihre Freundinnen in der Hochzeitsnacht gewesen sind. Sie weiß, was auf sie zukommt.

Forster streckt tastend die Hand nach ihr aus, streichelt ihr Haar, ihre Wangen, ihre Schulter.

»Ich habe mir überlegt, dass es heute nicht der richtige Moment ist, liebe Johanna«, sagt er leise. »Ich habe getrunken und stinke nach Wodka, und du bist gewiss sehr müde. Lass uns also warten.«

Sie schweigt, weiß nicht, was sie darauf antworten soll. Er scheut sich, sie anzurühren. Darauf wäre sie nie gekommen.

»Bist du nun enttäuscht?«, fragt er nach einer Weile.

»Nein«, flüstert sie und nimmt seine Hand. »Aber festhalten darf ich mich an dir, ja?«

»So lange und so fest du willst, meine liebe kleine Ehefrau!«

Theodor

Endlich ist sie fort. Theodor hat den herzzerreißenden Abschied mitgehört, den Danuta und Oskar seiner Schwester bereitet haben, und er nimmt sich vor, die beiden seinen Ärger darüber spüren zu lassen. Die einzig verlässliche Person in diesem Haus ist die Wirtschafterin Frau Döppel, die seine Anweisung, Johanna in aller Stille und ohne Abschied ziehen zu lassen, getreulich befolgt hat. Leider ist sie hässlich wie die Nacht und besitzt eine unangenehm schrille Stimme – aber dafür kann sie nichts. Danuta hingegen wird er sich vornehmen. Wie es scheint, glaubt das Mädchen, sich Freiheiten herausnehmen zu dürfen, weil er sie an den Abenden mehrfach in ihrer Kammer aufgesucht hat. Dem muss er so früh wie möglich einen Riegel vorschieben.

Da Luise wieder einmal mit einer Migräne zu Bett liegt, weist er die Wirtschafterin an, ihm das Essen im Kontor zu servieren. Es stört ihn nicht – er isst sowieso lieber allein. Die Mahlzeiten mit Luise und Johanna waren in letzter Zeit unerträglich; nur unter Aufbietung all seiner Selbstbeherrschung hat er Johannas Geschwätz und ihre fröhliche Stimmung ertragen können. Unfassbar, welche Unverschämtheiten sie sich während ihres Brautstands geleistet hat! Mehrfach ist er kurz davor gewesen, die Heirat zu verbieten. Er hat es nicht getan, weil er mit diesem Verbot das Grundstück in Neufahrwasser verspielt hätte, das für sein geschäftliches Fortkommen von so großer Wichtigkeit ist.

Er hat es teuer bezahlt. Während er einsam in seiner Buchhaltungskammer neben dem Tresor sitzt und Erbseneintopf mit Räucherwurst löffelt, steigt in ihm die Erinnerung an das Gespräch bei der Bank auf. Forster hat sich als harter Geschäftsmann erwiesen, der sehr gut weiß, was dieser Grund und Boden beim Außenhafen Neufahrwasser wert ist. Er hat ihm – aus »familiären Gründen« – einen Nachlass von zehn Prozent gewährt, mehr war nicht herauszuhandeln, da konnte Theodor feilschen und drohen, soviel er wollte, Forster blieb stur. Die Summe war recht hoch, und da Forster nicht bereit war, einen Wechsel zu akzeptieren, sah sich Theodor gezwungen, einen Bankkredit aufzunehmen. Das war zur Zeit seines Vaters, als die Geschäfte noch gut liefen, eine reine Formsache, einem Berend hätte keine Bank einen Kredit verweigert, der gute Name stand für sich selbst. Inzwischen hat sich jedoch der Wind gedreht, die Gerüchte über Verluste seines Handelshauses oder auch anderes Gerede haben die Bank zu unverständlicher, geradezu beleidigender Zurückhaltung veranlasst.

Man hat ihn gar nicht erst zu dem Direktor der Bank vorgelassen, der ein alter Freund seines Vaters war und vor Zeiten im Hause Berend ein und aus ging. Stattdessen ließ man ihn ungebührlich lange warten, dann erschien ein junger Angestellter, einer dieser ehrgeizigen Emporkömmlinge, Sohn eines Fischhändlers, der, wie es schien, große Freude daran hatte, einem alteingesessenen Patrizierhaus Steine in den Weg zu werfen.

Die Verhandlung verlief mehr als unerfreulich. Zwar wurde der Kredit nicht verweigert, aber man machte ihn darauf aufmerksam, dass ein Wechsel für die Holzlieferung nach England geplatzt sei und man daher für einen weiteren Kredit eine Sicherheit benötige. So war er gezwungen, das Haus in der Frauentorstraße zu belasten, eine Maßnahme, die er als Unverschämtheit empfindet, die aber leider unumgänglich war, da Forster darauf bestand, das

Geld noch vor dem Hochzeitstag auf seinem Konto zu finden. Unfassbar, dass ein Handwerker heutzutage überhaupt über ein Bankkonto verfügt – früher wäre so etwas undenkbar gewesen.

Ein lautes Klappern schreckt ihn aus den Gedanken auf, er läuft ins Kontor und stellt fest, dass einer der Fensterläden vom Sturm aus der Verriegelung gerissen wurde und nun hin- und hergeschlagen wird. Stefan Korbitz, dieser Dummkopf, hat das Fenster geöffnet, um den Laden zu greifen, aber nun dringen Sturm und Schneeflocken mit Macht ins Kontor, und die Papiere auf seinem Schreibtisch flattern durch den Raum.

»Machen Sie das Fenster zu, Sie Esel!«, brüllt er Korbitz an.

Er muss selbst mit anfassen, weil der schmächtige Schreiber den Fensterflügel gegen den Ansturm der Elemente nicht schließen kann.

»Verdammte Schweinerei!«, flucht er, als sie es mit vereinten Kräften schließlich zuwege gebracht haben. Korbitz ist verzweifelt über seine Ungeschicklichkeit und beginnt, die Papiere einzusammeln, die überall im Kontor verteilt sind.

»Lassen Sie die Finger davon!«, befiehlt Theodor zornig. »Laufen Sie ins Nebenhaus und sagen Sie Oskar Bescheid. Er soll den Laden von außen festnageln.«

Das fehlte noch, dass Papiere wie die Vereinbarung mit der Bank in Korbitz' Hände geraten. Er rückt sich die Lampe zurecht und beginnt, seine Dokumente aufzuheben. Schneeflocken hängen daran, haben die Schrift auseinanderlaufen lassen; das ist ärgerlich, weil er sie beim Ofen trocknen lassen muss. Trotzdem kommt ihm dieser Schneesturm gerade recht, denn er wird alle neugierigen Lästermäuler davon abhalten, der Trauung in der Katharinenkirche beizuwohnen. Mit hämischer Freude denkt er daran, dass seine Schwester vermutlich eine sehr trübe und deprimierende Hochzeit erleben wird. In diesem höllischen Sturm in einer kalten Kirche ohne Hochzeitsgesellschaft getraut zu werden – das hat sie redlich verdient. Als er gleich darauf Hammerschläge vernimmt, weiß er, dass sein Lagergehilfe jetzt draußen im eisigen Wind steht und frieren wird, denn er besitzt keine wärmende Jacke. Das ist ausgleichende Gerechtigkeit, so büßt er seinen Ungehorsam.

Theodors Stimmung hebt sich ein wenig. Warum ärgert er sich eigentlich? Das Grundstück bei Neufahrwasser ist in seinem Besitz; zusammen mit den beiden anderen Grundstücken bildet es einen ausgezeichneten Ort, um eine große Lagerhalle zu errichten. Damit kann er an den Geschäften mit russischem Getreide und Holz in großem Umfang partizipieren und dem Berend'schen Handelshaus den alten Glanz zurückgeben. Was ihm bisher noch fehlt, sind die Verbindungen zu den russischen Großhändlern – aber wenn erst die Halle steht, werden sich diese Kontakte schon ergeben.

Als Korbitz wieder hereinkommt und eine weitere untertänige Entschuldigung murmelt, bringt er ihn mit einer kurzen Handbewegung zum Schweigen.

»Da – schreiben Sie das neu«, befiehlt er und gibt ihm einige unverfängliche Listen, die unter den hereingewirbelten Schneeflocken gelitten haben. »Dann können Sie heimgehen, ich brauche Sie heute nicht mehr.«

»Sehr wohl, Herr Berend …«

Er wartet, bis der Schreiber mit den Listen fertig ist, weil er ihn ungern im Kontor allein lassen will, wo überall Dokumente zum Trocknen liegen, die ihn nichts angehen. Es fällt ihm nicht leicht, weil der hastig heruntergegessene Erbseneintopf in seinem Darm rumort und er sich gern auf dem Abort erleichtern würde, aber er zwingt sich zu bleiben und verflucht in Gedanken die Wirtschafterin, die die Erbsen nicht lange genug hat kochen lassen.

Als Korbitz schließlich die Feder aus der Hand legt, ist ihm schon ganz flau. Er scheucht den Angestellten hinaus in den tosenden Schneesturm und begibt sich eilig zu dem Ort, wohin selbst der König zu Fuß geht.

Danach fühlt er sich besser. Als Danuta ihm im Flur mit einer Laterne entgegenkommt, fasst er sie beim Arm und schiebt das überraschte Mädchen gegen den barocken Wäscheschrank.

»Wieso ist dein Gesicht so verquollen, Danuta?«

Sie steht wie gelähmt vor Angst; er kann spüren, wie sich ihre Brust beim raschen Atmen bewegt. Sie hat schöne, volle Brüste, diese Polin. Überhaupt ist ihr Körper reichlich mit Verlockungen ausgestattet, die ihm das Blut in Wallung bringen, wenn er nur daran denkt.

»Der Ofen in der Küche raucht so stark, gnädiger Herr«, redet sie sich heraus. »Das macht der Sturm, der auf den Schornstein drückt.«

»Nicht etwa die Trauer darüber, dass meine Schwester das Haus verlassen hat?«, forscht er und drückt ihren Arm so fest, dass es wehtun muss.

Sie stöhnt leise und wirft den Kopf zurück. »Aber nein, gnädiger Herr. Wie können Sie das glauben? Wir alle sind froh und erleichtert, dass sie fort ist.«

Wie fein sie lügen kann!

»Sehr schön«, zischt er leise. »Sag der Wirtschafterin, dass die Mahlzeit ungenießbar war, und bring mir Tee in den roten Salon.«

Schmunzelnd schaut er ihr nach, wie sie die Stiege hinunterläuft und dabei mit der freien Hand ihre Haube richtet.

Gewiss ist es nicht klug, etwas mit einer Bediensteten anzufangen, weil es leicht zu Schwierigkeiten kommen kann. Auch hat er Luise gegenüber ein schlechtes Gewissen, denn sie ist ihm eine treue Ehefrau. Dennoch ist er mit sich im Reinen. Schließlich besitzt er das Hausrecht über Familie und Gesinde. Luise erwartet ein Kind, das ist Grund genug, sie zu schonen, und da er nicht wie ein Mönch zu leben gedenkt, muss er wohl andernorts Befriedigung zu suchen. Er ist nicht der Einzige, der dies tut, es ist überall in den bessergestellten Familien so üblich, und letztlich kommt es ja auch seiner Ehefrau zugute, die sich unbehelligt und in aller Ruhe ihrer Schwangerschaft widmen kann. Natürlich wird er diese delikate Angelegenheit vor ihr geheim halten, denn er will sie auf keinen Fall kränken oder gar verletzen. Und falls doch irgendwann ein Verdacht aufkommen oder sich gar Folgen einstellen sollten, die nicht wegzuleugnen sind – nun, es gibt Mittel, derlei stillschweigend zu regeln.

Er findet Luise im Wohnzimmer auf dem Sofa, den Rücken von Kissen gestützt, eine wärmende Decke über den Knien. Ihr Gesicht erscheint im schwachen Licht der Lampe voller Schatten, die Augen dunkel umrandet, die Lippen trocken und spröde. Es stört ihn, dass sie sich so gehen lässt. Auch wenn sie wegen der Schwangerschaft kaum ausgeht und nur selten Besuche empfängt, so hat sie seiner Ansicht nach doch die Pflicht, sich für ihn ein wenig herzurichten. Nun – er schreibt ihren traurigen Zustand dem Unwetter zu, das über die Stadt hinwegfegt. Vermutlich ängstigt sie das Rütteln des Sturms an Fensterläden und Dachgestühl – die Mutigste ist sie nie gewesen.

»Wie geht es dir, meine Liebe?«, fragt er in freundlichem Ton. »Du schaust ein wenig bedenklich drein. Aber sei ohne Sorge – der Sturm wird sich bald legen.«

»Das denke ich auch«, gibt sie zurück. »Wenn er nur die Weichsel nicht in die Stadt hineindrückt und es zu einem Hochwasser kommt.«

Er lässt sich auf einem der Sessel nieder und stellt fest, dass sie den Ofen kräftig hat heizen lassen, denn die Kacheln sind glühend heiß. Das stört ihn, weil die Kohlen teuer sind und er selbst im Kontor aus Sparsamkeit kaum heizen lässt. Wieso braucht sie es so warm? Schließlich hat sie eine Wolldecke und weiche Kissen!

»Das wird nicht geschehen«, beruhigt er sie. »Seitdem die Weichsel sich vor einigen Jahren die neue Mündung bei Neufähr geschaffen hat, ist die Hochwassergefahr für die Stadt ein für alle Mal gebannt. Du wirst sehen – morgen schaut die Welt schon wieder freundlich aus, dann brauchst du auch den Ofen nicht so stark zu heizen.«

Sie senkt den Blick, hat seine Kritik verstanden, aber sie macht keine Anstalten, sich für die Verschwendung zu entschuldigen. Danuta kommt mit dem Tee herein, stellt das Tablett auf der Kommode ab und serviert dem gnädigen Herrn kräftigen Schwarztee mit Sahne und Kandiszucker. Für die gnädige Frau bringt sie Kamillentee, den Luise ungezuckert in großen Mengen trinkt.

»Haben Sie noch einen Wunsch?«

»Danke. Im Augenblick nicht.«

Danuta errötet unter seinem eindringlichen Blick und zieht sich mit einem Knicks zurück. Sie hat ihn nicht freiwillig in ihre Kammer eingelassen, er hat energisch werden müssen, aber schließlich hat sie sich gefügt. Inzwischen weiß sie, dass er beinahe jeden Abend für ein Stündchen zu ihr kommt, und sie empfängt ihn freundlich. Gestern hat sie sogar das lange Haar für ihn gelöst und kein Theater gemacht, als er ihr das Nachtgewand vom Leib gezogen hat.

Luise scheint heute wenig Lust auf Gespräche zu haben, sie nippt an ihrem Tee und zieht fröstelnd die Wolldecke höher. Wieso ist sie so schweigsam? Als Johanna noch bei ihnen saß, schwatzte sie fröhlich daher, ihre Wangen waren gerötet, und – richtig, jetzt erinnert er sich – sie hatte auch ein hübsches Kleid und eine zierliche Spitzenhaube angelegt. Er ärgert sich darüber. Vermisst sie die Schwägerin? Das wäre ja wohl der Gipfel der Undankbarkeit!

»Ich habe übrigens feststellen müssen, dass Johanna mich listig hintergangen hat«, sagt er. »Stell dir vor, sie hatte eine Tischdecke meiner Mutter heimlich in ihrem Koffer versteckt.«

Luise schaut ihn mit weiten, erschrockenen Augen an.

»Eine Tischdecke?«

»Ganz recht. Eine weiße Tischdecke aus teurem Leinen, die angeblich Mama für sie gesäumt hat. Eine Dreistigkeit, dieses schöne Stück aus dem Haus schmuggeln zu wollen, während sie auf die Wäsche, die wir ihr mitgeben wollten, hochnäsig verzichtet hat!«

Die Teetasse in Luises Hand zittert bedenklich. Sie beugt sich vor, um das Gefäß auf dem Tisch abzustellen, über ihr Gesicht zuckt es, als hätte sie Schmerzen. Er wird plötzlich besorgt. Ist etwas mit der Schwangerschaft nicht in Ordnung? Es schien doch recht gut zu verlaufen in den vergangenen Wochen?

»Hat sie etwas zu der Decke gesagt?«, erkundigt sich Luise leise.

»Kein Wort. Ihr schlechtes Gewissen war überdeutlich, sie hat recht gut gewusst, dass sie mich hintergehen wollte.«

Luise lehnt sich schweigend zurück in die Kissen. Er steht auf, um die Wolldecke aufzuheben, die von ihrem Schoß geglitten ist.

»Diese Decke hatte ich ihr zum Geschenk gemacht, Theodor«, stößt Luise plötzlich hervor. »Es war nicht recht von dir, sie ihr fortzunehmen.«

Er ist verblüfft. Zumal sie ihm bei diesen Worten offen ins Gesicht sieht und ihr Blick nicht verlegen oder schuldbewusst, sondern vorwurfsvoll ist.

»Zum Geschenk? Du hast meiner Schwester Geschenke gemacht?«, braust er auf. »Wie kommst du dazu und vor allem: Wieso weiß ich nichts davon?«

Jetzt steigt ihr die Röte in die Wangen. Allerdings nicht aus Scham wegen ihres Ungehorsams. Er kann es kaum fassen – seine sanfte Ehefrau blitzt ihn mit halb geschlossenen Lidern zornig an.

»Ich fand es nur anständig, ihr diese Tischdecke mitzugeben, Theodor«, sagt sie und atmet dabei hastig, als bekäme sie schwer Luft.

Er setzt sich wieder in seinen Sessel und bemüht sich, trotz allem gefasst und ruhig zu bleiben. Schon deshalb, weil er Luise in ihrem Zustand nicht aufregen möchte, das könnte dem Kind schaden.

»Du fandest es also ›anständig‹, sie zu beschenken, ja?«, bemerkt er und schlägt die Beine übereinander. »Nach allem, was sie uns angetan hat, glaubst du, Johanna noch belohnen zu müssen? Ich denke, man kann die christliche Vergebung auch zu weit treiben!«

Sie schüttelt eigensinnig den Kopf. »Johanna hat nichts von uns gefordert, Theodor. Kein Möbelstück, auch keine Wäsche, kein Silber. Als ich ihr deine Entscheidung verkündet habe, hat sie sich schweigend gefügt. Deshalb fand ich es anständig, ihr wenigstens diese Decke mitzugeben, die deine Mutter noch in ihren letzten Lebenstagen für Johannas Mitgift gesäumt und bestickt hat …«

Die Erinnerung an das Siechtum und den Tod der Mutter geht ihm nahe. Damals lebte Johanna noch im Hause, sie hat täglich am Bett der Mutter gesessen, mit ihr geredet, ihr Kompressen aufgelegt, sie zärtlich umsorgt. Auch da ist das »Hannchen« wieder einmal das Lieblingskind gewesen. Er selbst hat es nicht ertragen, die Mutter leiden zu sehen, hat das Krankenzimmer gemieden und ist erst zu ihr gegangen, als es schon zu Ende ging. Es erbost ihn, dass Luise ihn ausgerechnet jetzt und in diesem Zusammenhang daran erinnert.

»Du hättest mich um Erlaubnis fragen müssen, anstatt hinter meinem Rücken zu handeln«, sagt er mit harter Stimme.

»Dazu ist keine Zeit gewesen, Theodor«, gibt sie zurück und atmet erschöpft, als sei sie drei Treppen hinaufgestiegen. »Im

Übrigen bin ich der Meinung, dass es nicht richtig war, deiner Schwester die Mitgift vorzuenthalten. Auguste von Kleiwitz, die mich besucht hat, ist darüber sehr empört gewesen …«

Er muss sich mit beiden Händen an den Armlehnen des Sessels festhalten, um nicht zornig aufzuspringen. Sie wagt es, seine Entscheidung zu kritisieren! Führt dabei ausgerechnet Auguste von Kleiwitz ins Feld, die schlimmste aller Tratschtanten und Busenfreundin seiner Schwester! Das ist ungeheuerlich.

»Du weißt ja nicht, was du redest, Luise!«, sagt er in drohendem Ton. »Ich will es deinem Zustand anrechnen, der dir offensichtlich den Verstand verwirrt hat. Aber ich warne dich: Falls du vorhast, einer Person wie Auguste von Kleiwitz weitere Interna unserer Familie anzuvertrauen, dann werde ich Maßnahmen ergreifen, die dir wenig gefallen werden!«

Nun steht er doch auf, will aus dem Zimmer gehen, um sich nicht zu weiteren Zornesausbrüchen verleiten zu lassen. Doch er ist noch nicht an der Tür, da vernimmt er zu seinem Entsetzen die schrille, heisere Stimme seiner Ehefrau.

»Gott ist mein Zeuge, dass es unrecht war, ihr alles zu nehmen. Ich habe dir gehorcht und damit Schuld auf mich geladen. Aber der Herr lässt nicht mit sich handeln – er wird uns strafen, weil wir unrechtes Gut an uns gebracht haben!«

Nie zuvor hat er sie so gesehen. Bleich ist sie, die roten Flecken an ihren Wangen glühen, die Augen sind weit aufgerissen, der Mund verzerrt. Es ist solch ein hässlicher Anblick, dass er sich hastig abwendet und die Türklinke fasst.

»Schweig!«, befiehlt er ihr. »Du bist ja nicht bei Sinnen!«

Er schlägt die Tür hinter sich zu und geht ins Speisezimmer, um allein zu sein. Aufgeregt läuft er dort hin und her, reibt sich die kalten Hände und lauscht auf die Geräusche im Nebenzimmer. Hört er sie schluchzen? Er ist sich nicht sicher, weil der Wind immer noch machtvoll durch die Lange Gasse pfeift und das alte

Haus knackt und stöhnt. Er nimmt die Laterne und geht hinunter in die Halle. Die Haustür lässt sich nur schwer öffnen, weil viel Schnee auf dem Beischlag liegt. Eisiger Wind dringt durch den Türspalt in die Halle hinein. In der Gasse ist es dunkel, überall hat man die Fensterläden geschlossen. Eine einzige Straßenlaterne glimmt noch vor sich hin, in ihrem Lichtschein sieht er die Schneeflocken vorübertreiben.

Es ist Johannas Werk, denkt er hasserfüllt. Diese Teufelin hat meiner sanften Luise vollkommen den Kopf verdreht, ihr einen rebellischen Widerspruchsgeist eingegeben, der ihr im Grunde fremd ist. Morgen werde ich ernsthaft mit ihr reden und sie an ihre Pflichten als meine Ehefrau erinnern. Dann wird sie sich besinnen und Abbitte leisten. Er schließt die Tür und verriegelt sie sorgfältig, klopft sich den Schnee von der Jacke und steigt wieder hinauf in die Wohnräume.

Schon auf der Stiege kann er Luises verzweifeltes Schluchzen hören. Es berührt ihn, er ist geneigt, zu ihr hineinzugehen, um sie zu beruhigen. Doch dann vernimmt er Danutas Stimme, die besänftigend auf Luise einredet, und er geht wieder hinunter ins Kontor, um nachzusehen, ob die Dokumente getrocknet sind. Soll sie ruhig weinen und bereuen, dann wird sie morgen umso fügsamer sein.

Er wartet, bis es im Haus ruhig geworden ist und Danuta Luise ins Schlafzimmer begleitet und dort versorgt hat. Dann nimmt er die Lampe und steigt leise die Stiegen hinauf bis zu den Dachkammern, wo die Angestellten untergebracht sind. Danutas Tür ist nicht verriegelt, er tritt ohne anzuklopfen ein. Heute braucht er sich kein schlechtes Gewissen zu machen – Luise hat es redlich verdient, dass er sich anderweitig schadlos hält.

Danuta sitzt angezogen auf ihrem Lager und scheint über seinen Besuch nicht glücklich zu sein. »Es geht ihr nicht gut«, flüstert sie.

Er zieht Jacke und Schuhe aus, setzt sich neben sie und umfasst sie. Sie fühlt sich warm an, er zieht ihr die Haube herunter und nestelt an der Spange, mit der sie ihr schönes dunkles Haar festgesteckt hat.

»Ich mache mir Sorgen, gnädiger Herr …«

»Zieh dich aus!«

Ihre dunklen Augen glänzen im Lampenschein, sie scheint ihn um etwas anzuflehen, doch gerade dieser Ansatz von Verweigerung macht ihn wild. Er hilft ihr, das Kleid zu öffnen, wartet, bis sie Unterröcke, Hose und das lange Hemd abgelegt hat und nur noch das Korsett am Körper trägt, dann wirft er sich auf sie. Sie ziert sich nicht wie seine fromme Luise. Danuta trägt Feuer in sich, sie empfindet Lust, wenn er sie berührt, was seine eigene Leidenschaft noch heftiger entfacht. Er hat vor seiner Heirat nur wenige, eher belanglose Erfahrungen mit Frauen gesammelt. Gerade so viel, um sich in der Hochzeitsnacht als Herr und Meister zeigen zu können.

Mit Danuta ist es anders. Wenn er aus ihrer Kammer kommt und sich die finstere Stiege zum Eheschlafzimmer zurückschleicht, ist sein Kopf wie berauscht, und der Duft ihrer Haut und ihres Haars begleitet ihn.

Heute ist ihre Begegnung nur verhalten, sie flüstert seltsames Zeug, während er sie umfasst und die Haken des Korsetts öffnet.

»Heilige Mutter Maria, sei mir Sünderin gnädig …«

»Was schwatzt du da?«, murmelt er.

Da erstarrt sie unter ihm, und auch er hält in seinen Bemühungen inne. Unten im Eheschlafzimmer wird geläutet.

»Lassen Sie mich … ich bitte Sie …«

Es passt ihm nicht, dass Luise ausgerechnet jetzt ihre Bedienstete zu sich ruft. Er fasst sie umso fester, reißt zornig an den verfluchten Häkchen, die sich so schwer öffnen lassen.

»Sie soll sich gedulden …«, knurrt er.

»Sie hat Wehen, gnädiger Herr. Schon seit gestern.«

Er erschrickt heftig, und seine Leidenschaft vergeht auf der Stelle. Wehen! Das ist zu früh, Luise kann erst im fünften oder sechsten Monat sein.

»Lauf zu ihr!«, befiehlt er und lässt sie los. »Beeil dich. Nun mach schon!«

Danuta streift Hosen und Unterröcke über, ihre Finger verheddern sich in den Bändern, er flucht, weil sie so ungeschickt ist, und wirft ihr das Kleid zu. Sie nimmt sich nicht die Zeit, Schuhe und Strümpfe anzuziehen, und läuft barfuß die Stiege hinunter. Hastig kleidet auch er sich wieder an, doch er muss noch eine Weile in ihrer Kammer warten, weil jetzt auch die Wirtschafterin und Oskar durch den engen Flur nach unten eilen und er ihnen auf keinen Fall begegnen will. Wie lästig es ist, im eigenen Haus Versteck spielen zu müssen! Schon hört er die Rufe: »Gnädiger Herr! Gnädiger Herr!«

Wütend steigt er die Dachbodenstiege hinunter und findet die Wirtschafterin und Oskar nachtgewandet im Flur vor dem Eheschlafzimmer. Die Wirtschafterin hebt die Laterne, als er in den Flur tritt, sodass er für alle sichtbar im Lichtschein steht. Es ist ihm jetzt gleich – er ist der Herr im Haus und kann tun und lassen, was ihm gefällt.

»Was ist geschehen?«

»Die gnädige Frau liegt in den Wehen. Alles ist voller Blut …«, jammert die Wirtschafterin.

Luises Wimmern und Stöhnen ist im Flur vernehmbar. Dazwischen hört man Danuta leise mit ihr sprechen.

»Ganz ruhig, gnädige Frau. Das geht vorüber. Ich hole ein frisches Laken und feuchte Tücher …«

Er hat es befürchtet. Warum nur hat ihn der Himmel mit einer Ehefrau gestraft, die keine gesunden Kinder auf die Welt bringen kann? Hat ihn nicht seine Mutter seinerzeit gewarnt?

»Sie ist schwächlich, Theodor«, hat sie mehr als einmal gesagt. »Ich weiß nicht, ob es eine gute Wahl ist …«

Aber die Verbindung mit dem wohlhabenden Haus Färber erschien ihm wichtig, und Luises sanfte, untertänige Art hat ihm gefallen, also hat er die Warnung in den Wind geschlagen.

»Nimm meinen alten Mantel um und geh in die Nonnengasse, die Hebamme holen!«, befiehlt er Oskar, der mit zitternden Knien und bleichem Gesicht im Flur steht.

»Ja, gnädiger Herr …«, stammelt er und läuft hinauf, um Hosen, Schuhe und Jacke anzuziehen. Die Wirtschafterin stampft die Treppe hinunter, sie will in der Küche den Herd anfeuern. Man wird heißes Wasser benötigen. Und einen Imbiss für die Hebamme. Falls die überhaupt kommt bei diesem Wetter.

Er überwindet sich und klopft an die Tür des Eheschlafzimmers. Danuta öffnet einen Spaltbreit; der Geruch von Blut und anderen unschönen Dingen strömt ihm entgegen. Luises Ächzen klingt beängstigend.

»Verzeihen Sie, gnädiger Herr. Die gnädige Frau will nicht, dass Sie eintreten«, verkündet Danuta. »Das ist kein Anblick für einen Ehemann.«

Er ist nicht böse darum. Krankheit und Siechtum sind ihm ein Gräuel, er mag es nicht sehen. Dennoch schlägt sein Gewissen. Wie sie leidet! Sie hatte schon seit gestern Wehen und hat es ihm verschwiegen. Wie muss sie sich gequält haben!

»Sag ihr, dass es mir leidtut, Danuta. Und dass ich ihr vergebe«, raunt er durch den Türspalt.

»Ja, gnädiger Herr …«, gibt sie zurück und schließt die Tür.

Die Schmerzensschreie klingen nun gedämpft in den Flur; hinter ihm läuft Oskar die Treppen hinab in die Halle, und er folgt ihm eilig, um die Haustür aufzuschließen.

»Da! Nimm die Laterne. Beeil dich!«

Er hört die Antwort nicht mehr, sieht nur, wie sich das Licht der Laterne in der Dunkelheit der Gasse verliert, und stellt erleichtert fest, dass es aufgehört hat zu schneien. Nur der Sturm will die Stadt immer noch nicht aufgeben, er fegt mit unheimlichem Sausen durch die Gassen und lässt die Fensterläden klappern.

Luises Qualen ziehen sich bis in die frühen Morgenstunden hin. Die Hebamme erscheint erst nach Mitternacht; schnaufend und halb erfroren muss sie sich erst einmal in der Küche aufwärmen, bevor sie sich hinauf zu Luise begibt. Theodor sitzt steif vor Anspannung und Sorge im Kontor an seinem Schreibtisch, lauscht auf die eiligen Fußtritte, das Flüstern der Frauen, das Hin-und-her-Tragen von irgendwelchen Dingen, die die Hebamme verlangt. Ab und zu treibt es ihn, in die Halle zu laufen, dann ruft er nach oben und fragt, wie es steht.

»Nicht gut, gnädiger Herr«, wird ihm verkündet.

Er traut der Hebamme nicht, schickt Oskar noch einmal hinaus, damit er Dr. Sternberg alarmiert. Jetzt hat er plötzlich Angst um seine Frau. Wenn sie bei dieser zu frühen Geburt verblutet! Sie war schon nach der letzten Fehlgeburt sehr schwach und hat sich nur langsam erholt. Herrgott, hilf mir, fleht er innerlich. Ich will mein Lebtag lang sanft und freundlich mit ihr sein, das schwöre ich. Wenn sie nur am Leben bleibt.

Der Arzt erscheint erst gegen Morgen. Er hält sich nur kurz bei Luise auf und steigt dann wieder hinunter ins Kontor.

»Ich konnte nichts mehr ausrichten«, sagt er ernst. »Es ist ein Knabe. Wohlgebildet am ganzen Körper. Aber zu früh aus dem Mutterleib gekommen und daher verschieden. Mein Beileid.«

»Und … meine Frau?«, flüstert Theodor.

Dr. Sternberg hebt hilflos die Schultern. »Sie schläft jetzt … Beten wir für sie …«

Danuta

Es klopft leise an der Tür des Eheschlafzimmers. Danuta, die neben dem Bett auf dem Boden eingeschlafen ist, fährt erschrocken auf. Die Herrin liegt bleich wie ein Leintuch in den Kissen, die geschlossenen Augen erscheinen eingesunken, der Mund leicht geöffnet. Sie atmet. Heilige Muttergottes, sei bedankt!

Der gnädige Herr ist an der Tür. Das Haar hängt ihm in die Stirn, Wangen und Kinn sind mit Bartstoppeln bedeckt. Das Gezeter der Hebamme hat durchs ganze Haus geschrillt, weil sie nur einen Teil des geforderten Lohns erhalten hat.

»Wie steht es?«, flüstert er.

»Sie atmet. So Gott will, wird sie genesen.«

»Bleib bei ihr. Ich rechne auf dich, Danuta. Wenn etwas sein sollte, dann weck mich. Ich bin nebenan.«

Er deutet auf das Gästezimmer, das einmal der Schlafraum der verstorbenen Eltern gewesen ist. Danuta nickt und schließt leise die Tür. Die Lampe ist beinahe niedergebrannt, durch die Ritzen der geschlossenen Läden scheint das bläuliche Morgenlicht, doch sie scheut sich, die Läden zu öffnen, aus Furcht, die Herrin dabei zu wecken. So setzt sie sich auf einen Stuhl, um nicht wieder einzuschlafen, und starrt auf die Kranke, die erschöpft von den nächtlichen Qualen in den Kissen liegt. Sie sollen ihr starken Tee mit Zucker geben, hat der Arzt gesagt. Und Fleischbrühe. Den Saft der roten Bete und Rotwein mit Eigelb. Alles, was sie stärken kann. Den Rest muss Gott verrichten, ihr Leben liegt in seiner Hand.

Draußen hat sich der schlimme Sturm endlich gelegt. Man hört, wie überall die Fensterläden zurückgeschlagen werden, und das Kratzen der Schneeschaufeln, die die Beischläge von der weißen Last befreien. Eine Kutsche rasselt vorüber, das Stampfen der Pferdehufe klingt gedämpft, die Fußtritte der Vorübergehenden knirschen im frischen Schnee. Die Stadt erwacht, reckt und streckt sich erleichtert nach der bösen Winternacht, man geht seinem Tagwerk nach, bald werden die ersten Schulkinder durch die Gassen laufen und mit Schneebällen werfen. Danuta fallen vor Müdigkeit wieder die Augen zu, sie kneift sich in den Arm, um wach zu bleiben, steht leise auf, um der Herrin das Deckbett zurechtzuziehen, und streicht ihr zärtlich über die eingefallene Wange. Nein, sie will nicht schlafen, ganz gleich wie müde sie ist, sie wird wach bleiben, um zur Stelle zu sein, wenn ihre Herrin sie braucht. Am Sonntag nach der Messe will sie zur Beichte gehen, sofern ihr Dienst es gestattet, dann will sie ihre Sünden dem Priester anvertrauen und auf Vergebung hoffen.

Sie hat ihre Herrin hintergangen, den Herrn in ihre Kammer eingelassen und sogar Lust empfunden, wenn er bei ihr gelegen hat. Sie ist eine verkommene Person, die freundlich zu der armen Herrin gewesen ist und zugleich hinter ihrem Rücken jene Freuden genossen hat, die nicht ihr, sondern der Herrin zustehen. Wie ist es nur möglich, dass man einen Mann fürchten und verabscheuen kann und zugleich solche Leidenschaft empfindet, wenn er sich nähert? Es kann nur daran liegen, dass sie eine ganz und gar verworfene Sünderin ist.

Die Öllampe erlischt mit einem letzten Aufflackern; sie muss sich nun doch entschließen, die Läden zu öffnen, denn sie fürchtet sich, im Dunklen zu sitzen. Schnee fällt vom Fensterbrett in den Innenhof hinunter, als sie den hölzernen Laden zurückschlägt. Unten ist Oskar damit beschäftigt, einen Pfad zum Lagerhaus freizuschaufeln, er schaut zu ihr hinauf, sagt jedoch nichts, sondern arbeitet weiter. Der arme Junge hat rot gefrorene Hände, weil er keine Handschuhe besitzt. Als sie auch das zweite Fenster öffnet, vernimmt sie hinter sich einen leisen Seufzer und wendet sich rasch um.

»Gnädige Frau?«

Der Kranke hustet, richtet sich vorsichtig auf, fällt aber gleich wieder in die Kissen zurück.

»Danuta? Gib mir Tee. Mir ist sehr schwindelig.«

»Sofort, gnädige Frau …«

Sie muss die Kranke stützen, während diese durstig einige Schlucke trinkt. Der Tee ist kalt geworden und schmeckt bitter, obgleich sie Zucker hineingegeben hat.

»Ich bringe Ihnen gleich frischen Tee, gnädige Frau. Die Wirtschafterin wird Ihnen eine gute Fleischbrühe kochen, die müssen Sie zu sich nehmen, das wird Ihnen guttun …«

Die Herrin nickt gleichgültig, sie schaut sich im Zimmer um, wo noch allerlei Gefäße stehen und hastig aus dem Schrank gerissene Tücher auf einem Haufen liegen.

»Es ist tot, nicht wahr?«, fragt sie leise.

Danuta zerreißt es das Herz. Wie gern hätte sie eine andere Nachricht überbracht. Aber sie darf nicht lügen, der forschende Blick ihrer Herrin fordert die harte Wahrheit.

»Gott der Herr hat es zu sich genommen, gnädige Frau.«

Die Kranke schließt die Augen. Keine Klage kommt über ihre Lippen, sie liegt schweigend da, den Kopf leicht zur Seite gedreht, die Miene verschlossen. Danuta steht hilflos vor ihrem Lager und weiß nicht, wie sie sie trösten soll. Ach, es gibt keinen Trost für eine Mutter, deren Kind gleich nach der Geburt gestorben ist.

»Ich will es sehen!«

Danuta erschrickt. Man hat das arme, leblose Wesen in Tücher eingeschlagen und im großen Wohnzimmer in die geschnitzte Wiege gelegt, die Oskar vom Dachboden herabgetragen hat. Sie gruselt sich, das tote Kind anzufassen und herbeizutragen, denn es ist ungetauft gestorben und vielleicht gar im Besitz des Bösen. Aber sie kann sich dem Befehl der Herrin nicht verweigern. Als sie das tote Kind aus der Wiege hebt, spürt sie, dass es noch nicht steif ist, seine Glieder fühlen sich weich an, beinahe so wie ein lebendiges Kind, nur dass das Bündel kalt und schwer ist.

»Zeig es her«, verlangt die Herrin und richtet sich mühsam im Bett auf. »Nimm das Tuch weg. Es ist ein Knabe, nicht wahr?«

»Ja, gnädige Frau …«

Die Hebamme hat das tote Kind gewaschen und ihm ein Hemdchen angezogen. Das Köpfchen ist zierlich und mit dunklem Flaum bedeckt, die kleinen Hände zu Fäusten geschlossen.

»Er sieht aus, als würde er gleich die Augen aufschlagen, nicht wahr?«, sagt die Herrin, die ganz in den Anblick des kleinen Wesens versunken ist.

»Ja, gnädige Frau. Er ist ein so hübscher Junge …«

»Er hat dunkles Haar wie sein Vater. Schau, Danuta, ich glaube, er lächelt. Vielleicht ist es ja ein Glück, gar nicht erst in diese Welt geworfen zu werden. Ja, gewiss, er hat den besseren Teil gewählt und geht nun zurück in die Ewigkeit, aus der er gekommen ist …«

Danuta ist nicht fähig, zu antworten. Vor dem Bett kniend hält sie ihrer Herrin das Bündel entgegen, sieht zu, wie die unglückliche Mutter dem toten Knaben zärtlich über Wangen und Stirn streicht, und spürt, wie ihr die Tränen über die Wangen laufen.

»Bring ihn nun wieder fort, Danuta! Ich will noch ein wenig ruhen.«

Sie steht mühsam auf, ihre Knie zittern, während sie mit ihrer Last die Treppe hinunter ins große Wohnzimmer geht. Sie legt das kleine Wesen sanft in die Wiege, deckt es zu und zieht die Vorhänge davor, die noch die alte Frau Berend so kunstvoll mit weißer Häkelspitze geschmückt hat. Dann bekreuzigt sie sich hastig und will wieder hinauf zu ihrer Herrin laufen, doch im Flur tritt ihr die hohe, dunkle Gestalt des gnädigen Herrn gegenüber.

»Was tust du hier?«, fährt er sie an. »Sagte ich nicht, du sollst bei ihr bleiben?«

»Sie wollte das Kind sehen, gnädiger Herr.«

»Und du hast es ihr gebracht?«, fragt er mit entsetztem Blick.

»Sie war sehr gefasst, gnädiger Herr.«

Er murmelt etwas, was sie nicht verstehen kann, und schaut mit scheuem Blick zur Tür des Wohnzimmers. »Sie ist also wach?«, erkundigt er sich.

»Eben gerade war sie es, gnädiger Herr.«

Er tritt näher zu ihr heran, und sie fürchtet schon, er wolle sie anfassen, doch er bleibt dicht vor ihr stehen und sieht ihr eindringlich ins Gesicht. »Hast du geschlafen? Du siehst müde aus. Ruh dich ein wenig aus – ich gehe jetzt zu ihr. Wenn ich dich brauche, rufe ich dich.«

»Danke, gnädiger Herr.«

Seine Fürsorge kommt ihr seltsam vor. Vermutlich will er mit seiner Ehefrau ohne Zeugen sprechen, um ihr »zu vergeben«, wie er gestern angedeutet hat. Danuta hat den Streit, der tags zuvor zwischen den Eheleuten entbrannt ist, im Flur recht gut hören können. Ach, die gnädige Frau ist so mutig gewesen! Und es war gut und richtig, was sie gesagt hat. Aber natürlich hat sie damit nichts ausrichten können, das war vorauszusehen. Es muss die innere Verzweiflung gewesen sein, die die Herrin zu solchen Worten getrieben hat, denn sie muss längst geahnt haben, dass das Kind in ihrem Leib nicht überleben wird.

Danuta ist jetzt zu aufgewühlt, um sich oben in ihrer Kammer schlafen zu legen, zumal man sie sowieso nach kurzer Zeit wieder rufen wird. Also geht sie lieber hinunter in die Küche, um etwas zu essen und einen heißen Tee zu trinken, der sie wach halten wird. In der Küche ist es stickig, die Wirtschafterin hat den Herd angeheizt, doch der Rauch will immer noch nicht recht durch den breiten Rauchfang abziehen. Über dem Feuer hängt ein Kessel, darin köchelt ein Stück Rindfleisch vor sich hin, die Wirtschafterin sitzt am Küchentisch und schneidet Zwiebeln.

»Tee?«, fragt sie, ohne von ihrer Arbeit aufzusehen. »Der ist nur für die Herrschaften. Trink Wasser. Das ist für dich gut genug.«

Danuta ist die Unfreundlichkeit der Wirtschafterin gewohnt. Frau Döppel wurde von Theodor Berend eingestellt, nachdem ihre Vorgängerin zu alt für diese Arbeit geworden war und gehen musste. Unter Bediensteten geht die Sage, dass Frau Döppel zuvor mehrfach entlassen wurde, es soll sogar Diebstahl im Spiel gewesen sein. Ob es wahr ist oder nur Gerede, das will Danuta nicht entscheiden. Aber sie weiß, dass der gnädige Herr der Wirtschafterin einen geringeren Lohn zahlt als ihrer Vorgängerin, dass sie aber trotzdem mit großer Treue an ihrem Dienstherrn hängt.

Danuta füllt einen Wasserkessel und hängt ihn ebenfalls über das Feuer.

»Hast du nicht gehört?«, faucht die Wirtschafterin und wischt sich die Augen, weil die Zwiebel so beißt. »Du bekommst keinen Tee.«

»Die gnädige Frau benötigt ihn.«

»Soso – die gnädige Frau!«, meint Frau Döppel höhnisch. »Wie fein du dich bei ihr einschmeicheln kannst. Wo wir doch alle wissen, wem du in der Nacht deine Kammertür öffnest.«

Wie hatte sie nur glauben können, die Besuche des gnädigen Herrn seien von den anderen Dienstboten unbemerkt geblieben? Frau Döppel hat ihre Ohren überall, und selbst wenn aus ihrer Kammer laute Schnarchlaute dringen, so kann es doch sein, dass sie sich nur schlafend stellt.

»Kümmere dich um deine eigene Kammertür«, gibt Danuta wütend zurück.

»Die ist fest verschlossen«, sagt die Wirtschafterin mit höhnischer Miene. »Weil ich keine Hure bin, wie du eine bist. Darum.«

»Hüte dich, dass du nicht das achte Gebot verletzt: Du sollst nicht falsch Zeugnis reden wider deinen Nächsten«, wehrt sich Danuta.

Die Wirtschafterin lacht gellend auf und erhebt sich, um die Zwiebeln in die Suppe zu geben.

»Was ich mit eigenen Augen gesehen hab, das kann ich wohl verkünden«, sagt sie und nimmt den Kochlöffel, um in der Brühe zu rühren. »Und hören konnte man es auch. Oskar wird wohl lange Ohren gemacht haben bei all den Seufzern, die aus deiner Kammer gedrungen sind.«

»Deine Lügen werden dich in die Hölle bringen.«

Wenn doch endlich das Wasser im Kessel kochen würde! Sie hält es kaum noch aus hier in der Küche bei der boshaften Person. Gesehen hat die Wirtschafterin ganz sicher nichts, aber wie es scheint, hat sie im Flur gestanden und das Ohr an die Tür gelegt.

Gerade als das Wasser endlich zu sieden beginnt, tut sich die Tür auf, und Oskar stolpert in die Küche. Ganz blau gefroren ist er, er hat nicht nur den Innenhof, sondern auch den Beischlag vom Schnee freiräumen müssen. Er streckt die kalten Hände zum Herdfeuer und verzieht das Gesicht, weil die Wärme, die jetzt in die frostigen Glieder steigt, ihm Schmerzen bereitet.

»Ach, du armer Bursche!«, ruft die Wirtschafterin. »Setz dich an den Tisch, du hast dir ein gutes Frühstück redlich verdient.«

Mit Oskar flötet Frau Döppel süß, weil sie ein Auge auf den Jungen geworfen hat. Gleich holt sie die Kaffeekanne aus der Speisekammer, die sie dort, mit einem warmen Tuch umwickelt, versteckt hatte, stellt einen Becher auf den Tisch und macht sich daran, Sahne, Butter und Wurst herbeizubringen. Dazu schneidet sie zwei dicke Scheiben Brot ab und legt sie auf einen Teller.

»Das ist für dich, mein Kleiner. Lass es dir schmecken!«

Oskar reibt die kalten Hände und setzt sich an den Tisch.

»Willst du nichts?«, fragt er Danuta, die den Tee für ihre Herrin aufgießt.

»Sie hat schon gegessen und braucht nichts«, versetzt Frau Döppel eilig.

Danuta holt sich schweigend einen Becher aus dem Schrank und gießt sich Kaffee ein. »Nur eine Kleinigkeit«, sagt sie zu Oskar. »Ich muss gleich wieder hinauf.«

Er streicht Butter auf eine der Brotscheiben und schneidet die Wurst. Schiebt ihr alles hinüber, und Danuta isst, ohne sich um die wütenden Blicke der Wirtschafterin zu kümmern. Der warme Kaffee tut ihr wohl im Magen, doch die Müdigkeit vertreibt er nicht.

»So eine musst du nicht noch füttern«, bemerkt Frau Döppel und stößt Oskar mit dem Ellbogen in die Seite. »Die liegt warm und weich beim gnädigen Herrn, während unsere gnädige Frau heute Nacht beinahe ihr Leben gelassen hat.«

»Ach, seien Sie doch still!«, sagt Oskar leise.

»Was wahr ist, muss auch wahr bleiben!«, beharrt die Wirtschafterin.

Oskar tunkt die Nase in den Becher und sieht Danuta nicht an. Sie begreift, dass die Wirtschafterin nicht das erste Mal solche Dinge sagt. Wer weiß, was sie dem armen Burschen schon alles über die lasterhafte Danuta erzählt hat? Sie schämt sich vor Oskar, der ein lieber Junge ist und immer freundlich zu ihr war. Nun hockt er schweigend neben ihr am Küchentisch, kaut vor sich hin und weiß nicht, was er sagen soll.

Es muss ein Ende haben, denkt sie unglücklich. Ich will nicht länger in dieser Schande leben. Heute noch kündige ich den Dienst auf und suche mir eine neue Stellung. Sie stellt die Teekanne auf ein Tablett, fügt Zuckerdose, Stövchen und die Tasse hinzu und geht damit aus der Küche. Sie hört noch, wie die Wirtschafterin auf Oskar einredet, die Worte kann und will sie nicht verstehen.

Es wird hart sein, mitten im Winter eine neue Stellung zu finden. Sie wird nehmen müssen, was sich bietet, um nicht bei dieser Kälte obdachlos in der Gasse zu stehen. Aber alles ist besser, als in diesem Haus zu bleiben, wo sie lügen und betrügen muss und sich an ihrer Herrin versündigt hat.

Der Herr ist nicht lange bei der gnädigen Frau gewesen – als Danuta mit dem Tee ins Zimmer tritt, ist die Kranke schon wieder allein. Ihr Gesicht ist jetzt gerötet, sie stöhnt leise und blickt Danuta Hilfe suchend an.

»Die Tropfen, Danuta. Ich habe große Schmerzen!«

Dr. Sternberg hat ein braunes Fläschchen dagelassen, von dem Inhalt soll man ihr fünf Tropfen auf einem Löffel geben, wenn der Wundschmerz zu heftig werden sollte. Danuta beeilt sich, den Wunsch der Herrin zu erfüllen, zählt sorgfältig die Tropfen auf den Teelöffel und reicht ihr eine Tasse Tee mit Zucker, um die Medizin hinunterzuspülen.

»Setz dich zu mir«, verlangt sie von Danuta. »Hier auf den Stuhl.«

Sie ist nun aufgeregt und redselig, schaut zur Zimmerdecke hinauf und lächelt, als sähe sie dort oben etwas Wunderschönes. »Denk dir nur, Danuta: Ich habe von einer Fahrt mit dem Ruderboot auf der Mottlau geträumt. Ist das nicht seltsam? Es war Sommer, die Weiden tauchten ihre Zweige ins Wasser, und in ihrem Schatten saßen junge Enten, die vor unseren Ruderschlägen geflüchtet waren …«

Ist das die Wirkung der Medizin?, überlegt Danuta. Gehorsam setzt sie sich auf den Stuhl, spürt aber, dass die Müdigkeit sie übermannen wird. Halb schon im Schlaf hört sie die Herrin von einer fröhlichen Landpartie nach dem Ort Oliva erzählen, von der weißen Sandküste, wo sie als Kind gespielt und in den Ostseewellen gebadet hat, von den kleinen Fischerbooten und den niedrigen, reetgedeckten Hütten …

Wie lange sie geschlafen hat, weiß sie nicht. Sie erwacht von einem dumpfen Schlag und findet sich auf dem Fußboden wieder – sie ist im Schlaf vom Stuhl gefallen. Erschrocken rappelt sie sich auf und schaut zu ihrer Herrin hinüber. Die Kranke liegt jetzt mit weit geöffneten Augen und glühenden Wangen in den Kissen. Danuta fühlt ihre Hände, berührt die Stirn – sie fiebert. O Gott! Man muss ihr Wadenwickel machen, kühlende Getränke eingeben. Den Arzt holen. Vor allem dies. Hastig hebt sie die Kranke ein wenig an, versucht ihr Tee einzuflößen, doch die Herrin schluckt die Flüssigkeit nicht, der Tee läuft aus ihrem Mund auf das Kopfkissen.

Danuta eilt aus dem Zimmer, alarmiert die Wirtschafterin, die lauwarmes Wasser für Wadenwickel bringen soll, ruft nach dem gnädigen Herrn, der unten in seinem Kontor arbeitet.

»Sie fiebert?«, sagt er erschrocken. »Oskar soll den Arzt holen. Rasch! Lauf hoch zu ihr, Danuta. Kümmere dich um sie.«

Nein, sie kann jetzt nicht den Dienst kündigen. Nicht heute, da ihre Herrin sie so nötig braucht. Sie will bei ihr bleiben, nicht von ihrer Seite weichen, das ist sie ihr schuldig. Sie wird sich die Kündigung für später aufheben, wenn die Herrin sie nicht mehr benötigt. Aber fortgehen wird sie ganz sicher. Dazu ist sie fest entschlossen.

Der Tag vergeht unter heftiger Sorge um das Leben der Herrin. Das Fieber sinkt zwar unter der Wirkung der feuchten Wickel um Waden und Handgelenke, doch sie wird immer schwächer, spricht kaum noch, der Kopf schmerzt, die Lippen sind trocken und aufgesprungen. Dr. Sternberg verordnet fiebersenkende Tropfen, sitzt eine Weile am Bett der Kranken und fühlt den Puls, dann verabschiedet er sich, um in der Niederstadt nach einem Fall von Keuchhusten zu sehen. Danuta, die völlig übernächtigt ist, wird für ein paar Stunden von der Wirtschafterin abgelöst.

Gegen acht Uhr am Abend klopft Oskar an ihre Kammertür, um sie zu wecken. »Steh auf, Danuta! Der gnädige Herr hat gesagt, du sollst in der Nacht bei der Kranken sitzen.«

»Ich komme …«

Sie ist noch ganz taumelig vor Müdigkeit, als sie durch den Flur zur Treppe geht. Im Schlafzimmer findet sie den gnädigen Herrn am Bett seiner Ehefrau, er hält ihre Hand und spricht leise auf sie ein.

»Es wird alles so geschehen, wie du es willst, meine Liebe. Und nun musst du wieder gesund werden, Luise. Versprich mir, dass du wieder gesund wirst, ich bitte …«

Als Danuta eintritt, hält er inne und schweigt. Wie es scheint, ist es ihm unangenehm, dass sie ihn in einem schwachen Moment ertappt hat. Nie zuvor hat sie ihn so sanft und besorgt zu seiner Ehefrau reden hören.

»Das Fieber ist gestiegen, Danuta«, sagt er zu ihr. »Du darfst sie nicht allein lassen. Wenn etwas … eintreten sollte, dann rufe mich.«

»Ja, gnädiger Herr …«

Sie ist auf sich allein gestellt. Oskar und die Wirtschafterin sind hinauf in ihre Kammern gestiegen, der gnädige Herr ist nebenan im Gästezimmer. Ob er schläft oder wacht, weiß sie nicht, sie will es auch nicht wissen. Danuta wechselt die feuchten Wickel in regelmäßigen Abständen, läuft hinunter in die Küche, um frischen Tee zu kochen, zählt fiebersenkende Tropfen ab, gibt der Kranken zu trinken, wechselt den schweißdurchtränkten Bezug des Kopfkissens. Es ist besser, sich zu beschäftigen, als auf dem Stuhl neben dem Lager zu sitzen und einzuschlafen. Hin und wieder spricht die Kranke verworrene Dinge, redet von ihren verstorbenen Eltern, ruft nach Johanna, einmal will sie sogar aus dem Bett steigen, um in der Wäschekammer nach irgendetwas zu suchen, und Danuta hat Mühe, sie davon abzuhalten. Erst gegen Morgen sinkt das Fieber, und die Kranke schläft ein, ihr Atem geht ruhiger, der Puls ist schwach, aber regelmäßig. Danuta hat sich auf den Fußboden neben dem Bett gesetzt und den Rücken angelehnt, um nur ein paar Minuten auszuruhen, doch das Bedürfnis nach Schlaf ist so übermächtig, dass sie im Nu eingeschlummert ist.

»Das ist ja gediegen! So also sorgst du für unsere Herrin, du faules Luder!«

Benommen nimmt sie wahr, dass die Wirtschafterin ins Zimmer getreten ist, um das Frühstück für die Herrin zu bringen. Jetzt läuft sie durch das Zimmer, reißt die Fenster auf und klappt geräuschvoll die Läden zurück.

»Der gnädige Herr wird wohl staunen, wenn ich ihm gleich berichte, dass du geschlafen hast, anstatt bei der Herrin zu wachen. Da kannst du dich auf was gefasst machen!«

Die schrägen Wintersonnenstrahlen dringen gleißend in den Raum, es ist ein klarer, kalter Wintermorgen. Danuta blinzelt, dann rafft sie sich auf.

»Schließen Sie die Fenster!«, sagt sie und zieht der Kranken die Decke hoch.

»Du hast mir gar nichts zu sagen!«, kommt die höhnische Antwort. Die Wirtschafterin macht sich im Raum zu schaffen, trägt die benutzten Tücher hinaus, leert die Waschschüssel in einen Eimer aus und stellt das Tablett mit dem Frühstück neben das Bett.

»Dass du dich nicht daran vergreifst«, droht sie Danuta. »Ich habe festgestellt, dass mir Zucker fehlt, auch das werde ich dem gnädigen Herrn gleich melden!«

»Tu, was du nicht lassen kannst.«

Soll die Döppel doch ihre boshaften Intrigen spinnen, es ist ihr gleich. Sie ist nur froh, dass die kranke Herrin ruhig atmet und nicht aus dem Schlummer erwacht ist. Noch ist das Fieber nicht zurückgekommen; wenn Gott gnädig ist, wird sie gesund werden.

Sie hört die Wirtschafterin im Flur zetern, und es dauert nicht lange, da tritt der gnädige Herr ins Zimmer. Er ist blass und übernächtigt, aber bereits zum Ausgehen angekleidet, vermutlich hat er Geschäftliches zu erledigen, das er nicht aufschieben kann. Mit kurzem Blick streift er das Bett, sieht seine Ehefrau schlafen und wendet sich an Danuta.

»Fiebert sie noch?«

»Im Augenblick nicht, gnädiger Herr.«

Er ist erleichtert und deutet auf das Tablett.

»Sieh zu, dass sie ordentlich isst. Sie soll auch von der Brühe trinken.«

»Ja, gnädiger Herr.«

Er will sich zum Gehen wenden, doch dann hält er inne und blickt sie stirnrunzelnd an.

»Ist es wahr, dass du geschlafen hast, anstatt dich um sie zu kümmern?«, fragt er drohend.

»Ich bin erst gegen Morgen eingeschlafen, als auch sie endlich Schlaf fand.«

»Ich hatte dir befohlen, wach zu bleiben«, sagt er zornig. »Hüte dich, Danuta! Wenn du glaubst, du könntest dir aus gewissen Gründen Freiheiten gestatten, dann irrst du dich!«

Er wirft ihr einen drohenden Blick zu, und sie erschrickt vor der Kälte, die ihr entgegenströmt. Was ist das nur für ein Mensch? O nein, sie ist nicht mehr bereit, sich so von ihm behandeln zu lassen. Ihr Entschluss steht fest.

»Es käme mir niemals in den Sinn, mir irgendwelche Freiheiten zu gestatten, gnädiger Herr. Aber ich bitte Sie, mich zum nächsten Ersten aus dem Dienst zu entlassen«, sagt sie und schaut ihm dabei ruhig und offen in die Augen.

Damit hat er nicht gerechnet. Er starrt sie an, als könnte er nicht glauben, was er gerade gehört hat.

»Was redest du da?«, fährt er sie an. »Bist du nicht bei Sinnen?

Wie kannst du die Unverfrorenheit besitzen, deinen Herrn gerade jetzt im Stich zu lassen, da du so nötig gebraucht wirst?«

»Es sind noch zwei Wochen, gnädiger Herr. Bis dahin werdet Ihr ein anderes Hausmädchen gefunden haben.«

Die Festigkeit, mit der sie auf ihrem Entschluss beharrt, erbost ihn.

»Hat dir das meine Schwester Johanna eingegeben?«, zischt er wütend. »Ich weiß wohl, dass sie mit ihrer rebellischen Art mein Haus vergiftet hat. Nimm dich in Acht, Danuta! Falls du tatsächlich den Dienst kündigst, dann wirst du mit dem Zeugnis, das ich dir schreiben werde, keine neue Stellung finden!«

Die Drohung sitzt. Wenn er das tatsächlich tut, hat sie nur die Hoffnung, in ihrer Familie im Dorf Nenkau für eine Weile aufgenommen zu werden. Auch das ist unsicher, denn ihre Mutter lebt nicht mehr, und der Vater hat eine andere Frau genommen. Die Stiefmutter hat seinerzeit dafür gesorgt, dass Danuta schon mit dreizehn Jahren nach Danzig in Dienst gegeben wurde, und wird ganz sicher nicht erfreut sein, sie durchfüttern zu müssen.

»Das ist mir gleich«, sagt sie trotzig. »Ich verlasse Ihr Haus auf jeden Fall, und ich vertraue darauf, dass Sie schreiben, was wahr und richtig ist.«

Er schnaubt höhnisch und versucht es nun auf andere Weise.

»Wenn es dir um deinen Lohn geht, so denke ich, dass wir uns einigen könnten. Du hast es zwar nicht verdient, dass ich dir mehr bezahle, zumal die Zeiten schwierig sind, aber ich könnte …«

»Nein, gnädiger Herr«, unterbricht sie rasch. »Das Geld ist mir nicht wichtig. Es sind die Sünde und die Schande, die ich mehr als alles andere fürchte. Darum steht mein Entschluss fest.«

Jetzt hat er begriffen, weshalb sie gehen will. Es scheint ihn zu treffen, denn er tritt einen Schritt zurück und mustert sie aufmerksam. »Das ehrt dich, Danuta«, sagt er mit plötzlich veränderter Stimme. »Aber ich bitte dich dennoch, über deinen Entschluss nachzudenken. Wie kannst du es mit deinem Gewissen vereinbaren, deine kranke Herrin in ihrer Not zu verlassen? Meine Ehefrau braucht dich, Danuta. Sie will nur dich um sich haben. Die Wirtschafterin hat sie noch gestern aus dem Zimmer gewiesen.«

Oh, wie klug er ist. Er packt sie genau da, wo sie empfindlich ist. Und wie sanft er auf einmal mit ihr reden kann. Nein, sie kann ihm nicht trauen.

»Das weiß ich wohl«, sagt sie unsicher. »Aber es wird nichts ändern. Ich muss fort, das ist nun einmal so.«

Auf einmal malt sich Verzweiflung in seinen Zügen. Er geht auf sie zu, nimmt ihre Hand, und obgleich sie versucht sich loszuwinden, hält er sie fest. »Ich bitte dich, Danuta«, sagt er leise. »Du kannst mich jetzt nicht verlassen. Du bist der einzige Mensch, dem ich vertraue …«

»Nein«, fleht sie und reißt sich von ihm los. »Damit ist es vorbei. Niemals wieder will ich diese Sünde begehen …«

»So meine ich es nicht, Danuta«, flüstert er angstvoll, weil er fürchtet, seine Frau drüben im Bett könnte es hören. »Wenn es dein Wille ist, dann werde ich dich niemals wieder anrühren. Das schwöre ich bei allem, was mir heilig ist. Hab doch ein Herz, Danuta. Siehst du nicht, wie ratlos und verlassen ich bin?«

Ist es echt, oder spielt er es nur? Sie antwortet nicht und geht stattdessen zum Bett der Kranken, um die Decke zu glätten und ihren Puls zu fühlen. Die Herrin schlägt die Augen auf und sieht sie lächelnd an.

»Danuta? Gib mir zu trinken, bitte. Ich fühle mich jetzt besser.«

Während sie den Tee eingießt, hört sie, wie er leise die Tür hinter sich zuzieht.

Johanna

Als sie erwacht, findet sie sich allein im Ehebett. Der Sturm hat sich gelegt, schwaches Sonnenlicht zittert durch die Vorhänge. Wie spät mag es sein? Auf jeden Fall scheint man unten in der Werkstatt schon an der Arbeit zu sein, denn sie hört es hämmern und poltern. O weh – sie hat verschlafen. Und das gleich am ersten Tag ihrer jungen Ehe. Eilig steigt sie aus dem Bett, gießt Wasser in die Schüssel und wäscht sich, dann zieht sie eines ihrer alten Hauskleider an. Das schöne Hochzeitskleid wird sie im Schrank aufbewahren, es taugt nicht für den Alltag in ihrer neuen Umgebung.

Im Wohnzimmer hat man schon früh den Ofen angeheizt, auf dem Tisch wartet ein üppiges Frühstück auf sie. Von ihrem Ehemann ist nichts zu sehen, nur Ernst liegt noch auf dem Sofa und schläft selig wie ein Kleinkind. Sie weckt ihn nicht, gönnt ihm den angenehmen Morgenschlummer und gießt sich Kaffee ein. Ihr Appetit hält sich in Grenzen, vermutlich wirkt der Wodka nach, den sie gestern zu sich genommen hat. Was für ein widerliches Zeug! Nie wieder trinkt sie Schnaps. Lieber einen Wein aus Frankreich, den hat sie immer gut vertragen.

Mit der Kaffeetasse in der Hand geht sie zu den Fenstern und schaut hinaus. Das Backsteingebäude der Katharinenkirche ragt unweit des Hauses auf, sie sieht gotische Bögen im Mauerwerk, und wenn sie sich bückt, kann sie den viereckigen Glockenturm mit dem schlanken, hübsch verzierten Aufbau erkennen. Die Häuser ringsum sehen ärmlich aus, sie sind niedrig, die Dächer oft eingesunken, von einigen Hauswänden bröckelt der Putz ab, sodass man die Balken des Fachwerks darunter sehen kann. Auch die Leute auf der Gasse haben keinerlei Ähnlichkeit mit den gut gekleideten Passanten, die sie von der Langen Gasse kennt. Frauen in groben Röcken stehen in den Hauseingängen, sie haben wollene Tücher gegen die Kälte umgelegt, die Arme in die Hüften gestemmt, und ihre lauten Stimmen schallen zu Johanna hinauf. Verstehen tut sie wenig, weil sie die deftige Sprache der Marktfrauen benutzen. Die kleinen Kinder, die hie und da im Schnee spielen, sehen dünn und verhungert aus, sie tragen abgerissene Kittel, die sicher kaum wärmen. Was für eine traurige Gegend! Aber sie hat es sich so ausgesucht, also wird sie das Beste daraus machen.

Er ist also unten in seiner Werkstatt, denkt sie. Vermutlich ist er in aller Herrgottsfrühe aufgestanden, wie es bei Handwerkern üblich ist, und hat sich leise angekleidet, um mich nicht zu wecken. Wie rücksichtsvoll von ihm. Dennoch ist sie ein wenig enttäuscht, denn sie hat eigentlich erwartet, dass er die Hochzeitsnacht am Morgen nachholt. Nicht dass sie dies herbeigesehnt hätte, aber dass ihr Ehemann sie so ganz und gar links liegen lässt, gefällt ihr auch nicht. Will er vielleicht gar eine Ehe ohne körperliche Berührungen führen? Das wäre schon merkwürdig. Sie nimmt sich vor, ein paar Nächte abzuwarten und ihn dann darauf anzusprechen.

Die Tür öffnet sich knarrend, Barbara tritt ein. Himmel – was sie für eine altmodische Haube trägt! Über das Kleid hat sie eine weiße Schürze gebunden, die mit mehreren Flecken geziert ist, ihre Füße stecken in dicken Wollsocken, darüber trägt sie Holzpantinen.

»Kann ich das Frühstück abräumen?«, will sie wissen.

Einen Morgengruß bekommt Johanna nicht geboten, auch nennt Barbara sie nicht »gnädige Frau«, wie sie es von den Dienstboten zu Hause gewohnt ist. Ist sie überhaupt eine Hausangestellte? Auf jeden Fall scheint sie hier im Haus eine wichtige Stellung einzunehmen, da ist es wohl besser, vorerst klug und vorsichtig zu handeln.

»Wir sind noch nicht fertig«, gibt sie kurz angebunden zurück und deutet auf den schlafenden Bruder auf dem Sofa. »Ist mein Ehemann unten in der Werkstatt?«

»Wo sollte er sonst wohl sein?«, bekommt sie zur Antwort.

Barbara geht zum Tisch und stülpt den Kaffeewärmer wieder über die Kanne, dann streift sie Johanna mit einem abschätzenden, beinahe verächtlichen Blick und verlässt das Zimmer. Freundlichkeit ist für diese Person wohl ein Fremdwort. Johanna ärgert sich. Was hat sie ihr getan? Warum diese Feindseligkeit? Hat die Alte sich vielleicht eingebildet, eines Tages Frau Forster zu werden? Nun – falls dem so ist, hat ihr Berthold Forster einen Strich durch die Rechnung gemacht. Na warte, du alter Besen, denkt sie. Ich werde dich schon zähmen.

Sie trinkt den Kaffee aus und stellt fest, dass ihr Bruder immer noch im seligen Tiefschlaf liegt, also tritt sie leise in den Flur und schaut in das kleine Zimmer, das ihr allein gehören soll. Es sieht nicht besonders einladend aus, zumal die Vorhänge noch geschlossen sind. Sie zieht den Stoff beiseite und stellt fest, dass die Wände mit altmodischen Tapeten beklebt sind, aber der Fußboden mit neuen Dielen belegt wurde. Die Chaiselongue zeigt sich recht betagt; als sie die Decke von dem Möbelstück wegzieht, findet sie etliche Mottenlöcher in dem einstmals teuren Samtbezug, und auch die Polsterung hat gelitten. Die Kommode ist nicht übel, ein zierliches Möbelstück im französischen Stil des vergangenen Jahrhunderts, wie man es hier in Danzig nur selten zu Gesicht bekommt. Nur der Krempel, der darauf steht, ist scheußlich, diese seltsamen Töpfchen und Tiegel, der altmodische Kerzenleuchter, die bunt bemalten Zinnsoldaten – das alles wird sie verschwinden lassen. Auch diese hässlichen Häkeldecken, von denen ein ganzer Stapel in der Schublade zu finden ist. Puh – die hat bestimmt ihre Vorgängerin hergestellt. Sie schiebt die Lade wieder zu und überlegt, dass sie auf jeden Fall einen Spiegel haben will, außerdem einen Schreibtisch, so wie Auguste einen besitzt. Ein hübscher Teppich auf den blanken Dielen wäre auch nicht übel.

Sie geht wieder auf den Flur hinaus und steigt die Treppe zum Dachboden hinauf. Oben gibt es eine wackelige Holztür ohne Schloss und Riegel, der Raum dahinter ist eisig kalt, der Wind weht ungehindert hindurch. Man sieht die Dachbalken, die schräg an den Seiten herabgehen, darauf liegen die Schindeln. Links ist ein Verschlag mit Holzwänden abgeteilt – vermutlich haben dort die Lehrjungen und der Geselle ihre Schlafstellen. Jetzt, bei dieser Kälte, bleiben sie in der Nacht allerdings lieber unten in der Werkstatt, wo es einen Ofen gibt. Die linke Dachbodenseite wird als Trockenboden genutzt, dort ziehen sich Wäscheleinen von einem Ende zum anderen.

Unter der Dachschräge steht allerlei Gerümpel, das mit alten Tüchern abgedeckt ist. Neugierig hebt sie einige der Tücher hoch und muss husten, weil der Staub aufwirbelt. Kisten sind zu sehen, zwei kaputte Stühle, eine geschnitzte Truhe, die verschlossen ist, und – o Wunder! – ein altmodischer Schreibsekretär mit wunderhübschen Einlegearbeiten, der ganz sicher in Italien hergestellt wurde. Warum dieses Prachtstück wohl hier auf dem feuchten Dachboden dahindämmert? Hat es ihrer Vorgängerin gehört, und Berthold glaubte, dass es ihr nicht gefallen könnte? Nun – da wird sie ihm die Augen öffnen. Auch die Truhe ist nicht übel, sie ähnelt dem schönen geschnitzten Kasten, in dem ihre Mitgift aufbewahrt wurde, die Theodor ihr boshaft vorenthalten hat. Von den Töpfchen und Häkeldecken abgesehen, hat Berthold Forsters erste Frau keinen schlechten Geschmack gehabt.

Fröstelnd steigt sie die Treppe wieder hinunter. Wenn doch der Frühling endlich kommen wollte, diese Kälte ist kaum zu ertragen.

Sie fühlt sich einsam und überlegt, ob sie Ernst aufwecken soll, um jemanden zum Plaudern zu haben. Dann aber ziehen sie die Geräusche und Stimmen an, die aus der Werkstatt zu ihr hinaufschallen. Wie laut und lebhaft es dort unten zugeht! Hat sie nicht gestern versprochen, eine gute Meisterin abzugeben? Da wäre es wichtig, in der Werkstatt nach dem Rechten zu sehen.

Angenehme Wärme dringt ihr aus dem Raum entgegen, dazu der Geruch von Holz, Leim, Ofenrauch und Männerschweiß. Es stört sie nicht, es ist eben eine Werkstatt, in der gearbeitet wird, da kann es nicht nach Rosen duften.

Ihr Erscheinen löst keineswegs begeisterte Freude aus. Lehrjungen und Geselle starren sie verblüfft an, erwidern ihren Morgengruß hastig und verlegen, um gleich wieder mit der Arbeit fortzufahren. Nur der weiße Hund erhebt sich von seinem Ofenplatz und geht neugierig auf sie zu. Er ist entsetzlich zottig, Holzwolle und allerlei anderes Zeug hängen in seinem Fell, aber der Blick aus den braunen Hundeaugen erscheint ihr freundlich. Sie streckt ihm die Hand entgegen, und er schnüffelt ausgiebig daran.

»Braver Hund«, sagt sie leise und streicht ihm über den Kopf. Er schüttelt sich, ist für einen Moment in eine Wolke aus Holzwolle und Staub gehüllt, dann kehrt er zufrieden zum Ofen zurück, um sich dort niederzulassen.

»Johanna?«, hört sie die Stimme ihres Ehemannes, der in Jacke und dicker Mütze vom Hof in die Werkstatt tritt. »Brauchst du irgendetwas, meine Liebe? Du hättest dich doch nicht herunterbemühen müssen. Ich habe Barbara gesagt, sie soll nach deinen Wünschen fragen.«

Schau an. Diesen Auftrag hat die gute Barbara wohl gleich wieder vergessen.

»Oh, ich komme gern in die Werkstatt«, sagt sie fröhlich. »Ich finde es aufregend, wie fleißig hier gearbeitet wird, und würde gern ein wenig zuschauen.«

Er schüttelt lächelnd den Kopf und hängt die Mütze an einen Haken. »Zuschauen willst du? Nun ja – wenn du Freude daran hast, schau nur. Aber dann geh rasch wieder hinauf in die Stube und mach es dir dort bequem. Ich sage Barbara, sie soll den Ofen ordentlich anheizen, damit du es warm und gemütlich hast.«

»Ich danke dir«, meint sie freundlich. »Aber den Ofen kann ich auch selbst anheizen.«

Bevor sie sich von dieser Frau abhängig macht, legt sie lieber selber Hand an. Sie hat Danuta oft dabei zugeschaut, wie sie den Ofen heizt, das ist gar nicht so schwer. Ihrem Ehemann scheint dies jedoch gar nicht zu gefallen, er schüttelt missbilligend den Kopf und eilt hinüber in die Wirtschaftsräume, wo sie ihn mit Barbara sprechen hört. Nun, er wird wenig Erfolg damit haben.

Inzwischen geht sie in der Werkstatt umher und schaut den arbeitenden Männern über die Schulter. Der Geselle Karl steht an der Werkbank, hat dort ein langes, schmales Stück Holz eingeklemmt und bearbeitet es mit der Säge. Auf dem Holz ist eine Linie mit einem Stift vorgezeichnet, der er genau folgt. Er handhabt die Säge rasch und gleichmäßig, es sieht recht einfach aus, scheint aber doch Kraft zu kosten, denn ihm stehen Schweißperlen auf der Stirn. Ab und zu hält er inne, pustet den Sägestaub vom Holz, kneift kritisch ein Auge zusammen und arbeitet weiter. Marek ist mit einem Hobel beschäftigt, den er kraftvoll über das Holz stößt, aus dem Inneren des Hobels quellen die hübsch zusammengerollten Späne und fallen auf den Boden. Sein Bruder Stefan läuft mit dem Besen herum, um Späne und Staub zusammenzukehren. Einiges davon schaufelt er in den Ofen, den Rest kehrt er auf einen Haufen.

»Die sind gut, wenn wir am Morgen das Feuer anmachen«, erklärt er. »Und der Sultan, der liegt gern drauf, weil es schön warm ist.«

»Sultan heißt er also«, meint sie. »Soll er die Werkstatt bewachen?«

»Das ist seine Aufgabe«, sagt Stefan grinsend. »Der Meister hat ihn letztes Jahr vor dem Schinder gerettet und geglaubt, einen guten Wachhund gefunden zu haben. Aber Sultan ist eine Schlafmütze und freundlich gegen jedermann.«

Ein netter Hund, denkt sie. Wenn er nur nicht so dreckig wäre. Überhaupt muss sie sich an diese enge, staubige Werkstatt erst einmal gewöhnen. Vermutlich sägen sie hier die Hölzer zurecht, mit denen die Boote dann draußen im Hof zusammengebaut werden. Was für Schifflein sind das überhaupt? An den Wänden hängen zwischen den Werkzeugregalen verschiedene Zeichnungen und Baupläne. Fischerboote mit einem Segel und zwei Ruderbänken. Höchstens drei bis vier Meter lang. Es gibt auch solche, die nur gerudert werden können, Nussschalen, die ausschließlich für den Fang an der Küste oder auf dem Fluss geeignet sind. Die werden zwar gebraucht, und sie verkaufen sich – aber auf einen grünen Zweig kommt er damit nicht.

»Nun musst du aber hinaufgehen, meine Liebe«, sagt Berthold zu ihr. »Barbara hat mir gesagt, dass du noch nicht einmal gefrühstückt hast. Sie bringt dir frischen Kaffee ins Wohnzimmer.«

»Warum baust du keine größeren Schiffe?«, will sie wissen. »Solche, die auf die offene See hinausfahren. Handelsschiffe, die Waren transportieren.«

Er streichelt ihr väterlich lächelnd die Schulter.

»Dazu ist meine Werkstatt nicht geeignet, Johanna. Solche Schiffe werden in einer Werft gebaut. Bei Klawitter auf der Brabank oder in Elbing bei Schichau. Jetzt auch in der neu errichteten Königlich Preußischen Werft.«

»Dann musst du eben eine Werft gründen«, rät sie ihm.

Er lacht gutmütig und schiebt sie sacht in Richtung Flur.

»Das überlasse ich anderen, meine liebe Johanna. Die Werften oben an der Weichsel, die können große Schiffe bauen und zu Wasser lassen. Ich mache das, was ich gelernt habe. Das ist mein

Handwerk, das verstehe ich, und wer bei mir ein Boot kauft, den berate ich gut, da ist noch keiner unzufrieden gewesen. So ist das, mein Schatz. Und nun geh schön hinauf und trink deinen Kaffee.«

»Aber sagtest du nicht, dass dein Sohn in England den Schiffsbau erlernt?«, beharrt sie.

»Der Pawel?«, meint er schulterzuckend. »Gewiss, der hat bunte Raupen im Kopf. Wenn er nur endlich …«

Er unterbricht sich, weil Ernst in die Werkstatt tritt. Johannas Bruder schaut sich mit verkniffenem Gesicht im Raum um, weil Lärm und Staub ihm unangenehm sind, dann entdeckt er seine Schwester und ihren Ehemann.

»Guten Morgen, das junge Paar«, grüßt er und blinzelt Johanna erstaunt an. »Willst du den Schiffbau erlernen, Hannchen? Du hast übrigens Holzwolle am Rock hängen …«

Er hat bereits gefrühstückt, jetzt schüttelt er dem Schwager die Hand und bedankt sich höflich für das Nachtlager und das gute Frühstück. Dann erklärt er, gleich hinüber nach Königsberg zu müssen, da er noch Klausuren zu schreiben hat.

»Grüß Auguste von Kleiwitz von mir, wenn du sie siehst«, sagt er zu Johanna, als er sie zum Abschied umarmt. »Und hör auf, die Frau Meisterin zu spielen, Hannchen. Das ist nichts für dich.«

»Ein kluger junger Mann, dein Bruder«, bemerkt Forster zufrieden und legt den Arm um sie. »Gehen wir hinauf, meine kleine Frau. Ich habe noch einige Dinge mit dir zu bereden.«

Er schaut noch einmal nach dem Gesellen, prüft seine Arbeit und nickt. Stefan soll die Kanten schleifen, aber nicht zu heftig, weil es knapp bemessen ist. Marek bekommt Kritik zu hören, die Planke sei schief und krumm, er habe ihm das ganze Holz verdorben. Der Geselle soll indessen ins Lager gehen und nach passenden Kniehölzern schauen.

»Was sind Kniehölzer?«, will Johanna wissen.

»Krumm gewachsene Hölzer, die sich als Spanten eignen«, bekommt sie zur Antwort. »Die tragen besser als geleimte Spanten, aber es ist nicht leicht, die passenden Hölzer zu finden.«

Wie umständlich, denkt sie. Wie viele krumm gewachsene Hölzer er wohl dort drüben im Lager liegen hat? Die Äste wachsen doch ganz unterschiedlich schief, und so ein Boot braucht eine ganz bestimmte Krümmung.

»Es ist schön, dass du solches Interesse an meiner Arbeit hast, Johanna«, sagt er, als sie sich im Wohnzimmer niedergelassen haben. »Ich habe das nicht erwartet, weil du doch aus einer vornehmen Familie stammst und gewiss eher dazu erzogen wurdest, einen großen Haushalt zu führen. Das kann ich dir leider nicht bieten, meine liebe Frau. Dennoch soll es dir in meinem Haus an nichts fehlen.«

Er gießt ihr Kaffee ein, tut Zucker hinein und ruht nicht eher, bis sie sich ein Butterbrot mit süßer Marmelade bestrichen hat. Von Wurst und Schinken, die vorhin noch auf dem Teller lagen, ist nichts mehr übrig, ihr allzeit hungriger Bruder hat »tabula rasa« gemacht. Während sie isst, trinkt Forster eine Tasse Kaffee und erklärt ihr, was er vorhat, um ihr das Leben angenehm zu gestalten.

»Zuerst einmal werden wir dir zwei oder drei neue Kleider nähen lassen, dazu Wäsche und alles, was du nötig hast. Auch den Schuster sollst du beschäftigen, seidene Tücher will ich dir kaufen, feine Handschuhe und allerlei Tand, der für eine so hübsche Frau passend ist. Ich will, dass du dich überall zeigen kannst, meine liebe Johanna. Nein, du musst nicht mit dem Kopf schütteln. Ich habe große Freude daran, dich schön und glücklich zu sehen.«

Er will ihr Tisch und Stuhl, Teppich und Sessel kaufen, so wie sie es von zu Hause gewohnt ist, dazu neue Vorhänge nähen lassen und auch Gemälde erwerben, die sie an den Wänden aufhängen kann.

»Wir werden zum Buchhändler gehen, und du sollst dir auswählen, was dein Herz begehrt. Wenn es dich freut, will ich auch eine Zeitschrift für dich abonnieren, weil ich ja weiß, dass du gebildet erzogen wurdest und das Lesen liebst.«

Er strahlt sie bei allen diesen Erklärungen so glückselig an, dass sie ganz gerührt ist. Er liebt sie selbstlos wie ein Vater, will sie in Watte packen und fürstlich ausstaffieren, sie soll hier oben in ihrem Zimmerchen sitzen und schöne Bücher lesen, Tee trinken und hübsche Kleider tragen. Wie soll sie ihm erklären, dass sie sich dabei schrecklich langweilen würde?

»Nun – erst einmal möchte ich mich hier ein wenig einleben«, meint sie vorsichtig. »Und ein einziges neues Kleid würde mir reichen. Außerdem gibt es oben auf dem Dachboden einen wunderhübschen Schreibsekretär und eine Truhe, die ich gern in mein Zimmer stellen würde, sodass du für mich nichts Neues zu kaufen brauchst.«

»Auf dem Dachboden?«, fragt er gedehnt. »Ach, das sind Möbel von meiner verstorbenen Frau. Ich habe sie hinaufgetragen, weil ich dachte, sie würden dir nicht gefallen …«

Das hatte sie sich schon gedacht.

»Aber nein! Genauso einen Schreibsekretär besitzt meine Freundin Auguste von Kleiwitz, und ich habe sie immer darum beneidet. Gibt es einen Schlüssel zu der Truhe?«

»Gewiss«, sagt er zögernd. »Ich denke, Barbara wird ihn haben. Es sind nur alte Sachen darin. Aber wenn du hineinschauen willst, werde ich Barbara anweisen, dir den Schlüssel zu geben.«

Er wirkt unmutig, fährt mit den Händen über das Tischtuch und kehrt einen Krümel auf den Boden. Plötzlich wird Johanna klar, dass er diese Dinge vielleicht auch aus anderen Gründen fortgeräumt hat.

»Möchtest du vielleicht nicht, dass ich die Möbel deiner ersten Frau benutze?«, fragt sie. »Das könnte ich gut verstehen. Wenn es so ist, dann lassen wir alles dort, wo du es hingestellt hast.«

»Nein, nein!«, ruft er rasch und streichelt ihren Arm. »Dieses Haus gehört dir, schalte darin, wie du es willst. Du hast ja recht. Es ist schade um diese guten Stücke, wenn sie oben auf dem Dachboden verrotten. Noch heute sollen Stefan und Marek sie zu dir hinuntertragen, und Barbara wird dir den Truhenschlüssel aushändigen.«

Sie ist zufrieden und freut sich, dass sie sich vorerst durchgesetzt hat. Sie wird ihm schon auf gute Art deutlich machen, dass sie nicht die Absicht hat, das »Zierpüppchen« zu sein, das er so gern in ihr sehen will. Schon deshalb nicht, weil sie glaubt, dass er sich aus lauter Verliebtheit in Ausgaben stürzt, die er kaum bezahlen kann. Gewiss, er besitzt ein Haus und eine Werkstatt, er genießt einen guten Ruf als Bootsbauer und arbeitet vom Morgen bis zum Abend. Aber sie ist eine Kaufmannstochter, sie kann rechnen. Er muss das Holz anschaffen, den Gesellen und die Lehrjungen zahlen und alle verköstigen. Dazu kommen Kosten für Werkzeug, Leim, Kohlen und Licht im Winter, Steuern und Abgaben. Wie viel bleibt ihm übrig? Er hat sein Auskommen, hat er behauptet. Aber den Luxus, den er seiner jungen Frau gönnen will, den wird er vermutlich von dem Geld bezahlen, das Theodor ihm für das Grundstück geben musste.

Vor allem das liegt ihr im Magen. Von Rechts wegen hätten die beiden Grundstücke bei Neufahrwasser Ernst gehört. Theodor hat sie auf betrügerische Weise an sich gebracht, und Forster hat ihm sogar noch ein drittes dazugegeben, wodurch aus drei Teilen ein großes Stück Grund geworden ist. Dort wird ihr Bruder eine Lagerhalle errichten und in den Ostseehandel einsteigen. Er allein will das Geschäft machen, den armen Ernst hat er von vornherein ausgebootet, genauso wie er ihr das Erbe ihrer Mutter vorenthalten hat. O nein! Sie wird sich nicht dort oben in die Puppenstube setzen und französische Modezeitschriften lesen. Das Geld, das ihr Ehemann so großzügig für sie ausgeben will, soll er zu besseren Dingen verwenden.

Forster hält Wort; noch am gleichen Tag schleppen Stefan und Marek die beiden Möbelstücke zu ihr hinunter und stellen sie in ihrem Zimmerchen auf.

»Erst hoch, dann wieder runter«, meint Stefan grinsend und reibt sich den Ellbogen, den er sich an der Tür gestoßen hat. »Aber macht nichts, Meisterin. Wenn Sie die Sachen nicht mehr wollen – wir tragen sie auch wieder auf den Dachboden zurück.«

»Du schwatzt zu viel!«, knurrt ihn sein Bruder an. »Lass uns gehen, sonst wird uns der Meister den Kopf waschen!«

Johanna mag Stefans offene Art, sie schenkt beiden zum Dank je einen Zinnsoldaten, das erscheint ihr klüger, als ihnen ein Trinkgeld zu geben. Die beiden Lehrjungen sind ganz aus dem Häuschen über dieses schöne Geschenk, sie stecken die kleinen Figürchen in ihre Sacktaschen und bedanken sich mit tiefen Verbeugungen.

Schwieriger ist es, die alte Barbara zur Herausgabe der Schlüssel zu bewegen, denn es zeigt sich, dass auch der Schreibsekretär verschlossen ist.

»Ich weiß nicht, wo sie sind!«, behauptet sie frech.

»Dann schauen Sie bitte nach. Mein Mann sagte, Sie besitzen die Schlüssel.«

»Da hat er sich geirrt.«

Johanna ist sicher, dass sie lügt. Sie ist nicht bereit, sich von dieser Person gängeln zu lassen. Wenn sie jetzt klein beigibt, hat sie ein für alle Mal verloren.

»Dann wird man die Schlösser leider mit dem Stemmeisen öffnen müssen«, meint sie schulterzuckend.

Barbara starrt sie hasserfüllt an, dann bricht es aus ihr heraus.

»Besser wäre es, man hätte die Sachen ins Feuer geworfen!«,

schreit sie. »Aber er ist ja wie Wachs in Ihren Händen. Wenn Sie sagen würden: Stürz dich in die Mottlau, er würde es ohne Zögern tun.«

»Die Schlüssel!«, beharrt Johanna in eisigem Ton.

»Diese Möbelstücke gehören Ihnen nicht«, zetert die alte Frau. »Meine gute Herrin hat sie ins Haus gebracht. Es war alles, was ihr geblieben ist, als der Gutshof unter den Hammer kam.«

»Sie kam von einem Gutshof?«, staunt Johanna. »War sie am Ende eine Adelige?«

Die Züge der alten Frau werden starr, sie bezwingt ihren Zorn und wendet sich ab. »Was geht Sie das an!«, sagt sie verbittert und richtet die Haube. »Die Schlüssel sind in der unteren Schublade des Schreibsekretärs«, fährt sie mit heiserer Stimme fort. »Ich bete zu Gott, dass er Sie für Ihre Gier und Habsucht bestraft.«

Damit geht sie aus dem Zimmer und schlägt die Tür hinter sich zu. Johanna ist empört. Jetzt hat sie ihr wahres Gesicht gezeigt, diese boshafte Person. Unglaublich, was sie sich ihr gegenüber herausnimmt. Gier und Habsucht wirft sie ihr vor! Dabei ist sie selbst vom Neid zerfressen, weil sie nicht zur Meisterin aufgestiegen ist. Warum sollen diese Möbel nicht benutzt werden? Schließlich ist ihre Vorgängerin verstorben und braucht sie nicht mehr. Sie wird diese Dinge in Ehren halten, damit beweist sie nur ihren Respekt vor der Verstorbenen.

Sie macht sich daran, Schreibsekretär und Truhe zu entstauben, dann öffnet sie als Erstes die Truhe. Wäsche liegt darin. Kleine Hemdchen, Kittel, wie man sie Kindern anzieht, Windeltücher, gestrickte Söckchen, mehrere Paar Kinderschuhe in verschiedenen Größen. Ach herrje! Das hat wohl vor Jahren der kleine Sohn getragen. Pawel, der jetzt in England ist und lernt, wie man Schiffe baut. Was ist das? Ein Pferdchen aus Holz und ein Wagen. Eine Schachtel mit Bauklötzen. Mehrere bunte Kreisel und die dazugehörige Peitsche.

Ganz unten in der Truhe findet sie ein altmodisches Kleid aus feinem weißen Musselin, dazu einen Spitzenschleier, alles zerknittert und voller gelbbrauner Stockflecken: das Hochzeitsgewand ihrer Vorgängerin. In ein Tuch eingeschlagen liegt der vertrocknete Myrtenkranz dabei, von dem alle Blättchen abgefallen sind. Betroffen legt sie alles wieder an Ort und Stelle und schließt die Truhe. Was soll sie mit diesen Dingen anfangen? Nun, sie wird alles sorgfältig in einen Kasten legen und auf den Dachboden stellen, damit sie die Truhe für eigene Zwecke verwenden kann.

Die Platte des Schreibsekretärs klemmt etwas, als sie sie herunterklappt, das muss an der Feuchtigkeit liegen, der das Möbelstück auf dem Dachboden ausgesetzt war. Die Platte ist aus poliertem Holz, es findet sich ein Tintenfass, dessen Inhalt eingetrocknet ist, dazu verschiedene Gänsekiele, die alle unbrauchbar sind, aber auch ein Federhalter mit einer guten Stahlfeder. Die drei kleinen Schubladen über der Schreibplatte sind mit Briefen vollgestopft; sie wirft nur einen kurzen Blick darauf und legt alles wieder zurück. Auch diese Briefe wird sie auf den Dachboden befördern, sie gehen sie nichts an, und sie will sie auch nicht lesen. Unten besitzt das hübsche kleine Möbelstück zwei weitere, größere Schubladen, die unverschlossen waren. Darin findet sie gerahmte Zeichnungen und kleine Gemälde: Landschaften, Wiesen und Wälder, grasende Kühe, Bauernmädchen, kleine Dörfchen. Einige zeigen einen Gutshof, ein schönes Anwesen mit einem säulengeschmückten Wohnhaus, vor dem ein Park mit Blumenbeeten und einem Teich angelegt wurde. Dazu verschiedene Nebengebäude. Man sieht eine Gruppe Reiter, die wohl zu einer Jagd aufbrechen, denn zwischen den Pferden laufen schlanke braune Hunde. Ob das der Gutshof ist, von dem Barbara gesprochen hat? Was für ein Jammer, dass dieses schöne Anwesen versteigert werden musste.

Die Bilder gefallen ihr, sie wählt einige davon aus, die sie sich an die Wände hängen wird. Warum nicht? Es waren keine schlechten Künstler am Werk, davon versteht sie etwas. Es wäre schade, diese Zeichnungen und Gemälde auf dem Dachboden verschimmeln zu lassen.

Am Abend zeigt sie das neu eingerichtete Zimmer ihrem Ehemann, lobt die Bilder und erklärt, Schreibpapier und Tinte kaufen zu wollen. Er schaut sich alles an, hört ihren Erklärungen zu und nickt zufrieden. »Wenn es dir so gefällt, dann soll es gut und richtig sein«, meint er ein wenig zurückhaltend. »Aber ein schöner Teppich und neue Vorhänge müssen her. Und diese Chaiselongue wollen wir aufarbeiten lassen.«

»Das hat Zeit«, findet sie. »Eines nach dem anderen.«

Beim Abendbrot fragt sie ihn aus. Für welchen Kunden er gerade arbeitet. Wie viel Geld er für seine Arbeit gezahlt bekommt. Wie lange es dauert, bis ein Boot fertig ist. Die Antworten befriedigen sie keineswegs, denn er weicht den Fragen aus, ergeht sich in Abschweifungen und hat Mühe, genaue Zahlen zu nennen.

»Das alles soll nicht deine Sorge sein, Johanna. Wenn du Geld benötigst, dann gebe ich es dir. Lass uns morgen zusammen auf den Markt und zur Schneiderin gehen und bei Langlau in der Hintergasse Schreibpapier und Tinte kaufen.«

Damit ist sie einverstanden, sie nimmt sich allerdings vor, seinen Geldbeutel so wenig wie möglich zu belasten.

Später, als sie gemeinsam bei einem Glas Wein sitzen, erkundigt sie sich vorsichtig nach seiner ersten Frau. Er zeigt sich gesprächig. Stanislawa war ihr Name, eine geborene Jewelowski. Nein, die Familie war nicht von Adel, aber wohlhabend, sie besaßen einen Gutshof bei Klein Kelpin, haben Pferde gezüchtet und Holz aus dem Waldbesitz verkauft.

»Die Cholera hat ihre Eltern und die Brüder dahingerafft«, erzählt er. »Sie war damals gerade zwanzig und stand auf einmal allein auf der Welt. Der Gutshof war längst überschuldet, der Verkauf hat gerade die Schulden gedeckt …«

Stanislawa war als Kindermädchen in der Stadt in Diensten, als er sie kennenlernte. »Sie waren nicht gut zu ihr«, erzählt er. »Ich kam dazu, als ihre Dienstherrin sie auf offener Straße mit Ohrfeigen traktierte. Ich war jung und aufbrausend damals, habe ihr beigestanden und mir böse Beleidigungen eingehandelt. Habe mir aber nichts daraus gemacht, und als ich sie wiedertraf, habe ich sie gefragt, ob sie meine Frau werden will …«

Johanna muss lächeln. Wie es scheint, war er auch damals ein Mann der raschen Entschlüsse. Hat das Mädchen zweimal in seinem Leben gesehen und will sie gleich heiraten.

»Sie hat es gut bei mir gehabt, sich auch niemals beklagt. Glücklich ist sie aber erst gewesen, als unser Pawel geboren wurde. An dem hat die sehr gehangen, viel zu sehr.«

Hat sie ein Muttersöhnchen aus ihrem Pawel gemacht? Es hört sich beinahe so an.

»Warum ist sie so früh gestorben? War sie krank?«, will sie wissen.

»Sie hatte es auf der Brust«, sagt er zögerlich. »Damit hat sie sich zwei Jahre lang herumgequält … Lass uns von etwas anderem reden, meine kleine Johanna. Diese alten Geschichten machen mich traurig.«

»Dann erzähle ich dir jetzt etwas Lustiges«, ruft sie eilig. »Wie ich als kleines Mädchen mit meinem Bruder auf dem Dachboden Unsinn getrieben habe. Kisten und Kasten haben wir zusammengeschoben und uns dahinter versteckt. Dann ist die Wirtschafterin hinaufgestiegen, um die Wäsche aufzuhängen, und wir haben sie so erschreckt, dass sie den Korb hat fallen lassen …«

Es gelingt ihr schnell, ihn zum Lachen zu bringen. Sie hat eine lebhafte Art, Geschichten zu erzählen, spielt ihm Szenen vor wie auf dem Theater, macht Stimmen nach und beschreibt die Personen mit treffendem Witz. Er ist ein guter Zuhörer, hat zu allem etwas beizutragen, und schließlich gibt auch er ein paar heitere

Begebenheiten zum Besten. Johanna stellt fest, dass es angenehm ist, mit ihm zusammenzusitzen und zu schwatzen. Wann hat sie sich zuletzt so behaglich gefühlt, so frei und unbefangen? Ach, das ist lange her.

In dieser Nacht nimmt er sie in seine Arme und küsst sie zärtlich. Er tut auch andere Dinge, die ihr gefallen, ist dabei sanft und bedächtig, als hätte er Sorge, ihr wehzutun. Sie ist gerührt und zeigt ihm, dass sie nicht abgeneigt ist, kommt ihm entgegen, erwidert seine Zärtlichkeiten. Doch er dringt nicht in sie ein.

»Kinder brauchen wir nicht«, sagt er und hält sie im Arm. »Du bist alles, was ich brauche. Meine kleine Frau. Mein größter Schatz. Schlaf wohl, mein Engel. Ich wünsche dir eine gute Nacht.«

Ernst

Die Fahrt mit der Eisenbahn zurück nach Königsberg ist die Hölle gewesen. Alle zehn Minuten ist der Zug stehen geblieben, weil man die Gleise vom Schnee freischaufeln musste, dazu war es eisig kalt im Waggon, und weil er keinen Mantel hat, ist er vollkommen durchgefroren in Königsberg angekommen. Später hat er in seiner kalten Bude unterm Dach gesessen und seinen Hunger mit einem Knust Brot gestillt, den er zum Glück noch zwischen den Manuskripten auf dem Tisch gefunden hat. Mit großem Bedauern hat er an das gute Frühstück zurückgedacht, das ihm diese seltsame alte Krähe Barbara am Morgen serviert hat. Schinken und Wurst, Butter und Speck, dazu frisches Brot und guten Kaffee. Wie es scheint, wird es seiner Schwester bei Forster an nichts mangeln – zumindest, was das leibliche Wohl betrifft. Ansonsten geht es dort leider einfach zu, wie es in einem Handwerksbetrieb nun einmal üblich ist. Berthold Forster mag ja ein freundlicher alter Knabe sein – trotzdem hätte Ernst sich für seine hübsche Schwester Johanna einen besseren Ehemann vorstellen können. Vor allem jünger müsste er sein, dazu aus guter Familie, angesehen, wohlhabend und freigebig. Das vor allem. Er selbst könnte jetzt zum Beispiel eine kleine Zuwendung finanzieller Art gebrauchen, denn er ist völlig pleite. Oder wenigstens ein leckeres Fresspaket, wie es manche seiner Kommilitonen von zu Hause zugeschickt bekommen. Hartwürste und Räucherfisch, süße Marmelade, Butterschnecken und

Magenbrot, einer hat sogar einen halben Schinken erhalten, von dem sie alle kosten durften. Nur im Hause Berend denkt niemand daran, einen hungrigen Studenten mit solchen Gaben zu unterstützen.

In seiner Studentenbude ist es alles andere als gemütlich. Auch in Königsberg hat der Schneesturm gewütet, die Eisblumen an den Fenstern sind zwar im Laufe des Tages weggetaut, aber jetzt, am Abend, überziehen sie wieder die kleinen Fensterscheiben mit ihren zierlich verschlungenen Blüten. Der Ofen ist kalt, das Wasser im Krug gefroren, sogar Kopfkissen und Federbett fühlen sich hart und frostig an. Wenn ihm nicht bald etwas Kluges einfällt, wird er eine sehr ungemütliche Nacht verbringen.

Widerwillig begibt er sich nach unten und klopft an die Tür der Vermieterin. Die Kabbert'sche ist gleich zur Stelle, fast so, als hätte sie auf ihn gewartet.

»Kohlen gibt's nur für bares Geld«, verkündet sie. »Wer seine Miete schuldig bleibt, der braucht nicht darauf zu rechnen, dass ich ihm auch noch die Stube heize.«

»Ich zahle ja, Frau Kabbert. Nächste Woche haben Sie das Geld, das verspreche ich. Allerdings nur, wenn ich nicht vorher erfroren und verhungert bin …«

Sie rückt ihre Haube zurecht und schaut ihn mit schlauem Blick von der Seite an. »Ich wüsste schon, wie Sie zu ein paar Kohlen und einer kleinen Mahlzeit kommen könnten, Herr Berend. Ich fürchte nur, dass es keine Arbeit für einen feinen Herrn wie Sie ist …«

Sie hat heute Kohlen geliefert bekommen, die der Händler in den Hof gekippt hat. Wenn er das Zeug in ihren Keller trägt, will sie ihm ein Eimerchen Kohlen gönnen und ein Abendessen richten. Ernst überwindet sich und schaut sich den Kohlenberg im Hof an. Ein halbes Stündchen, denkt er. Trainiert die Muskeln, und außerdem wird es dunkel, da sieht mich keiner.

»Kleinigkeit«, prahlt er. »Aber vorher brauche ich einen heißen Milchkaffee.«

Sie bringt das Gewünschte herbei, und er macht sich ans Kohlenschaufeln, schleppt das schwarze, staubige Zeug eimerweise in den dusteren Keller, stößt sich den Kopf am niedrigen Eingang und flucht, weil er von dem Staub husten muss. Der verdammte Berg im Hof schwindet viel langsamer, als er gedacht hat, er braucht beinahe zwei Stunden für die Schufterei und versaut sich dazu noch Hose und Schnürstiefel. Das einzig Gute daran ist, dass ihm jetzt ordentlich warm geworden ist. Mit dem hart erarbeiteten Eimer voller Kohlen steigt er schließlich erschöpft die Treppen hinauf und findet oben in seinem Zimmer einen Teller mit drei gekochten Kartoffeln, einem Klecks Kraut in Specksoße und einem Stück trockenem Schwarzbrot vor. Nicht gerade üppig – aber besser als nichts. Er feuert zuerst den kleinen Ofen an und macht sich dann über die Mahlzeit her. Einen Becher kalten Pfefferminztee hat sie ihm auch hingestellt. Pfui Teufel! Sie hätte ihm ruhig einen Humpen Bier spendieren können, die geizige Vettel.

Nach der ungewohnten Anstrengung fällt er erschöpft ins Bett und ist eingeschlafen, noch bevor er die richtige Lage in den Kissen gefunden hat. Am Morgen weckt ihn die Sonne, die mit hinterlistig schrägen Strahlen ins Dachfenster scheint, aber weil er keine Lust hat, das warme Nest zu verlassen, wendet er dem Tageslicht den Rücken zu und schläft noch eine Runde. Erst gegen Mittag zwingt ihn ein Bedürfnis, das Bett zu verlassen, zudem wühlt ihm bereits wieder der Hunger im Magen. Deprimiert nimmt er sich seine Hosen vor, bürstet den Kohlenstaub heraus, so gut es geht, und freut sich, dass die Jacke aus dunklem Stoff genäht ist, dem man den abendlichen Arbeitseinsatz nicht ansieht. Er entfacht die Glut im Ofen und legt ein paar Kohlen auf, schlägt die dünne Eisschicht im Wasserkrug entzwei und wäscht sich. Dabei verfolgen ihn trübe Gedanken, was seine Zukunft an der altehrwürdigen Albertus Universität anbelangt. Das Studium der Rechtswissenschaft ist nichts für ihn, das hat er von Anfang an gewusst, und es hat sich bewahrheitet. Tatsächlich hat er sich zu Anfang ehrlich bemüht, die vielen Gesetze und Verordnungen, die komplizierten juristischen Fälle und die Auslegungen der Paragrafen in seinen Kopf hineinzubekommen. Aber bald hat er aufgegeben – das »Allgemeine Preußische Landrecht« ist nicht dazu angetan, ihn in Begeisterung zu versetzen. Eigentlich interessiert ihn diese Gesetzessammlung nur, soweit es die Zensur der Presse und anderer schriftlicher Veröffentlichungen betrifft. Was daran liegt, dass er im Grunde seines Herzens ein Mensch der Feder ist, er liebt die geschliffenen Formulierungen, die geistvollen Aufsätze, auch hat er sich durch die Werke des großen Immanuel Kant gewühlt, hat sich an Rousseau und Descartes versucht und selbst einige Traktate zu philosophischen Themen verfasst. Die allerdings bisher niemand veröffentlichen wollte. Ebenso wenig wie seine Aufsätze zu einer freiheitlichen Staatsordnung, die die absolute Macht des Herrschenden durch Gewaltenteilung und weitreichende Befugnisse des Parlaments einschränkt.

Nun – mit solchen schriftlichen Ergüssen wird er seinen Bruder Theodor vermutlich wenig beeindrucken. Der wird gute Ergebnisse im verhassten Studium und die baldige Abschlussprüfung im Sinn haben, womit es jedoch momentan schlecht aussieht. Er hat nur zwei Klausuren geschrieben, davon die eine ganz verhauen, die andere – o Wunder! – mit Hängen und Würgen gerade eben noch bestanden. Die restlichen Prüfungen hat er verpasst oder vielmehr: Er ist gar nicht erst hingegangen. Stattdessen hat er fleißig die Sitzungen der Burschenschaft Germania besucht und dort manchen seiner Artikel mit großem Erfolg vorgelesen. Leider kostet die Mitgliedschaft eine Menge Geld. Nachdem er im vergangenen Monat den Jahresbeitrag gezahlt hat, war nichts mehr für die Miete übrig.

Er grübelt darüber nach, was zu tun wäre. Die Kohlen reichen wohl noch für zwei Tage, wenn er aber essen will, wird sich die Wirtin vermutlich weitere Schikanen für ihn ausdenken. Darauf hat er wenig Lust. Was hält ihn überhaupt hier in Königsberg, wo er hungern und frieren muss? Gar nichts. Die letzten Klausuren kann er sich genauso gut schenken, er wird so und so durchfallen. Dazu das Gezeter der Wirtin, die nächste Woche ihre Miete haben will. Nein, es wäre viel klüger, zurück nach Danzig zu fahren. Er wird Theodor erklären, dass die Klausuren alle geschrieben seien und er daher sein Zimmer gekündigt hat, um Geld zu sparen. Der Bruder wird ihn zwar gleich im Kontor mit Arbeit überhäufen, aber er wird dennoch Zeit finden, seine Schwester Johanna zu besuchen und – das vor allem – Auguste von Kleiwitz einen Besuch abzustatten.

Da er kein Geld für die Fahrt mit der Eisenbahn hat und wenig Lust verspürt, die Strecke bis Danzig bei Schnee und Eis zu Fuß zu wandern, schaut er bei einem Kommilitonen vorbei und verkauft ihm seine Kohlen zu einem günstigen Preis. Dann packt er seinen Kram zusammen und lädt sich das Bündel auf den Rücken. Leider hat er schwer daran zu schleppen, was an den vielen Büchern liegt, die er angeschafft hat und auf keinen Fall zurücklassen will. Er passt den Moment ab, wo die Kabbert'sche mit ihrem Ehemann beim Mittagessen sitzt, um sich ungesehen aus dem Haus zu schleichen. Hätte sie ihn mit dem Bündel auf dem Rücken bemerkt, dann hätte sie den Braten gerochen und wäre ihm nachgelaufen, um die versprochene Miete einzutreiben. Was ihn möglicherweise einige seiner Bücher gekostet hätte.

Zum Glück ist die Bahnstrecke in Richtung Berlin heute frei, er steigt in Dirschau um und erreicht Danzig pünktlich nach Fahrplan um 16.33 Uhr. Er ist kein Freund der preußischen Disziplin, aber von Zeit zu Zeit hat sie doch gewisse Vorteile. Frohgemut läuft er mit seinem Bündel auf dem Rücken an der zugefrorenen

Mottlau entlang, freut sich über das rege Treiben der Händler, die bunte Strickwaren, heißen Wein, Backwerk und allerlei Tand zum Kauf anbieten. Vorsichtshalber geht er am Grünen Tor vorbei und benutzt das Frauentor, um zuerst in der Heilig-Geist-Gasse bei Auguste von Kleiwitz vorzusprechen, denn er hegt den nicht unbegründeten Verdacht, dass sein Bruder Theodor ihn heute nicht mehr aus dem Haus lassen wird, sobald er dort eingetroffen ist.

Bevor er den Beischlag betritt, klopft er noch einmal die Jacke ab und wischt seine lädierten Stiefel mit einer Handvoll Schnee einigermaßen sauber. Es ist ihm unangenehm, in diesem Aufzug einen Besuch abzustatten, aber leider ist seine Garderobe nicht im besten Zustand, was daran liegt, dass seit dem Tod des Vaters kein Geld für Neuanschaffungen da gewesen ist.

Das Hausmädchen Grete öffnet ihm, schaut ein wenig verwundert, dann lächelt sie ihn an.

»Guten Tag, Grete«, grüßt er. »Wie gut dir diese neue Haube steht! Ich bin aus Königsberg angereist und wollte Frau von Kleiwitz gern meine Aufwartung machen. Ich hoffe, ich komme nicht ungelegen …«

Sein Lächeln hat Erfolg. Es ist stets vorteilhaft, sich mit dem Hauspersonal gut zu stellen, weil sie mehr über ihre Herrschaft wissen, als diese ahnt.

»Aber nein, Herr Berend«, sagt sie errötend. »Treten Sie doch bitte ein, ich will nachsehen, ob Frau von Kleiwitz Sie empfangen kann. Sie ist gerade von der Beerdigung zurückgekommen, daher muss sie sich erst umkleiden.«

»Von einer Beerdigung? Oh, das tut mir leid. Jemand aus dem Bekanntenkreis?«

Grete ist schon auf der Treppe, jetzt bleibt sie stehen und wendet sich zu ihm um.

»Oh, ich glaubte, Sie wären ebenfalls dort gewesen, Herr Berend. Wo es doch ein Todesfall in Ihrer engsten Familie ist …«

Er ist starr vor Schrecken. Großer Gott! Doch nicht Johanna? Seine Schwester. Wenn schon, dann sollte es besser Theodor erwischt haben. Oder am Ende gar die arme Luise?

»Man hat mich nicht benachrichtigt«, stottert er. »Wer ist denn ... verstorben?«

»Warten Sie bitte, gnädiger Herr. Ich gehe zu Frau von Kleiwitz. Die wird es Ihnen in der angemessenen Form mitteilen.«

Weg ist sie. Lässt ihn mit tausend Ängsten und Fragen in der Halle stehen, wo die geschnitzten Meeresgötter ihn von ihren gedrechselten Säulen herab anglotzen. Von oben vernimmt er die halblaute Stimme der Auguste von Kleiwitz, die mit ihrem Hausmädchen spricht.

»Ach, du lieber Himmel. Ganz erfroren, sagst du? Der arme Junge! Sag der Köchin, sie soll ihm einen kräftigen Imbiss zurechtmachen. Und heißen Kaffee mit Sahne und Zucker. Warte! Hilf mir mit diesen Röcken, zieh sie über die Krinoline. Und schnür mir die Stiefeletten auf, meine Füße sind zu Eis gefroren ...«

Gar so fürchterlich kann es nicht sein, wenn sie mir heißen Kaffee mit Zucker servieren lässt, denkt er. Wobei man bei Auguste von Kleiwitz allerdings niemals sicher sein kann, da sie eine eher unkonventionelle Person ist.

Gleich darauf erscheint oben das Hausmädchen und bittet ihn ins Speisezimmer.

»Geben Sie mir Ihre Jacke, Herr Berend. Machen Sie es sich bequem, die gnädige Frau wird gleich hier sein. Nein, was für ein merkwürdiges Zusammentreffen. Dass Sie gar nichts von diesem Unglück wussten ...«

Die gnädige Frau lässt auf sich warten. Dafür wird ihm ein fulminanter Imbiss serviert, über den er sich hungrig hermacht. Unter der Wirkung des starken Kaffees klären sich seine Gedanken langsam. Nein, Johanna kann nicht gestorben sein. Noch gestern früh hat er sich von ihr verabschiedet, da war sie quicklebendig und stand unten in der Werkstatt, um den Handwerkern bei der Arbeit zuzuschauen. Nicht gerade zur Freude ihres frischgebackenen Ehemannes, der sie wohl lieber oben im Wohnzimmer auf dem Sofa gesehen hätte. Dann könnte es höchstens …

»Mein lieber Freund!«, unterbricht ihn die eintretende Auguste. »Wie freue ich mich über Ihren Besuch! Lassen Sie sich nur nicht stören, ich weiß doch, dass die Studenten immer hungrig sind …«

Er ist höflich aufgestanden, um sie zu begrüßen, wie es sich gehört. Auguste schenkt ihm ein Lächeln und lässt sich von ihm Kaffee eingießen, nimmt auch eines der köstlichen Backwerke, die mit Mandeln und Rosinen gefüllt sind, um ihm Gesellschaft zu leisten.

»Ach Gott, die arme Luise!«, seufzt sie kauend. »Sie war so glücklich, dass es mit dieser Schwangerschaft endlich gelingen würde, ein gesundes Kind auf die Welt zu bringen. Aber es hat nicht sollen sein. Vorgestern Nacht, als der schlimme Sturm über der Stadt tobte, hatte sie eine erneute Fehlgeburt. Ist das nicht grausam? Oh, ich kenne so viele Frauen, denen das Kinderkriegen leichter fällt, als ihnen lieb ist. Und gerade Luise, die ein so sanfter, gütiger Mensch ist, wird mit solchem Unglück geschlagen …«

Er erfährt, dass man heute den tot geborenen Sohn seines Bruders auf dem Friedhof im Familiengrab beigesetzt hat. Nun, das ist traurig, aber es hätte schlimmer kommen können. Luise tut ihm leid, sie ist zwar fürchterlich fromm und ihrem Ehemann hörig, aber er hätte es ihr gegönnt, endlich einen Sohn auf die Welt zu bringen. Die Sache ist auch für ihn unangenehm, denn Theodor wird nicht bei bester Stimmung sein, wenn er heute im Haus Berend auftaucht.

Zumal Auguste ihm jetzt auf ihre redselige Weise mitteilt, dass es um Luise nach dieser Fehlgeburt nicht gut steht.

»Die Ärmste liegt schon den zweiten Tag mit heftigem Fieber danieder«, seufzt sie. »Grete hat es von Oskar erfahren, der am Brunnen Wasser geholt hat. Danuta ist Tag und Nacht bei ihrer Herrin und soll schon ganz bleich und durchsichtig aussehen. Heute Vormittag wollte ich die arme Luise besuchen, mich nach ihrer Gesundheit erkundigen und ihr einen Topf mit Honig zur Stärkung bringen. Aber glauben Sie, man hat mich empfangen? Mitnichten! Ein unmögliches Benehmen! Dass ich zu dieser Beerdigung gefahren bin, hat mich wirklich die allergrößte Überwindung gekostet. Aber ich habe es Luise zuliebe getan, das bin ich meiner lieben Freundin schuldig, auch wenn ihr Ehemann keine Erziehung hat. Mein lieber Klaus hat ja gemeint, die Sache sei es nicht wert gewesen, dass ich mir auf dem kalten Friedhof eine Lungenentzündung einhandele. Aber so bin ich nun einmal. Wenn ich jemanden in mein Herz geschlossen habe, dann setze ich mich für ihn ein, soweit meine beschränkten Kräfte reichen …«

»Das ist schön von Ihnen, liebe Frau von Kleiwitz«, unterbricht Ernst, der die Gelegenheit nutzt, auf sein eigenes Anliegen zu kommen. »Auch mir ist Ihre selbstlose Freundschaft und vor allem Ihr begeisterter Einsatz für die Kunst und Literatur wohlbekannt, und ich hoffe inständig auf Ihre Unterstützung. Ich habe in der Einsamkeit meines Studentenzimmers mit meiner literarischen Arbeit nicht nachgelassen und – eingedenk Ihrer gütigen Hinweise auf die Ausrichtung der neu gegründeten Zeitung – einige Artikel verfasst, die ich Ihnen gern zur geneigten Lektüre und Prüfung überlassen möchte …«

Er überschlägt sich beinahe in gewundenen Sätzen, weil er weiß, dass Auguste von Kleiwitz es schätzt, wenn ein Dichter seine Worte wohl zu setzen weiß. Er hat die Manuskripte gleich oben in dem Bündel platziert, sodass er sie nun rasch bei der Hand hat, um sie seiner Gönnerin zu überreichen. Tatsächlich ist Auguste hochbeglückt, wieder einen jungen Künstler fördern zu dürfen. Lächelnd nimmt sie die Blätter entgegen und verspricht, seine Schriften noch heute Abend zu lesen.

»Nun endet dieser Tag, der mir so viel Ungemach bereitet hat, doch wenigstens auf eine angenehme Weise, lieber Herr Berend. Nein, wirklich – ich fühle mich geehrt, dass ein so junger, aufstrebender Literat mir seine Werke anvertraut. Und ich bin entschlossen, mich dieses Vertrauens würdig zu erweisen. Nehmen Sie doch noch von diesem Mandelgebäck, es ist einfach köstlich. Darf ich Ihnen noch Kaffee eingießen? Sahne? Zucker? Wenn mein mütterlicher Blick mich nicht trügt, dann haben Sie in letzter Zeit ein wenig abgenommen. Nun – das Studentenleben soll ja recht munter sein, aber wie es scheint, haben Sie sich nicht die Zeit genommen, ordentlich zu essen …«

Er tut ihr den Gefallen, obgleich ihm ein Stück Wurst oder ein ordentlicher Braten lieber gewesen wäre als das süße Zeug. Immerhin hat er sein wichtigstes Ziel erreicht: Sie hat die Manuskripte genommen. Er hat sich den Kopf verrenkt, um etwas zu verfassen, das unter dem gestrengen Blick dieses Spießbürgers Ostertag Gnade finden wird. Es graust ihm beinahe selber vor dem seichten Zeug, das er da zu Papier gebracht hat, aber er will unbedingt gedruckt und gelesen werden.

Geduldig hört er sich an, wie sie weiterschwatzt. Sie springt von einem Thema zum anderen, beklagt sich über das schlechte Wasser in der Stadt, das, wie man hört, an der Cholera schuld sein soll, dann erzählt sie von einem jungen Geiger, der in ihrem Salon alle Damen bezaubert hat, um schließlich auf Johanna zu kommen.

»Die Ärmste hat sich einen schrecklich unpassenden Ehemann ausgesucht«, befindet sie. »Oh, sie wird inzwischen eingesehen haben, dass meine Vorschläge die besseren gewesen sind. Aber nun ist es zu spät. Sie haben Ihre Schwester gewiss erst am folgenden Morgen verlassen, nicht wahr? Die Eisenbahn konnte bei dem Sturm ja gar nicht fahren …«

Natürlich will sie wissen, wie die Hochzeitsnacht wohl verlaufen ist. Aber darüber kann Ernst wenig berichten, denn er hat zu dieser Zeit tief und fest geschlafen.

»Nun, ich denke, meine Schwester wird sich schon zurechtfinden«, meint er unbestimmt. »Zumal sie mit Ihrer unverbrüchlichen Freundschaft rechnen kann, liebe Frau von Kleiwitz ...«

»Das kann sie, weiß Gott! Ich bin immer für meine liebe Johanna da – ganz gleich, wen sie geheiratet hat.«

Er zwingt das letzte Gebäckstück herunter und erklärt dann, ihre Zeit nicht länger in Anspruch nehmen zu dürfen, zumal es im Hause seines Bruders nicht gut stünde und er vielleicht dort benötigt würde.

»Natürlich, natürlich. Die allerbesten Wünsche für eine glückliche Genesung an die arme Luise! Und zu meinem Salon in der kommenden Woche darf ich Sie erwarten, lieber Herr Berend? Ich denke, Herr Elias Ostertag wird anwesend sein ...«

»Ich komme mit tausend Freuden!«

Als er wieder auf der Straße steht und sein Bündel schultert, denkt er, dass er sich diese Veröffentlichung doch hart verdienen muss. Ostertag ist schon ein dicker Frosch, den er schlucken muss. Dazu gleich die nächste Kröte in Gestalt von Augustes Salon. Ein Glück nur, dass er einen guten Magen hat.

In der Langen Gasse türmen sich Schneeberge, die die Bewohner von den Beischlägen auf die Gasse geschaufelt haben. Die Fußgänger haben es nicht leicht, zwischen den Hindernissen hindurch ihren Weg zu finden, die Droschken und Fuhrwerke folgen der Fahrspur, die sich in der Mitte der Gasse gebildet hat. Es taut, die obere Schneeschicht wird durchsichtig, von den Dächern tropft es verhalten – das könnte morgen Ärger bringen, denn es wird in der Nacht vermutlich wieder Frost geben. Vor dem Berend'schen Haus angekommen, holt er noch einmal tief Atem und tritt den Schnee von den Stiefeln, bevor er die Stufen des Beischlags hinaufsteigt. Jetzt heißt es klug und diplomatisch vorgehen, denkt er sich. Auf keinen Fall darf Theodor erfahren, dass ich gerade von Auguste von Kleiwitz komme, denn die ist ein rotes Tuch für ihn. Also werde ich mich ganz ahnungslos stellen und tief betrübt die Nachricht …

Weiter kommt er nicht in seinen Gedanken, denn als er gerade die Türglocke ziehen will, springt die Haustür plötzlich auf, und ein älterer Mann mit struppigem Schnurrbart stürzt ihm entgegen. Ernst weicht geistesgegenwärtig zur Seite aus, sonst wären sie aufeinandergeprallt.

»Oh, Verzeihung!«, stößt der Mann hervor, der das Haus so eilig verlassen hat, dass er noch seinen Hut in der Hand hält. Dann stutzt er und sieht Ernst aufmerksam ins Gesicht.

»Der junge Herr Berend!«, sagt er erfreut. »Was für ein überraschendes Zusammentreffen. Sie erinnern sich doch an mich?«

Natürlich weiß Ernst, wer da vor ihm steht. Das ist Gropius, der in der Hintergasse einen kleinen Laden und eine Schleiferei besitzt. Früher hat er bei seinem Vater immer Bernstein eingekauft, aber damit ist es vorbei, weil Theodor aus dem Bernsteinhandel ausgestiegen ist. Wie es scheint, hat sein Bruder Gropius kurz abgefertigt, denn er schaut recht bekümmert drein.

»Seien Sie gegrüßt, Herr Gropius«, sagt er. »Wie gehen die Geschäfte?«

»Danke der Nachfrage, Herr Berend. Sie könnten besser gehen, wenn der Bernstein nicht so teuer geworden wäre.«

»Ja, so geht es«, stimmt Ernst bei. »Die Preise steigen, und wir müssen alle schauen, wo wir bleiben. Da wünsche ich alles Gute …«

Gropius nickt, scheint aber nicht bereit, den Beischlag zu verlassen. Stattdessen schaut er Ernst mit listigen Augen an und scheint etwas im Schilde zu führen.

»Wenn mich Ihr Herr Bruder wenigstens angehört hätte«, meint er leise zu ihm. »Ich könnte ihm ein gutes Geschäft vermitteln. Aber leider hat er mir sagen lassen, er habe keine Zeit. Das ist zu seinem eigenen Schaden, Herr Berend.«

Dass dieser langbeinige Käfer seinem Bruder ein gutes Geschäft vermitteln könnte, mag Ernst nicht recht glauben. Aber immerhin ist er auch ein Berend, und es gefällt ihm, von Gropius ins Vertrauen gezogen zu werden.

»Wenn ich vielleicht helfen könnte«, bietet er an. »Ich kann natürlich nichts versprechen …«

Gropius tritt ein wenig näher an ihn heran. »Darauf habe ich gehofft, Herr Berend. Sie wissen ja, dass ich mit Ihrem Herrn Vater eng befreundet war und in geschäftlichen Dingen stets ein Ohr offen hielt, um das Gedeihen des Berend'schen Handelshauses zu fördern.«

»Ist mir bekannt. Kommen Sie zur Sache, Herr Gropius.«

»Es verhält sich so: Heute Vormittag erschien ein Kunde in meinem Laden, ein Russe mit seiner jungen Ehefrau. Die Dame hat Geschmack, sie hat sich einige der teuersten Schnitzereien ausgesucht, und der Ehemann hat ohne Zögern den Geldbeutel gezückt. Ein gebildeter Mann, Herr Berend. Redet deutsch und französisch, kann auch Englisch. Ein Großfürst, der mit seiner jungen Ehefrau Europa bereisen will. Nach Berlin, nach Paris, wohl auch hinunter nach Italien. Das Geld spielt keine Rolle, er hat jede Menge davon …«

»Wie schön für ihn«, bemerkt Ernst neidvoll. »Aber wo ist das Geschäft, von dem Sie redeten?«

Gropius kneift die Augen zusammen und reibt den grauen Schnurrbart. »Der Herr handelt mit Holz und Getreide. Im großen Umfang, Herr Berend. Er besitzt ausgedehnte Ländereien. Bis morgen ist er noch in der Stadt. Er ist im ›Englischen Haus‹ in der Brotbankengasse abgestiegen.«

Jetzt hat Ernst begriffen. Es scheint zwar eine recht fragwürdige Angelegenheit zu sein – aber immerhin. Sein Bruder benötigt

Geschäftsverbindungen, um in den Getreidehandel einsteigen zu können. Und russisches Holz ist auch keine schlechte Sache.

»Ich will sehen, was ich tun kann«, meint er und zieht die Glocke.

Die Haushälterin öffnet und starrt ihn überrascht an.

»Der junge Herr Berend!«, staunt sie. »So eine Überraschung. Ist das Studium schon beendet? Wir haben Sie erst in der übernächsten Woche erwartet …«

Wie dumm, dass nicht Danuta die Tür geöffnet hat. Frau Döppel ist eine lästige Person, sie wird ihm Scherereien machen.

»Unverhofft kommt oft«, meint er unbefangen und tritt ein. »Ich habe mit meinem Bruder zwei Worte zu reden. Ist er im Kontor? Herr Gropius soll inzwischen in der Halle warten.«

»Herr Gropius ist hier im Haus nicht erwünscht«, hört er sie hinter sich keifen. »Ihr Herr Bruder hat ihn gerade eben …«

Er kümmert sich nicht um ihr Lamento, durchquert die Halle und öffnet die Tür zu den Geschäftsräumen. Es ist ein Glücksspiel. Möglich, dass Theodor nichts von der Sache hält und einen Wutanfall bekommt.

Im Kontor findet er zunächst nur den Schreiber Korbitz, der am Ofen steht und sich die kalten Finger reibt. Theodor ist im Nebenraum, er hat den Geldschrank geöffnet und legt gerade einen Ordner mit Dokumenten hinein.

»Du?«, fährt er Ernst an und schließt den Schrank. »Was hast du hier zu suchen? Hast du etwa dein Studium hingeworfen?«

Sein Bruder hat mit untrüglichem Instinkt genau das Richtige getroffen. Ernst ist froh, einen Grund zu haben, nicht gleich Rede und Antwort stehen zu müssen.

»Mein Studium? Aber nein. Es ist nur … Ich habe gerade drei Worte mit Herrn Gropius geredet, den ich auf dem Beischlag traf …«

»Du stehst also auf dem Beischlag und führst Gespräche«, gibt

Theodor spöttisch zurück. »Ich dachte, du bist in Königsberg und schreibst Klausuren.«

»Gropius hatte einen russischen Kunden, Theodor. Einen Großfürsten, der mit Getreide und Holz handelt. Bis morgen ist der Russe noch im ›Englischen Haus‹.«

Theodor verzieht das Gesicht und schnaubt. »Gewäsch. Ein Großfürst! Ausgerechnet bei Gropius.«

»Vielleicht ist es Gewäsch«, meint Ernst und zuckt mit den Schultern. »Vielleicht ist aber auch was dran. Er wartet in der Halle.«

Theodor starrt ihm einen Moment lang ins Gesicht. Immerhin scheint er interessiert, denn er ist nicht gleich wütend geworden.

»Geh hinauf«, befiehlt er. »Wir sehen uns zum Abendessen. Dann will ich eine Erklärung hören.«

Kaum hat Ernst das Kontor verlassen, da rennt auch schon Korbitz an ihm vorbei in die Halle.

»Herr Gropius? Herr Berend hätte jetzt Zeit für Sie.«

Theodor erscheint verspätet zum Abendbrot, da er noch einen geschäftlichen Gang zu erledigen hatte. Ernst sitzt vor dem gedeckten Tisch und wagt nicht anzufangen, bevor der Bruder am Tisch sitzt. Er hat Luise kurz besucht, sich aber nicht getraut, die Grüße von Frau von Kleiwitz auszurichten. Die Ärmste ist furchtbar schwach, kann kaum den Kopf heben und muss von Danuta gefüttert werden. Überhaupt herrscht in seinem Elternhaus eine ausgesprochen düstere Stimmung, seitdem Johanna nicht mehr hier wohnt.

Theodor tritt wortlos ins Speisezimmer, setzt sich an seinen Platz und gießt Wein aus der Karaffe ein.

»Auch ein blindes Huhn findet einmal ein Korn«, sagt er zu Ernst und trinkt ihm zu.

Theodor

Er hat sich wieder gefangen. Die enttäuschte Hoffnung auf einen männlichen Nachkommen und die ungewohnte Widerspenstigkeit seiner Frau hatten ihm schwer zugesetzt, aber Schicksalsschläge muss ein Mann hinnehmen, das Leben hält sie für jeden von uns bereit, nur darf man nicht daran verzweifeln. Kaum ist Luise auf dem Weg der Besserung, da ist er auch schon darangegangen, ihr den Kopf zurechtzusetzen.

»Ich freue mich, dass du das Krankenlager nun endlich verlassen konntest«, redet er sie an und setzt sich zu ihr in den Salon. »Ich habe täglich für deine Genesung gebetet, liebe Luise.«

Er hat es tatsächlich getan, wenn auch nicht täglich. Die Vorstellung, sie zu verlieren, hat ihn durchaus umgetrieben. Er liebt seine Frau, er braucht ihre sanfte, demütige Bewunderung, ihre bereitwillige Zustimmung zu allem, was er tut, ihre stille Anwesenheit in diesem großen, leeren Haus.

»Ich danke dir tausendmal, Theodor«, sagt sie lächelnd. »Gott der Herr hat deine Gebete erhört. Ich bin noch ein wenig schwach, aber bald werde ich vollständig gesunden.«

Sie ist sehr schmal geworden, die Wangen sind eingefallen, die Lippen blass und bläulich. Auch wirft der Spitzenrand ihrer Haube Schatten auf ihr Gesicht, die sie zusätzlich entstellen. Das Zarte, Unschuldige, das ihm an ihr so gefiel, als sie ein junges Mädchen war, ist vergangen – mit ihren nunmehr sechsundzwanzig Jahren sieht sie bereits verwelkt aus.

»Das ist schön, liebe Luise. Ich werde Frau Döppel anweisen, dir stärkende Speisen zuzubereiten und dabei an nichts zu sparen. Glaube mir, ich war recht verzweifelt, als du im Fieber lagst und solch unverständliche und widersinnige Dinge geredet hast.«

Sie hat eine Handarbeit aufgenommen, irgendeine Stickerei, mit der Frauen sich gern die Zeit vertreiben. Nun lässt sie den runden Stickrahmen in den Schoß sinken und schaut ihn fragend an. »Habe ich das? Nun – das Fieber ging sehr hoch, und ich kann mich kaum erinnern, was ich gesagt habe.«

Sie weicht ihm aus, das hat er vorausgesehen. Nun – das bedeutet nichts weiter, als dass sie ihren Ungehorsam schon bereut hat. Doch das genügt ihm nicht, der Teufel des Widerspruchs muss ihr ganz und gar ausgetrieben werden.

»Du hast in deinem Fieberwahn tatsächlich geglaubt, Johanna eine Tischdecke geschenkt zu haben. Erinnerst du dich nicht, meine Liebe?«

Er sieht den Zwiespalt, in dem sie nun steckt. Er hat ihr eine Brücke gebaut, um sie zum ehelichen Gehorsam zurückzuführen. Es wird sie eine kleine Überwindung kosten, sie zu betreten. Aber wie er sie kennt, wird sie es tun.

»Ich erinnere mich nur dunkel«, sagt sie unsicher. »Richtig, da war etwas mit einer Tischdecke. Weißt du, ich hatte solches Mitleid mit ihr, weil sie nun gar nichts von dem mitnehmen sollte, was ihre Mutter für sie zurechtgelegt hatte …«

»Mitleid ist ein schönes Gefühl«, bemerkt er mit ernster Miene. »Es muss dich bis in deine Fieberträume verfolgt haben, sodass du schließlich für Wahrheit hieltest, was nur eine Vorspiegelung deiner Fantasie gewesen ist. Ich bin sicher, meine liebe Luise, dass du niemals gegen meinen Willen handeln würdest. Ist es nicht so?«

Sie nickt, senkt den Blick und nimmt die Sticknadel wieder auf. »So ist es, Theodor«, flüstert sie.

Doch er ist noch nicht zufrieden und fährt fort: »Umso boshafter war es von Johanna, dich fälschlich einer solchen Tat zu beschuldigen.«

»Hat sie das getan?«

»Wenn ich es dir doch sage! Du weißt selbst, wie rücksichtslos und hinterhältig Johanna sein kann. Mit dieser hässlichen Verleumdung hat sie zum wiederholten Mal Unglück über unser Haus gebracht, meine arme Luise. Die Aufregung, in die dich diese ganze Geschichte versetzt hat, war ohne Zweifel der Auslöser der frühen Geburt.«

Sie hat die Brauen gesenkt und stichelt in dem Stoff herum. Eine Weile schweigt sie, und ihr heftiges Atmen weckt in ihm schon die Befürchtung, sie könnte noch einen Rest an Widerspenstigkeit in sich tragen. »Es mag schon sein, dass die Aufregung daran schuld war«, meint sie schließlich. »Aber es wäre wohl ungerecht, Johanna die alleinige Schuld an diesem Unglück zu geben …«

»Sie hat dich fälschlich einer Tat beschuldigt, die – hättest du sie tatsächlich begangen – meinen Zorn erregt und unser eheliches Leben erheblich belastet hätte«, unterbricht er sie mit harter Stimme.

»Nur Gott allein ist der Richter«, sagt sie leise und schaut zu ihm auf. »Du weißt doch, dass ich immer und allezeit treu an deiner Seite stehe und nichts schlimmer für mich wäre, als dir Kummer zu bereiten.«

»Das weiß ich, und darauf vertraue ich.« Er gönnt ihr ein versöhnliches Lächeln und beugt sich vor, um sacht mit dem Finger über ihre Wange zu streichen. »Und ich bin froh darüber«, fügt er sanfter hinzu. »Denn gerade jetzt in diesen schweren Zeiten benötige ich deinen Beistand stärker denn je zuvor. Aber wir wollen frohgemut in die Zukunft sehen. Wenn du wieder bei Kräften bist, wollen wir erneut auf einen Erben hoffen, und ich bin sicher, dass Gott unseren Wunsch erfüllen wird.«

Sie lächelt ihn an und hält seine Hand fest, um sie an ihre Wange zu pressen. Wie knochig sie ist! Sie muss unbedingt besser essen, auch wird er genötigt sein, Spaziergänge mit ihr zu machen, die frische Luft wird ihr guttun. Stärkende Mittelchen können auch helfen, er wird Danuta und Frau Döppel fragen. Frauen kennen sich mit solchen Dingen aus. Er bleibt noch ein Weilchen bei ihr sitzen und erzählt ihr von seinem Vorhaben, demnächst wieder im großen Stil in den Holz- und Getreidehandel einzusteigen. Details lässt er wie immer beiseite, sie versteht sowieso nicht viel von Geschäften, und außerdem könnte sie aus Unwissenheit Dinge ausplaudern, die man besser für sich behält. So lässt er sich lieber erklären, wofür die hübsche Stickerei bestimmt ist, an der sie arbeitet, und verspricht ihr, in der kommenden Saison ein Theaterabonnement zu nehmen, damit sie ein wenig Zerstreuung hat.

In der Nacht schläft er nun wieder im Ehebett, das er während ihrer Krankheit gemieden hat. Allerdings hütet er sich, sie zu berühren, denn das könnte zu einer verfrühten Schwangerschaft führen. Es ergibt sich ohnehin nicht, da sie längst eingeschlafen ist, wenn er sich zu Bett begibt.

Er ist nun auch wieder häufiger im Artushof zugange, wo die Waren verhandelt werden. Einstweilen hat er nur kleine Mengen anzubieten – Getreide, Kolonialwaren oder Wein, Posten, die rasch verkauft sind und nicht allzu viel einbringen. Neidvoll schaut er auf die Händler, die ganze Schiffsladungen mit Holz, Pottasche und Getreide zu Höchstpreisen versteigern und damit unverschämt hohe Gewinne einstreichen. Früher, als der Vater noch gesund und munter war, hat er ihn hierher begleiten dürfen und zugeschaut, wie Theodor Friedrich Berend seine Geschäfte abschloss und welches Ansehen das Handelshaus Berend damals genoss. Der Vater war überall gern gesehen, nicht nur der Geschäfte wegen, er hatte unter den Händlern und Kunden persönliche Freunde, Leute, die ihm vertrauten und im Haus Berend ein und aus gingen. Es lag an seiner angenehmen Art, man fühlte sich wohl in seiner Nähe, saß am Abend miteinander beim Wein oder traf sich im Ratskeller zum Speisen. Da wurde auch manches Geschäft beredet und abgeschlossen, das sonst wohl kaum zustande gekommen wäre. Ihm selbst geht diese Fähigkeit leider ab – er ist von ernster Natur und mag niemandem schmeicheln. Dennoch wird er – so Gott will – auf seine Art erfolgreich sein.

Ausgerechnet sein Bruder Ernst, dieser Luftikus, hat ihm eine vielversprechende Geschäftsbeziehung eröffnet. Noch am gleichen Abend hat er den russischen Großfürsten im »Englischen Haus« aufgesucht. Der adelige Herr saß mit seiner jungen Frau in einem Nebenraum, wo sie in Ruhe und unbelästigt von anderen Gästen zu Abend speisten. Natürlich war es nicht möglich, die Herrschaften bei der Mahlzeit zu stören, er hat ihnen seine Karte überbringen lassen und dem Kellner ein Trinkgeld gegeben, damit er ihm mitteilt, wann der russische Gast das Essen beendet hat. Tatsächlich wurde er nach einer guten Stunde vorgelassen, da saßen die beiden noch bei Wein und Likör, und der Großfürst lud ihn leutselig an seinen Tisch. Die junge Frau war eine exotische Schönheit von zarter Figur, die Augen ein wenig schräg, die Züge streng und lieblich zugleich. Der junge Ehemann stellte sich als lebhafter und gesprächiger Mensch heraus, man unterhielt sich auf Englisch, sprach über die Stadt Danzig und den Hafen, wo Theodor mit seinem Wissen glänzen konnte. Dann erfuhr er, dass der junge Herr zwei Stadthäuser in St. Petersburg geerbt hatte und außerdem mehrere ausgedehnte Landgüter besaß, auf denen leibeigene Bauern die Arbeit verrichteten. Da er jedoch ein Studium in England absolviert und im Geist der westlichen Kultur erzogen wurde, wird er seinen Bauern demnächst die Freiheit schenken.

Kurz und gut – Theodor gelang es, sich als Vertreter eines der größten Danziger Handelshäuser vorzustellen, und er erhielt ein Empfehlungsschreiben des Großfürsten an dessen Handelsvertreter in Königsberg, einen Mann namens Grigorij Orloff, der die Auslandsgeschäfte für seinen jungen Herrn führt. Inzwischen hat sich herausgestellt, dass ihm dieses Empfehlungsschreiben tatsächlich die Tür zum Großhandel geöffnet hat, denn er hat mit diesem Orloff bereits zwei mittlere Handelsgeschäfte getätigt und nun eine größere Menge Holz bestellt, die im Sommer geliefert werden soll.

Dazu ist es nötig, die Lagerhalle bei Neufahrwasser so schnell wie möglich zu errichten. Der Sockel soll aus Stein gebaut, der Rest in Fachwerkbauweise hochgezogen werden. Das Dach vor allem muss fest und haltbar sein, denn dort oben an der Küste geht ein anderer Wind als unten in der Stadt auf der Speicherinsel. Aber die Halle wird sich auf jeden Fall lohnen, denn so muss man die Waren nicht erst mit Lastenseglern in die Stadt bringen, sondern kann sie gleich oben in Neufahrwasser lagern und neu verladen.

Theodor ist stolz auf seinen Weitblick. Die Bedeutung des Küstenhafens Neufahrwasser hat der Vater nicht richtig eingeschätzt, der wollte immer beim Alten bleiben, die Waren zum Hafen an der Mottlau befördern lassen und sie dort auf der Speicherinsel unterstellen. Aber für die großen Geschäfte mit Holz, Getreide, Pottasche oder Rübenzucker ist das zu umständlich. Da muss man schnell und praktisch denken, neue Möglichkeiten finden und etwas wagen.

In der prächtigen, von gotischen Bögen überwölbten Halle des Artushofs herrscht die übliche Geschäftigkeit. Käufer und Verkäufer sitzen an den langen Tischen, es wird gefeilscht und geboten, dort preist einer seine Waren an, drüben wird ein Geschäft per Handschlag besiegelt, ein Stück entfernt sitzt ein Schreiber, der für seinen Herrn einen Kontrakt aufsetzt. Als Theodor eintritt, grüßt man ihn eher beiläufig – die Freunde, die sein Vater so leicht gewinnen konnte, haben für den Sohn nicht allzu viel übrig. Nun – sie werden lernen müssen, dass sie ihn in Zukunft zu respektieren haben. Es gelingt ihm, einen Posten Salz zu einem annehmbaren Preis loszuschlagen, dafür kauft er Waren aus Übersee, für die er in der Stadt Abnehmer hat. Der Gewinn ist überschaubar, er kann keine allzu großen Summen investieren, weil er das geliehene Geld für die Halle und für künftige größere Geschäfte zurückhalten muss. Als er schon gehen will, spricht ihn zu seiner Überraschung August Blott an, ein Freund seines Vaters.

»Mein lieber Berend! Es freut mich doch, wie eifrig Sie die Tradition Ihres Herrn Vaters fortführen. Sie wissen ja, Ihr Vater und ich, wir waren eng befreundet, meine Frau ist ja Taufpatin Ihrer lieben Schwester Johanna …«

Die Erwähnung seiner Schwester stört Theodor gewaltig, trotzdem bleibt er stehen, um ein paar Höflichkeiten auszutauschen.

»Da ist eine Sache, lieber Berend …«, schwatzt Blott daher. »Wenn Ihr Herr Vater noch am Leben wäre, ich hätte ihn darauf angesprochen. Sie wissen ja, wir waren gute Freunde, da wäscht eine Hand die andere …«

»Wenn Sie erlauben, ich bin in Eile …«

Doch Blott lässt nicht locker. Er will ein Grundstück verkaufen, eine schmale Landzunge zwischen Radaune und Weichsel gegenüber dem Milchpeter. Aber Johannes Klawitter, der es kaufen will, bietet ihm zu wenig. »Wenn Sie ein gutes Gebot abgeben würden, lieber Berend«, schlägt er vor. »Das würde den Preis hochtreiben.«

Ach, so hat sich der Schlaumeier das gedacht. Da hat er Pech. Theodor ist an diesem verwilderten Flecken Land nicht interessiert. Wenn er sich auf solche Machenschaften einlässt, bleibt er am Ende noch darauf sitzen und muss den nutzlosen Grund kaufen.

»Man könnte sich einig werden, lieber Berend«, fährt Blott fort und zupft an seinem spärlichen, ergrauten Backenbart. »Ich habe da jemanden an der Hand, der einen größeren Posten Backsteine zu einem günstigen Preis abgeben würde.«

Backsteine braucht er für den Bau der Lagerhalle. Und der Preis ist tatsächlich gut. Allerdings muss er das Zeug erst einmal in Augenschein nehmen, bevor er sich entschließt. Am Ende ist es irgendein bröseliger Abraum, der zu keiner Mauer mehr taugt.

»Kommen Sie morgen zu mir ins Kontor«, beendet er das Gespräch. »Dann reden wir in Ruhe.«

»Ist mir ein Vergnügen, lieber Berend. Auf morgen.«

Blott schüttelt ihm vergnügt die Hand, setzt den Hut auf und eilt zum Ausgang, Theodor folgt ihm in gemessenen Schritten. Missmutig denkt er daran, dass er nun häufiger nach Neufahrwasser hinaufmuss. Zunächst um den Bau der Halle zu überwachen, später wird er das Verladen seiner Waren im Auge haben müssen. Bis zum Küstenhafen sind es immerhin an die sieben Kilometer; wenn er das Dampfboot auf der Weichsel nimmt, dauert die Fahrt zwar nicht allzu lange, aber sie kostet Geld, und in seiner Abwesenheit liegt die Arbeit im Kontor brach. Früher hat er für den Vater solche Gänge übernommen, ist hinunter an die Mottlau gelaufen, wenn ein Schiff ankam, hat die Träger beschafft und die Lagerung im Speicher organisiert. Jetzt ist er allein. Der dürre Stefan Korbitz ist nur für Schreibarbeiten zu gebrauchen, andere Aufgaben kann man ihm nicht anvertrauen. Und Oskar taugt höchstens für Lagerarbeiten und einfache Hausarbeiten, der Bursche ist in letzter Zeit sowieso recht zugeknöpft und unwillig, er muss sich überlegen, ob er ihn behält. Es bleibt ihm im Grunde nur die Hoffnung, dass sein fauler kleiner Bruder recht bald das Studium beendet, um ihm bei seinen Geschäften zur Hand zu gehen. Leider hat Ernst bisher wenig Neigung zum Beruf des Kaufmanns gezeigt, deshalb ist es nötig, ihm seine literarischen Marotten auszutreiben und ihm deutlich zu machen, wozu er auf der Welt ist. Er ist der Sohn eines Kaufmanns, gehört ins Kontor und hat dort seinem älteren Bruder zu gehorchen.

Zu Hause im Kontor sitzt Korbitz mit verquollenen Augen

beim Ofen und schnaubt lautstark in sein Taschentuch. Der Ofen ist angeheizt, was bei den gestiegenen Außentemperaturen unnötig ist. Sein Bruder Ernst hat sich frech an seinem Schreibtisch ausgebreitet; bei Theodors Eintritt schiebt er eilig ein beschriebenes Blatt zur Seite und nimmt die Liste zur Hand, in die er Eintragungen zu machen hat.

»Glaubt ihr, Holz und Kohlen sind umsonst?«, fragt Theodor ärgerlich.

»Verzeihung, Herr Berend«, krächzt Korbitz. »Ich habe eine böse Erkältung eingefangen, und Ihr Herr Bruder meinte, es sei besser, wenn der Ofen angefeuert wird.«

»Soso …«, knurrt Theodor und wirft Ernst einen zornigen Blick zu. »Wenn die Katze aus dem Haus ist, tanzen die Mäuse auf dem Tisch.«

Er geht zum Schreibtisch und zieht das Blatt hervor, an dem sein Bruder geschrieben hat. Rasch überfliegt er einige Sätze, versteht jedoch nicht viel, weil die Handschrift seines Bruders beklagenswert unleserlich ist.

»Was soll das sein?«, will er wissen.

»Ein kleiner Text, der mir gerade eingefallen ist. Du weißt ja, dass ich hin und wieder Aufsätze und andere Schriften verfasse.«

Das unbefangene Lächeln seines Bruders erinnert ihn an Johanna. Auch seine Schwester konnte auf diese Weise Herzen gewinnen. So hat sie auch den Vater bezaubert und ihm, Theodor, die Liebe des Vaters gestohlen.

»Schriften mit aufrührerischem Inhalt«, gibt er streng zurück. »Dass du solche Texte verfasst, hat man mir mitgeteilt. Ich wünsche nicht, dass du solches Zeug zu Papier bringst und unsere Familie damit ins Gerede bringst!«

»Aber nein!«, ruft Ernst aus. »Das ist vorbei, lieber Bruder. Dies ist ein hübscher kleiner Aufsatz über unsere schöne Heimatstadt Danzig.«

Er kann ihm viel erzählen, sein Bruder Luftikus. Wer von seinem Geld lebt, der hat sich seinen Wünschen zu fügen.

»Du solltest deine Zeit zu besseren Dingen verwenden«, tadelt er ihn. »Demnächst will ich mit dem Bau einer Lagerhalle in Neufahrwasser beginnen, da benötige ich eine Vertretung hier im Kontor, wenn ich unterwegs bin.«

Die Nachricht scheint seinen Bruder wenig zu begeistern, trotzdem nickt er eilfertig und versichert, diese Aufgabe gern übernehmen zu wollen.

»Diese kleinen Texte schreibe ich nur hin und wieder, wenn mir dazu Zeit bleibt«, behauptet er. »Sie werden – so hoffe ich – demnächst in einer literarischen Zeitschrift veröffentlicht werden, die von vielen Danzigern gelesen wird.«

Will er ihn damit beeindrucken? Literarische Zeitschriften werden Theodors Ansicht nach höchstens von überkandidelten Dämchen fortgeschrittenen Alters gelesen. Die Gedichtlein, die neuerdings im Danziger Annoncenblatt abgedruckt werden, hält er für pure Platzverschwendung, da ihn nur die geschäftlichen Anzeigen und Annoncen interessieren.

»Ich will sehr hoffen, dass du nicht noch Geld für diese Veröffentlichung bezahlen musst«, warnt er ihn.

»Aber nein! Ganz im Gegenteil. Ein Autor, der gern und oft gelesen wird, kann dafür hübsche Summen verlangen«, schwatzt Ernst dahin und begleitet seine Ausführungen mit weit ausholenden Armbewegungen.

Theodor glaubt ihm kein Wort. Wer für solchen Unsinn Geld bezahlt, kann nicht ganz richtig im Kopf sein.

»Vor allem hoffe ich darauf, dass du in Kürze dein Studium abschließt, um dich mit deinen juristischen Kenntnissen unserem Handelshaus zu widmen!«, beendet er die Traumtänze seines kleinen Bruders.

»Natürlich, natürlich, lieber Theodor. Daran soll es nicht fehlen. Nur noch ein oder zwei Semester, dann stehe ich zur Verfügung.«

Die Versicherung kommt ihm etwas übereifrig vor, Theodor hat das unbestimmte Gefühl, dass da etwas faul ist. Dieses Studium, das eine Menge Geld kostet, war eine der unverständlichen Schwächen seines Vaters, der dem jüngsten Sohn diesen Herzenswunsch nicht abschlagen wollte. Er selbst hat niemals Zugeständnisse dieser oder anderer Art von seinem Vater erfahren. Theodor nimmt sich vor, bei der Albertus Universität in Königsberg Erkundigungen über die Fortschritte seines kleinen Bruders einzuholen. Falls Ernst ihm etwas vormacht, wird er die Konsequenzen ziehen.

Sie nehmen das Mittagessen gemeinsam mit Luise im Speisezimmer ein. Immerhin ist es angenehm, dem unbefangenen Geschwätz seines Bruders zuzuhören, der sich vor allem Luise zuwendet und es fertigbringt, ein Lächeln auf ihre eingefallenen Züge zu zaubern. Er selbst verhält sich schweigsam, hängt eigenen Gedanken nach und antwortet nur hie und da, wenn er angesprochen wird. Dieses Talent, Menschen für sich einzunehmen, hat Ernst vom Vater geerbt, er sollte es nicht an seine nutzlosen künstlerischen Ambitionen verschwenden, sondern damit dem Handelshaus Berend dienen. Theodor beschließt, seinen Bruder in Zukunft häufiger in die Handelsbörse im Artushof mitzunehmen, damit er seinen Sinn für das Kaufmännische schärft und sieht, wie man Geschäfte tätigt. Daneben wird er durch seine freundliche Art manchen Bekannten an sich ziehen, alte Freundschaften erneuern und neue Freunde gewinnen, was für das Geschäftliche von großem Wert sein kann. Auf diese Weise werden sie sich zum Wohl des Handelshauses ergänzen – jeder mit seinen Fähigkeiten. Er wird seinem Bruder dafür ein Gehalt bezahlen und ihn in seinem Haus wohnen lassen. Platz genug ist ja vorhanden – Ernst kann ihm dankbar sein.

Der Nachmittag bringt Unerfreuliches. Er sichtet Kostenvoranschläge für die Halle und muss feststellen, dass der Bau wohl teurer als veranschlagt werden wird, was an dem sandigen Untergrund liegt. Es ist notwendig, das Fundament fest zu verankern, damit das Gebäude keine Risse bekommt oder gar einstürzt. Zudem meldet sich Korbitz krank, er hat Fieber bekommen und hustet erbärmlich wie ein Schwindsüchtiger. Besser, er bleibt ein oder zwei Tage daheim und kuriert sich aus, bevor er ihn noch ansteckt. Er weist Ernst an, an Korbitz' Stelle einige Briefe zu schreiben, und ärgert sich maßlos über die elende Klaue seines Bruders, dessen Schriftzüge wie die Fußspuren einer hinkenden Krähe aussehen. Er lässt ihn jedes Schriftstück zweimal schreiben, eines muss er sogar zum dritten Mal kopieren, bevor man es abschicken kann.

»Hat man dir in der Schule nicht beigebracht, die Buchstaben genau und leserlich zu schreiben?«, knurrt er ihn an.

»Papa hat immer gesagt: Auf das Denken kommt es an. Buchstaben malen kann jeder Trottel.«

An solche Äußerungen seines Vaters kann sich Theodor nicht erinnern. Aber sein kleiner Bruder hat die Neigung, fantasievolle Ausreden für seine Faulheit zu erfinden. Auch das wird er ihm austreiben müssen.

»Ein sauber geschriebener Brief ist ein Aushängeschild für ein gutes Handelshaus. Da! Schreib das noch mal ab!«

Kurz bevor er das Kontor abschließen will, meldet Danuta ihm einen Besucher, den er nicht erwartet hat.

»Dr. Sternberg wünscht den gnädigen Herrn kurz zu sprechen.«

Sie knickst vor ihm und schaut dabei zu Boden. Es ist schade, dass sie sich momentan so prüde gibt, er hat ein heftiges Verlangen nach ihrer leidenschaftlichen Hingabe. Aber das wird sich geben, er braucht nur ein wenig Geduld. Danuta ist keine, die einen Vorsatz auf Dauer durchhält, dazu ist sie zu weich. Früher oder später wird sie ihm wieder ihre Kammertür öffnen.

Dr. Sternberg lehnt den Stuhl ab, den er ihm höflichkeitshalber anbietet.

»Ich will Ihre Zeit nicht unnötig in Anspruch nehmen, lieber Berend«, sagt er und reicht ihm die Hand. »Es ist nur eine Sache, die mir nicht aus dem Kopf will. Vermutlich ist es ganz unnötig, aber ich bin ein gewissenhafter Mensch, wenn es um meine Patienten geht, und möchte sicher sein, dass ich alles getan habe, was in meiner Macht steht …«

»Das ehrt Sie, Dr. Sternberg. Reden Sie freiheraus, ich stehe zu Ihrer Verfügung.«

»Es geht um Ihre Gattin, Herr Berend. Ich habe sie eben gerade kurz besucht und bin sehr zufrieden, dass sie auf dem Weg der Besserung ist.«

Nur auf dem Weg der Besserung? Theodor hat eigentlich angenommen, dass sie wieder ganz gesund ist.

»Gibt es Anlass zur Besorgnis?«, erkundigt er sich. »Sie scheint mir wohlauf zu sein und muss nur noch ein wenig zu Kräften kommen.«

Dr. Sternberg nickt bedächtig und betastet das spitze Bärtchen an seinem Kinn. »Das sollte sie in jedem Fall, lieber Herr Berend. Ihre Ehefrau benötigt neben einer kräftigen Kost und frischer Luft vor allem die liebevolle Zuwendung der Menschen, die ihr nahestehen. Sie sollte auch Besuche machen und ausgehen, die angenehmen Seiten des Lebens genießen, sich an schönen Dingen erfreuen … Sie wissen, was ich meine, nicht wahr? Solche Dinge, die das Gemüt erhellen, sind für die Genesung sehr wichtig.«

Theodor ist der Ansicht, dass der Arzt ins Schwafeln gerät. Was geht es Dr. Sternberg an, ob seine Frau ausgeht und Besuche macht? Er soll seine Arbeit tun: Kranke behandeln und Medikamente verordnen.

»Daran soll es nicht fehlen, Herr Dr. Sternberg. Luise wird sich ohne Zweifel schon im Sommer so weit erholt haben, dass wir endlich auf Nachkommen hoffen können.«

Der Arzt blickt ihm forschend ins Gesicht. Dann nickt er, als habe er eine Bestätigung erhalten. »In diesem Punkt muss ich Ihnen leider die Hoffnung nehmen«, sagt er in ernstem Ton. »Falls Ihre Ehefrau noch einmal schwanger werden sollte, wird sie es meiner Ansicht nach nicht überleben.«

Theodor spürt, wie dieser Satz sich einem schweren Gewicht gleich auf ihn legt. »Sie wird es nicht überleben.« Sie darf nie wieder ein Kind tragen, sonst wird sie daran sterben.

»Das … das ist doch nicht möglich!«, stammelt er. »Eine Schwangerschaft ist für eine Frau doch etwas … ganz Normales.«

»Kinder zu gebären, das ist die weibliche Natur«, bestätigt ihn der Arzt. »Aber leider ist nicht jede Frau in der Lage, diese ihre Bestimmung zu erfüllen. Im Fall Ihrer lieben Ehefrau besteht eine ausgeprägte Schwäche des Unterleibs, die unweigerlich zu einer verfrühten Geburt des Kindes führen muss. Dieses Mal hat sie es mit knapper Not überlebt, Herr Berend. Bei einer weiteren Fehlgeburt besteht die Gefahr, dass sie daran verblutet.«

Kann er dem Arzt glauben? Gewiss, Sternberg liest wissenschaftliche Berichte, er hat schon viel erlebt, ist ein erfahrener, ein guter Arzt. Und doch kann er sich irren.

»Haben Sie das auch meiner Ehefrau mitgeteilt?«

Dr. Sternberg lächelt sanft und nickt mit trauriger Miene.

»Schon vor einigen Tagen, lieber Herr Berend. Ich habe allerdings befürchtet, dass sie es Ihnen verschweigen könnte. Frauen tun so etwas manchmal, sie haben eine Neigung, das Schicksal herauszufordern. Aber als besonnener Ehemann werden Sie gewiss die richtige Entscheidung fällen, nicht wahr?«

Auguste

Oh, dieser störrische Elias Ostertag! Zwei Wochen hat er sich mit seiner Antwort Zeit gelassen, und ausgerechnet heute früh flattert ihr diese Nachricht ins Haus. Auguste liest das kurze Schreiben zum zweiten Mal und rauft sich vor Empörung die gerade aufgesteckte Frisur.

Liebe und sehr verehrte Frau von Kleiwitz,
soeben habe ich die Aufsätze des jungen Herrn Berend gelesen, welche Sie so freundlich waren meinem Urteil anzuvertrauen. Leider muss ich Ihnen gestehen, dass diese durchaus flüssig geschriebenen Traktate keine Aufnahme in meinen »Literarischen Boten« finden können. Dazu mangelt es dem Schreiber zu sehr an Tiefsinn und Lebenserfahrung, was man in seinem jungen Alter ja auch nicht erwarten kann. Vor allem aber fehlen mir die christliche Demut und das Bekenntnis zu den Verheißungen des Evangeliums.
Ich hoffe inständig, Ihnen mit dieser Absage kein allzu großes Missvergnügen beschert zu haben. Doch Sie kennen mich, hochgeschätzte Freundin, ich bin in allen Dingen, die die heilige Kunst und Literatur betreffen, ein gradliniger Mensch, der nicht mit sich handeln lässt.
Dessen ungeachtet werde ich mit großer Freude zu Ihrem heutigen Salon erscheinen und auch die beiden ersten Nummern meiner Zeitschrift mitführen, die zu einem kleinen Preis erworben werden können.
Bis heute Abend verbleibe ich in tiefer Verehrung
Elias Ostertag

Dieser kleinkarierte Wichtigtuer! Was ist er schon? Beamter beim Gericht. Ein Spießbürger, der frömmelnde Epen verfasst und sich dazu aufschwingt, junge, aufstrebende Literaten zu verdammen, denen er nicht das Wasser reichen kann. Auguste hat die beiden Zeitschriften gelesen, die er bisher herausgebracht hat, und ist vor Ärger darüber beinahe geplatzt. Abgesehen von zwei oder drei lyrischen Ergüssen, die von Anna Ernestine Becker stammen, hat er in seinem Blatt ausschließlich seine eigenen Werke veröffentlicht.

Sie bedauert sehr, dass ihr Ehemann nicht anwesend ist, denn sie hätte diese Angelegenheit sehr gern mit ihm besprochen. Aber die Sache eilt, heute Abend wird Ernst Berend hoffnungsvoll in ihrem Salon erscheinen, und es bräche ihr das Herz, ihm diese schnöde Antwort mitteilen zu müssen. Auguste nimmt Papier und Feder, um einen energischen Vorstoß zu unternehmen.

Lieber, verehrter Freund,
soeben erhalte ich Ihr Schreiben, das mir – freiheraus geschrieben – eine herbe Enttäuschung bereitet hat. Aber selbstverständlich habe ich großen Respekt vor Ihrem unbestechlichen Urteil, auch wenn es nicht mit dem meinigen übereinstimmt.
Die Lektüre der beiden ersten Nummern Ihrer geschätzten Zeitung hat mir großes Vergnügen bereitet; mein Respekt und meine Bewunderung für die Autoren und den geneigten Herausgeber kennen keine Grenzen. Aus diesem Grund habe ich mich entschlossen, Ihre literarische Zeitung mit einer großzügigen finanziellen Zuwendung zu unterstützen. Wir werden heute Abend Gelegenheit haben, diesen Punkt genauer miteinander zu besprechen. Indes bitte ich Sie herzlich – eingedenk unserer langjährigen Freundschaft –, die Texte aus der Feder meines jungen Freundes noch einmal zu lesen und Ihr Urteil freundlich zu überdenken.
In tiefer Verbundenheit
Ihre Freundin und Gönnerin
Auguste von Kleiwitz

Sie überfliegt die Zeilen noch einmal und ist zufrieden. Ostertag ist ein Knicker, er spendet nur selten mehr als ein paar Pfennige, wenn sie eine Sammlung für einen guten Zweck veranstaltet. Sie ist zuversichtlich, ihn an der richtigen Stelle gepackt zu haben.

»Grete!«, ruft sie energisch.

Das Hausmädchen erscheint erst nach ein paar Minuten, sie ist verschwitzt und abgehetzt, weil sie die Räume für den heutigen Salon herrichten muss und zugleich der Köchin zur Hand gehen soll, die den Imbiss für den Abend vorbereitet.

»Das soll Anton zu Elias Ostertag tragen. Nicht zu ihm nach Hause – er ist jetzt im Gerichtshaus. Sag ihm, dass es eilig ist – er soll sich sputen.«

»Sehr gern, gnädige Frau. Die Köchin benötigt einen guten Cognac für die Krebssoße.«

»Nimm den französischen aus dem Zimmer des gnädigen Herrn. Die angebrochene Flasche. Und nicht dass die Köchin meint, sie könne sich selbst daran bedienen!«

»Ich werde es ausrichten, gnädige Frau.«

Auguste entlässt einen tiefen Seufzer. Immer dieser Ärger mit dem Personal. Letzte Woche musste sie die Köchin entlassen, weil sie heimlich Lebensmittel und sogar Wein beiseitegeschafft hatte. Die neue scheint ehrlich zu sein, sie hat jedoch ständig irgendwelche Wünsche, und die Mahlzeiten stehen nicht rechtzeitig auf dem Tisch. Was besonders den Hausherrn verärgert, für den Pünktlichkeit eine unverzichtbare Tugend ist.

Eigentlich hätte sie noch zwei oder drei Briefe zu verfassen, doch sie verschiebt es, weil sie es für ihre Pflicht hält, einen eiligen Krankenbesuch zu machen. Die arme Luise scheint nun endlich auf dem Weg der Besserung zu sein und hat ihr gestern durch Danuta eine Nachricht zukommen lassen.

Meine liebe Auguste,
für Deine großherzige Anteilnahme an meinem Krankenlager sei Dir herzlich gedankt. Ich befinde mich inzwischen etwas besser und würde mich freuen, Dich, liebe Freundin, bei mir zu begrüßen.
Herzlichst
Luise Berend

Wie es scheint, hat Luises Ehemann, dieser unangenehme Mensch, sich überreden lassen, einen Besuch zu gestatten. Auguste verspürt wenig Lust, Theodor Berend zu begegnen, denn die Zurückweisung, die sie neulich von ihm erfahren hat, war mehr als beleidigend. Klaus würde ihr wohl von diesem Besuch abraten. Auf der anderen Seite tut Auguste die arme Luise leid, die zudem immer eine eifrige Besucherin ihres Salons gewesen ist. Und überhaupt plagt Auguste die Neugier. Wie mag es wohl nach Johannas Auszug im Hause Berend zugehen?

Sie wählt aus den Getränken, die für den Abend bestimmt sind, eine Flasche Rotwein aus. Luise kann eine Stärkung gebrauchen, sie schaut ja immer so bleichsüchtig aus. Dann ruft sie Grete, die ihr beim Umkleiden behilflich sein muss, tauscht das Hauskleid mit einem ihrer Ausgehkleider und beschließt, nicht den Pelz, sondern einen Umhang aus englischem Tuch anzulegen. Es ist März geworden, der Frühling lässt zwar noch auf sich warten, doch die Temperaturen sind gestiegen, und auch der Schnee ist geschmolzen. Was leider in vielen Gassen zu Überschwemmungen geführt hat, sodass man kaum ausgehen konnte, ohne auf allerlei Unrat oder gar auf eine tote Ratte zu treten.

Da Grete wegen der Vorbereitungen für den Abend nicht abkömmlich ist, muss Auguste sich unbegleitet auf den Weg machen. Zum Glück ist es nicht weit, sie nimmt die Abkürzung durch die Ketterhager Gasse, die zwar schmal und dunkel ist, sie aber rascher zum Ziel führt. Vor dem Berend'schen Haus erblickt sie ein Fuhrwerk, von dem verschiedene Kisten und Fässer abgeladen werden, vermutlich Waren, die Berend eingekauft hat, um sie weiterzuverhandeln. Großartige Geschäfte kann er mit diesem Kleinkram nicht machen, denkt sie und steigt die Stufen des Beischlags hinauf.

In der Halle trifft sie zu ihrer nicht geringen Verlegenheit auf Ernst Berend, der die eingehenden Kisten prüft und auf einer Liste abhakt. Er grüßt sie mit einer galanten Verbeugung und ruft Danuta herbei, die sich der Besucherin annehmen soll. Dann wendet er sich wieder seiner Aufgabe zu.

»Aufmachen«, befiehlt er Oskar, der die Kiste vor ihm absetzt. »Wenn das auch lauter kleine Stücke sind, geht das zurück.«

Auguste stellt mit neugierigem Blick fest, dass die Kiste voller brauner und gelber Bernsteinklumpen ist. Sagte ihr nicht jemand, dass Berend nicht mehr mit Bernstein handelt? Nun ja – vermutlich greift er jetzt nach jedem Strohhalm, seine Geschäfte sollen ja schlecht gehen.

Theodor Berend ist gottlob nirgendwo zu sehen, also steigt sie frohgemut die Treppe zum ersten Stock hinauf, wo Danuta an die Tür des roten Salons klopft.

»Wie ich mich freue!«, hört sie Luises Stimme. »Bring uns Tee und von den Krapfen, die die Wirtschafterin gebacken hat, Danuta.«

Tatsächlich scheint sich Luise von der Frühgeburt erholt zu haben. Sie sitzt angekleidet auf dem Sofa, die Füße auf einen Schemel gestützt, und ist lange nicht so bleich und durchscheinend, wie Auguste erwartet hat. Auch das Haar ist gefällig frisiert, nur die dunklen Ringe unter ihren Augen zeigen, was sie durchgemacht hat.

»Meine liebe Luise«, ruft Auguste aus und eilt auf sie zu. »Wie froh bin ich, dich genesen zu sehen. Nun wird es aufwärtsgehen, der Frühling naht, das ist die Zeit der Blüten und Knospen, der fröhlichen Landpartien und Gartenfeste.«

Luise lächelt matt. Landpartien und Gartenfeste sind ihrem strengen Ehemann ein Gräuel, sie wird wohl kaum dazu kommen, die schöne Natur der Umgebung zu genießen.

»Setz dich zu mir, meine Liebe«, sagt sie zu Auguste und weist auf den Sessel. »Wie schön, dass du dir die Zeit genommen hast, mich zu besuchen. Ich weiß doch, dass du heute Abend wieder deinen beliebten Salon öffnest und gewiss noch allerlei dafür vorzubereiten hast.«

Sie tauschen Höflichkeiten aus. Auguste versichert, dass die Vorbereitungen nicht der Rede wert seien und sie nicht davon abhalten könnten, eine liebe Freundin zu sehen. Luise bedankt sich herzlich für den Rotwein und erkundigt sich nach dem Befinden des Rittmeisters Klaus von Kleiwitz.

»Es geht ihm bestens, liebe Luise. Klaus lässt dir herzliche Genesungswünsche übermitteln. Wir hoffen beide, dich bald bei uns zu sehen. Auch im Salon wurde viel nach dir gefragt …«

»Ach ja … Sobald es mir besser geht, werde ich auf jeden Fall wieder kommen«, erklärt Luise und gießt ihr Tee ein. »Die Vorträge des Herrn Ostertag sind so wunderbar erbaulich, dass ich es sehr bedauert habe, sie verpasst zu haben.«

Auguste kann den frisch gebackenen Krapfen nicht widerstehen. Köstlich! Dass diese hässliche Wirtschafterin solch ausgezeichnete Krapfen backen kann, ist bemerkenswert. Während sie kaut, erzählt Luise begeistert, dass eine liebe Freundin, Anna Ernestine Becker, ihr zwei Hefte des neuen »Literarischen Boten« vorbeigebracht hätte.

»Eine ganz ausgezeichnete Zeitschrift«, schwärmt sie. »An Elias Ostertag ist ein Prediger verloren gegangen, seine Worte haben mich tief berührt. Anna Ernestines Gedichte sind ja auch recht hübsch, wenn auch nicht so erbaulich …«

Dass Luise an Ostertags Traktaten Gefallen finden würde, war Auguste von vornherein klar. Da sie keine Lust hat, die Elogen auf den frommen Prediger weiter anzuhören, erwähnt sie, wie schön es doch sei, dass der Schwager Ernst so tatkräftig im Geschäft mithelfe.

»Ja, er zeigt sich recht anstellig«, meint Luise gleichgültig. »Man wird sehen, wie lange sein Eifer anhält.«

Jetzt beschließt Auguste, einen Vorstoß zu wagen.

»Es ist gewiss recht angenehm, dass er in den Semesterferien hier im Hause ist, nicht wahr?«, fragt sie harmlos. »Seit Johanna fort ist, muss es doch recht still geworden sein?«

Doch sie sieht sofort, dass sie ins Fettnäpfchen getreten ist. Luises Lächeln wird starr, sie rührt ungewöhnlich lange in ihrer Teetasse. »Dass Johanna dieses Haus verlassen hat, empfinden wir alle als ein großes Glück«, stellt sie dann klar. »Meine Schwägerin hat ihrer Familie nur Kummer und Sorgen bereitet, das weißt du selbst am besten, Auguste!«

Auguste weiß, dass sie besser schweigen sollte, sie bringt es jedoch nicht fertig. »Wenn es so war, dann hat Johanna dies gewiss nicht beabsichtigt, liebe Luise …«

Sie vernimmt ein leises, spöttisches Lachen. »Meine liebe Auguste«, sagt Luise gedehnt. »Deine Vorliebe für meine Schwägerin ist mir bekannt. Aber du solltest wissen, dass Johanna auch an meinem Unglück nicht unschuldig ist. Stell dir nur vor: Sie hat listig eine gestickte Tischdecke, die ihr nicht gehört, in ihren Koffer geschmuggelt und Theodor erzählt, ich hätte sie ihr geschenkt. Nun – diese boshafte Verleumdung hat mich entsetzlich aufgeregt und ist ganz sicher der Grund für die verfrühte Geburt gewesen.«

Auguste fällt dazu nichts ein. Außer, dass es ihr lächerlich vorkommt, wegen einer Tischdecke einen solchen Aufruhr zu veranstalten. Schließlich war Johannas Aussteuer, die man ihr vorenthalten hat, nicht gerade gering – da müssten sie doch wohl genügend Tischdecken im Haus haben.

»Dass meine Schwägerin einen einfachen Handwerker heiraten musste, ist Gottes gerechte Strafe für ihre Missetaten«, fährt Luise fort. »Seitdem sie fort ist, lebe ich wieder auf, Auguste. Und auch Theodor kann nun endlich die Schäden beheben, die Johanna dem Haus Berend zugefügt hat. Weißt du schon, dass er eine große Lagerhalle bei Neufahrwasser errichten wird? Wir werden in den Holz- und Getreidehandel mit Russland einsteigen.«

»Wie schön für ihn«, meint Auguste und trinkt die Tasse leer. »Mit Bernstein handelt er auch wieder, nicht wahr?«

»Ach, das tut er nur diesem Gropius zu Gefallen. Du weißt doch, der Mann hat eine Schleiferei und einen Laden in der Hintergasse.«

Auguste bedauert inzwischen, diesen Besuch gemacht zu haben. Sie hat geglaubt, die »arme Luise« trösten und ermutigen zu müssen, stattdessen jammert diese alberne Person wegen einer Tischdecke herum und behauptet, Johanna sei schuld an ihrem Missgeschick.

»Nun muss ich leider aufbrechen, meine Liebe«, sagt sie. »Du weißt ja, ich habe Gäste heute Abend.«

»Grüße bitte alle meine lieben Freundinnen und Bekannten von mir«, gibt ihr Luise mit auf den Weg. »Vor allem Herrn Elias Ostertag. Sobald ich mich kräftiger fühle, werde ich gern wieder selbst zugegen sein.«

»Das wäre mir eine große Freude, liebe Luise!«

Auguste ist froh, das Berend'sche Haus verlassen zu können. Sie bereut einzig, nicht nach dem Rezept für die leckeren Krapfen gefragt zu haben, aber sie wird Grete anspitzen, sich danach zu erkundigen.

Es gibt Menschen, die werden durch ein Unglück geläutert, denkt sie, während sie durch die schmale Gasse nach Hause eilt. Und es gibt andere, die werden nur immer boshafter. Luise scheint mir zur letzteren Sorte zu gehören.

Gegen sechs Uhr am Abend lässt sie die Lampen am Eingang ihres Hauses anzünden, da sich um diese Zeit gewöhnlich die ersten Besucher des Salons einfinden. Auch ihr Ehemann ist inzwischen zurück und lässt sich in seinem Arbeitsraum noch rasch eine Mahlzeit servieren, da er – wie er immer scherzhaft behauptet – eine solide Grundlage benötigt, um die lyrischen und musikalischen Beiträge des Abend zu verkraften.

Auguste begrüßt jeden einzelnen Gast mit großer Herzlichkeit, fragt nach dem Befinden, plaudert über dies und das und sorgt mit kluger Diplomatie dafür, dass eine passende Sitzordnung eingehalten wird. Die Räume sind angenehm beleuchtet, Anton bietet Getränke an, der Flügel ist bereits aufgeklappt und wartet darauf, von kundigen Musikerhänden bedient zu werden. Es finden sich vor allem Damen jeglichen Alters ein, nur wenige von ihren Ehemännern begleitet, dazu der unvermeidliche Kaplan Sanftleben, der Buchhändler Langlau, Dr. Mager, der am hiesigen Gymnasium unterrichtet, und Elias Ostertag, der einen umfangreichen Stapel seiner Zeitschrift unter dem Arm trägt. Der Rest besteht aus hoffnungsvollen Künstlern, die auf einen Auftritt hoffen. Auch Ernst Berend erscheint und wird von vielen Damen freudig begrüßt, er ist stets eine Bereicherung für den Salon, da er eine charmante Art hat und außerdem ein hübscher junger Mann ist. Kurz bevor Auguste mit dem Programm beginnen will, geht ein Raunen durch den Raum. Die Damen stecken die Köpfe zusammen und tauschen spöttische und indignierte Bemerkungen aus, einige müssen ihr Lorgnon benutzen, um die Eintretende genau in Augenschein zu nehmen.

»Ich bin leider recht spät dran, liebe Auguste«, ruft Johanna mit unbefangenem Lächeln. »Aber ich wollte auf keinen Fall deinen Salon versäumen.«

Unter den starren Blicken der Gäste umarmt sie Auguste stürmisch, dann begrüßt sie ihren Bruder Ernst, nickt einigen der

Damen freundlich zu und lässt sich auf einem Stuhl nieder, den Anton rasch für sie herbeibringt. Das Kleid, das sie trägt, muss nagelneu sein, ein Gewand aus dunkelgrünem Seidenstoff, schlicht und hochgeschlossen, aber dennoch skandalös, denn es ist nicht bodenlang, sondern fußfrei, sodass man die geknöpften Stiefeletten sehen kann.

Auguste wartet, bis sich die Aufregung gelegt hat, dann hält sie die gewohnte herzliche Willkommensrede und kündigt den Pianisten an, der den Abend mit einem Impromptu des Komponisten Franz Schubert eröffnen wird. Daran schließt sich der Vortrag eines Liedes aus dem Zyklus *Die Winterreise* an, das Herr Dr. Mager mit dröhnendem Bass zu Gehör bringt. Wohlwollender Applaus wird den Vortragenden zuteil, Ernst Berend reibt sich das linke Ohr, das dem Sänger zugewandt war, ihr Ehemann Klaus winkt Anton heran, um sich ein Glas Rotwein vom Tablett zu nehmen. Auguste lässt ein wenig Zeit verstreichen, bevor sie den nächsten Vortrag ankündigt, sie plaudert mit Kaplan Sanftleben und hält zugleich das Ohr offen, um die Bemerkungen mitzubekommen, die in ihrer Nähe gemacht werden.

»Fußfrei! Wie eine Bäuerin. Man hat ein Stück ihrer Wade sehen können, als sie sich gesetzt hat!«

»Einen primitiven Handwerker hat sie geheiratet und kreuzt hier auf wie eine Prinzessin!«

»Wer wohl dieses Kleid bezahlt hat? Ihr Ehemann doch bestimmt nicht.«

»O nein, das kann der sich gar nicht leisten. Nun – sie wird schon wissen, wo sie sich das Geld beschafft, um ihre Ansprüche zu erfüllen.«

Oh, diese niederträchtigen Schwatzdrosseln! Obgleich Auguste klar war, dass Johannas Auftritt gewissen Damen nicht gefallen würde, ärgert sie sich über das boshafte Gerede. Johanna ist zu bewundern, sie begrüßt tapfer die ehemaligen Freundinnen, findet für jede ein paar freundliche Worte und scheint die kühlen Antworten nicht zu bemerken. Eine Weile unterhält sie sich mit Rebecca Ostertag, der Ehefrau des Elias, dann wendet sie sich unverdrossen Anna Ernestine Becker zu. Sie scheint recht klug dabei vorzugehen, denn Anna Ernestines Züge glätten sich, schließlich lächelt sie sogar. Vermutlich hat die schlaue Johanna ihre Gedichte gelobt und sie damit an der Stelle gepackt, wo sie sterblich ist.

Der nächste Programmpunkt ist für alle eine Überraschung. Auguste bittet Ernst Berend, eines seiner neu entstandenen Werke vorzulesen. Ernst ziert sich nicht lange, er zieht ein Manuskript aus der Tasche und stellt sich neben dem Flügel in Positur.

»Meine lieben Freunde«, beginnt er schwungvoll. »Da unsere reizende Gastgeberin die Güte besaß, mich ganz unerwartet zu einer Lesung aufzufordern, möchte ich Ihnen ein Werk vorstellen, das ganz frisch meiner Feder entsprungen ist. Tatsächlich ist die Tinte sozusagen noch feucht …«

Er erntet Heiterkeit, als er nun das Blatt entfaltet und darüberpustet, als müsste er die Tinte trocknen. Auguste weiß, dass er schon jetzt die Herzen aller Damen gewonnen hat, sie entdeckt sogar verliebte Blicke, die auf den gut aussehenden jungen Herrn gerichtet sind. Wenn er nur nicht wieder politisch wird, denkt sie besorgt. Doch zum Glück beschäftigt sich der Text mit den Schönheiten seiner lieben Heimatstadt Danzig, die er wortgewandt und nicht ohne hintergründigen Humor zu beschreiben weiß. Er hat die Gabe, seine Zuhörer zu fesseln, hebt und senkt die Stimme, begleitet den Vortrag mit Gesten und blickt immer wieder vom Manuskript auf, um dieser oder jener Dame zuzulächeln. Als er geendet hat und sich höflich für die geneigte Aufmerksamkeit und den Applaus bedankt, ist er sogleich von Anbeterinnen umringt.

»Was für ein gelungener Vortrag! Ich hatte Tränen in den Augen, lieber Herr Berend!«

»Welch eine Bereicherung für unseren Salon! Ich hoffe, Sie lesen das nächste Mal wieder, ich werde meine Mutter und eine alte Freundin mitbringen.«

»Ein großartiger Wurf, lieber Berend!«, ruft Buchhändler Langlau aus. »Ich gratuliere! Werden wir Ihr Werk auch gedruckt zu lesen bekommen?«

Auguste hakt geistesgegenwärtig sofort ein. »Soweit mir bekannt, beabsichtigt unser Freund Elias Ostertag, einige Texte unseres jungen Autors zu veröffentlichen. Nicht wahr, lieber Herr Ostertag?«

Ostertag versichert den Umstehenden, dass er durchaus dazu geneigt sei und bereits eine Auswahl der infrage kommenden Schriften getroffen habe. Worauf mehrere Bestellungen für das nächste Heft bei ihm eingehen, die er sorgfältig notiert.

Na bitte, denkt Auguste zufrieden. Da kann ich den versprochenen finanziellen Beitrag durch ein Abonnement seiner Zeitschrift abmachen. Sie wartet den passenden Moment ab, um einen weiteren musikalischen Beitrag anzukündigen, und der Pianist eilt an den Flügel. Leider hat der junge Mann inzwischen etwas zu intensiv dem Wein zugesprochen, denn er verunziert Mozarts wundervolle a-Moll-Sonate mit einigen Patzern. Man nimmt es ihm nicht übel, die Stimmung der Zuhörerschaft ist angeregt, denn gleich darauf wird der traditionelle Imbiss gereicht, auf den viele schon sehnsüchtig gewartet haben. Man speist, tauscht sich über dies und das aus, lobt die ausgezeichnete Küche und ergeht sich in begeisterten Kommentaren zu den künstlerischen Beiträgen. Auguste wendet sich ganz bewusst ihrer Freundin Johanna zu und unterhält sich ein Weilchen mit ihr. Die Lästermäuler sollen wissen, dass sie zu Johanna steht; wem das nicht gefällt, der braucht nicht herzukommen. Ihr lieber Ehemann Klaus erkennt ihre Absicht und gesellt sich zu ihnen, um Johanna Komplimente zu machen.

»Was für ein bezauberndes Kleid, meine liebe Frau Forster!«

»Vielen Dank, Herr Rittmeister«, freut sie sich. »Ich weiß Ihr Urteil zu schätzen. Ich habe es nach eigenen Entwürfen nähen lassen. Diese altmodischen Kleider mit den bodenlangen Röcken sind schrecklich unpraktisch, weil man damit die Straße fegt.«

Sie war schon immer so mutig, denkt Auguste. Und genau deshalb liebe ich sie.

Tatsächlich hat sie an diesem Abend eine weitere Gelegenheit, das unkonventionelle Verhalten ihrer Freundin zu bestaunen. Nach dem Imbiss pflegt sich der Hausherr mit den männlichen Besuchern zum Rauchen in ein Nebenzimmer zurückzuziehen, während die Damen bei einem Likörchen angeregt miteinander plaudern. Nur Johanna hat die Dreistigkeit, für eine Weile das Raucherzimmer aufzusuchen, um sich an den Gesprächen der Herren zu beteiligen. Was das Karussell der Lästerreden sofort wieder in Schwung bringt.

»Habt ihr das gesehen? Demnächst wird sie noch Hosen tragen und Zigarren rauchen.«

»Dieser Person ist alles zuzutrauen!«

»Der Herrgott in seiner unendlichen Güte wird auch ihren Hochmut brechen. Dessen bin ich gewiss.«

»Dann hoffe ich, dass er es bald tut!«

Als sich die ersten Gäste verabschieden, bekommt Auguste zu hören, dass dieser Salon wieder einmal ein ganz wunderbares, großes Erlebnis gewesen sei, von dem man noch tagelang zehren werde. Sie glaubt es aufs Wort – das Geschwätz über Johanna wird in Danzig die Runde machen und den Blutdruck einiger Damen in die Höhe treiben.

Ernst Berend und Johanna verabschieden sich als Letzte. Der junge Mann ist so beglückt über seinen Erfolg und die kommende Veröffentlichung seiner Texte, dass er Auguste vor den Augen ihres Ehemannes um den Hals fällt und sie auf beide Wangen küsst.

»Sie sind ein Engel, liebe Freundin!«, ruft er aus. »Und Engel darf man küssen, sie sind Boten des Himmels und keine irdischen Wesen!«

Klaus verzieht keine Miene, doch Auguste sieht an seinem Blick, dass er nicht ganz unbefangen ist. Er ist eifersüchtig, ihr Ehemann. Wie wunderbar! Heute Nacht wird sie ihm beweisen, dass sie kein Engel, sondern eine ganz und gar irdische Frau ist.

Johanna erscheint ihr ungewöhnlich aufgeregt, als sie ihr Lebewohl sagt. »Es war ein wundervoller Abend, liebe Auguste. Ich bin so froh, dass du mich eingeladen hast. Wenn wir uns wiedersehen, muss ich dir etwas erzählen und deinen Rat einholen …«

Um welche Angelegenheit es sich handelt, will sie nicht sagen. Stattdessen verabschiedet sie sich eilig und läuft die Stufen des Beischlags hinunter auf die Gasse. Anton hat ihr mitgeteilt, dass ihr Ehemann Berthold Forster schon seit gut einer halben Stunde vor dem Haus auf sie wartet.

»Warum hast du ihn nicht hereingebeten?«, fährt Klaus von Kleiwitz seinen Bediensteten an.

»Verzeihung, gnädiger Herr, das habe ich getan. Aber er hat dankend abgelehnt. Die hohen Künste seien nicht seine Sache, hat er gesagt. Er wolle nur seine liebe Frau sicher nach Hause geleiten.«

Johanna

Sie hat ihren Ehemann unterschätzt. Er ist keinesfalls so gutmütig und willig, wie sie geglaubt hat – unter seiner väterlichen Großmut steckt ein harter Panzer aus sturer Unbeweglichkeit.

»Das ist eine hübsche Idee, meine kleine Johanna.«

»Also wirst du es versuchen?«

»Wir werden sehen … Ich freue mich, dass du einen so angenehmen Abend verbracht hast, meine Liebe. Lass uns nun schlafen, die Nacht ist nicht mehr jung.«

Sie hat den Rückweg über von ihrem Projekt geschwiegen, um nicht gleich mit der Tür ins Haus zu fallen. Während sie an seinem Arm durch die schmalen Gassen lief, die von den Gaslaternen nur spärlich beleuchtet werden, hat sie brav auf seine Fragen geantwortet. Über den großen Erfolg ihres Bruders Ernst hat sich Berthold aufrichtig gefreut, er hat allerdings angemerkt, dass ihr Bruder seine Zeit besser für seine Studien verwenden sollte, als sie mit der Schreiberei zu vertändeln. Zu Hause hat sich ihr Ehemann sogleich nachtfertig gemacht, was sie ihm nicht verdenken kann, denn es ist spät geworden, und er muss am Morgen in aller Frühe in der Werkstatt stehen. Trotzdem hat sie nicht den Mund halten können und ihn mit ihren Plänen überfallen, als sie miteinander im Ehebett lagen.

»Ein Grundstück, Berthold. Auf dem Strohdeich, wo die Mottlau in die Weichsel fließt. Gegenüber dem Milchpeter.«

»Richtig. Früher hat der Bauer Piepke dort seine Kühe weiden lassen. Aber jetzt liegen die Wiesen schon lange brach, und das Buschwerk ist hochgeschossen.«

»Das ist der richtige Ort für eine Werft«, behauptet sie aufgeregt. »Direkt am Wasser, Berthold. Auf der einen Seite die Mottlau, auf der anderen die Weichsel. Dort geht es zum Stadthafen – hier geht's hinaus nach Neufahrwasser …«

»Das ist richtig, liebe Johanna …«, meint er und schiebt sich das Kopfkissen zurecht. »Ein hübsches Fleckchen Erde.«

Wieso versteht er sie denn nicht? Seine Gleichgültigkeit raubt ihr den letzten Nerv. Hat sie nicht erzählt, was für ein Glück sie gehabt hat, im Raucherzimmer dieses Gespräch mit anzuhören? Oh, sie hat feine Ohren, die ohne Schwierigkeiten geflüsterte Worte aufnehmen können, auch wenn diese nicht für sie bestimmt sind. Während sie mit Buchhändler Langlau über einen französischen Roman plauderte, hat sie hören können, wie Kaufmann August Blott über den Werftbesitzer Johannes Klawitter hergezogen ist. Es ging um eine Landspitze zwischen Weichsel und Mottlau, die Klawitter August Blott unbedingt abkaufen will, um dort weitere Werkshallen zu errichten. Doch wie es scheint, wird man sich nicht einig.

»Ein Geizknochen, dieser Klawitter«, hat Blott leise zu seinem Gesprächspartner gesagt. »Erzählt mir von seinen Verlusten, jammert über die Unkosten, das teure Holz, die Aufträge, die angeblich wegbrechen. Aber wenn er glaubt, er könne das Land auf diese Weise für ein Spottgeld bekommen, dann hat er sich getäuscht …«

Johanna hat sofort begriffen, dass sich hier eine einmalige Chance auftut. Sie weiß, welches Landstück gemeint ist, und sie sieht sofort, welchen Wert es hat. Es steht zum Verkauf – man muss Klawitter nur überbieten, dann bekommt man es.

»Du musst mit August Blott verhandeln, Berthold«, bedrängt sie ihren Ehemann. »Wenn du es klug anstellst, dann schnappst du das Grundstück Klawitter vor der Nase weg. Du hast doch Geld von meinem Bruder für das Grundstück bei Neufahrwasser erhalten, das du investieren kannst.«

Sie erhält keine Antwort und stellt fest, dass er schon eingeschlafen ist. Nimmt er sie nicht ernst? Wie kann er schlafen, wenn es sich um solch eine wichtige Sache handelt?

Na schön, denkt sie resigniert. Er ist müde und muss früh aufstehen. Es war lieb von ihm, mich so spät noch abzuholen, er hätte auch den Gesellen oder einen der Lehrjungen schicken können. Er ist mir ja von Herzen zugetan, ich werde morgen mit ihm sprechen, da wird er mir zuhören und einsehen, dass es eilig ist.

Am Morgen sitzt sie angekleidet am Frühstückstisch, noch bevor Berthold aufgestanden ist. Der alten Barbara fällt beinahe die Kaffeekanne aus der Hand, als sie Johanna zu dieser frühen Stunde erblickt. Doch sie fasst sich rasch, murmelt einen kurzen Morgengruß und verschwindet wieder in der Küche.

»Du bist ja schon auf«, meint Berthold erstaunt, als er hereinkommt. »Konntest du nicht schlafen, liebe Johanna? Nun, ich freue mich, den Morgenkaffee in deiner Gesellschaft zu trinken.«

Er gießt Kaffee ein, schiebt ihr Zucker und Sahne zu und meint lächelnd, sie könne sich ja später noch ein wenig aufs Ohr legen.

»Vielleicht«, sagt sie. »Aber zuerst will ich mit dir noch die Angelegenheit besprechen, die ich gestern Abend erwähnt habe.«

»Welche Angelegenheit, liebe Johanna?«

Tut er so, oder hat er es tatsächlich schon vergessen? Er bestreicht in aller Seelenruhe eine Brotscheibe mit Butter und legt sie ihr auf den Teller.

»Die Sache mit dem Grundstück beim Strohdeich. Ich bin der festen Überzeugung, dass wir es kaufen müssen, bevor Klawitter es an sich bringt.«

»Ach, diese Geschichte … Nun, ich denke, du hast dich da in etwas hineingesteigert, Johanna. Solch ein Abend mit Freunden und Künstlern regt die Fantasie an und lässt bunte Träume aufkommen.«

Jetzt reißt ihr gleich der Geduldsfaden. Wieso behandelt er sie, als wäre sie ein dummes Gänschen?

»Ich bin keine Träumerin, Berthold«, stellt sie energisch klar. »Ich bin die Tochter eines Geschäftsmannes. Ich kann rechnen und mit klarem Sinn in die Zukunft denken. Dieses Grundstück ist Gold wert. In ganz Danzig und Umgebung gibt es keinen besseren Platz, um eine Schiffswerft zu bauen.«

Er schaut sie erstaunt an, denn sie hat in einem Tonfall gesprochen, den er noch nie zuvor bei ihr gehört hat. Dann lächelt er gutmütig und streichelt ihre Hand. »Meine liebe Frau«, sagt er zärtlich. »Du solltest dein Gemüt nicht mit solchen unnützen Plänen belasten, die dich nur aufregen und zu nichts führen. Warum entwirfst du nicht ein hübsches Kleid oder einen Umhang, den ich dann für dich nähen lasse? Du warst gestern so wunderschön in diesem seidenen Gewand, ich wünschte, du würdest es jeden Tag für mich tragen …«

Jetzt hat sie genug. Zornig wirft sie den Kaffeelöffel auf den Tisch.

»Ein für alle Mal, Berthold«, sagt sie und blitzt ihn mit den Augen an. »Ich bin kein Zierpüppchen, das hier oben im Zimmer sitzt und dir zu Gefallen hübsche Kleider trägt. Ich brauche weder einen Teppich noch neue Vorhänge, und schon gar keine seidenen Gewänder und ähnlichen Schnickschnack. Ich will, dass du dieses Grundstück kaufst, damit wir dort eine Werft aufbauen. Hast du mich jetzt richtig verstanden?«

Er starrt sie an, senkt dann die Augen und schweigt. Stille breitet sich im Zimmer aus. Sie kann hören, wie im Flur leise die Dielen knarren. Natürlich, dort steht die alte Barbara und hält das Ohr an die Tür. Unten in der Werkstatt wird im Ofen gekratzt, das ist einer der Lehrjungen, der die Glut wieder anfacht.

Sie wartet. Starrt auf den schweigenden Mann, der mit gesenktem Kopf und gebeugtem Rücken vor ihr sitzt, unbeweglich, als hätte das Schicksal ihm einen Schlag versetzt. Es dauert lange, ehe er sich aufrichtet und sie ansieht. Seine Züge sind ernst, der Blick bekümmert, doch als er nun spricht, redet er in festem Ton.

»Meine liebe Frau«, sagt er. »Ich bin nun gezwungen, eine Sache zwischen uns beiden klarzustellen. Ich tue es nicht gern, aber es muss hier und heute gesagt werden, denn ich will keinen Streit. Also, hör mir zu: Hier oben im Haus bist du die Herrin. Schalte und walte, wie es dir beliebt, was immer du wünschst und anschaffst, das will ich dir geben, soweit es mir möglich ist. Aber Werkstatt, Geschäfte und Gelddinge sind meine Sache, denn ich bin dein Ehemann, dem diese Aufgabe zukommt. So habe ich es immer gehalten, so ist es gut und richtig, und so soll es bleiben.«

Sie begreift, dass sie zu weit gegangen ist. Sie hat ihn zwingen wollen, und nun hat sie die Quittung dafür erhalten: Er hat sie freundlich, aber deutlich in die Schranken gewiesen – sie ist die Ehefrau und wirkt im Haus, er ist der Mann, der die Geschäfte führt und sie nach außen vertritt. Nur der Ehemann darf Kontrakte schließen und Geschäfte tätigen, einer Ehefrau ist dies von Rechts wegen nicht möglich. So ist die Welt nun einmal eingerichtet. Warum ist sie immer so vorschnell? Handelt und redet aus dem Impuls heraus, ohne das Für und Wider abzuwägen. Ach, ihr alter Fehler. Offenbar hat sie nichts dazugelernt.

»Einen klugen Rat anzunehmen soll noch keinem Ehemann geschadet haben«, sagt sie sanfter und sieht ihn bedeutungsvoll an.

Seine Züge entspannen sich, er lächelt sie an und wirkt dabei beinahe schuldbewusst.

»Da hast du ganz recht, meine liebe Frau«, meint er versöhnlich. »Ich will gern zuhören, wenn du glaubst, einen Rat geben zu müssen.«

»Und den Rat auch überdenken?«, beharrt sie.

»Gewiss … Ich muss nun hinunter, gleich will ein Mann vorbeikommen, der ein neues Ruderboot braucht, und wir wollen bereden, wie es gebaut werden soll.«

Ein Ruderboot, denkt sie resigniert, nachdem er das Zimmer verlassen hat. Warum nicht gar ein Holzschiffchen, das die Kinder auf der Radaune schwimmen lassen? Ach, er will stur und dickköpfig ein Bootsbauer bleiben, seine kleine Werkstatt ist sein Universum, darüber hinaus mag und will er nicht denken.

»Kann ich den Tisch jetzt abräumen?«

Die alte Barbara trägt eine zufriedene, beinahe triumphierende Miene zur Schau, weil sie ohne Zweifel mitgehört hat, wie ihr geliebter Herr seine junge Ehefrau zurechtgewiesen hat. Ohne Johannas Antwort abzuwarten, beginnt sie, die Teller, Tassen und Speisen auf ihr Tablett zu stellen, auch den restlichen Kaffee nimmt sie mit, nur die Brotkrümel auf der Tischdecke lässt sie liegen.

Johanna mag sich von ihren Hoffnungen nicht verabschieden. Zusammengekauert sitzt sie auf dem Sofa und grübelt, wie sie ihr Ziel erreichen könnte. Wenn er nur mit sich reden ließe! Jeder vernünftige Geschäftsmann würde sein Geld lieber gewinnbringend einsetzen, als seiner hübschen Frau davon Kleider und nutzlosen Tand zu kaufen. Eine Werft ist eine gewinnbringende Investition, da ist sie sicher, denn Schiffe werden immer gebraucht. Natürlich müsste man klein anfangen. Küstensegler bauen. Dann müsste ein gelernter Schiffsbauer her, der auch größere Schiffe konstruieren kann. Nicht die ganz großen, die Kriegsschiffe oder Atlantiksegler, die baut die Königlich Preußische Werft, da kommt keiner dran vorbei. Etwas dazwischen. Eine Lücke finden. Handelsschiffe, die leichtere Waren transportieren. Schnell müssen sie sein. Gut im Wind liegen. Leicht zu manövrieren sein. Vielleicht auch die kleinen Dampfboote, die die Küstenstädte miteinander verbinden und auf der Mottlau die Reisenden transportieren. Den Dampfschiffen gehört die Zukunft, da muss man mitgehen.

Sie seufzt tief. Wenn ihr Bruder sie nicht um ihr Erbe betrogen hätte, dann wäre es einfacher, ihren Plan umzusetzen. Dann hätte sie das Haus in der Frauentorstraße mit in die Ehe gebracht und könnte Berthold gegenüber anders auftreten. Aber sie hat nichts, nicht einmal eine Mitgift, sie ist ganz und gar von seiner Güte abhängig.

Wie wäre es, wenn sie Auguste zu diesem Kauf überreden würde? Sie weiß, dass ihre Freundin ein nicht unbeträchtliches Vermögen mit in ihre Ehe gebracht hat. Es besteht aus Ländereien in Brandenburg, die ihr Bruder für sie verwaltet und deren Einkünfte an Auguste fließen. Falls Auguste ihr in diesem Fall helfen will, wird sie keine Probleme haben, ihren Ehemann davon zu überzeugen. Der Rittmeister von Kleiwitz respektiert und liebt seine Frau, er wird tun, was sie wünscht.

Das müsste allerdings bald geschehen. Noch zögert August Blott, auf Klawitters Angebot einzugehen. Aber die Zeit läuft ihr davon. Es kann leicht sein, dass sich Blott demnächst mit Klawitter einigt. Oder es kommt ein anderer Interessent, der Klawitter überbietet.

Hat es da vom Glockenturm der Kirche nicht gerade sieben Uhr geschlagen? Ach, sie muss ihre Ungeduld zügeln. Vor acht Uhr am Morgen pflegt Auguste nicht aufzustehen, zudem ist es mehr als unhöflich, vor zehn Uhr am Morgen einen Besuch abzustatten.

Sie wird die Zeit nutzen. Hat Berthold nicht gesagt, sie sei die Herrin im Haus? Dann wird sie vor allem auch das Haushaltsgeld verwalten und der alten Barbara auf die Finger sehen. Von nun an wird über alle Ausgaben Buch geführt, damit man sieht, wo das Geld bleibt. So hat es Mama immer gehalten, und genauso wird sie es auch tun. Ihr Ehemann wird lernen müssen, dass sie kein hübsches Spielzeug, sondern eine tüchtige und umsichtige Hausfrau ist.

Unten in der Werkstatt findet sie nur Stefan und Marek, die ihren Morgengruß fröhlich erwidern. Ob sie einen Auftrag hätte, will Marek hoffnungsvoll wissen.

»Im Augenblick nicht. Wo ist der Meister?«

»Mit dem Gesellen im Hof, Frau Meisterin. Der Herrmann Drews will ein Boot gebaut haben, und sie schauen nach den Hölzern.«

»Was für ein Boot? Ein Ruderboot?«, will sie wissen.

»Aber nein. Was Großes. Der Drews Herrmann ist Fischer.«

Ein Fischerboot also. Sehr groß kann es nicht sein. Wenn er wenigstens Lastensegler bauen würde, die die Waren von Neufahrwasser zur Speicherinsel in der Stadt bringen. Aber dazu ist diese Werkstatt vermutlich zu klein. Sie schaut in den Hof hinein und sieht die Männer beieinanderstehen, Drews raucht sein Pfeifchen, der Geselle erklärt etwas mit weit ausholenden Armbewegungen, Berthold Forster nickt dazu und lässt sich die Morgensonne ins Gesicht scheinen. Wie es aussieht, nehmen sie sich alle Zeit der Welt, um diesen Auftrag zu bereden.

Eine Weile schaut sie zu, wie Marek und Stefan Bretter zurechtschleifen, dann wird es ihr langweilig, und sie beschäftigt sich mit dem weißen Hund. Er ist ein netter Bursche, es scheint ihm zu gefallen, von ihr gestreichelt und hinter den Ohren gekrault zu werden. Zutraulich legt er ihr den wuscheligen Kopf auf die Knie und hat nichts dagegen, dass sie ihm die Holzspäne aus dem Fell zupft.

»Braver Hund, Sultan«, murmelt sie. »Wenigstens ein Wesen in diesem Haus, das mich so mag, wie ich nun einmal bin.«

Draußen wird der Auftrag mit einem kräftigen Handschlag besiegelt, der Fischer stopft sein Pfeifchen neu und macht sich durch das Hoftor davon. Berthold Forster kehrt mit dem Gesellen in die Werkstatt zurück. Als er Johanna erblickt, die bei dem Hund kniet, runzelt er unwillig die Stirn.

»Du wirst dein Kleid beschmutzen, Johanna«, tadelt er sie. »Warum gehst du nicht hinauf in dein schönes Zimmer? Hier in der Werkstatt ist nicht der rechte Ort für dich.«

»Wenn du ein paar Minuten Zeit für mich hättest«, meint sie und schüttelt die Sägespäne von ihrem Rock. »Ich möchte dir einen Vorschlag unterbreiten.«

Er nimmt einen tiefen, unwilligen Atemzug, aber da sie ihn so herzlich und erwartungsvoll anlächelt, kann er nicht widerstehen. »Lass uns hinaufgehen. Die Arbeit brennt mir zwar auf den Nägeln, aber sei's drum.«

Sie macht es kurz und knapp. Sie will das Haushaltsgeld verwalten, ein Haushaltsbuch führen, und außerdem bietet sie sich an, ihm bei solch lästigen Schreibereien wie Rechnungen, Verträgen, Lohnlisten oder Auftragsbüchern behilflich zu sein.

»Darüber muss ich in Ruhe nachdenken«, meint er. »Gewiss – ich bin kein großer Schreiber, mache es auch nicht gern. Du hast zweifellos eine schöne Handschrift und kannst dich besser ausdrücken, weil du ja eine gebildete Frau bist.«

»Es würde mir gefallen, dir auf diese Weise bei deiner Arbeit zu helfen«, fügt sie hinzu.

Er streichelt ihr lächelnd die Wange. »Meine liebe kleine Johanna«, meint er. »Das ist schön von dir. Wenn du Freude daran hast, dann will ich dein Angebot gern annehmen. Das mit dem Haushaltsgeld verhält sich allerdings anders.«

Eine feste Summe, die am Anfang des Monats für die Haushaltsführung zur Verfügung steht, gibt es nicht. Immer wenn etwas gebraucht wurde, hat Forster seiner Frau Geld gegeben; wie viel und wofür es verwendet wurde, hat sie nirgendwo verbucht. Mit der alten Barbara hält er es genauso. Wenn sie einkaufen geht, erhält sie von ihm eine kleine oder größere Summe, und wenn das

Geld alle ist, kommt sie zu ihm und hält die Hand auf. Eine Abrechnung über die Einkäufe hat es nie gegeben.

»Das mag in einem großen Handelshaus anders zugehen«, sagt er zu ihr. »Aber hier in meinem Haus war es immer richtig, und nie sind wir jemandem etwas schuldig geblieben.«

»Dann bitte ich dich, in Zukunft mir das Geld für den Haushalt auszuhändigen. Ich werde Barbara zuteilen, was sie benötigt.«

Das scheint ihm wenig zu gefallen, weil er ahnt, dass diese Regelung den Zorn der alten Barbara erregen wird. Womit er unzweifelhaft recht hat. Aber weil sie ihn so zuversichtlich anlächelt, erklärt er sich einverstanden.

Sie ist vorerst zufrieden, umarmt ihn zärtlich und küsst ihm dankbar die Wange.

»Es ist schön, dass wir nun einig sind, meine liebe Johanna«, freut er sich und hält sie fest, um ihre Küsse zu erwidern. »Ich will ja nichts anderes, als dass du bei mir glücklich bist, mein Engel.«

Dazu fehlt noch einiges, denkt sie, als er wieder hinunter in die Werkstatt geht. Aber ein Anfang ist gemacht. Sie verschiebt die Auseinandersetzung mit der boshaften Alten auf später, kleidet sich um, nimmt den Mantel und macht sich auf den Weg zu Auguste.

Das Wetter ist freundlich; zwischen hellen Wolken blickt immer wieder die Sonne hindurch, der Wind ist beinahe frühlingshaft warm und trägt den Geruch des Flusses mit sich. An der Radaunebrücke gleich bei der Werkstatt fällt ihr ein junger Handwerker auf, der dort recht nachdenklich steht und eine Hand auf das Brückengeländer stützt. Es ist ein hübscher Mensch, groß gewachsen, die Züge ebenmäßig, unter dem runden Hut schaut dunkles, lockiges Haar hervor. Er trägt ein Bündel an einem Stock über der Schulter – wie es scheint, ist er auf Wanderschaft und sucht einen neuen Meister. Es scheint Johanna etwas früh im Jahr für die Walz, aber weil er so eindringlich zu ihr hinüberschaut, grüßt sie ihn lächelnd.

Er zieht den Hut und verbeugt sich, starrt sie dabei jedoch so düster aus schmalen Augen an, dass ihr ganz unheimlich wird.

Das habe ich nun davon, denkt sie ärgerlich. Wie komme ich auf die Idee, diesen Kerl zu grüßen. Jetzt wird er sich etwas darauf einbilden und mich am Ende verfolgen.

Auf der Heilig-Geist-Gasse sind allerlei Fuhrwerke und Droschken unterwegs, sodass sich die Fußgänger in Acht nehmen müssen, um nicht unter die Räder zu geraten.

»Die verdammten Beischläge versperren die Gasse!«, schimpft ein Kutscher lauthals. »Die sollte man alle weghauen, damit man aneinander vorbeifahren kann!«

Johanna steigt geschickt über die frischen Pferdeäpfel, die auf der Gasse verteilt liegen, und rettet sich auf den Beischlag des Kleiwitz'schen Hauses.

Grete öffnet ihr die Tür, erklärt ihr aber, die gnädige Frau habe sich gerade zum Ausgehen fertig gemacht.

»Sag ihr, ich will sie nicht aufhalten und nur kurz etwas mit ihr bereden.«

»Sehr gern, Frau Forster.«

Auguste empfängt sie im Wohnzimmer mit gewohnter Herzlichkeit. Sie hat den Hut bereits auf der Frisur festgesteckt und zieht gerade die Handschuhe an. »Meine liebe Freundin! Wie überraschend du mich besuchst, ich will soeben zu Anna Ernestine, sie hat neue Gedichte verfasst. Und dann wollte ich Friederike einen Besuch machen, um sie zu überreden, den ›Literarischen Boten‹ zu abonnieren. Ich hoffe, sie wird es tun. Man hört in der Stadt, ihr Ehemann habe herbe Verlust gehabt, weil eines der Schiffe mit seinem Getreide bei dem Sturm neulich untergegangen ist …«

Will August Blott das Land verkaufen, um mit dem Geld Tochter und Schwiegersohn zu unterstützen? Da heißt es jetzt rasch handeln.

»Ich brauche deine Hilfe, liebe Freundin …«, fällt Johanna der redseligen Auguste ins Wort. »Es ist eine Sache, die mir sehr wichtig ist.«

Auguste braucht ein Weilchen, um das Ansinnen zu begreifen, das Johanna an sie stellt. Sie soll ein Stück Land erwerben, um es an Johanna zu verpachten.

»Das … das muss ich zuerst mit Klaus bereden«, meint sie zögernd. »Ich weiß allerdings nicht, ob er diese Sache für vernünftig halten wird. Es handelt sich immerhin um keine geringe Summe.«

»Das Land ist eine ausgezeichnete Geldanlage, Auguste«, versichert ihr Johanna. »Klawitter ist ganz scharf darauf, aber auch andere werden Interesse haben. Wenn wir mit unserer Werft aus dem Gröbsten heraus sind, kaufen wir es dir zu einem guten Preis ab. So werdet ihr ganz sicher einen Gewinn dabei haben.«

Auguste zuckt die Schultern, sie hat wenig Sinn für geschäftliche Dinge, ihre Leidenschaft gehört der Kunst und den Künstlern.

»Ich würde dir ja gern den Gefallen tun, liebste Freundin«, meint sie. »Aber dass dein Ehemann gleich eine Werft gründen will, erscheint mir doch sehr gewagt.«

»Wieso?«, fragt Johanna unbefangen zurück. »Schiffe werden doch immer gebraucht!«

Darin gibt Auguste ihr recht: Schiffe sind unabdingbar. Vor allem hier in Danzig, wo man auf der Mottlau jede Menge davon zu sehen bekommt, ein wundervolles Gewirr von Segeln und Masten, dazwischen die kleinen Ruderboote und das Dampfschiffchen, das mit einer dunklen Rauchfahne über dem Schornstein dahinschnauft.

»Nun – ich werde es mit Klaus besprechen und dir unsere Entscheidung mitteilen, Johanna …«

»Dann sag ihm auch, dass es eilig ist. Morgen kann es schon zu spät sein.«

»Ja, gewiss. Gleich heute Abend nach dem Theater will ich es ihm erzählen. Hast du übrigens davon gehört, dass es gestern Abend noch einen Skandal gegeben hat? Ein Eifersuchtsdrama sondergleichen. Frau Plöger aus der Jopengasse hat ihren Ehemann im Foyer des Theaters vor allen Leuten geohrfeigt. Man sagt, es sei wegen einer jungen Schauspielerin gewesen …«

Johanna hört sich anstandshalber die Klatschgeschichte an und stimmt Auguste darin zu, dass man solche Dinge auf keinen Fall in der Öffentlichkeit abmachen sollte.

»Sie hätte ihn ja auch zu Hause ohrfeigen können«, findet Auguste. »Aber sie hat eben kein Benehmen. Ich bin sehr froh, dass sie nie auf die Idee gekommen ist, bei meinem Salon zu erscheinen …«

Auf dem Rückweg ist Johanna wenig zuversichtlich. Selbst wenn der Rittmeister auf ihre Bitte eingehen sollte – es wird ihm vermutlich nicht gelingen, den Handel noch rechtzeitig abzuschließen. Aber viel wahrscheinlicher ist, dass er es gar nicht erst versucht, weil er ihre Idee für unsinnig hält. Damit wäre dann auch diese Hoffnung dahin, aus der kleinen Werkstatt ihres Ehemannes etwas Größeres, Besseres zu machen. Johannes Klawitter wird das Land kaufen und seine Werft erweitern, der ist ein gewiefter Geschäftsmann und bekommt, was er will.

Als sie in die Werkstatt tritt, erhebt sich Sultan schwanzwedelnd und läuft ihr entgegen. Geselle und Lehrjungen hingegen scheinen sie kaum zu bemerken, sie sitzen beieinander und löffeln ihre Mittagssuppe, tunken das Brot in die Schüsseln und schmatzen hörbar.

»Mahlzeit! Lasst es euch schmecken!«

Es wird ihr scheu und mit verlegenen Gesichtern gedankt, und sie steigt verwundert die Treppe hinauf. Was ist denn nun schon wieder los? Hat ihr Ehemann vielleicht gar etwas dagegen, dass sie in der Stadt Besuche macht? Hätte sie ihn um Erlaubnis fragen sollen? Ach, Unsinn – solche Dinge haben ihn bisher nie gestört.

Sie ist noch nicht oben angelangt, da vernimmt sie laute Stimmen aus dem Wohnzimmer und bleibt stehen. Es sind Männerstimmen. Eine davon gehört Berthold, die andere, jüngere, ist ihr unbekannt.

»Du hast das Recht, zu tun und zu lassen, was immer du willst«, sagt die unbekannte Stimme in zornigem Tonfall. »Du kannst das Andenken meiner Mutter mit Füßen treten und dir ein junges Mädchen zur Ehefrau nehmen. Aber denke nicht, dass ich so etwas gutheiße …«

»Beruhige dich, Pawel! Auch wenn es dir nicht gefällt, was in deiner Abwesenheit hier geschehen ist – ich bin immer noch dein Vater, und dies ist mein Haus!«

»Das ist richtig. Es ist dein Haus, und ich habe hier keinen Platz mehr. Es ist deine Werkstatt, aber denke nicht, dass ich sie jemals wieder betreten werde.«

»Ich dachte wohl, dass dir meine Werkstatt nun zu klein geworden ist, da du in England so vieles gelernt hast und auf deinen Vater herabblicken kannst. Aber vergiss auch nicht, dass ich drei Jahre lang Geld geschickt habe, damit du drüben nicht hungern und frieren musst!«

»Dieses Geld wirst du zurückerhalten!«

»Behalte es, ich will es nicht. Aber den Respekt, den du mir als mein Sohn schuldig bist, den sollst du mir zollen!«

»Auf Heller und Pfennig werde ich alles abbezahlen. Und an Respekt will ich es nicht mangeln lassen, auch wenn mein Vater sich vor allen Leuten zum Gespött gemacht hat. Weißt du nicht, was man über dich redet? Ein verliebter alter Narr, heißt es. Es gibt auch schlimmere Worte, die will ich dir ersparen. Aber ich habe den bösen Spott nicht gern gehört und mich für dich geschämt.«

»Wenn du dich für deinen Vater schämst, dann bist du nichts als ein jämmerlicher Wicht!«

Johanna steht bewegungslos und lauscht entsetzt auf diesen Wortwechsel. Die Stimmen sind laut und aufgebracht, die Reden folgen rasch aufeinander, wie Schläge, die ausgeteilt werden. Jetzt hört sie, wie ein Stuhl umgeworfen wird, und gleich darauf reißt jemand die Tür des Wohnzimmers auf. Sie erstarrt. Das ist doch … Das ist der junge Handwerker, den sie vorhin an der Radaunebrücke gegrüßt hat!

Auch er bleibt erschrocken stehen, als er sie so unvermittelt auf der Treppe erblickt. Einen Augenblick lang schauen sie einander ins Gesicht, dann murmelt er einen kurzen Gruß, schultert sein Bündel und geht an ihr vorbei die Stiege hinunter.

Ernst

Nach dem großen Erfolg, den er in Augustes Salon gehabt hat, schwebt Ernst tagelang in einer Wolke rauschhafter Glückseligkeit. Er ist ein Dichter! Sein Werk hat die Zuhörerschaft hingerissen, man hat ihm zugejubelt, ihn mit Lob überschüttet, ihn zu allen möglichen Kunstkreisen und Abendveranstaltungen eingeladen. Ja, er wusste immer, dass ein großes Talent in ihm steckt, er hat in seiner literarischen und essayistischen Produktion niemals nachgelassen, oben in seinem Zimmer liegen noch stapelweise frühe Werke, die er heimlich verfassen musste, weil man im Hause Berend keinen Sinn für die schöne Literatur und die Kunst des geschliffenen Wortes hat. Auch sein lieber Vater – Gott hab ihn selig – fand für die Schreibversuche seines Jüngsten keine anerkennenden Worte, er hat ihm das Studium der Philosophie und Literatur verwehrt und ihm die trockene Jurisprudenz verordnet. Einzig seine Schwester Johanna hat ihn ermutigt, was er ihr immer hoch angerechnet hat.

Was sagte doch Friederike Albertus an jenem unvergesslichen Abend zu ihm? »Ach, lieber Ernst! Was für ein wunderschöner Aufsatz. Mit Wärme und Begeisterung geschrieben und schwungvoll vorgelesen. Ganz im Vertrauen: Ich wäre niemals auf die Idee gekommen, diesen todlangweiligen ›Literarischen Boten‹ zu kaufen oder gar zu abonnieren. Aber wenn ich deine Texte darin lesen kann, ist es mir das wert …«

Friederike duzt ihn, weil sie mit Johanna zur Schule gegangen ist und früher häufig bei ihnen zu Gast war. Damals waren die beiden engste Freundinnen; wenn die »Rieke« zu Besuch war, haben die Mädchen ihn immer aus dem Zimmer gewiesen. Was ihn sehr geärgert hat. Inzwischen ist sie füllig geworden und mit Eugen Albertus verheiratet, der genau wie ihr Vater Kaufmann ist, aber, wie es scheint, wenig Glück bei seinen Unternehmungen hat.

»Ich habe immer gewusst, dass einmal etwas Besonderes aus dir wird, lieber Ernst«, redet sie weiter und strahlt ihn dabei an, als wollte sie ihm gleich um den Hals fallen. »Maria und Annemarie sind der gleichen Meinung. Du erinnerst dich doch noch an Maria Gebauer, die immer ihr Poesiealbum mit sich herumgeschleppt hat?«

»Ja, gewiss …«

In seinem Kopf taucht das verschwommene Bild einer kleinen, molligen Person mit rotem Gesicht auf, die sich immer die Hand vor den Mund hielt, wenn sie lachen musste. Annemarie Jonkers hat er besser in Erinnerung: schlank und biegsam, dunkelhaarig mit Grübchen in den Wangen. Leider ist sie drei Jahre älter als er und hat ihn seinerzeit gern verspottet und einen »dummen Jungen« genannt. Dass auch Annemarie etwas von ihm hält, hört er mit Befriedigung.

Überhaupt war es ein Abend, der sein Leben verändern wird. Nun weiß er ganz sicher, was seine Bestimmung ist, und er wird seinen Weg über alle Hindernisse hinweg verfolgen. Schon am nächsten Morgen fragt er sich, wozu er eigentlich diesen lästigen Elias Ostertag mit seinem frommen Blättchen braucht. Gut – er wird ihm ein oder höchstens zwei Mal einige seiner kostbaren Schriften zum Druck überlassen. Aber dann ist Schluss! Dann wird er nach Höherem streben. Er wird seine Texte an literarische Zeitschriften in Hamburg, Lübeck oder auch Berlin senden. Oder besser noch: Er wird seine eigene literarische Zeitschrift gründen.

Diese Idee gefällt ihm am besten. Wenn er selbst eine Zeitschrift herausgibt, ist er sein eigener Herr, er kann entscheiden, was verworfen und was gedruckt wird. Natürlich wird er vor allem die Werke aus seiner eigenen Feder publizieren. Doch er wird auch anderen Autoren die Möglichkeit zur Veröffentlichung bieten: solchen, die kluge, moderne und gut geschriebene Werke verfassen, und solchen, die aufgrund ihrer gesellschaftlichen Position für die Verbreitung seines Blattes sorgen. Und wer weiß? Von der Zeitschrift ist der Weg zum Buch nicht weit. Hat nicht auch der in Königsberg geborene Autor E. T. A. Hoffmann zahllose Bücher mit seinen skurrilen und fantastischen Werken veröffentlicht? Eines davon spielt sogar in Danzig, wobei der Artushof und die Kaufleute geschildert werden. Zu solchen literarischen Produktionen hätte Ernst ebenfalls große Lust, er könnte ganze Bände von gruseligen und herzerwärmenden Geschichten aus dem Ärmel schütteln, die in den Gassen seiner Heimatstadt verortet sind.

Das Problem bei der Ausführung all dieser grandiosen Pläne ist das leidige Geld. Eine Zeitschrift muss gedruckt werden, das bekommt man nicht umsonst. Möglich wäre auch, dass sich die ersten Nummern zögerlich verkaufen, weil viele Leser dumm sind und ein gutes nicht von einem schlechten Blatt unterscheiden können. Da muss man einen langen Atem haben und zuschießen, bis die Leserschaft angewachsen ist und die Einnahmen die Kosten übersteigen. Jawohl, er ist nicht der »Bruder Luftikus«, wie ihn Theodor gern nennt. Auch er kann rechnen, schließlich kommt er aus einem alten Kaufmannsgeschlecht und kennt sich aus mit Soll und Haben. So ist ihm auch klar, dass er eine gewisse Summe benötigt, um die ersten Exemplare seiner Zeitschrift in die Welt zu setzen. Die Frage ist nur, woher er das Geld nehmen soll.

Bitter stößt ihm jetzt wieder auf, dass sein Bruder ihn um die beiden Grundstücke betrogen hat, die eigentlich sein Erbe gewesen wären, die jetzt aber als Baugrund für die verdammte Halle seines Bruders in Neufahrwasser dienen müssen. Hätte er sein Erbe erhalten, wie der Vater es gewollt hat, dann könnte er jetzt die Grundstücke zu Geld machen und mit einem guten Finanzpolster seine Zeitschrift gründen, vielleicht sogar Bücher herausgeben.

Aber so, wie die Dinge liegen, sorgt der ihm gestohlene Grund und Boden noch für seinen täglichen Verdruss. Theodor hat irgendeine Abmachung mit August Blott getroffen, der ihm einen gewaltigen Haufen an Ziegelsteinen verschafft hat, mit denen er seine Halle bauen will. Die Steine will Theodor sich vorher anschauen, ob sie auch etwas taugen, da muss Ernst ihn begleiten, außerdem hat er einen Maurer beigeschafft, der ebenfalls sein Urteil abgeben soll. Kostbare Stunden, in denen er hätte schreiben können, hat er auf diese Weise verplempert, ist in der Gegend herumgestanden und hat warten müssen, bis Theodor und der Maurer Stein um Stein umgedreht, in den Händen gewogen und schließlich für gut befunden haben.

»Hast du gesehen, wie sorgfältig man bei solchen Käufen vorgehen muss?«, hat ihn Theodor auf dem Rückweg gefragt. »Nun weiß ich, dass die Steine gut sind, und ich zahle dafür nur halb so viel, wie sie in der Ziegelei gekostet hätten.«

Was für ein Geizkragen sein Bruder doch ist! Kauft dieses hässliche dunkelrote, fleckige Zeug, um eine neue Halle zu bauen. Ist eine schön gebaute Halle nicht auch ein Aushängeschild für ein Handelshaus? Aber sei's drum, soll Theodor doch knausern, wie er will, er wird deshalb nicht mit ihm streiten. Er wird ihn auch bestimmt nicht fragen, ob er ihm das Geld für eine neu zu gründende literarische Zeitschrift leiht. Da bekäme er nur wieder zu hören, dass er solche Spinnereien endlich ad acta legen müsse, da er dem Berend'schen Handelshaus mit all seinen Kräften zu dienen habe.

Mit solchen und ähnlichen Sätzen plagt ihn Theodor inzwischen täglich. Der Besuch des Salons der Auguste von Kleiwitz sei Zeitverschwendung, er habe Besseres zu tun. Auch hat Theodor die Manie entwickelt, ihn am Vormittag in den Artushof zu schleppen, damit er lernen soll, wie man Geschäfte verhandelt und abschließt. Eine höchst langweilige Sache, die ihn überhaupt nicht interessiert. Immerhin hat er dort ein paar alte Bekannte wiedergesehen, darunter auch Artur Jonkers, Annemaries Vater, der ihn sogleich freundlich gegrüßt und ein Weilchen mit ihm geplaudert hat. Ob er seine juristischen Studien nun abgeschlossen habe, hat er von ihm wissen wollen.

»Demnächst«, hat Ernst vorsichtig geantwortet. »Ich werde bald als Compagnon in das Handelshaus meines Bruders eintreten, einen Teil meiner Zeit aber der Literatur und dem Schreiben widmen. Tatsächlich plane ich, in absehbarer Zeit eine literarische Zeitschrift herauszugeben …«

»Welch ein mutiges Unterfangen, lieber Ernst! Ich darf Sie doch noch so nennen? Meine Tochter spricht häufig von Ihnen. Wie es scheint, haben Sie neulich im Salon der Auguste von Kleiwitz allen jungen Damen die Köpfe verdreht!«

»Sie wollen sich über mich lustig machen, Herr Jonkers«, meint Ernst bescheiden, während der Triumph über seinen Erfolg in ihm brennt. »Ich habe nur einen kleinen Text aus meiner Feder vorgelesen, der die Anwesenden allerdings in hohem Maße begeistert hat …«

»Tüchtig, tüchtig, junger Mann«, sagt Jonkers jovial und klopft ihm auf die Schulter. »Wir geben am Donnerstag eine kleine Soiree – wenn Sie Zeit hätten, wäre gerade auch meine liebe Frau sehr erfreut, Sie bei uns zu sehen.«

Oha, denkt Ernst. Das hört sich beinahe so an, als hätte er vor, mir seine Tochter anzubieten. Hübsch ist sie ja, und gefallen würde sie mir auch. Aber zum Heiraten bin ich zu jung. Eine Ehefrau und ein Haufen schreiender Kinder, das würde alle meine Pläne zunichtemachen.

»Ganz herzlichen Dank für diese freundliche Einladung. Ich fürchte nur, mein Bruder wird mich am Donnerstag mit Beschlag belegen«, redet er sich heraus. »Sie wissen ja – wir bauen eine Lagerhalle in Neufahrwasser. Da benötigt Theodor dringend meinen fachkundigen Rat.«

»Das verstehe ich, lieber Ernst«, meint Jonkers und zieht die goldene Taschenuhr aus der Westentasche, um nach der Zeit zu sehen. »Dann auf ein anderes Mal.«

»Liebend gern, Herr Jonkers!«

Zu seiner Überraschung wird er später für diese Unterhaltung, die Theodor aus der Entfernung beobachtet hat, sehr gelobt. »Es ist schön, dass du Kontakte pflegst und so freimütig mit Freunden und Bekannten Gespräche führst. Halte dabei aber die Ohren offen für Dinge, die unserem Haus von Nutzen sein können. Hat Jonkers nicht einen Abnehmer für russisches Holz in Holland, mit dem er gute Geschäfte macht?«

»Keine Ahnung. Ich weiß nur, dass er eine hübsche Tochter hat, die er gern verheiraten will.«

»Das weiß die ganze Stadt«, knurrt Theodor mürrisch. »Klatsch und Tratsch, der uns keinen Nutzen bringt!«

»Am Donnerstag wäre ich zu einer Soirée bei Jonkers eingeladen«, vermeldet Ernst.

»Meinetwegen geh hin. Aber pass auf, dass er dich nicht einfängt. Seine Tochter ist eine schnippische Person, deshalb hat er Schwierigkeiten, sie unter die Haube zu bekommen.«

Sie hat sich offensichtlich nicht verändert, denkt Ernst amüsiert. Er verspricht seinem Bruder, am Donnerstag das Wohlergehen des Hauses Berend im Auge zu haben, dann geht er in den Hof und schickt Oskar mit einer Nachricht an Auguste von Kleiwitz.

Liebste Freundin! Wenn Sie mir am Donnerstag gegen sechs Uhr am Abend einige Minuten widmen könnten – ich benötige für eine Sache, die Kunst und Literatur betrifft, Ihren gütigen Rat.
Ihr ergebener
Ernst Berend

Oskar ist ein kluges Kerlchen, er steckt ihm die Antwort zu, während Theodor im Rathaus Erledigungen macht.

Für Sie, liebster Freund, nehme ich mir gern die Zeit. Ich werde nicht zögern, Ihnen mit Rat und Tat zur Seite zu stehen.
In gespannter Erwartung
Auguste von Kleiwitz

Hübsch angekleidet, ein Löckchen auf der Stirn kunstvoll onduliert, begibt er sich zur angekündigten Zeit in die Heilig-Geist-Gasse. Wie wunderbar – seine Gönnerin hat Tee, kalten Braten und belegte Brote servieren lassen. Das kommt ihm sehr zupass, weil er wenig Lust hat, später noch zu Jonkers zu gehen, und den Abend lieber in einer guten Schänke beschließen will.

»Es geht um meinen größten Wunschtraum, liebe Freundin. Eine Idee, die mich seit Jahren verfolgt …«

Er muss sich nicht anstrengen, Auguste für seinen Plan zu gewinnen; sie ist schon Feuer und Flamme, kaum dass er davon angefangen hat. Ja, auch sie hat schon mit dem Gedanken gespielt, ein literarisches Journal herauszugeben, um junge Dichter zu fördern.

»Eine Zeitschrift, die die Herzen der Menschen anspricht und der holden Kunst und der Poesie zugewandt ist. Keine frömmelnden Traktate über die Segnungen des Evangeliums, sondern Themen, die uns alle berühren. Die Macht der Liebe, die zerstörerische Kraft der Leidenschaften, die Irrungen und Wirrungen menschlicher Schicksale. Es wäre auch zu überlegen, ob wir einen Fortsetzungsroman veröffentlichen, um unsere Leser an das Blatt zu binden …«

Gar so hoch romantisch hat er sich den Inhalt seines Blattes nicht gedacht, er hat eher die Absicht, dem Geist der Freiheit und der Fackel der Vernunft das Wort zu geben. Aber er hütet sich, ihr zu widersprechen; ganz im Gegenteil, er bestärkt sie in ihren Ideen und behauptet, ganz genau so habe er sich die Sache vorgestellt.

»Leider ist mein Bruder nicht bereit, ein solches Vorhaben finanziell zu unterstützen …«, deutet er seine Geldnot an.

»Das war auch nicht zu erwarten, lieber Freund«, fällt sie ihm aufgeregt ins Wort. »Ihr Bruder Theodor ist – mit Verlaub – ein engstirniger Mensch, dem jeglicher Sinn für die schönen Künste abgeht. Auch solche Tugenden wie Wärme, Güte und Menschlichkeit sucht man bei ihm leider vergebens. Wenn ich nur daran denke, wie hartherzig er Ihre liebe Schwester behandelt hat, dann steigt mir die Galle hoch …«

Ernst bestätigt dies mit eifrigem Kopfnicken. Johanna hat ihm zwar nicht alle Details ihres Martyriums geschildert, aber er hat inzwischen einiges von Danuta erzählt bekommen und war recht erschrocken. Abgesehen davon hat Theodor sie beide um ihr Erbe betrogen, aber davon sagt er Auguste besser nichts.

»Ich denke, wir werden die Sache auch ohne seine Unterstützung in die Welt setzen«, fährt Auguste fort. »Ich selbst werde gern eine Summe vorstrecken, und ich denke, dass ich Mitstreiterinnen finden werde, die ein solches Vorhaben mit Freuden fördern. Ich werde gleich ein kleines Schreiben aufsetzen, das ich ausgewählten Freundinnen zukommen lasse, und bei meinem nächsten Salon zu einer Sammlung anregen. Ein solches Journal ist ganz unbedingt eine Bereicherung des kulturellen Lebens in unserer schönen Heimatstadt Danzig, wir können stolz darauf sein, dass ein Bürger unserer Stadt …«

Er lässt sie noch eine Weile reden und widmet sich den gebotenen Speisen, trinkt zwei Gläser guten Wein und beginnt im Kopf schon den Artikel zu formulieren, mit dem er in der ersten Ausgabe des Journals seine Leser begrüßen wird. Auguste macht sich inzwischen um den Namen des literarischen Blattes Gedanken und schlägt verrücktes Zeug wie »Der goldene Pegasus«, »Die literarische Fackel« oder »Danziger Merkur« vor. Ein wenig bedenklich wird er, als sie auf die Idee kommt, ihm bei der Auswahl der Beiträge mit »freudigem Eifer« zur Seite stehen zu wollen und auch andere redaktionelle Arbeiten zu übernehmen.

»Darüber können wir uns gern verständigen, wenn es so weit ist, liebe Frau von Kleiwitz«, bremst er ihren Eifer vorsichtig ab. »Wichtig wäre zunächst, die finanziellen Mittel für eine erste Ausgabe zu finden.«

Sie trinkt die Neige aus ihrem Glas und lächelt ihm dabei ermutigend zu. »Lassen Sie mich nur machen, lieber Herr Berend. Ich werde die Sache mit meinem lieben Ehemann bereden und unverzüglich in Angriff nehmen.«

Um den trockenen Rittmeister Klaus von Kleiwitz wird er leider nicht herumkommen, Auguste pflegt so gut wie alle ihre Pläne mit ihrem Mann zu besprechen. Bleibt nur zu hoffen, dass von Kleiwitz ihm keinen Strich durch die Rechnung macht. Aber da Auguste so ganz und gar von seiner Idee entflammt ist, rechnet sich Ernst gute Chancen aus.

Satt und voller angenehmer Hoffnungen verabschiedet er sich in den kühlen, regnerischen Abend. Pfui Teufel, was für ein Dreckswetter! Er klappt den Kragen seiner Jacke hoch und hält sich dicht an den Hauswänden, um nicht von den vorüberfahrenden Droschken mit nassem Straßenkot bespritzt zu werden. In einer schmalen Seitengasse leuchtet die Laterne des »Grünen Kakadu«, das ist eine nette Schänke, wo man nicht nur die fetten Bürger und Handwerker, sondern auch interessante Reisende aus verschiedenen Ländern treffen kann. Zum Glück kommt er auf die Idee, seinen Geldbeutel zu prüfen, bevor er eintritt, und er muss leider feststellen, dass er sich nicht einmal ein gutes Bier leisten kann. Verflixt – neulich hatte er doch noch einen halben Taler, wo ist der denn geblieben? Richtig, davon hat er sich zwei Stahlfedern und neues Schreibpapier gekauft, dazu ein Fässchen Tinte. Der Rest muss beim Bäcker draufgegangen sein, da konnte er den süßen Zuckerkringeln nicht widerstehen. Wo bekommt er am späten Abend Geld für ein paar Krüge Bier her? Er schaut durchs Fenster in die Gaststube, kann aber keinen Bekannten entdecken, den er anpumpen könnte. Aber er hat ja eine kleine Schwester, die mit einem gut situierten Bootsbauer verheiratet ist. Natürlich, Johanna wird ihm bestimmt aus dieser Klemme helfen.

Er zieht die Mütze tiefer in die Stirn und macht sich auf in die Paradiesgasse. Kein Spaß bei diesem verdammten Wind, der ihm den Regen ins Gesicht treibt und auf den Gassen die Pfützen anschwellen lässt. Die neuen Gaslaternen, die die Stadtväter haben aufstellen lassen, beleuchten leider nur die größeren Gassen, wo die gut betuchten Bürger ihre Häuser haben. Je mehr er sich der Paradiesgasse nähert, desto enger werden die Wege, die Häuser kleiner, die Toreingänge niedriger, und allerlei dunkle Gestalten treiben sich herum.

Wenn einer mich jetzt überfällt, um mir Geld und Taschenuhr zu rauben, der wäre wohl schwer enttäuscht, denkt er mit Galgenhumor. Ich besitze weder das eine noch das andere.

Auf der Radaunebrücke hört er unter sich das Wasser gurgeln – das erste Hochwasser des Frühlings kündigt sich an. Nass und frierend klopft er an die Tür der Forster'schen Werkstatt, hört den Hund anschlagen und sieht, wie oben ein Fenster geöffnet wird. Eine Laterne wird herausgehalten, er erkennt das Gesicht seines Schwagers Berthold.

»Ich bin's, Ernst Berend!«, ruft er hinauf.

»So spät noch! Warten Sie, ich komme herunter!«

Gleich darauf vernimmt er kräftige Schritte, der Riegel wird zurückgeschoben, und Forster steht vor ihm, den bellenden Hund am Halsband haltend.

»Herein mit Ihnen! Still, Sultan! Herrje – Sie sind ja nass wie eine gebadete Ratte!«

»Halb so schlimm. Das trocknet wieder. Ich hoffe, ich störe nicht allzu sehr. Bin gerade in der Gegend und wollte mal kurz reinschauen …«

»Nur zu«, sagt Forster leutselig und steigt ihm voraus die Treppe hoch. »Johanna wird sich freuen. Mich allerdings werden Sie entschuldigen – um diese Zeit gehe ich gewöhnlich zu Bett.«

Richtig, er ist Handwerker und geht mit den Hühnern schlafen. Ernst ist nicht böse darüber, im Gegenteil, es kommt ihm sehr gelegen, da Forster nicht unbedingt wissen muss, dass er sich bei Johanna Geld leihen will.

Johanna sitzt im alten Hauskleid am Tisch und scheint mit irgendeiner Schreibarbeit beschäftigt. Sie freut sich ehrlich, ihn zu sehen, umarmt ihn herzlich und schreit dann auf, weil seine Jacke ganz nass ist.

»Zieh das triefende Ding aus! Du brauchst nicht zu frieren, der Ofen ist noch warm.«

Tatsächlich haben sie gut eingeheizt, das ist angenehm, weil Theodor mit Kohlen spart und nur im Wohnzimmer, in dem sich Luise aufhält, der Ofen angefeuert wird. Berthold Forster lässt sich nicht lumpen, er nimmt die Schnapsflasche aus dem Schrank und gießt dem Gast und sich selbst einen Begrüßungstrunk ein. Das muss sein, auch wenn es schon spät ist, er freut sich doch, wenn lieber Besuch kommt. Man tauscht ein paar Höflichkeiten aus, er erfährt, dass es am Weichselufer Überschwemmungen gibt und ein Fischerboot gekentert ist, weil der Dummkopf den Fang schief gelagert hatte.

Dann verabschiedet sich Forster mit Handschlag, zerquetscht ihm dabei beinahe alle Finger und geht schlafen.

Johanna blinzelt ihren Bruder an. Sie kennt ihn und weiß, dass er etwas im Schilde führt.

»Was ist los, Brüderlein? Du kommst doch nicht zufällig bei Nacht und Nebel hier hereingeschneit. Hat dich Theodor rausgeworfen?«

»Unsinn«, lacht er. »Ich bin seine rechte Hand, ohne mich kommt er im Geschäft gar nicht mehr zurecht.«

»Tatsächlich?«, meint sie spöttisch. »Dann hast du dich also jetzt dem Handel und den Warengeschäften zugewendet und das Schreiben aufgegeben?«

»Du wirst staunen, Schwesterlein«, prahlt er. »In Kürze werde ich ein literarisches Journal gründen, das in ganz Danzig für Furore sorgen wird!«

Sie schaut ihn belustigt an und scheint ihm kein Wort zu glauben. Das ärgert ihn. »Die Sache ist unter Dach und Fach«, versichert er ihr. »Auguste will einen Betrag zuschießen und außerdem bei ihren Salonbesuchern eine Sammlung veranstalten.«

Johannas Züge drücken nicht nur Unglauben, sondern auch Ärger aus. Weshalb, das ist ihm ein Rätsel. Eigentlich sollte sie sich mit ihm freuen.

»Sieh an«, sagt sie verdrießlich. »Dafür kann sie Geld lockermachen, während der Kauf des Grundstücks …« Zwar hat sie in den letzten Tagen nichts mehr von Auguste gehört, doch die Hoffnung nicht aufgegeben und weiterhin Augen und Ohren offen gehalten, während sie im Stillen nach einem neuen Weg suchte, um ihren Plan weiterzuverfolgen. »Nun ja – die schöne Literatur hat sie schon immer begeistert. Hat sie gesagt, welche Summe sie dir geben will?«

Er zuckt mit den Schultern. So indiskret ist er nicht, dass er gleich nach Zahlen gefragt hätte.

»Sie ist großzügig, wenn es um die Kunst geht«, meint er zuversichtlich. »Und bei einer Sammlung unter ihren Salonbesuchern wird gewiss auch einiges zusammenkommen. Du weißt ja, dass sie sehr überzeugend sein kann, wenn sie sich für etwas einsetzt … Da wir gerade beim Thema sind, liebe Johanna, ich hätte da eine Bitte …«

»Und das Geld bekommst du auf die Hand?«, unterbricht sie ihn.

»Natürlich. Ich muss schließlich die Kosten vorschießen. Den Satz, das Papier, den Druck …«

»Wenn aber mehr zusammenkommt, als du für die nächste Ausgabe benötigst«, überlegt sie.

»Wir werden sehen …«

»Und wann erhältst du das Geld?«, will sie wissen.

Jetzt wird ihm ihre Fragerei langsam lästig. Wieso will sie das alles so genau wissen? Sie erinnert ihn heute beinahe an seinen Bruder Theodor, den Korinthenkacker.

»Vermutlich nächste Woche, wenn ihr Salon wieder stattfindet«, meint er unwillig. »Bis dahin ist es allerdings noch einige Tage hin, und deshalb wollte ich dich heute Abend um ein paar Taler …«

»Leih mir das Geld!«, stößt sie unvermittelt hervor.

»Wie? Was?«, fragt er irritiert.

»Ich bitte dich, mir das Geld zu leihen.«

Er begreift nichts. Ist sie plötzlich verrückt geworden? Sie will Geld von ihm leihen? Noch dazu welches, das er noch gar nicht besitzt?

»Wozu brauchst du denn Geld?«

Da sprudelt es aus ihr hervor. Mit halblauter Stimme, damit es ihr Ehemann drüben im Schlafzimmer nicht etwa hören kann, erzählt sie von einem Stück Land zwischen Weichsel und Mottlau, gleich beim Strohdeich, gegenüber vom Milchpeter. Das soll Forster kaufen, weil sie eine Werft gründen will. Aber ihr Ehemann hält nichts davon und hat sich geweigert.

»Das Wasser ist gestiegen«, flüstert sie aufgeregt. »Da ist jetzt Land unter, vielleicht macht Klawitter einen Rückzieher. Verstehst du? Blott muss verkaufen, der kann nicht länger warten, weil sein Schwiegersohn in der Klemme steckt. Wenn ich jetzt biete, habe ich eine Chance …«

Was für eine krause Geschichte! Seine Schwester stürzt sich wirklich von einer Verrücktheit in die nächste.

»Du kannst gar nicht bieten, Schwesterlein. Das muss dein Ehemann tun. Und da er den Kauf nicht befürwortet …«

Sein berechtigter Einwand kümmert sie nicht. Stattdessen behauptet sie kühn, wenn sie einiges an Bargeld hätte, würde sie Forster schon überzeugen.

»Du spinnst, Johanna!«, meint er kopfschüttelnd. »Ich brauche das Geld selber.«

»Du brauchst doch nicht alles auf einmal, sondern nur immer so viel, wie der Druck der nächsten Ausgabe kostet. Außerdem kommt doch durch den Verkauf der Journale etwas herein. Alles, was darüber hinausgeht, kannst du um Zinsen verleihen. Damit machst du nichts anderes als das, was jede Bank tut. Sie nimmt das Geld der Sparer und arbeitet damit, um es zu vermehren.«

Er fuchtelt mit den Armen und rauft sich die Haare. Wie es scheint, hat seine Schwester vollkommen den Verstand verloren.

»Überleg es dir! Ich wäre dir dankbar bis an mein Lebensende.«

Wie sie ihn so mit brennenden Augen anstarrt, das ist kaum auszuhalten.

»Ich wäre der letzte Idiot, wenn ich diesen Blödsinn mitmachen würde!«

»Ernst! Ich bitte dich! Du bist der einzige Mensch, der mir helfen kann …«

Er windet sich. Du liebe Zeit, sie ist ja ganz aufgelöst, gleich wird sie in Tränen ausbrechen. Wie es scheint, hat sie sich ganz und gar in diese verrückte Idee verrannt.

»Wer weiß, ob überhaupt eine nennenswerte Summe zusammenkommt?«, wiegelt er ab.

»Und wenn ja?«, fragt sie und schaut ihn hoffnungsvoll an.

»Dann können wir darüber reden«, knurrt er. »Aber versprechen kann ich …«

»Ach, Ernst! Du bist ein Engel!«

Sie springt vom Stuhl, läuft um den Tisch herum und umarmt ihn stürmisch. »Ein Erzengel, der das Tor zum Paradies mit dem Schwert bewacht! Das werde ich dir niemals vergessen. Wir werden dich an der Werft beteiligen, Brüderlein. Dann wirst du eines Tages reich sein …«

»Schon gut«, knurrt er und drückt sie an sich. »Wenn du jetzt vielleicht ein oder zwei Talerchen für mich hättest. Als Vorschuss auf kommende Einnahmen sozusagen …«

»Das muss ich vom Haushaltungsgeld abzwacken. Aber das tue ich gern für dich, mein allerliebster Bruder. Wie viel brauchst du? Zwei Taler müssten genügen, oder?«

»Besser drei!«

Später in der Schänke sitzt er beim Bier, hört dem Geschwätz eines Seemanns zu, der seine Heuer versäuft, und denkt darüber nach, dass er ein ausgemachter Idiot ist. Beim dritten Humpen ist er schon fest davon überzeugt, dass er alles nur geträumt hat.

Luise

Ihre Genesung schreitet voran, sie fühlt sich von Tag zu Tag kräftiger, gestern hat sie am Arm ihres Schwagers Ernst einen kurzen Spaziergang gewagt, der ihr ausgezeichnet bekommen ist. Am Rathaus vorbei sind sie zum Neptunbrunnen gegangen, wo sie plötzlich das Bedürfnis verspürte, die Hände ins kühle Wasser zu tauchen.

»Geht es dir gut?«, hat Ernst besorgt gefragt, weil er schon geglaubt hat, ihr sei schwindelig geworden, sodass sie sich auf den Brunnenrand stützen musste.

»Aber ja«, hat sie lächelnd gesagt. »Lass uns bis zum Grünen Tor gehen, ich möchte die Schiffe auf der Mottlau sehen.«

Das Wetter war nicht eben angenehm, Wolken jagten über den Himmel, nur selten blitzten ein paar Sonnenstrahlen auf, und die Fischerboote, die am Kai festgemacht hatten, schwankten heftig auf und nieder. Doch der Wind, der ihr entgegenblies und an ihrem Mantel riss, tat ihr wohl. Tief sog sie den Geruch des Flusses ein, der heute unruhiger als gewöhnlich dahinströmte und den Geruch von Fäulnis und Erneuerung in sich trug. Sie flanierten ein Weilchen an der Uferstraße entlang und besahen die Läden, kauften eine Flasche Wein für Theodor und freuten sich an den Seglern, die eilig an ihnen vorüberschossen. Ernst war ein aufmerksamer und angenehmer Begleiter, er führte sie am Arm, achtete darauf, dass kein Hindernis ihren Weg störte, und brachte sie immer wieder mit seinen Scherzen zum Lachen. Hin und wieder trafen sie Bekannte, dann blieb man ein Weilchen stehen, um ein paar freundliche Worte auszutauschen, sprach vom frühlingshaften Wetter, von einem neuen Geschäft, das feinste kandierte Früchte aus Übersee anbot, oder von den horrenden Kosten, die eine Gasbeleuchtung in den Häusern verursachte.

Wie unterschiedlich die Brüder doch sind, dachte sie bei sich. Wenn ich mit Theodor ausgehe, was selten geschieht, dann schreitet er schweigsam an meiner Seite dahin, grüßt höflich, wenn wir einen Bekannten sehen, aber niemals nimmt er sich die Zeit, um ein wenig zu plaudern. Er ist nun einmal ein ernsthafter Mensch, der um die Verantwortung weiß, die er tragen muss, während sein Bruder zwar ein charmanter Begleiter, aber auch ein Luftikus ist.

Sie ist nun wieder in der Lage, sich um ihre Aufgaben als Hausherrin zu kümmern, bespricht mit der Wirtschafterin den Speiseplan und die anstehenden Arbeiten, kontrolliert die Ausgaben und das Haushaltsbuch, zahlt den Angestellten am Monatsende ihren Lohn. Der Tag ist mit Besorgungen ausgefüllt, die Wäscherin kommt einmal im Monat, die Garderobe ihres Ehemannes und ihre eigenen Kleider müssen gepflegt und instand gesetzt werden, sie muss Danuta anweisen, die Möbel zu wachsen, die Teppiche zu klopfen, das Silber zu putzen. In der kommenden Woche feiert sie ihren Geburtstag, da will sie einige ihrer Freundinnen zum Tee bitten, mehr Aufwand wird sie nicht betreiben – schließlich ist es kein runder Geburtstag.

An den Abenden sitzt Theodor meist noch ein Weilchen bei ihr im Salon, er ist freundlich zu ihr, erzählt von Käufen und Verkäufen, vom anstehenden Bau der Lagerhalle und fragt nach ihrer Gesundheit. Nach einer Weile jedoch erstirbt das Gespräch, und er widmet sich dem Anzeigenblatt oder einer Zeitschrift. Lebhafter geht es zu, wenn Ernst sich zu ihnen gesellt, dann führt er das Wort und erzählt heitere Begebenheiten aus dem Studentenleben in Königsberg, wobei sie niemals sicher ist, ob es sich tatsächlich so zugetragen hat oder ob er es sich nur ausgedacht hat. Beide Männer ziehen sich jedoch bald wieder zurück. Theodor hat noch zu arbeiten, während Ernst behauptet, früh schlafen gehen zu wollen, um am Morgen frisch zu sein. Was wohl nicht ganz der Wahrheit entspricht, denn sie hat gehört, wie Theodor auf dem Flur zornig flüsterte: »Lass endlich die verdammte Schreiberei sein. Denkst du vielleicht, das Lampenöl, das du in der Nacht verbrauchst, kostet nichts?«

Sie selbst geht ebenfalls zeitig zu Bett, da Dr. Sternberg ihr gesagt hat, Ruhe und Schlaf wären neben einer kräftigen Kost und frischer Luft für ihre Genesung förderlich. Was Dr. Sternberg ihr außerdem mit tief bekümmerter Miene verkündet hat, mag sie nicht glauben. Eine erneute Schwangerschaft könnte ihr Tod sein? Ach, die Ärzte! Sie halten sich für allwissend und irren sich doch so häufig. Hat nicht seinerzeit ein Doktor Neunmalschlau ihrer Mutter erzählt, sie sei unfruchtbar und würde niemals ein Kind in die Welt setzen? Und schon ein Jahr später hat sie eine gesunde Tochter geboren. Nein, Luise wird auf keinen Arzt, sondern allein auf Gott vertrauen. Der Herr wird sie behüten und beschützen – im kommenden Jahr wird sie ihrem Ehemann einen Stammhalter in die Arme legen und über den dummen Arzt lachen, der ihr solchen Unsinn erzählt hat.

Die »Sache«, die zu einer Schwangerschaft notwendig ist, sehnt sie keineswegs herbei, sie gehört zu den ehelichen Pflichten und muss erduldet werden. Ihre Mutter hat sie gelehrt, dass eine anständige Ehefrau niemals Lust empfindet, wenn ihr Mann ihr beiwohnt. Nur eine Hure tut so etwas. Ein Lehrsatz, dessen Wahrheitsgehalt Luise im Laufe ihrer Ehe bestätigt fand. Weder sie selbst noch Theodor haben bei dieser »Sache« große Freude empfunden, man hat sie absolviert, weil es nun einmal notwendig ist, um Nachkommen zu bekommen. Wobei sie sich in Bezug auf Theodor nicht ganz sicher ist; einiges in seinem Verhalten deutete durchaus darauf hin, dass er so etwas wie Lust verspürte. Aber er ist schließlich ein Mann, und man sagt ja, dass die Triebe in den Männern stärker sind als bei einer Frau.

Leider will sich der Schlaf, den sie so nötig braucht, nicht einstellen. Gegen neun Uhr am Abend fühlt sie sich todmüde und geht zu Bett; dann sinkt sie sogleich in einen dumpfen Schlaf, als fiele sie in einen dunklen Brunnen. Wenn sie daraus erwacht, hört sie die Turmuhren Mitternacht schlagen, und sie muss sich im Bett aufsetzen, weil ihr Herz so heftig klopft. Etwas wühlt in ihr, wie ein heftiger Schrecken oder eine Angst, deren Grund sie nicht begreift. Erst wenn sich ihr Herzschlag beruhigt hat, kann sie sich wieder im Bett ausstrecken. Dann liegt sie wach, hört Theodors regelmäßige Atemzüge neben sich, und düstere Gedanken fallen wie ein Schwarm Krähen über sie her. Wird die Cholera wieder in der Stadt ausbrechen, wie es schon mehrfach geschehen ist, und ihr den Ehemann nehmen? Hat sie ein Herzleiden, das sie frühzeitig dahinraffen wird? Was wird aus ihnen, wenn wieder ein Krieg den Handel stört, ein Schiff mit Waren untergeht oder eine Flut die neue Halle in Neufahrwasser wegreißt? Ach, man darf bei Nacht nicht zu viel nachdenken, es ist bekannt, dass man dann zu grundlosen Ängsten neigt. Wenn es ihr gar nicht gelingen will, die quälenden Gedanken von sich zu schieben, steht sie leise auf, um Theodor nicht zu wecken, und setzt sich eine Weile ins Wohnzimmer. Dort zündet sie die Lampe an, deren Licht die Dunkelheit in ihrer Seele vertreibt, und nimmt sich eine Handarbeit vor. Nach einer Weile beruhigt sich dann ihr Gemüt, sie wird schläfrig und geht schließlich auf leisen Sohlen zurück ins Schlafzimmer, um sich wieder zu Bett zu legen.

Auch in dieser Nacht erwacht sie mit Herzklopfen, sitzt eine Weile im Bett und hält die Hand auf die Brust. Dann erst bemerkt sie, dass sie allein ist. Hat Theodor noch im Kontor zu tun? Aber es ist Mitternacht, soeben hört sie die Turmuhren schlagen. Nun, er wird noch arbeiten, der Ärmste. Sie liegt eine Weile schlaflos in den Kissen, dann beschließt sie, hinüber ins Wohnzimmer zu gehen, um beim Licht der Lampe einige Flickarbeiten zu erledigen.

Im Flur bleibt sie stehen, weil sie eine leise Stimme aus dem oberen Geschoss vernimmt. Ist das Danuta? Warum schläft das Mädchen um diese Zeit nicht?

»Nein«, hört sie sie flüstern. »Lassen Sie mich. Ich will niemals wieder eine solche Sünde begehen …«

Luise kann es kaum glauben. Danuta, die immer so sanft und fromm tut, die bei jeder Gelegenheit die Heilige Jungfrau anruft – Danuta hat einen Liebhaber. Wer kann das sein? Sie hat »Sie« zu ihm gesagt, also kommt nur ein einziger Mann im Haus infrage: ihr Schwager Ernst. Oh, dieser Hallodri!

»Nun sei doch nicht so kaltherzig«, vernimmt sie eine männliche Stimme im Flüsterton. »Siehst du nicht, wie schlecht es mir geht? Ich komme um vor Verlangen nach dir, meine süße …«

Oh, er nutzt die Lage aus, weil Theodor noch unten im Kontor ist. Soll sie hinaufgehen und ihn zur Ordnung rufen? Ist das nicht ihre Pflicht als Hausherrin? Sie zögert. Es ist ihr unangenehm, im Nachtgewand, nur mit einem Tuch um die Schultern, vor ihm zu stehen. Auch müsste sie zuerst ein Licht herbeischaffen, denn auf der Stiege ist es dunkel, und sie könnte stürzen …

»Ich flehe Sie an!«, hört sie Danutas Stimme. »Gott hat unsere Sünde bestraft. Denken Sie an Ihre Ehefrau, die beinahe gestorben ist …«

»Ach was! Es geht ihr besser, sie ist beinahe gesund. Nun stell dich nicht so an, du willst es doch selbst, Danuta. Nur ein paar Minuten, dann verspreche ich, wieder zu gehen …«

»Nein … ich bitte Sie … nein …«

Oben schließt sich knarrend eine Tür, dann vernimmt sie nichts mehr außer ihren eigenen dumpf hämmernden Herzschlägen.

Es ist nicht wahr, sagt sie sich und muss sich an die Wand lehnen. Meine Fantasie hat mir einen Streich gespielt. Theodor sitzt unten im Kontor und arbeitet. Niemals käme er auf die Idee, in Danutas Kammer …

Sie spürt, dass der Boden unter ihr nachgeben will, und hält sich an der gedrechselten Säule des Wäscheschranks fest, um nicht zu fallen. Nichts ist mehr zu hören. Sie muss sich geirrt haben. Oder doch? Ist da nicht ein Knacken und Knarren? Ein Seufzer? Ein leises, unterdrücktes Lachen aus männlicher Kehle? Sie wendet sich hastig ab und flüchtet ins Eheschlafzimmer, sinkt wie betäubt auf das Bett und legt die Hände vor das Gesicht. Tausend irrwitzige, widernatürliche und sündige Vorstellungen durchziehen ihr Hirn, als habe jemand die Pforten der Hölle vor ihr geöffnet.

Er ist oben, denkt sie in starrem Entsetzen. Er liegt in ihren Armen. Sie tun lasterhafte Dinge miteinander. Wie er schmeicheln kann! »Ich komme um vor Verlangen, meine süße …« Hat sie je solche Worte von ihm zu hören bekommen? Solche Liebesglut. Solches Flehen. Nicht dass sie es sich gewünscht hätte, sie ist eine anständige Ehefrau. Aber dennoch, »… meine süße …«.

Wie lange hat sie so gesessen, mit Verzweiflung, Abscheu und Entsetzen gerungen? Irgendwann vernimmt sie seine Schritte im Flur und erschrickt zu Tode. Er tritt leise ins Schlafzimmer, ohne die Lampe anzuzünden, kleidet sich im Dunkeln aus und legt sich neben sie. Grunzt zufrieden, sucht die richtige Lage im Bett, und gleich darauf hört sie seine gleichmäßigen Atemzüge.

Heißt es nicht: Ein ruhiges Gewissen ist ein sanftes Ruhekissen? Wie kann es dann sein, dass Theodor nach diesem Betrug fest und ruhig neben ihr schläft, während sie selbst, die von ihm hintergangen und erniedrigt wurde, kein Auge schließen kann? Bis zum Morgengrauen wälzt sie sich schlaflos hin und her, vergießt manche Träne über ihr Unglück und fragt sich, womit sie es verdient hat. Erst kurz vor Tagesbeginn, als sie schon hört, wie er aufsteht, sich wäscht und die Kleider wieder anlegt, schlummert sie erschöpft für eine kurze Weile ein.

Als sie erwacht, steht Danuta in ihrem Zimmer.

»Darf ich der gnädigen Frau das Frühstück bringen? Die anderen Herrschaften haben bereits gespeist.«

Wie falsch sie lächelt, diese lasterhafte Person. Luise muss sich zusammennehmen, um sie nicht anzuschreien: Verschwinde! Geh mir aus den Augen! Du hast mit meinem Ehemann widerliche, sündhafte Dinge getrieben! Doch sie beherrscht sich und sagt stattdessen: »Ich frühstücke im Speisezimmer. Sag der Wirtschafterin, dass ich frischen Kaffee möchte.«

Sie zieht sich ohne Hilfe an – von Danutas Händen beim Ankleiden berührt zu werden könnte sie nicht ertragen. Im Speisezimmer sitzt sie allein, trinkt Kaffee und bringt kaum einen Bissen hinunter. Was kann sie tun? Ihn zur Rede stellen? Oh, sie kennt ihn. Er wird alles abstreiten und behaupten, sie hätte es nur geträumt. Dann wird er ihr erzählen, sie habe schwache Nerven und neige zu Wahnvorstellungen, und ihr schließlich zornig vorwerfen, dass ein solch ungeheuerlicher Verdacht ihn tief beleidige. Auch die arme Danuta habe ihr Misstrauen nicht verdient …

Es ist ein Schicksal, das ich ertragen muss, sagt sie sich schließlich. Ich bin nicht die erste und nicht die letzte Ehefrau, der solches widerfährt. Der »Hang der Männer zum Küchenpersonal« ist sprichwörtlich, man weiß es, macht aber nicht viel Aufhebens darum. Wozu auch? Es sind ja nur Domestiken. Soll er seinen Drang bei ihr kühlen, irgendwann wird er ihrer überdrüssig werden. Und wenn ich ihm erst den Stammhalter in die Arme legen kann, wird er vollends anderen Sinnes werden.

Ihren Seelenfrieden findet sie damit nicht. Sie fühlt sich unendlich erschöpft und mutlos, es ist, als habe sich ein dunkler Schleier über ihr Dasein gelegt, der alles Licht, alle Freuden hinwegnimmt. Dennoch ist sie entschlossen, sich nichts anmerken zu lassen; vor allem die hinterhältige Danuta soll nicht erfahren, wie tief sie ihre Herrin verletzt hat. Sie bemüht sich, das Mädchen freundlich zu behandeln, kann aber nicht umhin, sie mit aufmerksamen Blicken zu beobachten. Zeigt sie Reue? Oder triumphiert sie gar über ihre Herrin? Weder das eine noch das andere ist zu bemerken, ihr fällt nur auf, dass das Mädchen blass aussieht und Schatten um die Augen hat. Ohne Zweifel eine Folge der sündigen Nächte. Dennoch muss sich Luise eingestehen, dass Danuta gewisse Eigenschaften besitzt, die Männern nun einmal gefallen. Vermutlich verbirgt sie hübsche, volle Brüste unter dem Mieder, auch erscheint Luise der Gang ihrer Angestellten jetzt aufreizend, und die dunklen Augen, die sie meist niedergeschlagen hat, können ohne Zweifel feurige Blicke aussenden.

Am frühen Vormittag, als sie sich erschöpft fühlt und darüber nachdenkt, ein Stündchen auszuruhen, tritt der Schwager Ernst in den Salon. »Theodor lässt fragen, ob du dich uns anschließen möchtest, liebe Luise«, sagt er mit heiterem Lächeln. »Wir wollen hinauf nach Neufahrwasser, um nach der Halle zu sehen, und anschließend einen hübschen Spaziergang über die Westerplatte unternehmen. Frische Meeresluft wird dir guttun, liebe Schwägerin.«

Es ist seit langer Zeit das erste Mal, dass Theodor sie zu einem Ausflug bittet. Tut er das, weil er ein schlechtes Gewissen hat? Ach, sie darf solche Gedanken nicht aufkommen lassen, sie vergiften nur ihr Dasein und helfen niemandem.

»Sag ihm, dass ich mich freue und gern mitfahren werde.«

»Wunderbar«, ruft er. »In einer halben Stunde brechen wir auf.«

Sie kleidet sich um, steckt das Haar neu auf und bindet den Hut mit einem Schleier fest, denn sie kennt den Wind, der oben am Meer weht. Der Blick in den Spiegel ist nicht erfreulich – welch ein Unterschied zwischen ihren schlaffen, ältlichen Zügen und Danutas blühender Jugend.

Theodor erwartet sie in der Halle, er ist ungewöhnlich freundlich, behauptet, das Kleid stehe ihr gut, sie sehe darin jung und erholt aus.

»Jetzt, da der Frühling einkehrt, werden wir öfter gemeinsam ausgehen, meine Liebe. Es gefällt mir gar nicht, dass du den lieben langen Tag zu Hause sitzt und keine Abwechslung hast.«

Sie lächelt schwach. Er ist ein fürsorglicher Ehemann, ihre Genesung liegt ihm am Herzen, er ist bemüht, ihr gefällig zu sein. Hat sie einen Grund, sich zu beschweren? Niemand von uns ist ohne Sünde seit Adams Fall. An seinem Arm geht sie durch die Gassen zum Hafen hinunter, wo Ernst an der Anlegestelle des Dampfschiffs wartet. Er ist vorausgelaufen, um sie in die Liste einzutragen, da das kleine Boot nur eine begrenzte Zahl an Passagieren aufnehmen kann. Ein wenig mulmig ist ihr schon, als Theodor sie über den Anlegesteg hinüber ins Boot führt, denn sie ist bisher noch nie mit einem Dampfboot gefahren.

»Du musst keine Angst haben, meine Liebe«, sagt Theodor. »Es ist die gleiche Maschine, die auch die Lokomotiven antreibt. Es zischt und raucht ein wenig, aber daran gewöhnt man sich rasch.«

Es ist eng auf dem Boot, die Sitze für die Passagiere sind dicht nebeneinander in der Bootsmitte, die meisten ziehen es jedoch vor, an der Reling zu stehen. Die Maschine arbeitet lärmend unter Deck, man spürt das Schiff zittern, doch es macht erstaunlich rasche Fahrt. Die Häuser am Ufer, die Speichergebäude der Insel, das Krantor – alles gleitet eilig vorüber, sie steht neben Theodor an der Reling, hält sich an seinem Arm fest und hat das Gefühl, über das Wasser zu fliegen.

Er ist schweigsam, starrt in die Wiesen und Wälder hinein, die sich am Ufer ausbreiten, und scheint in die eigenen Gedanken versunken. Ernst hat inzwischen ein Gespräch mit einem jungen Engländer begonnen, der mit zwei Damen unterwegs ist, einer jungen, die vermutlich seine Ehefrau ist, und einer älteren, möglicherweise die Schwiegermutter. Das Gespräch ist lebhaft, Ernst spricht erstaunlich gut Englisch, verstehen kann sie leider nur wenig. Die übrigen Reisenden scheinen in Geschäften unterwegs zu sein, ein Offizier mit seinem Burschen ist darunter, der sich beim Schiffsführer erkundigt, wann man in Weichselmünde bei der Zitadelle sei.

Je näher sie Neufahrwasser kommen, desto deutlicher erkennt man die vielen Schiffe, die dort vor Anker liegen. Es sind Zweimaster und Dreimaster, die Waren aus unterschiedlichen Ländern transportieren – oh, ihr Ehemann ist klug, hier eine Lagerhalle zu errichten, denn viele Güter werden ohne Zweifel hier auf Neufahrwasser umgeladen.

Als sie an Land gehen, schreitet er eilig davon und scheint sie vergessen zu haben. Ernst tritt nun an seine Stelle, bietet ihr seinen Arm und weist auf den Leuchtturm, der in der Ferne auf der Mole steht, ein »einsamer Wächter, von Wind und Wellen umtost«.

»Ist das Meer nicht grandios?«, ruft er mit einer weit ausholenden Armbewegung. »Diese unendliche Weite! Wie sanft die Wellen heute im Sonnenlicht schimmern. Und doch können sie wild schäumend gegen das Land schlagen, ganze Dörfer verschlingen und große Schiffe in die Tiefe reißen.«

Sie muss zu seinen übertriebenen Schilderungen lächeln, dennoch ist sie dankbar, dass er sich ihrer annimmt und sie aufheitert. Der Bau der Halle scheint erst in seinen Anfängen zu stecken, man legt das Fundament, und Theodor geht unruhig zwischen den Arbeitern umher, hat überall etwas auszusetzen, macht seinem Ärger in harten, zornigen Worten Luft. Nun – er hat recht, so streng zu sein, schließlich bezahlt er die Leute und kann anständige Arbeit verlangen. Sie müssen lange warten, bis er endlich von der Baustelle zu ihnen zurückkehrt. Da ist seine gute Stimmung dahin und seine Züge verfinstert.

»Was stehst du hier faul herum«, fährt er seinen Bruder an. »Ich hätte dich gut drüben gebrauchen können. Diese Idioten machen alles falsch; wenn man nicht nach ihnen schaut, sparen sie sich Arbeit, wo sie nur können.«

»Ich wollte Luise nicht allein lassen«, verteidigt sich Ernst. »Schließlich haben wir ihr einen Ausflug versprochen.«

»Du hast immer eine Ausrede parat«, knurrt Theodor verärgert.

Er drückt sich den Hut fester in die Stirn und geht voraus zur Anlegestelle der Fähre, die man benutzen muss, um auf die Westerplatte überzusetzen. Wie ungeduldig er ist! Hat er wirklich Freude daran, mit ihr diesen Spaziergang am Meer entlang zu unternehmen? Jetzt bezweifelt sie es plötzlich. Fröstelnd folgt sie ihm auf die Fähre, sitzt zwischen ihm und dem Schwager auf der schmalen Bank und spürt, wie die Ruderschläge des Fährmanns gegen das unruhige Auf und Ab der Wellen ankämpfen. Ach, sie wäre besser zu Hause geblieben. Auch wenn die Sonne immer wieder zwischen den Wolken hervorschaut und das Wasser des Flusses aufblitzen lässt – im Grunde ist alles hier trist und grau, der Wind lässt sie erschauern, und die Möwen, die sich kreischend an einer Stelle des Hafens sammeln, jagen ihr Angst ein.

Die Westerplatte ist eine Halbinsel an der Weichselmündung, ein nahezu unberührtes Fleckchen Erde, von Kiefernwäldern bedeckt, entlang der Küste zieht sich ein breiter Sandstrand. Nach einem Sturm laufen hier die Bernsteinsucher mit ihren Netzen und Stangen umher, dann kann man kleine und größere Stückchen des gelblichen Harzes finden, die sich gut an die Händler in der Stadt verkaufen lassen.

Heute ist niemand außer ihnen zu sehen, nur die Seevögel tummeln sich zwischen den herandrängenden Wellen und hocken auf den Fischerbooten, die verlassen im Sand liegen. Draußen auf dem Meer sieht man Segel, weiße Flecken auf der grauen, endlosen Wasserfläche: Schiffe, die nach England fahren, nach Holland, Schweden oder wohin auch immer.

»Du musst die Meeresluft tief einatmen, Luise. Das stärkt die Lunge«, verlangt Theodor.

»Ja …«

»Kannst du nicht rascher gehen? Wir müssen das Dampfboot noch erreichen.«

Ein leiser Trotz regt sich in ihr. Was ist das für ein Spaziergang, wenn sie so zur Eile gedrängt wird?

»Ich würde gern ein paar Schritte auf diesen Landungssteg hinaus machen«, bittet sie ihn. »Um mir dort so richtig den Wind um die Nase wehen zu lassen.«

Der Steg reicht gut fünfzig Meter ins Meer hinein und dient den größeren Fischerbooten als Anlegestelle. Er ist solide gebaut und hat schon manchem Sturm getrotzt.

Theodor hält diesen Wunsch für überflüssig, er zieht die Taschenuhr, blickt sie ärgerlich an, meint aber schließlich: »Meinetwegen. Aber danach müssen wir uns sputen.«

Sie geht voraus, spürt den Wind, der an ihrem Kleid zerrt, die Wellen, die ihr entgegenströmen und zischend gegen das Holz schlagen. Wie stark diese Kräfte sind, wie wild und frei die Möwen über dem Wasser schweben, wie geschickt sie mit dem Wind auf- und absteigen, pfeilschnell über den Wellen dahingleiten, sie aber niemals berühren. Plötzlich verspürt sie eine heftige Sehnsucht nach dieser Freiheit. Am Ende des Stegs bleibt sie stehen und breitet ihre Arme aus, streckt sie dem Wind entgegen, als wären es Flügel, auf denen sie davonfliegen könnte.

»Geh nicht so dicht an den … Luise! Um Gottes willen …«

Da ergreift der Wind ihre Schwingen, da kommt ihr das wilde, aufgewühlte Meer entgegen, sie fliegt, sie schwebt, dann erfassen sie die kalten grauen Wogen, sie taucht unter, kämpft mit dem eisigen Wasser und verspürt den Sog, der sie hinaus ins Meer ziehen will.

»Zu Hilfe!«, hört sie sich schreien, doch ihr Ruf wird von dem Geräusch der Wellen übertönt. Undeutlich sieht sie Theodor, der auf dem Landungssteg steht und mit den Armen fuchtelt, gleich darauf schlägt das Wasser wieder über ihr zusammen, sie rudert verzweifelt, doch das lange Kleid behindert ihre Bewegungen und zieht sie in die Tiefe.

Da taucht ein Körper neben ihr auf, jemand fasst sie bei der Schulter, krallt die Hand in den Kleiderstoff, erwischt schließlich ihren Arm und hält ihn fest.

»Bleib ganz ruhig!«, ruft Ernst ihr zu. »Ich ziehe dich zum Steg. Hör auf zu zappeln, damit machst du es mir nur schwerer!«

Sie begreift, dass er recht hat, und gehorcht. Versucht, nur das Gesicht über Wasser zu halten, nicht gar so viel salziges Meerwasser zu schlucken, und lässt sich treiben. Ernst hat schwer zu kämpfen, denn der Sog will sie nicht freigeben. Schließlich hält sie sich an seiner Jacke fest, damit er beide Arme zum Schwimmen gebrauchen kann. Am Steg klammert er sich an eine der hölzernen, muschelbewachsenen Stützen, während Theodor Luise hinaufzieht. Er ist wie von Sinnen, trocknet ihr Gesicht und Haar mit seiner Jacke ab und redet dabei zornig und verzweifelt zugleich auf sie ein. »Welcher Irrsinn hat dich da gepackt, Luise? Warum hast du nicht auf meine Warnung gehört? Mein Gott, du bist ja durch und durch nass! Nimm meine Jacke um, sie wird wenigstens den Wind abhalten. Ernst! Wo bleibst du? Wir müssen zur Anlegestelle. Hilf mir, sie zu tragen …«

Ernst wringt noch rasch seine triefende Jacke aus, dann nehmen die Männer Luise zwischen sich, tragen sie im Eilschritt zum Strand und von dort aus zur Anlegestelle des Dampfers. Es gibt eine zornige Auseinandersetzung, weil sie nicht in die Liste eingetragen sind, Theodor aber wegen des Unfalls fordert, dass man sie trotzdem mitnehmen muss. Schließlich erklären sich zwei Passagiere bereit, auf ihren Platz zugunsten der durchnässten und frierenden Leute zu verzichten, und man trägt Luise auf das Schiff. Die Rückfahrt erscheint ihr seltsam kurz, sie sitzt von Mänteln und Decken eingehüllt, die man für sie aufgetrieben hat, hält die Augen geschlossen und ist von einem einzigen Gedanken erfüllt.

Es war nicht Theodor, der ins Wasser sprang, um ihr Leben zu retten. Ernst, ihr Schwager, hat es getan. Der Luftikus. Der Bruder Leichtfuß. Er hat den Mut und die Entschlossenheit dazu gehabt. Theodor hat nichts unternommen, er hätte sie ertrinken lassen.

Später erinnert sie sich kaum daran, wie sie vom Dampfboot herunter und nach Hause gelangt sind. Sie findet sich im Schlafzimmer wieder, wo Danuta ihr die nassen Kleider von Leib zieht, ihr das Nachtgewand überwirft und sie mit wollenen Socken und warmen Decken ausstattet. Ihr wird heißer Tee mit Rum gebracht, Rinderbrühe mit Ei, süßer Reisbrei, mit Zimt gewürzt. Sie nimmt nur wenig zu sich und fällt bald in den tiefen Schlaf völliger Erschöpfung.

Als sie erwacht, scheint helles Tageslicht ins Zimmer – sie hat bis zum Morgen durchgeschlafen. Zu ihrer Überraschung fühlt sie sich gut, kein Fieber, keine Halsschmerzen – sie hat das Bad in der kalten Ostsee unbeschadet überstanden. Auch ihr Gemütszustand ist erfreulich: Sie ist ruhig, die dumpfe Verzweiflung hat sich über Nacht aufgelöst. Gott hat es gefügt, dass sie gerettet wurde, das muss einen Sinn haben.

Danuta erscheint mit dem Frühstück. Sie tut so, als wäre sie froh und erleichtert, ihre Herrin wach und bei guter Gesundheit zu finden. »Was haben Sie da nur angestellt, gnädige Frau«, jammert sie und schlägt die Hände zusammen.

»Schweig!«, befiehlt Luise. »Bring meinen Ehemann herbei. Sag ihm, ich muss ihm etwas mitteilen.«

Eine neue Klarheit und Entschlossenheit erfüllt sie. Nein, sie ist nicht wehrlos. Es gibt Mittel, ihren Ehemann auf den rechten Weg zurückzuführen. Hastig steigt sie aus dem Bett, nimmt ein Tuch um und staunt über sich selbst, wie ruhig und zielgerichtet sie ihr Vorhaben in die Tat umsetzt. Als sie vom Dachboden zurückkommt, hört sie schon seinen Schritt unten auf der Treppe, und sie muss sich beeilen, um rechtzeitig im Eheschlafzimmer zu sein.

Er tritt ein, ohne anzuklopfen, und ist überrascht, sie im Bett sitzend zu finden. Vermutlich hat er geglaubt, sie läge wieder im Fieber.

»Wie ich sehe, geht es dir recht gut, meine Liebe«, sagt er. »Da bin ich sehr erleichtert, denn du hättest dir gestern den Tod holen können.«

»Ich habe etwas mit dir zu besprechen, Theodor«, sagt sie und winkt ihm, einzutreten. »Es ist leider sehr unangenehm, aber wir müssen es hinter uns bringen.«

»Um was geht es?«, will er mit leichter Ungeduld wissen.

»Es geht um Danuta.«

»Um … Danuta?«

Wie sein Blick flackert! Ist es das schlechte Gewissen? Oh, er wird leiden müssen, aber es ist zu seinem eigenen Besten.

»Sie muss unser Haus verlassen, Theodor. Sie hat mir eine wertvolle Brosche gestohlen. Die mit den Perlen, die meine Mutter mir vererbt hatte.«

Pawel

Pawel Forster sitzt am Hafen auf einem Poller und starrt auf das Wasser der Mottlau, das zwischen den festgemachten Booten schwappt und gluckert. Zwei Möwen hocken neben ihm am Kai, fixieren ihn mit starren Augen und scheinen auf einen guten Bissen zu hoffen. Pawel achtet nicht auf sie, er ist in düstere Gedanken versunken.

So hat er sich seine Rückkehr nach Danzig nicht vorgestellt. Er wollte beim Vater seinen Meister machen und dann die Werkstatt übernehmen. So, wie es sich für einen guten Sohn gehört, der als Geselle in die Welt gezogen ist, um das Handwerk zu lernen, und dann heimkehrt, um das Gelernte zum Wohl des väterlichen Betriebs zu nutzen. Aber daran ist nicht mehr zu denken, denn er hat sich mit dem Vater zerstritten. Ein tiefer Seufzer entfährt ihm. Mit einem Fußtritt jagt er die gierig starrenden Möwen davon, murmelt einen Fluch und stützt dann resigniert die Ellbogen auf die Knie.

Warum war er so aufgebracht? Er ist doch sonst keiner, der bei jeder Gelegenheit aus der Haut fährt. Er ist eher ein Mensch, der ruhig bleibt, seine Worte und Taten abwägt, lieber schweigt, als voreilig das Maul aufzureißen. Wenn er allerdings einmal in Zorn gerät, dann ist er nicht zu halten und tut Dinge, die er später bereut.

Was, zum Teufel, hat ihn so in Rage gebracht, dass er sich mit dem Vater Hals über Kopf überworfen hat? War es das Geschwätz, das ihm zu Ohren kam, als er hier im Hafen an Land ging? Er ist mit einem Handelsschiff von England herübergefahren, das hat ihn kein Geld gekostet, weil er den Kapitän gut kennt und ein Schiffszimmermann an Bord immer zu gebrauchen ist. Drüben an der Speicherinsel haben sie festgemacht, da hat er noch beim Ausladen geholfen und dann sein Bündel geschultert, um zum Vater zu gehen. Was der wohl sagen wird, wenn er so plötzlich in der Werkstatt steht, hat er gedacht. Freuen wird er sich, aber er wird ihm auch vorwerfen, dass er sich lange in der Fremde herumgetrieben hat. Erst in Hamburg, dann hat ihn das Reisefieber gepackt, und er ist hinüber nach Holland. Und von dort aus nach England. Da ist er am längsten geblieben, gut drei Jahre, und vielleicht wäre er am Ende gar nicht mehr heimgekommen, aber das ist zum Glück nicht geschehen. Er denkt nicht gern an diese Sache zurück, es hat wehgetan, weil er sich verliebt hat und erfahren musste, dass sie ihm zwar schöne Augen gemacht, dann aber einen anderen genommen hat. Der Schmerz darüber sitzt noch ganz tief in ihm, er lässt ihn nicht hochkommen, weil es ihn traurig und auch mutlos macht. Seitdem hat er keine Frau mehr angesehen. Ein Mädel für eine Nacht braucht er nicht, und eine, die ihm gefällt und es ehrlich mit ihm meint, die findet er nicht. Also hat er sich gesagt, dass die Wanderschaft nun ein Ende haben muss, der Vater ist allein, seitdem die Mutter tot ist, er wird nicht jünger und wird sich freuen, wenn der Sohn nun endlich heimkehrt. Wie er sich da getäuscht hat!

Er ist ein wenig an der Langen Brücke entlanggeschlendert, hat sich die vielen Läden besehen und festgestellt, dass einige Geschäfte, die er von früher kannte, nicht mehr da sind, dafür aber andere dort eingezogen sind. Wie er gerade bei einem Wein- und Schnapsladen steht und überlegt, ob er dem Vater vielleicht ein Willkommensgeschenk kaufen soll, hört er hinter sich eine helle Stimme.

»Schau, Mutter. Ist das nicht der Pawel? Der Sohn vom Schiffsbauer Forster?«

»Der da?«, sagt eine andere Frauenstimme. »Nie im Leben ist das der Pawel. Der schaut ganz anders aus.«

Er glaubt, sie zu kennen. Ist das nicht die Lene? Die Tochter vom Schuhmacher Grauholm aus der Böttchergasse. Amüsiert will er sich umdrehen und fragen, ob er sich denn so verändert hat. Da hört er, wie sie weiterreden.

»Der arme Kerl. Wenn der einmal zurückkommt und merkt, dass er eine Stiefmutter hat …«

Er hält inne. Was hat sie gesagt? Eine Stiefmutter? Nein, er muss sich verhört haben.

»Und was für eine«, sagt Lene zu ihrer Mutter. »Eine ganz durchtriebene. Aber der alte Forster, der verliebte Gockel, hat sie geheiratet, und jetzt tanzt sie ihm auf der Nase herum.«

»Wenn eine alte Scheune brennt, da geht's lichterloh«, meint die Mutter.

Die letzten Sätze hört er nur noch undeutlich, weil die beiden Frauen weitergegangen sind. Da steht er nun, starrt auf die Schnapsflaschen im Schaufenster und kann nicht fassen, was da über den Vater gesagt wird. Kann das denn sein? Der Vater hat die Mutter doch geliebt, er war kreuzunglücklich, als sie krank wurde, und als sie dann sterben musste, hat man den Vater kaum trösten können. Er selbst schon gar nicht, weil der Verlust der Mutter auch ihn tief getroffen hat. Fünf Jahr ist das her. Und da soll der Vater sich inzwischen eine junge Frau genommen haben?

Er hat beschlossen, der Sache auf den Grund zu gehen, und ist auf geradem Weg zur Paradiesgasse gelaufen. Ja, er ist zornig gewesen, aber vor allem auf die beiden Frauen, die so abfällig über seinen Vater geredet haben. Das hat ihn tief gekränkt. Aber da hatte er sich noch im Griff. Er hätte sich beherrschen können, ruhig mit dem Vater reden, seine Gründe hören, die Angelegenheit friedlich mit ihm regeln.

Warum hat er das nicht getan?

Es war diese Frau, die aus der Werkstatt trat, als er gerade über die Radaunebrücke gegangen war. Er ist stehen geblieben, hat gestutzt und begriffen, dass sie es sein muss. Die junge Ehefrau des Vaters. Seine Stiefmutter. Hübsch ist sie. Beweglich und flink ist sie auf ihn zugegangen. Hat ihn mit grauen Augen neugierig gemustert, dann hat sie ihn angelächelt und ihm einen »Guten Morgen« gewünscht.

In diesem Moment ist es mit ihm durchgegangen. Warum, das weiß er nicht genau. Vielleicht war es dieses unbefangene Lächeln? Der verschmitzte Zug um ihren Mund? Wusste sie, wer er ist? Hat sie ihn deshalb mit solch einem schnippischen Lächeln gegrüßt, um dann davonzustolzieren?

Der Zorn ist in ihm hochgekocht, er ist hinein in die Werkstatt, hat noch kurz den Gesellen gegrüßt, den er von früher kennt, dann hat er vor dem Vater gestanden. Das Wiedersehen ist schlimm ausgefallen. Ein Wort hat das andere gegeben, und am Ende ist er aus der Stube gestürmt. Aber da hat sie auf einmal auf der Treppe gestanden, hat ihn mit großen, erschrockenen Augen angeschaut, dass es ihm ganz mulmig geworden ist. Er hat kein Wort zu ihr gesagt, sondern ist an ihr vorbeigegangen, und als er draußen auf der Gasse stand, hat er erst einmal tief durchatmen müssen. Dann hat er seine Handwerkskiste genommen und ist eilig davongelaufen.

Der Zorn ist ebenso schnell verraucht, wie er über ihn gekommen ist. Schon bald hat er sich gefragt, welcher Teufel ihn geritten hat, dass er so unbeherrscht und respektlos zum Vater gewesen ist. Er hat auch daran gedacht, umzukehren, um sich zu entschuldigen. Aber dann ist ihm wieder die junge Frau mit den grauen Augen in den Sinn gekommen, und er ist nicht zurückgegangen, weil er ihr nicht begegnen wollte. Stattdessen hat er sich am Hafen ein billiges Gasthaus gesucht, um ein Nachtquartier zu haben, und ein Mittagessen bestellt. Da ist ihm zu all dem Unheil noch bitter aufgestoßen, dass er jetzt für Essen und Unterkunft zahlen muss und dass so das Geld dahinfließt, das er sich so mühsam zusammengespart hat. Er hat es dem Vater geben wollen, um ihm zu beweisen, dass er kein Verschwender ist und das Geld, das er ihm hin und wieder geschickt hat, nicht ausgegeben, sondern zusammengehalten hat. Beinahe hätte er ihm vorhin in seinem Zorn den Beutel auf den Tisch gehauen, aber jetzt ist er froh, dass er es nicht getan hat. So wie die Dinge liegen, wird er seine Heimatstadt wohl recht bald wieder verlassen und nach Bremen oder Hamburg gehen, um dort seinen Meister zu machen. Ein Jahr oder länger wird das wohl noch dauern, aber es lässt sich nicht ändern, er hat es so gewollt. Selbst wenn er sich noch mit dem Vater einigen würde – mit einer solchen Stiefmutter im gleichen Haus wohnen, das will er auf keinen Fall.

Am Abend, im Gasthaus, da hat er versucht, seinen Kummer und Ärger zu ersäufen. Zwei Bier und drei Klare, doch geholfen hat es wenig. Die Gedanken sind trotzdem unaufhörlich in seinem Kopf gekreist, es ist sogar schlimmer geworden, je mehr er getrunken hat. Auch die Nacht war wenig angenehm, denn er hat sich das Zimmer mit drei anderen Gästen teilen müssen. Zwei davon waren Seeleute, die ihre Heuer schon verprasst hatten, der dritte ein zerlumpter Bursche, der Pawels Bündel mit stechendem Blick gemustert hat. Pawel hat sich daraufhin das Bündel unter den Kopf gelegt, doch er ist in der Nacht immer wieder aufgewacht und hat gefühlt, ob der Beutel noch da ist, und sich um seine Handwerkskiste gesorgt, die sein gesamtes Werkzeug enthält. Er ist ein gebranntes Kind, in Holland hat ihm einer drei Gulden aus dem Hosensack geklaut, und in England hat er Zirkel, Zollstock und drei gute Handsägen eingebüßt.

Nun sitzt er also auf diesem Poller am Hafen, starrt ins Wasser und versucht die nutzlosen Gedanken abzuschütteln. Er ist schon am frühen Morgen herumgelaufen und hat Mannschaften der

Segler befragt, wohin die Reise geht und ob man einen Passagier mitnehmen würde, der ein Schiffszimmermann ist. Seine Aussichten sind recht gut, er könnte nach Hamburg oder Lübeck mitfahren, auch nach St. Petersburg könnte er reisen.

Aber bevor er sich endgültig entschließt, will er Abschied nehmen. Nicht vom Vater – dem wird er irgendwann aus der Fremde einen Brief schreiben. Er will auf den Friedhof, um das Grab der Mutter zu besuchen und ihr Lebewohl zu sagen. Er kauft einen Kranz aus Efeu und Stechdorn, um nicht mit leeren Händen dort zu stehen, und denkt verbittert daran, dass der Vater ihr nicht die Treue gehalten hat.

Der Weg durch die Stadt ist ihm keine Freude, es sind zu viele Erinnerungen, die dabei lebendig werden. Hier am Kohlenmarkt hat er als Junge gestanden und die hübschen Kaschubenpferde bewundert, dort an der Radaune haben sie ihre selbst geschnitzten Schiffchen aufs Wasser gesetzt. Dann sind sie am Ufer entlanggerannt, haben Wetten abgeschlossen, welches Schiff zuerst bei der Brücke ist, und wenn es knapp wurde, haben sie gestritten. Nicht selten gab's auch Hiebe, aber davon haben die Eltern nichts erfahren. Seine Schifflein haben oft gewonnen, weil er schon damals ein guter Bootsbauer gewesen ist.

Als das Friedhofstor und die ersten Grabstätten zu sehen sind, fallen die schönen Kindheitserinnerungen von ihm ab, und andere Bilder tauchen auf. Durch dieses Tor haben sie die Mutter getragen. Was für eine traurige Grablege ist es doch gewesen. Es war Ende März, dichter Regen fiel, als sich die kleine Trauergemeinde zum Friedhof bewegte. Die Sargträger, zu denen auch er gehörte, hatten Mühe, auf den aufgeweichten Wegen nicht auszugleiten, auch die Rede des Priesters fiel kurz und wenig feierlich aus. Man ließ das Grab offen, weil keiner Lust hatte, im Regen die Erde hineinzuschaufeln, und er ist mit dem Vater heimgegangen, um die Nachbarn und Freunde zu bewirten, wie es der Brauch ist. Später hat er jeden Sonntag gemeinsam mit dem Vater das Grab besucht, sie haben ihr Blumen gebracht und das kleine Stückchen Erde von Unkraut gereinigt …

Drei alte Frauen kommen ihm entgegen, schauen ihn neugierig an und grüßen verhalten. Kennen sie ihn? Er grübelt, ob eine davon eine Bekannte oder Nachbarin ist, aber er kann sich nicht entsinnen. Fünf Jahre, denkt er. Mir schien es gar nicht lang, und doch hat die Zeit so vieles verändert. Da werden aus Nachbarinnen alte Frauen, da wird ein trauernder Witwer zum verliebten Gockel, und auch ich habe mich wohl verändert, weil mich niemand wiedererkennt.

Das Grab der Mutter liegt dicht am Hang, wo die einfachen Leute ihre Angehörigen beerdigen. Er kann es schon sehen, denn die Bäume tragen noch kein Laub. Eine Frau steht dort, klein und schwarz gekleidet, die Haube verdeckt einen Teil ihres Gesichts, aber dennoch erkennt er sie sofort. Das ist Barbara, die Dienerin und Freundin seiner Mutter, die die Herrin damals nicht verlassen wollte, als der Gutshof versteigert wurde. Barbara hat ihn mit großgezogen, sie war nach dem Tod der Mutter der gute Geist im Haus der Forsters, hat die Stelle der Hausfrau übernommen und sich um den Vater gekümmert, als Pawel fortging. Wie schön, dass er sie hier trifft und ihr noch einmal für alles danken und sich verabschieden kann.

»Ich habe auf dich gewartet«, sagt sie, als er ihr die Hand zur Begrüßung reicht. »Ich wusste, dass du hierherkommen würdest, denn du hast deine Mutter geliebt.«

»Das ist wahr, Barbara«, sagt er. »Ich kann Danzig nicht verlassen, ohne ihr Lebewohl gesagt zu haben.«

Die Grabstelle ist noch mit Tannenreisern abgedeckt, auf dem schmucklosen, grauen Stein stehen die Worte, die er auswendig kennt und doch noch einmal ansehen will.

Hier ruht in Gott
Stanislawa Forster, geborene Wrobel
1807–1856

Er legt den Kranz dicht an den Stein auf die Tannenreiser und spricht leise ein Vaterunser für die Verstorbene. Dann schweigt er, denkt an die Mutter, die immer die Sanfte, Ausgleichende gewesen ist, wenn er einmal mit dem Vater zusammengerappelt ist. Als hätte sie seine Gedanken erraten, hört er Barbara neben sich sagen: »Deiner Mutter wär's nicht recht, dass du fortgehst, Pawel.«

»Es lässt sich nicht ändern, Barbara.«

Sie hebt den Kopf, um ihm in die Augen zu sehen. »Das glaubst du jetzt, weil du zornig bist, Pawel. Und du hast allen Grund dazu, das weiß niemand besser als ich. Aber dennoch musst du bleiben, um deinen Vater aus der Not zu erretten.«

Er sieht in ihre kleinen, dunklen Augen und begreift, dass sie den Streit zwischen ihm und dem Vater mit angehört hat. Umso unverständlicher ist das, was sie von ihm fordert.

»Ich sollte den Vater aus der Not retten?«, fragt er und muss beinahe lachen. »Aus welcher Not? Er hat sich eine schöne junge Frau genommen und lebt glücklich und in Freuden mit ihr. Dass die Leute in der Stadt über ihn reden, ist ihm ganz gleichgültig.«

Sie seufzt tief und zieht das Tuch enger, das sie um die Schultern gelegt hat. »Du hast den Klatsch und Tratsch also schon zu Ohren bekommen? Ach, es ist schlimm, was die Leute reden. Aber leider haben sie nicht unrecht. Deinem Vater will ich keinen Vorwurf machen, er ist verblendet und weiß nicht, was er tut. Aber die Frau, die er sich genommen hat, die ist eine wahre Teufelin. Den Kopf hat sie ihm verwirrt, das Herz gestohlen, und über kurz oder lang wird sie ihn zugrunde richten!«

Auch er ist im Grunde davon überzeugt, dass diese Ehe auf die Dauer nicht gut gehen kann. Die neue Frau ist hübsch und jung, sie hat ihre Ansprüche, die den Vater viel Geld und Mühe kosten werden. Und irgendwann, vielleicht schon bald, wird sie dem Vater Hörner aufsetzen. Aber Pawels Mitleid mit dem Vater ist nicht allzu groß. Er hat sich die Suppe eingebrockt, dann soll er sie auch auslöffeln.

»Aber wie kam sie überhaupt ins Haus?«, fragt er neugierig.

»Das weißt du nicht?«, meint Barbara eifrig. »Dann will ich dir sagen, was das für eine ist, die dein Vater aus lauter Mitleid bei sich aufgenommen hat …«

Jetzt muss er staunen. Sie ist eine Berend – das ist eines der angesehensten Handelshäuser in Danzig. Patrizier nennt man diese Leute, die seit Jahrhunderten in der Stadt den Ton angeben, sich die Geldsäcke mit großen Handelsgeschäften füllen und hochnäsig auf die einfachen Leute herabsehen. Barbara weiß auch zu berichten, wie es kam, dass Johanna Berend so tief hat fallen müssen, dass sie die Ehefrau eines Handwerkers geworden ist.

Johanna, denkt er unwillkürlich. Sie heißt Johanna.

Was Barbara nun berichtet, gefällt ihm wenig. Mit einem schönen polnischen Musiker ist sie gegen den Willen der Eltern davongelaufen. Die Welt hat sie mit ihm bereist. In seinem Bett hat sie gelegen. Aber dann hat er genug von ihr gehabt, hat sie weggeschickt, und sie musste reumütig zurück nach Danzig gehen.

»Da hat sie freilich keiner von der feinen Gesellschaft mehr heiraten wollen. Alt und grau hätte sie werden müssen, ohne Ehemann und Kinder. Aber sie hat deinen armen Vater bezaubert mit ihren Hexenkünsten, hat ihm den Blick vernebelt, damit sie einen Ehemann bekommt.«

»Wenn sie eine Berend ist, dann hat sie gewiss eine gute Mitgift mitgebracht«, wirft er ein.

»Nichts hat sie mitgebracht«, schimpft Barbara. »Kein Geld, kein Haus, keinen Besitz. Nur einen Koffer mit gebrauchter Wäsche und ein paar alte Kleider. Aber sie hat sich gleich an deinem Vater schadlos gehalten, da mussten feine Kleider aus Seide her, ein Mantel mit Biberpelz am Kragen und Stiefelchen aus teurem Leder. Das hat er alles für sie gekauft, hat viel Geld dafür ausgegeben, das Erbe des Sohns für solchen Tand verschwendet …«

Jetzt bekommt er Dinge zu hören, die ihm nahegehen. Der Vater hat das Zimmer, in dem Pawel früher gewohnt hat, für die junge Stiefmutter eingerichtet. Die Wände mit Tapeten beklebt, den Fußboden neu gezimmert. Aber das war der feinen Dame alles nicht genug, sie hat die Möbel seiner Mutter haben wollen, ihre Truhe ausgeräumt, den Schreibsekretär geöffnet und alle Briefe gelesen, die seine Mutter dort aufbewahrt hatte.

»Deine Zinnsoldaten, die die Mutter aufgehoben hatte, die hat sie den Lehrjungen geschenkt. Alle im Haus müssen nach ihrer Pfeife tanzen. Sie läuft überall herum, schaut in alle Ecken und steht sogar in der Werkstatt, um dort bei der Arbeit zuzuschauen …«

Um die Zinnsoldaten ist es nicht schade, denkt er. Aber die Sachen der Mutter zu nehmen und sogar ihre Briefe zu lesen – das ist boshaft, das verzeihe ich ihr nicht. Wie gut, dass ich nichts davon wusste, als sie mir auf der Treppe gegenüberstand. Vielleicht hätte ich mich vergessen und ihr sehr unfreundlich gesagt, was ich davon halte.

»Lass es gut sein, Barbara«, sagt er. »Ich will nichts mehr hören, es bringt mich nur in Zorn. Soll mein Vater tun und lassen, was er will – es geht mich nichts an. Schon morgen reise ich fort, und ich werde so bald nicht nach Danzig zurückkehren.«

»Nein, Pawel«, sagt sie und fasst ihn beim Arm. »Du bist sein Sohn, du darfst ihn nicht verlassen. Hier am Grab deiner Mutter bitte ich dich darum, und ich weiß, dass auch sie dich angefleht hätte. Du musst bleiben und das Unheil verhüten, das diese Teufelin plant.«

Er spürt den harten Griff der alten Frau an seinem Arm und würde sich gern davon befreien. Aber er hat Sorge, er könnte sie dabei umstoßen, denn Barbara ist klein und leicht wie ein Vöglein.

»Was plant sie denn so Teuflisches?«, fragt er ungeduldig.

»Um all sein Geld will sie ihn bringen«, flüstert Barbara und zieht ihn dicht zu sich heran. »Ein nutzloses Stück Land soll er für sie kaufen. Den Streifen an der Weichsel, drüben beim Strohdeich. Dafür soll er all seine Ersparnisse geben, und ich fürchte, er wird Haus und Hof versetzen müssen. Noch weigert er sich, Pawel. Ein Rest von Verstand ist ihm gottlob geblieben. Aber sie lässt nicht locker, diese Hexe. Das Land will sie haben. Das sei ihr einziger Wunsch. Immer wieder fängt sie davon an. Oh, sie ist beharrlich, es wird nicht lange dauern, dann knickt er ein und tut, was sie will …«

Barbara hält erschöpft inne, und er nutzt die Gelegenheit, sich von ihrem Griff loszumachen. Was sie da erzählt, erscheint ihm widersinnig. Schöne Kleider, seidene Tücher oder sonstigen Tand, den die Frauen lieben – dass sie solche Dinge haben will, kann er sich vorstellen. Aber ein Stück Land?

»Was will sie denn mit diesem Stück Land anfangen?«, verlangt er zu wissen.

Barbara lässt ein leises, höhnisches Lachen hören. Es klingt hart und unpassend auf dem stillen Friedhof. »Eine Werft will sie gründen. Dein Vater soll keine Fischerboote, sondern große Segler bauen. Sie behauptet, er könne auf diese Weise reich werden, diese verrückte Person.«

»Eine … Werft?«, staunt er. »Sie will, dass der Vater eine Werft gründet?«

»Das hat sie gesagt. Aber ich glaube nicht daran. Sie ist eine Kaufmannstochter, sie wird sich irgendetwas ausgedacht haben, um an Geld und Besitz zu kommen. Wer weiß? Vielleicht will sie ihn überreden, das Land auf ihren Namen zu schreiben? Dann besitzt er nichts mehr außer Schulden, und wenn er aus Verzweiflung stirbt, kann sie das Land mit Gewinn weiterverkaufen.«

Das hört sich nun wieder recht unglaubwürdig an, denkt er. Aber wer weiß? Man kann keiner Frau vertrauen, vor allem dann nicht, wenn sie schön und jung ist. Davon kann er selbst ein trauriges Lied singen.

»Ich denke, du machst dir ganz unnötig Sorgen, Barbara«, versucht er sie zu beruhigen. »Ich kenne den Vater und weiß, dass er so verblendet nicht sein kann. Das Haus und die Werkstatt sind ihm ans Herz gewachsen, die wird er ganz sicher nicht aufs Spiel setzen.«

»Dein Wort in Gottes Ohr«, sagt sie und sieht ihn dabei zornig an. »Dann geh hinaus in die Welt und such dein Glück. Ich will zu Gott beten, dass du es nicht eines Tages bereust.«

Er weiß darauf keine Antwort zu geben, aber er braucht es auch nicht, weil sie sich nun bekreuzigt und zum Gehen wendet.

»Ich danke dir für alles, Barbara«, sagt er verlegen und will ihr die Hand reichen.

»Du musst mir nicht danken«, gibt sie ärgerlich zurück. »Ich wollte dir die Augen öffnen, Pawel. Aber wer nicht sehen will, der wird auf ewig blind bleiben!«

Er steht betroffen da, während sie zwischen den Gräbern hindurch zum anderen Ende des Friedhofs geht. Sie nimmt den Weg zum Jakobstor; von dort sind es nur wenige Schritte zur Werkstatt in der Paradiesgasse. Er wird in die andere Richtung zur Stadt zurückgehen, um auf keinen Fall den Nachbarn oder gar seinem Vater zu begegnen. Nach allem, was er gehört hat, schwirrt ihm der Kopf, er muss nachdenken, was daran wahr sein kann und was sich die alte Frau in ihrer Aufregung nur eingebildet hat.

Gar so schlimm wird es nicht sein, überlegt er, während er an der Radaune entlang zum Hohen Tor läuft. Sie mag die junge Frau nicht leiden, weil die nun im Haus das Sagen hat. Das kann ich verstehen, aber das ist nun einmal so, deshalb muss sie sich nicht solche Räuberpistolen ausdenken. Warum sollte Johanna den Vater um sein Geld bringen? Was hätte sie davon?

Er stellt fest, dass er sie in Gedanken bei ihrem Namen genannt hat. Johanna. Eine Berend. So eine ist dem Vater ins Haus geschneit, und sie will, dass er ein Stück Land kauft, um dort eine Werft zu gründen. Wo war das doch? Beim Strohdeich. Die Gegend kennt er gut, das ist ein breiter Streifen Land zwischen Weichsel und Mottlau, der sich wohl für eine Werft eignen würde. Wenn sie das tatsächlich vorhat, ist der Ort zumindest gut gewählt.

Er nimmt nun doch seinen Weg durch die Lange Gasse, weil er einen Blick auf das Berend'sche Haus werfen will. Herrschaftlich ist es, reich mit Stuck geschmückt, wie es früher üblich war, da tummeln sich Löwenköpfe, Seejungfrauen und kleine Engel zwischen den Fenstern. Alles schon ein wenig verwittert, hie und da ist der Putz heruntergefallen, und niemand hat es wieder instand gesetzt. Gar so reich und einflussreich sind die Kaufherren heute nicht mehr, da sind andere gekommen, die auch Geld verdienen können. Er geht zum Grünen Tor hinaus und überlegt, ob er jetzt seine Fahrt für morgen festmachen soll, aber aus irgendeinem Grund zieht es ihn zur Brabank hin, wo Klawitter seine Werft hat.

Die Anlage hat sich vergrößert, ein Verwaltungsbau ist dazugekommen – wie es scheint, hält sich Klawitter gut. Er kann sehen, dass zwei Dreimaster und ein kleinerer Bootkörper auf Kiel liegen, das sind Handelsschiffe mittlerer Größe, die nach wie vor aus Holz und nicht aus Eisen gebaut werden.

Da er nun schon einmal hier ist, geht er durch die Wiesen hinüber zur Mottlau und schaut umher. Links sieht er die Gebäude der Königlichen Werft, die während seiner Abwesenheit enorm gewachsen ist. Hier werden Kriegsschiffe gebaut, mit denen der preußische König die Engländer und Holländer beeindrucken will. Zwei Helgenkrangerüste sind dazugekommen, hohe Eisenkonstruktionen, die für den Bau großer Schiffe nötig sind. Dazwischen stehen kleinere Bauten, die es auch früher schon gegeben hat. Holzlager, eine Schneidemühle, Magazine. Hinten wachsen Schornsteine in die Höhe, das ist für die Schmiedearbeiten – man baut einen Teil des Schiffs aus Eisen, die Aufbauten, das Deck und anderes sind aus Holz. Nun ja, in Holland und England hat er größere Werften gesehen, aber die Preußen sind ehrgeizig, da wird sich wohl noch einiges tun.

Dann wandert sein Blick nach rechts, wo die Mottlau in die Weichsel mündet, und er betrachtet die schmale Landzunge, die sich ein Stück weit zwischen den Flussläufen erstreckt. Die Spitze ist momentan überspült, das passiert alle Jahre mal, wenn die Weichsel viel Wasser führt. Ansonsten wächst dort Gestrüpp, auch jede Menge Kiefern und sogar ein paar Laubbäume.

Die Bäume müsste man abholzen, denkt er. Das Holz kann man lagern und später als Bauholz verwenden. Aber die Lage ist gut, und weiter oben ist der Grund fest. Zuerst müsste man für die Helling sorgen, die sacht abfallende Fläche zum Fluss hin, wo die Schiffe beim Stapellauf zu Wasser gelassen werden. Zweimaster und Dreimaster könnte man bauen. Handelsschiffe, die immer gebraucht werden …

Er wird sich darüber klar, dass er Hirngespinste ausbrütet. Er hat noch keinen Meisterbrief, und ohne den kann er keinen Betrieb gründen. Und selbst wenn er Meister wäre – ihm fehlt das Geld, er könnte nicht einmal das Land kaufen.

Wenn sie das tatsächlich vorhat, überlegt er schmunzelnd, dann wird sie wohl enttäuscht werden. Bodenarbeiten, Lager, Magazin, auch Werkzeuge müssen bezahlt werden. Das Holz ist auch nicht umsonst. Aufträge müssen herangeholt werden. Gute Arbeiter braucht man, Leute, die etwas vom Handwerk verstehen, die ihren Lohn wert sind. Der Vater wird sich zu diesem Wagnis nicht überreden lassen. Warum sollte er auch? Er hat noch nie etwas Größeres als ein Fischerboot gebaut.

Danuta

Danuta weiß nicht, wie ihr geschieht. Sie steht in der Küche, um das Frühstück für die gnädige Frau vorzubereiten, gießt gerade den Kaffee in das Kännchen aus gutem Porzellan, da läutet man aus dem Schlafzimmer der Herrschaften nach ihr. Nichts ahnend steigt sie die Treppen hinauf, glaubt, sie solle der gnädigen Frau beim Ankleiden helfen – da bricht das Unheil mit geballter Macht über sie herein.

Der gnädige Herr ist anwesend, schaut sie mit schmalen Augen an; im Bett sitzt die gnädige Frau, sie hat noch die Nachthaube auf, ihre Wangen sind unnatürlich gerötet.

»Komm herein und schließ die Tür hinter dir«, befiehlt der gnädige Herr.

Sein Tonfall ist streng, beinahe drohend. Sie spürt, wie ihr schwindelig wird, sie hält sich einen Moment an der Türklinke fest, um nicht zu fallen. Es ist offenbar geworden, denkt sie verzweifelt. Sie weiß alles. Nun werden sie mich fortschicken. Oh, warum habe ich es so weit kommen lassen!

»Du musst nicht erschrecken«, sagt er und winkt sie heran. »Sag mir, ob du dich an eine Brosche erinnern kannst, die meine Frau häufig getragen hat. Sie ist aus Gold gefertigt, mit Perlen besetzt und trägt einen blauen Aquamarin in der Mitte.«

Im ersten Moment ist sie erleichtert. Es geht nur um eine Brosche, die man verlegt hat.

»Natürlich erinnere ich mich, gnädiger Herr«, sagt sie freimütig.

»Sie meinen die Brosche, die die gnädige Frau von ihrer Frau Mutter geerbt hat. Ich kenne sie gut.«

Jetzt mischt sich die gnädige Frau ein. Danuta ist erschrocken über den ungewohnt harten Klang ihrer Stimme.

»Dann wirst du auch sicher wissen, wo sich diese Brosche befindet, Danuta!«

Jetzt erst begreift sie. Als Diebin soll sie abgestempelt werden. Das hat sich die gnädige Frau ausgedacht, um sie aus dem Haus zu schaffen.

»Sie muss in Ihrer Schatulle liegen, gnädige Frau«, sagt sie.

»Da liegt sie nicht.«

»Es tut mir sehr leid, gnädige Frau. Vielleicht steckt sie noch an dem Kleid, das Sie neulich trugen, als Ihre Freundinnen zum Tee hier waren?«

Sie weiß, dass sie keine Chance hat. Aber sie wird sich wehren, solange es ihr möglich ist. Der gnädige Herr geht auf diese Vermutung ein, er befiehlt ihr, das Kleid herbeizubringen.

»Du könntest die Brosche auch an einem anderen Gewand vergessen haben«, sagt er leise zu seiner Ehefrau, während Danuta den großen Schrank öffnet und das Kleid herausnimmt. »Lass uns erst einmal gründlich danach suchen, Luise.«

Die Brosche ist natürlich nicht daran, dafür wird sie gesorgt haben. »Siehst du, sie ist nicht da«, sagt die gnädige Frau triumphierend. »Aber schaut ruhig alle Kleider durch, damit wir nichts versäumen.«

Die gnädige Frau steigt aus dem Bett und zieht den Morgenrock über, dann untersuchen sie gemeinsam den großen Kleiderschrank, prüfen auch den Mantel und die Hauskleider, schauen in alle Fächer, ziehen die Schubladen heraus und suchen den Boden ab. Dann muss Danuta die Wäsche aus der Kommode nehmen und auf das Bett tragen, um sie durchzusehen – es könnte ja sein, dass die Brosche zwischen die Hemden gefallen ist. Danuta führt die Anordnungen ohne Widerspruch aus – sie weiß, was nun folgen wird.

»Es ist sinnlos, Theodor«, seufzt die gnädige Frau. »Ich weiß, dass ich die Brosche weder verloren noch irgendwo vergessen habe. Ich pflege sie stets in meine Schatulle zu legen, nachdem ich sie getragen habe.«

Den Schlüssel zu ihrer Schmuckschatulle trägt sie immer um den Hals. Nur gestern …

»Danuta half mir, die nassen Kleider auszuziehen«, erklärt sie. »Ich war zu Tode erschöpft und bin eingeschlafen, kaum dass ich im Bett lag. Heute früh fand ich den Schlüssel auf meinem Nachttisch.«

»Das kann ich erklären, gnädige Frau«, sagt Danuta, obwohl sie weiß, dass sie sich damit das eigene Grab schaufelt. »Ich nahm Ihnen den Schlüssel vom Hals, weil das Samtband, an dem er befestigt ist, nass geworden ist.«

Schon schnappt die Falle zu. Die gnädige Frau behauptet, misstrauisch geworden zu sein und die Schatulle geöffnet zu haben. Da habe sie gleich das Fehlen der Brosche bemerkt.

Der gnädige Herr hat die Lippen zornig zusammengepresst. Wenn es so ist, wie sie vermutet, dann ist er jetzt in einer bösen Zwangslage.

»Hast du dafür eine Erklärung, Danuta?«, fragt er sie.

»Nein, gnädiger Herr …«

»Du hast die Schatulle nicht etwa geöffnet und die Brosche herausgenommen?«

Sie müsste jetzt weinen und schreien, verzweifelt ihre Unschuld beteuern, die Muttergottes und alle Heiligen anrufen. Aber sie ist wie gelähmt vor Abscheu und Verzweiflung. Nie hätte sie geglaubt, dass ihre fromme Herrin zu solch einer boshaften Tat fähig ist.

»Nein, gnädiger Herr. Das wäre mir nie in den Sinn gekommen«, sagt sie leise und sieht ihn dabei flehend an. Glaubt er ihr?

Vielleicht. Aber schützen wird er sie nicht. In solchen Fällen ist es immer die Herrin, die triumphiert, und die Dienerin, die geopfert wird.

»Ich verlange, dass sie durchsucht wird. Auch in ihrer Kammer soll nachgesehen werden!«, ruft die gnädige Frau. »Es kann nur Danuta gewesen sein, sie ist die Einzige, die zu unserem Schlafzimmer Zutritt hat. Und sie war es, die mir den Schlüssel der Schatulle vom Hals genommen hat …«

»Beruhige dich, Luise«, sagt der gnädige Herr. »Wir werden der Sache nachgehen. Warum Danuta? Auch die Wirtschafterin geht hie und da in unser Zimmer.«

»Es duldet keinen Aufschub«, schreit die gnädige Frau. »Wir müssen die Kammern der beiden sofort überprüfen.«

Man ruft Frau Döppel, die nur widerwillig erscheint, weil sie schon das Mittagessen vorbereitet. Als man ihr sagt, dass man ihre Kammer durchsuchen will, schlägt sie entsetzt die Hände zusammen. »Mein Lebtag hat man mir eine solche Schande nicht angetan«, jammert sie. »Aber ich weiß schon, wer mich angeschwärzt hat. Du falsches Aas, du lasterhafte Kröte …«

Sie will sich auf Danuta stürzen, aber der gnädige Herr fasst sie beim Arm und reißt sie zur Seite.

»Hüte dich!«, fährt er sie drohend an. »Du bist die Letzte, die ein großes Geschrei machen sollte. Denk an das Zeugnis, das du mir vorgelegt hast! Im Übrigen ist die Sache schnell vorbei. Gehen wir.«

Sie fangen in Danutas Kammer an. Die Wirtschafterin hat die Aufgabe, Bett, Schrank und Kommode zu öffnen und den Herrschaften zu zeigen, was sich dort befindet. Sie muss nicht lange suchen – die Brosche liegt unter Danutas Kopfkissen. Die Wirtschafterin stürzt sich mit einem triumphierenden Schrei darauf, nimmt die Brosche zwischen Daumen und Zeigefinger und bringt sie ihrer Herrin.

»Ich wusste es!«, sagt die gnädige Frau. »Wie gut, dass wir nicht gezögert haben, Theodor. Sonst hätte sie dieses kostbare Stück an einen Händler verkauft, und wir hätten es nie wiedergesehen.«

Sie muss heute früh hinaufgegangen sein, als ich unten in der Küche war, denkt Danuta unglücklich. Oh, wie schlau sie es angestellt hat. Nun ist mein Unglück besiegelt.

»Ich habe keine Ahnung, wie diese Brosche dorthin gelangt ist«, sagt sie leise. »Ich habe sie nicht genommen, das schwöre ich bei allem, was mir …«

»Es wäre besser, keinen Meineid zu schwören«, fällt ihr die gnädige Frau ins Wort. »Deine Schuld ist erwiesen, und die Strafe wird auf dem Fuß folgen.«

»Anzeigen müssen Sie die diebische Elster!«, fordert die Wirtschafterin, die jetzt Oberwasser hat. »Im Gefängnis bei Wasser und Brot soll sie ihre Tat büßen. Eine Unschuldige hat sie in Verdacht gebracht und ist doch selber die Diebin. Aber ich habe es ihr gleich angesehen …«

»Halt den Mund«, befiehlt der gnädige Herr zornig. »Wie wir weiter verfahren, geht dich nichts an. Und wenn dir deine Stellung lieb ist, dann schweigst du über das, was hier geschehen ist. Hast du mich verstanden?«

Sofort macht sich die Wirtschafterin klein, zieht den Kopf ein und versichert, dass es nicht ihre Gewohnheit sei, die Angelegenheiten ihrer Herrschaft in der Stadt herumzutratschen.

»Und du bleibst hier in deiner Kammer, bis wir dich rufen«, sagt er zu Danuta.

Er geht als Letzter hinaus und zieht die Tür mit einem zornigen Ruck hinter sich zu. Danuta steht wie betäubt, hört, wie sich die Schritte entfernen, dann wird ihr plötzlich schwarz vor Augen, und sie kann sich gerade noch auf das Bett fallen lassen. Eine kleine Weile ist sie fort aus dieser Welt, in rettende Dunkelheit versunken, dann schlägt sie die Augen auf und erkennt über sich die rohen

Balken des Dachgeschosses, das winzige Fenster, den wackeligen Schrank, den Stuhl, auf dem das Waschgeschirr steht.

Es ist meine eigene Schuld, denkt sie verzweifelt. Ich wollte das Haus verlassen, die Stellung kündigen, und ich habe es doch nicht getan. Ich war feige, habe es vor mir hergeschoben und immer eine neue Ausrede gefunden. Erst habe ich mir gesagt, dass ich meine kranke Herrin nicht verlassen darf, weil sie mich braucht. Später habe ich überlegt, dass ich besser auf den Frühling warte, wenn das Laub wieder an den Bäumen ist und die Menschen frohe Gesichter haben. Da wird es leichter sein, eine neue Stelle zu finden. Aber dann …

Dann hat sie gemerkt, dass etwas mit ihr nicht in Ordnung ist. Am Morgen kann sie das Frühstück nicht vertragen, und neulich, als sie den Korb mit nasser Wäsche auf den Dachboden trug, hat sie sich rasch auf die Treppe setzen müssen, weil ihr ganz plötzlich schwarz vor Augen wurde. Aber sie hat sich gesagt, dass sie wohl etwas Falsches gegessen hat. Gewiss war es der Rest Erbseneintopf, der schon drei Tage in der Speisekammer gestanden hatte und den die Wirtschafterin ihr aufgezwungen hat. Und dass ihre Regel ausgeblieben ist, das ist auch früher schon ab und zu geschehen, da war sie manchmal mehrere Tage über die Zeit, und dann hat sich doch alles wieder eingerenkt. Doch nun sind es schon etliche Wochen, dass sie nicht mehr geblutet hat. Wie viele? Drei? Vier? Sie weiß es nicht mehr genau.

Ich muss es ihm sagen, hat sie da überlegt. Aber erst wenn ich sicher bin, denn ich will ihn nicht belügen. Er wird zornig sein, gewiss schickt er mich zurück in mein Dorf, dass ich das Kind dort bekomme und es hier keinen Skandal gibt. Aber vielleicht gibt er mir eine Geldsumme, weil es doch sein Kind ist. Von solchen Dingen hat sie gehört, man erzählt es unter den Dienstboten. Die einen haben Glück und kommen zurecht, verdingen sich später als Amme und geben das eigene Kind zu Verwandten. Es gibt aber auch andere, die mit Schimpf und Schande davongejagt werden und sich das Leben nehmen.

Nun ist es zu spät, denkt sie unglücklich. Sie werden mich so oder so fortjagen, vielleicht muss ich sogar ins Gefängnis für einen Diebstahl, den ich nicht begangen habe. Wenn ich dem Herrn jetzt gestehe, dass ich ein Kind erwarte, wird er glauben, dass ich ihn belüge, um Geld von ihm zu erpressen. Also schweige ich lieber und warte, was sie über mich beschließen. O nein, ich werde mich nicht in die Weichsel stürzen! Wenn die Herrin darauf gehofft hat, hat sie sich geirrt. Ich werde für mich und mein Kind kämpfen, und so Gott will, werde ich auch ohne das Geld des Herrn zurechtkommen.

Es ist schon Mittag, und sie ist auf einmal sehr hungrig, doch sie wagt es nicht, das Zimmer zu verlassen. Da hört sie die schweren Schritte der Haushälterin auf der Dachbodentreppe, und gleich darauf bollert ihre Faust gegen die Kammertür.

»Du sollst ins Wohnzimmer kommen!«

Frau Döppel wartet vor ihrer Kammer, grinst sie boshaft an und verpasst ihr einen Stoß in die Seite, als sie an ihr vorübergeht.

»Hast deinen Spaß gehabt, du Luder. Ich hab oft zugehört, wenn du es mit ihm getrieben hast. Jetzt bezahlst du dafür!«

Sie geht hinter Danuta her. Im ersten Stock tut sie, als würde sie in die Küche hinuntergehen, aber vermutlich macht sie gleich wieder kehrt, um das Ohr an die Tür zu legen.

Die Herrin sitzt wie üblich auf dem Sofa, doch nicht zusammengesunken wie sonst, sondern mit geradem Rücken und glänzenden Augen.

»Wir haben beschlossen, dass du morgen in aller Frühe das Haus verlässt«, verkündet sie. »Du kannst mir auf Knien danken, dass mein Ehemann davon absieht, dich für diesen Diebstahl bei der Polizei anzuzeigen. Ich habe ihn gebeten, es nicht zu tun, und er ist meiner Bitte gefolgt.«

Wie abgefeimt sie lügt. Der gnädige Herr würde sie niemals bei der Polizei anzeigen, das weiß sie.

»Wir sind gnädig mit dir«, fährt die Herrin fort und schaut an ihr herunter. »Du darfst diese Nacht noch im Haus verbringen und in der Küche etwas essen. Dein Zeugnis erhältst du morgen früh.«

Sie wartet und starrt Danuta herausfordernd an. »Hast du noch etwas zu sagen?«, fragt sie und hebt die Augenbrauen.

Was erwartet sie? Eine Entschuldigung? Tränen der Reue? Vielleicht gar die flehentliche Bitte, sie nicht aus dem Haus zu schicken? Diesen Gefallen wird sie ihr nicht erweisen.

»Nein«, sagt sie in ruhigem Ton. »Ich habe es gehört und werde mich danach richten.«

Sie spart sich den Knicks und geht hinaus. Im Flur spürt sie, wie ihre Beine zittern, und sie fürchtet, wieder in Ohnmacht zu fallen, doch es geht vorüber. Ich muss etwas essen, denkt sie. Soll die Döppel in der Küche doch über mich herfallen, es ist mir gleich. Morgen gehe ich fort und sehe sie nie wieder.

Leider ist Frau Döppel in der Küche nicht allein. Dort sitzt auch Oskar und löffelt sein Mittagessen, das aus den Resten vom Vortag besteht. Als Danuta eintritt, hebt er den Kopf und schaut sie mit seinen großen blauen Augen an, doch er sagt nichts und isst weiter. Um Oskar tut es ihr leid. Er ist der einzige anständige und liebenswerte Mensch in diesem Haus, doch er wird sie jetzt umso mehr verachten, weil sie nun auch noch eines Diebstahls überführt wurde. Frau Döppel kümmert sich nicht um Danuta, sie schwitzt vor Aufregung, weil sie nun im Speisezimmer servieren muss, was sie nicht gewohnt ist. Als sie mit der Nachspeise nach oben läuft, nimmt sich Danuta einen Teller, legt Kartoffeln darauf und kratzt den Rest Kohlgemüse aus dem Topf. Dazu schneidet sie sich ein Stück Räucherwurst ab und macht sich hungrig über die Mahlzeit her.

»Ich hab es nicht getan«, sagt sie leise zu Oskar.

Er löffelt weiter und schweigt.

»Glaubst du mir nicht?«

Er schaut besorgt zur Tür, ob die Wirtschafterin zurückkommt. Da alles still bleibt, lächelt er Danuta schüchtern an. »Doch, ich glaube dir«, sagt er leise. »Aber wie kann das zugegangen sein? Hat man das Ding nicht in deiner Kammer gefunden?«

»Das schon. Aber ich habe es nicht dorthin gelegt.«

»Wer sonst?«

Sie beißt sich auf die Lippen. Was nutzt es, ihm die Wahrheit zu erzählen? Er wird es nicht glauben können.

»Ich weiß es nicht, Oskar.«

Er schüttelt traurig den Kopf und will etwas sagen, doch da schreit draußen die Wirtschafterin, er solle ihr gefälligst die Tür öffnen, sie habe schwer zu tragen.

Sie hat das Hauptgericht abgeräumt und die Teller und Schüsseln so ungeschickt aufeinandergestellt, dass eine Soßenschale vom Tablett rutscht und am Boden zerschellt.

»Du Strohkopf!«, schreit sie Oskar an. »Das ist nur deine Schuld. Lässt mich vor der Tür stehen, anstatt rechtzeitig zur Stelle zu sein. Kehr das auf! Vielleicht kann man die Scherben noch kitten.«

Schnaufend stellt sie das Tablett ab, richtet die Haube und wischt sich den Schweiß von der Stirn.

»Frisst du dich voll, wie?«, keift sie Danuta an. »Iss nur, morgen ist es vorbei für dich, da kannst du schauen, wie du etwas in den Magen bekommst.«

Sie nimmt eine Gabel und sticht damit in die Wurst auf Danutas Teller. »Die ist nicht für dich«, sagt sie. »Kannst Kartoffeln essen. In der Kammer ist auch noch Grütze, die muss weg, sonst wird sie sauer.«

Danuta lässt sie gewähren, aber sie sieht, dass Oskar der Wirtschafterin zornig nachblickt, als sie den Wurstzipfel in die Speisekammer trägt. Es fehlt ihm der Mut, ihr die Stirn zu bieten, doch während sie in der Speisekammer ist, schiebt er Danuta das Stückchen Fleisch zu, das auf seinem Teller liegt.

»Nimm es nur«, flüstert er ihr zu. »Ich bin satt und will es nicht mehr.«

Danuta dankt ihm mit einem Lächeln und schlingt das Fleisch herunter. Morgen früh wird man ihr gewiss nichts geben, und auf eine Wegzehrung kann sie auch nicht hoffen.

Sie leert den Teller, nickt Oskar freundlich zu und steigt hinauf in ihre Kammer, um ihre Sachen zusammenzupacken. Im Flur des ersten Stockwerks vernimmt sie Stimmen, die aus dem Speisezimmer zu ihr dringen.

»Danuta? Das kann ich gar nicht glauben. Ist es denn sicher?«

Das ist der junge gnädige Herr. Nun werden sie auch ihn gegen sie aufhetzen. Besser, sie geht vorbei und hört gar nicht hin.

»So sicher wie das Amen in der Kirche, Ernst«, versetzt die gnädige Frau. »Wir haben die Brosche unter ihrem Kopfkissen gefunden.«

»Unter ihrem Kopfkissen?«, staunt der junge gnädige Herr. »Das ist aber doch seltsam. Wer solch ein Geschmeide geklaut hat, der legt es sich doch nicht unters Kopfkissen.«

»Du scheinst Erfahrung in solchen Dingen zu haben«, wirft der gnädige Herr spöttisch ein.

»Ich denke nur nach«, sagt der junge Herr. »Sie muss doch gewusst haben, dass man nach der Brosche suchen wird. Also würde sie ein gutes Versteck suchen, wo man es nicht finden kann. Eine Ritze in der Mauer. Oder irgendwo auf dem Dachboden in einer alten Kiste …«

»Du hattest schon immer eine ausufernde Fantasie, lieber Ernst«, fällt ihm die gnädige Frau ins Wort. »Es ist schön, dass du diese traurige Angelegenheit mit ein wenig Humor sehen kannst. Mir will das leider nicht gelingen.«

»Ehrlich gesagt, ich glaube nicht, dass es Danuta war. Viel eher könnte ich mir vorstellen, dass die Döppel dahintersteckt …«

»Schluss jetzt«, unterbricht der gnädige Herr in schneidendem Ton. »Die Sache ist erledigt. Denk daran, das Zeugnis für sie zu schreiben, Luise. Ich gebe es ihr morgen früh mit auf den Weg, sodass du nicht weiter mit dieser unsäglichen Angelegenheit belästigt wirst.«

»Ich habe es bereits geschrieben, Theodor. Du kannst es gleich mitnehmen.«

»Umso besser!«

Nun hat sie doch länger gelauscht, als sie eigentlich wollte. Und wie vermutet, hat sie nichts Gutes zu hören bekommen. Nur der junge gnädige Herr hat sie erstaunt. Wie klug er ist! Er hat gleich gemerkt, dass etwas an der Sache nicht stimmt. Aber leider kann er nichts für sie tun, er hat es selbst nicht leicht, der arme junge Herr, weil er seinem Bruder gehorchen muss.

Traurig steigt sie hinauf und nimmt die zerschlissene Reisetasche aus dem Schrank, mit der sie vor fast zehn Jahren gekommen ist. Die alte Frau Berend hat sie damals eingestellt, das war eine gute und gerechte Herrin. Da hätte der älteste Sohn nicht gewagt, zu ihr in die Kammer zu gehen, denn seine Mutter war streng und hätte es nicht geduldet. Aber diese Zeiten sind vorbei, und sie ist selbst nicht unschuldig an ihrem Unglück. Also sucht sie ihre Wäsche zusammen, die Strümpfe und die Nachtgewänder, das wollene Tuch, das ihr die alte Herrin einmal zu Weihnachten geschenkt hat, und die wenigen Kleidungsstücke, die sie selbst angeschafft hat, um sie zu tragen, wenn sie ihren freien Tag hat. Es ist mehr, als sie geglaubt hat, die Reisetasche kann die Sachen kaum fassen, aber das ist kein Wunder, denn damals ist sie mit nur zwei Hemden und einem Paar Socken ins Haus gekommen. Sie sitzt lange auf dem Bett und denkt darüber nach, wie die Frau ihres Vaters im Dorf sie wohl aufnehmen wird. Gut wird man sie dort nicht behandeln, und wenn sie erst merken, dass sie ein Kind trägt, wird es nicht besser werden. Sie weiß nicht einmal, ob ihr Vater noch am Leben ist, denn sie hat lange nichts von ihm gehört. Aber wenn er gestorben wäre, hätte man ihr doch eine Nachricht schicken müssen …

Sie wartet, bis es dunkel ist und die Wirtschafterin in ihre Kammer hinaufsteigt. Erst als sie die Schnarchtöne vernehmen kann, schleicht sie barfuß die Treppen hinunter in die Küche. Die Speisekammer ist wie immer verschlossen, aber sie findet noch etwas Brot im Tischkasten und den Topf mit Pflaumenmus, den die Wirtschafterin vergessen hat fortzuschließen. Mit gefülltem Magen steigt sie wieder hinauf und schläft sofort ein.

Sie erwacht früher als gewöhnlich, weil ihr schlecht ist und sie würgen muss. Draußen ist es noch dunkel, dann hört sie die Wirtschafterin nebenan in ihrer Kammer rumoren. Sie spült sich den Mund aus, zieht sich an und nimmt die Reisetasche in die Hand.

Oskar steht an der Dachbodentreppe; wie es scheint, hat er auf sie gewartet, denn er streckt ihr die Hand entgegen.

»Lebwohl, Danuta«, sagt er traurig. »Nimm das, du wirst es brauchen. Gott schütze dich.«

In seiner Hand liegen zwei Talerstücke.

»Das kann ich nicht annehmen, Oskar. Du hast doch selber so wenig.«

»Nun nimm es schon!«

Er drückt ihr die Münzen in die Hand und eilt die Treppe in gewagten Sprüngen hinunter, als sei er auf der Flucht.

Unten in der Halle steht der gnädige Herr, um ihr das Zeugnis zu übergeben. Seine Miene ist undurchdringlich, sie weiß nicht, ob er traurig ist, sie zu verlieren, oder ob er froh ist, sie los zu sein. Es tut ihr weh, weil es Stunden gab, da sind sie sich sehr nahe gewesen. Aber Herr und Dienerin können sich niemals wirklich nahe sein, das weiß sie, denn so ist die Welt nun einmal eingerichtet.

Schweigend reicht er ihr das zusammengefaltete Blatt, dann räuspert er sich und bemerkt: »Es ist traurig, dass es so weit mit dir gekommen ist, Danuta.«

Sie gibt darauf keine Antwort. Hätte er etwas anderes gesagt, wenn nicht die Wirtschafterin jetzt übereifrig in der Halle aufgetaucht wäre, um ihm die Laterne zu bringen? Wie auch immer – es ist gleich. Danuta wendet sich schweigend ab und geht die Stufen des Beischlags hinunter auf die dämmerige Gasse, wo gerade die erste Droschke vorüberrollt. Auf dem Kohlenmarkt stehen schon die Pferdehändler, mehrere Droschken warten auf Fahrgäste, niemand kümmert sich um sie, als sie mit ihrer Reisetasche in der Hand den Platz überquert. Am Hohen Tor bleibt sie noch einmal stehen und schaut zurück. Da geht drüben im Osten über der Stadt die Sonne auf; helles, fröhliches Morgenlicht flutet über die Dächer und Türme, und sie denkt bekümmert, dass die Sonne ihr den Abschied schwer macht. Dann wendet sie sich um und folgt der Straße nach Schidlitz, die weiter nach Nenkau führt.

Sie ist noch nicht weit gegangen, da hört sie Schritte hinter sich, jemand ruft ihren Namen.

»Danuta! So warte doch! Danuta!«

Verblüfft erkennt sie Oskar, der hastig auf sie zuläuft und ihren Arm fasst.

»Er hat mich geschickt«, sagt er atemlos. »Ich soll laufen und dich zurückholen. Gib mir die Tasche, ich trage sie für dich.«

Sie erschrickt zu Tode. Zurück? Warum? Hat man sie doch angezeigt? Wartet die Polizei auf sie?

»Ich gehe nicht zurück!«

»Nun komm schon«, drängt er sie. »Der Herr war ganz aufgeregt und ist beinahe selbst losgelaufen.«

Sie begreift nichts und hat das deutliche Gefühl, dass sie besser nicht zurückgehen sollte. Aber Oskar hat ihr die Tasche abgenommen und läuft voraus, sodass sie gezwungen ist, ihm zu folgen.

»Aber was hat ihn denn so aufgeregt?«, will sie wissen.

»Es war etwas, was die Wirtschafterin dahergeschwatzt hat. Ich habe es selbst nicht verstanden, aber er hat sie am Arm gepackt und geschüttelt, dass ihr beinahe die Haube vom Kopf gefallen ist.«

In der Langen Gasse sind nun schon viele Leute unterwegs. Beamte in dunklen Jacken und grauen Beinkleidern eilen zum Rathaus hinüber, Dienstmägde schleppen Einkaufskörbe, und ein Diener führt einen gefleckten Hund aus. Der gnädige Herr steht auf dem Beischlag, hat die Arme vor der Brust gekreuzt und reckt den Hals. Als er sie zwischen den Passanten entdeckt, verschwindet er im Eingang.

Schon unten an den Stufen vernimmt man das Heulen der Wirtschafterin.

»Warum hätt' ich es Ihnen denn sagen sollen, gnädiger Herr? Das ist doch nicht meine Sache. Ich tue meine Arbeit und …«

»Es ist gut«, hört Danuta den gnädigen Herrn. »Geh jetzt.«

Mit zitternden Knien steigt sie die Stufen hinauf. Sie ist kaum in der Halle, da stürzt der gnädige Herr auf sie zu, fasst sie an den Händen und starrt sie so eindringlich an, dass sie Angst bekommt.

»Warum hast du mir das nicht gesagt?«, fährt er sie an.

»Was … was meinen Sie?«

»Ist es wahr, dass du ein Kind trägst?«

Sie nickt. Er weiß es, warum soll sie jetzt noch lügen.

»Gut«, sagt er und ist plötzlich ganz ruhig. »Geh hinauf in deine Kammer, Danuta. Ich will, dass du bleibst. Oskar – sag der Wirtschafterin, sie soll Danuta ein Frühstück in ihre Kammer tragen!«

Ernst

Augustes Vorschlag ist gar nicht so übel – Ernst hat beschlossen, einen Fortsetzungsroman für sein Journal zu schreiben. Keine dieser romantischen Plattitüden, aber natürlich muss ein Liebespaar darin vorkommen, am besten ein Müllerbursche, der sich in die Tochter des Meisters verliebt. Ach nein, das ist zu abgegriffen. Besser ein armer Student und eine adelige Dame. Auch nicht gut. Gegen Mitternacht hat er die zündende Idee: ein junger Kaufmann, der aus enttäuschter Liebe auf einem Schiff anheuert und nach vielen Abenteuern reich und angesehen zurückkehrt, um die Angebetete zu ehelichen. Er hat sich gleich an die erste Folge gemacht, die ihm flott aus der Feder geflossen ist; erst gegen drei Uhr in der Nacht hat er sich schlafen gelegt. Natürlich war er am folgenden Morgen wie gerädert und ist noch ganz schlaftrunken hinunter ins Speisezimmer getorkelt. O weh – nun kommt er wieder einmal zu spät zum Frühstück und darf sich unten im Kontor eine Predigt von seinem Bruder anhören.

Doch als er sich dem Speisezimmer nähert, hört er zu seiner Erleichterung, dass dort ein Gespräch geführt wird. Sie sitzen also noch bei Tisch, er kommt beinahe rechtzeitig.

»Ich habe es so entschieden«, sagt sein Bruder. »Und ich erwarte, dass du meinen Willen respektierst.«

Oha, denkt Ernst. Da scheint wieder etwas im Argen zu liegen. Arme Luise. Vorgestern ist sie in die Weichsel gestürzt, gestern hat man Danuta entlassen müssen – sie hat kein leichtes Dasein.

Sein verspätetes Erscheinen wird kaum bemerkt, weil seine Schwägerin ganz gegen ihre Gewohnheit Widerworte gibt. Sie ist ungewöhnlich aufgeregt, atmet heftig, und ihre Hände zittern. Ein Drama scheint sich anzubahnen.

»Ich verstehe das nicht, Theodor«, sagt sie. »Wir hatten doch besprochen, wie wir mit ihr verfahren werden.«

Sein Bruder hat wieder diesen kalten Blick. Den kennt Ernst seit seiner Kindheit – wenn Theodor so schaut, ist er fest entschlossen, seinen Willen durchzusetzen.

»Sie erwartet ein Kind, Luise«, sagt Theodor »Du wirst verstehen, dass ich sie in diesem Zustand nicht auf die Straße setzen kann. Es wäre im höchsten Grade unchristlich, das zu tun.«

Es geht um Danuta, denkt Ernst. Schau an, sie ist schwanger. Ein Schelm, der Böses dabei denkt. Er gießt sich so unauffällig wie möglich Kaffee ein und bestreicht ein Weißbrot mit Butter.

Luise ist auf diese Nachricht hin noch blasser geworden, als sie sowieso schon ist. Er bekommt fast Angst, sie würde gleich ohnmächtig werden und vom Stuhl fallen.

»Schwanger?«, haucht sie mit ersterbender Stimme. »Das … Das lügt sie dir doch vor, Theodor. Das ist eine dreiste Lüge, um nicht fortgeschickt zu werden.«

»Es ist wahr«, entgegnet er. »Ich weiß es nicht von ihr, sondern von Frau Döppel.«

»Dann ist sie mit Danuta im Bunde!«, ruft Luise weinerlich.

»Ganz sicher nicht.«

Davon ist auch Ernst überzeugt. Die Döppel wäre die Letzte, die Danuta zur Seite stehen würde. Er fühlt sich mehr als unbehaglich als Zeuge dieser delikaten Angelegenheit zwischen Bruder und Schwägerin. Auf der anderen Seite ist die Sache so spannend, dass er keine Lust hat, sich diskret zurückzuziehen.

Jetzt bricht Luise in Tränen aus, wirft die Serviette auf den Tisch und steht auf. »Du mutest mir also zu, mit einer Kriminellen unter einem Dach zu leben!«, sagt sie mit bebender Stimme. »Hast du vergessen, dass sie mich dreist bestohlen hat?«

Theodor lässt sich nicht beeindrucken. »Du hast die Brosche ja wiederbekommen«, sagt er. »Was regst du dich auf? Sie bleibt hier, bis das Kind auf der Welt ist – dann werden wir sehen.«

»Und dass die Leute über uns reden werden, kümmert dich nicht?«, schluchzt die Schwägerin. »Zum Gespött machen wir uns. Ich wage nicht mehr, auf die Straße zu gehen …«

»Dazu hast du keinen Grund, Luise. Beruhige dich und denke nach, dann wirst du einsehen, dass ich richtig entschieden habe.«

Die Schwägerin gibt daraufhin einen Laut von sich, der sowohl ein lautes Schluchzen als auch ein verzweifeltes Lachen sein könnte. Sie dreht sich um und will zur Tür gehen, dann bleibt sie plötzlich stehen und presst die Hand auf die Brust. Ein Herzanfall? Ernst springt erschrocken auf und will sie stützen, hat schon den Arm um ihre Taille gelegt, da strafft sie sich und flüstert: »Es ist gut. Ich komme zurecht. Lass mich …«

Ohne seine Hilfe verlässt sie das Speisezimmer und begibt sich ins Wohnzimmer; wahrscheinlich wird sie gleich nach der Wirtschafterin rufen, die ihr eines ihrer vielen Mittelchen bringen soll.

»Was stehst du da?«, fährt ihn Theodor an, der ruhig am Tisch sitzen geblieben ist. »Schließe die Tür und nimm wieder Platz.«

Jetzt bekommt er zu hören, dass er über dieses Gespräch absolutes Stillschweigen zu bewahren hat.

»Vor allem hüte deine Zunge, wenn du den Salon der Frau von Kleiwitz besuchst. Überhaupt gefällt es mir nicht, dass du dort verkehrst. Es gibt wichtigere Kontakte, die du pflegen solltest …«

Aus dem Flur dringt die unangenehme Stimme der Wirtschafterin: »Kalte Kompressen – sehr gern, gnädige Frau. Und die kleine braune Flasche mit dem grünen Schildchen daran …«

Theodor zeigt mit keiner Miene, was er davon hält. Stattdessen schickt er ihn hinunter, um die Geschäftsräume und das Lager aufzuschließen. Er selbst habe noch zu tun und werde gleich nachkommen.

»Bin schon unterwegs!«, sagt Ernst und trinkt eilig seinen Kaffee aus. Auf der Treppe hört er, dass Theodor aus dem Speisezimmer ins Wohnzimmer geht. Immerhin, denkt er. Er sorgt sich durchaus um seine Ehefrau. Aber anmerken lässt er es sich nicht.

Unten in der Halle steht Korbitz und wartet, dass man ihm das Kontor öffnet. Ernst lässt sich erst einmal an Theodors Schreibtisch nieder und nimmt einige Bögen Papier aus der Schublade, rollt sie zusammen und lässt sie diskret unter seiner Jacke verschwinden. Die wird er bei der nächstpassenden Gelegenheit hinauf in sein Zimmer tragen; sein Roman wartet auf die Fortsetzung. Die Sammlung für sein literarisches Journal hat die unglaubliche Summe von beinahe fünfzig Talern erbracht, und Frau von Kleiwitz hat in ihrer Begeisterung weitere fünfzig Taler draufgelegt. Wobei sie wieder darauf hingewiesen hat, wie gern sie bereit ist, in der Redaktion des Journals mitzuwirken. Er hat diesen Wunsch nicht kommentiert und hofft, dass sie sich zufriedengibt. Die Hauptsache ist, dass sein Projekt nun finanziell abgesichert ist. Frau von Kleiwitz hat ihm das Geld zu treuen Händen übergeben; wenn Theodor ihn heute zu irgendeiner Besorgung in die Stadt schickt, wird er sich nach einer Druckerei umsehen und die Preise erfragen.

Korbitz hat die Post mitgebracht, er steht an seinem Pult und sortiert die Briefe, legt die geschäftlichen Schreiben auf einen Stapel, auf den anderen die privaten, die Theodor später mit hinauf nehmen wird. Ernst lehnt sich im Stuhl zurück, der fehlende Nachtschlaf macht sich bemerkbar, ihm fallen die Augen zu. Sicher wird Theodor einige Zeit brauchen, um seine erboste Ehefrau zu besänftigen, da kann er noch ein Schläfchen tun. Warum sein Bruder Danuta wohl unbedingt im Haus behalten will? Es gibt Einrichtungen für ledige Frauen, die schwanger sind. Dort könnte sie das Kind auf die Welt bringen, und niemand würde … Aber da verwirren sich seine Gedanken, und er schlummert ein.

»Herr Berend?«, sagt jemand dicht an seinem Ohr. »Obacht, Herr Berend. Ihr Herr Bruder ist schon auf der Treppe.«

Auf der Stelle ist er glockenwach und grinst Korbitz verschwörerisch an. Netter Bursche, der Korbitz. Tut immer so untertänig und zugeknöpft, aber Ernst hat ihn nach seiner Familie und den Kindern gefragt, da ist er aufgetaut und hat erzählt. Jetzt revanchiert er sich auf seine Weise.

»Danke, Korbitz«, flüstert er und begibt sich eilig an den kleinen Tisch, den man ihm als Arbeitsplatz eingerichtet hat. »Dann wollen wir mal fleißig sein, wie?«

Theodors Miene ist eisig; er zieht die Tür unnötig hart hinter sich zu und schaut unter tief gesenkten Brauen durch den Raum. O weh – das war nichts mit der Versöhnung. Jetzt wird er seinen Ärger über ihn und den armen Korbitz ausgießen.

»Wo sind die Rechnungen für die Waren, die heute rausgehen?«, fährt er Korbitz an. »Sie sollten heute Morgen auf meinem Schreibtisch liegen!«

»Verzeihung, Herr Berend. Ich habe sie geschrieben, aber Sie wollten noch die Beträge einsetzen.«

»Her damit!«, knurrt Theodor und hat auch gleich einen Auftrag an seinen Bruder. Zum Hafen gehen und sich nach einem holländischen Segler erkundigen, der überfällig ist.

»Wenn er angelegt hat, prüfst du die Ladung genau nach und kümmerst dich darum, dass die Waren in unsere Lagerhalle auf der Speicherinsel gebracht werden. Hier – nimm die Listen mit!«

Schon wieder solch eine unangenehme Besorgung. Ernst hasst es, am Hafen herumzusitzen und zu warten, bis das Zeug, das Theodor gekauft hat, ausgeladen wird. Wenn man Pech hat, wird man als Letzter aufgerufen, weil sie den Kram ganz unten im Schiff verstaut haben. Und dann das pingelige Nachzählen, das

Prüfen der Listen, der Ärger, wenn etwas fehlt! Nein, aus ihm wird niemals ein Kaufmann werden, er ist ein Literat. Er bringt rasch noch sein kostbares Schreibpapier in Sicherheit, dann steigt er schlecht gelaunt die Treppen hinunter, um den ungeliebten Auftrag auszuführen.

In der Halle trifft er auf August Blott, den Schwiegervater der Friederike Albertus, einer seiner glühendsten Anbeterinnen. Er begrüßt ihn freundlich, schüttelt ihm die Hand und erkundigt sich nach dem Wohlergehen.

»Ach, lieber Berend«, seufzt Blott. »Wie angenehm, Sie hier zu sehen. Meine Tochter ist ja ganz begeistert von Ihren literarischen Werken …«

»Ihre Tochter ist ein junges Mädchen von Geist und Bildung, lieber Herr Blott. Nebenbei gesagt: Ich werde demnächst ein literarisches Journal herausgeben, das einzigartig in …«

»Schön, schön, lieber Berend«, unterbricht Blott nervös. Er tritt dichter an ihn heran, und Ernst kann riechen, dass Blott wohl schon am frühen Morgen ein oder zwei Gläschen klaren Schnaps zu sich genommen hat. »Ich habe ein Anliegen an Ihren Herrn Bruder, bei dem ich auf Ihre Unterstützung hoffe«, sagt er mit gedämpfter Stimme. »Es geht um die leidige Sache mit dem Grundstück. Klawitter hat sich zurückgezogen, weil das Land jetzt überschwemmt ist. Aber Ihr Bruder hatte ein Gebot abgegeben, und ich setze große Hoffnung darauf, dass er dazu steht …«

Richtig, dieses Stück Land beim Strohdeich, das Johanna unbedingt kaufen will. Es ist also immer noch zu haben. Dass Theodor es allerdings kaufen wird, ist recht unwahrscheinlich.

»Nun, lieber Herr Blott«, versichert er seinem Gesprächspartner. »Gehen Sie getrost hinein zu meinem Bruder und reden Sie mit ihm. Ich will Ihr Anliegen gern unterstützen.«

»Ich danke Ihnen von ganzem Herzen, lieber junger Freund! Die Sache zieht sich schon viel zu lange hin, und daran ist nur dieser Klawitter schuld, der mich so lange zum Narren gehalten hat!«

Blott klopft ihm väterlich auf die Schulter, man verabschiedet sich, und Ernst macht sich eilig davon. Am Hafen sieht er schon den holländischen Lastensegler am Quai bei der Speicherinsel, wünscht ihn zur Hölle und lässt sich von einem Ruderboot übersetzen, um das Ausladen der Waren zu überwachen. Natürlich stimmt die Lieferung nicht mit der Liste überein, es gibt Unklarheiten, da ein anderer Kaufmann die gleichen Waren geordert hat. Man verhandelt, er zieht den Kürzeren, weil er keine Lust hat, sich wegen drei Kisten Kolonialwaren herumzustreiten. Nachdem endlich alle Listen abgehakt sind und die Waren im Lager verschlossen liegen, ist es Mittag, und er verschiebt die Suche nach einer Druckerei auf später, weil ihm der Hunger im Magen wühlt.

Das Mittagessen findet ohne die Schwägerin statt – sie leidet an einer starken Migräne und kann nichts zu sich nehmen. Wenn er jedoch auf eine ruhige Mahlzeit gehofft hat, wird er bitter enttäuscht. Theodor nutzt die Abwesenheit seiner Ehefrau, um ihn mit einem Schreiben von der Albertus Universität zu konfrontieren.

»Auf meine Anfrage hin hat man mehrere Professoren befragt, zu deren Vorlesungen du dich eingeschrieben hattest. Ich brauche dir wohl nicht zu sagen, wie die Ergebnisse ausgefallen sind …«

Eine Katastrophe! Warum hat er diesen Brief vorhin nicht in der Post liegen sehen und verschwinden lassen? Theodor hat allen Grund, sich aufzuregen. Einige der Professoren konnten sich nicht einmal daran erinnern, den Studenten Ernst-Georg Berend je gesehen zu haben, andere teilten mit, er sei nur selten anwesend und zu der Klausur nicht erschienen. Weiter ist zu erfahren, dass eine Klage seiner Vermieterin, Frau Greta Kabbert, vorliegt, da er ihr Geld schuldet.

Theodors geballter Zorn entlädt sich über sein armes Haupt. Er rechnet ihm die Kosten des Studiums auf Heller und Pfennig vor, auch diejenigen, die noch der Vater beglichen hat, und verweist darauf, dass das Geld, hätte man es in Handelsgeschäfte investiert, sich inzwischen verdoppelt und verdreifacht hätte. Daraus ergibt sich eine schwindelerregende Summe von mehreren Tausend Talern, die er nun von seinem kleinen Bruder zurückfordert.

»Die wirst du hier im Handelshaus abarbeiten«, wird ihm verkündet. »An ein Gehalt ist nicht zu denken, ich biete dir Kost und Logis, dazu einen kleinen Betrag für notwendige Ausgaben. Damit du deine Zeit voll und ganz unserem Haus widmest, ist dir die überflüssige nächtliche Schreiberei von jetzt an verboten. Tinte und Papier haben in deinem Zimmer nichts verloren, das werde ich kontrollieren. Außerdem erwarte ich, dass du die unnützen Bücher, die du für mein Geld erworben hast, zum Buchhändler bringst, um sie zu verkaufen. Den Erlös werde ich deinen Schulden gutschreiben!«

Diese letzte Maßnahme trifft ihn besonders hart. Er soll seine geliebten Bücher verkaufen! Dazu werden ihm Tinte und Papier verboten – wie soll er da die Texte für sein Journal fertigstellen? »Da mache ich nicht mit!«, begehrt er auf. »Wenn du mir so kommst, Theodor, dann hast du mich gesehen. Dann gehe ich hinaus in die Welt, und du kannst schauen, wie du ohne mich fertig wirst!«

»Ohne einen Pfennig in der Tasche?«, meint sein Bruder spöttisch. »Willst du als Matrose auf einem Segler anheuern? Das Deck schrubben und Kakerlaken fressen? Viel Vergnügen dabei!«

Er hat mich in der Hand, denkt Ernst verzweifelt. Er weiß recht gut, dass ich keiner bin, der zupacken kann wie ein Arbeiter. Aber so lasse ich mich nicht behandeln. Oh, wie gut ich jetzt Johanna verstehen kann! Sie hat diesen Forster genommen, um Theodors Tyrannei zu entkommen. Wie klug sie war!

»Nach dem Essen schaue ich die Listen durch, die du mitgebracht hast. Danach packst du die Bücher zusammen und verkaufst sie. Ich will eine Rechnung sehen. Nicht dass du dir heimlich etwas abzwackst.«

Ernst entgegnet nichts und isst schweigend weiter. Die Bücher wird er in Sicherheit bringen, die verkauft er nicht. Er wird sagen, dass Langlau sie nicht gewollt hat. Auch Tinte und Papier muss er irgendwo verwahren, wo sein Bruder sie nicht findet. Dann fällt ihm siedend heiß das Geld ein, das oben in seinem Zimmer im Schreibsekretär liegt. Verflucht! Wenn Theodor den Beutel findet, ist das Geld verloren. Er muss es unbemerkt aus dem Haus schaffen und an einem Ort deponieren, zu dem Theodor keinen Zugriff hat. Bei Auguste? Nein, das ist schlecht. Wenn sie das Geld für ihn verwaltet, wird sie auch in der Redaktion der Texte mitreden wollen. Wo dann?

Theodors Ärger über die fehlenden drei Kästen fällt unerwartet milde aus, er zieht den Betrag einfach von der Rechnung ab. Danach packt Ernst einige seiner Bücher zusammen und verteilt die Taler so unauffällig wie möglich in seinen Stiefeln und den Jackentaschen. Unglaublich, wie schwer das Zeug ist. Zum Glück sind die Stiefel ihm etwas zu groß, weil man ihn genötigt hat, Theodors abgelegtes Schuhwerk aufzutragen. Trotzdem muss er sich den Schmerz verbeißen, weil Zehen und Fersen beim Gehen arg mitgenommen werden, aber er hat Sorge, Theodor könnte ihm das Geld abnehmen, würde er es in einem Beutel bei sich tragen. Er geht ins Kontor, weist die Bücher vor, die er angeblich verkaufen will, und erntet ein befriedigtes Nicken.

»Ich freue mich, dass du langsam zu Verstand kommst«, lobt ihn Theodor.

Ernst empfindet dieses Lob als Hohn, der ihn noch zusätzlich erbittert. Während er auf seinem Schatz durch die Lange Gasse stiefelt, fühlt er sich der Schwester mehr und mehr verbunden.

Theodor hat sie beide um ihr Erbe betrogen, sie unmenschlich behandelt, von sich abhängig gemacht und zu den niedersten

Diensten gezwungen. Sie sind beide seine Opfer, sie müssen zusammenhalten, wie sie es auch früher als Kinder schon immer getan haben. Warum soll er das Geld nicht Johanna geben? Sie hat es verdient, dass er ihr unter die Arme greift. Und außerdem will sie es ihm zurückzahlen …

Der Weg bis zur Paradiesgasse ist die reine Tortur. Er muss an das Märchen des dänischen Dichters Hans Christian Andersen denken, dessen arme kleine Seejungfrau bei jedem Schritt tausend Nadelstiche verspürte. Als er bei der Katharinenkirche über die Radaunebrücke humpelt, ist er sicher, statt der Füße feurige Klumpen in den Stiefeln zu haben, und er fragt sich, ob es die Sache wert ist, dass er darüber zum Invaliden wird.

Johanna steht unten in der Werkstatt, wo sie eigentlich nichts zu suchen hat, und scheint tatsächlich mit einem Hobel oder etwas Ähnlichem zu hantieren. Als sie ihn sieht, lässt sie den Hobel liegen und läuft ihm entgegen, um ihn in die Arme zu schließen.

»Endlich kommst du!«, sagt sie aufgeregt. »Ich habe schon befürchtet, du hättest mich vergessen. Geh schon einmal hinauf, ich komme mit Berthold nach.«

Ihm wird etwas mulmig bei so viel Begeisterung. Wie es scheint, hat ihre Herzensfreundin Auguste ihr das Ergebnis der Sammlung brühwarm mitgeteilt, und sie rechnet fest mit dem Geld. Dabei kann er sich nicht erinnern, ein Versprechen abgegeben zu haben. Zumindest kein festes. Na, egal – jetzt hat es sich so gefügt. Oben läuft ihm die Alte über den Weg, die hier wohl so etwas wie eine Wirtschafterin ist. Wie hieß sie doch? Richtig: Barbara. Sie verzieht das Gesicht, als er die Treppe hinaufhumpelt, und fragt, ob er sich den Fuß verletzt habe.

»Nein, nein«, sagt er und lächelt sie gewinnend an. »Bin nur etwas erschöpft. Der laue Wind bekommt mir nicht, im Nordwind gedeihe ich besser.«

Sie schaut ihn mit ihren schlauen Augen an, und er ahnt, dass sie ihm kein Wort glaubt. Trotzdem ist sie freundlich und lächelt zahnlos.

»Da bringe ich Ihnen gleich einen guten Kaffee, das wird helfen«, meint sie und verschwindet.

Gegen einen Kaffee ist nichts einzuwenden. In der Stube reißt er sich die Stiefel von den Füßen und leert sie auf dem Sofa aus, legt auch das Geld dazu, das er in die Taschen gesteckt hatte, und setzt sich daneben, um die wehen Füße zu massieren. Johanna kann ihm wirklich dankbar sein, ihretwegen hat er Höllenqualen auf sich genommen.

Sie lässt nicht lange auf sich warten. Triumphierend erscheint sie mit ihrem Ehemann im Gefolge, schreit begeistert auf, als sie die Münzen sieht, und macht sich sogleich daran, sie nachzuzählen.

Forster wirft nur einen unwilligen Blick auf den Reichtum, dann schüttelte er dem Schwager die Hand und setzt sich an den Tisch.

»Was für ein unerwarteter Geldsegen«, bemerkt er. »Und den willst du in solch eine verrückte Sache investieren?«

Eigentlich nicht, denkt Ernst verlegen. Laut sagt er: »Ich denke, dass meine Schwester das Geld gut anlegen wird.«

»Es sind neunundneunzig Reichstaler, achtundzwanzig Silbergroschen und drei Pfennige«, meldet Johanna. »Ich lege neun Pfennige und einen Silbergroschen dazu, dann haben wir eine runde Summe!«

Jetzt bringt die alte Barbara den Kaffee und macht große Augen, als sie die Münzen sieht, die Johanna auf dem Tisch zu kleinen Türmchen gestapelt hat.

»Was ist das denn für Geld?«

»Das geht dich nichts an«, versetzt Johanna.

Die Wirtschafterin starrt auf die Münzen und beginnt am ganzen Leib zu zittern. »Tun Sie es nicht, gnädiger Herr!«, sagt sie in flehendem Ton zu Forster. »Sie stürzen sich ins Unglück. Im Namen meiner lieben Herrin, die nicht mehr am Leben ist, bitte ich Sie …«

»Sei still«, befiehlt Forster. »Was hier geschieht, ist nicht deine Sache.«

»Nein, ich schweige nicht!«, ruft sie und ringt die Hände. »Soll ich mit ansehen, wie Sie sich sehenden Auges das eigene Grab schaufeln?«

Diese Barbara ist tatsächlich eine merkwürdige Erscheinung. Unglaublich, was sie sich ihrer Herrschaft gegenüber herausnimmt. Forster muss sie mehrfach ermahnen, dann endlich zieht sie sich jammernd zurück. Aber man hört sie im Flur noch seufzen und die Heilige Maria anrufen, die ihren lieben Herrn beschützen soll.

Seine Schwester hat trotz dieses peinlichen Auftritts nichts von ihrer Zielstrebigkeit eingebüßt.

»Wir müssen schnell sein, Berthold«, sagt sie. »Noch ist das Grundstück zu haben. Ich war heute bei Auguste, sie weiß es von Anna Ernestine, die die Busenfreundin von Friederike Albertus ist. Klawitter hat einen Rückzieher gemacht, und Blott ist ganz verzweifelt.«

Wie solche Sachen doch unter den Frauen die Runde machen! Nun – er hat die Information aus erster Hand und kann etwas dazu beitragen. »Falls Theodor es nicht heute gekauft hat«, sagt er.

Die Wirkung ist stark. Johanna reißt die Augen auf und schaut ihn an, als wollte sie ihm gleich ins Gesicht springen.

»Theodor? Wieso sollte er das Grundstück kaufen?«

»Er hat auf Blotts Bitte hin ein Gebot abgegeben. Aber nur zum Schein. Um den Preis hochzutreiben. Kaufen wird er es sicher nicht.«

Zum Teufel mit seiner Geschwätzigkeit. Jetzt hat er diesen dummen Kauf auch noch befeuert. Johanna nimmt ein Tuch aus der Kommode, bindet das Geld hinein und schiebt es ihrem Ehemann hin. »Du musst heute noch hingehen, Berthold. Ich bitte dich. Du hast es mir versprochen!«

»Diese hundert Taler sind nur ein kleiner Teil der Summe, die es kosten wird!«, wehrt er sich halbherzig.

»Als Anzahlung wird es genügen!«, beharrt sie.

»Das Land ist überschwemmt. Wenn Klawitter es nicht will, wird er gute Gründe dafür haben.«

»Er irrt sich, Berthold.«

Er zieht die Luft ein und stößt sie aus, als müsste er eine große Last wegschieben.

»Also gut«, sagt er. »Ich gehe zu Blott und frage nach dem Preis …«

»Du musst ihn herunterhandeln, Berthold!«, ruft sie aufgeregt. »Er wird zu viel fordern. Was hat Theodor geboten, Ernst?«

»Keine Ahnung – ich war nicht dabei«, erwidert er.

»Lass mich mitgehen, ich verstehe mich darauf«, fordert sie von ihrem Ehemann.

Forster nimmt das Geld an sich und steht umständlich vom Stuhl auf. Nein, er wird allein gehen, das ist eine Sache unter Männern, da kann sie nicht dabei sein. Er nickt Ernst zu, zieht die Jacke über und steigt die Treppe hinunter. Ernst bleibt neben seiner Schwester am Tisch sitzen und hat das Gefühl, etwas ganz und gar Dummes getan zu haben. Da geht es nun hin, sein schönes Geld, das Kapital, mit dem er eigentlich sein literarisches Journal finanzieren sollte. Wahrscheinlich hätte er es vergraben sollen. Oder doch besser Auguste geben. Aber er ist eben kein Kaufmann und entscheidet solche Sachen aus dem Gefühl heraus.

»Ich schreibe dir einen Schuldschein«, sagt Johanna.

»Lass das bleiben. Wenn Theodor den findet, wird er das Geld sofort einfordern.«

»Ich bewahre ihn hier für dich auf.«

»Na schön«, knurrt er. »Aber ich brauche unbedingt Geld für den Druck der ersten Ausgabe meines Journals. Hast du daran gedacht?«

»Selbstverständlich«, behauptet sie. »Du bekommst es morgen.«

»Sicher?«

»Ganz sicher!«

Er entscheidet sich, ihr zu glauben. Etwas anderes bleibt ihm sowieso nicht übrig.

»Dann bis morgen, Schwesterlein. Adieu!«

Johanna

Johanna hat ein ziemlich schlechtes Gewissen, dass sie das Geld von Ernst genommen hat. Aber es gab keine andere Möglichkeit. Auguste, ihre stets hilfsbereite Freundin, hat sich strikt geweigert, ihr eine Summe zu leihen. Ihr Ehemann, der »liebe Klaus«, habe ihr abgeraten, weil er nichts von der Sache halte. Sie ist wütend darüber gewesen. Wenn es darum geht, einen haltlosen Künstler zu unterstützen, zeigt sich ihre Freundin stets großzügig. Aber wenn es um Geschäfte geht, die zukunftsträchtig und gewinnbringend sind, ist Auguste nicht interessiert.

Forster kehrt früher zurück, als sie geglaubt hat, doch er steigt nicht hinauf in die Wohnräume, sondern macht sich in der Werkstatt zu schaffen. Sie kann ihre Aufregung nicht beherrschen und geht hinunter, um ihn beiseitezunehmen und zu fragen, was er ausgerichtet hat. Aber er ist unwillig, verweist sie auf den Abend, weil angeblich die Arbeit drängt. Auf dem Hof, wo das Fischerboot auf dem Helgenbock liegt, müssen die Spanten gesetzt werden, das duldet keinen Aufschub. Sie sitzt eine Weile bei dem Hund Sultan, krault ihm die Ohren und schaut den Männern bei der Arbeit zu. Was bedeutet dieses Verhalten? Hat Theodor ihr das Grundstück vor der Nase weggeschnappt? Oh, das wäre ihm zuzutrauen. Selbst wenn er es nicht brauchen kann, er würde es kaufen, damit sie es nicht bekommt. Ist Forster deshalb so abweisend? Mag er ihr die schlechte Nachricht nicht in der Werkstatt zwischen Hobel und Spanten überbringen?

Da sie hier unten nichts ausrichten kann, geht sie schließlich zurück in die Wohnstube, läuft unruhig im Kreis herum, sitzt dann wieder am Tisch und kann keinen vernünftigen Gedanken fassen. Es wird schon dunkel – macht er endlich Feierabend? Ungeduldig geht sie zum Fenster, aber aus der Werkstatt fällt Lichtschein auf die Gasse. Will er noch die Nacht dranhängen? Als sie schon den Vorhang zuziehen will, schaut sie zufällig zur Radaunebrücke hinüber … und erschrickt. Dort steht eine unbewegliche Gestalt, ohne Zweifel ein Mann, doch in der Dämmerung kann sie weder sein Gesicht noch seine Kleidung genau erkennen. Er sieht zur Werkstatt hinüber, dann wendet er sich abrupt ab und geht davon.

Wer kann das gewesen sein?, denkt sie beklommen. Ein Dieb, der eine Gelegenheit zu einem Einbruch sucht? Das fehlte gerade noch – ein Unglück kommt selten allein.

Als Forster endlich aus der Werkstatt hinaufsteigt, hat die Kirchturmuhr schon neun geschlagen. Er lässt sich schweigend am Tisch nieder und widmet sich dem Abendbrot, das Barbara mit Grabesmiene aufträgt.

»Nun?«, fragt Johanna, als er gar keine Anstalten macht, das Wort an sie zu richten. »Wie ist es gegangen mit Blott?«

»Wir sind uns einig geworden«, sagt er, ohne sie anzusehen.

Ihr Herz schlägt einen Trommelwirbel. Einig. Das bedeutet …

»Du hast das Grundstück gekauft?«

Jetzt hebt er den Kopf und muss ein wenig lächeln, weil sie so aufgeregt ist und ihre Stimme so zittrig klingt. »Wir haben Vertrag gemacht. Morgen müssen die Formalitäten auf dem Rathaus erledigt werden, damit es ins Grundbuch eingetragen wird. Nun hast du also deinen Willen!«

Er hat es gekauft! Alle Anspannung fällt von ihr ab, und ein großes, wundervolles Glücksgefühl durchströmt sie. Sie springt auf und schließt die Arme um ihn, küsst ihn stürmisch und versichert ihm, dass sie ihm ewig dankbar sein will.

»Du wirst sehen, Liebster, dort wird etwas ganz Großes entstehen. Schiffe, die über die Ozeane segeln. Bis hin nach Amerika. Nach Sansibar. Und nach Indien …«

»Was du doch für bunte Träume hast«, meint er, ohne ihre Begeisterung zu teilen. »Aber wenn du nun endlich zufrieden bist, soll es mir recht sein.«

Sie fasst ihn lachend bei den Ohren und küsst ihn auf den Mund. »Wie viel hast du bezahlt?«, will sie wissen.

»Nicht wenig.«

»Sag mir die Summe.«

Er ziert sich. Er hat ihr auch nicht erzählt, wie viel Theodor ihm für das Grundstück in Neufahrwasser gegeben hat. Aber sie schmeichelt so lange, bis er nachgibt. Man hat sich auf den Preis von achthundertfünfzig Talern geeinigt, das ist weniger, als sie befürchtet hat. Trotzdem ist sie der Ansicht, dass man Blott noch um mindestens hundert Taler hätte herunterhandeln können. Es ist schade, weil das Geld für den Aufbau der Werft nötig ist.

»Dann sind unsere Ersparnisse nun wohl aufgebraucht?«, fragt sie besorgt.

»Da ist nicht mehr viel übrig«, gesteht er. »Aber das neue Boot ist bald fertig, dann wird Drews die letzte Rate bezahlen. Zwei Aufträge für Reparaturen sind auch eingegangen. Solange ich genug Arbeit habe, werden wir zurechtkommen.«

»Nur zurechtkommen?«, fragt sie kopfschüttelnd. »Unten am Strohdeich ist Platz genug, um große Schiffe zu bauen, und es ist einfach, sie dort zu Wasser zu lassen. Wenn du erst mit deiner Werkstatt dorthin gezogen bist, wirst du Freude daran haben.«

»Das ist nie mein Ehrgeiz gewesen«, meint er. »Ja, wenn ich einen Sohn hätte, der die Arbeit des Vaters achtet und weiterführen wollte. Aber den habe ich nicht, und darum ist das Grundstück für mich wertlos.«

Immer dieser Pawel. Der ist einen solchen Vater, wie Berthold

Forster es ist, gar nicht wert. Kommt nach fünf Jahren ins Haus geflattert, tobt herum wie ein Berserker, beleidigt den Vater und läuft wutentbrannt wieder davon. Soll er bleiben, wo der Pfeffer wächst. Eine Werft kann Berthold auch ohne den Sohn gründen. Sie muss es ihm nur schmackhaft machen.

»Irgendwann wird Pawel sich besinnen«, meint sie vorsichtig. »Dann wird er zurückkommen und voller Staunen sehen, was sein Vater auf die Beine gestellt hat.«

Forster macht eine wegwerfende Handbewegung. »Wenn er es wirklich bereuen würde und Frieden schließen wollte, dann hätte er es längst getan«, sagt er verbittert. »Zehn Tage ist es her, dass er hier gewesen ist. Aber er hat sich seitdem nicht mehr blicken lassen, der Starrkopf. Und ich denke, dass er nun auch nicht mehr kommen wird.«

Er hat also jeden Tag gewartet und gehofft, dass sein Pawel zurückkehren würde! Das geht Johanna nahe und bringt sie noch mehr gegen Pawel auf. Welchen Grund hat er, seinem Vater solche Vorwürfe zu machen? Weil er eine junge Frau geheiratet hat? Geht ihn das etwas an? Soll sein Vater ihm zuliebe bis an sein Lebensende Witwer bleiben?

»Was sind schon zehn Tage?«, fragt sie, um ihm Mut zu machen. »Er kommt ganz sicher irgendwann zurück, das weiß ich. Aber inzwischen darfst du nicht untätig bleiben. Wir haben nun einmal das Grundstück gekauft, da dürfen wir es nicht brach liegen lassen, das wäre schade …«

»Lass uns nun zu Bett gehen, liebe Johanna«, unterbricht er sie. »Es ist spät geworden, und morgen steht viel Arbeit an.«

Er will nicht, denkt sie bedrückt. Aber es muss ja nicht gleich heute sein. Ich lasse ein wenig Zeit vergehen, da wird er sich schon besinnen. In der Nacht wacht sie immer wieder auf, dann hört sie, wie Berthold sich unruhig in den Kissen wälzt und leise stöhnt. Sie beginnt, sich Sorgen um ihn zu machen. Hat sie ihm zu viel zugemutet? Wird er vor Kummer krank werden, wenn er seine Werkstatt verlassen muss, an der er so hängt? Aber es ist nicht möglich, zwei Werkstätten zu unterhalten; wenn er unten beim Strohdeich seine Werft gründet, muss er das Haus in der Paradiesgasse aufgeben. Dann werden sie unten am Strohdeich ein Wohnhaus errichten, wie es auch die anderen Werftbesitzer getan haben.

Ja, wenn sein Sohn ihm zur Seite stünde, denkt sie ärgerlich. Dann wäre er mit Eifer dabei. Ich kann mich noch so bemühen, das Grundstück kaufen, ihm gut zureden, mich um einen Bankkredit kümmern. Das zählt alles nicht. Ein Sohn ist eben ein Sohn.

Als sie am Morgen erwacht, ist sie allein. Er ist in aller Frühe aufgestanden und arbeitet schon unten in der Werkstatt; sie kann hören, wie er den Gesellen zusammenstaucht. Das Frühstück hat Barbara schon wieder abgeräumt, sie muss hinunter in die Küche laufen, um die Wirtschafterin zur Ordnung zu rufen. Sie tut es aus Fleiß, diese boshafte alte Krähe. Was ist ihr gestern nur eingefallen, eine solche Szene zu machen? Oh – sie hasst die junge Frau ihres gnädigen Herrn. Seitdem sie hier im Haus ist, lässt Barbara keine Gelegenheit aus, ihr Verdruss zu bereiten. Heute ist sie besonders giftig, stellt schweigend eine Kanne mit Kaffee, Butter und Fruchtmus auf den Tisch, legt einen Brotkanten dazu und erklärt, sie habe keine Zeit und Johanna solle sich die Sachen selbst hinauftragen.

Woraufhin Johanna seelenruhig die Speisekammer öffnet, frisches Brot und ein Stück Wurst herausnimmt und sich an den Küchentisch setzt, um dort zu speisen. Den Kaffee lässt sie stehen, denn er ist kalt. Barbara verfolgt ihr Tun mit wütenden Blicken, wagt jedoch nicht, sie aus der Küche zu vertreiben.

»Hochmut und Stolz kommen vor dem Fall«, murmelt sie.

Johanna macht sich nichts daraus. Sie hat Barbara gezeigt, dass mit ihr nicht zu scherzen ist, das wird sie sich hoffentlich merken. Sie hat jetzt andere Sorgen. Heute will Ernst das Geld für die erste

Ausgabe seines Journals haben – doch woher nehmen? Es ist Monatsende – vom Haushaltungsgeld kann sie es auf keinen Fall abzwacken. Also bleibt nur eine einzige Möglichkeit: Sie geht in ihr Zimmer und öffnet den Schreibsekretär, nimmt die rote Schachtel mit Andrzejs Abschiedsgeschenk aus der Schublade und betrachtet noch einmal das kleine goldene Herz mit dem Diamanten darin. »mon amour« ist auf dem Herz eingraviert. Nun – er wird ähnliche Geschenke an andere Frauen verteilt haben, es ist nicht schade darum. Sie steckt es in ihr Handtäschchen, nimmt ein Tuch um und macht sich auf den Weg.

Es gibt etliche Händler in Danzig, die Geschmeide verschiedenster Art anbieten und gute Geschäfte machen. Seitdem die Handelswege wieder florieren, besuchen viele wohlhabende Fremde die Stadt, und auch so mancher Danziger Bürger kann sich ein solches Schmuckstück leisten. Sie versucht es zunächst in einem Geschäft in der Heilig-Geist-Gasse. Dort schaut sich der Besitzer den Diamanten durch eine Lupe an, spitzt den Mund und bietet ihr ganze vier Taler.

»Vier Taler! Dieses Geschmeide wurde in Paris gekauft, sehen Sie, was auf der Schachtel steht. Um ein solches Geschenk werden sich Ihre Kunden reißen. Zum Geburtstag für die liebe Ehefrau. Oder zur Verlobung der Tochter.«

Er behauptet, es eigne sich nicht als Verlobungsgeschenk, da die Aufschrift eher frivol klinge.

»Zwanzig Taler!«, verlangt sie.

Er blinzelt sie müde über den Rand seiner dicken Brille an. »Fünf. Und da lege ich schon drauf.«

»Dann nehme ich es wieder mit.«

»Sechs …«

»Zwanzig! Es ist mehr als das Doppelte wert.«

Sie werden sich nicht einig, und sie verlässt das Geschäft, um es in einem anderen Laden zu versuchen. Drei Läden und unzählige

Wortgefechte und Verhandlungen später verkauft sie das goldene Herz schließlich für zwölf Taler an einen jüdischen Händler. Nun – es ist weniger, als sie gehofft hat, aber sie muss verkaufen, sie hat Ernst das Geld versprochen. Zu Hause legt sie noch einen Taler vom Haushaltungsgeld drauf, mehr geht wirklich nicht, sie hat getan, was sie konnte.

Ernst sitzt schon in ihrer Wohnstube und wartet auf sie. Er wirkt abgehetzt und fahrig, Theodor hat ihn heute früh wieder mit in den Artushof genommen, wo Blott sie angesprochen und von dem glücklichen Verkauf berichtet hat. Daraufhin war Theodors Laune im Keller; er hat Ernst verdächtigt, bei diesem Handel mitgewirkt zu haben, und ihm verboten, seine Schwester weiterhin zu besuchen.

»Zum Glück ist er jetzt hinauf nach Neufahrwasser zu seiner Halle, da habe ich mich wegstehlen können.«

Als Johanna ihm die dreizehn Taler auf den Tisch zählt, macht er kein frohes Gesicht. »Mehr nicht? Die erste Ausgabe soll etwas hermachen. Auguste hat einen Künstler aufgetan, der einige seiner Zeichnungen beisteuern wird. Das wird nicht billig werden.«

»Dann druckst du eben eine Seite weniger. Mehr habe ich nicht.«

Er wedelt mit den Armen in der Luft herum. »Wie stellst du dir das vor? Und überhaupt: Dreizehn ist eine Unglückszahl.«

»Dann nimmst du eben nur zwölf Taler«, gibt Johanna ungerührt zurück. »Wenn du so schlau wärest, Anzeigen in dein Blatt zu setzen, würde es sich von selbst finanzieren.«

Aber das will er nicht. Reklame für Räucherwurst, Haarpomade oder Korsagen für dralle Damen haben in seinem Journal nichts zu suchen, sagt er.

»Na schön«, knurrt er unzufrieden und steckt die dreizehn Taler ein. »Für die nächste Ausgabe werde ich die Auflage erhöhen müssen, da brauche ich mindestens fünfzehn Taler. Aber jetzt, wo Forster das Grundstück gekauft hat, wirst du ja bald reich sein.«

Der Abschied fällt kurz aus, er setzt die Mütze auf, nickt ihr zu und stiefelt die Treppe hinunter. Seine kostbaren Manuskripte, die er in Druck geben will, hat er im Futter der Jacke verborgen – Theodor darf auf keinen Fall erfahren, dass sein kleiner Bruder ein literarisches Journal herausgibt. Wie albern, denkt Johanna. Früher oder später findet er es sowieso heraus. Dann wird der arme Ernst einen schweren Stand haben.

Beim Mittagessen bittet sie Berthold, mit ihr gemeinsam zum Strohdeich zu gehen, um das Grundstück in Augenschein zu nehmen. Aber er lehnt ab. »Ich habe zu tun. Der Gang aufs Rathaus nimmt mir schon genügend Zeit weg. Das Grundstück kenne ich, da muss ich nicht noch einmal hinlaufen.«

Wie brummig er ist! Sie erzählt, sie hätte schon einmal einen Plan der künftigen Werft gezeichnet, den wolle sie heute Abend mit ihm bereden. »Das hat Zeit, liebe Johanna. Wir haben heute viel zu tun, und ich will mich früh zu Bett legen.«

Sie kommt kein Stück voran! Er vergräbt sich in seiner Werkstatt und schiebt die Gründung der Werft auf die lange Bank. Dabei wäre jetzt die beste Zeit, einen Umzug zum Strohdeich in Angriff zu nehmen. Im Frühling, spätestens im Sommer müssen die wichtigsten Erdarbeiten erledigt sein. Wenn es erst Herbst und Winter wird, braucht man nicht mehr damit anzufangen. Außerdem muss er die Gründung der Werft bei den Stadtvätern anmelden und genehmigen lassen. Aber dieses Thema wagt sie heute gar nicht anzusprechen. Das ist etwas Amtliches, da ist er festgenagelt, da wird er gleich wieder von seinem Pawel anfangen und ihr erzählen, dass er nicht weiß, für wen er eine Werft gründen soll, wenn er keinen Sohn hat, der sie einmal weiterführen kann.

Am Abend sitzt sie allein in ihrem Zimmer, starrt auf die hölzerne Truhe, in die sie Andrzejs Seidentücher und ein paar Erinnerungen gelegt hat. Pawels Mutter hat darin die Hemdchen und Kittelchen ihres kleinen Sohns aufbewahrt – bis zu ihrem Tod hat sie sich nicht von diesen Dingen trennen wollen. Wie sehr muss sie ihr einziges Kind geliebt haben! Sie wäre ganz sicher traurig über diesen Streit zwischen Vater und Sohn, denkt Johanna. Wenn ich über meinen Schatten springe und den Versuch mache, die beiden zu versöhnen, erweise ich auch ihr einen Gefallen. Sie hat Mühe, sich mit diesem Gedanken anzufreunden, aber je länger sie darüber nachsinnt, desto klarer wird ihr, dass sie die Werft ohne Pawels Mitwirkung nicht auf die Beine stellen wird.

Was riskiere ich schon?, denkt sie. Wir werden unten am Strohdeich ein neues Wohnhaus bauen, da bekommt er einen Teil für sich, und wir bewohnen den anderen Teil. Gewiss werden Vater und Sohn sich nicht immer einig sein, denn Pawel hat viel gesehen und gelernt, er wird dem Vater Neues beibringen wollen. Aber letztlich kann das die Arbeit nur befördern. Die beiden Männer werden sich um den Betrieb kümmern und Schiffe bauen, das ist ihr Gebiet. Die geschäftlichen Angelegenheiten aber werde ich mir nicht aus der Hand nehmen lassen. Ich werde die Aufträge hereinholen, mich um die Finanzen kümmern und die Buchführung erledigen. Von diesen Dingen verstehe ich etwas, das wird der Werft und uns allen von großem Nutzen sein.

Die Versöhnung herbeizuführen wird allerdings nicht ganz einfach sein. Pawel scheint ein aufbrausender, grober Mensch zu sein, sie muss sich darauf gefasst machen, dass er sie unfreundlich abblitzen lässt. Aber sie wird sich nicht einschüchtern lassen und ihn mit klugen Argumenten überzeugen. Dazu müsste sie ihn allerdings erst einmal ausfindig machen. Da liegt der Hase im Pfeffer, denn es wäre möglich, dass er sich längst nach England, Holland oder gar nach Übersee eingeschifft hat. Falls sich die Sache so verhält, kann sie vorerst nichts ausrichten. Aber vielleicht ist er ja nach Hamburg, Bremen oder Papenburg gegangen? Er ist

Schiffszimmermann, da wird er auf einer Werft angeheuert haben. Man müsste sich erkundigen.

Am Morgen sitzt sie in aller Frühe mit ihrem Ehemann zu Tisch und fällt ihm mit einer Reihe von Fragen auf die Nerven. Berthold gibt nur einsilbige Antworten – er mag ebenso wenig von seinem Sohn wie von der zu gründenden Werft reden.

»Wo könnte er hingelaufen sein?«

»Woher soll ich das wissen?«

»Hast du niemanden gefragt? Den Gesellen und die Lehrjungen? Die Fischer, die bei dir ihre Boote reparieren lassen? Die Nachbarn?«

»Nein!«

»Aber warum denn nicht?«

»Soll ich ihm nachlaufen?«

Sie gibt es auf. Wenn Pawel ein Starrkopf ist, dann weiß sie jetzt, von wem er diese Eigenschaft geerbt hat. Sie muss sich etwas anderes einfallen lassen. Zunächst nimmt sie sich die Lehrjungen und den Gesellen vor, setzt sich zu ihnen, als sie ihre Mahlzeit halten, und erkundigt sich, ob sie etwas von Pawel gehört hätten.

»Der ist bestimmt wieder nach England«, meint Stefan mit sehnsüchtigen Augen. »Da will ich auch hin, wenn ich erst Geselle bin. Die bauen die besten Schiffe, da kann einer was lernen …«

»Oder nach Amerika«, fällt ihm sein Bruder Marek ins Wort. »Da kommen die schlanken Klipper her, die über die Ozeane fliegen. In Amerika, da kann einer sein Glück machen …«

»Schau lieber, dass du hier in der Werkstatt was Anständiges lernst. Ost und West – Heimat am best«, sagt der Geselle Karl Anton ärgerlich. »Hast ja gesehen, was aus einem wird, der sich jahrelang in der Welt herumtreibt und dann keinen Platz mehr daheim findet. Der Pawel, der kommt nicht wieder. Den zieht's hinaus. Wohin auch immer.«

Die Auskünfte sind wenig ermutigend. Johanna überlegt, dass sie es am Hafen versuchen könnte. Wenn Pawel auf einem Schiff angeheuert hat, dann hat das vielleicht jemand beobachtet und kann sich daran erinnern.

Am nächsten Morgen geht sie noch vor Sonnenaufgang zum Fischmarkt, um die Händlerinnen auszufragen. Dicht an dicht liegen hier die kleinen und größeren Boote am Quai, die Männer haben ihren Fang in aller Frühe an Land gebracht, wo schon die Fischfrauen warten, um ihn zu verkaufen. Es geht laut und lebhaft zu. Auf Tischen und in Kisten liegen Karpfen, Heringe, Flundern und Seeaal, die Fischfrauen heben die glitschigen Fischleiber mit bloßen Händen in die Höhe, schwenken sie, preisen ihre Ware an und nehmen kein Blatt vor den Mund, wenn es um das Aushandeln des Preises geht. Johanna schaut herum, kauft ein paar Heringe und einen kleinen Aal und wartet, bis der erste Ansturm vorüber ist. Erst wenn das Gros der Ware verkauft ist, nehmen sich die Fischfrauen Zeit, mit ihr zu schwatzen.

»Der Forster Pawel? Der Sohn von der Stanislawa? Ja, der ist hier herumgeschlichen. Da auf dem Poller hat er gesessen und ins Wasser gestarrt.«

Eine andere weiß zu berichten, dass Pawel Forster auf einem holländischen Segler hat anheuern wollen. Die nächste widerspricht. Es sei ein Russe gewesen. Eine dritte behauptet, er sei auf einem Lastensegler hinauf nach Neufahrwasser und wäre jetzt wohl auf dem Weg nach Dänemark.

»Vor Tagen hat er im Gasthaus ›Zum grünen Anker‹ gesessen und sein Bier getrunken«, erzählt ein Fischer. »Das hat mir der Hanno erzählt. Der Hanno ist jetzt wieder auf See, weil er kein Geld mehr hat. Hat die ganze Heuer versoffen, der Dummkopf …«

Im Gasthaus »Zum grünen Anker« ist er also abgestiegen. Das ist doch schon mal eine Spur. Johanna macht sich auf den Weg, bleibt hie und da stehen, um einen Fischer oder Matrosen anzureden und nach Pawel Forster zu fragen. Viel bringt sie nicht heraus. Ein Matrose hat ihn gesehen, weiß aber nicht, wo er geblieben ist, die anderen schütteln die Köpfe und schauen ihr grinsend hinterher, wie sie mit ihrem Korb voller Fische die Uferstraße entlanggeht. Sie ist froh, dass niemand sie hier kennt, vermutlich hält man sie in dem alten Kleid für eine Dienstmagd, die ihren Liebsten verloren hat.

Der »Grüne Anker« ist nicht weit vom Hafen gelegen, ein schmales Haus, zwischen anderen Gebäuden eingeklemmt, an einer verrosteten Halterung hängt ein geschmiedeter Anker zur Gasse hinaus, der wohl einmal grün angestrichen war. Wenn Pawel hier abgestiegen ist, dann hat er entweder kein Geld, oder er ist ein ausgemachter Geizhals. Auf der Treppe stolpert ihr ein verschlafener Matrose entgegen, der eilig in Richtung Hafen verschwindet. Drinnen hört man eine wütende Frauenstimme keifen.

»Ein Nachtlager, sechs Bier und fünfzehn Klare! Das zahlst du, bevor du dich davonmachst, du versoffener Kerl!«

Johanna holt tief Luft, dann steigt sie mutig die Stufen hinauf und betritt den Gastraum. Es ist eng und dunkel, die hölzerne Decke ist so niedrig, dass ein erwachsener Mann kaum stehen kann, der Gestank von kaltem Schnaps und Tabakrauch quillt ihr entgegen. Beim Ausschank steht die kräftig gebaute Wirtin, hat die Arme in die Seiten gestemmt und schaut ihr misstrauisch entgegen.

»Deinen Fisch kannst du wieder mitnehmen. Den kauf ich dir nicht ab!«

Johanna bemüht sich um ein gewinnendes Lächeln. »Den will ich auch nicht verkaufen, Frau Wirtin. Ich wollte nach einem Gast fragen. Pawel Forster heißt er.«

Das Lächeln richtet nicht viel aus, der Blick der Wirtin wird noch um einiges misstrauischer. »Was willst du von dem?«

Aha. Immerhin scheint sie ihn zu kennen.

»Mein gnädiger Herr sucht ihn, weil er ihm Geld schuldig ist.«

»Da schau an«, sagt die Wirtin. »Geld ist er schuldig. Dabei schien er einer von der anständigen Sorte, hat hier zwei Nächte gewohnt und alles richtig bezahlt.«

»Und hat er gesagt, wohin er gehen will?«

Die Wirtin kneift die Augen zusammen und kratzt sich ausgiebig am Kopf. Dann zuckt sie mit den Schultern. »Kann die Kerle nicht leiden, die die Zeche prellen und andere um ihren Verdienst bringen. Also hör zu: Der Forster Pawel hat mit einem Handwerksburschen geredet. Nach Elbing will er, hat er gesagt. Mehr weiß ich nicht.«

Nach Elbing! Da hat Schichau eine große Werft! Das passt. Dort wird er versuchen, eine Anstellung zu bekommen. Sie hat ihn! Hurra! Sie hat ihn!

»Da dank ich auch schön«, sagt sie freundlich.

»Dafür nicht«, meint die Wirtin und greift sich ein schmuddeliges Tuch, um über den Tisch zu wischen. »Wenn du mal eine Anstellung suchst – wir könnten ein Mädchen brauchen. Für Haus und Küche. Und um die Gäste zu bedienen.«

»Gut zu wissen!«, sagt Johanna und macht, dass sie davonkommt.

Luise

Sie fühlt sich unendlich erniedrigt. Sie hat es geahnt, gefühlt und doch nicht wahrhaben wollen. Dabei lag es auf der Hand. Es ist sein Kind. Danuta, diese Schlange, hat nicht nur ihren Ehemann verführt, ihn in ihre Kammer gelockt und Unsittliches mit ihm getrieben. Nun ist sie auch noch schwanger von ihm. Oh, wie mag sie über ihre Herrin triumphieren, denn Theodor schickt sie nicht fort – er hält seine schützende Hand über sie. Täglich erscheint sie mit gespielt untertäniger Miene, knickst vor ihr und fragt scheinheilig, was die gnädige Frau wünscht. Aber in ihrem Bauch wächst ein Kind, Theodors Kind, das er mit ihr gezeugt hat und das sie hier im Haus auf die Welt bringen soll. Ich bin nicht schwächlich wie du, scheinen ihre Blicke zu sagen. Ich kann etwas, was du nie in deinem Leben zustande bringen wirst: Ich werde ihm einen Sohn schenken.

Luise hat zwei Tage mit starker Migräne zu Bett gelegen. Dann kam der Sonntag, und sie hat sich entschlossen, den Leuten keinen Anlass zu Gerede zu geben, darum ist sie an der Seite ihres Ehemannes und des Schwagers zum Gottesdienst gegangen. In dem hohen Gewölbe der Marienkirche hat sie auf die Kreuzigungsgruppe geschaut, die dort über der Apsis hängt, und der Anblick hat ihr Ruhe und Kraft gegeben. So wie unser Herr Jesus Christus muss auch sie leiden, sie muss Demütigung und Erniedrigung erdulden, um später erhöht zu werden und aufzuerstehen.

Sie hat gemeinsam mit dem Ehemann und dem Schwager das

Mittagessen im Speisezimmer eingenommen und sich redlich bemüht, Danutas Anblick gefasst zu ertragen. Es ist ihr nicht leichtgefallen, denn die falsche Person gibt sich untertänig, schlägt bescheiden die Augen nieder und stellt die Speisen wortlos auf den Tisch. Theodor hat das Mädchen mit keinem Blick beachtet, nur Schwager Ernst, der nun mal ein schwatzhafter Mensch ist, hat Danuta freundliche Worte gesagt und behauptet, ihre Wangen hätten sich gerundet, sie sähe aus wie der blühende Frühling.

»Deine romantischen Anwandlungen sind mehr als unpassend«, hat Theodor ihn zornig zurechtgewiesen, als Danuta wieder gegangen war. »Wo warst du gestern so lange? Ich habe dich im Kontor vermisst.«

»Gestern? Da war ich bei verschiedenen Buchhändlern unterwegs. Leider ohne Erfolg, lieber Bruder. Ich werde die Bücher wohl behalten müssen.«

»Du hast immer eine Ausrede!«

»Hilf mir, liebe Luise«, hat Ernst sich lächelnd an sie gewandt. »Dein Ehemann ist gar zu streng mit mir. Dabei bemühe ich mich nach Kräften, seine Wünsche zu erfüllen, und habe seit Tagen kein einziges Wort mehr zu Papier gebracht.«

»Nun – ich mag mich in geschäftliche Angelegenheiten nicht einmischen«, hat sie geantwortet. »Aber ich weiß, dass Theodor in allem, was dich betrifft, lieber Ernst, die besten Absichten hat.«

Darauf hat Theodor ihr einen freundlichen Blick geschenkt, denn sie hat ihm gezeigt, dass ihr Zorn verraucht ist. Nach dem Mittagessen hat er gewartet, bis Ernst aus dem Zimmer gegangen war, dann hat er ihre Hand genommen und einen Kuss darauf gehaucht. Es hat sie gefreut, zumal in diesem Augenblick Danuta ins Zimmer trat, um das Geschirr abzuräumen, und sie die zärtliche Geste mit ansehen musste.

»Wenn es dir recht ist, liebe Luise, dann würde ich gern ein Gespräch mit dir führen«, sagt Theodor zu ihr. »Lass uns frei und offen miteinander reden, wie es unter Eheleuten üblich ist, und alles, was sich zwischen uns gedrängt hat, aus der Welt schaffen.«

Damit ist sie einverstanden. Sie sind ins Wohnzimmer gegangen, dort hat sie sich auf das Sofa gesetzt, und er hat den Sessel näher gerückt, um wieder ihre Hand zu nehmen. Luise lässt es geschehen. Es ist lange her, dass er so zärtlich zu ihr gewesen ist, es könnte ihr gefallen, wenn sie nicht wüsste, dass er es nur tut, weil er ihr seinen Willen aufzwingen will.

»Zunächst, meine liebe Ehefrau, will ich dir sagen, wie froh ich bin, dass wir nun so einträchtig beieinandersitzen und du mich mit deinen schönen, klaren Augen so vertrauensvoll ansiehst.«

So eröffnet er das Gespräch und lächelt sie dabei an. Glaubt er wirklich, ein paar freundliche Worte und ein kleines Kompliment könnten hinwegwischen, was er ihr angetan hat?

»Lass uns nicht lange um den heißen Brei herumreden, Theodor«, meint sie kühl und entzieht ihm ihre Hand. »Ich habe wohl verstanden, dass du Danuta heimlich in ihrer Kammer besucht hast und dass sie ein Kind von dir erwartet. Hast du geglaubt, mir das auf die Dauer verheimlichen zu können?«

Er weiß, dass er nicht mehr leugnen kann. Er muss Farbe bekennen, denn die Dinge sind allzu offensichtlich.

»Ich will es nicht abstreiten, Luise«, sagt er bekümmert. »Es war ein Moment der Schwäche, ich habe der Versuchung nicht widerstanden, was ich jetzt zutiefst bereue. Es bleibt mir nur, dich inständig um Verzeihung zu bitten und auf dein gutes Herz und deine christliche Gesinnung zu hoffen.«

Immerhin, das klingt aufrichtig. Noch nie hat er sie für irgendetwas um Verzeihung gebeten, und dass er es jetzt tut, rührt und befriedigt sie. »Wie konntest du mir das antun?«, stöhnt sie anklagend. »Kann es wahr sein, dass mein Ehemann sich mit einer Angestellten vergnügte, während ich mit dem Tode rang?«

Er runzelt unwillig die Stirn, weil er wohl erwartet hat, dass sie ihm auf der Stelle verzeiht und alles damit vom Tisch ist. Aber er nimmt ihre Vorwürfe hin und widerspricht nicht.

»Ich sagte ja, Luise: Ich war nicht bei mir. Der Teufel hat mich verblendet.«

»Dann will ich hoffen, dass du diese Sünde nie wieder begehen wirst«, fordert sie.

»Das verspreche ich dir hoch und heilig. Im Übrigen ist die Sache an sich von keiner Bedeutung. Danuta ist mir mehr als gleichgültig. Sie ist eine Dienstmagd – weiter nichts.«

»Dann wundert es mich, dass du sie unbedingt im Haus behalten willst!«

Er nimmt wieder ihre Hand und drückt sie sanft. »Es geht nicht um Danuta, Liebste. Siehst du denn nicht, dass ich nur an dich und unsere Familie dabei denke? Sie bekommt ein Kind, vielleicht sogar einen Sohn. Das ist für uns beide ein großes Glück, Luise.«

»Was für ein Glück soll das sein?«, fragt sie zornig. »Soll ich mich vielleicht darüber freuen, dass du sie geschwängert hast?«

»Sieh es einmal mit meinen Augen, mein Herz«, fordert er. »Es ist nun einmal geschehen, und im Grunde kommt es uns zupass. Du weißt, was Dr. Sternberg gesagt hat: Eine erneute Schwangerschaft könnte deinen Tod bedeuten. Ich habe Angst um dein Leben, Luise. Falls Danuta einen Sohn auf die Welt bringt, bin ich entschlossen, dieses Kind zu uns zu nehmen.«

So hat er sich das also gedacht. Nun – es kommt nicht überraschend, sie hat Ähnliches schon befürchtet. Er will einen Sohn. Wenn nicht von ihr, dann eben von Danuta. Oh, wie sehr sie das in ihrer Frauenehre verletzt!

»Du erwartest also von mir, dass ich Danutas Kind großziehe? Das ist viel verlangt, Theodor.«

»Das weiß ich, Liebste«, sagt er zärtlich. »Aber ich weiß auch, dass du eine kluge und großherzige Frau bist, die meine Entscheidung verstehen und billigen kann. Siehst du denn nicht, dass ich nur aus Liebe und Sorge um dich so handele?«

Nein, das sieht sie überhaupt nicht. Sie versteht nur, dass er kein Vertrauen in sie setzt, weil er glaubt, sie könne kein gesundes Kind gebären. Es macht sie rasend, dass er so denkt.

»Also gut«, sagt sie mit bebender Stimme. »Wenn du unbedingt willst, dann soll sie ihr Kind hier austragen und auf die Welt bringen. Aber dann muss sie aus dem Haus.«

»Natürlich«, beeilt er sich zuzustimmen. »Sobald sie das Kind geboren hat, werden wir sie fortschicken. Wenn es ein Mädchen ist, kann sie es mit sich nehmen. Ist es aber ein Junge, dann bleibt das Kind hier im Haus. Wir mieten eine Amme und sagen, es sei der Sohn einer Verwandten, die bei der Geburt verstorben ist.«

Sie weiß ebenso wie er, dass niemand solch ein Märchen glauben wird. Man wird der Wahrheit schnell auf die Spur kommen, dafür werden schon die Angestellten sorgen. Aber das scheint ihm gleich zu sein, er nimmt es in Kauf.

»Wenn du es unbedingt willst, Theodor«, seufzt sie. »Dann soll es so geschehen.«

»Ich wusste es!«, sagt er zärtlich. »Dieses großzügige Zugeständnis ist ein Beweis deiner unverbrüchlichen Liebe zu mir, meine Luise. Ich bin beschämt und will es dir ewig danken.«

Er drückt einen Kuss auf ihre Hand und lehnt sich dann erleichtert im Sessel zurück. Sie kann ihm ansehen, wie befriedigt er ist, sein Ziel erreicht zu haben.

»Allerdings stelle ich eine Bedingung!«, sagt sie leise.

»Sie ist schon erfüllt, liebe Luise. Was auch immer es sei!«

»Ich will schwanger werden!«

Das hat er nicht erwartet. Sie fordert ihr Recht ein. Sie ist seine Ehefrau und wird sich nicht damit zufriedengeben, den Sohn einer Dienstmagd als Stammhalter des Hauses Berend großzuziehen.

»Ich bitte dich, Luise!«, ruft er entsetzt. »Du weißt nicht, was du da redest. Der Arzt hat doch deutlich genug …«

»Das ist seine Meinung, Theodor. Wer sagt, dass er recht hat?«, ruft sie aufgeregt. »Ich werde meine Pflicht als deine Ehefrau erfüllen, wie ich es am Altar vor Gott versprochen habe. Davon kann mich das Geschwätz eines Arztes nicht abhalten.«

Er schüttelt verzweifelt den Kopf und hebt die Hände. »Das kann nicht dein Ernst sein! Verlange nicht von mir, dass ich dich dem Tod ausliefere.«

»So Gott will, werde ich am Leben bleiben und einen gesunden Sohn auf die Welt bringen«, behauptet sie. »Ich vertraue auf den Herrn und bin fest entschlossen, noch einmal schwanger zu werden.«

»Nein!«, sagt er entschieden. »Ich will es nicht, und es wird nicht geschehen!«

Sie spürt, wie es in ihr hochschießt. Ihr Ehre, ihre Selbstachtung, ihr ganzes Lebensglück stehen auf dem Spiel. Ihre Stimme klingt schrill, sie zittert am ganzen Leib. »Es ist deine Pflicht als mein Ehemann«, schreit sie. »Wenn du mir das verweigerst, dann verlasse ich dich. Dann mache ich einen Skandal. Dann will ich nicht mehr leben!«

»Bitte, beruhige dich, Luise«, flüstert er erschrocken. »Die Angestellten können uns hören.«

»Ich will, dass du noch heute Nacht bei mir liegst!«, ruft sie mit schriller Stimme. »Wenn du es nicht tust, dann nehme ich ein Messer und schneide mir die Pulsadern auf!«

»Du bist ja nicht bei Verstand!«

Er springt vom Sessel auf und fasst sie grob bei den Schultern, schüttelt ihren Körper zornig hin und her. Sie wehrt sich nicht, ihre Zähne schlagen aufeinander, die Haube rutscht von ihrem Kopf.

»Ich schwöre, dass ich es tun werde, Theodor!«, beharrt sie.

»Leg dich hin und ruh dich aus«, befiehlt er. »Am Abend wirst du vernünftig sein.«

Er lässt sie los, steht einen Moment schwer atmend vor ihr und starrt sie an, dann dreht er sich abrupt um und geht hinaus.

Sie bleibt wie betäubt zurück, dann wird sie von einem Weinkrampf erschüttert, krümmt sich zusammen und schluchzt in ihren Rock hinein. Oh, er wird es bereuen, sie so behandelt zu haben. Noch heute Abend wird sie sich das Leben nehmen. Wenn er das Schlafzimmer betritt, wird er sie blutüberströmt in ihrem Bett finden. Dann wird er sich verzweifelt über sie werfen, weinen und klagen, sich entsetzliche Vorwürfe machen. Aber dann ist es zu spät. Kalt und tot wird sie in den Kissen liegen, eine stumme Anklage, die er ewig mit sich herumtragen muss.

»Gnädige Frau … Sie dürfen sich nicht so aufregen. Ich bitte Sie …«

Sie erschrickt und hört auf zu weinen. Danutas Stimme! Sie ist unaufgefordert in den Raum getreten, geht jetzt auf sie zu und streckt mitleidig die Hand nach ihr aus.

»Verschwinde!«, krächzt sie. »Hinaus mit dir, du Hure!«

Danuta lässt die Hand sinken, dreht sich um und verlässt langsam das Zimmer.

Es ist unerträglich, denkt Luise. Allein ihr Anblick tötet mich. Wie sie daherkommt, so unbefangen, so gesund und munter. Sie ist förmlich aufgeblüht, seitdem sie weiß, dass sie bleiben und ihr Kind auf die Welt bringen darf. Kein Wunder, sie wird gefüttert und umsorgt, Theodor hat die Wirtschafterin angewiesen, Danuta nur leichte Arbeiten aufzutragen, sie soll auch nicht mehr zum Brunnen gehen, das Wasser holt jetzt Oskar. Was hat Ernst vorhin dahergeschwatzt? »Wie der junge Frühling.« Die Schwangerschaft macht sie nicht hässlich, sie wird nur immer hübscher. Warum ist die Welt so ungerecht? Warum schenkt die Natur der einen Jugend, Schönheit und einen gesunden Leib, während die andere von

Krankheiten geplagt wird, sich härmt und jeden Tag unansehnlicher wird?

Sie wischt sich die Tränen ab und stellt fest, dass ihr Rock dunkle, feuchte Flecken aufweist. Mühsam steht sie auf und steigt die Treppe zu den Schlafräumen hinauf, sucht in ihrem Kleiderschrank ein anderes Gewand und kleidet sich um. Nein, sie wird sich nicht das Leben nehmen. Sie wäre dumm, wenn sie das täte. Dann hätte Danuta freie Bahn, sie könnte in aller Ruhe ihr Kind auf die Welt bringen, und wer weiß, ob Theodor sie danach noch fortschicken würde. Vermutlich würde er sie viel lieber hier im Haus behalten, damit er die Nächte in ihrer Kammer verbringen kann.

Was ist es, das ihren Mann zu dieser Person hinzieht? Ihre blühenden Wangen? Die runden Brüste? Die weichen Hüften? Oh, die Männer sind allesamt wolllüstig, da macht ihr Theodor keine Ausnahme. Sie wünschen sich eine tugendhafte Ehefrau, aber sie selbst sehnen sich nach sündhafter Lust. Sie schließt die Haken des Kleides und betrachtet sich im Spiegel. Nein, da ist nichts, was einen Mann verführen könnte. Das braucht sie auch nicht, denn sie ist ja seine Ehefrau, sie muss ihn nicht verführen, sie ist ehrenhaft und anständig. Nur dass ihr Gesicht jetzt schrecklich vom Weinen gerötet und aufgequollen ist, das muss nicht sein. Sie taucht ein Taschentuch in den Waschkrug und hält es sich auf die Stirn, kühlt die heißen Wangen. Viel hilft es nicht, es dauert eben seine Zeit, bis die Schwellung vergeht. Aber sie könnte sich das Haar kämmen und vielleicht ein Band hineinflechten, damit es voller aussieht. Das hat nichts mit Eitelkeit zu tun, sie hat als Hausherrin die Pflicht, sich angemessen zu kleiden und zu frisieren. Schließlich könnte sich ein Besuch anmelden.

Sie löst das Haar und bearbeitet es mit der Bürste, sucht ein Band, das in der Farbe zum Kleid passt, und bindet es in die Frisur. Es gelingt erst im zweiten Versuch, dann aber ist sie zufrieden. Nein – hässlich ist sie nicht. Sie besitzt eine zarte Haut und schöne, ausdrucksvolle Augen. Wenn sie lächelt, kann sie sogar anziehend sein.

Vielleicht habe ich es ganz falsch angefangen, denkt sie. Ich wollte ihn zwingen, und nun ist er zornig auf mich. Aber er ist ein Mann, er hat seine Bedürfnisse, und er hat versprochen, sich von Danuta fernzuhalten. Er liegt jede Nacht neben mir auf dem Ehelager, irgendwann wird er schwach werden und seine albernen Bedenken in den Wind schlagen. Es ist nur eine Frage der Zeit.

Am Abend erscheint sie sorgsam angekleidet und hübsch frisiert im Speisezimmer und stellt fest, dass Theodor dies mit großer Erleichterung wahrnimmt. Auch Ernst scheint die Veränderung bemerkt zu haben, denn er betrachtet sie lächelnd und meint: »Wie hübsch du heute bist, liebe Schwägerin. Dieses Band im Haar steht dir ganz bezaubernd.«

Ach, dieser Hallodri mit seinem übertriebenen Geschwätz. Aber gerade heute tut ihr dieses Kompliment unsagbar gut, und sie könnte ihn dafür umarmen.

»Du willst mich verlegen machen«, sagt sie zu ihm und schlägt bescheiden die Augen nieder.

»Aber nein!«, ruft er aus. »Ich sage nur die Wahrheit. Habe ich nicht recht, Theodor?«

Ihr Ehemann ringt sich ein Lächeln ab. »Ausnahmsweise«, meint er. »Sehr gefällig, dieses Band, liebe Luise.«

»Ich danke dir«, meint sie und schenkt ihm einen freundlichen Blick.

Nach dem Essen setzt sie sich ins Wohnzimmer, befiehlt Danuta, Tee und Gebäck zu bringen, und nimmt sich eine Stickarbeit vor. Auch wenn sie keinen Appetit auf süßes Gebäck hat – sie will um jeden Preis zunehmen, um ihrem Ehemann zu gefallen. Wie sie gehofft hat, öffnet er nach einer Weile die Zimmertür, sieht sie ruhig bei der Lampe sitzen und wagt es, einzutreten.

»Wie es scheint, hast du dich wieder gefangen«, bemerkt er.

Sie hebt den Kopf und lächelt ihn zärtlich an. »Verzeih mir, Theodor. Ich war aufgebracht und habe Dinge gesagt, die unsinnig sind.«

Er streift die gefüllte Gebäckschale mit erstauntem Blick und setzt sich zu ihr. »Unsinnig war es in jedem Fall«, sagt er stirnrunzelnd. »Darüber hinaus hat es mich tief erschreckt und in die allergrößte Sorge gestürzt. Eine solche Tat wäre eine große Sünde vor Gott, Luise!«

»Ich habe niemals ernsthaft daran gedacht, dir, mein Lieber, so etwas anzutun«, gesteht sie. »Aber ich war ganz und gar verzweifelt und wusste mir nicht mehr zu helfen. Du kennst meinen innigsten Wunsch, der mich ganz und gar erfüllt.«

Ärgerlich zieht er die Brauen zusammen. »Wie kannst du nur so kindisch sein?«, schimpft er. »Gerade aus Liebe zu dir muss ich dir diesen Wunsch versagen. Das weißt du recht gut.«

»Ja, Liebster«, sagt sie leise und senkt den Blick auf ihren Stickrahmen. »Dennoch trifft es mich hart, dass du mich niemals wieder berühren wirst und ich dir kein Kind schenken darf. Kannst du das nicht verstehen?«

Er schweigt einen Moment, und sie ahnt, was er denkt. Sie hat nie Vergnügen bei ihrem ehelichen Beischlaf empfunden; oft hat sie über Kopfschmerzen und Frauenleiden geklagt, um sich ihm zu entziehen.

»Nun – wir werden weiterhin miteinander das Eheschlafzimmer teilen«, lässt er sich nun vernehmen. »Wenn es sich ergibt, können wir vertraute Gespräche führen oder – falls du es willst – kleine Zärtlichkeiten austauschen. Aber ich werde alles vermeiden, was zu einer erneuten Schwangerschaft führen könnte. Damit musst du dich abfinden, Luise.«

Sie seufzt tief. »Ich muss mich deinem Willen fügen, Theodor. Auch wenn es alle meine Hoffnungen zerstört, dir eine gute Frau und Mutter deiner Kinder sein zu dürfen.«

»Es muss dir genug sein, meine Ehefrau zu sein, der überall in der Stadt Respekt geschuldet wird. Vergiss nicht, dass der Name Berend in Danzig von Bedeutung ist.«

»Das ist allerdings wahr«, bestätigt sie lächelnd. »Möchtest du etwas Gebäck, Liebster?«

»Danke, ich habe noch zu tun. Aber ich freue mich, wenn du kräftig isst.«

Sie tut ihr Bestes, vertilgt zwei Krapfen, dann wird ihr übel, und sie lässt den Rest stehen. Aber sie wird diese Diät durchhalten, bis sich ihre Hüften runden und ihre Schultern weniger knochig sind. Weil sie weiß, dass er die prallen Formen liebt und an einer mageren Frau keinen Gefallen findet.

Sie ist wenig erfahren in der Kunst, einen Mann zu verführen. Ihre verstorbene Mutter legte Wert darauf, dass sich die Tochter in Gesellschaft zu benehmen wusste und jungen Herren zurückhaltend und wohlerzogen gegenübertrat. Verliebtheit war unpassend, es sei denn, sie kam den Heiratsplänen der Eltern entgegen. Tatsächlich war sie während des Verlobungsjahrs von einer schwärmerischen Verliebtheit zu Theodor erfüllt; es gefiel ihr, wenn er ihre Hand nahm, sie anlächelte oder gar den Arm um sie legte. Doch dieses romantische Gefühl verschwand in der Hochzeitsnacht. Niemand hatte ihr gesagt, welch schauderhafte Dinge ein Ehemann von seiner Frau verlangen darf. Erst später hat sie herausgefunden, dass es leider genau diese sündhaften Dinge sind, die zu einer Schwangerschaft führen.

Sie ist zu allem entschlossen. Danutas Frage, ob sie der gnädigen Frau beim Auskleiden behilflich sein soll, weist sie energisch zurück: Diese falsche Person hat in ihrem Schlafzimmer nichts zu suchen. Vor dem Zubettgehen besieht sie ihre Nachthemden, die allesamt bodenlang, hochgeschlossen und mit langen Ärmeln versehen sind, wählt eines davon aus und beschließt trotz erheblicher Bedenken, die beiden oberen Knöpfe abzuschneiden. Sie wird sagen, dass sie abgefallen sind und Danuta vergessen hat, sie anzunähen. Deshalb kann sie das Nachthemd nicht schließen. Sie kämmt das Haar noch einmal, flicht es sorgfältig und setzt die Nachthaube auf. Dann steigt sie ins Bett, lässt die Lampe brennen und vertreibt sich die Zeit damit, ein Journal zu lesen.

Er kommt spät, sie ist zweimal fast eingeschlafen, doch ihre innere Unruhe ist so groß, dass sie jedes Mal voller Schrecken wieder hochfuhr.

»Du bist noch wach?«, fragt er stirnrunzelnd. »Es ist beinahe Mitternacht.«

»Ich konnte nicht schlafen und habe noch ein wenig gelesen.«

Sie sieht zu, wie er sich auskleidet, und es macht sie nervös. Auch ihn scheint ihr eindringlicher Blick zu stören, er wendet sich ab, als er sich seiner Hosen entledigt, setzt sich dann auf das Bett, um das Hemd abzulegen und das Nachtgewand überzuziehen.

»Du kannst die Lampe löschen.«

Er sieht sie nicht einmal an, sie hat die beiden Knöpfe ganz umsonst abgeschnitten. Gehorsam bläst sie die Lampe aus und wartet, bis er sich im Bett zurechtgerückt hat.

»Es ist kühl«, bemerkt sie leise. »Ich friere.«

»Soll ich dir eine wollene Decke holen?«, knurrt er.

»Das ist nicht nötig, Liebster. Mir wird gewiss bald warm werden.«

Sie rückt ein wenig näher zu ihm und spürt tatsächlich seine Körperwärme.

»Du solltest ein wärmeres Nachtgewand anziehen«, bemerkt er und rückt von ihr weg zur Bettkante. »Die Nächte im Frühling sind mitunter noch kühl.«

»Ach ja«, seufzt sie. »Zumal sich das Nachthemd nicht schließen lässt. Es fehlen zwei Knöpfe …«

Er schweigt. Sie weiß nicht weiter. Ach, warum ist sie so ungeschickt? Wie kann sie ihn dazu bringen, sie wenigstens zu berühren?

»Theodor?«

Ist er eingeschlafen? Er antwortet nicht, sie vernimmt nur ein ärgerliches Grunzen. »Was willst du?«

»Darf ich wenigstens deine Hand halten? Ich fühle mich so schrecklich einsam.«

Sie hört einen tiefen, unwilligen Atemzug, aber dann spürt sie, dass er ihr den Arm hinunterstreckt, und seine Hand berührt ihre Hüfte. Sie zuckt zusammen. Sacht tastet sie nach seiner Hand, legt die ihre hinein, und er umschließt sie.

»Besser?«

»Viel besser. Du hast so wunderbar warme Hände …«

»Dann wirst du jetzt endlich schlafen können.«

Sie antwortet nicht. Aber sie schiebt sich ein wenig näher zu ihm, sodass seine Hand auf ihrem Bauch liegt. Nun kann er spüren, wie sie atmet. Eine Weile liegt sie still, fühlt die Schwere seiner Hand auf ihrem Leib und wartet mit Herzklopfen.

Nichts geschieht. Er schläft.

Pawel

Die Schichau-Werft hat sich herausgemacht. Pawel ist überrascht, als er in Elbing eintrifft und sich das Werk aus der Entfernung betrachtet. Hallen, Verwaltungsgebäude, ein Schwimmdock – das sah vor fünf Jahren noch anders aus.

Er hat sich entschlossen, vorläufig in der Nähe von Danzig zu bleiben. Um sein Geld zu sparen, ist er zu Fuß hinüber nach Elbing gelaufen, hat dort ein billiges Quartier bezogen und sich bei den Werftarbeitern erkundigt. Was er zu hören bekam, hat ihm gefallen. Genau wie Klawitter bauen sie Schiffe in Eisen-Holz-Verbindung, nicht nur Segler, sondern auch Boote, die von einer Dampfmaschine angetrieben werden. Den Dampfern gehört die Zukunft, daran kommt keine größere Werft vorbei. Wobei Pawel lieber Segelschiffe baut. Die brauchen keine Kohlen, ziehen keine dreckige Rauchfahne hinter sich her und sind bei günstigem Wind um ein Vielfaches schneller und sicherer als die schnaufenden, schwerfälligen Dampfschiffe.

Sie haben ihn gleich eingestellt. Dass er in England und Holland gelernt hat, gefällt ihnen offenbar, mit dem Meisterbrief soll er sich Zeit lassen, erst soll er sich auf der Werft bewähren. Er hat nichts anderes erwartet. Die Arbeit auf einer großen Werft ist er gewohnt. Er sägt mit einem Kollegen die Planken für einen Dreimaster, die müssen exakt aneinanderpassen und werden später mit Kupfer gegen den Außenbewuchs verkleidet. Der Kollege ist ein netter Kerl, kommt aus Schweden, arbeitet aber schon etliche Jahre bei Schichau. Sie reden Deutsch und Englisch miteinander und verstehen sich prächtig. Überhaupt laufen eine Menge Schweden und Holländer auf der Werft herum; die meisten sind Lehrjungen und wollen später zurück in die Heimat gehen. Es gefällt ihm, dass man bei Schichau in dieser Hinsicht großzügig ist. In Hamburg und Bremen sind die Werftbesitzer engstirnig, schon wer aus Ostfriesland kommt, gilt dort als »Fremder«, den man misstrauisch beäugt, weil man fürchtet, er könnte Werkgeheimnisse stehlen.

Viel Neues gibt es für ihn nicht zu lernen, aber der Lohn ist in Ordnung, und die Arbeit geht gut von der Hand – er könnte zufrieden sein. Aber das ist er nicht. Das kann er nicht sein, so wie die Dinge daheim in Danzig liegen. Er steckt in einer verfluchten Zwickmühle, liegt nachts stundenlang wach, fasst mal diesen, mal jenen Entschluss und führt ihn doch nicht aus.

Am schlimmsten liegt ihm der Streit mit dem Vater im Magen. Das muss geklärt werden, er weiß, dass er sich entschuldigen muss, und es würde ihm gar nicht so schwerfallen, dies auch zu tun. Vor ein paar Tagen ist er nach Arbeitsschluss mit dem Postschiff hinüber nach Danzig gefahren, um die Sache endlich aus der Welt zu schaffen. Aber wie er auf der Radaunebrücke steht, sieht er in dem beleuchteten Fenster über der Werkstatt die junge Frau seines Vaters. Johanna. Und auch sie hat ihn entdeckt, das hat er gemerkt, weil sie auf einmal den Kopf gehoben und zu ihm hinübergestarrt hat. Da hat ihn Panik erfasst, er hat sich umgedreht und ist wieder nach Elbing zurückgekehrt.

Am Morgen war er wie gerädert, aber er hat den Arbeitstag eisern durchgehalten und sich wohl tausendmal einen Esel genannt. Was ist los mit ihm? Wieso rennt er wie ein Hase vor dieser Frau davon? Gut, sie ist seine Stiefmutter. Das ist schwer einzusehen, aber es ist nun einmal so, und er hat keinen Grund, es ihr vorzuwerfen. Weshalb also dann? Weil er eine trübe Erfahrung mit einer hübschen jungen Frau hinter sich hat? Mag sein, dass das mitspielt. Aber schließlich geht Johanna ihn nichts an, der Vater hat sie geheiratet, der muss sehen, wie er mit ihr zurechtkommt. Am Abend war er beinahe so weit, ernsthaft über Barbaras dummes Geschwätz nachzudenken. Eine Hexe. Eine Teufelin. Natürlich ist das blühender Unsinn, er ist keiner, der an Hexen glaubt. Aber etwas Magisches könnte bei der Sache durchaus eine Rolle spielen. Zumindest kann er sich seinen momentanen Geisteszustand auf keine andere Weise erklären.

Da er mit dieser Sache nicht weiterkommt, hat er beschlossen, sie vorerst auf die lange Bank zu schieben. Vielleicht braucht er Zeit, um sich an den Gedanken zu gewöhnen, dass er eine junge Stiefmutter hat. Im Sommer wird er gelassener sein, dann ist immer noch Zeit, sich mit dem Vater zu versöhnen.

Und dann ist der Tag gekommen, an dem er Farbe bekennen musste. Und wenn er es recht bedenkt, hat er sich dabei nicht gerade mit Ruhm bekleckert.

Sie haben die Planken gesetzt und danach Mittagspause gemacht. Sein Kollege ist hinüber ins Werkshaus, wo eine Mahlzeit ausgegeben wird, und er hat Pawels Blechteller mitgenommen, um ihn füllen zu lassen. Das machen sie abwechselnd so, einer besorgt den Eintopf, der andere das Bier. Aber wie er gerade mit den beiden Bechern losgehen will, kommt sein Meister und meint, da wäre drüben beim Verwalterhaus Besuch für ihn.

Er bekommt einen gewaltigen Schrecken. Ist am Ende der Vater gekommen? Oder die alte Barbara? Aber die wissen doch nichts davon, dass er hier bei Schichau in Elbing arbeitet, denn er hat es niemandem erzählt.

»Was für ein Besuch denn?«, fragt er mürrisch.

»Wirst schon sehen«, meint der Meister. »Ich an deiner Stelle würde hingehen.«

Der Meister ist ein Graubart, aber ein alter Fuchs. Jetzt kneift er das linke Auge zu und grinst hintergründig, sodass Pawel fast glaubt, er wolle ihn hereinlegen. Das passiert an manchen Arbeitsstellen mit einem neuen Mann, da gibt es recht üble Gewohnheiten, die allen gewaltigen Spaß machen. Außer demjenigen, der als Opfer herhalten darf, versteht sich. Es hilft nichts, er muss es mitmachen. Also stellt er die Bierkrüge auf eine Kiste und geht voll düsterer Vermutungen zum Verwalterhaus. Was ihn dort allerdings erwartet, übertrifft alles, was er sich an Schrecken hat ausmalen können.

Sie hat sich hinterlistig im Eingang des Hauses versteckt, sonst hätte er sie schon von Weitem erkannt und wäre vermutlich umgekehrt. Aber so steht er ihr unversehens gegenüber, ist im ersten Augenblick wie vom Blitz getroffen und schafft es nur mit Mühe, ihren freundlichen Gruß zu erwidern.

»Ich wollte Sie nicht erschrecken«, sagt Johanna. »Ganz im Gegenteil. Ich komme in friedlicher Absicht. Ich bin extra mit dem Postschiff nach Elbing gefahren, um mit Ihnen zu sprechen.«

Der Frühlingswind hat ein paar Löckchen aus ihrer Frisur gelöst und spielt damit. Wie sie ihn anschaut mit ihren grauen Augen! Jetzt endlich versteht er, was mit ihm los ist. Das hat er schon einmal erlebt, und es hat zu keinem guten Ende geführt.

»Na, wenn Sie schon einmal da sind«, sagt er umständlich und muss sich räuspern. »Setzen wir uns drüben auf die Mauer.«

»Das ist eine gute Idee!«

Sie strahlt vor Freude, wischt mit der Hand den Dreck von dem Mäuerchen und setzt sich. Er nimmt in vorsichtiger Entfernung Platz und stellt verunsichert fest, dass ihre grauen Augen recht unbefangen über seinen Körper wandern. Er ist in Arbeitskluft, das Hemd steht offen, die Ärmel sind hochgekrempelt. Sie bekommt einiges zu sehen.

»Wissen Sie«, sagt sie zutraulich. »Es ist doch traurig, wenn sich Vater und Sohn auf immer und ewig zerstreiten. Ich mache mir schlimme Vorwürfe, weil es scheint, dass ich der Anlass dafür bin …«

»Das ist Unsinn!«, unterbricht er sie unwirsch. »Mit Ihnen hat das gar nichts zu tun. Es geht um andere Dinge. Die müssen zwischen dem Vater und mir geklärt werden.«

Was schwatzt er da für ein Zeug? Er weiß selbst, dass es Lügen und Ausreden sind. Aber er kann ihr auch nicht die Wahrheit sagen. Vor allem dann nicht, wenn sie ihn so hoffnungsvoll anschaut. Jetzt fängt sie ganz freimütig an zu erzählen, sie hätte ein Grundstück beim Strohdeich gekauft, das sich für den Bau einer Werft ganz hervorragend eigne. Und da wäre es doch schön, wenn Vater und Sohn gemeinsam ein solches Projekt in Angriff nähmen. Vor allem, weil er doch viel herumgekommen sei und das Handwerk so gründlich gelernt habe. »Da ist es doch schade, wenn Sie Ihr Wissen und Ihre Erfahrung zu anderen Werften tragen, anstatt etwas Eigenes auf die Beine zu stellen.«

Es klingt sehr vernünftig, was sie da redet. Auch er hat schon über Ähnliches nachgedacht, weil die Werkstatt des Vaters ihm im Grunde zu klein ist. Eine Werft gründen, das wäre auch sein Ziel gewesen. Allerdings nicht so holterdipolter, wie sie sich das vorstellt, so etwas muss gut überlegt und geplant werden.

»Woher wissen Sie eigentlich, dass ich hier bei Schichau arbeite?«, fragt er, um abzulenken.

Sie kann richtig verschmitzt grinsen, das Patriziertöchterlein. Sie ist überhaupt handfester, als er geglaubt hat.

»Ich habe mich erkundigt«, behauptet sie.

»Ach ja? Und wo?«

»Im ›Gasthaus zum grünen Anker‹ hat man mir Auskunft gegeben.«

»Da sind Sie hingelaufen?«, fragt er stirnrunzelnd. »In diese Kaschemme?«

»Ich wäre sonst wohin gelaufen, um Sie aufzutreiben«, sagt sie und schaut ihm in die Augen.

Entschlossenheit liegt in ihrem Blick. Er begreift, dass sie nicht leicht aufgibt, wenn sie sich etwas in den Kopf gesetzt hat. Das imponiert ihm. Aber deshalb ist er noch lange nicht bereit, auf ihre Wünsche einzugehen.

»Eine Werft gründet man nicht von heute auf morgen«, belehrt er sie. »Das muss gut überlegt sein.«

Sie tut einen ungeduldigen Seufzer, der ihn fast amüsiert. Ganz sicher hat sein Vater ihr das Gleiche gesagt, aber sie ist stur und will nicht hören.

»Da haben Sie vollkommen recht«, gibt sie zurück. »Aber man muss auch einmal damit anfangen, sonst überlegt man bis zum Sankt-Nimmerleins-Tag, und es wird nie etwas daraus.«

»Auch richtig«, gesteht er zu. »Haben Sie zum Beispiel darüber nachgedacht, woher das Geld für Schuppen und Gerätschaften und Helling kommen soll? Dass man Leute einstellen und bezahlen muss?«

»Das habe ich«, behauptet sie. »Aber darüber sollten wir in Danzig sprechen. Gemeinsam mit Ihrem Vater.«

Oha – sie denkt wohl, sie hat schon gewonnen. Aber da irrt sie sich. So leicht geht er ihr nicht in die Falle.

»Daran ist vorläufig nicht zu denken«, sagt er. »Ich habe hier meine Arbeit und bin damit zufrieden.«

Jetzt schaut sie ihn mit so großen, flehenden Augen an, dass er sich festhalten muss, um nicht doch noch nachzugeben.

»Wenn es so ist, dann kann ich es nicht ändern«, sagt sie bekümmert. »Aber um eines bitte ich Sie dennoch, Pawel. Geben Sie Ihrem Herzen einen Stoß und versöhnen Sie sich mit Ihrem Vater. Ich weiß, dass er sehr unter diesem Streit leidet, und es tut mir weh, es mitanzusehen.«

Damit erwischt sie ihn an seiner verwundbarsten Stelle. Natürlich liegt ihm der Streit mit dem Vater schwer auf der Seele. Aber dass ausgerechnet sie ihm das vorhält, passt ihm überhaupt nicht.

»Wenn er so leidet, dann hätte er ja selbst kommen können«, sagt er trotzig und wider besseres Wissen. »Aber er ist ein Sturkopf und will sich nichts vergeben.«

Die Antwort macht sie zornig, er sieht es an der Falte, die sich zwischen ihren Augen bildet. »Und selbst wenn es so wäre«, meint sie vorwurfsvoll. »Er ist ein Mann, der Respekt und Liebe verdient. Nicht jeder hat einen solchen Vater. Kann der Sohn nicht über seinen Schatten springen und den ersten Schritt tun? Ist das so schwer?«

»Das ist meine Sache, nicht Ihre!«, knurrt er dickköpfig.

»Dann tut es mir leid, dass ich den weiten Weg hierher gemacht habe«, schimpft sie und springt von dem Mäuerchen. Ärgerlich klopft sie das Kleid ab und tritt dann so dicht an ihn heran, dass seine Schuhspitzen ihren Rocksaum berühren.

»Ist das Ihr letztes Wort?«

»Ja!« Es klingt trotzig und wild.

»Dann wünsche ich Ihnen nur, dass Sie es nicht bereuen, Herr Pawel Forster!«

Damit dreht sie sich um und geht hinunter zur Anlegestelle des Postdampfers. Eine Weile sitzt er und schaut ihr nach, wie sie so aufrecht und mit zornigen Schritten dahinschreitet, und er ringt mit dem Wunsch, ihr nachzulaufen und sie bei der Hand zu fassen.

»Du hast recht«, müsste er ihr sagen. »Du hast in allen Dingen recht, doch da gibt es etwas, was du nicht weißt und was ich dir nicht eingestehen kann.«

Als er zu seiner Arbeitsstelle zurückkommt, hat sein Kollege schon aufgegessen und auch das Bier für sie beide geholt. Der Meister tut, als müsse er nach den Planken schauen, aber in Wirklichkeit ist er neugierig, denn er hat Johanna wohl gesehen.

»Gratuliere«, meint er schmunzelnd. »Für so eine hübsche Braut bist du zu beneiden. Wann soll denn die Hochzeit sein?«

»Gar nicht«, sagt er wortkarg und macht sich über sein Mittagsmahl her.

»Da hat's wohl Streit gegeben, wie?«, lacht der Meister. »Das ist eine, die lässt sich nicht die Butter vom Brot nehmen. Die braucht einen Kerl, der ihr zeigt, wo der Hammer hängt, wie?«

Die Handbewegung, die er dabei vollführt, ist eindeutig. Sein Kollege grinst verständnisinnig. Pawel löffelt seinen Eintopf und zeigt mit keiner Miene, dass er große Lust hat, dem Schwätzer das lose Maul zu stopfen.

»Lass sie ziehen«, rät ihm der Meister. »Such dir eine, die gehorcht und keine Zicken macht. Sonst hast du nichts als Verdruss.«

»Danke für den Rat, Meister.«

»Ich kenne mich aus mit den Weibern«, rühmt er sich. »Erst tun sie dir schön, aber kaum hast du sie geheiratet, dann kriegen sie ein Kind nach dem anderen. Daheim hörst du nichts als Gekeife und Geheule, und das Geld ist weg, kaum dass du es ihr gegeben hast. Bleib ledig und genieß deine Freiheit, Junge. Das hätte ich seinerzeit auch tun sollen, aber ich war jung und dumm und bin ihr ins Netz gegangen …«

Pawel ist froh, als sich der Meister davonmacht. Den Rest des Arbeitstages sägt er wie ein Wilder und setzt die Planken so hurtig, als müsste das Schiff schon morgen vom Stapel laufen.

»Nimm mal ein bisschen Dampf raus«, meint sein Kollege, der kaum hinterherkommt. »Sonst ist bald die Maschine kaputt.«

Er deutet dabei auf seine Brust und lächelt Pawel väterlich zu.

»Ach was«, sagt Pawel und lacht. »Die hält was aus, die Maschine.«

Nach Feierabend sitzt er in seinem Quartier und findet keine Ruhe. Ständig geht ihm das Gespräch mit Johanna durch den Kopf, und je deutlicher er sich erinnert, desto schlechter fühlt er sich dabei. Er ist ein Schuft und ein Lügner, er hat so getan, als wäre ihm der Vater gleichgültig, nur um nicht ihren Willen zu tun. Wie feige das ist! Wie lächerlich!

Er hält es nicht mehr aus, steckt Geld ein und sucht sich eine Kneipe. Dort setzt er sich in eine Ecke, weil er keine Lust auf das laute Tun der anderen hat und lieber allein sein will. Das Bier, das er bestellt, ist lauwarm und schmeckt wie eingeschlafene Füße. Auch der Klare, den er hinterherkippt, tut ihm nicht wohl, weil ihm nun die Worte des schwedischen Kollegen in den Sinn kommen. Nein, sein Herz ist gesund, das hält etwas aus, auch wenn er vor Kummer wie ein Verrückter mit Säge und Hammer hantiert. Aber der Vater, der wird genauso wie er unter dem Streit leiden, vielleicht sogar noch mehr. Und wie er ihn kennt, wird er seinen Kummer in der Werkstatt abarbeiten, da sind sie sich ähnlich. Jammern und Klagen ist nicht ihre Sache, lieber behält man die Sorgen für sich und stürzt sich in die Arbeit, um sich zu betäuben.

Der Vater ist an die Sechzig, denkt er beklommen. In diesem Alter kann es sein, dass das Herz nicht mehr mitmacht. Was werde ich tun, wenn ihm etwas passiert? Dann sind wir im Streit auseinandergegangen, und ich kann es nie wiedergutmachen. Verdammt – was schert mich diese Johanna? Sie ist seine Ehefrau und geht mich nichts an. Mag sie lächeln und schmeicheln, mich mit ihren grauen Augen anschauen und ihren Zauber ausüben – ich weiß, wohin das führt, und werde mich in Acht nehmen. Morgen sage ich dem Meister, dass ich in einer dringenden Familienangelegenheit nach Danzig fahren muss, und ich mache meinen Frieden mit dem Vater.

Dieser Entschluss beruhigt ihn, er trinkt aus, zahlt und geht zurück in sein Quartier, wo er auf sein Lager fällt und sofort einschläft.

Am Morgen trägt er dem Meister sein Sprüchlein vor. Der zieht die Stirn kraus, weil sie mit der Arbeit im Druck sind und er jede Hand braucht.

»Geht vom Lohn ab«, knurrt er.
»Ist in Ordnung, Meister.«
»Sie ist es nicht wert, Junge!«
»Bis morgen, Meister.«

Er hat Glück und wird von einem Küstensegler mitgenommen, der eine Ladung Salz nach Danzig bringt. Bei Neufahrwasser geht es die Weichsel flussaufwärts, da bleibt er nicht untätig, geht dem Schiffer mit Segel und Ruder zur Hand, aber er hat Zeit genug, bei der Einfahrt in die Mottlau nach dem Strohdeich zu schauen. Das Wasser hat sich zurückgezogen, nur ein paar Häufchen mit Schwemmgut sind am Ufer geblieben, das Land ist fest und trocken. Es war ein guter Kauf, denkt er. Dumm ist sie nicht, und Mut hat sie auch.

Dann dreht er den Kopf zur Seite und schaut nicht wieder hin. Am Hafen hilft er beim Ausladen, das gehört sich so, wenn man unentgeltlich mitgefahren ist. Danach sagt er dem Schiffer Adieu und macht sich auf, seinen schweren Gang zu tun. So ruhig und entschlossen wie gestern Abend ist er heute längst nicht mehr. Während er durch die Johannisgasse an der Kirche vorbei zur Radaune geht, werden seine Schritte immer langsamer. Er sieht auf einmal tausend Klippen und Schwierigkeiten, die seiner guten Absicht im Wege stehen. Wie wird ihn der Vater aufnehmen, wenn er so plötzlich vor ihm steht? Die Lehrjungen und der Geselle kümmern ihn wenig, aber die alte Barbara wird herbeilaufen und Tränen vergießen. Das größte Problem aber ist Johanna. Gewiss wird sie wieder oben am Fenster stehen und, kaum dass sie ihn gesehen hat, in die Werkstatt laufen, um ihn höchst befriedigt zu begrüßen. Er muss sich davor wappnen, die Ruhe behalten, darf sich auf nichts einlassen. Nur so kann er mit dem Vater seinen Frieden machen.

Er geht einen Umweg, weil er die Brücke über die Radaune vermeiden will, wo sie ihn neulich in der Nacht erspäht hat. Vor der

Werkstatt bleibt er stehen und sagt sich, dass er auf keinen Fall nach oben in die Wohnung gehen wird, wo sie sich aufhält. Dann ruft er sich noch einmal ins Gedächtnis, was er dem Vater sagen will, gibt sich einen Ruck und stößt die Tür auf. Als Erstes bellt der Hund ihn an, der kennt ihn noch nicht, weil sie damals, als er fortging, noch den alten Pluto hatten. Einer der Lehrjungen steht an der Hobelbank, kratzt recht jämmerlich auf dem Holz herum und hält mit der Arbeit inne, als er ihn sieht. Erkennt er ihn wieder? Es sieht nicht so aus, denn er meint nur: »Der Meister ist draußen im Hof.«

Dazu deutet er mit dem Daumen über die Schulter und schleift weiter an dem Krummholz herum.

Im Hof bauen sie eine kleine Schaluppe, ein Fischerboot, da werden sie wieder Mühe haben, das Schifflein über den Platz zur Radaune zu bringen. Der Vater setzt mit dem Gesellen Karl eine Spante in den Kiel, er ist so beschäftigt, dass er Pawel nicht bemerkt, aber der Karl hat ihn erspäht und macht ein verblüfftes Gesicht. Da hält auch der Vater inne, schaut zu ihm hin, aber er schweigt und fährt mit der Arbeit fort.

Pawel holt tief Luft, dann geht er hinüber und sagt, was er sagen muss. »Da bin ich wieder, Vater. Es tut mir leid.«

»Ist gut.«

»Ich war zornig. Das war nicht richtig von mir, das habe ich eingesehen«, fährt er fort, weil der Vater nichts weiter äußert und sich wieder der Arbeit zuwendet. »Verzeih mir!«

»Fass mal mit an«, befiehlt sein Vater. »Sitzt knapp, aber müsste passen.«

Er packt die Spante, die aus einem gebogenen Krummholz besteht, und begreift, dass ihm vergeben ist. Ohne Zorn, ohne viele Worte, ohne Vorwürfe. »Es ist gut.« Sie setzen die Spante gemeinsam ein, einer weiß, was der andere tut, er hält fest, während der Vater sacht und kundig den Hammer gebraucht, bis das

Holz sich fügt, wie es soll. Nur der Geselle Karl zieht ein schiefes Gesicht, weil da einer gekommen ist, der die Arbeit besser versteht, und das ist auch noch der Sohn des Meisters.

»Kommst du, um zu bleiben?«, fragt ihn der Vater.

Er beißt sich auf die Lippen, weil die Antwort nicht leicht ist.

»Ich hab bei Schichau in Elbing Arbeit, Vater.«

Er sieht die Enttäuschung im Gesicht des Alten, und es tut ihm weh. »Ich denk drüber nach«, murmelt er.

»Denk nicht zu lange«, mahnt der Vater. »Ich könnte dich brauchen, Pawel.«

Theodor

Theodor ist irritiert. Seit einigen Tagen oder vielmehr Nächten kennt er seine Frau nicht wieder. Hat sie früher den ehelichen Beischlaf eher kühl und gleichgültig über sich ergehen lassen, so benimmt sie sich nun plötzlich hingebungsvoll. Sie wartet auf ihn am Abend, lächelt ihn voller Zärtlichkeit an, verwickelt ihn in Gespräche und wünscht sich, dass er sie berührt. Es ist etwas Kindliches in ihrem Wesen, das ihm immer gefallen hat und das ihn auch jetzt wieder anzieht. Dieser hilflose Blick aus den großen blauen Augen. Ihre schmalen Finger. Die kleinen Füße und zarten Fesseln, die sie ihm bereitwillig zeigt. Natürlich weiß er, was dahintersteckt: Sie will schwanger werden. Ein Wunsch, den er ihr auf keinen Fall erfüllen wird. Doktor Sternberg ist ein erfahrener Arzt, er spricht solch eine Warnung nicht umsonst aus. Sie ist zu schwächlich, um ein Kind zu gebären. Theodor liebt seine Frau, er braucht sie und will sie nicht verlieren. Zumal es nun ja möglich erscheint, einen eigenen Sohn ins Haus zu nehmen und ihn zu seinem Nachfolger und Erben zu erziehen. Luise könnte ihm dankbar dafür sein – das lebensgefährliche Geschäft der Schwangerschaft und Geburt bleibt ihr erspart, sie bekommt das Kind in den Arm gelegt und braucht es nur großzuziehen.

Natürlich nur, wenn es ein Junge ist.

Aber Frauen sind seltsame Wesen. Nein, seine Luise will nicht das Kind einer anderen großziehen. Sie will ein eigenes Kind haben. Dass sie an dieser Schwangerschaft sterben könnte, scheint ihr gleichgültig zu sein. »Gott wird mir helfen.« Zu Anfang haben ihre ungeschickten Verführungsversuche ihn eher amüsiert, später fand er es rührend, er hat sie in den Arm genommen, sie auch geküsst und ein wenig gestreichelt. Mehr nicht. Er ist ein verantwortungsbewusster Ehemann und kann sich beherrschen. Leider will Danuta ihn auf keinen Fall in ihre Kammer lassen und droht damit, Lärm zu machen, falls er es mit Gewalt versuchen sollte. Er hat es schließlich aufgegeben, auch weil er sich überlegt hat, dass es vielleicht dem Kind schaden könnte. Dies alles ist höchst ärgerlich, denn er ist nun gezwungen, anderweitig zu suchen, was er zu Hause nicht findet. Hie und da, wenn sich die Gelegenheit bietet, geht er in ein Etablissement in einer verschwiegenen Gasse. Er ist dort kein Unbekannter. Man ist diskret und verschwiegen, die Mädchen sind willig, wenn auch nicht nach seinem Geschmack, und die Preise moderat. Bevor er sich am Abend auf solche Abwege begibt, sitzt er gern ein wenig bei Luise im Wohnzimmer, um mit ihr zu plaudern und zuzusehen, wie sie mit Eifer unnütze Stickereien und Häkeldeckchen herstellt. Sie hat gestern den Salon der Frau von Kleiwitz besucht und dort allerlei Klatsch und Tratsch erfahren, den sie natürlich nicht für sich behalten kann.

»Stell dir vor, die Annemarie Jonkers hat schon wieder einen Antrag abgewiesen. Es ist schon der vierte oder fünfte Kandidat, den sie nicht heiraten will.«

»Tatsächlich? Und wer ist es diesmal?«

»Paul Otto Becker, der Sohn des Reeders Johann Becker.«

»Unfassbar!«, meint er kopfschüttelnd. »Das wäre eine geradezu glänzende Partie gewesen. Jan Jonkers kann einem wirklich leidtun.«

»Ja, gewiss«, nickt sie und zieht einen Faden durch ihre Stickerei. »Wobei man auch erwähnen muss, dass Jan Jonkers keineswegs auf einen wohlhabenden Schwiegersohn angewiesen ist. Sagtest du nicht, er sei außerordentlich gut im Getreidegeschäft etabliert?«

Da hat sie nicht unrecht. Im Gegensatz zu ihm hat dieser holländische Emporkömmling den wirtschaftlichen Aufschwung genutzt, wobei er noch den Vorteil hat, dass einer seiner Brüder in Amsterdam sitzt und ihm zuarbeitet.

»Weißt du, dass Ernst ein Billett von Cäcilie Jonkers mit einer Einladung erhalten hat?«, fährt sie lächelnd fort.

»Ach ja? Hat er dir das erzählt?«

Das hat Ernst natürlich nicht getan. Luise weiß es, weil Frau Döppel ihr das Billett gegeben hat, damit sie es ihrem Schwager weiterreicht.

»Ich finde, er sollte hingehen«, meint sie ernsthaft. »Das Mädchen scheint eine Schwäche für ihn zu haben, und ich denke, eine Verbindung mit dem Hause Jonkers wäre für uns keine schlechte Sache. Nicht wahr?«

Er muss lachen. Dass Frauen immer Ehebündnisse vermitteln wollen! Nun, sie haben ja sonst wenig Wichtiges zu tun.

»Gegen Jan Jonkers und seinen Getreidehandel hätte ich nichts einzuwenden«, sagt er. »Aber auf eine aufmüpfige Schwägerin wie diese Annemarie kann ich gut verzichten. Außerdem ist Ernst noch nicht großjährig, sondern gerade einmal zwanzig und hat in seinem Leben bisher nichts geleistet. Er soll sich erst einmal bei mir im Geschäft bewähren, bevor er an eine Heirat denken kann.«

»Du hast sicher recht, Liebster«, meint sie und schenkt ihm einen zärtlichen Blick. »Ist er denn recht eifrig? Ich denke manchmal, dass er ganz andere Interessen als die Belange unseres Handelshauses mit sich herumträgt.«

»Seine lächerliche Schreiberei? Die habe ich ihm inzwischen ausgetrieben.«

Er nimmt das Weinglas und trinkt einen Schluck von dem spanischen Rotwein, den ihm ein Händler verkauft hat. Nicht übel, das Zeug. Aber schwer. Zwei Gläser, und man vergisst alles um sich herum vor Müdigkeit.

»Tatsächlich?«, meint Luise mit fragendem Blick. »In Augustes Salon wurde die erste Ausgabe eines Journals verkauft, das – wie ich mit Erstaunen hörte – unser Ernst herausgibt. ›Die Literarische Fackel‹ oder so ähnlich …«

Er verschluckt sich beinahe an dem Wein. Ein literarisches Journal?

»Bist du sicher?«, fragt er ungläubig nach. »Ich denke, du hast da etwas falsch verstanden, Luise.«

»Aber nein, Theodor. Auguste hat sogar Geld in die Sache investiert. Und sie ist nicht die Einzige, die das getan hat. Es soll angeblich gut angelegtes Geld sein, da das Journal in Danzig bereits reißenden Absatz findet.«

Sein kleiner Bruder hat ein Journal herausgegeben. Das ist ungeheuerlich! Hinter seinem Rücken betätigt er sich als Herausgeber einer Zeitschrift. Was wird darin stehen? Natürlich sein eigenes Geschreibsel. Und Auguste von Kleiwitz ist so naiv, auch noch gutes Geld für solch eine faule Sache zu geben. Von wegen, reißender Absatz! Wer will solch einen Blödsinn lesen? Kein vernünftiger Mensch.

»Ich habe Auguste eindringlich davor gewarnt – aber sie will nicht hören«, fährt Luise fort und beugt sich vor, um einen neuen Faden aus einem der bunten Bündelchen zu ziehen. »Auf der anderen Seite ist es immer noch besser, wenn sie ihr Geld unserem Ernst gibt, als es an Johanna zu verschwenden. Du weißt ja, dass Forster dieses Grundstück am Strohdeich gekauft hat.«

Er ist in Gedanken noch mit seinem hinterlistigen Bruder beschäftigt und hört nur halb zu, was sie ihm erzählt. Erst als der Name »Johanna« fällt, horcht er auf. Es hat ihn geärgert, dass er das Grundstück am Strohdeich nicht selbst gekauft hat, um es dann mit Gewinn an Forster weiterzuverkaufen. Es war dumm von ihm. Damit hat er sich ein gutes Geschäft durch die Lappen gehen lassen, und Forster hätte sich noch mehr verschulden müssen, um die Wünsche seiner Ehefrau zu erfüllen. Theodor weiß, was er Forster für das Grundstück in Neufahrwasser bezahlt hat – diese Summe kann auf keinen Fall für das Grundstück am Strohdeich ausgereicht haben.

»Hat Auguste Johanna etwa das Geld dazu geliehen?«, fragt er nach.

»Aber nein, Liebster. Ich sagte ja gerade, dass sie es nicht getan hat. Was mich sehr erstaunt hat, da sie doch so herzlich mit Johanna befreundet ist. Aber die Idee, eine Werft am Strohdeich zu gründen, erschien auch Auguste allzu gewagt.«

»Eine … Werft?«

»So sagte sie. Forster scheint die Absicht zu haben, seinen Betrieb zu vergrößern. Was für eine Idee! In seinem Alter! Ich denke mir, dass Johanna dahintersteckt.«

»Wer sonst?«, murmelt er.

Forster ist kein schlechter Geschäftsmann, aber er ist ein Handwerker ohne Unternehmergeist. Es kann nur so sein, dass Johanna ihm diese Verrücktheit eingeredet hat. Nun – um eine Werft zu gründen, braucht es mehr als nur ein Grundstück und einen Helgen. Vor allem, wenn einer bisher nur Ruderboote gebaut hat. Da wird es nicht leicht sein, Aufträge für größere Schiffe zu bekommen. Welcher Reeder würde zu einem betagten, unerfahrenen Bootsbauer Vertrauen haben, wenn es darum geht, ein Vollschiff auf Kiel zu legen? Da geht man besser zu Klawitter oder zu Schichau, weil man da sicher ist, ein solides, seetüchtiges Schiff für sein Geld zu bekommen. Forster wird sein Haus belasten müssen, um diese Werft auf die Beine zu stellen, und wenn er erwartungsgemäß scheitert, gehört sein Besitz bald der Bank.

Der Gedanke gefällt Theodor außerordentlich. Er gönnt es seiner Schwester, dass sie in Armut versinkt; nach allem, was sie ihm angetan hat, verdient sie nichts anderes. Im Schuldturm will er sie sehen. Verzweifelt soll sie an seine Tür klopfen, damit er die

Genugtuung hat, sie kalt und mitleidslos von seiner Schwelle zu weisen.

Am folgenden Morgen ist er zur üblichen frühen Stunde auf den Beinen und schließt das Kontor auf, um Korbitz einzulassen. Von Ernst ist nichts zu sehen. Auch als er kurz darauf ins Speisezimmer tritt, um das Frühstück einzunehmen, bleibt der Platz seines Bruders leer.

»Schick Frau Döppel hinauf, sie soll meinen Bruder wecken«, befiehlt er Danuta.

»Sehr gern, gnädiger Herr.«

Er schaut ihr nach, als sie aus dem Zimmer geht. Sieht man schon etwas von der Schwangerschaft? Er stellt nur fest, dass ihr Schritt ein wenig schwerer geworden ist, alles andere verbirgt der weite Rock. Er hat ausgerechnet, dass das Kind in frühestens drei Monaten auf die Welt kommen kann. Das wäre im Juli. Wenn alles normal verläuft, was bei den Mädchen vom Land ja meist so ist, wird sie nach ein oder zwei Tagen wieder arbeiten können. Was dann mit ihr geschieht, wird er anschließend entscheiden. Aber er hat wenig Lust, sie ganz zu verlieren. Vielleicht mietet er irgendwo in der Nähe eine Kammer für sie und gibt ihr ein wenig Geld? In der Niederstadt oder in Neugarten. Besser noch bei Neufahrwasser, da kann er sie immer besuchen, wenn er dort zu tun hat.

Als er bemerkt, dass Luise seinem Blick stirnrunzelnd gefolgt ist, wendet er sich rasch mit einem Lächeln an sie.

»Sie geht recht plump, nicht wahr, mein Schatz?«, scherzt er.

»Sie läuft wie eine Ente, die bald ein Ei legen wird.«

Mitunter kann seine Luise witzig sein. Er schmunzelt sie an und beeilt sich, sein Frühstück zu beenden.

Zu seinem Ärger ist Ernst nicht im Kontor, obgleich es schon nach acht Uhr ist und er längst an seinem Platz sein sollte.

»Haben Sie meinen Bruder heute schon gesehen?«, fragt er Korbitz, der über eine Abschrift gebeugt ist.

»Ihren Herrn Bruder? O ja … er war hier, ist aber wieder nach oben gegangen, weil er etwas vergessen hatte.«

»Soso …«

Er ist misstrauisch. Korbitz ist ihm zwar treu ergeben, aber er hat bemerkt, dass sein Angestellter die Ausreden seines kleinen Bruders unterstützt und versucht, ihn zu decken. Ernst hat ein verteufeltes Talent, andere Menschen für sich einzunehmen. Er sollte diese Fähigkeit besser in den Dienst des Handelshauses stellen, anstatt den Kontorschreiber dazu zu bringen, seinen Herrn anzulügen.

Er muss ganze zehn Minuten auf seinen Bruder warten und lässt seinen Ärger darüber an Korbitz aus.

»Was ist das für eine Kritzelei? Noch mal abschreiben. Warum ist die Warenliste noch nicht fertig? Wofür bezahle ich Sie eigentlich?«

Korbitz krümmt sich untertänig zusammen, murmelt Entschuldigungen und eilt an die Arbeit. Er nickt nur höflich, als Ernst mit heiterer Miene ins Kontor tritt und ein fröhliches »Guten Morgen allerseits!« in den Raum wirft.

»Es ist schon bald Mittag«, gibt Theodor kalt zurück. »Ich hoffe, du hattest einen angenehmen Schlummer!«

»Du irrst dich, Theodor«, wehrt sich sein Bruder. »Ich war schon im Kontor, da bemerkte ich, dass meine linke Socke an der Ferse ein Loch hat. Das wäre doch peinlich, wenn ein Kunde oder Geschäftspartner käme, nicht wahr?«

»Setz dich – ich habe mit dir zu reden!«

Jetzt verschwindet der unbefangen fröhliche Ausdruck im Gesicht seines Bruders. Ohne Zweifel ahnt er, was auf ihn zukommt.

»Mir kam zu Ohren, du hättest ein literarisches Journal herausgegeben«, beginnt Theodor in strengem Ton. »Ich hoffe sehr, dass dies nur Gerede ist.«

»Nun …«, beginnt Ernst und versucht ein verbindliches Lächeln. »Ich habe tatsächlich gemeinsam mit Auguste von Kleiwitz ein solches Projekt in Angriff genommen. Es sind allerdings alte Texte, die ich schon vor Jahren geschrieben habe. Insofern brauchst du dir keine Gedanken zu machen, dass ich meine Zeit etwa der literarischen Produktion widmen würde …«

»Warum wurde ich nicht darüber informiert?«, fährt Theodor dazwischen.

»Das wollte ich gerade heute tun, lieber Bruder …«, versichert Ernst mit ehrlicher Miene. »Nun bist du mir zuvorgekommen …«

Wie albern er versucht, sich herauszureden. Er hat geglaubt, wenn er seinen älteren Bruder vor vollendete Tatsachen stellt, muss dieser sich fügen. Den Zahn wird er ihm gleich einmal ziehen.

»Es wäre deine Pflicht gewesen, die Sache vorher mit mir zu besprechen«, stellt er klar. »Du bist noch keine vierundzwanzig, also nicht geschäftsfähig. Wie ist es möglich, dass du das nicht bedacht hast?«

Ernst schaut ihn verblüfft und ungläubig an. Wie es scheint, hat er sich diese Tatsache wirklich nicht vorher klargemacht. Das sähe seinem kleinen Bruder ähnlich.

»Nun …«, stottert er. »Die geschäftlichen Angelegenheiten hat ja Frau von Kleiwitz in der Hand. Ich kümmere mich nur um die Texte und den Druck.«

Natürlich hat mal wieder diese Auguste von Kleiwitz ihre Finger im Spiel. Trotzdem ist Theodor misstrauisch.

»Und die Finanzierung? Wie ich hörte, haben sich Geldgeber gefunden. Wer verwaltet diese Gelder? Du etwa?«

»Ich? Aber nein … Alle Einnahmen aus dem Verkauf der ersten Ausgabe sind in den Händen von Frau von Kleiwitz. Ich selbst habe nichts damit zu tun. Du würdest staunen, wie gut sich das erste Heft meines Journals verkauft. Die Gäste im Salon der Frau von Kleiwitz haben es mir förmlich aus den Händen gerissen, wir überlegen schon, ob wir nachdrucken sollen. Ich denke, dass die ›Literarische Fackel‹ über kurz oder lang …«

Theodor unterbricht ihn mit einer ungeduldigen Bewegung. »Ich spreche nicht von den Einnahmen, die durch den Verkauf der ersten Ausgabe geflossen sind. Ich rede von dem Kapital, das von verschiedenen Geldgebern an den Herausgeber gezahlt wurde. Wie hoch ist die Summe, und wo befindet sich dieses Geld?«

Jetzt kann er seinem Bruder deutlich das schlechte Gewissen ansehen. Er wird besorgt. Falls sich sein Bruder in seinem Leichtsinn einer Unterschlagung schuldig gemacht haben sollte, wird man ihn, den älteren, dafür zur Verantwortung ziehen.

»Das … das Geld … das habe ich nicht mehr«, stottert Ernst. »Es hat Ausgaben gegeben. Für den Druck. Und die Verbreitung. Und für diverse andere notwendige Dinge …«

Theodors Besorgnis steigt. Er kennt seinen Bruder. Wenn Ernst so hilflos daherschwafelt, ist etwas faul. Vermutlich hat dieser haltlose Verschwender das Geld für irgendwelchen Tand ausgegeben.

»Die Summe will ich wissen«, fordert er streng. »Heraus mit der Sprache!«

Ernst breitet die Arme aus und behauptet, sich nicht genau erinnern zu können.

»Soll ich die Angelegenheit mit Frau von Kleiwitz bereden?«, droht Theodor. »Bei dieser Gelegenheit würde ich ihr auch mitteilen, dass dir die weitere Arbeit an diesem Journal von jetzt ab untersagt ist.«

Die Drohung sitzt. Ernst wird merklich blässer und streicht mit unruhigen Fingern seine hübschen Locken aus der Stirn. »Warum so viel Wind machen?«, meint er. »Gerade fällt es mir wieder ein: Es waren neunundneunzig Taler, achtundzwanzig Silbergroschen und drei Pfennige.«

»Das ist eine nicht unerhebliche Summe!«

»Ja, wirklich«, meint sein Bruder mit albernem Lächeln. »Ich war selbst erstaunt, dass so viele literaturbegeisterte Menschen für mein Journal gespendet …«

Unglaublich! Er ist auch noch stolz darauf, den Leuten für nichts und wieder nichts das Geld aus der Tasche gezogen zu haben!

»Ich verlange eine genaue Abrechnung der Kosten«, fällt Theodor ihm ins Wort. »Jeden einzelnen Pfennig will ich verbucht sehen.«

»Selbstverständlich, lieber Theodor. Daran soll es nicht fehlen …«

»Und den Rest des Geldes wirst du mir aushändigen.«

»Ja, gewiss. Ich kümmere mich darum. In den nächsten Tagen …«

»Sofort! Ich erwarte, dass du mir das Geld auf der Stelle hier auf den Tisch legst, damit ich es in den Geldschrank legen kann.«

Er hat richtig vermutet. Sein Bruder ist in heftiger Verlegenheit.

»Das wird nicht gehen, Theodor«, sagt er mit hilfloser Geste.

»Wieso nicht?«

»Weil … Weil ich es momentan nicht zur Verfügung habe.«

Theodors Geduld ist am Ende. In was für eine üble Sache hat ihn dieser Traumtänzer da hineingeritten? Wütend steht er auf und packt Ernst vorn bei der Jacke, reißt ihn von seinem Stuhl hoch und hält ihn fest.

»Ist dir klar, dass du für eine Unterschlagung ins Gefängnis gehst, wenn ich nicht für dich aufkomme?«, zischt er ihn an. »Heraus mit der Sprache! Was hast du mit dem Geld gemacht? Es für irgendwelchen Blödsinn verschwendet? Nutzlose Bücher gekauft? Dir teure Stiefel anmessen lassen? Es an irgendwelche Mädchen gegeben?«

Ernst versucht sich aus seinem Griff herauszuwinden, aber er hat keine Chance. Theodor ist der Stärkere, das war schon immer so, und es hat sich bis jetzt nichts daran geändert.

»Aber nein!«, stöhnt er. »Ich habe nur den Drucker bezahlt. Der Rest ist noch da …«

»Und wo?«

Er schüttelt ihn so kräftig, dass eine Naht der Jacke reißt.

»Ich habe … ich habe es … verliehen …«

»Verliehen? An wen?«

Er lässt ihn los. Beide stehen sich schwer atmend gegenüber, Ernst zieht mit fahrigen Händen seine Jacke wieder glatt.

»Ich dachte, dass man solch ein Kapital nicht einfach herumliegen lassen sollte«, schwatzt er. »Deshalb habe ich es verliehen, damit es Zinsen trägt. Das ist doch kaufmännisch gedacht, nicht wahr?«

Theodor glaubt ihm kein Wort. »An wen hast du es verliehen? Zu welchen Bedingungen? Mit welchen Fristen?«

»Das möchte ich nur ungern sagen, lieber Bruder. Es ist eine diskrete Angelegenheit. Aber ich versichere dir, dass ich schon morgen …«

Plötzlich schießt Theodor ein Gedanke ins Hirn. Natürlich! Warum ist er nicht gleich darauf gekommen?

»Du hast das Geld doch nicht etwa Johanna gegeben?«

Als er das Erschrecken in Ernsts Augen sieht, weiß er, dass er richtig vermutet hat.

»Johanna? Aber nein …«, lügt sein kleiner Bruder daher. »Warum sollte ich ihr Geld leihen?«

»Weil sie es brauchte, um ein Grundstück beim Strohdeich zu erwerben!«

»Damit habe ich nichts zu tun, Theodor. Ich schwöre …«

»Lass das Schwören. Ich weiß Bescheid!«

Er wendet sich von ihm ab und geht zurück an seinen Schreibtisch. Johanna hat sich von ihrem Bruder Geld geliehen. Deshalb war es Forster möglich, den Kauf zu tätigen. Dieses Geld muss sie umgehend zurückzahlen, es gehört nicht seinem Bruder, es wurde für einen bestimmten Zweck gespendet, nämlich um ein Journal zu finanzieren.

»Hat sie dir einen Schuldschein ausgestellt?«, will er von Ernst wissen.

Der schüttelt nur den Kopf.

Das verkompliziert die Sache. Im Prinzip könnte Forster behaupten, niemals Geld von Ernst Berend geliehen zu haben. Aber das wird er vermutlich nicht tun. Wie er Forster einschätzt, so ist er dumm genug, ehrlich zu sein.

»Ich werde ein Schreiben aufsetzen, das du unterzeichnen wirst«, verkündet er. »Falls du dich weigerst, werde ich Maßnahmen ergreifen. Vergiss nicht, dass du dich einer Unterschlagung schuldig gemacht hast.«

Ernst antwortet nicht, er steht beim Fenster, lässt die Arme hängen und starrt unglücklich vor sich hin.

Während er das Schreiben verfasst, beginnt Theodor, an dieser unerfreulichen Sache Gefallen zu finden. Er wird das Geld samt Zinsen im Namen seines Bruders umgehend von Berthold Forster zurückfordern. Er wird dick auftragen und gerichtliche Schritte androhen, das wird den braven Handwerker einschüchtern. Damit schlägt er zwei Fliegen mit einer Klappe. Einmal ist Forster gezwungen, das Geld, das sich seine Frau geliehen hat, von heute auf morgen zurückzuzahlen. Er wird sich also noch weiter verschulden müssen. Zum anderen wird diese Angelegenheit ganz sicher Zwist in die junge Ehe tragen, was er den beiden herzlich gönnt. Eigentlich hat ihm sein kleiner Bruder einen Gefallen erwiesen, denn er bietet ihm die Gelegenheit, Johanna kräftig eins auszuwischen.

Johanna

Sie hat an diesem Morgen oben in ihrem Zimmer gesessen, um einen Riss in ihrem Kleid zu flicken – da hört sie den Hund bellen. Das wird wieder dieser Drews sein, der nach seinem Boot schauen will, hat sie gedacht. Sie hat schon überlegt, hinunter in die Werkstatt zu gehen, denn ihrer Ansicht nach sollte Drews nun endlich die zweite Rate für das Boot zahlen, aber da platzt die alte Barbara in ihr Zimmer.

»Gehen Sie nicht nach unten«, sagt sie aufgeregt. »Ich bitte Sie bei allem, was Ihnen heilig ist. Bleiben Sie hier und stören Sie die Versöhnung nicht.«

Johanna begreift: Pawel ist unten in der Werkstatt. Er hat sich tatsächlich besonnen und ist nach Danzig gefahren. Also hat ihre Fahrt nach Elbing, von der sie so mutlos zurückgekehrt ist, doch etwas bewirkt.

»Warum sollte ich hinunterlaufen?«, sagt sie lächelnd zu Barbara. »Das ist eine Sache zwischen Vater und Sohn, da habe ich nichts zu suchen.«

»Dafür danke ich Ihnen«, gibt Barbara erleichtert zurück.

Es ist das erste Mal, dass Johanna das Wort »Danke« aus ihrem Mund hört. Barbara schließt die Tür, und Johanna kann hören, wie sie auf leisen Sohlen die Treppe hinuntersteigt. Sie will lauschen, die neugierige Alte! Johanna beherrscht sich und macht sich über ihre Näharbeit her. Unten sind Hammerschläge zu hören. Sie setzen die Spanten in den Kiel, diese Arbeit verrichtet

Berthold gemeinsam mit dem Gesellen Karl, weil die Lehrjungen noch nicht dazu taugen. Sie seufzt ungeduldig. Solange Berthold mit dem Gesellen die Spante einsetzt, kann es kein Versöhnungsgespräch mit Pawel geben. Steht er in der Werkstatt herum und hat nicht den Mut, den Vater anzureden? Oder ist er am Ende schon wieder gegangen, weil der Vater vor lauter Arbeit keine Zeit für ihn findet? Himmel – warum stellen sich ausgewachsene Mannsbilder nur so lächerlich an, wenn es darum geht, einander die Hände zu reichen?

Schließlich wird es unten in der Werkstatt still, und sie hält den Atem an, weil sie glaubt, dass Vater und Sohn nun endlich miteinander sprechen. Doch stattdessen vernimmt sie die schweren Schritte ihres Ehemannes auf der Treppe. Ach herrje, denkt sie. Dieser Dummkopf. Er ist davongerannt.

Da reißt Berthold die Tür ihres Zimmers auf, lacht sie an und nimmt sie zärtlich in seine Arme.

»Ich hab die richtige Frau genommen«, sagt er und küsst sie. »Du hast ihn in Elbing aufgespürt und zu mir zurückgebracht. Nun ist mein Glück vollkommen.«

»Ihr … ihr habt euch versöhnt?«

»Ja, Johanna. Zwischen mir und Pawel ist kein Streit mehr.«

»Dann kann ich hinuntergehen und ihn willkommen heißen?«

»Leider nicht«, sagt er und wischt sich die Freudentränen mit dem Handrücken ab. »Er ist zurück nach Elbing. Aber sei getrost – ich bin ganz sicher, dass er dort nicht lange bleiben wird. Er wird heimkehren, weil er weiß, dass ich ihn brauche.«

»Hat er das gesagt?«

Er lächelt sie an und drückt sie noch einmal fest an sich. »Ich weiß es ganz sicher, Johanna. Ich kenne meinen Pawel.«

Na schön, denkt sie. Rom wurde auch nicht an einem Tag erbaut. Pawel Forster ist – wie es scheint – nicht abgeneigt, in den väterlichen Betrieb einzutreten, aber er lässt sich damit Zeit.

Inzwischen geht es schon auf den Sommer zu, und auf dem Strohdeich sind noch nicht einmal Büsche und Bäume gerodet.

Sie fasst sich in Geduld. Zunächst einmal ist es schön, dass Berthold glücklich und zufrieden ist. Tatsächlich ist ihr Ehemann wie von einer schweren Last befreit, er freut sich, wenn sie in der Werkstatt auftaucht, lacht gutmütig über ihre Fragen und zeigt ihr hie und da sogar, wie man mit dem Stemmeisen arbeitet oder die Dechsel gebraucht. Am Abend sitzt er lange bei ihr am Tisch, erzählt von seinem Pawel, der sich schon als kleiner Bub gern in der Werkstatt herumgetrieben hat und später bei ihm in die Lehre gegangen ist.

»Der ist zum Schiffsbauer geboren«, behauptet er stolz. »Dass er so lange fortgeblieben ist, das war recht so. Ein Schiffszimmermann muss zur See gefahren sein, so gehört sich das. Und dass er in England und Holland das Handwerk gelernt hat, das gelingt nicht jedem. Um einen solchen Gesellen wird mich jede Werft beneiden …«

Das mag schon sein, denkt Johanna. Wenn er nur endlich käme! Sie hat bei Klawitter spioniert und eine Zeichnung der künftigen Werft am Strohdeich angefertigt. Die hat ihr Ehemann nur kurz angeschaut und dann zur Seite gelegt.

»Darüber reden wir, wenn Pawel hier ist«, hat er lächelnd gemeint. »Ich könnte mir denken, dass mein Sohn seine eigenen Vorstellungen hat.«

Immer nur Pawel, denkt sie verdrossen. Dass er sich schlecht benommen hat, ist vergessen. Pawel weiß alles, kann alles, Pawel ist der Tausendsassa, der ganze Stolz seines Vaters. Ich muss sehen, wo ich bleibe.

Die Tage gehen dahin. Es ist schon Mai, die Wiesen und Wälder rings um die Stadt schmücken sich in saftigem Grün, auf den Plätzen und in den breiten Gassen stehen die Akazien und Kastanien in vollem Laub. Auch das Fischerboot für Herrmann Drews macht Fortschritte, die Außenplanken werden genagelt, und der Mast steht. Johanna hat vorgesorgt und ihren Ehemann überredet, dass sie von nun an die Bücher der Werkstatt führt. Sie notiert eifrig die Arbeitsstunden, die Materialkosten, die Fortschritte bei der Arbeit am Boot und dringt energisch darauf, dass Drews die nächste Rate begleicht, damit sie Gesellen und Lehrjungen die Löhne auszahlen kann. Ihr Ehemann behauptet bald, sie sei pingeliger als ein preußischer Steuerbeamter. Er habe seine Bücher dreißig Jahre lang geführt, aber niemals jede Kleinigkeit dort vermerkt.

»Kleinvieh macht auch Mist«, behauptet sie lachend. »Wachs und Werg kosten Geld. Und die Holzabfälle samt Spänen kann man den Nachbarn als Brennmaterial verkaufen.«

Ihr Geschäftssinn läuft auf Hochtouren. Es müssen Verbindungen geknüpft werden, aus denen sich später größere Aufträge ergeben. Dazu muss die neu zu gründende Werft ins Gespräch kommen, und vor allem muss bekannt werden, dass Pawel Forster gemeinsam mit dem Vater zu Werke gehen wird. Das wird Vertrauen erwecken. Also wird sie ihre liebe Freundin Auguste wieder einmal besuchen und nichts davon merken lassen, wie sehr sie sich über sie geärgert hat, weil sie ihr kein Geld zum Kauf des Grundstücks leihen wollte. Sie wird sanft mit ihr flöten, sich entschuldigen, dass sie einige ihrer Salons leider verpasst hat, weil sie so viel zu tun hatte, und die große Neuigkeit verkünden, dass die Werft »Forster & Sohn« am Strohdeich kurz vor der Gründung steht. Bei der Gelegenheit kann sie sich auch das Machwerk ihres Bruders beschaffen, der es nicht für nötig gehalten hat, ihr eins seiner »Journale« vorbeizubringen. Überhaupt macht Ernst sich rar; wie es scheint, hat Theodor ihn fest an der Kandare.

Sie hat Pech an diesem Morgen. In der Heilig-Geist-Gasse erfährt sie zu ihrem Ärger, dass Frau von Kleiwitz zu Besuchen unterwegs sei und erst gegen Mittag zurückkehre.

»Ach, wie schade! Sag ihr, dass ich sie ganz herzlich grüßen lasse und ein andermal vorbeikommen werde. Weiß man schon, wann der nächste Salon stattfinden wird?«

»Donnerstag kommender Woche, gnädige Frau.«

»Dann teile ihr mit, dass ich auf jeden Fall anwesend sein werde und mich bereits jetzt darauf freue.«

»Gern, gnädige Frau …«

Unverrichteter Dinge geht sie wieder davon und überlegt, ob Auguste wohl tatsächlich unterwegs ist oder einfach nur keine Lust hat, sie zu empfangen. Aber nein, das will sie nicht glauben. Auguste ist vielleicht ein wenig verärgert, aber an ihrer herzlichen Freundschaft mag Johanna nicht zweifeln.

Auf dem Holzmarkt bleibt sie bci einer Blumenverkäuferin stehen und freut sich an den bunten Stiefmütterchen, die die Blumenfrau zu anmutigen Sträußen gebunden hat. Sollte sie sich ein Sträußchen kaufen, um es auf den Schreibsekretär zu stellen? Oder soll sie lieber die weißen Maiglöckchen nehmen, die einen zarten, süßen Duft verströmen? Die violetten Ranunkeln, die sie mit Akelei und Wiesenraute zu kleinen Buketts gebunden hat?

»Guten Morgen, Johanna!«, tönt es da. »Sind die frischen Farben nicht allerliebst? Ach, der Mai ist doch der schönste aller Monate, nicht wahr?«

Hinter ihr stehen Annemarie Jonkers und ihre Frau Mama, gefolgt von ihrem Mädchen, das einen Korb voller Einkäufe schleppt. Johanna ist erstaunt über diese unbefangen freundliche Ansprache. Als sie sich vor Wochen bei Augustes Salon begegnet sind, hat ihre ehemalige Freundin Annemarie herzlich wenig von ihr wissen wollen.

»Einen wunderschönen guten Morgen, die Damen«, sagt sie höflich. »Ja, ich überlege auch gerade, dass in meinem Zimmer ein bunter Blumenstrauß fehlt.«

»Ich rate dir zu den Stiefmütterchen«, sagt Annemarie eifrig. »Wir werden auch ein Sträußchen kaufen, nicht wahr, Mama?«

Frau Jonkers ist weniger gesprächig als ihre Tochter. Sie nickt nur zustimmend und mustert Johanna dabei abschätzend von oben bis unten. Stört sie sich an dem einfachen Kleid, das die Ehefrau des Berthold Forster trägt? Oder versucht sie herauszufinden, ob Johanna schwanger ist? Nun, da kann sie lange schauen, sie wird nichts dergleichen finden.

»Du kannst wirklich stolz auf deinen Bruder sein, liebe Johanna«, meint Annemarie, während sie ein Sträußchen aus dem Kübel herauszieht, es prüft und dann wieder zurücksteckt. »Ernst ist solch ein wunderbarer Künstler und Literat, wir sind alle ganz entzückt.«

Schau an! Ihr hübscher Bruder hat die Damenwelt von Augustes Salon erobert. Johanna kann sich noch gut erinnern, dass Annemarie ihren Bruder Ernst früher recht schnippisch behandelt hat. Nun scheint sie hellauf von ihm begeistert – was allerdings nicht viel zu sagen hat, da Annemarie ihren Geschmack rasch wechselt.

»Ja, er ist sehr begabt«, meint sie. »Das hat sich schon früh gezeigt, und ich habe ihn immer ermutigt, sein Licht nicht unter den Scheffel zu stellen.«

»Daran hast du gut getan«, lobt die Freundin. »Leider macht sich Ernst so schrecklich rar. In der Stadt sieht man ihn nur in Gesellschaft von Theodor, und an den Abenden sitzt er angeblich im Kontor über irgendwelchen Schriften und Akten.«

»Ja, er geht selten aus«, äußert sich Johanna vorsichtig.

Jetzt mischt sich die Frau Mama in das Gespräch. »Es ist sehr anerkennenswert, wenn ein junger Mann fleißig und strebsam arbeitet, Annemarie«, sagt sie vorwurfsvoll.

»Ich habe ja nichts dagegen, dass er fleißig ist, Mama«, wehrt sich die Tochter. »Aber dass er sich so ganz von allen gesellschaftlichen Ereignissen abschottet und gut gemeinte Einladungen nicht annimmt, das ist nicht richtig von ihm. Nicht wahr, Johanna?«

Worauf will sie hinaus? Johanna ist inzwischen klar geworden, dass Annemarie gewisse Absichten in Bezug auf ihren Bruder Ernst hegt. Ach herrje! Da wird sie wenig Glück haben, denn Ernst hat ihre kleinen Bosheiten von damals sicher nicht vergessen.

»Dazu kann ich wenig sagen«, meint sie. »Mein Bruder ist alt genug, um selbst zu entscheiden, was er tut.«

»Weißt du, liebe Johanna. Ich habe gedacht, weil du doch ein so herzliches Verhältnis zu deinem Bruder hast, könntest du ihn doch überreden, zu unserer Gesellschaft übermorgen zu kommen. Du hast die Einladung gewiss bekommen, nicht wahr?«

»Einladung? Ich kann mich nicht erinnern.«

Was schwindelt sich Annemarie da zurecht? Auch die Frau Mama scheint verblüfft, es ist ganz sicher keine Einladung an Johanna erfolgt.

»Lise!«, wendet sich Annemarie empört an das arme Mädchen, das hinter ihnen wartet und nicht wagt, die schweren Einkäufe abzustellen. »Hast du das Billett etwa nicht im Hause Forster abgegeben?«

»Das … Billett?«, stottert das Mädchen. »Ich weiß nicht …«

»Ach, wie ärgerlich«, seufzt Annemarie und wendet sich wieder an Johanna. »Ich hatte es extra mit herzlichem Gruß an dich geschrieben. Nun – wie gut, dass wir uns getroffen haben. Wir würden uns außerordentlich freuen, liebe Johanna, dich und deinen Bruder Ernst übermorgen gegen sechs Uhr am Abend bei uns zu begrüßen! Du tust uns doch die Liebe! Um der alten Freundschaft willen.«

Unfassbar. Sie wird nachträglich eingeladen, damit sie ihren Bruder herbeischafft. Man nimmt die kompromittierte ehemalige Freundin in Kauf, wenn nur der wunderbare Literat Ernst Berend auf ihrer Gesellschaft auftaucht. Was für eine Frechheit! Johanna hat Mühe, mit ihrer Meinung über diese beleidigende Aktion hinter dem Berg zu halten. Aber sie nimmt sich zusammen. Jan Jonkers ist Reeder. Eine bessere Gelegenheit, die neue Werft ins Gespräch zu bringen, kann sie nicht bekommen. Sie muss nur Ernst dazu bewegen, sie dabei zu unterstützen.

»Ich will sehen, was ich tun kann«, sagt sie verbindlich.

»Du bist ein Schatz, Johanna! Weißt du noch, wie oft ihr beide uns besucht habt, als wir noch Kinder waren? Ach, die schönen Erinnerungen …«

»Lass uns nun gehen«, sagt die Mama streng. »Wir haben noch Besorgungen zu erledigen, und die Köchin mag es nicht, wenn wir zu spät zum Mittagessen sind.«

Man sagt einander »Adieu«, und Johanna kauft der Blumenfrau, die sie die ganze Zeit über hoffnungsvoll angeschaut hat, ein Gebinde aus Stiefmütterchen ab. Während sie zurück in die Paradiesgasse geht, denkt sie darüber nach, wie sie Ernst erreichen kann, um ihn zu dieser Gesellschaft bei Jonkers zu überreden. Er wird nicht wollen, vermutlich sitzt er jeden Abend und schreibt seine literarischen Werke für das nächste Journal. Herrgott – sie muss das Geld für den Druck der zweiten Ausgabe irgendwoher beschaffen …

Auf der Radaunebrücke bleibt sie stehen und schaut über den kleinen Platz hinweg zur Werkstatt hinüber. Irgendetwas ist ungewöhnlich. Die Tür steht weit offen, aber drinnen scheint niemand zu arbeiten. Ist denn schon Mittag? Nein, die Kirchturmuhr zeigt gerade einmal elf. Sie geht über die Brücke und betritt die Werkstatt, da kommt ihr Sultan entgegengelaufen und reibt seinen Kopf freundschaftlich an ihrem Rock. Neben der Hobelbank steht eine unbekannte Kiste, reich mit Schnitzereien verziert und mit einem Schloss versehen. Eine solche Kiste besitzt jeder Schiffsbauergeselle, darin verwahrt er das Werkzeug, das sein Eigentum ist und mit ihm auf Reisen geht …

Pawels Werkzeugkiste!

Tatsächlich! Im Hof neben dem Helgen mit dem halbfertigen Fischerboot sieht sie ihn bei seinem Vater stehen. Geselle und Lehrjungen sind dabei, halten sich aber in respektvollem Abstand, weil Vater und Sohn, wie es scheint, etwas zu bereden haben. Johanna sieht die beiden zum ersten Mal nebeneinanderstehen. Pawel ist einen halben Kopf größer als Berthold, er ist schlank, hat aber kräftige Armmuskeln, das Haar ist dunkel, beinahe schwarz, die Gesichtszüge ähneln dem Vater nur wenig. Es fehlt ihm das Gutmütige, Gesetzte, die freundliche Selbstzufriedenheit, die Berthold eigen ist. Pawel wirkt angespannt, wie auf dem Sprung. Wenn er redet, bewegt er die Hände, um das Gesagte zu unterstützen. Er ist es auch, der Johanna als Erster entdeckt; er starrt sie mit schmalen Augen an und sagt etwas zu seinem Vater.

»Komm zu uns, Johanna, meine liebe Frau«, sagt Berthold und streckt einen Arm nach ihr aus. »Nun endlich kannst du meinen Pawel begrüßen. Von heute an ist er wieder mein Geselle. Aber schon bald wird er Meister werden und seinen Vater überholen.«

Eine freudige Begrüßung sieht anders aus. Auf ihr Lächeln hin verzieht Pawel nur ein wenig das Gesicht, und als sie ihm ihre Hand reicht, nimmt er sie so vorsichtig, als hätte sie eine ansteckende Krankheit.

»Willkommen zurück«, sagt sie. »Ich muss es geahnt haben, denn ich habe Blumen gekauft. Nehmen Sie sie als kleines Willkommensgeschenk, Pawel.«

Sie reicht ihm die bunten Stiefmütterchen und muss beinahe lachen, weil er zuerst sie verblüfft anschaut, dann auf die Blumen starrt und den kleinen Strauß schließlich recht ungeschickt in die Hand nimmt.

»Ich danke«, sagt er. »Blumen hab ich bisher noch nie beim Einstand bekommen. Dann – auf gute Arbeit und frischen Mut, Frau Meisterin.«

»Mut brauchen wir schon«, entgegnet sie ernst. »Aber ich glaube, dass unser Vorhaben eine gute Sache ist und bald Gewinn abwerfen wird.«

Er gibt keine Antwort, steht vor ihr und hält verlegen den Blumenstrauß in der Hand. Redet er nicht mit ihr?

»Meine liebe Johanna«, mischt sich Berthold ein. »Wir Männer haben noch einige Dinge miteinander zu besprechen, die das Land am Strohdeich betreffen. Geh schon einmal hinauf und mach es dir bequem. Barbara will ein Mittagessen für uns richten, wir kommen nach, sobald wir die Zeit finden.«

»Wenn es um die Werft geht, dann will ich …«, wehrt sie sich.

»Sei so lieb, mein Herz«, bittet ihr Ehemann. »Ich werde dir heute Abend alles getreulich berichten, was wir beschlossen haben.«

Sie sieht von einem zum anderen und begreift. Sie ist nur eine Frau, sie hat sich nicht einzumischen. Die Herren kochen das Süppchen alleine aus, sie machen ihre Pläne, fällen alle Entscheidungen, gehen miteinander ans Werk, und ihr wird später darüber berichtet. Das hat sie nun davon. Sie hat die Idee aufgebracht, das Grundstück gekauft, sie hat Pawel herbeigeschafft und damit alles, was die beiden jetzt miteinander ausklüngeln, erst möglich gemacht. Aber sie lässt sich nicht in die Puppenstube verdrängen. Schon gar nicht von diesem missgünstig dreinblickenden Burschen, der sich mit seiner alten Holzkiste in der Werkstatt breitmacht. Wenn sie gleich miteinander am Tisch sitzen, wird sie ihm deutlich machen, dass sie auch ein Wörtchen mitreden will.

Zum Mittagessen, das Barbara mit viel Liebe für ihren Pawel zubereitet hat, erscheint der junge Mann aber nicht. Berthold erklärt mit Bedauern, dass Pawel leider keine Zeit habe, da er sich um sein Quartier kümmern müsse. Er will auf keinen Fall hier im Haus wohnen, deshalb hat er sich beim Schuhmacher Grauholm in der Böttchergasse ein Zimmer gemietet und wird dort auch die Mahlzeiten einnehmen.

»Kein Wunder«, bemerkt Barbara bekümmert. »Er hat ja auch keinen Raum mehr in diesem Haus.«

»Oben unterm Dach ist genug Raum«, gibt Berthold ärgerlich zurück, da er wohl weiß, worauf Barbara anspielt. »Dort könnte er sich gut einrichten. Aber da er anders entschieden hat, bin ich damit zufrieden.«

Johanna nimmt diese Nachricht mit gemischten Gefühlen auf. Einerseits ist sie froh, nicht mit diesem unfreundlichen Gesellen unter einem Dach leben zu müssen, andererseits findet sie es merkwürdig, dass er nicht einmal mit ihnen gemeinsam essen will. Warum stellt er sich so an? Es ist ärgerlich, weil beim Essen geschäftliche Dinge besprochen werden könnten. Nun ist sie umso mehr von allen Plänen und Unternehmungen ausgeschlossen. Dieser Pawel Forster wird ihr immer unsympathischer. Fast wünschte sie, er wäre in Elbing geblieben, statt sich hier einzunisten und sie ins Abseits zu stellen.

Berthold hält sich nicht lange beim Essen auf. Kaum hat er seinen Teller geleert, da läuft er auch schon wieder hinunter in die Werkstatt. Weil sein Pawel ja gleich zurückkommen wird und sie gemeinsam das Boot für den Fischer Drews fertig bauen wollen.

Baut ihr nur euer lächerliches Fischerboot, denkt Johanna verärgert. Ich werde schon dafür sorgen, dass die Werft bessere Aufträge erhält. Dann werden sie merken, dass sie ohne mich nicht zurechtkommen.

Doch der Tag bringt auch Gutes. Die alte Barbara ist verändert, seitdem Pawel zurück ist, sie lächelt vor sich hin und summt sogar leise ein altes Kinderlied, während sie den Tisch abräumt.

»Ein braver Junge ist er gewesen«, sagt sie zu Johanna. »Lebhaft war er schon, hat sich gern mit den Kumpanen geprügelt, aber der Mutter hat er immer gehorcht.«

»Soso …«, meint Johanna gleichgültig.

Ein Muttersöhnchen. Das hat sie sich schon gedacht.

»Sie werden bald merken, dass er ein guter und anständiger Mensch ist«, fährt Barbara fort. »Es ist ein großes Glück, dass er nicht in der Fremde geblieben ist …«

Davon ist Johanna inzwischen nicht mehr überzeugt. Doch was Barbara dann zu ihr sagt, verblüfft sie. »Ich will Sie darum in meine Gebete einschließen, Meisterin. Denn ich weiß wohl, dass Sie es gewesen sind, die uns Pawel zurückgebracht hat.«

Sie lächelt Johanna an und geht mit dem Geschirr hinaus. Johanna braucht ein Weilchen, um diese Kehrtwende der alten Frau zu verkraften. Meint sie es ehrlich? Immerhin hat sie von Barbara bisher nur Widerspruch und Bosheit erfahren. Und jetzt will sie für sie beten? Nun – es wird sich schon herausstellen, ob es ihr ernst mit ihrer Dankbarkeit ist oder ob eine List dahintersteckt.

Sie beschließt, an diesem Nachmittag nicht in die Werkstatt hinunterzugehen. Sie würde Pawel zwar gerne ins Handwerk pfuschen, aber es steht zu erwarten, dass Vater und Sohn zusammenhalten und sie sich eine Abfuhr holen wird. Sie muss es klüger anfangen. Erst einmal gilt es zu erfahren, was die beiden vorhaben. Ungeduldig wartet sie, bis Berthold zum Abendessen hinaufsteigt und ihr den versprochenen Bericht erstattet.

»Wir sind uns einig geworden, liebe Johanna«, sagt er mit zufriedener Miene. »Mein Pawel wird sich vor allem um die Einrichtung der neuen Werft kümmern, während ich ihm nur hie und da zur Hand gehe und ansonsten meine Werkstatt weiterführe …«

Sie erfährt, dass Pawel den Vater überzeugt hat, einen Kredit auf das Haus aufzunehmen. Es sind Rodungs- und Erdarbeiten am Strohdeich zu leisten, zwei Helgenböcke müssen errichtet werden, dazu die Gleitschrägen hinunter in die Weichsel, um die fertigen Schiffe ins Wasser zu bringen. Ein Hebekran wird fürs

Erste genügen, dazu Pallen, ein Werkzeugschuppen und eine Back zum Dämpfen der Hölzer.

»Später will er sich dort ein Wohnhaus bauen, in dem es auch eine Tischlerei geben wird. Aber das will er erst in Angriff nehmen, wenn die ersten Schiffe gebaut und bezahlt sind.«

»Und wie wollt ihr an Aufträge kommen?«

»Das lass nur unsere Sorge sein, liebe Frau. Pawel kennt eine Menge Leute, und auch ich werde mich umhören.«

Sie werden zunächst kleinere Boote bauen. Sobald ein größerer Auftrag erfolgt ist, werden sie Holz einkaufen und Leute einstellen; das alles muss von der ersten Rate bezahlt werden, die der Auftraggeber leistet. Eine knappe Kalkulation. Aber wer nicht wagt, der nicht gewinnt. Johanna ist zufrieden – genau so hat sie es sich auch gedacht. Es ist doch erstaunlich, denkt sie, zu welchen Risiken mein Ehemann bereit ist, wenn sein Lieblingssöhnchen es ihm vorschlägt.

»Da ist aber noch etwas, liebe Johanna«, sagt er und seufzt. »Das ist heute in der Post gewesen.«

Umständlich zieht er einen geöffneten Umschlag aus der Rocktasche, zieht ein Schreiben heraus und entfaltet es.

»Dein Bruder Ernst verlangt sein Geld samt Zinsen umgehend zurück«, meint er, während er die Brille aufsetzt. »Er droht sogar mit dem Gericht.«

»Was?«

Sie liest die wenigen Zeilen durch und begreift sofort, dass nicht Ernst das geschrieben haben kann. Theodor steckt dahinter. Er muss irgendwie herausbekommen haben, dass Ernst ihr das Geld geliehen hat, und natürlich hat er nichts Eiligeres zu tun, als ihr einen Strick daraus zu drehen.

»Das ist mir unverständlich«, sagt sie wütend. »Ernst war einverstanden, dass ich ihm das Geld in Raten zurückgebe.«

Er lächelt sie väterlich an und legt beruhigend die Hand auf ihren Arm. »Meine liebe Johanna – es ist nun einmal so, dass Frauen keine Geldgeschäfte tätigen sollten. Aber mach dir keine Sorgen – wir werden die Sache aus der Welt schaffen. Ich habe Pawel das Schreiben gezeigt, und er ist bereit, die Schulden von seinen Ersparnissen zu begleichen.«

»Pawel?«, staunt sie. »Das ist … Das ist mir aber gar nicht recht.«

Er lacht fröhlich auf. »Du kannst es ruhig annehmen, liebe Johanna. Er hat gesagt, du hättest richtig gehandelt, denn das Grundstück sei es wert gewesen.«

»Das hat er gesagt?«, fragt Johanna ungläubig.

»Das waren seine Worte.«

Erstaunlich! Vielleicht hat sie Pawel bisher ganz falsch eingeschätzt? Ist da unter der harten Schale ein guter Kern zu finden?

Pawel

»Ach, die hübschen Stiefmütterchen«, ruft Lene Grauholm, als Pawel ins Haus tritt, um sein Zimmer zu beziehen.

»Stiefmütterchen?«, fragt er verständnislos.

Dann wird ihm klar, dass sie das Sträußchen meint, das er in der Hand hält. Verlegen reicht er es ihr.

»Für dich, Lene«, sagt er. »Weil heute solch ein schöner Tag ist.«

Er sieht sofort, dass es nicht klug war, denn Lene wird ganz rot vor Freude und bedankt sich mit einem beglückten Augenaufschlag.

»Ein Blumenkavalier bist du geworden«, scherzt sie. »Ja, wenn einer auf Reisen geht und die Welt gesehen hat, da kennt man ihn kaum wieder. Ich dank dir auch schön.«

Sie steigt mit ihm hinauf, um ihm das Zimmer zu zeigen, das er mieten will. Es ist winzig klein, ein Bett, ein kleiner Schrank und ein Stuhl – mehr geht nicht hinein. Auf dem Stuhl steht die Schüssel zum Waschen, der dazugehörige Krug hat seinen Platz auf dem Fensterbrett. Zwei Handtücher liegen dabei und ein Stück Seife.

»Wasser gibt's im Hof«, erklärt sie stolz. »Wir haben einen eigenen Brunnen. Die Mahlzeiten bringe ich dir hinauf, Pawel.«

Das passt ihm nicht, er wird hinunter in die Küche kommen, er ist kein feiner Herr, der bedient werden muss.

»Das Fenster klemmt ein wenig, ist aber dicht«, behauptet sie.

»Ich schau's mir mal an.«

»Richtig, du bist ja ein Zimmermann«, lacht sie. »Was für ein Glück wir haben. Ich freu mich, dass du jetzt bei uns wohnst, Pawel!«

Er nickt ihr zu und wirft sein Bündel aufs Bett.

»Brauchst du noch etwas?«, fragt sie hoffnungsvoll.

»Nein. Geh nur, ich will dich nicht von der Arbeit abhalten.«

Er ist froh, als er endlich allein ist. Stiefmütterchen, denkt er ärgerlich. Ausgerechnet. Das hat sie mit Fleiß getan. Er räumt seine Hemden, die Hosen und das Unterzeug in den Schrank, hängt die Jacke an einen Nagel an der Tür und wirft den Hut darüber. Dann hockt er sich aufs Bett und reibt sich das Gesicht mit den Händen.

Es ist doch schwerer, als er geglaubt hat. Wenn er ihr gegenübersteht, benimmt er sich wie ein Idiot und bekommt kaum ein Wort heraus. Das muss anders werden. Daran muss er arbeiten, sonst kann er gleich wieder das nächste Schiff besteigen. Aber das wird er nicht tun. Er wird sich von solchen Dummheiten nicht davon abhalten lassen, das zu tun, was er sich vorgenommen hat: heimkehren und etwas Eigenes gründen.

Sie ist schon eine erstaunliche Person. Tatsächlich hat er geglaubt, den Vater mühsam überreden zu müssen, die kleine Werkstatt aufzugeben und etwas Größeres in Angriff zu nehmen. Nun kommt er heim, und es ist der Vater, der es ihm vorschlägt. Warum? Weil seine junge Ehefrau ihn seit Monaten dazu drängt und ihn sogar genötigt hat, Grund und Boden für die zukünftige Werft zu kaufen. Er kann ihr dankbar sein. Ja, er ist es auch. Nur zu gern würde er es ihr auch sagen.

Irgendwann werde ich es tun, denkt er. Aber noch nicht jetzt. Erst wenn ich so weit bin, dass ich ihr unbefangen gegenübertreten kann.

Voerst ist es besser, auf Abstand zu gehen. Das Zimmer ist klein, aber er hat schon schlechter gewohnt, die Hauptsache ist, er hat ein gutes Lager und seine Ruhe. Er wird sowieso die meiste Zeit draußen bei der Arbeit verbringen, zumal jetzt, da der Sommer kommt und die Tage lang werden. Da wird er sich auf dem Strohdeich zu schaffen machen, das hat auch den Vorteil, dass er Johanna nur selten begegnen wird. Er geht hinunter in die Küche, zählt das Geld für die erste Woche auf den Tisch und nimmt sein Mittagessen ein: Kohl mit Kochfleisch und Kartoffeln. Er ist nicht anspruchsvoll, es macht satt und schmeckt nicht übel. Aber die alte Barbara wird drüben etwas Besseres zubereitet haben. Sie ist außer sich vor Freude gewesen, als sie ihn heute früh gesehen hat, kam in die Werkstatt gelaufen und hat lange seine Hand gehalten. Es tut ihm leid um sie, aber er wird in nächster Zeit so wenig wie möglich in der Werkstatt des Vaters auftauchen.

Am Nachmittag ist er mit dem Vater hinüber zum Strohdeich gegangen, wo sie gemeinsam überlegt haben, welche Arbeiten anstehen. Der Vater hat ihm einen gezeichneten Plan gezeigt, den Johanna angefertigt hat. Er hat schmunzeln müssen, weil sie so hübsche Schnörkel und zierliche Häuschen gemalt hat, aber im Prinzip ist es nicht falsch, was sie sich da ausgedacht hat.

»Sie hat es sich bei Klawitter abgeschaut«, meint sein Vater grinsend. »Seit Monaten hat sie nichts anderes als diese Werft im Kopf.«

»Du hast eine kluge Frau geheiratet«, sagt er. »Das Grundstück zu kaufen war eine gute Sache.«

»Wie man's nimmt. Da schau, was mir ins Haus geflattert ist.«

Er zeigt ihm eine Zahlungsaufforderung. Betroffen liest Pawel sich das Schreiben durch und erfährt, dass sie sich Geld bei ihrem Bruder geliehen hat, das er nun auf einen Schlag zurückhaben will. Eine feine Familie, diese reichen Patrizier. Erst leiht er ihr Geld, dann droht er mit dem Gericht.

»Sag ihr, dass ich es zahle.«

Es wird ihn gut ein Drittel seiner Ersparnisse kosten, aber das ist es ihm wert. Sie hat Mut bewiesen, dafür darf sie nicht bestraft werden. Es gefällt ihm, dass er sich ihr gegenüber großmütig zeigen kann; er hat ihr viel zu verdanken, sie soll wissen, dass er es anerkennt. Gute Freundschaft und gegenseitiger Respekt – so muss es zwischen ihnen sein.

Mehrere Tage lang geht seine Taktik auf. Er hat ein paar Leute eingestellt, um den Platz für die Werft zu roden, das Holz wird ordentlich zurechtgeschnitten und gelagert, der Boden von Wurzeln befreit und geglättet. Dann schaufeln sie die Helling, die schräg hinunter zum Wasser führen muss, damit haben sie ordentlich zu tun. Für den Lagerschuppen müssen Bretter gesägt werden, da wird er schauen, was der Vater noch an Holz im Lager hat, und wohl einiges dazukaufen müssen. Er hat Freude an der ungewohnten Arbeit, vor allem, weil er dabei ist, etwas Eigenes zu schaffen, und niemandem zu gehorchen hat. Der Vater lässt ihn gewähren, kommt dann und wann, um den Fortgang der Arbeit anzuschauen, gibt Ratschläge und fasst auch selbst mit an.

Am Sonntag geht er mit der alten Barbara in die Nikolaikirche zur Messe. Er ist katholisch erzogen, weil seine Mutter es so wollte, aber er nimmt es mit der Religion nicht so genau und geht eigentlich nur hin, um Barbara eine Freude zu machen. Nach der Messe besuchen sie gemeinsam das Grab der Mutter auf dem alten Friedhof am Hagelsberg, der jetzt im Mai von hohen Bäumen beschattet wird.

»Du hast es schön bepflanzt«, sagt er lächelnd zu Barbara, als ihnen schon von Weitem bunte Blüten im grünen Efeu entgegenleuchten.

»Ja«, meint sie. »Aber diese Schale mit Maiglöckchen und Ranunkeln muss dein Vater aufgestellt haben.«

»Der Vater?«, wundert er sich. »Der pflanzt doch keine Blumen. Höchstens, dass er einen Kranz hinlegt.«

Barbara ist schon dabei, die Erde der Grabstätte aufzulockern und das Unkraut zwischen den Blumen herauszuziehen.

»Dann muss es jemand anderes getan haben«, meint sie kopfschüttelnd. »Wie schön. Deine Mutter hat Maiglöckchen so gern gemocht.«

Auf dem Heimweg macht er sich Gedanken über diese geheimnisvolle Gabe, aber schließlich verwirft er sie wieder. Es wird jemand aus der Nachbarschaft gewesen sein. Vielleicht die Lene Grauholm oder ihre Mutter.

»Wirst du wenigstens heute am Sonntag mit uns zu Mittag essen?«, fragt Barbara, und in ihrem Blick erkennt er einen leisen Vorwurf.

Er muss tief Luft holen, weil es ihm schwerfällt, es der alten Frau abzuschlagen. Aber er ist noch nicht so weit, dass er Johanna unbefangen am Tisch gegenübersitzen könnte.

»Nächsten Sonntag«, verspricht er.

Doch als er nun in die Böttchergasse einbiegt, steht Johanna vor dem Haus des Schusters Grauholm und wartet auf ihn. Es kommt zu plötzlich, er ist nicht darauf vorbereitet und muss sich mit einer düsteren Miene helfen.

»Einen schönen Sonntag wünsche ich Ihnen, Pawel«, sagt sie und blinzelt ihn gegen die Sonne an. »Ich möchte mich bei Ihnen bedanken.«

»Bedanken? Wofür?«, fragt er verwirrt.

Natürlich weiß er, wovon sie spricht. Er freut sich darüber, dass sie es anerkennt und ihm dankt. Aber gerade in diesem Moment spielt die Sonne in ihrem blonden Haar, und er sieht lauter goldfarbige Blitze.

»Sie haben mir aus einer großen Verlegenheit geholfen«, erklärt sie. »Ich verstehe selbst nicht, was in meinen Bruder Ernst gefahren ist. Aber nun ist die Sache gottlob in Ordnung gekommen, und das verdanke ich Ihnen.«

»Ach so – ja«, meint er, als würde er sich erst jetzt daran erinnern. »Das habe ich für unsere gemeinsame Sache getan. Ihr Herr Bruder wird sich nun hoffentlich zufriedengeben.«

Sie nickt und tritt näher an ihn heran, um leiser reden zu können. Es sind schließlich Dinge, die man nicht gern auf der Gasse bespricht, wo die Nachbarn ringsum zuhören können.

»Mein Bruder Ernst«, sagt sie leise, »der ist ein anständiger und lieber Mensch. Sie werden ihn noch kennenlernen. Hinter diesem Schreiben steckt ein anderer. Das ist mein älterer Bruder Theodor.«

Er ist über ihre Familie nur teilweise informiert. Sie hat also zwei Brüder, einen anständigen und einen, der ihr mit dem Gericht droht. Nun ja – man kann sich seine Verwandtschaft nicht aussuchen.

»Wie auch immer«, sagt er. »Wir bleiben niemandem etwas schuldig. Unsere Werft soll auf ehrlichen Füßen stehen.«

Jetzt lächelt sie. Wie verwirrend das ist! Aber er hält sich gut, bleibt vor ihr stehen, und langsam kommt auch sein Verstand zurück.

»Das ist auch meine Meinung«, sagt sie. »Ich freue mich sehr, dass die Sache nun endlich Gestalt annimmt. Die Werft ›Forster & Sohn‹ ist mir ein großes Anliegen, und ich möchte gern mit meinen bescheidenen Fähigkeiten daran teilhaben. Inzwischen führe ich die Bücher für die Werkstatt, das würde ich gern auch für die zukünftige Werft tun.«

Hoppla! Da ist sie nicht einfach nur gekommen, um sich zu bedanken – sie hat auch etwas anderes im Sinn. Die Bücher will sie führen! Das würde ihn grundsätzlich nicht stören, weil er an dem langweiligen Papierkram wenig Freude hat. Aber es würde bedeuten, dass sie vieles miteinander besprechen müssten und dass sie sich auch am Strohdeich herumtreiben würde. Er entscheidet sich, erst einmal vom Thema abzulenken.

»›Forster & Sohn‹«, sagt er und muss wider Willen lächeln. »Das haben Sie sich ausgedacht, nicht wahr? Mein Vater hat es so ins Register der Stadt eintragen lassen.«

»Ich weiß«, meint sie. »Ich denke, es ist wichtig, dass die Leute gleich wissen, dass auch Sie beteiligt sind. Es ist schade, dass Sie so selten mit uns essen, Pawel. Es gäbe so vieles miteinander zu bereden. Auch Barbara ist recht traurig, weil sie gern für Sie kochen möchte.«

Sie legt den Kopf ein wenig schräg und schaut zu ihm hoch. Er kennt diesen Blick schon. Bittend, verschmitzt und zugleich siegesbewusst. Er hält ihn aus und lächelt zurück.

»Nächsten Sonntag. Das habe ich Barbara schon versprochen.«

»Das ist eine gute Nachricht«, sagt sie erfreut und reicht ihm die Hand. »Nochmals meinen herzlichsten Dank, Pawel. Bis bald!«

Sie hat kleine, feste Hände, und ihr Händedruck hat etwas Energisches. Sie ist eine Kaufmannstochter, keine dieser aufgeputzten Damen in den weiten Reifröcken, die einen Handkuss erwarten. Er gibt einen sanften Gegendruck, nicht zu fest, weil er ihr nicht wehtun will.

»Bis bald«, sagt er mit ernster Miene.

Als er ins Haus tritt, steht Frau Grauholm im Flur und tut so, als wollte sie nur eben nach der Öllampe sehen, die an der Wand aufgehängt ist.

»Was für ein schönes Sonntagswetter«, sagt sie. »Meine Lene will unbedingt mit mir zum Bischofsberg laufen, weil die Natur doch jetzt so schön ist. Hast du nicht Lust, mitzukommen?«

»Bedaure. Ich will mich heut Nachmittag ausruhen. Es gibt viel Arbeit in den kommenden Wochen.«

»Ach ja, die neue Werft … Es wird schon überall davon erzählt. Es heißt ja, ihr wollt Briggs und Dreimastschoner bauen.«

»Das wollen wir auch. Aber erst einmal werden es Fischkutter oder Schaluppen sein.«

»Da wünsch ich viel Erfolg. Meine Lene sagt ja, dass unten am Strohdeich schon gewerkelt wird …«

»Einen schönen Sonntag, Frau Grauholm«, unterbricht er ihr Geschwätz und steigt in sein Zimmer hinauf.

Die Neugier der Schuhmacherin ist ihm lästig. Ihr Ehemann ist ein braver Kerl, der tagein, tagaus in seiner kleinen Werkstatt sitzt und das Leder auf die Leisten spannt. Das Regiment im Haus führen Mutter und Tochter. Keine gute Sache, denkt er. Da ist es besser, ledig zu bleiben. Vielleicht war es doch ein Glück, dass ich in England nicht kleben geblieben bin. Die Liebe ist kurz, aber eine Ehe ist lang.

Zum ersten Mal spürt er keinen Schmerz, wenn er an seine unglückliche Liebe zurückdenkt. Das erleichtert ihn. Jetzt fängt etwas Neues an, denkt er. Wir gründen einen Betrieb, ich arbeite nicht mehr für einen anderen, sondern stecke alle meine Kraft in die eigene Sache. Das trägt mich voran und lässt mich die alten Geschichten vergessen.

Am Montag geht er entschlossen in die väterliche Werkstatt, um nachzuschauen, ob im Lager Hölzer liegen, die er zum Bau eines Schuppens brauchen kann. Der Vater freut sich, ihn zu sehen, und zeigt ihm einen Stapel Bretter, die er schon für diesen Zweck zurechtgelegt hat.

»Meine liebe Johanna hat gesagt, dass du am Sonntag mit uns zu Mittag isst«, meint er. »Ich weiß wohl, dass es dir nicht leichtfallen wird, weil eine andere auf dem Platz deiner Mutter sitzen wird.«

»Das weiß ich nun, Vater«, gibt er verlegen zurück. »Und ich habe mich damit abgefunden. Du hast keine schlechte Wahl getroffen, ich denke, wir werden miteinander auskommen.«

Der Vater legt ihm dankbar die Hand auf die Schulter.

»Ich habe gewusst, dass ich einen guten Sohn habe«, meint er erleichtert. »Du wirst Johanna bald gernhaben, denn sie ist eine liebenswerte und kluge Person. Sie sind nicht gut zu ihr gewesen, Pawel. Sie hat schlimme Zeiten hinter sich. Aber ich habe sie in mein Herz geschlossen, und auch sie hängt an mir mit zärtlicher Liebe.«

Dazu sagt Pawel nicht viel. Es ist gut so, es soll und darf nicht anders sein. Er will, dass der Vater glücklich ist. Nichts sonst.

Nun erfährt er in wenigen Sätzen, wie schwer es für Johanna gewesen ist, als sie nach ihrer Verfehlung heimkehrte und erfuhr, dass ihr Vater inzwischen verstorben war.

»Sie hat ihn sehr geliebt, und es war schlimm für sie, ihn vor seinem Tod nicht mehr um Vergebung bitten zu können.«

Das versteht Pawel sehr gut. Er kann ihr nachfühlen, wie verzweifelt sie gewesen sein muss, denn auch er hat gefürchtet, in solch eine Lage zu kommen.

»Und dieser Theodor Berend? Was ist der für einer?«, erkundigt er sich.

»Den sieht man am liebsten von hinten«, sagt der Vater grimmig. »Ein widerlicher Pfennigfuchser, der hart mit ihr umgegangen ist. Sie haben ihr so gut wie nichts mitgegeben, und ich musste ihm noch dazu das Grundstück bei Neufahrwasser verkaufen.«

So einer ist das also, dieser Bruder. Das hat er sich schon gedacht. Vor dem wird man sich in Acht nehmen müssen, denn wie es aussieht, hat er Freude daran, seiner Schwester Steine in den Weg zu werfen.

»Dabei ist sie ein herzensguter Mensch«, fährt der Vater fort. »Letzte Woche hat sie mich zum Grab deiner Mutter begleitet und nicht geruht, bis ich Blumen gekauft habe, die sie dort in eine Schale gepflanzt hat.«

Also doch! Er weiß nicht recht, was er davon halten soll. Aber es zeigt immerhin, dass sie seine Mutter ehren wollte. Wieder eine neue Seite an ihr, von der er nichts gewusst hat.

Er lässt sich das beinahe fertige Boot zeigen, begutachtet es fachmännisch und lobt den Vater für seine schöne Arbeit. Auch der Geselle Karl und die Lehrjungen erhalten seine Anerkennung. Die Lehrjungen freuen sich, der Geselle schaut mürrisch drein. Es passt ihm nicht, dass da einer kommt, der noch kein Meister ist, aber das Maul vollnimmt, weil er der Sohn vom alten Forster ist.

»Ich hab mir überlegt, dass ich im Sommer auch auf Fahrt gehen will«, sagt Karl später am Tag zu Pawels Vater. »Weil ein Geselle in unserem Handwerk zur See gefahren sein muss.«

»Da hast du freilich recht«, meint der Vater. »Für mich wird es hart werden, weil ich dich brauche und an dich gewöhnt bin. Aber für dich ist es von Vorteil, Karl.«

Karl nickt vor sich hin und meint, er würde sich nach einem Schiff umschauen und rechtzeitig Bescheid geben. Aber Pawel sieht ihm an, dass es ihm nicht ernst damit ist. Karl Anton Nowak ist seit gut sieben Jahren Geselle beim Vater und hat bisher nie daran gedacht, sich einen anderen Meister zu suchen. Er ist ein bodenständiger Mensch, der zwar Boote bauen kann, aber wenig Lust hat, sich auf einem Schiff der hohen See anzuvertrauen.

»Wenn du zurückkommst«, sagt Pawel zu ihm, »dann freuen wir uns, weil wir auf der Werft gute Leute brauchen.«

»Will's mir merken«, knurrt Karl und fährt damit fort, die Außenplanken des Bootes mit Werg zu kalfatern.

Pawel will noch rasch mit dem Vater besprechen, dass man ein Pferdefuhrwerk mieten muss, um das Holz für den Schuppen zum Strohdeich zu schaffen – da sieht er, dass es zu spät ist. Johanna ist in die Werkstatt heruntergelaufen, steht bei der Hobelbank und schwatzt mit den Lehrjungen, während sich der Hund Sultan vertraulich an ihrem Rock reibt.

»Was tut sie hier?«, will er stirnrunzelnd vom Vater wissen.

Der hebt gutmütig lächelnd die Schultern. »Sie schaut sich um, fragt mich aus und versucht sich auch an Säge und Bohrer.«

»Und das duldest du?«

»Warum nicht?«, lacht Berthold. »Sie hat Freude daran und stellt sich recht geschickt an. Wenn sie so weitermacht, kann ich mir einen Lehrjungen sparen.«

Pawel schüttelt den Kopf über solche Marotten. Das Handwerk des Schiffszimmermanns ist hart, man benötigt eine eiserne Gesundheit und viel Körperkraft, um die schweren Hölzer zu heben. Eine Frau hat dabei nichts zu suchen.

Sie schaut ein wenig erstaunt, als sie ihn erblickt, dann geht sie zu ihm und streckt ihm die Hand entgegen. Ihr Lächeln besitzt heute nicht den Zauber, den er gefürchtet hat, es ist freundlich, aber unverbindlich, so als würde sie einen guten Kameraden begrüßen.

»Willkommen, Pawel. Sie kommen wegen dem Bauholz für den Schuppen, nicht wahr?«, fragt sie sachkundig. »Das liegt bereit und ist notiert. Ich habe schon nach einem Fuhrwerk gefragt – der Kamrau Jörg, der für die Brauerei fährt, könnte es mitnehmen. Er macht uns einen guten Preis, weil er ein Ruderboot hat, das repariert werden muss.«

Pawel wechselt einen erstaunten Blick mit dem Vater, der nun voller Stolz seine junge Frau in den Arm nimmt. »Da siehst du es, Pawel«, bemerkt er. »Sie denkt mit, fragt herum und ist bei manchen Dingen schneller, als ich es sein kann. Ich wünschte nur, sie hätte ein wenig mehr Freude daran, sich hübsch zu kleiden. Aber den Gefallen will sie ihrem Ehemann nicht tun.«

Johanna runzelt heiter die Stirn, hebt die Arme und dreht sich einmal im Kreis. Pawel starrt sie an, es wird ihm schwindelig.

»Ich denke, ich bin auch in diesen Kleidern hübsch«, sagt sie und tut beleidigt. »Aber mein Ehemann wünscht, dass ich mich in Samt und Seide kleide, damit ich ihm gefallen kann. Was meinen Sie dazu, Pawel?«

Er muss schlucken. Dann zwingt er sich, eine vernünftige Antwort zu geben.

»Du könntest stolz darauf sein, Vater, dass du eine so bescheidene Ehefrau hast«, meint er gedehnt. »Andere müssen für Kleider und überflüssigen Tand viel Geld ausgeben, und die Ehefrau ist doch nie zufrieden.«

Johanna schaut ihn belustigt an, vermutlich hat sie auf ein Kompliment gewartet, aber so weit ist er noch nicht. Ja, sie ist hübsch. Gerade in diesen einfachen Kleidern gefällt sie ihm. Sie gefällt ihm viel zu gut.

»Das ist ja das Problem«, seufzt sein Vater. »Anstatt sich von mir ein neues Kleid zu wünschen, notiert sie alle Ausgaben und Einnahmen, rechnet aus, was übrig bleibt und welche Gelder ich einfordern muss.«

»Ich bin nun einmal eine Kaufmannstochter«, sagt sie lächelnd. »Ich kann rechnen und die Bücher führen. Berthold ist der Ansicht, dass ich dies auch für unsere Werft tun sollte.«

Verflixt, sie lässt nicht locker! Nun muss er sich dazu äußern, und er hat wenig Lust, einen Streit zu entfachen, in dem er dem Vater widerspricht.

»Warum nicht? Wir können es ja versuchen«, meint er vorsichtig.

»Wunderbar!«, freut sie sich. »Dann schreibe ich gleich die Lohnliste für die Leute, die Sie eingestellt haben. Arbeitszeit und Löhne können Sie dann jeden Abend eintragen.«

Da hat er sich was an den Hals geholt. Von nun an will sie täglich eine Mahlzeit kochen und mit einem Handkarren hinüber zum Strohdeich bringen. Außerdem will sie wissen, was er an Getränken, Werkzeugen und anderen Dingen eingekauft hat, um es zu verbuchen.

»Ordnung muss sein«, meint er. »Aber Sie müssen auch nicht jedes Staubkorn zählen, das an meiner Jacke hängt. Das wäre kleinkariert.«

»Genau rechnen, aber groß denken«, sagt sie energisch und

schaut ihm dabei in die Augen. »Und Mut beweisen, wenn es eng wird. So muss es sein, Pawel«, sagt sie mit Entschlossenheit.

Dagegen ist nichts zu sagen. Vor allem dann nicht, wenn sie ihm dabei so tief in die Augen schaut.

»So wollen wir es halten, Meisterin«, sagt er mit Entschlossenheit.

Dann macht er, dass er hinüber auf den Strohdeich kommt.

Ernst

Er ist zum Umfallen müde. Jede Nacht sitzt er stundenlang beim Lampenschein, um zu schreiben – am Morgen aber muss er pünktlich am Frühstückstisch erscheinen, frisch und ausgeschlafen aussehen und für heitere Stimmung sorgen. Den Rest des Tages hetzt ihn sein Bruder herum, schickt ihn zum Danziger Hafen oder nach Neufahrwasser, nimmt ihn mit zum Artushof oder lässt ihn im Kontor die Stellung halten. Dort allerdings gönnt sich Ernst den dringend nötigen Schlummer, während Korbitz ihm lästige Kunden vom Hals hält.

Er muss sich sputen, die zweite Ausgabe des Journals steht bevor, und er will unbedingt noch zwei oder drei kleinere Texte fertigstellen, die ihm am Herzen liegen. Die zweite Folge des Fortsetzungsromans ist zum Glück geschrieben; die Damen fragen ihn ständig, wie es mit dem Liebespaar weitergehen wird, denn er hat die tragische Wendung schon am Ende der ersten Folge angedeutet. Nun, sie werden einige Tränen vergießen, denn er wird seine Protagonisten leiden lassen; das muss so sein, damit die Geschichte die Gemüter bewegt. Er hat sich entschlossen, die freiheitlichen Ideale der großen Philosophen in diesen Roman hineinzuschmuggeln, sein Held wird ein Freiheitsdenker werden, was letztlich auch zum Bruch mit der Familie der Geliebten führen wird.

Leider ist er auch gezwungen, die Gedichtlein einiger Damen aufzunehmen, die sich hinter Auguste von Kleiwitz gesteckt haben und natürlich eifrige Käuferinnen des Journals sind.

»Wir müssen wirtschaftlich denken«, hat ihm Frau von Kleiwitz verkündet, die sich inzwischen als Mitherausgeberin betätigt und alle Texte mit kritischer Feder bearbeitet. »Anna Ernestine hat bereits zehn Journale vorbestellt, und Maria Gebauer will sogar zwanzig Stück haben. Außerdem wird uns auch Cäcilie Jonkers etliche Exemplare abnehmen, wenn wir zwei Zeichnungen ihrer Tochter Annemarie abdrucken. Wobei ich allerdings sagen muss, dass sie mir gar nicht so recht gefallen.«

Ernst ist anderer Ansicht. Annemarie Jonkers zeichnet erstaunlich witzige Karikaturen, die die Danziger Bürgerschaft, aber auch die preußischen Beamten und Offiziere aufs Korn nehmen. Auguste von Kleiwitz sieht mit Recht voraus, dass einige der Leser sich getroffen fühlen werden. Aber genau das gefällt ihm. Er ist fest entschlossen, die Zeichnungen in die nächste Ausgabe aufzunehmen – auch gegen den Willen seiner Gönnerin.

Ach ja – so hat er sich die Arbeit an seiner Zeitschrift eigentlich nicht vorgestellt. Um jeden Text, um jede Zeichnung muss er kämpfen, die liebe Auguste von Kleiwitz schickt ihm seine Sachen mit Korrekturen zurück, verlangt Änderungen, macht eigene Vorschläge. Wenn nicht Danuta auf seiner Seite wäre, die ihm Augustes Zuschriften heimlich aufs Zimmer legt, hätte Theodor ihm diese ausufernden Arbeiten an dem Journal längst verboten.

Aber zum Glück ist sein Bruder momentan mit anderen Dingen beschäftigt. Es geht aufwärts mit den Handelsgeschäften, die Halle in Neufahrwasser ist fertig und bereits mit dem russischen Holz gefüllt, das Theodor nur zum Teil im Artushof verhandeln will, denn der größere Teil davon soll weiter nach England und Holland verkauft werden. Ernst hat das zweifelhafte Vergnügen, seinen Bruder dreimal in der Woche auf die Handelsbörse im Artushof zu begleiten, damit er – wie Theodor immer behauptet – endlich lernt, ein guter Geschäftsmann zu werden.

»Wozu hast du etliche Semester an der juristischen Fakultät studiert?«, hält sein Bruder ihm vor. »Nun kannst du die erworbenen Kenntnisse in der Praxis anwenden.«

Er muss langwierige Verträge aufsetzen, die sein Bruder anschließend in der Luft zerreißt, weil diese oder jene Klausel fehlt, die für das Handelshaus von Bedeutung ist. »Deine blumige Ausdrucksweise gewöhn dir endlich ab!«, wird ihm befohlen. »Ein Vertrag ist kein Roman. Da kommt es auf jedes Wort und auf jede Formulierung an.«

Dabei bevorzugt Theodor durchaus Formulierungen, die man so oder so auslegen kann. Ernst hat inzwischen festgestellt, dass sein Bruder unter Geschäftsleuten unbeliebt ist, was nicht allein an seinem kühlen Wesen liegen kann. Er wird den einen oder anderen wohl auch übers Ohr gehauen haben. Aber so ist das eben im Geschäftsleben, da muss man schnell sein, den anderen ausstechen und auf den eigenen Vorteil schauen. Dazu fehlen Ernst sowohl der Ehrgeiz als auch das Talent.

Wenigstens hat sich die peinliche Geschichte mit dem verliehenen Geld im Guten gelöst. Ernst hat sich und Johanna schon im Schuldturm gesehen – aber Forster hat die Summe abzüglich der dreizehn Taler für den Druck der ersten Ausgabe zurückgezahlt. Allerdings ohne Zinsen, was Theodor zwar geärgert hat, ihn aber nicht dazu veranlasst hat, vor Gericht zu gehen.

»Lass dir das eine Lehre sein!«, hat er zu hören bekommen, nachdem sein Bruder die Summe einkassiert und in seinem Geldschrank deponiert hatte. Da liegt es nun, das schöne Geld, und wird von seinem Bruder verwaltet, während die Einnahmen für den Verkauf der Journale bei Frau von Kleiwitz verblieben sind.

Seine ehrgeizige Gönnerin hat ihm erklärt, sie sei gern bereit, ihm diese unangenehmen Geldangelegenheiten abzunehmen. »Sie sind ein begnadeter Literat, lieber Herr Berend. Sie dürfen Ihre kostbare Zeit nicht mit Sorgen um den schnöden Mammon verschwenden.«

Sie hat ihm von den Einnahmen ein Autorenhonorar von ganzen zehn Talern ausgezahlt, die hat er eingesteckt und seinem Bruder kein Wort davon erzählt. Schließlich hat auch er seine Ansprüche ans Leben, und das Taschengeld, das Theodor ihm in der Woche gibt, ist wirklich mager.

Aber er ist dennoch guten Mutes. Sein literarischer Erfolg in Danzig ist nicht zu übersehen, und wenn es so weitergeht, wird er bald auch über die Grenzen hinaus gelesen werden, vielleicht sogar in Berlin. Sobald er vierundzwanzig und damit großjährig und geschäftsfähig ist, kann er selbst über sein Vermögen bestimmen. Dann wird er Theodor den Bettel vor die Füße werfen und von seinen Einkünften als freier Literat leben.

Heute Nacht hat er endlich den letzten Aufsatz fertiggestellt, den wird er bei der nächsten Gelegenheit schnell hinüber zu Frau von Kleiwitz tragen und inständig hoffen, dass sie nichts daran auszusetzen hat. Am Morgen fühlt er sich körperlich vollkommen zerschlagen, aber er schafft es, einigermaßen pünktlich aufzustehen. Noch etwas traumverloren geht er die Treppen hinunter und bleibt vor der Tür des Speisezimmers kurz stehen, um rasch noch einmal sein Haar zu ordnen und die oberen Hemdknöpfe zu schließen.

»Du darfst dir keine Vorwürfe machen, Liebster«, hört er Luise drinnen sagen. »Es ist nun einmal geschehen, und ich bin sehr glücklich darüber.«

Seine Schwägerin hat sich in letzter Zeit sehr zum Positiven verändert. Sie hat ihre permanente Leidensmiene abgelegt und wirkt gelöster, auch weiblicher. Wenn sie lächelt, sieht sie beinahe hübsch aus. Er ist froh darüber, denn nachdem sie sich in die Weichsel gestürzt hatte, hat er sich schon Gedanken gemacht, ob sie vielleicht nicht ganz richtig im Oberstübchen ist.

Sein Bruder antwortet nicht. Ernst streicht sich noch einmal mit den Fingern durchs Haar, bevor er eintritt. Theodor scheint heute besonders schlecht gelaunt zu sein, er schaut nur kurz auf und blitzt ihn dabei zornig an. Luise hingegen begrüßt ihn mit geradezu herzlichen Worten.

»Guten Morgen, lieber Schwager. Hast du schlecht geschlafen, du Ärmster? Du schaust etwas derangiert aus. Ich glaube fast, du hast dich mit den Hemdknöpfen vertan.«

»Guten Morgen, liebe Luise, lieber Theodor«, grüßt er zurück und schaut an sich herunter. Ach herrje – er hat sich in der Eile verknöpft.

»Wieder einmal zu spät aus den Federn gekrochen, wie?«, bemerkt Theodor spöttisch. »Denkst du, ich hätte nicht bemerkt, dass du in den Nächten schöngeistige Traktate verfasst?«

»Ich?«, fragt er mit gespielt harmloser Miene, während er an seinen Knöpfen hantiert.

»Wer sonst? Der Lampenschein aus deinem Zimmer fällt in den Hof. Denkst du, ich wäre blind?«

»Ach, lass ihn doch, Theodor«, sagt Luise begütigend. »Solange er dir fleißig zur Seite steht, kann es uns doch gleich sein, wie er seine Nächte verbringt.«

Erstaunlicherweise lässt sich sein Bruder beschwichtigen. Er wirft Ernst nur einen warnenden Blick zu und beißt in das Marmeladenbrot, das Luise für ihn zurechtgemacht hat. Während sich Ernst den dringend benötigten Morgenkaffee eingießt, kaut Theodor gedankenvoll vor sich hin, um dann mit einer unangenehmen Frage aufzuwarten.

»Hast du eigentlich deine Schwester Johanna in letzter Zeit besucht?«

»Johanna? Aber nein.«

Es ist die Wahrheit. Seitdem er so dumm war, ihr das Geld zu leihen, ist er aus Ärger darüber nicht mehr in der Paradiesgasse gewesen. Dass sie das Geld hat zurückgeben müssen, macht die Sache nicht besser – nun wird sie zu allem Überfluss auch noch zornig auf ihn sein.

»Dann weißt du auch nichts davon, dass Forster inzwischen gemeinsam mit seinem Sohn eine Werft auf dem Strohdeich gegründet hat?«

»Hat er das?«, staunt Ernst.

»Du solltest das Anzeigenblatt lesen, anstatt deine Nase in die philosophischen Schriften französischer Aufrührer zu stecken.«

Theodor ruft Danuta, damit sie das Anzeigenblatt aus dem Wohnzimmer holt, und weist auf eine Annonce.

Forster & Sohn
Schiffsbauerei – Shipwright – Constructeur de navires
Danzig
Am Strohdeich

Darunter sieht man eine hübsche Zeichnung, die den Strohdeich von der Weichsel gesehen zeigt. Man erkennt zwei Gebäude, einen großen Schiffsrumpf, an dem mehrere Zimmerleute arbeiten, gestapelte Hölzer und Hebevorrichtungen. Den Hintergrund gibt der hübsch bewaldete Milchpeter ab, vorn auf der Weichsel schwimmt ein schmucker Dreimaster unter vollen Segeln. Die Zeichnung stammt ganz sicher von Johanna, sie hatte schon immer ein Händchen dafür. Donnerwetter! Also hat ihr Ehemann tatsächlich eine Werft auf die Beine gestellt. Das hätte er dem Alten gar nicht zugetraut.

»Du weißt also nichts davon? Auch nicht, was es mit diesem Sohn auf sich hat?«, forscht Theodor streng.

Ernst begreift, dass sich Theodor mächtig über die Anzeige geärgert hat, weil er Johanna diese Werft nicht gönnt. Besonders fuchst ihn jetzt wohl, dass er versäumt hat, ihr das Land am Strohdeich vor der Nase wegzukaufen.

»Ich weiß nur, dass Berthold Forster einen Sohn aus erster Ehe hat«, sagt er zu Theodor und lässt das Anzeigenblatt sinken.

»Pawel heißt er. Er soll in England gewesen sein, um dort den Schiffsbau zu lernen.«

»In England«, murmelt Theodor missgünstig. »Dann ist er, wie es scheint, zurückgekommen und nimmt das Maul jetzt reichlich voll. Gleich eine Werft. Da muss er Geld und zahlungskräftige Auftraggeber haben, denn das Holz für den Schiffsbau ist teuer.«

Auch Ernst hat das inzwischen mitbekommen. Überall an den Küsten werden Schiffe gebaut, und gutes Holz ist nicht mehr leicht zu bekommen. Deshalb ist die Geschäftsverbindung zu dem Handelsvertreter des russischen Großfürsten, die Theodor letztlich ihm zu verdanken hat, so wichtig für das Handelshaus. Mit dem günstig eingekauften Holz wird Theodor ein Vermögen machen, die Schiffsbauer und Zimmerleute reißen es ihm förmlich aus den Händen.

»Falls du einmal wieder in der Paradiesgasse vorsprechen willst – ich habe nichts dagegen«, fährt Theodor fort und sieht ihn streng an. »Ich erwarte allerdings, dass du keinerlei Interna von Familie oder Geschäft preisgibst. Aber es wäre doch interessant zu erfahren, was für ein Vogel dieser Pawel ist und wie er sich die Gründung der Werft so vorstellt.«

Ernst jubelt innerlich. Er darf Johanna besuchen! Freilich nicht aus brüderlicher Liebe oder Familiensinn, solche Gefühle sind Theodor fremd. Er soll den Spion für ihn machen. Nein, dazu gibt er sich nicht her. »In der nächsten Zeit eher nicht. Ich bin ihr böse wegen der Geldgeschichte und habe keine Lust, sie zu besuchen.«

Aber damit lässt sich Theodor nicht abspeisen. »Hör zu, Ernst«, meint er ärgerlich. »Wenn man Geschäfte machen will, darf man nicht empfindlich sein. Die Sache ist geregelt, ich war so großzügig, auf die Zinsen zu verzichten, dafür kann sie uns dankbar sein. Also steht einer Versöhnung nichts im Wege.«

Seine Schwägerin Luise beeilt sich, ihrem Ehemann beizuspringen, und erklärt, dass die Vergebung der Schuld ein christliches Gebot sei und er mit gutem Beispiel vorangehen müsse.

»Wir wissen ja, dass Johanna einen schwierigen Charakter hat, lieber Ernst«, behauptet sie. »Aber du hast die wunderbare Begabung, Menschen für dich einzunehmen. Auch deine Schwester wird sich dem nicht verschließen können.«

Das falsche Theater der beiden ärgert ihn gewaltig. Für wie dumm halten sie ihn eigentlich? Seine Schwester Johanna hat ihre Ecken und Kanten, aber sie ist ihm tausendmal lieber als Theodor und seine fromme Luise, die sich die christlichen Gebote immer so zurechtdreht, wie sie ihr gerade passen. Nun – auch er kann sich verstellen.

»Ich will sehen, was ich ausrichten kann«, sagt er verbindlich und gießt sich die dritte Tasse Kaffee ein.

»Ausgezeichnet«, meint Theodor zufrieden. »Ich will gleich hinauf nach Neufahrwasser. Du hast während meiner Abwesenheit Dienst im Kontor. Falls Gropius dort auftauchen sollte und Bernstein haben will – schmeiß ihn raus. Johann Becker soll am Nachmittag wiederkommen – ich zahle erst, wenn er mir eine anständige Rechnung schreibt, so wie es abgemacht war.«

»Geht in Ordnung.«

Ernst ist heilfroh, dass er nicht mit nach Neufahrwasser fahren muss; so kann er im Kontor eine Mütze voll Schlaf nehmen. Es wird dauern, bis Theodor zurückkommt, denn er hat Holz an die Werft von Klawitter verkauft, das heute abgeholt wird. Die Stämme haben sie gekennzeichnet, aber Theodor wacht mit Argusaugen darüber, dass ja kein Hölzchen zu viel auf das Pferdefuhrwerk geladen wird.

Kaum hat Theodor das Haus verlassen, da nimmt er von dessen Schreibtisch Besitz, legt die Füße hoch und verschränkt die Hände hinter dem Kopf.

»Machen Sie ruhig langsam, Herr Korbitz«, sagt er zu dem Kontorschreiber. »Der Chef kommt erst gegen Mittag zurück.«

Korbitz lächelt verständnisinnig, klappt das Tintenfass zu und rückt sich auf dem Stuhl zurecht.

»Wenn Gropius kommt, soll Oskar im Lager nachsehen, ob noch Bernstein da ist«, bestimmt Ernst eigenmächtig. »Den kriegt er zum Sonderpreis. Für den Reeder Johann Becker ist das Kontor geschlossen – klar?«

Korbitz nickt. Es wird still im Raum, zwei Fliegen stoßen summend gegen die Fensterscheiben, draußen im Hof schleppt Oskar mit zwei Helfern mehrere Fässchen ins Lager. Ernst hört sie im Halbschlaf miteinander schwatzen und träumt, er sei wieder ein kleiner Junge und liefe mit Johanna über den Hof, um im Lagerhaus zwischen Kisten und Fässern Versteck zu spielen.

»Guten Morgen. Wie fleißig du bist, Oskar!«

»Gnädiges Fräulein … ich meine, gnädige Frau … Guten Morgen …«

»Lasst euch nicht stören, ich will nur rasch ins Kontor.«

Jemand klopft an die Tür zum Hof. Ernst stößt beim Erwachen versehentlich einen Stapel Akten vom Tisch, die sich auf dem Fußboden verteilen. Draußen steht – Johanna. Ächzend nimmt er die Füße vom Tisch und öffnet die Tür.

»Was willst du denn hier?«, fragt er entsetzt.

»Ich muss mit dir sprechen.«

»Und da spazierst du so einfach in die Höhle des Löwen?«

»Der Löwe ist nicht daheim, ich habe gesehen, wie er zum Hafen gelaufen ist.«

Seine schlaue Schwester hat das Haus beobachtet. Kommt sie, um ihm wegen des Drohschreibens, das er unterschreiben musste, Vorhaltungen zu machen?

»Herein mit dir«, knurrt er. »Aber damit du es gleich weißt: Ich habe mit diesem Schrieb nichts zu tun. Theodor hat …«

»Das weiß ich doch«, sagt sie und lächelt ihn an. »Ich kann eins und eins zusammenzählen, Brüderlein. Die Sache ist erledigt – vergessen wir sie.«

»Na schön«, meint er erleichtert. »Aber das sage ich dir: Nie wieder lasse ich mich auf so etwas ein. Es hat mir jede Menge Ärger und schlaflose Nächte bereitet, das kannst du mir glauben.«

Sie zuckt mit den Schultern und begrüßt den Kontorschreiber mit einem freundlichen »Guten Morgen, Herr Korbitz«. Dann nimmt sie unaufgefordert an Theodors Schreibtisch Platz und schaut ihn mit einem derart verschmitzten Lächeln an, dass ihm angst und bange wird. Was führt sie denn nun wieder im Schilde?

»Ich benötige deinen männlichen Schutz«, sagt sie.

»Tatsächlich? Ich dachte, du hättest einen kräftig gebauten Ehemann und inzwischen auch einen Stiefsohn, der sicher kein Schwächling ist.«

»Die können mir nicht helfen«, behauptet sie. »Das kannst nur du, kleiner Bruder. Ich möchte, dass du mich morgen Abend zu einer Einladung begleitest.«

»Wieso gerade ich?«

»Weil du in ganz Danzig als Literat hochgeschätzt wirst. Cäcilie Jonkers hat mich zu einer Abendgesellschaft eingeladen, und sie hofft sehr, den berühmten Ernst Berend an meiner Seite zu sehen.«

Ah, daher weht der Wind! Sie versucht, wieder in der »guten Gesellschaft« Fuß zu fassen, und er soll ihr dabei helfen. Nun ja – im Prinzip hat er nichts dagegen, allerdings in diesem Fall …

»Ich begleite dich, zu wem du willst, Schwesterlein. Aber nicht zu Jonkers.«

»Aber warum denn nicht? Sie haben dir extra eine Einladung geschickt …«

Das stimmt allerdings. Erst eine förmliche Einladung, dann ein Billett, das um ein Haar bei Theodor gelandet wäre, wenn Danuta nicht aufgepasst hätte. Er hat beides in den Ofen gesteckt, weil ihm die Avancen, die Annemarie Jonkers ihm macht, unheimlich sind.

»Da geh ich nicht hin«, verkündet er. »Sonst bin ich auf einmal mit Annemarie verlobt und hab sie am Hals.«

Auch Johanna muss inzwischen gehört haben, dass Jan Jonkers verzweifelt auf der Suche nach einem Ehemann für seine Tochter ist. »Keine Sorge, ich passe schon auf dich auf«, meint sie lachend. »Wir werden gut essen, uns nett unterhalten, und dann wird man dich bitten, aus deinen Werken zu lesen. Das wird alle Damen verzaubern und mir Gelegenheit geben, mit Jan Jonkers über unsere Werft zu sprechen.«

»Verstehe«, meint er verdrossen. »Ich soll mich als Lockvogel in Lebensgefahr begeben, nur damit du Geschäftliches bereden kannst. Weißt du was, Schwesterlein? Du bist nicht viel besser als Theodor.«

Sie blitzt ihn ärgerlich an, denn der Vergleich gefällt gar nicht. »Du übertreibst! Verlange ich von dir, dich vom Turm der Marienkirche zu stürzen? Ganz im Gegenteil. Du darfst dich bewundern und anhimmeln lassen, kannst für dein Journal werben und außerdem noch mit Jan Jonkers über seinen Getreidehandel reden. Ich könnte mir denken, dass Theodor sich darüber freuen würde.«

Er ist zu müde, um länger mit ihr herumzustreiten. Vielleicht hat sie ja recht: Theodor hat ihn schon mehrfach bedrängt, eine Einladung der Jonkers anzunehmen. Da könnte er Punkte sammeln und seinem Bruder beweisen, wie sehr er ihn braucht. Außerdem ist Annemarie recht hübsch, und ihre Zeichnungen gefallen ihm. Nur ihr Charakter ist das Problem. Und ihre Mutter, die sich wie eine hungrige Spinne auf jeden potenziellen Heiratskandidaten stürzt.

»Na schön«, seufzt er. »Aber schau, dass du was Anständiges anziehst, Schwesterlein. In diesem Kleid nehme ich dich nicht mit.«

»Keine Sorge«, strahlt sie und springt auf, um ihn dankbar zu umarmen. »Wenn du mich morgen abholst, wird aus dem Aschenputtel eine strahlende Prinzessin geworden sein. Sechs Uhr reicht aus. Du weißt ja: Der Nonparable erscheint immer als Letzter.«

Sie küsst ihn auf die Wangen, streicht zärtlich eine Locke zurück, die ihm schon wieder in die Stirn gefallen ist, und läuft aus dem Kontor in den Hof hinaus.

»Bis morgen!«, ruft sie ihm fröhlich zu.

Sie winkt ihm noch einmal – dann ist sie davon.

»Ihr Fräulein Schwester ist wie der Sonnenschein«, lässt sich Korbitz vernehmen. »Das hat Ihr Herr Vater auch immer gesagt. Es ist schade, dass sie nicht mehr hier im Haus wohnt.«

»Vielleicht …«, murmelt Ernst. »Wie auch immer … Wir lassen uns nicht bei der Arbeit stören, Herr Korbitz.«

Damit nimmt er wieder seinen Platz am Schreibtisch ein, gähnt und entschlummert, während Korbitz die herabgefallenen Akten aufliest.

Beim Mittagessen verkündet er stolz, er gedenke, zwei Fliegen mit einer Klappe zu schlagen und morgen Abend gemeinsam mit seiner Schwester Johanna zu einer Gesellschaft bei Jonkers zu gehen.

»Mit Johanna? Ist sie etwa eingeladen?«, fragt Theodor wenig begeistert.

»Aber ja! Sie sind schließlich alte Freunde unserer Familie. Wir haben schon als Kinder miteinander gespielt.«

Theodor nimmt dies mit düsterer Miene zur Kenntnis. Er selbst hat so gut wie nie mit anderen Kindern Kontakt gehabt, was ihm jetzt zum Nachteil erwächst. Besonders Jan Jonkers hält sich beharrlich von ihm fern.

»Dann erwarte ich, dass du deinen Verstand zusammennimmst. Sperr die Ohren auf, rede nichts Unnötiges, und lass Jan Jonkers wissen, dass ich für den Handel mit Holz gute Schiffe benötige.

Eine Hand wäscht die andere – ich chartere seine Schiffe, er bringt mich beim Getreidehandel ins Geschäft.«

Ernst nickt bereitwillig. Wenn ich erst ein berühmter Journalist und Schriftsteller bin, denkt er, dann könnt ihr mich alle mal gernhaben. Du, deine falsche Luise und auch Johanna, die mich ständig für ihre eigenen Zwecke missbraucht. Er tröstet sich damit, dass er ja auch eigene Interessen vertreten wird: Er wird die letzten drei Exemplare seines Journals mitnehmen und einen der neuen Aufsätze vorlesen.

Am folgenden Abend kleidet er sich zum Ausgehen an, klemmt seine Schriften unter den Arm und macht sich auf den Weg in die Paradiesgasse, um Johanna abzuholen. Es ist noch hell, die Stadt ist voller Leben, und am Ufer der Radaune blüht und grünt es unter den alten Weiden. Als er über die Brücke geht, paddelt eine Entenmutter gefolgt von ihren Küken vorüber, auch ein Schwanenpaar sitzt am Ufer und beobachtet ihn voller Misstrauen.

Johanna tritt aus der Werkstatt auf den Platz, kaum dass er über die Brücke ist. Sie trägt das Kleid, das sie an ihrem Hochzeitstag getragen hat, und sieht darin umwerfend hübsch aus.

»Zufrieden?«, fragt sie und schaut ihn unter halb gesenkten Lidern triumphierend an.

»Geht so«, meint er grinsend.

»Was heißt ›geht so‹?«, beschwert sie sich. »Ich erwarte Komplimente, Brüderlein!«

»Die wirst du bei Jonkers schon noch bekommen.«

Sie hängt sich bei ihm ein und schwatzt, wie dankbar sie ihm sei, dass er ihr diesen Abend ermöglicht hat.

»Geschenkt, Schwesterlein. Erzähl mir lieber von deinem Stiefsohn, diesem Pawel. Von dem habe ich bisher noch gar nichts gewusst.«

Sie lacht fröhlich auf. »Der hat zwar zu Anfang ein wenig

gemeutert, weil es ihn gestört hat, dass sich sein Vater eine junge Frau genommen hat. Aber inzwischen zeigt er sich als passabler Bursche, der für unsere Werft von großem Nutzen ist.«

»Da schau an«, staunt er. »Wo steckt er denn? Kann man ihn einmal kennenlernen?«

»Er wohnt nicht bei uns im Haus. Er hat ein Zimmer beim Schuster Grauholm in der Böttchergasse gemietet.«

»Beim Schuster wohnt er?«, meint Ernst naserümpfend. »Nun ja – er ist ja auch ein Handwerker.«

Damit kommt er bei seiner Schwester schlecht an. Sie bleibt stehen, um ihm einen empörten Vortrag zu halten. »Es gibt keinen Grund, auf einen Menschen herabzusehen, der ein Handwerk versteht. Ein Schiff zu bauen ist eine hohe Kunst, dazu muss man unendlich viele Dinge bedenken und ein großes Wissen haben.«

Seitdem sie mit diesem Handwerker verheiratet ist, beginnt sie wie ein Handwerker zu reden, denkt er verdrossen.

»Und außerdem hat es einen Schuster gegeben, der ein großer Poet gewesen ist. Den Hans Sachs in Nürnberg«, beendet sie ihren Vortrag.

»Schon gut …«, knurrt er.

Jan Jonkers bewohnt ein Haus in der Frauentorstraße, nicht weit von dem Haus, das eigentlich Johannas Erbe war und das nun Theodor besitzt. Er hat es an einen preußischen Offizier vermietet, der dort mit seiner Familie wohnt. Johanna schaut nur kurz hinüber und kneift die Lippen zusammen. Hier sind sie als Kinder oft herumgelaufen, als die Großeltern noch am Leben waren, zwischen den Beischlägen haben sie Verstecken mit Abschlagen gespielt, und er hat einen blauen Reifen besessen, den er mit der Peitsche durch die Gasse getrieben hat. Den hat Annemarie immer mit dem Fuß umgekippt, die boshafte Person.

Im Hause Jonkers werden sie schon sehnsüchtig erwartet. Das Hausmädchen knickst tief vor ihnen, in der Halle steht Annemarie Jonkers auf der Treppe und nimmt gnädig den Blumenstrauß entgegen, den Johanna mitgebracht hat. Er hat an derlei Aufmerksamkeiten wieder einmal nicht gedacht, aber Annemarie geht lächelnd darüber hinweg. »Ein Künstler bringt immer sich selbst zum Geschenk«, behauptet sie mit zärtlichem Blick.

»Ja, mein Bruder ist ein glücklicher Mensch«, sagt Johanna.

»Ein Auserwählter der Götter!«, behauptet Annemarie.

»Gewiss.«

Er muss die Haltung seiner Schwester bewundern. Sie wird von der Hausherrin nur beiläufig begrüßt, und auch Jan Jonkers, der die Gäste willkommen heißt, hält höflichen Abstand zu ihr. Es ist klar, dass sie nur seinetwegen eingeladen wurde. Es ärgert ihn, und er nimmt sich vor, ihr nach Kräften beizustehen. Auch wenn er nicht immer mit ihr einer Meinung ist – Johanna ist seine Schwester, und es verletzt ihn, wenn sie missachtet wird.

Oben im reich ausgestatteten Wohnzimmer stellt er zu seiner Freude fest, dass auch Auguste von Kleiwitz und ihr Ehemann unter den Gästen sind. Man begrüßt einander herzlich, und Frau von Kleiwitz lässt es sich nicht nehmen, sowohl ihn als auch Johanna zu umarmen. Die übrigen Gäste sind ebenfalls keine Unbekannten: der Kaufmann August Blott mit Ehefrau, Tochter Friederike und Schwiegersohn Eugen Albertus, das Ehepaar Anna Ernestine und Johann Becker, die eine Reederei besitzen, der Händler Heinrich Gebauer mit Ehefrau und Tochter Maria. Zusammen sind sie vierzehn Personen – eine kleine, aber illustre Gesellschaft, in der eine Menge Geld und Einfluss versammelt sind.

Da sie als Letzte erschienen sind, wird ihnen in aller Eile ein Glas Wein als Begrüßungstrunk gereicht, das sie kaum in den Händen halten, als die Gastgeberin auch schon zu Tisch bittet. Wie üblich ist die Tafel mit blitzendem Silber und funkelnden Kristallgläsern gedeckt, die Plätze sind auf kleinen Kärtchen vermerkt, und er stellt fest, dass er von Johanna getrennt wurde. Er selbst erhält den Ehrenplatz zwischen der Gastgeberin und ihrer Tochter, während man Johanna ans andere Ende des Tisches gesetzt und ihr Eugen Albertus als Tischherrn verordnet hat. Auch Auguste von Kleiwitz und ihr Ehemann wurden dort platziert, was er sehr bedauert, da er nun Mutter und Tochter Jonkers hilflos ausgeliefert ist.

Die Mahlzeit besteht aus fünf ausnehmend guten und magenfüllenden Gängen, der Fisch ist hervorragend, die Suppe könnte mehr Salz vertragen, dafür ist der Kalbsbraten zart, und zum Nachtisch wird sogar Gefrorenes serviert. Zwischen den Gängen wird er von Familie Jonkers und Anna Ernestine Becker mit Komplimenten und neugierigen Fragen überhäuft, was ihm genügend Gelegenheit gibt, für die nächste Ausgabe der »Literarischen Fackel« Werbung zu machen. Bald fühlt er sich angenehm gesättigt und von den alkoholischen Getränken beschwingt, er plaudert unbefangen mit den Damen, versprüht seinen Charme und erntet entzückte Blicke. Als sich die Herren nach beendeter Mahlzeit in das angrenzende Zimmer zum Rauchen zurückziehen, verspürt er nicht die mindeste Lust, sich zu ihnen zu gesellen. Stattdessen lässt er sich von Annemarie ihre Zeichnungen zeigen, von denen sie eine ganze Mappe voll besitzt und die ihm großartig gefallen.

»Boshaft und treffsicher«, lobt er sie. »Ich wusste gar nicht, dass du so gut zeichnen kannst.«

»Oh, du weißt viel zu wenig von mir«, meint sie und blinzelt ihn schelmisch an.

»Ich kann mich zumindest noch gut erinnern, dass du mir damals immer meinen Reifen mit dem Fuß umgeworfen hast.«

»Das ist lange her, Ernst. Seitdem haben wir uns beide verändert. Aus dir ist ein Schriftsteller geworden, und ich verbringe meine Zeit damit, dummes Zeug zu malen.«

Er lacht darüber, und sie stimmt ein. Es gefällt ihm, dass sie keine »Künstlerin« sein will wie die lyrischen Damen, die ihn mit ihren Gedichten überschütten. Sie hat sich ehrlich gefreut, als er ihr sagte, dass er ihre Zeichnungen veröffentlichen will, aber ein großes Theater hat sie nicht darum gemacht.

Später wird er zu der obligaten Lesung gebeten, die vor allen Dingen die Damen begeistert, während sich die Herren eher zurückhaltend äußern. Man sitzt noch eine Weile beieinander, es werden Getränke gereicht, Auguste von Kleiwitz verkauft die letzten Exemplare der ersten Ausgabe und nimmt Bestellungen für das kommende Journal auf, das das erste in Umfang und Ausstattung übertreffen wird. Auch Johanna, die er eine Weile aus den Augen verloren hatte, taucht nun wieder auf; sie ist in angeregtem Gespräch mit Jan Jonkers und Heinrich Gebauer, dem Vater der molligen Maria, die lästigerweise nicht von Ernsts Seite weichen will.

Es ist schon eine Stunde vor Mitternacht, als sie sich mit herzlichem Dank und allerbesten Wünschen von ihren Gastgebern verabschieden. Ernst fühlt sich etwas matt nach all den kulinarischen und seelischen Wohltaten des Abends, während Johanna munter an seiner Seite schreitet.

»Ein sehr gelungener Besuch«, meint sie, als sie durch die schmalen Nebengassen gehen. »Jan Jonkers war sehr freundlich zu mir. Er hat Papa sehr gern gehabt und wünscht mir, dass unsere Werft blüht und gedeiht.«

Jetzt fällt Ernst siedend heiß ein, dass er eigentlich mit Jan Jonkers über eine Zusammenarbeit mit dem Hause Berend reden sollte. Das hat er über seinen literarischen Anliegen vollkommen vergessen.

»Ähh … Habt ihr vielleicht auch über den Getreidehandel gesprochen?«, fragt er seine Schwester.

Er hört sie leise kichern. »Nur beiläufig. Er kann Theodor nicht leiden, weil er solch ein Knauser ist und der Reeder Johann Becker immer Schwierigkeiten hat, zu den ausgehandelten Chartergebühren zu kommen. Ich denke nicht, dass er mit ihm Geschäfte machen will.«

»Tatsächlich? Nun ja – da hat er nicht ganz unrecht.«

Wie er diese schlechte Nachricht seinem Bruder übermitteln wird, weiß er noch nicht. Aber immerhin hat er seine Pflicht erfüllt. Und wie sich nun herausstellt, hat auch Johanna ihr Versprechen gehalten.

»Ich habe Jan Jonkers erzählt, dass du ein Künstler bist und niemals seine Reederei weiterführen würdest. Ich glaube, dass du für ihn nun nicht mehr als Schwiegersohn infrage kommst. Die Sorge bist du los, Brüderlein.«

Doch wenn sie geglaubt hat, er würde ihr dafür dankbar sein, dann hat sie sich geirrt.

»Der alte Geldsack!«, schimpft er. »Ist ein Künstler vielleicht nichts wert?«

»Natürlich ist ein Künstler etwas ganz Großes«, versichert sie ihm. »Aber wieso regst du dich auf? Ich dachte, du hättest Sorge, als Schwiegersohn gekapert zu werden.«

»Ach, na ja«, knurrt er.

Vor dem Haus in der Paradiesgasse nehmen sie Abschied, er umarmt Johanna, und sie tauschen geschwisterliche Küsse. Aber so wie früher, als sie noch ein unzertrennliches Paar gewesen sind, ist es nicht mehr. Schon lange nicht mehr.

Theodor

Er hat sich mit dem Reeder Johann Becker geeinigt und bezahlt. Er hat sogar Zugeständnisse gemacht, die er eigentlich nicht vorgesehen hatte, aber leider erfordert es die Lage. Wenn es stimmt, was Ernst ihm berichtet hat, dann wird wohl vorerst nichts aus den Geschäften mit Jonkers, und er ist auf Becker angewiesen. Der hat inzwischen begriffen, wie viel das Geschäft mit dem russischen Holz abwirft, und entsprechend seine Chartergebühren erhöht. Das ist ärgerlich, aber nicht zu ändern. Wenn er das Holz, das in Neufahrwasser lagert, nach Holland und England verkauft hat, wird der Gewinn immer noch lohnend sein. Dort reißt man sich um gutes Holz für den Schiffsbau, die Angebote überschlagen sich.

Bei dem Gespräch mit Johann Becker hat er so ganz nebenbei erfahren, dass es Johanna tatsächlich gelungen ist, einen Auftrag an Land zu ziehen. Nichts Großartiges – aber trotzdem fatal: Jan Jonkers lässt ein Handelsschiff bei Forster bauen. Eine Brigg, einen Dreimaster mit Rahsegeln. Das ist schon etwas anderes als ein Ruderboot. Er hat die Gelegenheit wahrgenommen, Johann Becker eindringlich davor zu warnen, bei Forster ein Schiff bauen zu lassen. Der Sohn sei ein Weltenbummler und würde wohl bald wieder auf große Fahrt gehen, und der Vater habe höchstens einmal ein kleines Fischerboot zustande gebracht.

»Wir werden sehen«, hat Johann Becker gemeint. »Jonkers ist kein Dummkopf. Wenn er Forster vertraut, ist vielleicht was dran.«

»Er wird auf die Nase fallen, das ist so sicher wie das Amen in der Kirche«, hat Theodor ihm geantwortet.

Dafür wird er sorgen. Wenn Forster diesen Auftrag ausführen will, braucht er Holz. Gutes Holz. Das wird er bei ihm einkaufen müssen, und genau da kann er den Hebel ansetzen. Er wird eine satte Vorauszahlung verlangen, die Lieferung aber unter allerlei Vorwänden hinauszögern und schließlich nur minderwertiges Holz liefern. Selbst wenn er das Holz dann zurücknehmen muss – die Zeit arbeitet für ihn. Forster wird anderweitig Holz beschaffen müssen, das wird ihn wieder teures Geld kosten. Währenddessen stockt die Arbeit auf der Werft, aber die Löhne muss er zahlen. Auf diese Weise wird er Johannas lächerliche Werft in den Konkurs treiben, und sie werden noch dazu das Haus verlieren.

Der Gedanke tut ihm wohl und hilft ihm über allerlei Sorgen hinweg, die sich leider in seinem Haus über ihm zusammenziehen. Seine größte Sorge gilt seiner Frau Luise. Er weiß selbst nicht mehr, wie er sich so vergessen konnte – aber es ist geschehen, sie hat ihr Ziel erreicht. Ob dieser unbedachte Moment zu einer Schwangerschaft führen wird, ist bisher nicht sicher, aber er ist vorsichtshalber an zwei aufeinanderfolgenden Tagen in die besagte Gasse gegangen, damit ihm so etwas im Ehebett nicht noch einmal passiert. An all dem Unglück ist nur Danuta schuld, die ihn nicht in ihre Kammer lassen will. Sie ist inzwischen rund wie ein Fässchen, und sie haben ein neues Mädchen einstellen müssen, die Danutas Dienst versieht, weil es Gerede gegeben hat. Luise hat ihm davon berichtet. Sie hat schon wieder den Salon der Auguste von Kleiwitz besucht und ihm am gleichen Abend in leuchtenden Farben beschrieben, wie sich sein Bruder Ernst vor den versammelten Damen und Herren gespreizt hat, wie charmant er plaudert, wie eindrucksvoll er seine Schriften vortragen kann und wie er die Damenwelt bezaubert. Inzwischen ist die zweite Nummer seines albernen »Journals« erschienen, die man ihm – so hat Luise berichtet – förmlich aus den Händen gerissen hat.

Es passt Theodor wenig, dass sein kleiner Bruder mit diesem literarischen Unsinn so erfolgreich ist. Wenn er sich für das Berend'sche Handelshaus in dieser Weise ins Zeug legen würde, hätten sie schon längst Zugang zu den großen Getreidegeschäften gefunden. Immerhin müssen Einnahmen geflossen sein, die aber offensichtlich bei Frau von Kleiwitz geblieben sind. Er wird der Sache nachgehen müssen – es kann nicht sein, dass er die Ausgaben zu tragen hat und die Einnahmen anderenorts gehortet werden. Sie verlangen inzwischen einen Silbergroschen für ein Exemplar des Journals.

Ganz am Ende ihres Berichts hat Luise dann die Katze aus dem Sack gelassen. »Wie ich schon längst befürchtet hatte«, sagt sie auf ihre leise, untertänige Art, »wurden mir peinliche Fragen in Bezug auf Danuta gestellt. Ob man den Kindsvater kennen würde. Ob es am Ende Oskar sei, den man vor Monaten mit ihr auf der Gasse gesehen hat.«

»Und was hast du gesagt?«, forscht er stirnrunzelnd.

»Was wir miteinander vereinbart haben. Der Vater ist ein Matrose gewesen, der sich davongemacht hat. Wir haben sie aus christlicher Gesinnung und mit Rücksicht auf ihren Zustand vorläufig bei uns behalten.«

»Gut.«

Doch sie ist noch nicht beruhigt, sondern sieht ihn eindringlich an.

»Du weißt, was du mir versprochen hast, Theodor«, sagt sie. »Sobald sie das Kind auf die Welt gebracht hat, muss sie aus dem Haus.«

»Ja doch …«

»Dann ist ja alles in Ordnung, Liebster«, meint sie lächelnd.

»Du wirst sehen: All dieser Aufwand ist ganz unnötig. Gott wird uns beide mit einem eigenen Sohn beschenken.«

Er schweigt dazu und betet insgeheim, dass sie nicht schwanger geworden ist. Wenn dieser Kelch an ihnen vorübergeht, wird er für die Zukunft Vorkehrungen treffen. Vor allem, was Danuta betrifft.

»Ich freue mich jedenfalls sehr, dass du nun wieder häufiger aus dem Haus gehst, um deine Freundinnen zu besuchen«, meint er. »Du solltest auch die Schneiderin aufsuchen und dir ein oder zwei neue Kleider bestellen.«

»Das will ich gerne tun, mein Lieber. Allerdings würde ich mich auch sehr darüber freuen, wenn du ein wenig mit mir spazieren gingest.«

»Dazu ist es momentan viel zu heiß, Luise«, wehrt er sich.

»Am Abend unter schattigen Bäumen ist es sehr angenehm. Es wird auch dir guttun, einmal Kontor und Geschäfte zu vergessen und die Natur zu genießen.«

»Wenn es sich ergibt – gern.«

Am folgenden Vormittag geht Luise zur Schneiderin, die in der Holzgasse ihre Werkstatt hat. Begleitet wird sie von dem neuen Mädchen, das Luise von einer ihrer Freundinnen empfohlen wurde und das den Namen Traude trägt. Traude ist weder jung noch ansehnlich – eine dürre, flachbrüstige Person, die einen sittenstrengen Eindruck macht und alle ihre Obliegenheiten kundig und nahezu unhörbar verrichtet. Besonders Letzteres empfindet Theodor als unangenehm. Dieses Mädchen schleicht mäuschenleise durch die Flure, und wenn sie den Raum betritt, bemerkt man sie erst, wenn sie schon vor einem steht. Wie sie das schafft, ist ihm ein Rätsel, aber es gefällt ihm nicht, weil man ständig das Gefühl hat, beobachtet zu werden. Falls Luise beabsichtigt, diese Traude im Haus zu behalten, muss er sich etwas einfallen lassen, um sie wieder loszuwerden.

Er nutzt Luises Abwesenheit, um hinauf zu Danuta zu gehen, denn er muss unbedingt einige Dinge mit ihr klären, bevor das Kind zur Welt kommt. Sie hält sich jetzt vorwiegend in ihrer Kammer auf. Die Mahlzeiten werden ihr von der Wirtschafterin hinaufgetragen – das neue Mädchen Traude soll so wenig wie möglich mit dieser Geschichte zu tun haben.

Beim Hinaufsteigen stellt er fest, dass es hier oben unerträglich heiß ist. Es ist Mitte Juni, eigentlich noch Frühsommer, aber über der Stadt liegt eine brütende Hitze, die inzwischen auch durch die Mauern der Häuser gedrungen ist und in den Nächten den Schlaf stört. Da die Kammern der Angestellten unter dem Dach liegen, sind sie besonders von den extremen Temperaturen betroffen.

Die Wirtschafterin und Traude sind in der Küche – trotzdem klopft er leise an Danutas Tür.

»Mach auf – ich muss mit dir sprechen«, flüstert er.

»Gehen Sie! Bitte gehen Sie!«, kommt es leise zurück.

»Ich rühre dich nicht an, Danuta. Ich schwöre es. Wir müssen über deine Zukunft reden. Und über die deines Kindes.«

Er hört sie leise ächzen, der Strohsack, auf dem sie liegt, knistert, dann vernimmt er die Tritte ihrer bloßen Füße auf dem Dielenboden. Der Riegel wird zurückgeschoben. Danutas rosiges, erhitztes Gesicht erscheint im Türspalt. Sie trägt nur das lange Hemd, das Haar ist aufgelöst und hängt offen über ihre Schultern. Er muss an sich halten, weil sie ihm so verführerischer erscheint als je zuvor.

»Wenn Sie mich anfassen, schreie ich!«, droht sie.

»Ich habe es nicht vor!«

In ihrer winzigen Kammer ist es so stickig, dass er sich fragt, wie ein Mensch es dort aushalten kann. Der Wasserkrug ist halb geleert, auf einem Teller liegt eine Scheibe trockenes Brot.

»Ist das etwa dein Mittagessen?«

»Das Frühstück«, sagt sie. »Ich muss es mir einteilen, weil sie mir nur einmal am Tag etwas bringt.«

»Das ist ja unerhört! Warum beschwerst du dich nicht?«

Sie lächelt bitter.

»Wo sollte ich mich beschweren? Bei der Wirtschafterin? Die tut es mit Fleiß. Und die gnädige Frau will mich nicht sehen.«

Will Luise auf diese Weise verhindern, dass Danuta ein gesundes, kräftiges Kind auf die Welt bringt? Das sähe ihr ähnlich. Zorn steigt in ihm hoch.

»Ich kümmere mich darum. Es soll dir an nichts fehlen, so habe ich es verfügt.«

Sie schweigt. Es ist schwer, in dieser engen Kammer so dicht vor ihr zu stehen, weil die Anziehung ihres Körpers ungemein stark ist. Um sich von dem Zwang zu befreien, wendet er den Blick ab und entdeckt dabei etwas auf ihrem Lager, was er hier nicht vermutet hätte.

»Was sind das für Bücher?«

Sie scheint über seine Frage nicht verwundert.

»Die Bücher? Die hat mir Ihr Bruder gegeben. Er hat gesagt, ich hätte ja nun viel Zeit und könnte ein wenig darin lesen.«

Ernst, dieser hinterlistige Bursche! Er hat seine kostbaren Bücher bei Danuta versteckt, damit sie vor dem Zugriff des großen Bruders sicher sind.

»Du liest also Bücher?«, fragt er ironisch.

»O ja. Ich habe schon zwei davon durchgelesen. Es stehen viele Dinge darin, von denen ich bisher nichts wusste.«

Er lächelt herablassend. Den Rousseau und den Kant wird sie ganz sicher nicht verstanden haben. Höchstens den Roman *Lichtenstein* von Hauff, der könnte ihren Geschmack treffen. Allerdings wird es mit ihren Lesekünsten nicht weit her sein. Sie ist nur auf der Dorfschule gewesen und hat Lesen, Rechnen und ein wenig Schreiben gelernt.

»Wie auch immer«, meint er. »Ich komme, um dir zu sagen, dass du dir um deine Zukunft keine Gedanken machen musst. Ich werde für dich sorgen.«

Sie schaut ihn ungläubig an. »Wie soll das möglich sein? Die gnädige Frau hat angekündigt, dass ich aus dem Haus muss, sobald das Kind auf der Welt ist.«

»Du sollst ein Zimmer haben, in dem du mit deiner Tochter wohnen kannst, und ich werde dir monatlich Geld zukommen lassen, damit du dich und deine Tochter …«

»Und wenn es ein Sohn ist?«, fragt sie dazwischen.

»Wenn es ein Sohn ist, dann will ich ihn zu mir nehmen und ihn erziehen lassen. Er soll meinen Namen tragen und wird einmal mein Nachfolger werden. Du kannst stolz darauf sein, Danuta. Dein Sohn wird ein junger Herr werden.«

Sie schaut ihm mit ihren dunklen Augen gerade ins Gesicht. Ihr Blick ist überraschend fest. »Ich gebe mein Kind nicht her«, sagt sie. »Nicht meinen Sohn und auch nicht meine Tochter.«

Was redet diese dumme Person da? Hat sie sein großzügiges Angebot nicht verstanden?

»Willst du dem Glück deines Sohns im Wege stehen?«, fragt er ärgerlich.

»Ich bin seine Mutter. Mein Sohn gehört zu mir!«

Wie stur sie ist. Wie feindselig sie ihn anschaut. Sie hat die Arme um ihren Bauch gelegt, als wollte er ihr das Kind jetzt schon fortnehmen.

»Hör zu, Danuta«, sagt er leise, weil jetzt Geräusche auf der Dachbodentreppe zu vernehmen sind. »Ich biete deinem Sohn eine hervorragende Erziehung, ein gutes Leben und ein reiches Erbe. Was könntest du dagegensetzen? Soll er als uneheliches Kind aufwachsen, hungern und frieren und ein Tagelöhner oder Fabrikarbeiter werden? Was willst du ihm sagen, wenn er später erfährt, dass du ihm ein glückliches Schicksal vorenthalten hast?«

»Es ist kein glückliches Schicksal, ohne Mutter aufzuwachsen«, beharrt sie.

»Meine Frau wird ihm eine gute Mutter sein, das hat sie versprochen.«

Danuta wirft das Haar zurück und lacht. »Und das glauben Sie?«, sagt sie höhnisch. »Ich weiß es besser. Sie wird meinen Sohn hassen. Sie wird alles daransetzen, ihn schon als Kleinkind sterben zu lassen. Und selbst wenn er erwachsen wird – sie wird ihn gegen den Vater aufhetzen und dafür sorgen, dass er im Streit aus dem Haus geht. Niemals wird er Ihr Nachfolger werden. Aber eines Tages wird er erfahren, wer seine richtige Mutter ist. Dann wird er zu mir kommen und mir Vorwürfe machen, dass ich ihn verlassen und einer solchen Stiefmutter ausgeliefert habe.«

»Was ist das für ein Unsinn!«, sagt er. »Vergiss nicht, dass er auch mein Sohn ist und dass ich ihn wie meinen Augapfel hüten werde.«

Sie glaubt ihm nicht, schüttelt nur hartnäckig den Kopf und behauptet, er könne daran nichts ändern.

»So wie sie mich jetzt gern verhungern lassen will, so wird sie auch versuchen, mein Kind aus der Welt zu schaffen. Nein – es bleibt dabei, wie es abgemacht war. Sobald das Kind auf der Welt ist, gehe ich mit ihm fort.«

Er kann es nicht fassen. Sie widersetzt sich! Sie will ihm seinen Sohn nehmen, den er so nötig braucht.

»Wohin willst du denn gehen? Ganz allein mit einem Säugling?«

Sie schaut ihn aus schmalen Augen an.

»Ich geh nicht allein. Der Oskar will mit mir kommen und für uns sorgen. Das hat er mir versprochen, und ich weiß, dass er sein Versprechen halten wird.«

Das wird ja immer besser! Dieser hinterlistige Kerl hat sich bei ihr eingeschlichen. Jetzt packt ihn eine wilde Eifersucht. Ist Oskar auch in den Nächten bei ihr gewesen? Hat sie ihn deshalb so beharrlich abgewiesen, weil Oskar schon in ihrem Bett gelegen hat, als er an ihre Tür klopfte? Der Gedanke macht ihn fast wahnsinnig.

»Oskar?«, lacht er zornig. »Dem willst du dich anvertrauen? Der hat nichts und kann nichts. Wie soll er dich ernähren? Ein Dach über dem Kopf finden? Ihr werdet alle drei zugrunde gehen!«

»Gott wird uns schützen«, behauptet sie. »Er wird seine starke Hand über uns halten, so wie er auch die heilige Familie auf der Flucht vor allen Feinden beschirmt hat.«

Wie schnell die Frauen immer dabei sind, die biblischen Geschichten für ihre Zwecke zu missbrauchen!

»Das werden wir sehen!«, zischt er sie an. »Nimm zur Kenntnis, dass ich meinen Sohn niemand anderem überlassen werde!«

»Dann will ich hoffen, dass ich eine Tochter auf die Welt bringe«, sagt sie ruhig.

Er schließt die Tür lauter, als er beabsichtigt hat, eilt die Dachbodentreppe hinunter und sieht gerade noch, wie ein Schatten in Luises Kleiderkammer gleitet. Verdammt – diese lautlose Schleicherin hat mitgehört. Er kann nur hoffen, dass sie nicht etwa auf die Idee kommt, das Erlauschte ihrer gnädigen Frau zu erzählen.

Sollte sie das tun, sind ihre Tage hier im Haus gezählt.

Zunächst hat er anderes zu tun. Er eilt hinunter in sein Kontor, wo er Ernst brav an dem für ihn eingerichteten Arbeitstisch findet. Die harmlose Miene, mit der sein Bruder ihm entgegenschaut, macht ihn allerdings misstrauisch.

»Zeig einmal, was du da schreibst!«

»Die Liste der neuen Holzlieferung, die gestern eingetroffen ist«, sagt Ernst eifrig. »Menge, Qualität, Preis – so wie wir es nachgeprüft haben.«

»Schön … Und was ist das?«

Er zieht unter dem Aktendeckel mehrere beschriebene Blätter hervor, überfliegt sie kurz und liest dann laut mit höhnischer Betonung:

»… stand am Heck des Seglers und blickte mit starren Augen auf das entschwindende Land zurück. Dort musste er die Geliebte zurücklassen, die noch vor Stunden weinend in seinen Armen gelegen hatte. Noch spürt er ihre Tränen auf seinen Lippen …«

Hier bricht er ab und fährt seinen Bruder wütend an: »Schämst du dich nicht, solchen Blödsinn zu verzapfen? Das nennst du Literatur? Eine seichte Schnulze ist das. Kitschige Geschichten für Dienstboten und alte Weiber. Und damit vertrödelst du die Zeit, die du eigentlich unserem Handelshaus widmen solltest?«

»Wir haben über fünfzig Journale verkauft«, verteidigt sich Ernst.

»Und wo ist das Geld?«

»Bei Frau von Kleiwitz. Sie verkauft die Journale für mich.«

»So geht das nicht. Sag ihr, dass ich mit ihr zu reden habe.«

»Aber …«

»Und jetzt geh und hole mir Oskar. Er soll auf der Stelle hierher ins Kontor kommen.«

»Hat er etwas ausgefressen?«, will Ernst verwundert wissen.

»Frag nicht so viel. Tu, was ich sage!«

Theodor ist wütend. Von allen Seiten ist er von Verrätern umzingelt. Aber er ist daran gewöhnt, sein Leben lang hat er gegen Missachtung und Zurücksetzung gekämpft, er wird es ihnen schon zeigen. Er setzt sich an seinen Schreibtisch und verfasst ein Zeugnis für Oskar, mit dem er in ganz Danzig und auch sonst nirgendwo eine Anstellung finden wird. Untreu, diebisch, hinterhältig, einfältig, arbeitsscheu – er schreibt alles hinein, was einen Dienstherrn abschrecken könnte. So kann sich Oskar höchstens als Tagelöhner verdingen oder als Schiffsjunge zur See fahren. Das wäre überhaupt die beste Lösung.

Oskar scheint zu ahnen, was ihm bevorsteht, denn er geht langsam hinter Ernst her, hat die Augen schmal zusammengekniffen und den Nacken gebeugt.

»Pack dein Bündel und lass dich hier nicht mehr blicken«, sagt Theodor kurz angebunden zu ihm.

»Und warum?«

»Das fragst du noch?«, fährt er den Jungen wütend an. »Sei froh, wenn ich dich nicht bei der Polizei anzeige. Hier ist dein Zeugnis. Und jetzt raus!«

Oskar macht keine Anstalten, das Papier zu nehmen, das er ihm entgegenhält. Er steht vor ihm und schaut zu Boden, seine Miene ist verschlossen. »Behalten Sie es«, sagt er. »Ich will's nicht haben.«

Damit geht er in den Hof hinaus. Auch gut, denkt Theodor. Er wird jetzt hinauf in seine Kammer steigen, um seine Sachen zu packen, und Danuta erzählen, dass er gehen muss. Da wird sie schon merken, dass auf Oskar kein Verlass ist, und wenn sie klug ist, wird sie sich besinnen.

Er stellt fest, dass sowohl der Kontorschreiber Korbitz als auch sein Bruder ihn wegen dieses Auftritts mit entsetzten Augen anstarren.

»Was in aller Welt hat er getan?«, fragt Ernst. »Er ist doch immer ein anstelliger und freundlicher Mensch gewesen?«

»Ich habe meine Gründe«, sagt Theodor. »Wir reden später darüber.«

Damit gibt sich Ernst einstweilen zufrieden. Es ist auch ihm klar, dass man gewisse Dinge nicht vor dem Kontorschreiber verhandeln sollte. Ruhe kehrt im Kontor ein, Ernst widmet sich seiner Liste, die nach Fertigstellung mit Auftrag und Rechnung verglichen werden muss, damit man nicht etwas bezahlt, was man nicht erhalten hat. Theodor stellt ein Angebot zusammen.

»Nach dem Mittagessen könntest du hinüber zu Forster gehen«, schlägt Theodor nach einer Weile vor.

»Zu Johanna?«, wundert sich Ernst.

»Zu Forster. Und zwar zum jungen Forster, diesem Pawel.«

Theodor lächelt gönnerhaft und überreicht ihm das Papier, das er gerade beschrieben hat. »Die Werft wird Holz benötigen«, sagt er in harmlosem Ton. »Ich habe ihnen ein Freundschaftsangebot gemacht. Beste Eiche, zehn Jahre gelagert, Fichte, gut abgelagert, und Lärche. Lauter gesunde Stämme in verschiedener Breite.«

»Du willst der Forster-Werft Holz verkaufen?«, staunt Ernst. »Das ist aber anständig von dir.«

Es schwingt ein gelindes Misstrauen in diesem Satz, und Theodor beeilt sich, es zu zerstreuen.

»Warum sollen sie nicht bei uns kaufen? Besser, als wenn sie zur Konkurrenz gehen, oder?«

»Schon«, meint Ernst gedehnt. »Nur gibt's momentan hier in Danzig kaum Konkurrenz.«

»Ach was. Der junge Forster ist viel herumgekommen. Der wird den einen oder anderen Händler an der Küste kennen, der ihm Holz verschaffen kann. Da müssen wir schauen, dass wir ins Geschäft mit ihm kommen.«

»Wenn du es so siehst«, meint Ernst schulterzuckend. »Meinetwegen. Ich gehe gern hinüber und bringe es ihm.«

Na also. Die Falle ist gestellt, jetzt muss Pawel Forster nur noch hineintappen. Zufrieden widmet sich Theodor der Rechnung des russischen Handelsvertreters und schaut nur kurz vom Schreibtisch hoch, als ein roter Blitz durch den Hof zu fahren scheint. Es ist Oskars roter Haarschopf, den die Sonne aufglimmen lässt, während er mit dem Bündel über der Schulter vorbeigeht. Er verlässt das Haus über den Wareneingang unter dem Beischlag, um nicht noch einmal durchs Kontor gehen zu müssen.

Johanna

Sie ist so glücklich wie schon lange nicht mehr. Alles, was sie angestrebt hat, wofür sie gekämpft hat, wird nun Wirklichkeit. Berthold ist wie verwandelt, geht die notwendigen Dinge mit Elan und Freude an, er hat einen Kredit auf sein Haus aufgenommen und zwei Aufträge für die Werft »Forster & Sohn« beschafft. Es sind kleinere Fischerboote, die für den Küstenfang tauglich sind, aber auch eine schwere See aushalten können. Nicht übel für den Anfang. Aber den dicken Fisch hat sie an Land gezogen: Jan Jonkers ist auf den Strohdeich gekommen, hat sich die entstehenden Anlagen angeschaut und mit Pawel geredet. Der hat ihm nicht vorenthalten, dass sie noch neu im Gewerbe sind und der Bau des Schiffes Zeit brauchen würde, aber er hat Jonkers mit seinen Kenntnissen und Ideen beeindruckt und letztlich für sich eingenommen. Wie es aussieht, wird er ihnen den Auftrag für eine dreimastige Brigg erteilen, ein hochseetaugliches Kauffahrerschiff.

Pawel hat dafür bereits mehrere Bauzeichnungen angefertigt und aus seinen Grund- und Aufrissen die Menge und Stärke der benötigten Hölzer errechnet. Da er für diese Arbeit in seinem Zimmerchen in der Böttchergasse nicht genug Platz hat, hat er sich entschlossen, die Zeichnungen oben im Wohnzimmer anzufertigen, wo sie die Papierbögen über den Tisch breiten können. Vater und Sohn haben eifrig diskutiert und Berechnungen angestellt, nicht immer sind sie sich einig gewesen, weil Pawels Ideen dem Vater oft zu teuer und zu aufwendig erschienen, aber schließlich hat er sich der Meinung des Sohnes gefügt.

»Du hast mehr gesehen und gelernt als ich alter Mann – dann will ich mal hoffen, dass du gut aufgepasst und richtig gerechnet hast.«

»Wenn du willst, Vater, rechne ich alles noch einmal genau durch«, meint Pawel. »Aber ich denke, dass es so richtig und machbar ist.«

Johanna hat sich dazugesetzt und neugierig Augen und Ohren aufgesperrt. Seit ihrer Kindheit kennt sie sich mit Schiffen aus, das ist für eine Danzigerin ganz selbstverständlich, da Fischerboote, Lastensegler und Kauffahrer verschiedenster Bauart auf der Mottlau zu sehen sind. Doch nie zuvor hat sie sich Gedanken darüber gemacht, wie viel Wissen, Erfahrung und Können dazugehören, ein solches Schiff zu konstruieren. Während sie den beiden Männern zuhört, bekommt sie großen Respekt vor Pawel Forster, der solch präzise Schnitte durch den Schiffsrumpf zeichnen kann. Wenn er den Stift aufs Papier setzt, nimmt er kurz mit den Augen Maß, dann zieht er die Linie in einem Strich durch, und sie ist perfekt. Die Zahlen schreibt er exakt und leserlich, seine Handschrift ist akkurat, beinahe wie gedruckt. Es ist erstaunlich, dass einer, der den ganzen Tag über mit Axt und Säge hantiert, solch eine sichere Hand auf dem Papier hat.

»Darf ich die Überschrift schreiben?«, fragt sie.

»Wenn es dir Freude macht, liebe Johanna«, meint Berthold lächelnd und gibt ihr den Stift in die Hand.

Sie schreibt schwungvoll:

Dreimaster Brigg »Cäcilie«

Gebaut auf der Werft »Forster & Sohn«.

Eigner: Jan Jonkers

Als sie fertig ist und ihnen ihr Werk mit Stolz hinüberschiebt, sieht sie, dass Pawel lächelt.

»Sehr schön«, sagt er. »Solch künstlerische Schnörkel würde ich niemals zustande bringen.«

»Meine Johanna ist ja auch eine begabte Zeichnerin«, erklärt Berthold und streicht ihr liebevoll über die Schulter.

»Das weiß ich«, meint Pawel. »Deine Frau hat vielfältige Talente und wird uns bald unentbehrlich sein.«

»Ich danke Ihnen für dieses Lob, Pawel!«, gibt sie zurück und vollführt eine neckische Verbeugung im Sitzen.

Berthold runzelt die Stirn und meint, es sei doch seltsam, dass sie noch immer so förmlich miteinander wären.

»Wir sind einfache Leute, liebe Johanna«, erklärt er. »Verwandte sagen in unseren Kreisen Du zueinander. Nicht wahr, Pawel?«

Zu ihrer Überraschung errötet Pawel heftig. Er versucht seine Verlegenheit zwar unter einer gleichmütigen Miene zu verbergen, aber es gelingt ihm schlecht. Zum ersten Mal kommt Johanna der Gedanke, dass sein anfänglich mürrisches Wesen vielleicht einfach nur Schüchternheit gewesen ist. Es amüsiert sie. Pawel ist ein braver Kerl und ein hervorragender Schiffszimmermann. Sie hat nichts dagegen, von ihm ein wenig angeschwärmt zu werden.

»An mir soll es nicht liegen«, meint sie und schaut ihren Stiefsohn schelmisch an. »Wären Sie einverstanden, Pawel Forster, wenn ich Du zu Ihnen sagte?«

»Natürlich. Sehr gern«, erwidert er und lässt vor Verwirrung den Stift aus der Hand fallen. Der Kohlestift rollt über die Zeichnung und wäre über die Tischkante hinweg in Johannas Schoß gefallen, hätte sie ihn nicht rasch aufgefangen.

»Das wollen wir begießen«, freut sich Berthold, und er steht auf, um drei Gläser und die Flasche mit dem Rotwein aus dem Schrank zu nehmen.

»Auf meine liebe Frau Johanna und meinen Sohn Pawel«, sagt er und hebt sein Glas.

»Und auf das Gedeihen unserer Werft«, ergänzt Johanna und stößt mit ihm an.

Pawel sagt keinen Trinkspruch. Aber als Johanna ihm lächelnd das Glas zum Anstoßen entgegenhält, glaubt sie einen Funken in seinen dunklen Augen zu sehen, ähnlich einer auflodernden Flamme.

Das Licht der Lampe spiegelt sich, denkt sie. Wie seltsam – er hat beinahe schwarze Iris. So ähnlich wie Danuta. Oder … Richtig, auch Andrzej Zalewski, ihr Verführer, hatte solch dunkle Augen.

Pawel empfiehlt sich an diesem Abend früher als gewöhnlich, er sei rechtschaffen müde und brauche eine Mütze voll Schlaf. Berthold begleitet ihn hinunter, um den Hund bei dieser Gelegenheit noch einmal hinauszulassen, und sie hört Vater und Sohn noch ein Weilchen miteinander vor der Werkstatt schwatzen. Dann kehrt ihr Ehemann zurück und erklärt lächelnd, sie seien alle drei zu rechten Nachtschwärmern geworden und er habe in den Büschen am Ufer der Radaune die Glühwürmchen umherwimmeln sehen.

Als sie miteinander zu Bett gehen, nimmt er sie zärtlich in die Arme und sagt ihr, dass er nun erst sehe, was für eine großartige Frau er geheiratet habe.

»Ich habe geglaubt, dich wie eine vornehme Dame halten und verwöhnen zu müssen«, gesteht er. »Aber nun weiß ich, dass du nur glücklich bist, wenn du uns wie eine rechte Handwerkerfrau zur Seite stehst und an unserer Arbeit teilhast.«

»Wie klug du bist«, flüstert sie und schmiegt sich an ihn. »Oh, ihr werdet euch noch wundern, was ich zuwege bringe.«

Er drückt sie noch einmal an sich, dann spürt sie, wie seine Atemzüge länger und ruhiger werden, er ist eingeschlafen. Ja, ich habe es gut getroffen, denkt sie. Ich habe einen Ehemann, der mich liebt, und eine Werft, die uns Wohlstand und Ansehen geben wird. Noch dazu habe ich einen Stiefsohn, der sich als ein großartiger Handwerker und rechtschaffener Mensch entpuppt hat. Ein wenig seltsam ist er vielleicht schon, vor allem scheint er schüchtern bei den Frauen zu sein. Aber das ist gut so – er muss sich nicht gleich verheiraten. Erst einmal soll er mit Berthold und mir die Werft hochbringen. Da wäre eine junge Ehefrau nur im Wege.

Am folgenden Tag bereitet sie gemeinsam mit Barbara die Mittagssuppe in der Küche zu, was ihr inzwischen großen Spaß macht. Die alte Frau ist zuerst erschrocken gewesen, als Johanna in die Küche kam, weil die Meisterin doch eine Kaufmannstochter aus der Langen Gasse ist und die Küche in den großen Häusern nur dem Gesinde gehört.

»Ich will dir helfen«, sagt Johanna und setzt sich an den Küchentisch, wo ein Eimer mit Kartoffeln zum Schälen bereitsteht. »Wir müssen außer uns beiden noch acht hungrige Männer füttern. Da wirst du allein ja nie fertig.«

»Dann sehen Sie sich aber mit dem Küchenmesser vor«, warnt Barbara. »Es ist scharf geschliffen.«

Johanna stellt bald fest, dass Kartoffelschälen eine mühsame, langweilige Arbeit ist, besonders wenn man die Schalen aus Sparsamkeit möglichst dünn halten will. Karotten schrappen und Lauch schnippeln geht schon besser – die Zwiebeln und das fette Rauchfleisch überlässt sie Barbara. Das Rezept ist einfach: den großen Kessel über die Feuerstelle hängen, Rauchfleisch rein, Zwiebeln drauf, dann den Rest des Gemüses und alles köcheln lassen. Salz braucht man nicht viel, weil das Rauchfleisch gut gesalzen ist. Sie verfeinert das Rezept mit einer Handvoll geschnittener Petersilie, das sieht hübsch aus und schmeckt würziger, findet sie.

Johanna füllt vier gute Portionen in einen Topf ab und stellt ihn zusammen mit zwei großen Krügen Bier auf eine Handkarre.

Dann bindet sie sich ein Tuch ums Haar, zieht grobe Schuhe an und macht sich auf zum Strohdeich. Der Weg ist umständlich, weil sie die Fähre über die Mottlau nehmen muss, aber die Fährleute kennen sie inzwischen und warten um die Mittagszeit, bis sie mit ihrer Handkarre kommt, bevor sie ablegen.

»Bringst du uns was zu futtern, Forsterin?«, wird sie grinsend gefragt.

»Nur wenn meine Männer etwas übrig lassen!«, lacht sie.

»Und das Bier?«

»Damit halten wir es genauso!«

»Na, dann sieht's schlecht aus für uns.«

»Könnte sein.«

Sie machen jeden Mittag den gleichen Scherz und haben einen Heidenspaß dabei, obgleich sie ihre Antwort ja kennen. Einer hilft ihr mit der Handkarre, wenn sie anlegen, weil es auf der anderen Seite ein wenig steil ist, sie bedankt sich und zieht davon. Auf dem Strohdeich kommt ihr schon einer der drei Zimmermannsgesellen entgegen, um die Karre zu ziehen, sie wechseln einander ab, weil jeder gern diesen Dienst übernimmt. Pawel allerdings kommt niemals, um ihr zu helfen.

Heute sieht sie schon von der Fähre aus, dass drüben am Strohdeich nicht vier, sondern fünf Männer zugange sind. Drei sind fleißig bei der Arbeit, die Helling für das Fischerboot ist in die Erde gegraben, auch die Stapelklötze sind festgenagelt, nun wird der Kiel des Bootes gelegt. Zwei andere Männer stehen beieinander, einen davon erkennt sie sofort an seinem dunklen Haarschopf und seiner Körpergröße: Das ist Pawel. Der andere ist kleiner, schlank und hat blondes Haar. Kann das sein, denkt sie verblüfft. Was sucht mein Bruder Ernst auf dem Strohdeich?

Der Geselle, der ihr entgegenläuft, erzählt aufgeregt, dass es wohl um eine Holzlieferung geht.

»Das kommt zur rechten Zeit«, meint er. »Für dieses Boot

wird's knapp reichen, aber dann muss gutes Holz her. Sonst können wir einpacken.«

Voll böser Ahnungen eilt sie hinunter, um ihren Bruder Ernst zu begrüßen.

»Ach, Johanna«, meint der überrascht. »Du treibst dich hier auf dem Strohdeich herum?«

»Die Meisterin bringt das Mittagessen«, sagt sie. »Und was treibt dich hierher? Wolltest du dein literarisches Journal verkaufen?«

»Ich bin im Dienst«, gibt er mit wichtiger Miene zurück. »Theodor hat euch ein Angebot gemacht.«

»Tatsächlich?«, fragt sie und zieht die Augenbrauen hoch.

Pawel hat das kurze Gespräch der Geschwister verfolgt. Er reicht Johanna das Blatt mit dem Angebot und fragt Ernst leutselig, ob er ein Bier mit ihnen trinkt.

»Da lass ich mich nicht lange bitten«, erwidert Ernst auf seine heitere Art. »Dienst ist Dienst, aber ein gutes Bier ist ein gutes Bier.«

Er setzt sich auf einen Holzklotz und lässt sich eingießen, trinkt auf das Wohl der jungen Werft und schwatzt allerlei Zeug daher, das die Schiffszimmerleute zum Lachen bringt. Schau an, denkt Johanna. Er hat seinen Dünkel überwunden und mischt sich ganz unbefangen unter die Handwerker. Hat er sich meinen Vortrag neulich zu Herzen genommen? Oder will er auf Pawel einen guten Eindruck machen?

Ernst bleibt noch ein Weilchen hocken, stöhnt über die Hitze, trinkt sein Bier aus und verabschiedet sich dann mit guten Wünschen für den Tag. Johanna begleitet ihn bis zur Anlegestelle der Fähre.

»Sei ehrlich zu mir«, sagt sie, als sie außer Hörweite sind. »Was bezweckt Theodor mit diesem Angebot?«

»Ich weiß es nicht«, meint er. »Angeblich will er mit der Werft ins Geschäft kommen, bevor ihr bei der Konkurrenz kauft.«

»Und das glaubst du?«, forscht sie.

Die Fähre ist noch am anderen Ufer, sie bleiben an der Anlegestelle stehen und müssen warten.

»Nur zum Teil«, gesteht er. »Jeder weiß, dass es momentan nur bei Berend gutes Holz zu einem guten Preis gibt.«

Das ist auch Johanna klar. Pawel hat zwar Verbindungen zu anderen Lieferanten, aber die sind weiter entfernt, und der Transport schlägt zu Buche.

»Würdest du uns also raten, Theodors Angebot anzunehmen?«, will sie wissen.

Ernst zieht tief die Luft ein und stößt sie wieder aus. Dann schaut er sie mit ehrlichen Augen an. »Ihr solltet verdammt vorsichtig dabei sein, Johanna.«

»Danke«, sagt sie erleichtert. »Genau das denke ich auch.«

»Wenn wir schon hier so nett beieinanderstehen«, wechselt er das Thema. »Dann könntest auch du mir einen Gefallen tun, Schwesterlein.«

»Gern. Um was geht es? Um dein Journal?«

Er schüttelt den Kopf und schaut sie dann ein wenig verlegen an.

»Ihr habt doch einen Auftrag von Jonkers erhalten, stimmt's?«

»Ja, das ist richtig.«

»Und wie es scheint, hat Jan Jonkers an deinem Stiefsohn einen Narren gefressen. Das heißt, ihr seid momentan hoch in seiner Gunst, oder?«

»Ich denke schon … Worauf willst du hinaus?«, fragt sie misstrauisch.

Er schiebt mit der Schuhspitze ein Steinchen hin und her.

»Weißt du, die Annemarie ist eigentlich ein sehr nettes Mädchen. Und sie zeichnet grandiose Karikaturen …«

Johanna reißt die Augen auf. Das darf doch wohl nicht wahr sein! Annemarie hat ihren Bruder eingefangen. Früher hat sie ihn geärgert und gehänselt, wo sie nur konnte, aber jetzt, da ihm die Damen zu Füßen liegen, ist er plötzlich interessant für sie geworden. Ach herrje – das kann doch nicht gut gehen mit den beiden!

»Ich dachte, du und dein Stiefsohn, ihr könntet hin und wieder erzählen, dass ich nebenbei auch ein guter Geschäftsmann bin«, kommt er mit seinem Anliegen heraus. »Weil Jonkers doch meint, ich sei nicht der Richtige für seine Tochter.«

Die Fähre nähert sich, sie haben nicht mehr viel Zeit. Johanna überliegt fieberhaft, wie sie ihren Bruder von dieser Verrücktheit abhalten könnte.

»Was wird Theodor dazu sagen?«, fragt sie.

»Der wird begeistert sein, denke ich.«

Durchaus möglich, denkt Johanna. Er mag zwar Annemarie nicht, aber eine Verbindung mit dem Haus Jonkers wäre für ihn vorteilhaft.

»Überlege es dir gut, Ernst«, warnt sie ihn. »Du weißt, dass Annemarie alle ihre bisherigen Verlobten in den Wind geschickt hat.«

Ernst lächelt in naivem Stolz. »Sie hat mir gesagt, das hat sie getan, weil sie schon immer in mich verliebt gewesen ist und auf mich gewartet hat!«

»Und das glaubst du ihr?«

Erstaunt schaut er sie an. »Natürlich. Warum sollte sie lügen?«

Das Anlegen der Fähre hindert Johanna an einer Antwort. Es fällt ihr auch wenig ein, was ihren gutgläubigen Bruder davon abhalten könnte, sich ausgerechnet mit Annemarie Jonkers zu verloben.

»Bis bald, Schwesterlein!«

»Pass auf dich auf, Ernst!«

»Sowieso!«

Er winkt ihr zu, als sich die Fähre vom Land entfernt, und sie winkt zurück. Dann seufzt sie tief und geht hinüber zum Strohdeich, wo die Männer inzwischen die Mittagspause beendet haben.

»Netter Bursche, Ihr Bruder, Frau Meisterin«, sagt einer der Zimmerleute grinsend.

Auch Pawel lächelt und meint, er habe sich gefreut, ihren Bruder Ernst einmal kennenzulernen.

»Bis heute Abend«, sagt sie bedeutungsvoll und zieht mit dem Handwagen davon.

Pawel erscheint wie üblich nach dem Abendessen, das er drüben in der Böttchergasse einnimmt. Es ist noch hell, Johanna hat die Fenster geöffnet, um die abendliche Kühle ins Zimmer zu lassen, und sie kann sehen, wie er aus der Böttchergasse mit gemessenen Schritten herankommt. Als hätte er ihren Blick gespürt, hebt er den Kopf und bleibt stehen.

»Guten Abend!«, ruft sie hinunter.

Wie er sie anschaut! So ernst und wenig freundlich.

»Guten Abend, Johanna«, sagt er langsam und geht zum Eingang der Werkstatt.

Barbara hat Tee gekocht, sie setzen sich an den Tisch, und Johanna gießt ihnen ein. Pawel wirkt jetzt gleichmütig. »Wir haben ein Angebot für russisches Holz«, lässt er die Katze aus dem Sack und legt das Blatt auf den Tisch.

»Von Berend?«, meint Berthold misstrauisch und setzt die Brille auf. »Das wird was Rechtes sein!«

Pawel scheint ebenfalls unentschlossen. »Der Preis ist in Ordnung«, sagt er. »Günstiger bekommen wir es nirgendwo. Allerdings muss auch die Qualität stimmen. Sonst wäre es teuer bezahlt.«

»Das ist richtig«, meint Berthold. »Russisches Holz ist nicht immer von bester Qualität, da ist auch Bruch dabei, da muss man gut aufpassen.«

»Das versteht sich«, nickt Pawel. »Bevor ich kaufe, will ich das Holz sehen und die Stämme auswählen. Anders kommt kein Geschäft zustande.«

»Klawitter hat bei ihm gekauft«, erzählt Berthold. »Und wie man hört, ist er zufrieden.«

»Das würde dafürsprechen«, sagt Pawel. »Ich denke, ich verabrede mich mit ihm an seiner Halle und schaue mir an, was er zu bieten hat.«

Johanna hat dem Gespräch schweigend zugehört, jetzt aber findet sie, dass es Zeit ist, sich einzumischen. »Ich bin der Ansicht, dass wir auf keinen Fall bei meinem Bruder Holz kaufen sollten«, sagt sie energisch. »Dafür habe ich meine Gründe.«

»Und die wären?«, will Pawel wissen.

»Er wird versuchen, uns zu übertölpeln. Das ist so sicher wie das Amen in der Kirche.«

Berthold seufzt und meint, er könne ihr Misstrauen durchaus verstehen. »Ich kenne deinen Bruder Theodor recht gut«, erklärt er. »Er ist kein angenehmer Mensch und wird hart verhandeln. Aber dass er uns vorsätzlich betrügen will, das glaube ich nicht.«

»Er hasst mich«, sagt sie. »Und deshalb wird er alles versuchen, um mir zu schaden. Sogar mein Bruder Ernst ist der Ansicht, dass wir vorsichtig sein sollten.«

»Wir werden die Vorsicht nicht außer Acht lassen«, meint Pawel. »Ich werde nicht nur die Stämme auswählen, sondern auch beim Verladen anwesend sein, damit wir erhalten, was wir bestellt haben. Und den Preis halten wir vertraglich fest – was also kann passieren?«

Das klingt überzeugend. Auch sie hat keine Ahnung, wo Theodor eine Lücke finden könnte, um sie reinzulegen. Trotzdem hat sie ein schlechtes Gefühl bei der Sache.

»Allein, dass er uns ein Angebot macht, ist schon verdächtig«, versucht sie die Männer zu überzeugen. »Ich weiß genau, dass Theodor uns freiwillig keinen einzigen Stamm verkaufen würde. Irgendetwas steckt dahinter.«

Die beiden Männer wechseln Blicke. Pawel lehnt sich im Stuhl zurück und wirkt unentschlossen, aber Berthold legt ihr begütigend die Hand auf den Arm.

»Meine liebe Johanna. Du führst die Bücher, zeichnest Prospekte und bringst es sogar fertig, große Aufträge für die Werft an Land zu ziehen. Das ist aller Ehren wert und verdient Respekt. Aber alles, was zum Schiffsbau gehört, wie auch das Einkaufen der Hölzer, ist unsere Sache. Weil du eine Frau bist und nichts von unserem Handwerk verstehst.«

»Ich will mich doch nicht in euer Handwerk einmischen«, widerspricht sie. »Aber ich kenne meinen Bruder Theodor seit meiner Kindheit, und ich weiß besser als ihr, was von ihm zu halten ist.«

Pawel schaut sie nachdenklich an, dann wendet er rasch den Blick ab, wie er es meistens tut, und meint zu Berthold: »Lass uns darüber schlafen, Vater. Wir müssen es nicht heute Abend entscheiden. Morgen ist auch noch ein Tag.«

»Das ist wahr«, gibt Berthold zurück. »Aber je früher wir bestellen, desto eher haben wir das Holz sicher. Es heißt, dass er das meiste nach Holland und England weiterverkaufen will. Da dürfen wir nicht allzu lange zögern.«

Pawel nickt dazu und steht auf, um hinüber in die Böttchergasse zu gehen. Doch als Berthold mit ihm hinuntergehen will, fasst ihn Johanna sanft am Arm.

»Heute begleite ich Pawel hinaus«, sagt sie lächelnd. »Bleib nur ruhig sitzen, Berthold, ich bin gleich zurück.«

»Na schön«, meint er schulterzuckend. »Aber vergiss nicht, Sultan noch einmal auf die Gasse zu lassen.«

Pawel wehrt sich nicht gegen ihre Begleitung, aber sie spürt, dass es ihm nicht recht ist. Er geht so rasch die Treppe hinunter, dass sie ihm kaum folgen kann, durchquert die Werkstatt und bleibt erst an der Eingangstür stehen, um auf sie zu warten.

»Gute Nacht«, sagt er und will gehen.

»Ich muss den Hund rauslassen und warten, bis er wiederkommt. Bleibst du so lange bei mir?«

»Hast du Angst?«, fragt er. »Es ist noch nicht dunkel.«

Sultan schiebt sich eilig an ihr vorbei, läuft über den kleinen Platz und verschwindet im Gebüsch am Radaune-Ufer. Pawel bleibt unschlüssig bei ihr stehen.

»Wolltest du mir noch etwas sagen?«, fragt er. »Mich noch einmal vor den Machenschaften deines Bruders warnen? Es ist unnötig, Johanna. Ich bin auf der Hut.«

»Ich weiß, dass du keiner bist, den man so einfach übertölpeln kann, Pawel«, sagt sie leise. »Aber er wird es versuchen. Nimm mich mit zu dem Treffen oben in Neufahrwasser.«

»Das geht nicht, Johanna.«

»Warum denn nicht?«, begehrt sie auf. »Ich führe die Bücher, da muss ich doch über Preise und Leistung Bescheid wissen.«

»Nein, Johanna …«

Er spricht ihren Namen mit leiser Stimme. Sie schaut ihm in die Augen, und plötzlich entdeckt sie dort etwas, das sie durcheinanderbringt. Seine Augen sprechen. Sie scheinen Dinge zu sagen, die zwischen ihnen nichts zu suchen haben.

»Ich … Ich bitte dich, Pawel!«, flüstert sie. »Lass mich mit dir fahren.«

Er schüttelt den Kopf. »Es geht nicht, Johanna. Es ist ganz und gar unmöglich!«

Dann dreht er sich um und geht so rasch davon, dass er gleich darauf in der Dämmerung der Gasse verschwunden ist.

Auguste

»Meine liebe Cäcilie«, sagt Auguste von Kleiwitz gedehnt. »Ich verstehe deine mütterlichen Gefühle sehr gut. Aber denkst du nicht, dass Ernst Berend vielleicht noch zu jung für eine Ehe ist?«

Cäcilie Jonkers macht eine wegwerfende Bewegung und lacht hell auf. »Aber liebste Auguste! Du kennst doch das Sprichwort: Jung gefreit – selten gereut. Meine kleine Annemarie ist ganz von Sinnen vor Glück, sie hat mir anvertraut, dass Ernst Berend immer einen Platz in ihrem Herzen hatte. Schon als Kind hat sie sich in ihn verliebt ...«

Auguste runzelt die Stirn, weil sie von Johanna und auch von Ernst Berend anderes gehört hat. Aber nun ja – die Liebe! Wohin sie fällt, da brennt es lichterloh und bringt vernünftige Menschen dazu, Unsinniges zu tun. Ihrer Ansicht nach wäre eine Ehe für den jungen Künstler keine gute Sache, zumal dann, wenn sich auch noch Kindersegen einstellt. Da gibt es Beispiele in ihrer Bekanntschaft. Entweder geht die Kunst dabei zugrunde oder die Ehe. Gelegentlich auch beides. Nein – so eifrig sie sonst dabei ist, Ehen zu stiften – in diesem Falle wäre es jammerschade um den begabten jungen Mann, dessen literarischen Aufstieg sie mit so viel Einsatz fördert.

»Nun – es freut mich, dass Annemarie glücklich ist«, meint sie mit diplomatischem Lächeln. »Du weißt, liebe Cäcilie, wie sehr ich deine Tochter mag. Wenn ich ehrlich bin: Sie ist mir so lieb wie ein eigenes Kind. Aber gerade deshalb muss ich euch zur Vorsicht mahnen. Nicht immer ist eine Jugendliebe auch eine Garantie für eine gute Ehe.«

Cäcilie Jonkers wischt sich mit dem Spitzentaschentuch über Stirn und Wangen. Es ist heute wieder unerträglich heiß, man gerät bei der kleinsten Bewegung ins Schwitzen. Besonders die fülligen Damen wie Cäcilie leiden darunter, weil sie beim Ausgehen das Korsett enger schnüren müssen.

»Du enttäuschst mich sehr, liebste Auguste«, sagt sie vorwurfsvoll. »Mein Kind und ich hatten gehofft, bei dir Unterstützung zu finden. Du weißt ja, dass mein Ehemann seine eigenen Vorstellungen von einem Schwiegersohn hat.«

Jan Jonkers ist ein kluger Mann, denkt Auguste. Dass er der Werft meiner lieben Johanna einen Auftrag geben will, rechne ich ihm hoch an. Und auch in diesem Fall kann ich ihn nur zu seiner Menschenkenntnis beglückwünschen. Aber natürlich will sie sich auch nicht mit Cäcilie überwerfen, die ja eine begeisterte Anhängerin der Kunst und Literatur ist und regelmäßig ihren Salon besucht.

»Ach, liebste Cäcilie«, seufzt sie und ergreift die Hand ihres Gegenübers. »Du weißt doch, dass ich dich und deine kleine Annemarie immer und in jeder Situation unterstützen werde. Natürlich bin ich gern bereit, Ernst Berend deinem lieben Ehemann gegenüber lobend zu erwähnen. Ich selbst bin dem jungen Mann ja außerordentlich gewogen und wünsche ihm nur das Beste.«

»Das freut mich, liebe Auguste«, sagt Cäcilie, die sich mit ihrem Taschentuch Luft zufächelt. »Ach, diese schreckliche Hitze! Wir werden heute Nachmittag eine Kutschfahrt zum Bischofsberg unternehmen und dort unter schattigen Bäumen die Natur genießen.«

»Eine gute Idee. In der Stadt ist es ja kaum auszuhalten. All dieser Schmutz, der sich in den Rinnen der Gassen sammelt. Die Gerüche! Und der Wasserspiegel der Mottlau ist so niedrig wie selten …«

»Ja, das sagte Ernst Berend auch. Er wird uns auf dieser Fahrt begleiten, um uns einen lauschigen Platz zu zeigen, wo man sich lagern und einen kleinen Imbiss zu sich nehmen kann.«

»Nun – dann wird dein Ehemann ja Gelegenheit haben, sich von den Vorzügen des jungen Mannes zu überzeugen.«

»Oh, mein lieber Jan wird nicht mit von der Partie sein«, verkündet Cäcilie lächelnd. »Wir fahren zu dritt. Annemarie, ich und Herr Berend.«

»Ach!«, entfährt es Auguste.

»Du weißt ja, Auguste: Die Einsamkeit der Natur und ein glückliches junges Paar – was kann schöner sein? Ach, liebste Freundin, wir waren doch auch einmal jung und verliebt, nicht wahr?«

»Gewiss …«

Auguste hat Mühe, ihr verbindliches Lächeln zu bewahren. Unfassbar, diese Kupplerin. Fährt mit der Tochter und dem arglosen Künstler ins Grüne und wartet darauf, dass sich eine verfängliche Situation ergibt, um dann zu jammern, er habe ihre Tochter kompromittiert und müsse sie nun heiraten. O weh – Ernst Berend ist solch ein romantischer, gefühlvoller junger Mensch! Man sollte ihn vor den Machenschaften dieser Frauen warnen. Zwar hat Annemarie bis jetzt bei jedem Bewerber um ihre Hand ein Haar in der Suppe gefunden, aber dennoch besteht die Gefahr, dass die Falle dieses Mal zuschnappt.

Als Cäcilie endlich das Feld geräumt hat, wendet sich Auguste erst einmal ihrer Korrespondenz zu. Sie hat einige Ausgaben der »Literarischen Fackel« beiseitegelegt, um sie an gute Freundinnen und andere liebe Bekannte zu versenden. Da ihr Bekanntenkreis sehr ausgedehnt ist, werden die Journale nicht nur in den Berliner Raum gehen, sondern auch nach Königsberg, Lübeck, Hamburg, Kassel und sogar nach Frankfurt am Main. Jede ihrer Sendungen wird sie mit einem ausführlichen Schreiben versehen, in dem sie das Journal ihren Freundinnen wärmstens ans Herz legt. Sie verspricht sich viel davon – die geneigten Leserinnen werden das Journal ohne Zweifel loben und weitergeben, vielleicht auch abonnieren. Schon wegen des Fortsetzungsromans, der über zwanzig Folgen geplant ist – er ist so mitreißend geschrieben, dass man sehnsüchtig auf die nächste Folge wartet. Auch sie selbst tut das, denn Ernst Berend hat ihr nicht erzählt, wie er die Geschichte weiterführen will.

Ausgerechnet bei dieser angestrengten Schreibarbeit wird sie von Grete gestört. Das Mädchen ist ja ein liebes Ding, aber manchmal doch recht penetrant.

»Gnädige Frau? Verzeihen Sie bitte …«

»Was ist denn, Grete?«

»Ich wollte Sie gewiss nicht stören … Es ist nur … Ich habe eine Frage … Oder vielmehr: eine Bitte.«

Mit einem ärgerlichen Seufzer legt Auguste die Feder hin und wendet sich um. »Mach es bitte kurz, Grete. Ich bin sehr beschäftigt.«

Grete knickst verlegen und verschränkt die Finger ineinander, als wollte sie beten.

»Sie wissen ja, dass ich gestern freihatte …«

»Natürlich. Ich hoffe, du hattest einen angenehmen Tag …«

»O ja, gnädige Frau. Ich habe meine Mutter besucht und einige Einkäufe für sie erledigt. Sie ist nicht mehr gut zu Fuß, wissen Sie? Ja, und wie ich am Hafen vorbeikomme, da sehe ich auf einmal den Oskar auf einem Poller sitzen …«

»Was für einen Oskar?«, fragt Auguste nervös.

Hat sie etwa einen Freund und will ihn am Ende heiraten? Großer Gott – das fehlte gerade noch.

»Den Oskar, der immer bei Berend im Lager gearbeitet hat. Er hat rotes Haar und abstehende Ohren, gnädige Frau.«

Richtig, der ist ihr hin und wieder aufgefallen. Ein harmloser Geselle, wie es den Anschein hat. Aber noch ein halbes Kind, er kann höchstens sechzehn oder siebzehn Jahre alt sein. Viel zu jung für Grete, die schon in den besten Jahren ist.

»Stellen Sie sich vor, gnädige Frau: Berend hat ihn von heute auf morgen entlassen.«

»Ach ja? Und aus welchem Grund?«

»Das hat er ihm nicht gesagt. Er hat ihn einfach fortgeschickt.«

Grete ist ehrlich empört und ringt die Hände. Auch Auguste findet solch ein Verhalten nicht richtig. Natürlich weiß man nicht, was da vorgefallen ist – aber diesem Theodor Berend ist alles zuzutrauen. Auch dass er solch einen armen, treuen Burschen einfach auf die Straße setzt, nur weil er gerade schlechte Laune hat.

»Ich dachte, gnädige Frau, dass Sie ihn vielleicht einstellen könnten«, fährt Grete fort. »Weil er doch niemanden auf der Welt hat und nicht weiß, wohin er gehen soll. Er ist ein anstelliger und fleißiger Mensch. Er könnte Anton unter die Arme greifen, weil der doch manchmal Schmerzen im Rücken hat …«

»Nein, wirklich, Grete … ich denke nicht, dass wir einen weiteren Diener benötigen. Aber wenn er so anstellig ist, dann wird er gewiss bald etwas finden.«

Grete seufzt tief und zieht eine betrübte Miene. »Ich weiß nicht, gnädige Frau. Er kam mir ganz unglücklich und verzweifelt vor. Wenn er sich nur nichts antut, der arme Junge.«

Auguste schüttelt den Kopf. Warum in aller Welt wird sie mit solchen Geschichten belästigt? Ach, es geht ihr zu Herzen und stört sie beim Abfassen der Briefe.

»Wenn du ihn noch einmal siehst, dann sag ihm … nun ja … sag ihm, er könne bei uns in Dienst treten. Zur Probe natürlich. Für Kost und Logis. Wenn er sich bewährt, werden wir weitersehen.«

Grete knickst noch einmal. »Ach, liebe gnädige Frau«, sagt sie beglückt. »Ich wusste ja, dass ich bei Ihnen Hilfe für den armen Jungen finden würde. Der Himmel wird Sie für Ihre Gutherzigkeit reich belohnen …«

»Schon gut, Grete«, unterbricht Auguste sie ungeduldig. »In einer halben Stunde gehen wir auf die Post, und danach will ich einen Besuch machen. Leg mir das helle Baumwollkleid heraus und den Strohhut mit den Vergissmeinnicht. Und den Sonnenschirm, versteht sich.«

»Sehr gern, gnädige Frau …«

Sie muss sich sputen, um Ernst Berend noch heute Vormittag anzutreffen und ihn vor diesem Ausflug eindringlich zu warnen. Außerdem gibt es eine unangenehme Sache mit seinem Bruder Theodor zu regeln, der sie angeschrieben und um Aufklärung bezüglich der Finanzierung des Journals ersucht hat. Nun, sie hat sich nichts vorzuwerfen. Stattdessen wird sie von Theodor Berend die Herausgabe der Spenden fordern, die ja für den Druck der Zeitschrift bestimmt sind und daher in die Hände der Herausgeber gehören. Das hat ihr lieber Klaus gestern Abend auch gesagt.

Der weiße Sonnenschirm, den Grete über sie hält, erweist sich als ein Segen. Wenn das Journal nicht ihre Anwesenheit in Danzig erfordern würde, dann wäre es angenehm, eine Woche hinauf nach Zoppot oder in das malerische Oliva zu fahren und sich dort den frischen Ostseewind um die Nase wehen zu lassen.

»Wir gehen erst zu Berend und danach zur Poststelle, Grete«, sagt sie zu ihrem Mädchen, das außer dem Sonnenschirm auch die Tasche mit der Korrespondenz tragen muss.

Grete ist enttäuscht, da sie gehofft hatte, auf dem Weg zur Poststelle Oskar zu finden, um ihm die gute Nachricht mitzuteilen.

»Ich hab ihm gesagt, dass ich heute wiederkomme«, meint sie besorgt. »Wenn er nur nicht schon weggelaufen ist.«

»Du liebe Zeit«, meint Auguste ärgerlich. »Wenn er nicht warten kann, dann ist er selber schuld.«

Im Hause Berend in der Langen Gasse öffnet ihr eine dürre, hässliche Person, die sie mit kühlen Augen mustert und nach ihrem Namen fragt.

»Du bist wohl neu hier, wie?«, fragt Auguste ärgerlich zurück.

Das Hausmädchen knickst, wie es sich gehört, und verkündet, dass sie Traude heiße und seit einigen Tagen hier in Anstellung sei.

»Nun ja – hier ist meine Karte. Ich möchte Herrn Ernst Berend sprechen. In einer dringenden Angelegenheit.«

»Gern, gnädige Frau. Wenn Sie bitte hier warten wollen, ich schaue nach, ob Herr Berend anwesend ist.«

»Was für eine unangenehme Person«, sagt sie zu Grete. »Wo ist denn Danuta? Hat sie vielleicht schon ihr Kind bekommen?«

»Ich weiß es nicht, gnädige Frau …«

Ein fröhliches Kinderlachen würde diesem Haus guttun, denkt Auguste. Alles ist hier so düster und still, es riecht nach Möbelpolitur und Bohnerwachs, und dieser gewaltige dunkle Schrank ist geradezu Furcht einflößend.

Die dürre Traude kehrt rascher zurück als gedacht.

»Bedaure sehr, gnädige Frau. Herr Ernst Berend ist außer Haus und wird erst heute Abend zurückerwartet.«

Wie ärgerlich! Hätte sie doch ihre Korrespondenz aufgeschoben und wäre gleich losgelaufen. Nun kann sie nur hoffen, dass dem jungen Berend ein Rest von Besonnenheit geblieben ist. Ach, die Künstler! Wenn man nicht ständig auf sie aufpasst, geraten sie von einer Kalamität in die nächste.

»Dann würde ich gern Herrn Theodor Berend sprechen«, erklärt sie dem Hausmädchen. »Er hatte mir eine Nachricht zukommen lassen.«

»Einen Augenblick bitte, gnädige Frau …«

Traudes Miene bleibt unbeweglich, vermutlich lächelt sie nicht, weil sie schlechte Zähne hat. Ach, wie vermisst Auguste die nette, freundliche Danuta, die immer solch ein herzliches Lächeln auf den Lippen hat.

»Herr Berend bittet Sie ins Kontor«, wird ihr vermeldet.

»Danke, Traude«, gibt sie kühl zurück.

Im Kontor ist es unangenehm warm und stickig, auf den großen Fenstern liegt die Sonne und heizt den kleinen Raum auf. Der Kontorschreiber sitzt in Hemdsärmeln an seinem Pult, Theodor Berend hat jedoch die Jacke nicht abgelegt und sich nur des Binders und Kragens entledigt. Die blasse Haut an seinem Hals ist kein schöner Anblick.

»Ich freue mich sehr, dass Sie meiner Aufforderung so schnell nachgekommen sind, Frau von Kleiwitz. Nehmen Sie doch bitte Platz«, sagt er und erhebt sich höflich von seinem Schreibtischstuhl, während der Kontorschreiber ihr einen Stuhl zurechtstellt.

»Die Angelegenheit ist für uns alle von großer Wichtigkeit«, meint sie spitz und hebt das Kinn. »Schließlich geht es um die Finanzierung eines neuen Journals, das sich bereits jetzt großer Beliebtheit erfreut und Anlass zu besten Hoffnungen gibt.«

»Eben darum bin ich sehr neugierig zu erfahren, welche Summen durch den Verkauf zusammengekommen sind. Ich gehe davon aus, dass Sie eine genaue Abrechnung für mich bereit haben.«

»Selbstverständlich, lieber Herr Berend«, säuselt sie. »Wobei ich natürlich im Gegenzug von Ihnen eine genaue Aufstellung der Druckkosten und der verbliebenen Rücklagen erwarte.«

Er soll nur nicht denken, dass er ihr Vorschriften machen kann. Wenn sie ihre Abrechnung offenlegt, hat er das Gleiche zu tun. Das hat ihr gestern Abend ihr lieber Klaus noch eingeschärft.

Es stellt sich heraus, dass Berend genau Buch geführt hat, die Rechnungen für die Druckkosten liegen bei, die verbliebenen Rücklagen sind genau vermerkt. Sie kann keine Unregelmäßigkeit entdecken. Theodor hingegen prüft ihre Aufstellung mit kurzem Blick und hat einiges daran auszusetzen.

»Warum ist nur ein Teil der Exemplare bezahlt?«, will er wissen.

»Es handelt sich um Freiexemplare, die gestellt werden müssen.«

»Wozu?«

Natürlich kann sie nicht gestehen, dass einige ihrer Freundinnen die erste Ausgabe der »Literarischen Fackel« immer noch nicht bezahlt haben. Was nicht an ihr, sondern an dem leichtsinnigen Tun des jungen Schriftstellers liegt.

»Aus Reklamegründen«, erklärt sie. »Auch gewähre ich den Verkaufsstellen jeweils ein Freiexemplar, weiterhin verschicke ich etliche Journale nach Hamburg, Königsberg, Kassel und Berlin, um den Bekanntheitsgrad der Zeitschrift zu steigern und Abonnenten zu finden.«

Solche Aktionen hält Theodor Berend für unnötig. »Dieses Journal wird gewiss nicht über Danzig hinaus gelesen werden, es ist also überflüssig, solche Portokosten zu verursachen«, stellt er klar.

»Da bin ich anderer Ansicht!«

»Verehrte Frau von Kleiwitz«, sagt er herablassend. »Ich bin Geschäftsmann. Eine Ware findet nur dort Absatz, wo sie auch gebraucht wird. So ist das nun einmal. Daher bin ich nicht bereit, weiterhin unnötige Geldausgaben zu gestatten.«

Auguste glaubt, nicht recht gehört zu haben. Er will es nicht gestatten? Was hat er ihr denn zu sagen? Gar nichts! Er soll das Geld herausgeben!

»Darf ich Sie daran erinnern, dass ich Mitherausgeberin des Journals bin und daher über den gesamten Betrag verfügungsberechtigt«, wirft sie ihm entgegen.

Sie erntet nur ein müdes Lächeln. »Darf ich Sie meinerseits daran erinnern, dass mein Bruder Autor und Herausgeber des Journals ist. Da er noch nicht volljährig ist, bin ich sein gesetzlicher Vertreter und habe daher ein Mitspracherecht bei allem, was das Journal betrifft.«

»Bei … allem?«

»So ist es, gnädige Frau«, sagt er, als müsse er einem Kind die Schularbeiten erklären. »Ich habe das Recht, die Texte zu prüfen und notfalls Bedenken zu äußern, ich entscheide mit über Auflage und die Druckkosten und werde einschreiten, falls das Journal in die roten Zahlen gerät, da ich nicht bereit bin, für etwaige Schulden zu haften. Momentan kostet das Journal mehr, als es einbringt, daher werde ich ein genaues Auge auf die Abrechnungen haben und die Rücklagen verwalten.«

Ihr geht der Atem aus. Er will sich einmischen! Natürlich nur aus einem einzigen Grund: Er will die »Literarische Fackel« auslöschen, die Texte verunstalten, das Erscheinen verbieten. Weil es ihm nicht passt, dass sein begabter Bruder sich literarisch betätigt. Oh, dieser widerliche, scheinheilige, prosaische …

»Die Rücklagen bestehen aus Spenden, die ich persönlich in meinem Salon gesammelt habe«, sagt sie zornig. »Daher habe ich das Recht, dieses Geld zu verwalten!«

»Die Spenden gingen nicht an Sie persönlich, sie sind für das Journal bestimmt, und ich verwalte sie als gesetzlicher Vertreter meines Bruders«, kommt es ihr kühl entgegen.

Wie überlegen er sich gibt! Wie er sie abfertigt! Auguste platzt fast vor Zorn. Das lässt sie sich nicht bieten.

»Dann wird es nötig sein, dass Sie sich über diese Angelegenheit mit meinem Ehemann auseinandersetzen«, sagt sie und steht auf. »Rittmeister Klaus von Kleiwitz ist mein gesetzlicher Vertreter, und er ist mit Ihren Ansichten keineswegs einverstanden.«

Jetzt endlich hat sie ihn eingeschüchtert. Er zeigt es zwar nicht, aber sie sieht, wie er die Lippen zusammenkneift und sich seine Mundwinkel nach unten ziehen.

»Mit dem größten Vergnügen«, behauptet er und erhebt sich ebenfalls. »Ich erwarte den Besuch Ihres Gatten mit Ungeduld, um diese leidige Angelegenheit mit ihm ein für alle Mal zu klären. Wenn Sie mich jetzt entschuldigen, gnädige Frau. In Neufahrwasser wartet ein Kunde auf mich – ich bin bereits im Verzug.«

»Lassen Sie sich nicht aufhalten, Herr Berend!«, ruft sie wütend und rauscht aus dem Kontor.

»Komm, Grete!«, ruft sie ihrem Mädchen in der Halle entgegen. »Gehen wir. Wenn ich noch länger in diesem Hause bleibe, ersticke ich!«

»Ja, gnädige Frau«, sagt Grete und spannt den Sonnenschirm auf.

Erst als sie draußen auf der Gasse sind, erzählt sie ihrer Herrin, dass sie vorsichtig sein muss.

»Sie steht oben an der Treppe, gnädige Frau. Man sieht sie nicht, weil sie sich hinter den Möbeln versteckt. Man hört sie auch nicht, weil sie Filz unter die Schuhsohlen geklebt hat. Sie ist wie ein böser Geist, ich bin froh, dass wir draußen sind.«

»Du meinst diese Traude?«

»Ja, gnädige Frau. Ich habe von ihr reden gehört. Sie wird überall entlassen. Es heißt, sie würde Unglück bringen …«

»Meinetwegen kann sie es tun«, findet Auguste, die immer noch voller Zorn ist. »Wir gehen jetzt zur Poststelle, Grete. Und danach zu Langlau, weil ich hören will, wie viele Journale er verkauft hat.«

Auf der Poststelle erfährt sie zu ihrem Ärger, dass die Portokosten um einiges höher sind, als sie in ihrer Abrechnung angegeben hat. Sie verschickt die Sendungen trotzdem – wenn man ein Geschäft in Gang bringen will, muss man nun einmal investieren. Das weiß jeder Kaufmann, nur Theodor Berend, dieser Geizkragen, glaubt, ein Journal mache sich von selbst bekannt.

Leider ist Oskar am Hafen nicht zu finden, auch am Buttermarkt bei der Poststelle ist er nicht zu sehen, und Gropius, dessen Bernsteinladen sie zwischendurch besucht, weiß auch nichts zu berichten. Dabei ist der alte Gropius für jeden Tratsch in Danzig die beste Quelle. Der Buchhändler Langlau hat von zwanzig Journalen schon fünfzehn verkauft, drei sind vorbestellt und werden morgen abgeholt.

»Ein anfprefendes Blättfen, gnädige Frau«, meint er lispelnd zu Auguste. »Vor allem die Karikaturen find vom Feinften. Die Aufsätfe kommen ein wenig betulich daher, aber unfer Danfiger Lefepublikum liebt fo etwaf …«

»Wie meinen Sie das, Herr Langlau?«, fragt sie beleidigt. »Glauben Sie, die Danziger wollen nur langweiliges Zeug lesen? Davon werden sie in diesem Journal nichts finden!«

»Aber nein, gnädige Frau«, ruft er aus. »If wollte damit nur fagen, daff die Danfiger ein folidef, gefetztef Publikum find und keine aufrührerifen Tendenfen …«

Sein Lispeln macht sie furchtbar nervös. Zum Glück hält er jetzt inne, weil draußen auf der Gasse jemand ein lautes Geschrei erhebt.

»Zu Hilfe! Feuer. Feurio. Es brennt …«

»Ef brennt?«, stöhnt Langlau entsetzt. »Doch nicht etwa hier in der Hintergaffe? Meine Bücher!«

Auguste läuft erschrocken auf die Gasse hinaus, wo Grete auf sie wartet. Dort sind mehrere Leute aus den Häusern gekommen, es wird aufgeregt diskutiert und mit den Fingern in verschiedene Richtungen gedeutet.

»Es brennt, gnädige Frau«, ruft Grete. »Der Türmer auf St. Marien hat es gemeldet.«

»Ja, wo denn? Doch nicht in der Heilig-Geist-Gasse?«, fragt Auguste in heller Panik.

»Nein, gnädige Frau. Sie sagen, in Neufahrwasser würde es brennen. Man kann vom Turm aus den Rauch aufsteigen sehen.«

Auguste muss sich vor Erleichterung gegen Langlaus Ladenscheibe lehnen. In Neufahrwasser! Gottlob. Das ist sieben Kilometer von Danzig entfernt.

»Was kann denn da brennen?«, überlegt sie. »Doch wohl keines der Handelsschiffe, die dort anlegen?«

»Ich weiß es nicht, gnädige Frau«, sagt Grete. »Irgendetwas, was aus Holz gebaut ist, muss es sein.«

Johanna

Dieses Dampfschiff ist so langsam, dass man verrückt werden könnte. Johanna bedauert nun, keine Droschke gemietet zu haben, dann wäre sie schneller in Neufahrwasser gewesen. Aber das Dampfschiff war kurz vor dem Ablegen, und es war gerade noch ein Platz frei – da ist sie impulsiv an Bord gegangen, und nun hat sie den Ärger. Es ist Wind aufgekommen, jeder Segler ist schneller als dieser tranige Schraubendampfer, der die Weichsel flussabwärts kriecht wie eine Schnecke. Dazu legt er überall an, Passagiere steigen ein und aus, man wartet auf überfällige Mitfahrer und legt erst wieder ab, wenn alle an Bord sind.

Sie steht immer wieder von ihrem Platz auf, geht zur Reling und hält Ausschau, dann muss sie über die Beine der anderen Passagiere hinwegklettern, um wieder an ihren Sitz zu gelangen.

»Bleiben Sie auf Ihrem Platz, junge Frau«, bekommt sie von dem Bootsführer gesagt. »Wir haben Seegang, da können Sie leicht über Bord gehen.«

»Ich passe schon auf!«

»Trotzdem. Das Umherlaufen während der Fahrt ist nicht erlaubt.«

Sie fügt sich. Schon weil das Umherlaufen wenig hilft – das Boot fährt ja trotzdem nicht schneller. Als sie das Essen hinüber zum Strohdeich gebracht hat, hat sie erfahren, dass Pawel nach Neufahrwasser aufgebrochen ist. Natürlich ist ihr klar gewesen, dass er sich dort mit Theodor verabredet hat, um das Holz anzuschauen und womöglich den Kauf abzuschließen. Am Abend zuvor ist er nur kurz unten in der Werkstatt gewesen und hat mit Berthold geredet, da muss er ihm gesagt haben, was er vorhat. Aber Berthold hat kein Sterbenswörtchen davon verlauten lassen.

So sind sie, die Männer. Sie halten zusammen, wissen alles besser und glauben, sie erzählt ihnen Märchen. Aber sie weiß ganz genau, dass man Theodor nicht trauen kann. Also hat sie die Handkarre stehen lassen und ist Hals über Kopf in das Dampfboot gestiegen, um bei den Verhandlungen dabei zu sein.

Neben ihr sitzen zwei hochgewachsene, dünne Reisende, ohne Zweifel Engländer, die sich angeregt über die Landschaft unterhalten und dabei ihre Hüte festhalten, die der Fahrtwind ihnen von den Köpfen reißen will. Ihr näselndes Englisch geht ihr schrecklich auf die Nerven. Soweit sie verstehen kann, finden sie die Umgebung »boring«, nicht mit dem schönen Kent vergleichbar, auch das kleine Dampfboot ist nicht nach ihrem Geschmack. In England gibt es größere, schnellere Dampfboote, sogar solche, die mit Maschinenkraft den Atlantik überqueren.

»Do you intend to visit the lighthouse?«, fragt einer.

»Oh yes. It's a small one, old-fashioned, not like in England. But I love lighthouses so much …«

»Where ist it?«

Der zweite Engländer zeigt mit dem Finger in Richtung Küste, wo sich der Leuchtturm von Neufahrwasser befindet. Man kann ihn tatsächlich schon in der Ferne sehen.

»There must be another steamer …«, meint der andere. »You can see the smoke.«

»Oh really. There is a lot of smoke. This must be a big one.«

Smoke? Rauch? Es gibt nur das eine Dampfboot hier auf der Weichsel. Was also kann dort hinten rauchen? Trotz des Verbots springt sie auf und reckt den Hals – tatsächlich! In der Ferne steigen dunkle Rauchschwaden auf, die der Wind zerfasert und landeinwärts weht. Es brennt! O Gott – es brennt in Neufahrwasser! Doch nicht etwa Theodors Lagerhalle, die voller Holz ist?

Auch einige der anderen Passagiere sind aufgestanden und schauen bugwärts nach Neufahrwasser hinüber.

»Es brennt!«, ruft jemand. »Wo ist die Feuerwehr?«

»Die müssen erst von Danzig rüberfahren mit ihren Schläuchen und Spritzen.«

»Das ist auf der Westerplatte. Da brennen die Kiefern, kein Wunder bei der Trockenheit«, vermutet jemand.

»Nein, das ist weiter westlich. Das könnten die Lagerhallen sein.«

»Da wird einer gezündelt haben. Von selber brennen die nicht«, vermutet der Nächste.

Jetzt sieht man am Weichselufer hie und da Leute stehen, die aufgeregt rufen und schreien, mit den Händen nach Norden deuten und dem Bootsführer Zeichen machen. Ein Lastenkahn kommt ihnen entgegengesegelt und ruft ihnen etwas zu.

»Eine Halle brennt! Legt besser in Weichselmünde an und bleibt dort liegen.«

Aber die Passagiere des Dampfboots sind strikt dagegen. Es erhebt sich Streit, man hat die Fahrt bezahlt und will ans Ziel kommen. Das wäre ja noch schöner, wenn man vorher aussteigen müsste.

»Wenn's da brennt, müssen wir löschen helfen!«, rufen zwei der Danziger. »Das ist Bürgerpflicht. Daran dürfen Sie uns nicht hindern.«

Auch die beiden Engländer wollen auf jeden Fall in Neufahrwasser an Land gehen, um sich an den Löscharbeiten zu beteiligen. Zwei Kauffahrerschiffe segeln am Dampfboot vorbei – auch sie lassen sich von dem Brand nicht abhalten, den vor ihnen liegenden Hafen anzusteuern. Das Dampfboot legt in Weichselmünde an, wo nur wenige Reisende an Land gehen.

»Wollen Sie besser hier aussteigen, junge Frau?«, fragt sie der Bootsführer. »Da oben könnte es vielleicht gefährlich werden.«

Sie verneint ungeduldig. Hier ist die Luft schon grau und rauchgeschwängert, weil der Wind die Schwaden von der Küste herüberweht. Den Rest der Fahrt steht sie zwischen den anderen Passagieren an der Reling und starrt hinüber zu der unheilvollen dunklen Wolke, die in den Himmel steigt. In Neufahrwasser stehen inzwischen mehrere Lagerhäuser, denn man hat die Bedeutung des Hafens als Umschlagplatz von Überseewaren erkannt. Welches Lager in Brand geraten ist, kann man nicht ausmachen.

»Wenn jetzt Theodors ganzes Holz verbrennt«, denkt Johanna, »dann tut es mir zwar leid für ihn, aber es wird mich nicht vor Kummer umwerfen.«

In Neufahrwasser liegen mehrere Schiffe am Hafen, man sieht Fischerboote voller Leute, die zur Weichselmündung unterwegs sind, wo die Lagerhallen stehen. Die Pferdewagen der Danziger Feuerwehr sind an ihrem hellen Glockenklang zu erkennen, sie fahren am Kanal entlang und müssen oben am Hafenbecken einen Umweg machen, um auf die andere Seite zu gelangen. Johanna geht mit den anderen Passagieren an Land, und plötzlich fällt ihr ein, dass auch Theodor und Pawel ganz sicher oben bei der Halle sind, um zu löschen. Sie lässt sich von der aufgeregten Menge mitziehen, atmet den beißenden Rauch ein, der hier schon so dicht ist, dass man husten muss, und als ein bimmelndes Feuerwehrfuhrwerk an ihr vorbeifährt, springt sie erschrocken beiseite.

Schon aus der Entfernung sieht sie, dass es tatsächlich Theodors Halle ist, aus der schwarzer Rauch aufsteigt. Das Dach ist in der Mitte eingestürzt, züngelnde gelbe Flammen sind zu sehen, denen der Wind zusätzlich Nahrung gibt. Helfer sind mit Eimern unterwegs, holen Wasser aus dem Hafenbecken und schütten es gegen die Hallenwand, was völlig sinnlos erscheint, denn die Flüssigkeit verdampft zischend, kaum dass sie den gemauerten Sockel berührt. Im oberen Teil ist die Halle aus Holz gezimmert, dort ist sowieso alles verloren. Die Feuerwehrmänner in ihren preußischen Uniformen haben ihre Spritzen aufgestellt, die Schläuche zum Hafenbassin ausgerollt, und es wird auf Kommando eifrig gepumpt. Ein Einsatz auf verlorenem Posten, denn gegen die lodernden Flammen ist nichts auszurichten.

Hitze und Brandgeruch wehen Johanna entgegen, als sie sich der Unglücksstelle nähert; sie muss sich das Taschentuch vor den Mund halten, weil der beißende Rauch unerträglich ist. Eine Anzahl Schaulustiger hat sich hier versammelt, um das Geschehen atemlos zu verfolgen. Sie stehen so dicht, dass die Männer, die mit Eimern zu löschen versuchen, kaum vorbeikommen.

»Bleiben Sie da weg!«, raunzt ein Hafenarbeiter sie an. »Stehen Sie nicht im Weg herum, junge Frau!«

Wo ist Pawel? Ist er unter den Männern, die mit Eimern und Gefäßen umherrennen? Und Theodor? Sie kneift die Augen zusammen, um besser sehen zu können, doch sie kann weder den einen noch den anderen entdecken. Dann hört sie einen heiseren Ruf.

»Bist du verrückt? Bleib da! Dem ist nicht mehr zu helfen!«

Das Hallentor ist weit aufgerissen, graue Schwaden quellen heraus, man sieht die rote Glut, die im Inneren wütet. Ein Haufen kurzer Holzstämme liegt vor dem Tor, daneben steht eine Gruppe Männer in sicherem Abstand, sie kann sehen, wie sie gestikulieren, hört ihre aufgeregten Rufe.

»Wasser! Hierher mit den Schläuchen! Da ist einer reingelaufen …«

Zwei uniformierte Feuerwehrleute rennen herbei. Tumult entsteht. Man richtet eine Spritze auf das Tor, sie kann sehen, wie der dünne Strahl sinnlos am Toreingang verdampft.

»Legt euch ins Zeug. Auf und nieder. Auf und nieder. Nicht müde werden …«, kommandiert ein Feuerwehrmann mit heiserer, überschnappender Stimme.

Die Männer an der Spritze sind erschöpft, andere eilen herbei, um ihre Stelle einzunehmen. Dann stürzen mehrere der Helfer zum Hallentor, ziehen zwei leblose Gestalten über den Sand, kippen Wasser über sie, jemand ruft nach einem Arzt.

Das ist Pawel, schießt es ihr durchs Hirn. In heller Angst will sie sich durch die Umstehenden drängen, doch man hält sie zurück.

»Sind Sie lebensmüde?«, schreit sie jemand an. »Bleiben Sie, wo Sie sind!«

»Lassen Sie mich durch. Das ist ein Bekannter von mir!«

»Dem ist nicht mehr zu helfen.«

Harte Fäuste halten sie an Armen und Schultern, sie schreit verzweifelt, versucht sich zu befreien, doch sie erreicht nur, dass der Stoff ihrer Bluse an der Schulter zerreißt. Dann sieht sie, dass einer der beiden am Boden Liegenden sich zum Sitzen aufgerichtet hat. Das weite Hemd ist dunkel und voller Brandflecken, er hustet, zieht die Luft ein. Man gibt ihm ein nasses Tuch, das er sich vors Gesicht hält, schließlich richtet er sich mühsam auf, taumelt und geht langsam ein paar Schritte. Beugt sich nach vorn und hustet. Jetzt sieht sie sein schwarzes Haar, das an der Seite angesengt ist.

»Pawel!«

Er muss ihren Schrei gehört haben, denn er hebt den Kopf, schaut in ihre Richtung. Plötzlich erwachsen ihr ungeahnte Kräfte, sie reißt sich aus den Händen los, die sie festhalten, stürzt zwischen den umherlaufenden Menschen hindurch und ist bei ihm.

»Pawel! Wie … kannst du … Wie kannst du nur …«

Er schaut sie an, als käme er aus einer anderen Welt zurück auf die Erde. Alles ist plötzlich unwirklich, der sausende, heulende Brand, der in der Halle wütet, die lärmenden Menschen, der beißende Rauch, der sie umhüllt. Sie findet sich in seinen Armen. Spürt seine Lippen heiß und trocken auf ihrem Mund, fühlt, wie er atmet, sie umschlingt, sie keuchend an sich presst.

»Johanna … Johanna … Johanna …« Es klingt wie eine sehnsuchtsvolle Melodie.

Sie weiß kaum, was sie tut. Wild erwidert sie seine Küsse, umklammert seinen Nacken, gräbt die Finger in sein Haar. Hört, wie er murmelt: »Ich liebe dich, Johanna. Ich liebe dich wie ein Irrsinniger …«

Dann erschüttert ein Hustenanfall seinen Körper, er krümmt sich zusammen, und sie müssen einander loslassen.

»Kommen Sie«, sagt jemand dicht neben Ihnen. »Ich bin Arzt. Wir bringen die Verletzten mit dem Boot ins Stadtlazarett. Ihre Frau kann gern mitfahren.«

Sie steht wie betäubt, kann nicht begreifen, was soeben mit ihnen geschehen ist. Hat er sie geküsst? Ihr gesagt, dass er sie liebt? Oder war das alles nur eine Wahnvorstellung im Angesicht des Feuers? Zwei Helfer nehmen Pawel zwischen sich, es sind die beiden Engländer, die tatsächlich zur Brandstelle gelaufen sind, um Hilfe zu leisten. Zwei andere tragen den leblosen Körper eines Mannes an ihr vorüber. Jacke und Hose sind schwarz, sein Haar verbrannt, sein Gesicht dunkel vom Rauch. Doch sie erkennt ihren Bruder Theodor und schlägt vor Entsetzen die Hände vors Gesicht.

»Was ist mit ihm?«, fragt sie den Arzt. »Wird er … Wird er überleben?«

Der Arzt gibt keine Antwort. Man hat das Fischerboot erreicht, das am Kanal festgemacht hat, und trägt den Bewusstlosen in den schwankenden Kahn. Pawel ist in der Lage, ohne Hilfe einzusteigen, dann strecken sich helfende Hände nach Johanna aus. Hinter ihnen ertönt ein gewaltiges Krachen, dann ein helles Zischen und Sausen. Man hört warnende Rufe, Funken und brennende Holzteile wirbeln umher. Der Rest des Hallendachs ist eingestürzt.

»Sie haben verdammtes Glück gehabt, dass Sie da lebend herausgekommen sind«, sagt der Arzt zu Pawel, der auf der Ruderbank hockt und wie benommen vor sich hin starrt.

»An der Schulter hat es Sie erwischt, aber das heilt wieder«, bekommt er gesagt. »Kopfschmerzen? Übelkeit?«

»Erträglich …«, murmelt er.

Pawel hört nicht auf zu husten, er verzieht schmerzlich das Gesicht dabei, der Rauch hat seine Atemwege verätzt. Johanna fühlt sich hilflos. Sie bewundert den Arzt, der ein älterer, erfahrener Mann ist und die Verletzten umsichtig versorgt. Sie selbst verspürt nichts als kalte Verzweiflung. O Gott, betet sie innerlich. Lass Theodor nicht sterben. Er hat mir viel angetan, ich habe ihn gehasst, ihm alles Schlechte dieser Welt gewünscht. Aber er ist doch mein Bruder! Das Kind meiner Eltern. Wir sind zusammen aufgewachsen. Lieber Gott – erhalte sein Leben!

»You are a hero!«, sagt einer der Engländer, die die Ruder ergriffen haben. »You saved his life!«

Pawel schaut ihn verständnislos an. Dann sieht er hinüber zu Theodors bewegungslosem Körper, schüttelt den Kopf und schweigt. Johannas Blick weicht er aus.

»Wie ist das passiert?«, fragt der Arzt.

Er hat Theodor halb zum Sitzen aufgerichtet und seinen Rücken gegen eine Ruderbank gelehnt. Man kann sehen, wie sein Brustkorb sich hebt und senkt. Er ist am Leben! Gott sei Dank.

»Ich hab ihm gesagt, er soll das Tor nicht aufmachen«, stößt Pawel hervor. »Es hat geschwelt, als wir ankamen. Oben aus den Luken kam Rauch …«

Er reibt sich die Stirn, fährt sich mit der Hand durch das angesengte Haar, berührt die Brandwunde an seiner Schulter und zuckt zusammen.

»Aber er hat das Tor aufgemacht?«, forscht der Arzt.

»Ja. Ich konnte ihn nicht davon abhalten. Da hat das Feuer Luft bekommen, und die Flammen fingen an zu züngeln …«

Das Holz muss durch die Hitze der vergangenen Tage zundertrocken gewesen sein.

»Er war wie von Sinnen vor Entsetzen«, fährt Pawel fort und muss wieder husten. »Er hat eine Dechsel genommen und wollte …«

»Es ist gut«, sagt der Arzt. »Sie können es später erzählen. Ihr Hals ist wund, das Reden macht es nicht besser.«

Aber Pawel muss loswerden, was geschehen ist, er kann nicht aufhören und spricht weiter wie ein Besessener.

»Vorn am Eingang lagen die kurzen Stämme, die wollte er herausziehen, damit sie nicht verbrennen … ich hab ihm dabei geholfen … Aber dann ist das Dach eingestürzt … Der Rauch und die Flammen … Ich hab ihn bei der Jacke gefasst und wollte ihn aus der Halle zerren … Er hat mich wütend zurückgestoßen … Bin gelaufen, um Hilfe zu holen …«

Da waren schon die ersten Helfer mit Eimern und Gefäßen angekommen. Er hat ihnen gesagt, dass noch jemand in der Halle ist, aber es brannte schon lichterloh drinnen, und keiner hatte den Mut, hineinzugehen.

»Da hab ich ihn gesehen«, sagt Pawel heiser und wischt sich die rot geränderten Augen. »Wie er sich verzweifelt zum Tor retten will. Wie ein Gespenst sah er aus, die Arme nach vorn gestreckt, schwarz gegen die Flammen. Ich sehe ihn fallen. Da reiße ich dem Mann neben mir das nasse Tuch vom Gesicht und laufe rein. Packe ihn. Zerre ihn zwischen den Stämmen heraus, versuche, ihn nach draußen zu schleppen …«

Inzwischen war die Feuerwehrspritze in Tätigkeit, die Männer, die ihm zu Hilfe kamen, hatten sich mit Wasser übergossen, und es gelang, ihn und den bewusstlosen Theodor aus der brennenden Halle zu ziehen.

Johanna hört den stockenden, von Hustenanfällen unterbrochenen Bericht mit Schaudern. Theodor hat vermutlich viel Geld in die Halle und in den Ankauf des russischen Holzes gesteckt, und es ist möglich, dass er aus Geiz keine Versicherung abgeschlossen hat. Wenn es so ist, dann hat er bei diesem Brand ein Vermögen verloren. Kein Wunder, dass er mit letzter Verzweiflung versucht hat, wenigstens ein paar kleinere Stämme vor der Vernichtung zu bewahren.

Aber Geld und Gut sind nicht alles – wenn er nur am Leben bleibt, denkt sie unglücklich. Niemals habe ich seinen Tod gewünscht. Ganz gleich, was er mir angetan hat und was er vielleicht noch zu meinem Schaden geplant hatte – ich hoffe inständig, dass er davonkommt.

Die Ruderer haben heftig zu tun, da sie gegen die Strömung arbeiten müssen, und man muss das Durchhaltevermögen der beiden Engländer bewundern. Als sie die Kanäle bei Danzig erreichen, nehmen der Fischer, dem das Boot gehört, und der Arzt ihre Plätze ein, doch sie kommen nicht weit, da der Wasserstand zu niedrig ist. Man muss anlegen, Theodor wird aus dem Boot getragen, und der Arzt eilt voraus, um im Stadtlazarett die Nachricht zu überbringen, dass man zwei Männer mit einer Trage für einen Krankentransport benötigt. Auch Pawel muss auf Weisung des Arztes ins Lazarett, die Brandwunde an seiner Schulter muss versorgt werden. Als sie das Tor erreichen, wendet sich Pawel zum ersten Mal wieder an Johanna. Er spricht leise und sieht sie dabei nicht an.

»Sag dem Vater, es ist nur eine Kleinigkeit. Ich bin noch heute Abend zurück.«

»Soll ich nicht im Lazarett warten und später mit dir gehen?«, fragt sie besorgt.

»Das ist nicht nötig.«

Er tut, als sei nichts geschehen. Hat sie alles nur geträumt? Die Umarmung? Die Küsse? Seine Liebesworte? Verwirrt schaut sie ihn an, versucht in seinen Augen zu lesen, aber er dreht sich weg und geht hinüber zu den Lazarettgebäuden. Die beiden Engländer haben offensichtlich beschlossen, ihn nicht allein zu lassen, denn sie nehmen ihn in ihre Mitte.

Der Weg nach Hause ist nicht weit, sie geht durch das Jakobstor, dann ist sie schon in der Paradiesgasse. Dort ist man voller Sorge, denn die Nachricht von dem Brand in Neufahrwasser hat sich längst in Danzig herumgesprochen. Die alte Barbara kommt ihr schon am Eingang entgegengelaufen. Drinnen hat Berthold die Arbeit unterbrochen und wartet mit bangem Gesicht, was sie berichten wird.

»Eine Brandwunde? An der Schulter?«, fragt er erschrocken. »Rechts oder links?«

»Links, glaube ich. Es ist nur eine Kleinigkeit, muss aber versorgt werden. Mein Bruder Theodor ist weitaus schlimmer dran …«

Auch Berthold bedauert das Unglück, das seinen Schwager betroffen hat. »Großer Gott! Schaden an Leib und Leben und dazu die Halle samt dem gelagerten Holz ein Raub der Flammen! Was für Nachrichten sind das. Liebe Johanna, du bist ganz blass und erschöpft. Geh hinauf und ruh dich aus.«

Aber sie will nur rasch etwas trinken, Gesicht und Hände waschen und ein anderes Kleid anziehen. Dann wird sie hinunter in die Lange Gasse laufen und dort Bescheid geben. Luise hat ein Recht darauf, zu erfahren, was mit ihrem Ehemann geschehen ist. Und auch Ernst muss es wissen, er wird Theodor im Kontor vertreten müssen, bis dieser hoffentlich seinen Platz dort wieder einnehmen kann. Es sieht nicht gut aus für das Handelshaus Berend, das sich gerade anschickte, wieder zu den reichsten und wichtigsten Kaufmannsgeschlechtern Danzigs zu gehören.

In ihrem Elternhaus wird sie von einem unbekannten Mädchen empfangen, das sie hochnäsig von oben bis unten mustert und nach ihrem Anliegen fragt.

»Herr Ernst Berend ist außer Haus«, wird ihr mitgeteilt.

»Dann möchte ich Frau Luise Berend sprechen. Ich bin ihre Schwägerin, Johanna Forster.«

Wie sie schon geahnt hat, ist Luise nicht bereit, ihre Schwägerin zu empfangen. Also muss sie die schlimme Nachricht dieser drögen, hässlichen Person überantworten, die sie wegen ihres einfachen Kleids so abschätzig behandelt.

»Mein Bruder Theodor wurde bei dem Brand seiner Lagerhalle in Neufahrwasser verletzt, er befindet sich im Stadtlazarett. Sagen Sie das Frau Luise Berend. Und teilen Sie ihr mein Mitgefühl und mein tiefstes Bedauern mit.«

Auf dem Rückweg fallen Gedanken und Sorgen von allen Seiten über sie her, und in ihrem Kopf schwirrt Wichtiges und Unwichtiges wild durcheinander. Sie hat die Handkarre mit Töpfen und Krügen am Strohdeich gelassen. Pawel ist an der Schulter verwundet, er wird nicht arbeiten können. Wo treibt sich Ernst herum? Soll er nicht Theodor vertreten, wenn dieser unterwegs ist? Ihr Kleid ist ruiniert, sie wird es waschen müssen. Sie muss herausfinden, ob sie geträumt hat oder ob Pawel sie tatsächlich geküsst hat …

Als sie über die Radaunebrücke zur Werkstatt geht, zittern ihr die Knie. Jetzt erst macht sich der ausgestandene Schrecken bemerkbar, sie schleppt sich mit Mühe über den kleinen Platz und muss sich am Eingang der Werkstatt an den Türpfosten lehnen.

»Johanna!«, hört sie Berthold rufen. »Mein liebes Mädchen. Habe ich nicht gesagt, du sollst dich zuerst ausruhen?«

Da ist er bei ihr und nimmt sie in seine Arme. Hebt sie auf und trägt sie die Treppe hinauf, legt sie behutsam auf das Bett und streicht ihr über Stirn und Wangen. Sie fasst seine Hand, die so hart und schwielig von der Arbeit ist und doch so sanft streicheln kann. Wie geborgen sie sich bei ihm fühlt! Wie zärtlich er mit ihr ist! »Mein liebes Mädchen«, hat er gesagt. Auch Papachen hat sie oft so genannt. Ja, sie liebt ihn, wie ein Kind einen Vater liebt. Und sie hat fest geglaubt, dass diese Liebe genug für ein ganzes Leben sein würde.

»Schlaf ein wenig«, sagt Berthold und steht vom Bett auf, um wieder hinunterzugehen. »Wenn Pawel zurück ist, gebe ich dir Bescheid, liebe Johanna.«

Sie nickt und schließt die Augen, hört, wie er auf leisen Sohlen aus dem Zimmer geht und die Tür hinter sich schließt.

Und wenn es kein Traum war?, denkt sie. Wenn er es wirklich getan hat? Wenn er mich so leidenschaftlich liebt, wie er es mir zugeflüstert hat? Was sollen wir dann tun?

Ich muss herausfinden, ob es ein Traum oder die Wahrheit gewesen ist, überlegt sie. Vorher habe ich keine Ruhe. Bei diesem Entschluss übermannt sie die Erschöpfung, und sie sinkt in einen tiefen, traumlosen Schlaf.

Als Barbara ins Zimmer kommt, um sie zu wecken, dämmert es draußen schon. »Pawel hat uns gebeten, dich schlafen zu lassen. Wir haben schon gegessen. Nun will er sich verabschieden.«

Schlaftrunken richtet Johanna sich im Bett auf. Tatsächlich kann sie aus dem Wohnzimmer gedämpfte Stimmen vernehmen, Vater und Sohn reden leise miteinander. Beklommenheit erfasst sie. Wie soll sie ihm gegenübertreten? Wie wird er sich verhalten? Langsam steht sie auf, kämmt das Haar und zupft das zerdrückte Kleid zurecht, bevor sie hinübergeht.

Pawel hat mit dem Vater am Tisch gesessen; bei ihrem Eintreten steht er auf und lächelt sie an. Ein ernstes Lächeln. Was verbirgt sich dahinter? Der ausgestandene Schrecken ist ihm deutlich anzusehen: Er ist sehr bleich, die Augen wirken dunkler als sonst, seine Lippen sind blass.

»Wie geht es dir?«, will sie wissen.

»Recht gut«, lügt er. »Es ist nur eine kleine Brandwunde, nicht größer als ein Silbertaler. Sie wird bald heilen, sagen die Ärzte.«

»Brandwunden brauchen ihre Zeit«, wendet Berthold ein. »Du musst dich schonen, sonst dauert es länger.«

»Das tue ich«, meint Pawel leichthin. »Auch wenn es schwerfällt, denn ich muss nun auf der rechten Seite liegen, wenn ich einschlafe. Das gefällt mir wenig, weil die linke meine Lieblingsseite ist.«

Er macht Scherze. Natürlich, er will den Vater nicht beunruhigen. Sie geht darauf ein.

»Wenn es das nur ist«, meint sie. »Da gibt es Schlimmeres. Weißt du, wie es Theodor geht?«

Pawel berichtet, dass ihre Schwägerin Luise und ihr Bruder Ernst im Lazarett waren.

»Er ist bei Bewusstsein, haben sie berichtet. Aber er hat Mühe mit dem Atmen und mehrere Brandwunden am Körper. Deine Schwägerin war ganz außer sich, dein Bruder hat sie stützen müssen, so unsicher war sie auf den Füßen. Sie tat mir sehr leid.«

»Arme Luise«, seufzt Johanna. »Sie hat wirklich nicht viel Glück in diesem Leben.«

Pawel geht zur Tür, erklärt, er sei erschöpft und wolle hinüber in die Böttchergasse gehen, um sich schlafen zu legen.

»Dann schlaf dich aus, Junge«, sagt Berthold. »Ich begleite dich hinunter, da kann ich gleich die Werkstatt abschließen.«

»Gute Nacht, Johanna«, sagt Pawel mit fester Stimme.

»Gute Nacht, Pawel …«

Sie lauscht auf die Schritte der Männer, hört, wie die Tür der Werkstatt in ihren Angeln knirscht und jemand eilig davongeht. Ich muss geträumt haben, denkt sie. Das Feuer und der Qualm haben mir die Sinne benebelt.

Ernst

Der Männersaal des Stadtlazaretts ist das Grauenhafteste, was Ernst je zu Gesicht bekommen hat. Zwanzig oder dreißig männliche Kranke liegen Bett an Bett, Todkranke und Sterbende neben anderen, die auf dem Bettrand sitzen und miteinander Karten spielen. Theodor liegt mitten unter ihnen, das fünfte Bett links des Mittelgangs, ein Patient wie alle anderen. Es interessiert niemanden, dass er aus vornehmer Patrizierfamilie stammt, hier werden alle gleich behandelt.

»Das ist ja entsetzlich!«, stöhnt Luise, die schwer an Ernsts Arm hängt. »Dieser Gestank! Die Geräusche! Ich werde ohnmächtig.«

Es ist keine Besuchszeit im Männersaal, aber der behandelnde Arzt hat ihnen die Genehmigung erteilt, Herrn Theodor Berend für ein paar Minuten zu sehen.

»Du musst tapfer sein, Luise«, sagt Ernst. »Er liegt dort drüben.«

Er muss sie führen wie ein kleines Kind. Als sie schließlich am Kopfende des weiß lackierten Metallbettes stehen, bricht Luise in Tränen aus. Auch Ernst ist tief bewegt. Nie hat er seinen Bruder Theodor so schwach und hilflos erlebt. Er liegt auf dem Rücken ausgestreckt, sein Kopf ist mit Binden umwickelt, sodass nur das Gesicht frei ist, auch die Hände sind verbunden, der Rest seines Körpers ist von einem Tuch verdeckt. Theodors Gesicht ist grau und eingefallen, immer wieder hustet er sich die Seele aus dem

Leib, dann liegt er wieder still, blinzelt aus rot geränderten Augen in die Luft und murmelt wirres Zeug vor sich hin.

»Er ist nicht bei sich«, schluchzt Luise. »O mein Gott, warum prüfst du uns so schwer? Was hat er getan, dass er so leiden muss? Der gütigste, großzügigste Mensch der Welt ist er …«

»Beruhige dich, Luise«, murmelt Ernst. »Er wird wieder gesund. Es dauert nur ein wenig.«

»Er sieht furchtbar aus, Ernst. O mein Gott – er wird sterben. Mein armes Kind wird seinen Vater niemals kennen …«

Ernst ist selbst völlig durcheinander, er hat keine Ahnung, von welchem Kind Luise redet. Er hofft nur inständig, dass seine optimistische Aussage Wahrheit wird. Auch wenn ihm sein Bruder des Öfteren ein Dorn im Auge war – er kann sich nicht vorstellen, wie es ohne Theodor mit ihnen weitergehen soll.

»Bitte verlassen Sie jetzt den Saal«, sagt die energische Stimme einer Krankenschwester. »Herr Berend braucht Ruhe.«

Ernst ist heilfroh, diesem unheimlichen Ort zu entkommen. Luise will sich jedoch nicht von Theodors Krankenbett trennen, sie klammert sich an dem Eisengestell fest, und er muss die Hilfe der Krankenschwester in Anspruch nehmen, um seine Schwägerin aus dem Saal führen zu können.

»Ich sehe ihn nie wieder«, schluchzt sie. »Lasst mich hier an seinem Bett sitzen …«

»Jetzt nehmen Sie sich mal zusammen, Frau Berend«, fährt die Krankenschwester sie an. »Wenn hier jeder Besucher so ein Theater aufführen würde, wären wir bald ein Irrenhaus!«

Luise erstarrt und schaut sie aus weiten, tränenvollen Augen an.

»Was erlauben Sie sich?«, ruft sie aus. »Ich bin Luise Berend!«

»Schön«, sagt die Krankenschwester ungerührt. »Gehen Sie bitte hinüber ins Verwaltungsgebäude, um die Formalitäten zu erledigen.«

»Was für Formalitäten?«

Ernst nimmt die Schwägerin beim Arm und nickt der Krankenschwester freundlich zu. »Aber gewiss doch, meine Liebe. Herzlichen Dank für Ihre Mühe. Einen angenehmen Tag wünsche ich.«

Sein Charme wirkt auch bei der Krankenschwester, die eine füllige Frau mittleren Alters und vermutlich unverheiratet ist. Sie lächelt. Es sieht etwas grimmig aus, ist aber sicher gut gemeint.

Im Verwaltungsgebäude sitzen sie einem preußischen Uniformierten gegenüber, der hier seinen Innendienst ableistet. Ernst hat seine liebe Not, die aufgeregte Luise zu beruhigen und gleichzeitig die notwendigen Formulare auszufüllen. Name des Kranken, Adresse. Familienstand. Beruf. Angehörige, die im Falle des Todes zu benachrichtigen sind, etc., etc.

»Ich verlange, dass mein Ehemann ein eigenes Zimmer und eine Bedienung erhält …«, zetert Luise neben ihm.

»Das ist leider nicht möglich, gnädige Frau!«

»Die Zustände in diesem Lazarett sind unzumutbar!«

»Wir sind nicht das Palasthotel, gnädige Frau.«

»Wir gehören zu den ersten Familien der Stadt. Nehmen Sie das zur Kenntnis!«

»Gern …. Berend, Theodor … Wenn Sie bitte hier unterschreiben wollen, gnädige Frau. Gleich neben der Signatur Ihres Schwagers …«

Als sie endlich entlassen sind, ist Luise zu Tode erschöpft und weint leise vor sich hin. Ernst legt den Arm um sie und fürchtet schon, sie würde gleich in sich zusammensacken, da kommt ihnen plötzlich Pawel Forster entgegen. Er schaut aus wie ein Schornsteinfeger, Gesicht und Arme rußverschmiert, das ehemals weiße Hemd dreckig und zerrissen, an der Schulter trägt er einen Verband.

»Das ist Pawel Forster, Luise«, flüstert er ihr zu. »Der Sohn von Johannas Ehemann aus erster Ehe. Wie es scheint, war er auch oben bei der Halle.«

Luise nickt nur zerstreut und drückt das nasse Taschentuch an die Wangen. Für einen Menschen mit dem Namen Forster hat sie keinen Blick.

»Hat es Sie auch erwischt?«, fragt Ernst mitleidig.

»Nur ein wenig an der Schulter«, gibt Pawel zurück. »Wie geht es Ihrem Bruder?«

»Nicht gut. Aber er lebt und wird sich erholen.«

»Es tut mir sehr leid«, meint Pawel. »Ich fürchte, von der Halle bleibt nicht viel übrig. Hoffentlich hat Ihr Bruder eine gute Versicherung abgeschlossen.«

»Das … das denke ich«, stottert Ernst. »Dann wünsche ich gute Genesung. Grüßen Sie meine Schwester von mir.«

»Ich danke. Auch Ihnen alles Gute.«

Der steht auch noch unter dem Eindruck der Katastrophe, denkt Ernst und sieht ihm nach. Kein Wunder – jetzt wird es nichts mit dem Holzkauf. Bei Berend ist kein Holz mehr zu haben …

Tatsächlich! Das Holz scheint bis auf den letzten Stamm verbrannt. Und die Halle dazu. Langsam wird Ernst klar, was das für das Handelshaus bedeutet. Theodor hat zwar mit einer Versicherung verhandelt, einen Kontrakt hat er aber nicht unterschrieben, die verlangte Prämie war ihm zu hoch.

Wir sind pleite, denkt er. Herrgott – das Handelshaus Berend ist am Ende. Wir müssen Konkurs anmelden, das Haus in der Langen Gasse und alle Speichergebäude am Hafen kommen unter den Hammer. Das Haus in der Frauentorstraße ist sowieso mit einem Kredit belastet, und die Halle in Neufahrwasser ist nur noch eine ausgebrannte Ruine. Armer Theodor! Wenn du aus dem Lazarett entlassen wirst, hast du weder Bett noch Tisch noch Stuhl. Wir sehen uns alle im Armenhaus wieder.

Er trägt die niederschmetternde Erkenntnis mit Fassung und mietet für die Heimfahrt eine Droschke, denn Luise kann kaum noch einen Schritt gehen. Wenn wir sowieso ruiniert sind, ist das jetzt auch gleich, denkt er, als er den Droschkenkutscher mit den letzten Groschen bezahlt. Außerdem werden uns die Gläubiger nicht gleich morgen früh die Bude einrennen. Schließlich ist Theodor schwer krank – da kann man auf Rücksicht hoffen. Ich werde erst einmal niemandem etwas erzählen, vor allem nicht Luise, die hat schon genug Kummer.

Was für ein furchtbarer Tag! Dabei hatte er so vielversprechend begonnen. Theodor hatte ihm erfreulicherweise die Ausfahrt mit Cäcilie und Annemarie Jonkers gestattet, ihm nur zur Vorsicht geraten und angemerkt, er solle sich erst seine Sporen verdienen, bevor er auf Freiersfüßen ginge.

»Was denkst du nur? Eine harmlose Kutschfahrt – weiter nichts«, hat er ihm geantwortet.

»Dann pass auf, dass dir nicht die Pferde durchgehen!«

Solche Scherze hat sein Bruder noch am Morgen gemacht. Und nun liegt er mit verbrannten Gliedern und verätzter Lunge oben im Stadtlazarett und haucht vielleicht gerade sein Leben aus. Wie schrecklich!

Nun – es ist tatsächlich ein sehr angenehmer Ausflug gewesen. Er hat Mutter und Tochter Jonkers in der offenen Kutsche gegenübergesessen, die Damen hielten Sonnenschirme über ihre Köpfe, er selbst schwitzte unter seinem besten Zylinderhut. Was der fröhlichen Plauderei unterwegs keinen Abbruch tat. Man schwatzte über dies und das, er erfuhr allerlei Neuigkeiten und Klatschgeschichten über Freunde und Bekannte, worin sich besonders Annemaries Mutter hervortat. Annemarie selbst war stiller als die Frau Mama, sie lächelte über seine Scherze und sah ihn immer wieder bezaubernd schelmisch von der Seite an. Wie gut ihr dieses geflochtene Strohhütchen stand, das sich der Form ihres Kopfes anpasste und hinten mit Bändern und Blüten geschmückt war! Im Wald war es angenehm kühl, nur die Zweige, die von beiden Seiten gegen die Kutsche schlugen, störten – Cäcilie Jonkers büßte um ein Haar ihren Fächer dabei ein.

Nach einer Weile hatte er keine Ahnung mehr, wo sie sich befanden, doch zum Glück entdeckte man einen angenehmen Platz unter Buchen, wo man sich auf breiten Findlingen niederlassen konnte, um einen Imbiss zu sich zu nehmen. Da man kein Mädchen mitgenommen hatte und der Kutscher bei den Pferden blieb, war es außerordentlich nett, sich von den beiden Damen kulinarisch verwöhnen zu lassen. Kalter Rinderbraten mit Meerrettich, Räucherfisch, holländischer Käse und frisches Weißbrot – dazu ein Körbchen Erdbeeren, die er sich mit Annemarie teilte. Eine dicke Erdbeere blieb übrig, die steckte Annemarie ihm in den Mund. Worauf er ihre Hand festhielt und einen zarten Erdbeerkuss daraufhauchte. Sie nahm ihn huldvoll entgegen, wurde nicht einmal rot, sondern tat, als sei dies nichts Ungewöhnliches. Es ärgerte ihn – andere junge Damen glühen vor Aufregung, wenn er sie nur anredet.

»Du bist eine Künstlerin, Annemarie!«, provozierte er sie.

Errötete sie jetzt? Nein, aber sie sah ungemein anziehend aus, als sie ihn so ernsthaft anschaute.

»Sag so etwas nicht im Scherz«, bat sie.

»Aber nein. Es ist meine ehrliche Meinung. Ich finde, du hast ein ganz ungewöhnliches Talent für das Zeichnen.«

»Meine kleine Annemarie hat Zeichenunterricht genossen«, mischte sich die Frau Mama ein. »Solche hübschen Künste gehören zu einer guten Erziehung, man darf es jedoch nicht übertreiben. Wichtig ist, dass ein junges Mädchen lernt, einen Haushalt zu führen und sich in der großen Gesellschaft angemessen zu benehmen.«

»Meinetwegen!«, rief er aus. »Aber solch ein Talent ist ein Geschenk der Götter, und wer es erhalten hat, ist verpflichtet, es zu würdigen und dafür zu leben.«

Nun endlich hatte er es geschafft: Annemarie errötete, sie lächelte sogar beglückt. Frau Jonkers hingegen blickte ihn unfreundlich an.

»Für einen Mann mag das noch gelten. Für ein junges Mädchen aus gutem Hause jedoch in keinem Fall!«

Da hat sie schon irgendwie recht. Auch er ist im Grunde der Ansicht, dass eine Frau ins Haus gehört und höchstens als Mäzenin eines begabten Künstlers auftreten sollte. So wie die liebe Auguste von Kleiwitz. Aber weil Annemarie ihn so eindringlich anschaute, mochte er sie nicht enttäuschen.

»Warum sollte das nicht auch für ein junges Mädchen gelten?«, sagte er leichthin. »Schließlich gehören die neun Musen ebenfalls dem weiblichen Geschlecht an.«

Annemaries dankbarer Blick und ihr liebevolles Lächeln belohnten seine Worte. Die Frau Mama hingegen drängte zum Aufbruch. Auf der Rückfahrt sprach sie von dem teuren Pensionat, in dem die Tochter zwei Jahre lang erzogen worden war, von der reichen Mitgift, die sie zu erwarten hätte, und davon, dass ihr Kind sie schon jetzt in der Führung des großen Haushalts tatkräftig unterstützen würde. Ernst hörte mit höflichem Schweigen zu und dachte bei sich, dass eine reiche Mitgift im Prinzip kein Schaden wäre.

Doch kaum waren sie vor dem Jonker'schen Haus angelangt, da eilte schon der Hausdiener auf die Gasse hinaus und meldete aufgeregt, Herr Berend würde gebeten, so rasch wie möglich in die Lange Gasse zurückzukehren.

»Es ist ein Unglück geschehen, gnädiger Herr.«

So hat dieser anregende Nachmittag durch die Gewalt des Schicksals ein jähes Ende gefunden.

Nach dem deprimierenden Besuch im Stadtlazarett überlässt er Luise der Pflege des neuen Hausmädchens und will sich ein wenig in seinem Zimmer von den Anstrengungen ausruhen. Doch daraus wird nichts. Korbitz passt ihn in der Halle ab, er muss mit ihm ins Kontor gehen, wo der Schreiber ihn angstvoll über den Brand in der Lagerhalle ausfragt.

»Ich weiß doch, dass das Holz nicht versichert war«, stöhnt er. »Ich flehe Sie an, Herr Berend. Ich bin auf diese Stellung angewiesen. Ich muss meine Familie ernähren …«

Der arme Kerl sorgt sich nicht ohne Grund. Wenn das Handelshaus Berend in Konkurs geht, ist es um seine Arbeitsstelle geschehen. Ernst fühlt sich bemüßigt, ihn aufzurichten.

»Noch ist nicht aller Tage Abend, Herr Korbitz. Wir werden uns einigen und den Schaden so gering wie möglich halten. Dann kommen wir mit einem blauen Auge davon …«

»Glauben Sie wirklich, dass das möglich sein wird?«

»Natürlich!«

Er lächelt ihn beruhigend an, und Korbitz schöpft Hoffnung.

»Erledigen Sie, was anliegt, und machen Sie sich keine unnötigen Gedanken«, rät er ihm und lässt ihn im Kontor allein.

Inzwischen hat Traude die unglückliche Luise zu Bett gebracht und meldet, sie würde fiebern und wirre Reden führen. Ernst steht vor der Notwendigkeit, eine Entscheidung zu fällen.

»Geh und hole Dr. Sternberg.«

Traude gehorcht willig und eilt davon; dafür kommt die Wirtschafterin und möchte mit untertänigem Lächeln wissen, ob sie das Abendessen servieren darf. Langsam begreift er, dass er jetzt der einzige Mann im Hause Berend ist und alle auf seine Anweisungen warten. Wie anstrengend! Wann wird er endlich die Muße haben, in seinem Zimmer ein paar Worte aufs Papier zu werfen? Die Fortsetzung des Romans muss geschrieben werden, ein Artikel anlässlich des »Preußischen Sängerfestes« in Danzig wartet auf Fertigstellung, und über das neue Wandgemälde im Artushof will er sich satirisch auslassen.

Erst einmal lässt er sich das Abendessen servieren, füllt sich den Magen und empfängt danach Dr. Sternberg, der ihm sein tiefstes Mitgefühl für das Unglück kundtut, das seinen Bruder getroffen hat.

»Ihre Schwägerin braucht viel Beistand und Trost, Herr Berend. Ich habe ihr Tropfen zur Beruhigung gegeben. Wenn möglich, schauen Sie später noch nach ihr, ich hoffe jedoch, dass sie nun ein wenig schlafen kann. Würde es Ihnen etwas ausmachen, die Rechnung sofort zu begleichen?«

Drei Taler für ein paar Beruhigungstropfen? Da kostet ein Tröpfchen wohl einen ganzen Taler. Der Herr Doktor nimmt es von den Lebendigen. Verständlich – ein Toter kann nicht mehr zahlen.

»Die Untersuchung, die Fahrtkosten – ich habe eine Droschke genommen. Dazu die späte Stunde – das schlägt zu Buche, lieber Herr Berend.«

»Schon gut.«

Seine eigene spärliche Barschaft ist aufgezehrt. Woher also das Geld nehmen? Den Schlüssel zum Geldschrank trägt Theodor stets an einer Kette um den Hals, aber sein Bruder liegt im Stadtlazarett. Was tun? Luise besitzt eine Geldkassette, in der sie das Haushaltsgeld aufbewahrt, die ist ebenfalls abgeschlossen, und er mag seine kranke Schwägerin jetzt nicht um den Schlüssel bitten. Aber gab es nicht einen Zweitschlüssel für den Geldschrank im Geheimfach des Kontorschreibtischs?

»Wenn Sie einen Moment warten wollen, Herr Dr. Sternberg …«

»Mit Vergnügen, junger Freund.«

Er findet den Zweitschlüssel ganz hinten in Theodors Schreibtisch im Geheimfach. Was für ein Glück, dass er und Johanna seinerzeit dieses Geheimfach an Papachens Schreibtisch entdeckt haben. Es war natürlich seine schlaue Schwester, die herausgefunden hat, wie man es öffnet. Egal – es kommt ihm jetzt zugute. Er entnimmt dem Vorrat an Bargeld, den sein Bruder gehortet hat, zwanzig Taler, schließt wieder ab und steckt den Schlüssel im Hinblick auf kommende Ausgaben in die eigene Westentasche.

»Ergebensten Dank, lieber Herr Berend«, sagt der Arzt und streicht das Honorar ein. »Meine besten Wünsche zur Genesung Ihres lieben Herrn Bruders.«

»Gute Nacht!«

Nun reicht es aber, denkt Ernst. Ich bin auch ein Mensch und benötige Erholung von all den Schrecknissen. Er entdeckt Traude, die wie ein Schatten im Flur steht, und trägt ihr auf, noch einmal nach ihrer Herrin zu sehen.

»Wenn es ihr schlecht geht, kümmern Sie sich um sie«, befiehlt er und begibt sich in den Weinkeller seines Bruders, um eine Flasche Rotwein mit hinauf in sein Zimmer zu nehmen. Nach dem dritten Glas ist er fest entschlossen, Annemarie Jonkers so bald wie möglich seinen Antrag zu machen. Soll Theodor die Scherben des Handelshauses aufsammeln, schließlich ist es seine Schuld, dass das Holz nicht versichert war. Er, der kleine Bruder, wird sich reich verheiraten und ist damit alle Sorgen los. Mit diesem Vorsatz legt er sich schlafen.

Kaum hat er eine halbe Stunde in Morpheus' Armen gelegen, da ist es mit der süßen Ruhe vorbei. Über ihm, wo sich die Dachkammern befinden, sind unheimliche Geräusche zu vernehmen. Jemand ächzt und stöhnt in Todesnot. Er setzt sich im Bett auf und überlegt, ob es vielleicht der Wind sein könnte, der sich in den Dachschindeln verfangen hat, aber da vernimmt er Geflüster im Flur.

»Ich habe damit nichts zu schaffen!«

»Aber gnädige Frau … Sie liegt in den Wehen … Wir sollten die Hebamme holen …«

»Hast du nicht gehört? Ich habe Migräne. Verschwinde!«

Nebenan schließt jemand sacht die Tür des Eheschlafzimmers.

»Was tun wir denn jetzt?«, wispert es im Flur.

»Meine Sache ist das nicht. Soll sie ihr Kind doch allein auf die Welt bringen …«

Das ist diese Traude, die kaltherzige Ziege. Ernst ist mit einem Schlag hellwach. Ihm bleibt aber auch nichts erspart – ausgerechnet jetzt bekommt Danuta ihr Kind.

»Aber wenn es ein Knabe ist und er stirbt, weil keine Hebamme da war, wird uns der gnädige Herr entlassen.«

Die Döppel ist ganz genauso ein Aas. Denkt nur an sich.

»Das wird die gnädige Frau auf ihr frommes Gewissen nehmen müssen«, findet Traude.

»Die redet sich heraus, und wir kriegen es ab«, gibt die Döppel zurück. »Darauf kannst du Gift nehmen.«

Ernst wird bewusst, dass schon wieder eine Entscheidung ansteht. Verflucht – er ist zum Familienpatriarchen nicht gemacht. Stöhnend quält er sich aus dem Bett, wirft die Hausjacke über und geht mit dem Talglicht in der Hand in den Flur. Die beiden Hausangestellten haben Schultertücher über die langen Nachthemden gelegt, die Spitzenränder der Nachthauben werfen skurrile Schatten auf ihre blassen Gesichter.

»Gnädiger Herr … Sie liegt in den Wehen …«

»Das ist nicht zu überhören«, knurrt er. »Holen Sie die Hebamme, Traude. Und Sie schauen nach Danuta, ob sie etwas braucht.«

Beide sind offensichtlich froh, die Verantwortung los zu sein, und laufen die Treppe hinunter.

»Ich soll bei Nacht und Nebel durch die Stadt laufen«, hört er Traude in der Halle jammern.

»Na und? An eine wie dich geht doch kein Deibel ran«, gibt die Wirtschafterin mitleidslos zurück. »Ich kann mich jetzt mit Danuta herumärgern, heißes Wasser kochen und den Imbiss für die Hebamme richten.«

Erleichtert kehrt er in sein Zimmer zurück, kriecht ins Bett und ist der Ansicht, dass dies letztlich Frauenangelegenheiten sind und daher auch unter Frauen geregelt werden. Insofern ist er jetzt nicht mehr involviert und kann seine gestörte Nachtruhe fortsetzen. Leider erweist sich diese schöne Hoffnung als trügerisch, denn er hat nicht mit dem Lärm gerechnet, der sich bald im ganzen Haus erhebt. Vor allem der schrille Befehlston der Hebamme dringt schmerzhaft an seine Ohren, dazwischen mischt sich das Getrampel auf den hölzernen Treppen, das Schlagen der Türen, das Gezeter der Hausangestellten und schließlich auch noch Luises Gejammer.

»Wer hat die Hebamme herbeigeschafft?«

»Der junge gnädige Herr hat es befohlen, gnädige Frau.«

»Dann soll er sie auch bezahlen.«

Unerhört! Er bringt ja viel Verständnis für seine Schwägerin auf, die kein leichtes Dasein hat. Aber ihr Geschwätz von christlicher Nächstenliebe kann sie in Zukunft gern für sich behalten. Danuta ist ein liebes Mädchen, und wenn sie eine Hebamme braucht, wäre er der Letzte, der sie ihr verweigert. Und bezahlen wird er sie auch – aber von Theodors Geld.

Der Sonnenaufgang ist nicht mehr fern, als endlich etwas Ruhe im Haus einkehrt. Oben in der Dachkammer ist kein Laut mehr zu vernehmen, auch Luise scheint wieder eingeschlafen zu sein, nur unten in der Küche ist noch Geplänkel.

»Gnädiger Herr«, ruft Traude und klopft energisch an seine Tür. »Die Hebamme will ihr Geld haben.«

Es hilft nichts, er muss wieder von seinem Lager aufstehen, die Jacke überziehen, in die Pantoffeln fahren, das Haar notdürftig ordnen und – ja, richtig – die Geldbörse nicht vergessen.

Frau Göttler wartet in der Halle, sie macht einen ausgesprochen zufriedenen Eindruck. Das Bier hat ihre Wangen gerötet, um den Mund herum glänzt es fettig, er kann riechen, dass man ihr Räucherspeck und Leberwurst vorgesetzt hat.

»Ein kräftiger Junge«, sagt sie stolz und streckt die Hand aus. »Der Mutter geht's gut, morgen ist sie wieder auf dem Damm.«

Sie verlangt sechs Taler und zwei Silbergroschen, die er ihr auf die ausgestreckte Hand zählt. Als sie die Münzen einschiebt, erklärt sie, dies sei ein geringer Lohn für die späte Stunde und die große Verantwortung, die auf ihrer Arbeit laste.

»Selbstredend, liebe Frau Göttler. Eine angenehme Nacht …«

»Lächerlich«, sagt die Döppel. »Gefressen und gesoffen hat sie. Das Kind war längst auf der Welt, wie sie gekommen ist, sie hat nur noch die Nabelschnur durchschneiden müssen.«

Wie auch immer, denkt er und gähnt ausgiebig. Den Morgenschlummer habe ich mir redlich verdient.

Er schläft ungestört bis in den späten Vormittag hinein. Als er sich schließlich im Speisezimmer zum Frühstück einfindet, trifft er dort auf Luise, die immer noch unter Kopfschmerzen leidet.

»Endlich kommst du!«, stöhnt sie. »Ich will, dass du Theodor noch heute nach Hause holst. Er soll nicht in diesem fürchterlichen Lazarett die Augen schließen müssen. Ich will bei ihm sein, wenn seine letzte Stunde gekommen ist.«

»Sei ohne Sorge, liebe Luise. Ich kümmere mich darum.«

Panik überkommt ihn. Wenn der arme Theodor tatsächlich sein Leben aushauchen sollte, dann tritt ein, was er die ganze Zeit befürchtet hat: Dann hängt das Schicksal des Hauses allein an ihm. Und das in dieser furchtbaren geschäftlichen Lage – er wird sich gemeinsam mit der unglücklichen Luise im Schuldturm wiederfinden. Nein, so weit wird er es nicht kommen lassen.

Da noch Geld übrig ist, mietet er eine Kutsche und steuert die Frauengasse an, wo er das Gefährt vor dem Anwesen der Familie Jonkers anhalten lässt. Ein einziger Satz wird ihn aus der Misere befreien. »Gnädige Frau, ich bitte um die Hand Ihrer Tochter.«

Er steht schon auf der Gasse, setzt den Hut auf und will die

Stufen des Beischlags hinaufsteigen, da schlägt ihm plötzlich das Gewissen.

Nein, es wäre feige, jetzt davonzulaufen, um seine eigene Haut zu retten. Er ist ein Berend. Er wird sich der Situation stellen, das ist er seinen verstorbenen Eltern schuldig. Er wird mit fliegenden Fahnen untergehen und später, wenn er einmal ein berühmter Literat ist, ein Buch darüber schreiben.

»Zum Stadtlazarett«, befiehlt er dem Kutscher und steigt wieder ein.

Im Lazarett erwartet ihn eine Überraschung. Theodor sitzt im Krankenhauskittel auf dem Bett und versucht, mit verbundenen Händen eine graue Flüssigkeit zu löffeln. Als er Ernst erblickt, lässt er den Löffel fallen und ruft ihn mit heiserer Stimme zu sich.

»Da bist du ja endlich. Verschaff mir etwas zum Anziehen und miete eine Droschke. Je eher ich diesen Ort verlasse, desto besser!«

»Aber … Aber du brauchst ärztliche Pflege …«, stottert Ernst.

»Die kann Dr. Sternberg übernehmen. Nun mach schon. Soll ich hier verschimmeln?«

Mit den halb verbrannten Kleidern angetan, geht er steifen Schrittes zur Kutsche und zischt den Kutscher, der ihn stützen will, wütend an. »Nimm gefälligst die Finger von mir!«

Ohne Hilfe besteigt er das Gefährt und wartet dort, während Ernst im Verwaltungshaus die Rechnung bezahlt. Ernst ist froh und erleichtert über diese unerwartete Entwicklung. Wenn es mit dem Haus Berend schon zu Ende geht, dann ist es besser, dass Theodor die Verantwortung übernimmt und er selbst aus dem Schneider ist.

Pawel

Pawel hat die Nacht über kaum schlafen können. Einerseits schmerzt die Brandwunde an der Schulter, schlimmer aber sind die Bilder, die in schier endloser Folge in seinem Kopf vorüberziehen. Das sausende, lodernde Feuer, die stürzenden Balken, der tödliche schwarze Rauch, der ihm in dichten Schwaden entgegenquillt. Alle Schreckensbilder aber gipfeln in seiner irrsinnigen, unbedachten Tat, die er nicht mehr zurücknehmen und ungeschehen machen kann. Als sie so plötzlich vor ihm stand und seinen Namen rief, da war es um seinen Verstand geschehen, da ist aus ihm herausgebrochen, was er so sorgfältig vor aller Welt verschlossen hielt. Er hat sie gepackt und …

Was, zum Teufel, hat er ihr gesagt, während er sie wie ein Verrückter geküsst hat? Er zermartert sich das Hirn, weil er sich nicht mehr genau erinnern kann, aber es wird schlimm genug gewesen sein. Er kann nur hoffen, dass sie vor Überraschung nicht alles verstanden hat und dass der Lärm um sie herum ein Übriges getan hat. Eine schwache Hoffnung, aber er klammert sich daran.

Er dreht sich im Bett auf den Rücken, spürt einen brennenden Schmerz an der Schulter und setzt sich fluchend auf.

Ein einziger Augenblick hat alles infrage gestellt, was er sich mühsam aufgebaut hat. Er hat den Vater veranlasst, Schulden zu machen, und mit ihm eine Werft gegründet. Das hat er erst nach langem Zögern getan, weil er schließlich überzeugt war, diese fatale Verliebtheit in Schach halten zu können. Dafür hat es gute

Gründe gegeben. Erstens hat er bittere Erfahrungen mit der Liebe gemacht und weiß, wohin eine hirnlose Leidenschaft führt. Und zweitens, was viel wichtiger ist: Johanna ist die Ehefrau seines Vaters, der Vater liebt sie zärtlich, und auch sie ist ihrem Ehemann herzlich zugetan. Das ist gut und richtig so. Seine eigenen Gefühle haben hier keinen Ort.

Aber nun ist es offenbar geworden. Nicht nur Johanna muss es begriffen haben – was schrecklich genug ist. Auch andere Leute können sie gestern beobachtet und sich ihre Gedanken gemacht haben. Hat er nicht seinerzeit dem Vater zornig vorgeworfen, er gebe Anlass zu Gerede, weil er sich eine junge Frau genommen hat? Und jetzt setzt er selbst ein viel schlimmeres Gerücht in die Welt. Wenn das Gerücht, er, Pawel, habe seinem Vater Hörner aufgesetzt, in Danzig die Runde machen sollte – dann kann er vor Scham nicht mehr in den Spiegel sehen. Dann muss er fort – ganz gleich, wohin.

Am Morgen erhebt er sich mit dumpfem Schädel und geht in die Küche, um sein Frühstück einzunehmen. Dort erwartet ihn Lene Grauholm, die Tochter des Schuhmachers, schaut ihn sorgenvoll an und bedrängt ihn mit allerlei neugierigen Fragen.

»Ist die Berend'sche Halle ganz und gar niedergebrannt?«, will sie wissen und gießt ihm Tee in den Becher.

»Bis auf die Grundmauern.«

»Was für ein Unglück!«, stöhnt sie. »Und der arme Herr Berend – ist er in seiner Halle verbrannt, wie die Leute sagen?«

»Er liegt im Stadtlazarett.«

Sie bestreicht eilfertig eine Brotscheibe mit Butter und legt sie ihm auf den Teller.

»Du musst tüchtig essen, damit du bei Kräften bleibst«, meint sie und schiebt ihm den Topf mit der Marmelade hin. »Ich werde gleich hinauflaufen und dein Bett frisch beziehen. Ein weiches Kissen bringe ich dir auch, damit du keine Schmerzen leiden musst.«

Er ist beinahe gerührt über so viel Fürsorge. Aber die Lene ist immer ein liebes Mädel gewesen.

»Danke dir, Lene. Aber das ist nicht nötig …«

»Ich tu's gern für dich«, sagt sie lächelnd. »Nimm noch eine Scheibe vom Räucherschinken, der ist vom Metzger Raue nebenan, der macht den besten Schinken in ganz Danzig.«

Sie ist ihm etwas lästig, aber weil sie es ja gut meint, zeigt er sich dankbar, nimmt brav eine Scheibe Schinken und ist froh, dass sie ihn endlich in Ruhe lässt. Er zieht die Jacke über, setzt den Hut auf und macht sich auf den Weg. Auf der Radaune ziehen schnatternde Entenflottillen vorüber, Vögel zwitschern im Gezweig, vor der Werkstatt kommt ihm Sultan entgegengelaufen und begrüßt ihn mit fröhlichem Schwanzwedeln.

Dafür, dass die Welt seit gestern aus den Fugen ist, geht es hier recht friedlich zu, denkt er und nimmt den Hut ab, als er in die Werkstatt tritt. Der Vater empfängt ihn mit einem freudigen »Guten Morgen!«, fragt, wie er die Nacht überstanden hat, und grinst, als er behauptet, gut geschlafen zu haben.

»Das kannst du Johanna erzählen«, meint Berthold augenzwinkernd. »Vielleicht glaubt sie dir ja.«

»Ist sie oben?«

»Geh nur hinauf. Sie macht sich Sorgen um dich, meine liebe Frau.«

Mit klopfendem Herzen steigt er die Treppe hinauf. Er ist kein guter Lügner, das weiß er. Aber in seinem Fall kann nur eine Lüge helfen, die Wahrheit würde alles zerstören.

Johanna muss ihn gehört haben, denn sie ist aufgestanden und nimmt etwas aus dem Schrank, als er eintritt.

»Guten Morgen, Pawel«, sagt sie freundlich. »Setz dich, ich habe dir eine Salbe für deine Wunde besorgt.«

»Eine … Salbe …«, stottert er. »Das ist sehr nett von dir. Aber ich denke, dass ich …«

»Du musst den Verband regelmäßig wechseln«, erklärt sie energisch. »Ich habe mich beim Apotheker erkundigt und schon Binden zurechtgeschnitten. Also mach kein Theater und setz dich hier auf den Stuhl, damit ich dich versorgen kann!«

Er zögert. Ihre kühle Sachlichkeit verwirrt ihn. Hat sie den Vorfall gestern vielleicht für eine Wahnvorstellung gehalten? Für die Tat eines Kranken, dessen Sinne von Feuer und Rauch verwirrt waren? Hoffnungsvoll beschließt er, es herauszufinden, und knöpft das Hemd auf, damit sie den Verband wechseln kann. Sanft ist sie nicht mit ihm, er muss ein paarmal an sich halten, um nicht leise aufzustöhnen.

»Sieht ganz gut aus«, behauptet sie. »Wenn es zu heilen anfängt, lässt man es besser offen.«

»Ich wollte etwas mit dir bereden, Johanna.«

Die Salbe ist kühl und tut wohl, sie legt einen Stoff über die Wunde und sucht nach der passenden Binde.

»Wegen gestern?«, fragt sie in scheinbar harmlosem Ton.

Er nimmt einen tiefen Atemzug. »Ja«, sagt er. »Ich wollte dich in aller Form um Entschuldigung bitten, Johanna. Es war die Aufregung. Der Rauch. Dieses Feuer. Das alles hat mich vollkommen verwirrt, sodass ich nicht mehr wusste, was ich tat.«

Sie schweigt. Legt sorgfältig eine Binde über seine Schulter, führt sie über die Wunde und hinüber zum anderen Arm – genauso, wie es die Schwester im Krankenhaus gemacht hat.

»Trotzdem ist es natürlich unverzeihlich«, fährt er fort. »Ich weiß nicht, was da über mich kam. Aber in diesem Moment habe ich dich für eine andere gehalten. Ein Mädchen, in das ich einmal verliebt war. Verstehst du? Ich habe in meinem Wahn tatsächlich geglaubt, sie stünde vor mir …«

»Solche Dinge passieren«, sagt sie leise und schneidet das Ende der Binde ein, um es verknoten zu können. »Ich verstehe dich sehr gut, Pawel. Auch mir hat gestern der Schrecken die Sinne verwirrt.

Stell dir vor, ich glaubte, in den Armen eines längst vergessenen Mannes zu liegen …«

Plötzlich wird ihm bewusst, dass sie sich nicht gewehrt hat. Er hat geglaubt, sie sei zu überrascht gewesen, aber nun erinnert er sich plötzlich, dass sie seine Küsse erwidert hat. Leidenschaftlich sogar.

»Es war eine Verblendung, die ich sehr bereue«, sagt er und knöpft das Hemd zu. »Ich hoffe sehr, dass diese unglückliche Sache nicht Anlass zu Gerede geben wird.«

»Oh, ich glaube, es hat kaum jemand bemerkt in all dem Durcheinander«, behauptet sie und lächelt ihn an. »Die Hauptsache ist doch, dass wir beide wissen, wie wir zueinander stehen, nicht wahr?«

Der Blick, mit dem sie ihn jetzt ansieht, erscheint ihm voller unausgesprochener Fragen und Rätsel. Gibt es etwas, was sie ihm nicht sagen will? Er will es nicht wissen, steht auf und rettet sich auf die Brücke, die sie ihm gebaut hat.

»Das ist wahr, Johanna«, sagt er. »Zwischen uns soll es keine Lügen und keine Missverständnisse geben.«

»Die Hand darauf!«, fordert sie.

Ihr Händedruck ist fest und energisch, wie er es von ihr kennt. Er schafft es, ihrem Blick eine Weile standzuhalten und ihr Lächeln zu erwidern, dann steigt er die Treppe hinunter und macht sich auf den Weg zum Strohdeich.

Sie hat an ihren Pianisten gedacht, geht es ihm unterwegs durch den Sinn. Tatsächlich, jetzt erinnere ich mich, dass sie mich geküsst hat. Wie eine Ertrinkende hat sie sich an mich geklammert. Natürlich nicht an mich, sondern an diesen Polen. Wie hieß er doch? Na, egal – ich will es nicht wissen. Wieso grüble ich überhaupt darüber nach?

Auf der Werft hocken seine drei Angestellten im Lagerschuppen und rauchen ein Pfeifchen. Wie es scheint, haben sie wenig

Lust, die Arbeit anzufassen. Doch als sie ihn sehen, sind sie froh und erleichtert und begrüßen ihn herzlich.

»Wir sind gestern noch nach Neufahrwasser gefahren«, sagt einer. »Da haben wir schon gefürchtet, es hätte Sie erwischt.«

Sie haben beim Löschen geholfen und gesehen, wie er mit dem Boot zum Stadtlazarett gerudert wurde.

»Die haben erzählt, Sie hätten dem Berend das Leben gerettet«, bekommt er zu hören. »Aber der sah nicht so aus, als ob er's noch lange machen würde.«

Haben sie etwa auch gesehen, wie er Johanna geküsst hat? Er schaut prüfend in ihre Gesichter, erkennt aber kein hintergründiges Grinsen oder ähnliche Anzeichen. So erzählt er, dass Theodor Berend im Lazarett liege und er hoffe, dass er durchkommt.

»Es gibt welche in Danzig, die sagen, dass es um den Theodor Berend nicht schade wäre«, meint einer. »Aber da will ich nicht beistimmen. Nur ist es dann wohl nichts mit dem Holz, wie?«

»Sieht nicht gut aus«, gibt er zurück. »Aber wir kriegen schon Holz, wenn nicht von Berend, dann eben anderswoher.«

Er weist sie an, wie sie mit der Arbeit fortfahren sollen, und geht hinüber zur Anlegestelle, um mit einem der Lastensegler hinauf nach Neufahrwasser zu fahren. Einmal zieht es ihn an den Ort des gestrigen Geschehens zurück, zum anderen erinnert er sich daran, dass er gemeinsam mit Theodor Berend eine Menge kurzer Stämme aus der brennenden Halle gerettet hat. Dieses Holz käme ihm jetzt sehr zupass – falls es noch dort liegt, will er es sich genauer ansehen und schauen, ob er es erwerben kann.

Die beiden Schiffer auf dem Lastenkahn kennen ihn, man redet über den gestrigen Brand und die Gerüchte, die die Runde machen.

»Was für Gerüchte?«, fragt er erschrocken.

»Na, so eine Halle brennt doch nicht von selber ab«, meint der ältere Bootsmann und zwirbelt seinen Schnurrbart. »Da hat doch einer nachgeholfen.«

Es wird erzählt, dass der Brand wohl schon in der Nacht oder am frühen Morgen gelegt worden sei.

»Das ist keine Kunst«, meint der jüngere Schiffer. »Eine brennende Laterne in eine der Luken hineingeworfen und schnell davongelaufen.«

»Die Luken sind zu hoch angebracht«, widerspricht der ältere. »Das ist schwer zu treffen.«

»Dann hat er eine Leiter benutzt.«

»Woher soll er die haben? Bei den Hallen da oben sind alle Gerätschaften gut verschlossen.«

»Dann hat er sich ein altes Fallreep mitgebracht.«

»Was du dir da zurechtdenkst, Junge«, lacht der Ältere. »Lass das nur niemanden hören, sonst halten sie dich noch für den Brandstifter!«

Auch Pawel macht sich jetzt Gedanken, wie dieses Unglück geschehen konnte. Er geht am Hafen an Land und bewegt sich langsam hinüber zu den Hallen. Dort stehen etliche Schaulustige, starren auf die schwarz verbrannte Ruine und schwatzen miteinander.

»Der rote Deibel ist's gewesen«, sagt eine ältere Frau. »Hab in der Nacht am Fenster gestanden, weil ich nicht schlafen konnt, da seh ich den Leibhaftigen mit einer Laterne in der Gasse herumspringen …«

»Dazu braucht's keinen Deibel«, widerspricht ein älterer Mann mit einer Fischermütze. »Da gibt's genug andere, die dem Berend nicht grün sind. Ein Halsabschneider ist der. Hat meinen Schwager beim Bau der verdammten Halle arbeiten lassen wie einen Ackergaul, aber nur die Hälfte bezahlt.«

»Mir ist's genauso gegangen. Das trifft den Richtigen«, sagt ein anderer.

»Versündige dich nicht«, warnt jemand. »Es heißt, der Berend Theodor sei gestorben.«

»Da kann er in der Hölle gleich weiterbrennen!«

Pawel hat sich unter die Leute gemischt und eine Weile zugehört. Niemand beachtet ihn, was ihn sehr erleichtert. Wie es scheint, gehen die Gerüchte um den gestrigen Hallenbrand nicht in die Richtung, die er befürchtet hat. Gut so. Vermutlich hat Johanna recht – in dem Durcheinander hat kaum jemand etwas Verdächtiges bemerkt. Und selbst wenn es jemand gesehen haben sollte, dann wird er geglaubt haben, seine Stiefmutter habe ihn umarmt, weil sie froh und glücklich war, ihn am Leben zu sehen. Was ja vollkommen verständlich ist.

Die ausgebrannte Halle ist ein trauriger Anblick. Die Backsteine im unteren Bereich sind an vielen Stellen geborsten, breite Risse ziehen sich durch das noch heiße Mauerwerk. Das Fachwerk im oberen Bereich ist schwarz verbrannt und zum Teil ins Innere der Halle gestürzt, wo halb verbrannte Stämme, Dachschindeln, verkohlte Balken und schwarze Backsteine zu sehen sind. Ab und zu erhebt sich der Wind von See und lässt die Asche wie einen düsteren Geist aus der Halle aufsteigen, um ihn ins Landesinnere zu wehen, wo er sich auf Gassen, Gebäuden und den Kleidern der Menschen niederlässt. Was für ein Irrsinn, denkt Pawel. Hunderte von Jahren haben die Bäume gebraucht, um zu wachsen, und in wenigen Stunden hat das Feuer sie verzehrt. Er erinnert sich, mit welch verzweifelter Wut Theodor Berend in die Halle gestürzt ist, eine Dechsel gegriffen hat und ihm, Pawel, mit heiserer Stimme befohlen hat, mitzutun. Da kannten sie einander erst wenige Minuten, waren aus verschiedenen Richtungen zur Halle gelaufen, wo sie sich verabredet hatten, und die ersten Worte, die sie miteinander redeten, waren Streitigkeiten. Die Türen nicht öffnen, hatte er gewarnt. Aber Berend hat nicht hören wollen und in aller Hast aufgeschlossen, da hat das Feuer Luft bekommen, und die Flammen sind bis zur Hallendecke aufgelodert.

Freundlich ist er nicht gewesen, denkt Pawel. Wie er mich angebrüllt hat! Aber schließlich war es sein Holz, das da vor seinen Augen verbrannt ist. Und überhaupt bin ich der Letzte, der ihm Vorwürfe machen dürfte, habe selbst mein Päckchen zu tragen.

Pawel sieht sich die kurzen Stämme am Halleneingang an und findet seine Vermutung bestätigt. Lärche, ein gutes Holz, das praktisch für alle Teile des Bootes verwendbar ist, vor allem für Deck und Außenplanken. Es ist nicht viel, nur das, was sie in der Eile aus der Halle schaffen konnten, die Stämme liegen kreuz und quer, wie sie sie geworfen haben, er schätzt sie auf vier oder fünf Kubikmeter. Aber er kann dieses Holz brauchen und würde es gern kaufen.

Er nimmt das Dampfboot, um stromaufwärts zurück nach Danzig zu fahren. Sein Angebot zu unterbreiten wird nicht ganz einfach sein, denn Theodor Berend liegt im Lazarett. Auf der anderen Seite kann es leicht geschehen, dass jemand das Holz, das unbewacht vor der Halle herumliegt, über Nacht verschwinden lässt. Holz ist ein begehrtes Gut. Er handelt also letztlich auch in Theodor Berends Interesse.

Er steigt am Danziger Hafen aus und betritt die Lange Gasse durch das Grüne Tor. Nicht ohne Magenschmerzen geht er die Prachtstraße entlang, streift Rathaus und Artushof mit unfreundlichen Blicken und ärgert sich über die ausladenden Beischläge einiger schön geschmückter Patrizierhäuser. Hier also ist Johanna als kleines Mädchen herumgelaufen, hat ihre teure Puppe im Arm gehalten oder mit Reifen und Peitsche gespielt, wie es die reichen Kinder tun.

Auf sein Läuten öffnet ihm eine hagere, ältliche Person, die seine Arbeitskluft mit misstrauischen Blicken mustert. »Sie wünschen?«

»Pawel Forster mein Name. Ich habe Geschäftliches mit Herrn Berend zu besprechen.«

Ihr Gesicht zeigt deutlich, was sie von ihm hält. »Forster?«, fragt sie mit spitzer Zunge.

»Allerdings. Melden Sie mich bei meinem Schwager, Herrn Ernst Berend, an!«

Sie lässt ihn auf dem Beischlag stehen und verschwindet im Halbdunkel der Eingangshalle. Puh, diese prächtigen Patrizierhäuser sind nicht seine Sache. Wie soll man sich dort wohlfühlen? Links füllt ein gewaltiger Schrank aus geschnitzter Eiche beinahe die gesamte Wand, rechts sieht man einen Treppenaufgang, den hölzerne Skulpturen irgendwelcher Meeresgötter schmücken. Und über diesem düsteren Raum wölbt sich ein verblasstes Deckengemälde, in dem Schiffe, Engel, Soldaten und allerlei schöne Damen in wildem Durcheinander dargestellt sind.

Die hässliche Hausangestellte ist rascher zurück als gedacht, sie steht einfach da, ohne dass er ihr Kommen bemerkt hat.

»Herr Berend lässt bitten.«

Sie geht voraus und öffnet eine Tür zur Linken, hinter der sich offensichtlich das Kontor befindet. Auch hier gibt es hölzerne Wandvertäfelungen, und der Schreibtisch in der Mitte des Raumes ist so groß, dass sich im Falle einer Überschwemmung gut zehn Personen darauf retten könnten. Ernst Berend wirkt sehr klein und verloren an diesem gewaltigen Tisch.

»Was für eine angenehme Überraschung«, sagt er. »Setz dich und erzähle mir, wie es dir geht, lieber Pawel.«

In diesem Punkt muss er Johanna beistimmen: Ihr kleiner Bruder besitzt ein ungemein fröhliches, einnehmendes Wesen. Was man von dem älteren überhaupt nicht sagen kann. Er erfährt zu seiner Erleichterung, dass Theodor Berend seit heute Morgen aus dem Lazarett zurück ist.

»Dann richte ihm meine besten Wünsche zur baldigen Genesung aus«, meint er.

»Mache ich. So, wie er hier das Zepter schwingt, wird er bald wieder auf dem Damm sein«, antwortet Ernst. »Momentan hat er für niemanden ein freundliches Wort und blafft jeden an, der ihn mit den besten Absichten nach seiner Gesundheit fragt. Wenn er so weitermacht, wird er auch den Arzt vergrätzen, den er so nötig braucht.«

»Er wird Schmerzen haben,«, meint Pawel. »Und Sorgen dazu.«

»Nicht zu knapp«, schwatzt Ernst. »Aber das wird schon wieder. Abgesehen von der ärgerlichen Sache in Neufahrwasser laufen unsere Geschäfte ausgezeichnet.«

So ganz mag Pawel die großsprecherischen Worte nicht glauben. Selbst wenn das Holz versichert war, wird Berend nur den Wert der Ware erstattet bekommen, aber auf den nicht unbeträchtlichen Verkaufsgewinn verzichten müssen. Er unterbreitet nun sein Angebot, nennt die Menge an Holz und den Preis, den er zu zahlen bereit ist.

»Ich gebe dir gleich morgen Bescheid«, sagt Ernst großspurig. »Es ist zwar nur eine kleine Menge – aber Kleinvieh macht bekanntlich auch Mist, nicht wahr, lieber Schwager? Grüße bitte meine Schwester von mir. Ich hoffe, sie demnächst bei Frau von Kleiwitz zu sehen …«

Am Abend begibt er sich in die Paradiesgasse, um die Angelegenheit zu besprechen und das Abendessen einzunehmen. Es ist die Probe aufs Exempel. Jetzt wird sich erweisen, ob er auf festem Boden steht und ihr mit Ruhe und Gelassenheit in die Augen blicken kann. Oben hat Johanna den Tisch gedeckt und gemeinsam mit der alten Barbara die Mahlzeit aufgetragen. Es gibt eine gute Rindsbrühe, danach Brot, Butter und Wurst, dazu essen sie Gartensalat, der auf dem Markt jetzt wohlfeil zu haben ist. Johanna ist freundlich zu ihm, legt ihm auf und gießt ihm Most ein, ansonsten hält sie sich mit Reden zurück und überlässt es ihrem Ehemann, den Sohn auszufragen.

»Wenn du der Ansicht bist, dass wir das Holz gebrauchen können – dann kaufen wir es«, meint sein Vater.

Johanna hat wie erwartet Einwände gegen diesen Kauf. Pawel

zwingt sich, so wenig wie möglich hinzuschauen, wenn sie spricht, weil ihr lebhaftes Mienenspiel und die Bewegungen ihrer Hände ihn verunsichern. Noch ist die Sache nicht in trockenen Tüchern, denkt er. Ich muss daran arbeiten.

»Er wird einen höheren Preis fordern und außerdem behaupten, es seien mindestens zehn Kubikmeter gewesen«, warnt sie.

»Warum sollte er das tun?«

»Ihr müsst einen Vertrag machen und alles genau regeln«, beharrt sie. »Und auf keinen Fall in Vorkasse treten.«

»Dein Bruder ist nur knapp dem Tod entronnen, und außerdem war das Holz nicht versichert«, sagt er vorwurfsvoll. »Ich verstehe nicht, wie du so missgünstig sein kannst, Johanna.«

»Du hast nicht unrecht, Pawel«, gesteht sie und schlägt die Augen nieder. »Ich rate ja auch nur zur Vorsicht, die niemals schaden kann. Im Übrigen sollten wir versuchen, bei der russischen Handelsniederlassung in Königsberg Holz zu kaufen. Ernst hat mir erzählt, dass Theodor dort sein Holz erworben hat.«

»Das ist ein viel zu großer Brocken für uns, liebe Ehefrau«, ruft sein Vater aus. »So ein Großhändler will das Holz gleich in ganzen Schiffsladungen verkaufen. Nicht wahr, Pawel?«

Pawel nickt und trinkt einen langen Schluck Most aus seinem Becher. Es ist zu schaffen, denkt er. Sie ist die Ehefrau meines Vaters und eine kluge, weitblickende Geschäftsfrau. Nichts anderes. Wir werden gut zusammenarbeiten. Die kleinen Trübungen bekomme ich in den Griff.

Er verabschiedet sich, und der Vater begleitet ihn die Treppe hinunter, um die Werkstatt abzuschließen. Die Sommernacht ist fortgeschritten, an der plätschernden Radaune sitzen drei Männer und teilen sich eine Flasche Wein. Es sind der Geselle Karl und die beiden Lehrjungen, die heute offensichtlich etwas zu feiern haben. Er grinst verständnisinnig und will sie nicht stören, setzt seinen Weg in die Böttchergasse leise fort. Dann plötzlich stutzt er.

»Wie ein Irrer …«

»So richtig … geküsst?«

»Wenn ich's dir sage. Ich stand doch genau daneben und hab den Schlauch von der Spritze gehalten.«

Der Geselle Karl ist bei der freiwilligen Feuerwehr – jetzt fällt es ihm wieder ein.

»Der Forster Pawel hat was mit unserer Meisterin?«, hört er Marek erschrocken flüstern.

»Und sie mit ihm«, gibt Karl hämisch zurück. »Da werden unserem Meister wohl bald kräftige Hörner wachsen.«

Mehr hört Pawel nicht. Er läuft an der Raudaune entlang, merkt kaum, wohin er geht, weil er verzweifelt darüber nachsinnt, wie er das Unglück abwenden könnte, das da unweigerlich auf ihn zustürzt. Als es schon stockdunkel ist, begreift er, dass er bis zum Bischofsberg gerannt ist, da wendet er sich den Lichtern der Stadt zu und macht sich auf den Rückweg. Sein Kopf ist dumpf, als er an die Tür des Schusterhauses klopft. Kalte Verzweiflung erfüllt ihn. Es ist aus, er muss Danzig verlassen, er kann dem Vater nie wieder unter die Augen treten.

Lene öffnet ihm. Sie hält eine Laterne in der Hand, weil es dunkel im Hausflur ist, und winkt ihm, eilig einzutreten.

»Du hast Glück«, sagt sie. »Die Eltern sind schon zu Bett gegangen, aber ich hab auf dich gewartet, weil ich dir die Tür aufmachen wollte.«

Da schießt ihm plötzlich etwas durch den Sinn, eine Lösung, die ihn aus seiner Not befreien könnte. Die einfachste Sache der Welt ist es. Aber sie wird ihm Sicherheit geben und allen Irrtümern und Gerüchten einen Riegel vorschieben.

»Sag mir, Lene – willst du meine Frau werden?«

Sie ist zu überrascht, um gleich zu antworten. Er sieht, wie das Laternenlicht unstet im Flur schwankt, denn ihre Hand ist ganz zittrig.

»Hast du getrunken, Pawel?«, fragt sie beklommen.

»Keinen Tropfen. Ich meine es ernst, Lene.«

Sie stellt die Laterne auf den Boden und tritt dicht an ihn heran. Im Halbdunkel schimmern ihre Augen, als wären Tränen darin.

»Ja, Pawel«, sagt sie und schluchzt auf. »Von ganzem Herzen. Ja!«

Theodor

Die Hölle ist über ihn hereingebrochen. Züngelnde gelbe Flammen haben nach ihm gegriffen, sausender Brand hat seine Ohren betäubt, heiße Glut seine Hände verbrannt. In dem elenden Lazarett, wohin man ihn verschleppt hat, haben ihn grauenhafte Wahnvorstellungen heimgesucht. Er hat ihn vor sich gesehen, den Feuerteufel, den rothaarigen Brandstifter, der ihm dies angetan hat und hohnlachend davongelaufen ist. Inmitten der lodernden Flammen und stürzenden Balken hat er ihn verfolgt, ist durch brennende Wände gelaufen, hat nach ihm gegriffen, seinen Namen gebrüllt, ihm tausend Flüche nachgeschickt.

Erst am Morgen ist langsam sein Verstand zurückgekommen. Da ist ihm bewusst geworden, dass das Haus Berend knapp vor dem Ruin steht und dass er handeln muss, wenn er das Schlimmste verhindern will.

Er hat sich so elend gefühlt wie nie zuvor. Die Hände schmerzen höllisch, sein Magen rebelliert, und der Kopf scheint platzen zu wollen. Immer noch spürt er den widerlichen Geruch des schwarzen Qualms, er hängt in seinen Kleidern, in den Binden, mit denen Kopf und Hände umwickelt sind, und scheint sich auch in seiner Lunge breitgemacht zu haben. Jeder andere in seiner Lage hätte aufgegeben und den Dingen ihren Lauf gelassen – aber nicht Theodor Berend. Auch wenn er nur noch ein versengtes Wrack ist, er wird dem boshaften Schicksal nicht den Gefallen tun, kampflos unterzugehen.

Die Heimfahrt in den nach Brand stinkenden Kleidern war nur schwer zu ertragen. Dazu das Geschwätz seines jüngeren Bruders, das Geruckel der Kutsche und die neugierigen Blicke der Passanten, als er in der Langen Gasse vor seinem Haus aus dem Gefährt stieg. Die Stufen des Beischlags forderten ihm so viel Kraft ab, dass sich sein Magen zusammenkrampfte und er sich übergeben musste – ein großartiges Schauspiel für alle Umstehenden.

Das falsche Mitgefühl der Hausangestellten und der Wirtschafterin machte die Sache nicht besser. Noch schlimmer wurde es, als er schließlich oben im Wohnzimmer im Sessel saß und erschöpft nach Luft rang.

»Theodor! O mein Gott! In welchem Zustand du bist! Ich kann es kaum mitansehen. Mein armer, armer Ehemann …«

Luises hysterische Verzweiflung war das Letzte, was er jetzt gebrauchen konnte. Auch wenn ihm klar war, dass sie Trost und Hilfe benötigte, gingen ihm die Nerven durch.

»Still!«, brüllte er sie an. »Spar dir dein Gejammer! Lass mir ein Bad bereiten und beschaff mir frische Kleider! Und schick nach Dr. Sternberg.«

Sie ist erstarrt und einige Schritte zurückgewichen, doch dann hat sie sich gefasst und dem Hausmädchen ihre Anweisungen gegeben. Der kleine Raum, den der Vater einmal mit einer Badewanne ausgestattet hat, befindet sich im zweiten Stock und wird nur selten benutzt, da die Angestellten das Wasser in der Küche erhitzen und eimerweise hinauftragen müssen. Er steigt mühsam die Treppen hinauf, setzt sich im Eheschlafzimmer aufs Bett und sieht zu, wie Luise Kleider und Wäsche für ihn zurechtlegt. Auf der Treppe stapft die Döppel mit zwei Eimern Wasser nach oben. Er sehnt sich nach ruhiger Fürsorge, schweigendem Verständnis, sanfter Tatkraft.

»Wo ist Danuta?«, will er von Luise wissen.

»Danuta?«, fragt sie spitz. »Was willst du von Danuta?«

Plötzlich bekommt er Angst, dass man das Mädchen in seiner Abwesenheit aus dem Haus getrieben hat.

»Wo sie ist, will ich wissen!«, fährt er Luise zornig an.

Seine Stimme ist heiser, manchmal kippt sie. Alles eine Folge des Rauchs, der seinen Körper vergiftet hat.

Luises Fassung bricht zusammen, sie wirft den Stapel Weißwäsche auf das Ehebett und beginnt zu schluchzen. »Ich bin wie von Sinnen vor Sorge um dich«, heult sie. »Leide mit dir, versuche, deine Schmerzen zu lindern, lese dir jeden Wunsch von den Augen ab … Aber du hast nur Danuta im Kopf … Oh, wie ungerecht du bist, Theodor!«

Das Geheul hat ihm gerade noch gefehlt. Er steht auf, lässt sie im Eheschlafzimmer allein und ruft das Hausmädchen.

»Danuta?«, fragt die und zieht eine unschuldige Miene. »Die ist oben.«

»Sie soll herunterkommen!«

»Ich sag es ihr gern, gnädiger Herr«, erwidert Traude. »Aber ich weiß nicht, ob sie kommen wird.«

»Wieso? Was ist mit ihr?«, fragt er angstvoll.

»Sie hat doch heute Nacht ihr Kind gekriegt, gnädiger Herr.«

Er spürt sein Herz so aufgeregt klopfen, dass er sich vorsichtshalber an die Wand lehnt. Das Kind. Sein Kind!

»Was ist es?«, will er wissen.

Traude lächelt gönnerhaft und vollführt einen Knicks. »Ein gesunder Knabe, gnädiger Herr.«

Ein Junge! Danuta hat ihm den ersehnten Sohn geboren. Seine Beine zittern, sein Herz rast. Das ist ein Zeichen. Herrgott im Himmel, das ist ein Zeichen! Nun weiß er, dass er diese Misere meistern wird, denn er hat einen Sohn. Einen Nachkommen, der sein Werk übernehmen und vollenden wird.

»Es ist gut, du kannst gehen«, sagt er zu Traude, die immer

noch vor ihm steht und offensichtlich auf ein Lob wartet, weil sie ihm diese gute Nachricht überbracht hat.

Es drängt ihn, zu Danuta hinaufzugehen, um seinen Sohn anzuschauen. Aber er will ihr so lädiert und schmutzig nicht unter die Augen treten, erst wird er baden, und Dr. Sternberg soll nach den elenden Brandwunden sehen.

Der Arzt lässt nicht lange auf sich warten. Liebenswürdig plaudernd wickelt er die Verbände ab, verteilt Salbe auf die Wunden und erklärt, dass der Herr Berend seine Hände schon in ein paar Wochen wieder benutzen kann, so als sei nichts gewesen.

»Das ist doch wohl nicht Ihr Ernst!«, meint Theodor, der vom Anblick der Brandwunden entsetzt ist.

»Mein vollster Ernst, lieber Herr Berend. Kein einziger Finger muss abgenommen werden, nur der Daumen rechts vielleicht, aber das wird sich zeigen. Und das Haar wächst auch wieder. Wenn nicht, dann legen Sie einfach eine Strähne von der Seite über die kahle Stelle in der Mitte ...«

Er hört sich an, dass er Glück im Unglück gehabt hätte, dass Gott der Herr seine schützende Hand über ihn gehalten habe, und schickt Ernst mit dem Kassenschlüssel ins Kontor, um den Arzt bezahlen zu können. Er selbst ist nach der Behandlung und dem anschließenden Bad so erschöpft, dass er nur mit Mühe das rettende Bett im Gästezimmer erreicht. Dort lässt er sich von Traude eine Kanne Tee servieren – feste Nahrung bringt er nicht hinunter.

»Sag meiner Frau, ich brauche Ruhe. Heute Abend werde ich mir Zeit für sie nehmen. Und ruf meinen Bruder, er soll zu mir heraufkommen.«

Ein wenig schlägt ihm jetzt das Gewissen. Luise ist nun einmal empfindlich wie ein kleines Mädchen, außerdem ist sie offenbar schwanger, er war zu hart zu ihr. Dass Danuta einen Sohn geboren hat, wird ihr heftig zu schaffen machen – aber damit muss sie sich abfinden.

Ernst kommt ihm etwas bleichgesichtig vor – nun ja, er hat wohl gefürchtet, das Schicksal des Hauses allein stemmen zu müssen, was glücklicherweise nicht der Fall ist.

»Hör zu«, sagt er zu ihm. »Kein Wort darüber, dass das Holz nicht versichert gewesen ist. Zu niemandem. Ist das klar? Du erzählst, dass wir dieses tragische Unglück zwar bedauern, aber dass unsere Geschäfte davon nicht weiter beeinträchtigt werden. Hast du mich verstanden?«

Ernst nickt eifrig. Er ist zu allem bereit und stellt sich nicht einmal blöde an. Jetzt allerdings will er zwanzig Taler, um die nächste Ausgabe seines Journals drucken zu lassen.

»Hast du keine anderen Sorgen?«, fährt Theodor ihn an. »Lass dir das Geld von Frau von Kleiwitz geben.«

»Aber sie hat nichts mehr, wir müssen leider an die Rücklagen …«

»Papperlapapp! Sie soll nicht so viele Briefe verschicken.«

»Aber du hast selbst gesagt, dieses Geld gehört nicht uns, es ist für den Druck meines Journals bestimmt!«, begehrt sein Bruder auf.

»Acht Taler, das ist das Äußerste!«, gibt er zurück.

Er macht dieses Zugeständnis nur, um weitere Ärgernisse mit der lästigen Auguste von Kleiwitz zu vermeiden. In der momentanen schwierigen Lage des Handelshauses ist er gezwungen, dieses Geld »auszuleihen«, um notwendige Ausgaben für Arzt, Lebensmittel und Angestellte pünktlich zu zahlen. Tut er das nicht, könnten Gerüchte aufkommen, er sei nicht zahlungsfähig, was eine fatale Wirkung hätte. Dann würden die Gläubiger in Scharen über ihn herfallen, weil jeder befürchten muss, sein Geld nicht mehr zu bekommen, und der Konkurs wäre nicht mehr abzuwenden. Seine einzige Chance ist, die wirkliche Lage geheim zu halten und die erheblichen Forderungen, denen sich das Handelshaus gegenübersieht, eine nach der anderen hinter verschlossenen Türen diskret und geschickt zu verhandeln. Nur so kann er retten, was noch zu retten ist.

Am Abend fühlt er sich etwas besser und beschließt, zuerst Danuta und seinen Sohn aufzusuchen und danach ein paar versöhnliche Worte mit Luise zu reden. Er wird ihr entgegenkommen und sie versöhnen, das hat sie verdient, denn sie steht treu an seiner Seite, auch wenn sie ihm momentan eher eine Last als eine Stütze ist.

Doch seine guten Absichten werden sofort wieder zunichte, kaum dass er Danutas Kammer betreten hat. Ein beklemmender Geruch schlägt ihm entgegen, sie sitzt auf dem Lager und hat weder Decke noch Kissen, in einer Ecke türmt sich schmutzige Wäsche, ein Wasserkrug und ein Becher stehen auf dem Boden.

»Was ist denn hier los?«, fragt er und nimmt das Seidentuch, das ihm als Binder dient, vor den Mund.

»Verzeihung, gnädiger Herr … ich bringe es noch heute in Ordnung … ich habe geschlafen, und nun ist er hungrig …«

Sie stillt das Kind. Er tritt näher und betrachtet das winzige rosige Wesen, das mit seiner ganzen Kraft an der prallen Brust der Mutter saugt. Sein Sohn strengt sich so an, dass kleine Schweißperlchen auf seiner Stirn zu sehen sind, seine Augen sind zu schmalen Schlitzen geschlossen, die Nase flach, die kleinen Ohren gerötet.

»Er soll Christian heißen«, sagt Danuta.

Sie haben ihr nicht einmal ein Tuch gegeben, um seinen Sohn darin einzuwickeln. Der Kleine liegt nackt in ihrem Arm, und er kann sich davon überzeugen, dass es tatsächlich ein Knabe ist. Wut steigt in ihm hoch. Er wird nicht dulden, dass sein eigen Fleisch und Blut hier in seinem Haus so behandelt wird.

»Christian ist ein guter Name«, sagt er. »Ich bin damit einverstanden. Wenn du ihn gestillt hast, gehst du mit ihm hinüber in das Zimmer, das meine Schwester früher bewohnt hat. Dort wird alles für dich und meinen Sohn bereit sein.«

Sie schaut ungläubig. Dann fragt sie mitleidig, wie es ihm geht.

»Ich habe es überlebt«, sagt er. »Aber ich werde wohl kahlköpfig sein, wenn es geheilt ist.«

»Dann werden Sie eine Perücke mit schönen Locken tragen, gnädiger Herr«, meint sie lächelnd.

»Das würde dir wohl gefallen, wie?«

»Es muss nicht mir, sondern Ihrer Ehefrau gefallen, gnädiger Herr.«

Er bleibt noch einen Augenblick an der Kammertür stehen und blickt auf Mutter und Kind, genießt diesen Anblick des blühenden, wachsenden Lebens und spürt die Kraft, die davon ausgeht. Dann macht er kehrt und gibt seine Anweisungen. Er hat keine Lust auf eine weitere tragische Eheszene, aber seine Versöhnungsbereitschaft Luise gegenüber ist stark gesunken. Der Zustand, in dem er Danuta und seinen Sohn angetroffen hat, ist ihr Werk, das ist ihm durchaus klar. Aber er macht kein Aufhebens davon, sondern bestellt die Wirtschafterin zu sich. Frau Döppel hat einige dunkle Punkte in ihrer Vergangenheit und daher allen Grund, ihm gefügig zu sein.

»Wäsche und Kleidung. Die Wiege weich mit Kissen und frischen Laken ausgestattet. Sooft sie etwas zu essen oder zu trinken verlangt, soll es ihr gebracht werden.«

Sein Sohn soll in der geschnitzten Wiege liegen, die seit Generationen den Nachkommen der Berends vorbehalten ist.

»Aber … Die gnädige Frau wird Einwände haben«, stöhnt die Döppel. »Sie wird mir nicht erlauben, die Wäsche zu nehmen. Und die Wiege …«

»Du hast allein mir zu gehorchen«, sagt er und sieht sie eindringlich an.

»Ja, gnädiger Herr«, sagt sie und macht ihren Knicks.

Luise erwartet ihn mit gewohnt grämlicher Miene im Wohnzimmer. Er ist erschöpft, spürt die Schmerzen wieder stärker und setzt sich zu ihr, um eine Tasse Tee mit Zucker zu trinken.

»Ich habe der Marienkirche eine Spende zukommen lassen«, verkündet sie mit frommem Augenaufschlag. »Zum Dank dafür, dass Gott mir meinen geliebten Ehemann erhalten hat.«

Weil sie das Geld dem Pfarrer schon übergeben hat, benötigt sie jetzt neues Haushaltsgeld. Er fügt sich zähneknirschend und verspricht ihr das Geld für morgen früh.

»Ich fürchte, die übertriebene Fürsorge, die du Danuta und ihrem Bankert angedeihen lässt, wird einen guten Teil des Etats verschlingen«, behauptet sie.

»Darüber hast du nicht zu befinden«, gibt er unfreundlich zurück.

»Ist es wirklich nötig, sie wie eine Fürstin zu halten und das Kind in die Wiege der Berends zu legen?«, fragt sie mit weinerlicher Stimme.

»Solange sie und das Kind in meinem Haus leben, soll es ihnen an nichts fehlen«, stellt er klar.

»Und wie lange muss ich diesen Zustand ertragen?«

Es flackert in ihren Augen – gleich wird sie in Tränen ausbrechen. Aber sein Mitgefühl ist nicht allzu groß. Sie ist seine Ehefrau und hat sich zu fügen.

»Solange es nötig ist!«

In der Nacht liegt er wach, spürt den ziehenden Schmerz, trinkt Tee und kaltes Brunnenwasser und grübelt vor sich hin. Zahlenreihen gehen ihm durch den Kopf, Fristen, die man verlängern muss, Gläubiger, die man mit einem Teil der Summe zufriedenstellen könnte. Dennoch ist seine Lage verzweifelt. Ein einziger Augenblick hat alles vernichtet, was er sich mit kluger Berechnung aufgebaut hat.

Er steht allein, das ist immer so gewesen. Aber er hat einen verlässlichen Helfer, der ihm die Kraft geben wird, die Talsohle zu durchschreiten. Das ist der Hass.

Er hasst den windigen Versicherungsmenschen, der ihm eine horrende Prämie abnehmen wollte, sodass er schließlich abgelehnt hat. Er hasst die gierigen Gläubiger, die jetzt die Hände aufhalten werden. Er hasst den frommen Pfarrer der Marienkirche, der ohne Zögern die Spende eingesteckt hat. Da sind sie schnell, die Schwarzröcke, aber wenn man Trost und Hilfe braucht, kann man lange warten. Es gibt eine ganze Latte von Zeitgenossen, die er in seinen Zorn einschließt, er kommt kaum zu Ende, weil es so viele sind, aber es tut ihm wohl, jeden einzelnen mit seinem Hass zu durchtränken und ihm alles erdenklich Schlechte zu wünschen. Nicht zuletzt auch seinem kleinen Bruder. Und Johanna, die jetzt vermutlich in der Paradiesgasse sitzt und sich die Hände reibt.

Am Morgen fühlt er sich gestärkt. Er nimmt Tee und Rührei zu sich, schaut bei Danuta vorbei und stellt befriedigt fest, dass die Döppel ihm gehorcht hat. Danuta liegt im blütenweiß bezogenen Bett, stützt sich auf weiche Kissen, und neben ihr in der Berend'schen Wiege schläft rosig und zufrieden sein Sohn.

Er ist entschlossen, ihm seinen Namen zu geben, die Vaterschaft anzuerkennen. »Christian Berend, Sohn des Kaufmanns Theodor Berend und der Hausangestellten Danuta Kaminski«, so soll es im Kirchenbuch stehen, dafür wird er sorgen.

Er steigt hinunter ins Kontor, grüßt Korbitz, der ihn mit angstvollen Augen anglotzt. »Wo ist mein Bruder?«, fragt er zornig, da Ernst nicht zu sehen ist.

»In Geschäften unterwegs, Herr Berend. Da ist ein Angebot von einem gewissen Pawel Forster hereingekommen. Bezüglich der Holzstämme, die vor der Halle liegen …«

Er schaut sich die krakeligen Notizen an, die sein Bruder zu diesem Angebot gemacht hat. Pawel Forster – an den hat er nur eine schwache Erinnerung. Ein hübscher Bursche mit dunklem Lockenhaar, kräftig, wie ein Schiffszimmermann sein muss, aber eigensinnig und genau. Tatsächlich hat er ihm geholfen, einige der Lärchenstämme vor dem Verderben zu retten. Die also will er jetzt von ihm kaufen. Natürlich – er braucht auf seiner Werft dringend Holz. Die »Forster & Sohn«-Werft, hinter der seine Schwester Johanna steckt.

Warum nicht? Allerdings wird er die Bedingungen diktieren und gleich einmal Menge und Preis nach oben korrigieren. Transport auf Kosten des Käufers. Vorauskasse in bar. Versteht sich.

Danach begibt er sich zum Polizeibüro, um eine Anzeige zu machen. Er will den Brandstifter hängen sehen. Dieser perfide Kerl, der ihm das angetan hat, soll seine gerechte Strafe erhalten. Auch wenn ihm das nicht aus der Misere helfen kann – er will die Befriedigung, dass diese Tat nicht ungesühnt bleibt.

»Oskar Possert«, gibt er zu Protokoll. »Ich hatte ihn wegen eines Vergehens entlassen, und es ist sehr wahrscheinlich, dass er aus Rache meine Halle in Brand gesteckt hat.«

Man verspricht, der Sache nachzugehen. Falls sich der Beschuldigte noch in Danzig aufhalten sollte, wird man ihn festnehmen und befragen. Wahrscheinlicher sei jedoch, dass sich der Spitzbube längst auf Nimmerwiedersehen davongemacht habe.

Johanna

Sie hat recht gehabt, misstrauisch zu sein! Am Abend ist Berthold voller Zorn in die Werkstatt zurückgekommen, hat über die Bosheit der Welt und die Betrüger geflucht und ihr schließlich gestanden, dass sie das Berend'sche Holz teuer bezahlt hätten.

»Er hat den Preis hochgetrieben, weil er weiß, dass wir das Holz nötig brauchen. Dabei hat Pawel das meiste davon mit eigenen Händen den Flammen entrissen – wäre er nicht gewesen, dann hätte Berend kaum etwas verkaufen können. Allein schon deshalb hätte dein Bruder uns einen guten Preis machen müssen …«

»Ich hatte euch gewarnt!«

»Ja«, seufzt Berthold und lässt die Arme sinken. »Wir hätten auf dich hören sollen, meine kluge Ehefrau. Aber wir haben nun einmal anders entschieden, und nun muss es eben so gehen.«

Natürlich. Entscheiden tun immer die Männer. Auch wenn sie es besser weiß, es interessiert niemanden.

»Warum ist Pawel nicht zum Abendessen gekommen?«, will sie ärgerlich wissen. »Dann hätten wir gleich jetzt darüber sprechen können, wie wir mit dem russischen Holzhändler in Königsberg verfahren.«

Berthold verzieht das Gesicht zu einem schrägen Grinsen. »Du weißt doch, wie die jungen Leute sind, Johanna. Da gibt's viel zu bereden, wenn man jung und verliebt ist.«

Darauf sagt sie nichts. Vorgestern ist Pawel am frühen Morgen in die Werkstatt gekommen und hat dem Vater erzählt, dass er

Lene Grauholm heiraten will. So einfach aus heiterem Himmel ist ihm eingefallen, sich eine Frau zu nehmen. Das Mädchen sei einverstanden, die Eltern ebenfalls, man habe beschlossen, am kommenden Sonntag die Verlobung bekannt zu geben.

Berthold ist wenig begeistert gewesen, nicht zuletzt deshalb, weil Pawel ihn vor vollendete Tatsachen gestellt hat, anstatt die Sache zuerst mit ihm zu bereden und seinen väterlichen Rat anzuhören.

»Die Lene«, hat er kopfschüttelnd gemeint, als er in die Küche gekommen ist, um Johanna und Barbara die Neuigkeit zu erzählen. »Die ist ja ein braves, anständiges Mädchen. Aber trotzdem … Ich weiß nicht recht, ob sie die Richtige für meinen Pawel ist.«

Auch Barbara war nicht froh über diese plötzliche Verlobung. »Er ist doch grad erst heimgekommen«, sagt sie bedenklich. »Und die Werft steht noch am Anfang. Muss er da schon heiraten und Kinder in die Welt setzen?«

»Im kommenden Jahr soll ein Wohnhaus am Strohdeich errichtet werden, da wollen sie einziehen«, sagt Berthold und seufzt. »Aber was soll ich mich aufregen? Er hat das Alter zum Heiraten, und die Lene wird ihm eine treue Frau sein.«

»Eine treue Frau wird sie sein«, findet Barbara. »Aber keine, die stark und klug an seiner Seite steht.«

Johanna hat kein Wort dazu gesagt und weiter ihre Zwiebeln geschnitten, als ginge sie das alles nichts an. In Wirklichkeit hat sie Mühe, das Durcheinander ihrer Empfindungen vor Barbara und Berthold zu verbergen. Pawel will heiraten. Der Mann, der sie noch vor einer Woche umarmt und geküsst hat, der ihr zugeflüstert hat, er liebe sie besinnungslos – er hat gestern der Tochter des Schuhmachers Grauholm die Ehe versprochen.

Wie soll das ein Mensch verstehen?

Nun – warum nicht, denkt sie und schiebt den Kummer von sich, der in ihr aufsteigen will. Es geht mich nichts an, er ist mein

Stiefsohn, und wenn er sich verehelichen will, muss er mich nicht vorher fragen. Hat er nicht behauptet, eine andere Frau gemeint zu haben, als er mich umarmte? Ein Mädchen, das er von früher kennt. Ist das am Ende Lene Grauholm gewesen? War Pawel all die Jahre über wie ein Besinnungsloser in diese fade kleine Schustertochter verliebt? Nun – über Geschmack lässt sich nicht streiten, und über Liebe schon gar nicht. Aber Lene Grauholm? Schließlich ist Pawel ein ansehnlicher junger Mann, dazu einer, der sein Handwerk versteht und den Mut hat, Neues zu wagen.

»Du bist ja so schweigsam, liebe Johanna«, sagt Berthold, der immer noch bei ihnen in der Küche steht. »Das ist doch sonst nicht deine Art. Sag, denkst du nicht auch, dass unser Pawel übereilt gehandelt hat?«

Sie nimmt sich zusammen und setzt eine heitere Miene auf. »Nun – wenn sich die beiden schon vor Jahren ineinander verliebt haben, dann ist es nur natürlich, dass er sie jetzt zu seiner Frau machen will.«

»Der Pawel und die Lene Grauholm?«, meint Berthold kopfschüttelnd. »Die sind nie verliebt gewesen. Oder irre ich mich da, Barbara?«

»Als kleiner Junge hat er ihr ein Bettchen für ihre Puppe geschnitzt«, erinnert sich Barbara. »Aber später war da nichts zwischen den beiden. Der Pawel hat gern nach den Mädchen geschaut, und wenn irgendwo eine Hochzeit oder Kindstaufe war, da hat er beim Feiern und Tanzen gut mitgehalten. Warum auch nicht? Ein hübscher Bursche ist er, unser Pawel, und kein Kind von Traurigkeit. Aber die Lene Grauholm, die hat ihm nie gefallen.«

»Dann muss er seine Meinung ganz plötzlich geändert haben«, stellt Johanna fest.

»Unverhofft kommt oft«, seufzt Barbara und steht vom Tisch auf, um das Feuer anzufachen und den Kessel für den Eintopf darüberzuhängen. »Dann steht uns also wohl im Frühjahr eine Hochzeit ins Haus.«

Als Johanna später das Mittagessen hinüber zum Strohdeich zieht, stellt sich heraus, dass Pawel Forster nicht anwesend ist.

»Der ist nach Königsberg mit dem Dampfboot. Weil er da einen Russen kennt, der uns Holz verkaufen will«, bekommt sie erklärt.

»Dann muss er seinen Eintopf kalt essen«, meint sie verdrossen.

»Der weiß halt immer guten Rat, der Meister«, sagen die Männer anerkennend. »Muss ja – damit es mit der Werft weitergeht.«

Mit fremden Federn schmückt er sich, denkt sie missgünstig. Aber sei's drum. Ich hab die Idee gehabt, es bei der russischen Handelsvertretung zu versuchen, und er führt sie aus. Nur sollten die Männer auch in anderen Dingen auf mich hören.

Am Nachmittag sitzt sie über den Büchern, trägt Ausgaben ein, die beträchtlich sind, verbucht kleinere Einnahmen, die Berthold in der Werkstatt erzielt hat, und seufzt, weil Pawel die Löhne seiner Arbeiter von den Rücklagen zahlen muss. Sie schreibt eine Rechnung für die zweite Rate, die für das Fischerboot fällig ist, das auf der Werft entsteht. Wenn es fertig ist und vom Stapel läuft, können sie die dritte und letzte Rate einfordern. Aber das wird noch ein Weilchen dauern. Für das Holz, das Pawel hoffentlich in Königsberg erhandeln wird, müssen sie einen ordentlichen Batzen zahlen, das ist so eingeplant. Mit welchem Geld will Pawel dann schon im kommenden Jahr ein Wohnhaus auf dem Strohdeich errichten? Solche unnötigen Ausgaben sollten ihrer Meinung nach auf später verschoben werden, wenn die Werft Geld abwirft und man investieren kann. Pawel kann mit seiner Eheliebsten vorerst im Haus des Schusters wohnen, da ist es eng, aber gemütlich, das wird der jungen Ehe förderlich sein. Aber wie sie ihren gutmütigen Ehemann kennt, wird er auf den Wunsch seines Sohnes bereitwillig eingehen, und sie kann nichts dagegen tun.

Unzufrieden legt sie den Federhalter zur Seite und lehnt sich zurück. So hat sie sich das nicht vorgestellt. Sie darf die Verluste verbuchen, die Gelder eintreiben, die Löhne auszahlen. Aber wenn es um wichtige geschäftliche Entscheidungen geht, wird sie nicht gefragt. Dabei hat sie die großen Aufträge vermittelt. Sie hat wichtige Verbindungen hergestellt, und sie ist es auch gewesen, die vor dem faulen Handel mit Theodor gewarnt hat. Aber sie ist eine Frau und vor dem Gesetz nicht geschäftsfähig, deshalb hat sie nichts zu sagen, auch wenn sie es besser weiß.

Pawel lässt sich vorerst nicht blicken, auch am Sonntag isst er nicht mit ihnen, da er bei den künftigen Schwiegereltern eingeladen ist. Wenn er mit Berthold etwas zu besprechen hat, taucht er am frühen Morgen in der Werkstatt auf, dann sitzen die beiden im Hof auf den Holzstapeln und stecken die Köpfe zusammen. Ein oder zwei Mal ist Johanna hinuntergegangen, um zu hören, was sie miteinander verabreden, da hat er ihren freundlichen Morgengruß nur kurz erwidert und gleich das Gespräch mit dem Vater fortgesetzt. Seine Gleichgültigkeit war so deutlich und verletzend, dass Johanna die Lust vergangen ist, sich in diese Unterhaltung einzumischen. Berthold wird ihr beim Mittagessen schon erzählen, was sie wieder ausgeklügelt haben, und sie wird nicht zögern, ihre Meinung dazu zu sagen.

»Pawel hat in Königsberg guten Erfolg gehabt«, meldet ihr Ehemann auch schon am folgenden Tag. »Wir müssen zwar einen größeren Posten Holz abnehmen, aber das lagern wir auf dem Werftgelände, da ist Platz genug.«

Na also. Das Gute an der Sache ist, dass sie Theodors Geschäftsbeziehung unterlaufen haben und er an dem Zwischenhandel nichts verdienen kann. Das Ärgerliche ist, dass sie kein lobendes Wort für ihre gute Idee zu hören bekommt. Pawel ist es gewesen, er hat mit dem Russen klug verhandelt und einen guten Preis herausgeschlagen. Dabei ist sie überzeugt, sie selbst hätte noch bessere Konditionen ausgehandelt.

»Es geht aufwärts, liebe Ehefrau«, sagt Berthold lächelnd zu ihr. »Hast du daran gedacht, die Rechnung für die zweite Rate zu schreiben? Mein Pawel ist so mit der Arbeit beschäftigt, dass er solche Dinge leicht vergisst.«

Da schau an. Er denkt an Pawels Einnahmen, vergisst dabei aber regelmäßig, die eigenen Außenstände einzufordern.

»Längst geschrieben und versendet«, knurrt sie ärgerlich.

»Es ist schön, dass du die Bücher so sorgfältig führst«, lobt er sie. »Aber mir gefällt nicht, wenn du am Abend noch so lange an deinem Schreibsekretär sitzt – du wirst dir die Augen verderben. Am nächsten Sonntag feiern wir Verlobung, da sollst du dich hübsch ankleiden, neben mir am Tisch sitzen und es dir gut gehen lassen.«

Am Sonntag also. Man wird im Haus des Schusters einen kleinen Umtrunk veranstalten; noch ist es Sommer, die Nächte sind lau, sodass man draußen sitzen kann.

Pawel lässt sich bis zum Sonntag nicht mehr in der Werkstatt blicken. Wenn sie mittags das Essen bringt, hält er sich abseits und schlingt seinen Eintopf hastig herunter, um nur gleich wieder an die Arbeit zu gehen. Sie hat sich damit abgefunden. Was sollen sie auch miteinander reden, die Geschäfte bespricht er sowieso nur mit Berthold, und seine Ehepläne gehen sie nichts an.

Am Sonntagabend geht sie gemeinsam mit ihrem Ehemann und dem Gesellen Karl hinüber in die Böttchergasse. Zu Bertholds Enttäuschung hat sie ein einfaches Kleid angezogen und sich geweigert, eine Schleife oder Ähnliches ins Haar zu stecken.

Dafür hat sie beim Trödler ein Verlobungsgeschenk besorgt, eine Vase aus echtem Porzellan, die nur an einer Stelle einen winzigen Sprung hat. Sie hat Wasser hineingetan und Blumen darin arrangiert, sodass das Geschenk hübsch bunt aussieht.

Vor dem Haus des Schuhmachers haben sie schon Tische und Stühle aufgestellt, einige Nachbarn haben sich eingefunden, die sich an den gebotenen Speisen gütlich tun und eifrig dem Bier zusprechen. Der Schuhmacher Grauholm sitzt bei ihnen, scheint sich aber nicht recht wohlzufühlen, denn er ist schweigsam und hebt nur hin und wieder seinen Becher, um einem Nachbarn zuzutrinken. Seine Ehefrau und die Tochter laufen hin und her, schenken den Gästen ein und ermuntern sie, zuzugreifen. Pawel ist nicht zu sehen.

Johanna fühlt sich fremd in dieser Runde. Zwar werden sie aufs Herzlichste von Lene und ihrer Mutter begrüßt, das Geschenk rührt Lene zu Tränen, weil es so zierlich und schön ist, und man weist ihnen die besten Plätze an. Aber es fällt ihr trotzdem schwer, sich in dieser Runde von Handwerkern und kleinen Leuten zurechtzufinden. Allein der Dialekt, der hier ganz unbefangen gesprochen wird, ist ihr so fremd, dass Berthold ihr oft die Reden der Leute übersetzen muss. Aber auch die laute Art zu feiern, das Trinken, das brüllende Gelächter, die anzüglichen Scherze ist sie nicht gewohnt. Auch die Frauen benehmen sich ganz ungezwungen, sie trinken Bier in großen Mengen, stülpen die Röcke auf beim Sitzen und rufen sich zotige Witze zu. Sie ist nicht überempfindlich, aber sie spürt deutlich, dass dies nicht ihre Welt ist.

Erst nach einer Weile lässt sich auch Pawel blicken, macht die Runde bei den Gästen und reicht auch ihr die Hand. »Schön, dass ihr gekommen seid …«

Dann ist er schon wieder beim nächsten Gast, er kennt sie alle, schließlich ist er hier aufgewachsen und hat mit vielen seiner

Nachbarn die Schulbank gedrückt. Wie ein glücklicher Bräutigam kommt er ihr nicht vor, als er so die Runde macht und sich zur Verlobung gratulieren lässt. Er wirkt eher angestrengt und etwas fahrig. Lene hingegen strömt über vor Freude, sie schwatzt mit allen Gästen, lacht laut auf, wenn man ihr Scherzworte hinüberwirft, und geht immer wieder zu Pawel, um ihm rasch etwas zuzuflüstern und sich dabei besitzergreifend an ihn zu schmiegen. Johanna tut sie fast ein bisschen leid, weil sie sich so geschmacklos aufgeputzt hat. Ihr Haar hat sie mit der Brennschere traktiert, es steht in skurrilen Löckchen in alle Richtungen, und wenn ihre Nase sie nicht täuscht, scheint es an einigen Stellen sogar verbrannt zu sein.

Das also gefällt ihm, denkt Johanna. Dann hat er es so verdient.

Wie scheußlich solche Verlobungsfeiern doch sind! Auch die Verlobung ihres Bruders Theodor mit Luise Ferber, wie sie damals noch hieß, hat sie in trüber Erinnerung. Natürlich ging es im Hause Berend ganz anders zu, da saß man steif beim Schein der Kerzen an der kristallfunkelnden Tafel, und Papachen hat eine Rede auf das junge Paar gehalten. Danach wurde Champagner getrunken, man hat Trinksprüche ausgerufen, und schließlich hat ein extra für diesen Tag angestellter Lakai Gefrorenes serviert. Damals ist sie fünfzehn gewesen und hat zu viel Sekt getrunken – in der Nacht ist ihr so schlecht gewesen, dass sie geglaubt hat, sterben zu müssen.

Hier auf der Gasse wird ausgelassener gefeiert. Die Gäste sind fast alle betrunken, es geht laut und fröhlich zu, einer hat seine Geige mitgebracht und fiedelt munter drauflos, ein anderer schlägt die Klampfe, einige Gäste singen, die anderen stampfen mit den Füßen den Takt dazu. Johanna kennt die Lieder nicht, die Melodien sind schlicht, aber sie versteht die Worte schlecht und kann daher nicht mitsingen. Dann stellen sich junge Leute zu einem Rundtanz auf, fassen einander an den Händen, hüpfen im Takt und drehen sich, dass die Röcke der Mädchen fliegen. Das Verlobungspaar wird aufgefordert mitzutun, sie müssen sich wohl oder übel einreihen und auf der Gasse umherspringen.

»Nun wird es wohl ein wenig zu wüst für dich, meine liebe Johanna«, meint Berthold und legt den Arm um ihre Schultern. »Wenn du heimkehren willst, sag mir Bescheid, dann gehen wir miteinander.«

Sie ist gerührt über sein Verständnis und will schon erklären, dass sie sein lieb gemeintes Angebot annimmt, da wird die Feier auf rasche Weise beendet. Der Nachtwächter kommt mit seiner Laterne aus der Pfeffergasse und ruft laut, es ginge auf elf Uhr, jeder habe jetzt ins Haus zu gehen und Ruhe zu halten. Seine Anweisung wird von verschiedenen Hausbewohnern unterstützt, die, mit Nachtmützen angetan, an den Fenstern erscheinen und über den Lärm schimpfen.

»Kein Auge kann man zutun!«

»Sauft euer Bier daheim!«

»Morgen früh ist die Nacht zu Ende!«

Wenig später beginnt die fröhliche Gesellschaft sich aufzulösen. Einige murren, andere schleichen sich leise davon, ein paar wenige sitzen noch beim Bier und beteuern, nur noch austrinken zu wollen. Der Fleischermeister Krum hat sich beim Tanz den Rücken gezerrt und kann schlecht gehen. Berthold fasst ihn links unter den Arm, seine Ehefrau stützt ihn rechts – er hat es nicht weit, weil er gleich in der Pfeffergasse wohnt.

Johanna ist froh, endlich heimgehen zu können. Weil sie auf Berthold warten muss, macht sie sich nützlich und hilft, die Becher und Gefäße ins Haus zu tragen. Als sie die letzten Krüge einsammelt und dabei schon nach Berthold Ausschau hält, steht plötzlich Pawel neben ihr.

»Ich wollte dir danken, Johanna«, sagt er. »Ich weiß wohl, welch großen Anteil du am Gelingen unserer Werft hast.«

Er schaut ihr offen in die Augen und reicht ihr die Hand. Zögernd schlägt sie ein. Meint er es ehrlich, oder hat sie dieses überraschende Geständnis der Tatsache zu verdanken, dass er zu viel Bier getrunken hat?

»Jeder von uns steuert das Seine bei«, gibt sie vorsichtig zurück. »Ihr versteht das Handwerk, ich kenne mich mit den Geschäften aus.«

Seine Finger umschließen ihre Hand warm und fest. So fest, als wollte er sie gar nicht mehr loslassen.

»So wollen wir es halten«, sagt er leise. »Auf gute Zusammenarbeit, Frau Meisterin.«

»Auf gutes Gelingen, Pawel!«

Er gibt sie erst frei, als Bertholds Stimme zu vernehmen ist.

»Das ist so eine Sache. Wenn einer einen schwachen Rücken hat, soll er keine wilden Tänze vollführen.«

Langsam lösen sich ihre Hände voneinander. Es ist ein Abschied. Und ein Neubeginn. Wie es enden wird, ist ungewiss.

MARIA NIKOLAI
TÖCHTER
DER HOFFNUNG
DIE BODENSEE-
SAGA
ROMAN
Wunderschöne
Lesemomente
wünscht Ihnen
Maria Nikolai